本书由湖北大学“中国文化传承与发展”省级优势特色学科群
建设经费资助出版

聂运伟 著

思想的面相

THE FACE OF THOUGHT

聂运伟自选集

Nie Yunwei's optional set

社会科学文献出版社
SOCIAL SCIENCES ACADEMIC PRESS (CHINA)

目　录

CONTENTS

思想的面相（代自序） …… 1

·学术访谈·

落日余晖仍从容　最美海上夕阳红

——胡经之先生访谈录 …… 3

思想何以贫困?

——与邹老师书 …… 29

文化转型与价值重建

——冯天瑜先生访谈录 …… 44

兼容并包　新生转进

——冯天瑜先生访谈录 …… 57

彰显地域特征　发掘区域个性

——冯天瑜先生访谈录 …… 78

跨越太平洋的"宿缘"

——张少书先生访谈录 …… 91

思想史与哲学张力中的经典解释学

——陈少明先生访谈录 …… 108

儒家伦理的现代转化

——万俊人先生访谈录 …… 120

启蒙　解放　现代性
——回首“五四”三人谈 …… 134

·审美论说·

缘起·中止·结局
——对《故事新编》创作历程的分析 …… 155
审美教育在人类文明中的地位及作用 …… 168
关于民族美学、中国少数民族美学研究的一点反思 …… 177
论艺术的色彩语言 …… 186
《新青年》：百年身影犹可忆 …… 191
江山代有才人出
——读陈占彪的五四研究 …… 199
面朝大海　春暖花开
——读《真无观——与他者比邻而居》 …… 207
达利遇见但丁 …… 216
关于流行歌曲与当代大学生审美趣味的一份调查报告 …… 227
“以人为本”与文学 …… 236
青藤，从山间伸向原野
——谈《赶山》的现代神话、史诗意味 …… 240
心灵旷野中爱的升华
——评长篇小说《雾都》 …… 248
透视卑贱者的人格意识
——评长篇小说《蓝太阳》 …… 254
现代人生的一出悲喜剧
——评长篇小说《愚人船》 …… 261
灵魂的悲怆迁徙
——评叶大春的小说集《胭脂河》 …… 267
“城市”的故事与城市里的“故事”
——读彭建新的长篇小说《孕城》与《招魂》 …… 271

和孩子一起舞蹈
——漫议曾玉华的儿童电视剧创作 …………………………… 278
日光之下，并无新事
——报告文学《梦想启示录》读后感 …………………………… 282

·文化平议·

意在返本　功在开新
——评冯天瑜先生的历史书写 …………………………… 289
价值重建的历史之路
——“价值重建的历史之路：基于张之洞精神个性与‘湖北新政’之关联的研究”成果要报 …………………………… 302
论“福星工程”的伦理学意义 …………………………… 306
城市与思想
——关于武汉城市文化的一次对话 …………………………… 313
潜江曹禺建筑群的空间意义 …………………………… 335
曹禺：一个文化符号的诞生 …………………………… 342
文化创意产业的必由之路
——以“曹禺文化周”为例 …………………………… 349
9·11　世界杯　全球化 …………………………… 356
阅读与宁静 …………………………… 362
乡情漫说 …………………………… 367
编辑札记 …………………………… 378

思想的面相（代自序）

聂运伟

退休以后，因操办几个学术刊物，整日组稿编稿。要游说朋友们写稿，也就不得不到各个学科的领域里去浏览一番，多年来养成的驳杂的阅读兴趣正好派上了用场。许多学界朋友，平日往来虽多，亦读过他们一些精彩的文章，但在分科为学的当下，以前对他们治学路径的由来并无系统的了解，对各学科之间的关联也乏于整体的观照。为了满足刊物栏目设置的需求，自己有意识地在文史哲诸多领域里选择了二十来位仰慕已久的当代学者，大都比自己年长几岁或年龄相近，为每人建立了一个文件夹，把从学术网站下载的文章归在一起，按文章发表的时间顺序开始系统地阅读。自己以为，如此阅读的方式有几个好处。其一，可以清晰地觉察到一位学者长达三四十年研究的诸多变化——兴趣、话题、方法、影响等，加之浸润于同一时代，学术层面嬗变后的历史风云，自然是心领神会，两相交会，对知人论世有了更深切的体会。其二，便是从这些学者与师长辈的学术传承关系中领悟到百年来思想史、学术史的内驱力和多重面相。其三，也平添了一份对中国学术乐观的企盼和理由，尽管当下学界让人诟病之事多多，但学术的良知和勇气，是断不会泯灭的。我坚信，只要面朝大海，终会春暖花开。

上述感想若要结合百年来的思想史、学术史说出个子丑寅卯，还需更多的阅读和思考，自当努力。收在集子里的九篇访谈或对话，是近几年编刊的产物，也是自己向不同领域拓展阅读的一点收获。回想九篇文章构思和写作的过程，有许多值得回味的细节，权且记下，亦算留给未来的一个纪念。

胡经之先生是我的老师邹贤敏先生的老朋友，年轻时都在北京求学，胡先生师从杨晦先生，邹先生师从何其芳先生，他们的学术生涯虽在一个又一个政治旋涡里动荡起伏，但心里总有一个纯粹的学术梦想，且终身矢志不渝。他们共同经历了中国当代美学、文艺学发展的全过程，为后辈学人留下了宝贵的思考和弥足珍贵的学术贡献。近些年，邹老师每年冬天都从武汉去深圳小住，与胡老师多有聚谈，谈得最多的还是文艺学和美学研究的最新动态。2016 年底，邹老师对我说："你喜欢做学术访谈，为什么不做一个胡经之先生的学术访谈呢？"

15 年前，应《文艺研究》编辑部之邀，曾做过刘纲纪先生的访谈。那次访谈做得很辛苦，刘纲纪先生著述丰富，通览一遍不易，从中整合出一个访谈纲要更难，加之纲纪先生极其认真，从访谈纲要到具体的文字表述，反反复复，真不知修改了多少遍，耗时三四个月的时间，留下了百余页的手稿（因为纲纪先生不会使用电脑，便在我做出的电子文本上不断修改，酷爱书法的纲纪先生虽用钢笔书写，但一笔一画，规规矩矩，修改稿做得像书法作品，看着就赏心悦目。去年，我把此手稿送给了中山大学的周春健教授，学者手稿是他众多收藏里的一个项目）。这次访谈受到《文艺研究》编辑部的好评，纲纪先生也很满意，我自己的收获是：给著名学者做一次访谈，无疑是一次很好的学习机会，一是必须在访谈对象繁复的话语体系里厘清逻辑思路，以此再观照访谈对象的全部著述，才会纲举目张，不至于为枝蔓所羁绊；二是访谈对象的逻辑思路往往有强烈的个性特征，越是学术大家，精神个性越突出，但是，学者个性化的逻辑思路终归是时代学术精神的产物，或受制于时代，或试图超越时代，都不过是一个时代学术发展史的不同切面，由思想史观之，便是思想的多重面相。

刘纲纪先生和胡经之先生同为 1933 年生人，1952 年同时进入北大。刘先生在哲学系学习时迷恋上美学，胡先生在中文系探索文学艺术的审美体验。中国现代美学的开拓者朱光潜、宗白华、王朝闻、蔡仪等先生是他们走进美学园地的引路人。其间的学术谱系是我一向关注的问题，刘先生治哲学美学，胡先生治文艺美学、文化美学，不同问学路径的背后，又有着什么样的思想史、学术史的不同面相呢？因此兴趣，我接受了邹老师的建议，开始准备做胡先生的访谈。胡先生住在深圳，我在武汉，无法像当年那样，频繁去纲纪先生家聆听教诲。我给胡先生写了一封信，简单说了一下我准备访谈的计划和时间等。胡先生回信说：

运伟：

多年未见，我已老矣！我的文集出版，标志着即将退出历史舞台，在北大、深圳分别开了会，向大家告别，谢幕了。

给你寄上一套（《胡经之文集》），作个纪念。若要一读，不妨从第五卷《美的追寻》读起，再看第四卷《文化美学》，那是我到深圳后写的，有不少回忆。

你读后，不妨先提出一些问题，告诉我，我要做进一步思索，见面后再深谈，如何？

祝好！

胡经之

2017. 4. 1

读了胡先生的信，心里陡然生出一丝感伤，更觉得再忙也要抽出时间完成访谈。按胡老师的提议，我抽时间把五卷本的《胡经之文集》认真阅读了一遍，好在胡先生的文章以前读过许多，对他的治学路径也较了解。最初拟出的访谈大纲，很简单，只是预设了几个背景性的问题。(1) 中西美学思想是否具有发生学上的同源性？(2) 如何理解中西古典美学形态上的差异？(3) 如何总结、反思中国近代以来美学思想发展的经验和教训？(4) 文艺美学的提出与中国美学史的发展方向。这些问题大都宏观，但相互之间有着紧密的逻辑关联性，也是自己常思考的一些问题。我以为，学术访谈最重要的事情是确定话题的语境和问题的逻辑面向，由此，访谈才有思想史的高度和学术史的深度。

2017 年 12 月 10 日，我专程来到深圳胡先生寓所，就访谈一事与胡先生聊了一天。先生兴致很高，执掌了一天的话语权，有机会聆听一位耄耋之年的学者倾诉毕生的治学经历，无论如何都是一件有幸也有趣的事情。我宛如回到当年与刘纲纪先生聊天的情景，北大校园里的故事，是他们永远的记忆。蔡元培、朱光潜、宗白华、王朝闻、蔡仪、周扬，这些推动中国近现代美学发展的历史人物，在他们的口里，变得非常鲜活生动。听胡先生说着美学史上的各种掌故，我突然想到访谈结构的方式：起点与终点形成缠绕式的开合。在胡先生研究美学的历程里，如果说对自然美的困惑是他对美学产生兴趣的开端，晚年对自然美的多维度阐释和悟解则是一个终端，回头看胡先生中年时代对文艺美学、文化美学的大力倡导和诸多著述，不过是向起点回归的一个个路标。我不知道，这是不是学术或精神的宿命。公元前8世纪，希腊半岛上的游吟诗人荷马述说的故事是公元前1200年发生的一场战争；公元前5世纪，雅典城邦用文字把这口口相传的故事记载了下来，于是，有了荷马史诗，进而有了希腊的悲剧、喜剧、雕塑和神庙。文艺复兴以来的欧洲人，现代生活的列车前行的速度越来越快，可膜拜皈依希腊的精神之旅也越来越引人入胜。当我写完访谈第一稿后，此感更甚。当然，我不能以自己的感受去干扰胡先生的思路。当年唐德刚给胡适先生做口述史时，大概也遇到了类似的问题，所以，他不得不在胡适口述史之外写出《胡适杂忆》，记下在访谈中所产生的己见，这又是思想不同面相的一个写照。

2018年4月底写出了访谈初稿，寄给胡先生审读。胡先生的认真让我感佩不已，在我寄去的第一稿上，老人家娟秀的文字写得密密麻麻，还补写了许多段落。我根据先生的修订做出第二稿寄去后，先生又扶病握笔，字斟句酌，修改再三，两万余字的篇幅把他一生的治学经历和主要观点的来龙去脉勾勒得清清楚楚，先生在给我的信中说：

运伟：

此稿早收到，因我入夏后身体不适，去了几次医院，未能及早处理，拖到今天才寄出，祈谅。

您的思路甚好，我沿着此文的思路，补充了一些具体的资料，作为您论证的实例。我已年迈，不想再写长篇论文了，您这篇文章，通过对话把我的主要观点作了概括，希望后人能在今后的研究中可以成为必要的资料，所以我作了些补充，你写的我基本不动。

我把此补充稿寄您，希望您帮我再打印一次，给我寄来一式二份。我不知道您急不急发稿，若急着发稿，我就不再改动了，您就发；若不急，我则再打磨一下，那一份寄去，我自己留一份，以后文集增补时好用，如何？

秋后欢迎您再来深圳畅谈。新出的《胡经之选集》，写有一序，是新的，可作参考。

祝好

经之

2018.5.20

先生收到我再次修订的样稿后，又做了一些调整和补充，复信说：

运伟：

我又把稿统了一遍，觉得还是要加几个小标题。我初拟了四个：美学视界看人生，审美最需深体验，美的规律象中求，情有独钟自然美。您若觉得无此必要，可删除，用一、二、三、四标出也可以，总之，还是要分一下，稍有区隔。

现将修改稿寄上，由您全权处理了。

祝好！

胡经之

5.28

花了一年多的时间，总算完成了预定的访谈工作，定名为《落日余晖仍从容　最美海上夕阳红——胡经之先生访谈录》。在与胡先生反复交流的过程中，中国近当代美学史的谱系演化在心中有了清晰的画面，每一代学人都在继承前人的基础上添砖加瓦，谱写出思想的不同面相。此次访谈若能给后学者提供了解胡先生美学思想及中国近代以来美学史的一个门径，我心足矣。

《思想何以贫困？——与邹老师书》是我与邹老师的一次精神对话。邹老师退休后，念兹在兹的一个话题就是如何反思自己的学术之路。好几年之前，邹老师就写出了几十万字的反思回忆录——《思想的贫困》（未刊稿），并发给学生辈的朋友们，请大家结合学术史的发展予以讨论、批评。邹老师1938年生人，进入北师大读书的时间正是“反右”后的沉闷岁月，他的大学记忆与刘纲纪、胡经之两位先生的记忆大相径庭。在刘先生和胡先生的记忆里，求学之路上还有自我兴趣的自由展现，朱光潜、宗白华这些一代美学大师，尽管被边缘化，但还有私下点拨学子们的心情和传授治学体会的空间。而这些，对于邹老师来说，已是可遇而不可求的事情。学术谱系的传承在特定的时空内发生了逆转，邹老师以经历者的感受，结合历史档案的钩稽，详细述说了大学之魂——独立之精神、自由之思想被扭曲的历史之殇。溢美之词仿佛是中国式传记回忆录的专利品，而邹老师的反思则是以自我否定和自我批判为基础的，这种追问历史真相、拷问学术人格的勇气和清醒，是我们精神档案里的稀缺元素，是我们辨识思想不同面相的前提。我对先生的反思精神充满了由衷的敬佩之情。

和冯天瑜先生的相识早在20世纪80年代，跟邹老师读研究生的时候，邹老师特地叮嘱：应该去听听冯老师“明清历史研究”的课。那时，文化学正取代美学而大热，冯老师经由明清历史的研究探讨中国近代社会、文化转型的思路颇吸引我，加之常和冯老师的几个研究生一起下围棋，故和冯老师有着天然的师生之情。后来冯老师去了武大，往来也就少了，至多是春节时去先生家小坐一会，但先生每出一部新著，总会找来读读。十多年前，自己开始系统阅读近现代思想史的文献时，特别是对梁启超深入研读后，突然意识到冯天瑜先生著述独特的学术史意义。冯先生1942年生人，因父兄的政治厄运不能如愿进入一流大学深造，只能到一所师范学院学生物。但造化弄人，冯老师的父亲——清华国学班的第一届学生，王国维、梁启超先生的亲授弟子冯永轩先生，在“文化大革命”前的数年间，对冯天瑜老师口授心传，夜夜诵习经典，这是当时历史学科班学生都无法享受到的正宗的传统学术训练。所以，20世纪80年代文化学勃兴之初，学界惊诧不足40岁的冯天瑜先生，一个非科班出身的年轻的历史学家，何以横空出世？其实，此乃学术传承的力量，即所谓踵事增华，日新代异！我从冯老师的著述中感受到一条清晰的学术脉象，从晚清一直到当下。基于这个想法，大概5年前，我便经常拜访冯老师，向其讨教各类读书的问题，也常常聊及他父亲一辈求学、治学的故事，如此，百年来的思想史、学术史在自己的心里开始鲜活起来。

在我看来，冯天瑜老师当年没能子承父业，成为科班的历史系学生，是其不幸，也是其大幸，如前人喟叹“国家不幸诗人幸”。此“幸”，既指个体生命身陷历史旋涡，方对无情岁月有了常人难以企及的深刻体验，亦指人生被边缘化后反而得以保全精神上的自由状态。把青年时代的压抑感转化为洞悉历史隐秘的使命感，需要自由地阅读和思考，正因为没有成为科班的历史系学生，冯老师也就最大限度地远离了禁锢时代的那种令人生厌的教条的思维方式，这一点也正是邹老师反思的一个重点：我们独立思考的能力是如何蜕化的？冯老师多次说，他有三本看家书：王夫之的《读通鉴论》、黄宗羲的《明夷待访录》、黑格尔的《历史哲学》。前不久，冯老师寻找到因搬家而不知去向的那本阅读过无数遍的《历史哲学》，如获至宝，在书房里把书一页页翻开，仿佛重回那自由的阅读时光。从梁启超、冯老师的父亲，再到冯老师自己，历史因缘际会，让冯天瑜老师在20世纪80年代名动学界的时候，与他的同辈人相比较，其思其文，鲜有陈旧观念的羁绊，曾经被阻隔的学术传统，在冯老师的文字里，竟是自然而然地呈现一脉相承。在我老师辈们还在与各种禁锢纠缠不休的时候，冯老师却是一身轻松，走上了学术发展的快车道。读王元化、汤一介等先生的学术回顾文章，更加体味到邹老师学术反思的沉重性。走出一个禁锢的时代，恢复中国近代以来学术谱系的真实面目，以求学术的自由生长，并非易事。

2016年底接手湖北大学高等人文研究院主办的《文化发展论丛》的编辑工作后，在“高端访谈”的栏目里接连写了三篇冯天瑜先生的访谈文字，《文化转型与价值重建——冯天瑜先生访谈录》《兼容并包　新生转进——冯天瑜先生访谈录》《彰显地域特征　发掘区域个性——冯天瑜先生访谈录》。因刊物栏目话题的限制，很多思想史的话题在这三篇访谈里并没有展开论说，只好留待将来了。

《跨越太平洋的“宿缘”——张少书先生访谈录》一文，得之颇有机缘。二战时，美国总统罗斯福在白宫的官邸里挂有一幅中国画《百鸽图》的故事，我早已知道。后来读到华裔美籍历史学家张少书先生的著作，并在新闻里看到他回归故里省亲的许多报道，才得知《百鸽图》的作者张书旂先生竟是他的父亲。更巧的是，邹贤敏老师的小儿子邹浩，去美多年，在金融行当里打拼，两年前，他想换个活法，到斯坦福大学拜张少书先生为师，研究历史。为了把“高端访谈”栏目办得更有气魄些，自己便花了许多时间，收集张少书先生的各种学术信息，研究了一番，觉得很有趣。他研究中美关系史，虽有许多政治经济的话题，但兴趣最浓厚的领域还是中美两国之间文化的交流，曾耗费了大量时间收集史料，撰写美国华裔艺术史的著作。

2017 年初的时候，我萌生出做一个张少书先生访谈的想法，全球化时代的学术刊物，理应具有开放的文化视野，多维度呈现思想的不同面相，至少，这是我的编辑理念。在美国成长的张少书先生已不能用汉语阅读写作，我的英文水平只能借助词典阅读，听说一概不行，更不用说写作。但我不想放弃这个机缘，便与邹浩联系，谈了我的打算：先征求张先生的意见，说《文化发展论丛》想请他做个访谈。邹浩向张先生说明我对他的研究很有兴趣，也有一定的了解，很想把他的研究成果向中文读者做个介绍。张先生对我们的计划表达了兴趣后，我便根据相关文献资料做出一个非常详细的访谈文案，再请邹浩译为英文文本，征求张先生的意见，几经反复，终于确定了访谈的基本问题。然后约定时间，在斯坦福大学张少书先生的办公室里，张先生对邹浩一一回应了采访的提问，之后，邹浩把张先生的回应整理成正式的英文文本，经张先生认可后，又译为中文文本，连同英文文本一并发给我。我和邹浩就中文文本的定稿也是反复推敲，再三斟酌，这份文稿，寄予着大洋彼岸华裔深切的文化情思，传递出跨文化沟通的积极信息，为此耗费的时间和精力，无疑是有意义的，故把这个访谈的中英文文本一并收在集子里，以兹纪念。

中山大学哲学系的周春健教授是我的好朋友，他潜心治学，近几年来给予我们刊物莫大的支持。2017 年夏天，春健兄告诉我，中山大学将在年底由国家社科基金重大项目“四书学与中国思想传统研究”课题组、中山大学跨文化哲学研究平台、中山大学禅宗与中国文化研究院联合主办“‘四书’系统下的儒家经学与政教秩序”学术研讨会，他是“四书学与中国思想传统研究”课题组里一个子项目的负责人，又是这次学术研讨会的策划者。我把他们课题组的一些资料及已出成果浏览了一下，觉得他们的研究非常扎实，不愧为国内古典学研究的重镇。我向春健兄建议，在《文化发展论丛》2018 年第 1 卷开设一个专栏，发一篇研讨会的学术综述和两篇会议论文，另外，看能否约请项目总负责人、著名的哲学史家陈少明先生做一次访谈。有赖于春健兄相助，陈少明先生慨然相应，同意以访谈的形式向《文化发展论丛》的读者谈谈“四书学与中国思想传统研究”项目的设计意图与实施路径。

以前虽与陈少明先生未曾谋面，但他的诸多文章和阐释经典的方法我一向是很喜欢的，常读常新，如《什么是思想史事件?》《被描绘的孔子——解读“厄于陈蔡”的系列故事》《作为“问题”的中国知识分子》《亲人、熟人与生人——社会变迁图景中的儒家伦理》《考据与思想需完美结合》等。陈先生的哲学写作全无常见的古典学的深奥孤冷，其独特的问学路径既有思想史的深层叩问，亦有方法论方面的执着开新。特别擅长在人、事、物的复杂关联中识人、说事、观物，并在创新的阐释视野里，唤醒那些具体、生动的古典生活经验，“挖掘事物的深层意义”，“从不同角度进入经典的意义世界”，使“有思想价值的事件”在哲学解释中得以敞开与呈现。

2017 年底，与陈少明先生有过两次短暂的晤面，因时间关系，没能就思想史的话题当面请教陈先生，实为遗憾。访谈原定名为“面向思想史的经典解释学——陈少明先生访谈录”，陈先生在阅读修订访谈文本时改为《思想史与哲学张力中的经典解释学——陈少明先生访谈录》。对于这个改动，自己思忖良久，忽然明白了一个道理：哲学的解释即对话，是在思想史的平台上让异质的思想相互碰撞，在张力中寻求共生共存的合法性，故解释不是单行道，而是解释与被解释者在对话中“你证我证、斯可云证”，冯友兰先生关于中学与西学、传统与现代“互相阐明”的见解，均属此例。

和万俊人先生也只有一次很短暂的接触，他来湖北大学哲学学院讲座，中间休息时，我们就访谈的内容与结构进行了简单的交流，承蒙万先生对《文化发展论丛》的支持，《儒家伦理的现代转化——万俊人先生访谈录》一文得以顺利完成。因刊物编辑主题、篇幅的限定，此文仅仅涉猎了万先生诸多研究的一个侧面，远远没有反映出其政治哲学、伦理学研究的整体风貌，不无遗憾。得益于多年海外游学、研究的经历，万先生擅长从全球化时代社会、文化转型的广阔视域探讨中国当下伦理学问题，其论其说，无不具有强烈的现代意识和纵横捭阖的开放心态。

我很赞同他对现代道德建构的一个形象的比喻——“顶天立地”：现代道德既需要得到社会政治和法律体系的基础支撑，同时又意味着，它要处理政治和法律所无法处理的生活领域及其相关问题。为何如此？是因为现代社会的道德形态和传统社会很不一样。在传统社会里，道德是“私人领域”或“熟人领域”里的诚信约定，依赖传统的文化环境和道德主体的道德自觉而养成；而现代社会，就像哈贝马斯所说，出现了社会结构的公共化转型，“私人领域”变成了“陌生人领域”。因此，现代社会的公共制度体系就显得越来越重要，法律、政治或公共管理成为使人在陌生人领域中进行交往得以可能的社会基础。但是，现代道德遇到的难题是它无法解决人的信念或信仰的问题，比如终极关怀，还有社会前途、个人命运这样“乌托邦”的问题。怎么办？万先生的回答是：当伦理学试图理解这些问题时，它会发现有些东西是伦理学作为一种理论或一种科学难以解释的。因此，健康的宗教，也是现代社会所必需的一项文化资源。我想，只有理解了万先生这样一个基本的思路，讨论儒家伦理的现代转化才具有理论和实践的意义。

此两篇访谈虽为笔者所撰，但在发表时借《文化发展论丛》编辑部之名义，特此说明。

张三夕、冯黎明两位先生是我多年来的朋友，几十年的风风雨雨，或谈天说地，或议物是人非，或论学问道，一杯清茶，也能坐上几个小时。几年之前，一次小聚，说起“五四”百年在即，浮想联翩，于是乎，便有了《中文论坛》“五四研究”栏目的开场白：《启蒙　解放　现代性——回首“五四”三人谈》。

数日前，三夕兄发微信对我说：用访谈或对话的形式让思想成文，是当下学者间进行学术思考和学术讨论比较有效的方式。此话，我深以为然。在资讯发达的今天，人与人之间的交流已越来越平面化、快餐化，鲜有深度的交流和互动，学界亦然。在某种意义上，自己热衷于做学人访谈与对话，大概也是渴望得到学术上深度的交流和互动。如此，这几篇访谈与对话的文字，至少对于我自己而言，是有意义的。

收在集子里的其他文章，半为过去的旧痕，半为近些年的作业，记下了一些流年光影和思想的片段，虽非吉光片羽，但收集整理这些文字，是对这些文字述说的时代风云的一次重审，也是对自己过往岁月的一次清理。历史学家傅衣凌先生说过："我和古人相反，不自悔其少作，读书得间，颇有新见杂出其间，也不惜以今日之我与昨日之我相战。"昨日之我、今日之我乃至明日之我，都不过是思想的不同面相。我把写于1995年的《说不清的武汉人》附在写于2014年的《城市与思想——关于武汉城市文化的一次对话》之后，也正是想对比看看昨日之我与今日之我的不同。大而言之，在昨天与今天之间，发现矛盾，寻求突破，向往变易，思想方有"史"可言。

正因为此，我期待明天，也奢望有一个明日之我。

感谢湖北大学文学院的出版资助，感谢夫人张晨数十年的关爱和勉励，感谢石若凡博士为本书付出的辛勤劳作，感谢社会科学文献出版社王绯女士、周琼女士的大力支持！

2018年夏于湖北大学逸夫人文楼A座4015室

学术访谈

落日余晖仍从容　最美海上夕阳红

——胡经之先生访谈录

地点：深圳市益田村中心高层胡经之先生寓所

时间：2017年12月10日

聂运伟：胡老师，您好！看见您白发鹤颜，精神矍铄，真是令人欣慰。上次来深圳拜访您，还是20世纪90年代，当时您住在深大新村，窗外到处是工地。现在您的公寓高居22层楼，从这客厅放眼望去，如同登高眺远，窗外美景一览无余，美不胜收。现在北方已是寒冬，深圳仍温暖如春，花团锦簇，今天在此与您谈美论艺，真是令人心旷神怡。

胡经之：运伟，谢谢你专门来深圳看望我。多年未见，你都年过60了，时间过得真快。我这一生，历经江南稚子、北大学子、南海游子三阶段。在北京和深圳各待了30多年，在老家太湖之滨反而不到20年。我在深圳也已历经三迁，在深大校园十年，深大新村八年，到了古稀之年，我在这已经显得喧嚣的现代都市里，终于找到了一个可以亲近自然的家，在靠近深圳河的红树林旁安居了下来。站在窗前，视野开阔，可以远眺香港的落马洲、流浮山、后海湾、深圳红树林、跨海大桥，每天都可以体验到我处在天地之间，天、地、人联结为一体，真正进入了天地境界。天一亮就起身直奔泳池，身水交融，还可仰卧水上，看悠悠蓝天，浮想联翩。早餐后自由阅读，读自己感兴趣的书，从人生难得几回搏，到大国悲剧究何由，一直到天外宇宙有几重，兴之所至，无所不读。每当看书累时，我会随时移步窗前或凉台，直面真山真水，领悟大自然的无穷奥妙。我把书房叫作“望海书斋”，来访的客人常常赞叹不已。作为主人，朝夕在兹，喟叹更多。这是一块可以诗意地栖居之地，也是我最后的精神家园。这要感谢时代之所赐。我在1948年参加学生运动后，迎来了新时代，目睹了祖国从站起来到富起来再到强起来的历史巨变。大江涨水小河满，国家兴盛个人幸，我也享受到了改革开放的成果。

美学视界看人生

聂运伟：胡老师，今年我抽时间认真阅读了您赠送给我的五卷本的《胡经之文集》，感受颇多。江南水乡、北京大学、深圳，是您一生中最重要的三个坐标，在时间的轴线上依次展开。十年前，您在《美学伴我悟人生》一文里，对自己一生的几个阶段赋予美学的命名：缘起美的困惑—致志文艺美学—走向文化美学—倾情自然美学。如此美学命名，让我得以窥探到您的问学路径和中国当代美学史变迁的交错与互动，历史的语境在您美学研究的每一个阶段，都刻下岁月的印迹；同时，您也为中国当代美学史的书写留下了浓墨重彩的一笔。五卷本的《胡经之文集》（本访谈中简称《文集》），便是后学了解、研究中国当代美学史的重要文献。看了许多研究您的美学思想的文章、访谈，我很认同大家一个共同的评价：在学术和人生的旅途中，您是不倦的前行者，也是执着的拓荒者。我从中体会到了一种学术探索的力量，但也在思考一个问题：从您年少之时的"美的困惑"，到如今怡然"倾情自然美学"，其中不乏历史、人生、精神、心理的诸多变动，但不变的是什么呢？

胡经之：我为《文集》写过一个比较长的序言——《总序：学术志趣因时进》，开头一段话可以回答你的提问，"从文集中，可以看到我80年所走的人生道路，反映出我这一生的学术志趣，因时代而生长，留下了时代的痕迹；也录下了我个人的思想演变及局限，折射了我和这个时代的关系，尤其是对深圳特区的挚爱。我的学术志趣，因时代的推移而多有变化，但多变中又有不变。不变的依然是我对真、善、美的向往和追求，尤爱从美学的视界来看文化、艺术和人生，直至自然"。[①] 我这里稍微展开一

① 胡经之：《总序：学术志趣因时进》，载《胡经之文集》第一卷，海天出版社，2015，第1页。

下，做些阐释。一川、金英夫妇俩近日从北京来看我，聊天时自然而然涉及了美学。一川在多年前从北师大回到北京大学，一直在当艺术学院院长，去年出了一本专著《艺术公赏力》，今年则应高等教育出版社之约，正在主编一套“艺术美学丛书”。我在衷心赞誉之后，即兴发了一通议论。我说，在改革开放之初，我和王朝闻都热心于文艺美学或艺术美学的倡导，那是因为深感当时的美学还只停留在哲学的抽象层面，争论着美在客观还是主观或是主客观统一，解决不了艺术实践中的复杂问题。但我当时就说，美学并不局限于文艺美学，而有更为广阔的研究领域。只是因为当时教学的需要，我的美学研究乃从文艺美学入手，以后逐步扩大到人文领域，倡导文化美学，晚年又钟情于自然美学。随着我的人生道路的展开，我的美学思索的重心也在转移，美学是伴随我的人生的亲密伴侣，助我去体验和领悟人生的价值和意义，从而推动我去寻求更加美好的人生。存在并非都是美的，无论是自然的存在、社会的存在还是精神的存在，都有可能美，也可能丑。人生也是这样，有美好的人生，也有丑陋的人生。美学就应该探讨什么样的人生是美的。所以，我的美学，首先是人生美学，其次是价值美学，然后是体验美学。所谓审美活动，既区别于认识活动，又不同于意向活动，而是一种体验活动，确切地说，乃是对人生价值的体验。

人生、价值、体验这三个关键词，乃是我美学思索的最重要维度。无疑，审美活动作为人生中的生活方式之一类，当首先纳入美学的视野，审美心理学对审美活动的研究成果，值得重视。朱光潜的美学研究的重心就在艺术创作的心理分析，所以称为“文艺心理学”。我的《文艺美学》，也由此入手，第一章就是专谈审美活动。但美学不能只研究审美活动，由此出发，还应进而研究创美活动和育美活动。精神力量通过实践可以转化为物质力量，脑海中的“意象经营”，经由生产实践可以创造出新物品，经由教育实践可以培育人的新品质。但是，劳动实践既可以创造美，却也能制造丑，这就决定于如马克思之所说，能不能按美的规律来建构。我们的美学争论，长期停留在抽象哲学层面，追问美在自然还是在社会、精神，美在生命还是在艺术、实践，美在意象还是在本象、符象等。我常常反思，自然、社会、精神、生命、艺术、实践、意象、本象、符象等都美吗？这种种现象既可能是美的，又可能是丑的。美学不正应该进入这一层次，探索怎么会有美丑之别吗？当今的美学应该更关切对“美的规律”的探索，不论是物质生产、精神生产，还是人自身的生产，都应该而且能够按美的规律来创造。如今，我们已跨入追求美好生活的新时代，美学大有可为，只是我已八五高龄，深感岁月不饶人，想再搏而力不从心，更多关注的只能是自然审美了。其实，人的一生，生活丰富多彩，存在于三重世界中：物的世界、人的世界、心的世界。人生在世，既要和自然打交道，又要和社会打交道，还要和精神打交道，自我和世界的关系，错综复杂。自然界有自然规律，社会也有社会规律，马克思在 1868 年给库格曼的信中就说，他的《资本论》探究社会规律，但绝不能替代自然规律：“自然规律是根本不能取消的，在不同历史条件下能够发生变化的，只是这些规律借以实现的形式。”在自然规律和社会规律之外，还存在一大类规律，那就是人文规律，恩格斯在《反杜林论》一书中，就区分了两类规律：一是“外部自然界的规律”，二是“人身的肉体存在和精神存在的规律”。我看，这第二类规律，可称为人文规律，美的规律应属人文规律，是联结自然规律和社会规律的中介，使自然规律和社会规律为人类创造美好生活而服务。

聂运伟：站在您命名为“望海书斋”的寓所里，倚窗眺望：深圳河历历在目，后海湾对面的香港也若隐若现，横跨新界、蛇口的跨海大桥宛如流动的曲谱，在寥廓的天地间演奏着天籁之曲。太美了。或许，回归自然，是生命的归宿，是美的真谛。此刻，已是夕阳西下，我与您站立在这天地之间，我们不得不感叹：自然美，好个大美无言。

胡经之：是啊，我毕生研究美学最深切的体验是：我对自然美，情有独钟，自然审美和艺术审美不同，自有一番独特的乐趣。对我而言，自然审美比起艺术审美来有更大的自由感。我不相信万物有灵，自然本身并无精神，但人有灵明，王阳明说“天地万物与人原为一体，其发窍之最精处，是人心一点灵明”，此言极是。人有灵明，方受自然之美的激发，经由联想、通感和想象等，可以思接千载，视通万里，念天地之悠悠，也会引发思故之幽情。遥望对岸青山绿水，港深百年沧桑，一时浮上心头，更觉改革开放新时代之可贵。夕阳西下，那红艳艳、金灿灿的阳光照射在后海湾上，光彩夺目，一股热流从心底奔腾而出，不由得从内心发出由衷的赞叹：美哉大自然，最美还是夕阳红。

聂运伟：“夕阳无限好，只是近黄昏”，“老夫喜作黄昏颂，满目青山夕照明”，诗家人生境况不同，自然会抒发不同的情感。您退休后坚持弹琴、游泳、写作、出游，所以，耄耋之年尤吟“夕阳红”，这是您晚年生活依然精彩的真实写照。自然是否有美，更严谨地说，自然是否应该成为美学研究的对象，众多学者们在思辨的层面上争来争去，了无结果。您不仅赞成自然美，而且以饱含诗情画意的言说解析自然美、讴歌自然美。我个人阅读您全部美学论述的体会是：自然美，是您切近美学的原初契机，也是您从概念化美学里脱身而出，大力呼唤文艺美学、文化美学的内驱力。

胡经之：可以这么说。我的学术志趣始于美学。从我自己的审美经验来说，最早引发我的审美兴趣的乃是自然之美，江南水乡的风光最先吸引了我，尔后才对文学艺术发生兴趣，继而为家乡的风俗人情所吸引。我的最初的美学思索是为了自我解惑，解开我自少时就有的一个困惑：自然没有美吗？少时，读朱光潜给青年写的《谈美》一书，其中谈到只有艺术才有美，自然本身谈不上美，只有经人的心灵美化才美。这使我困惑不解，1952 年进了北大，我就想自我解开这个困惑。那时朱光潜、蔡仪都在北大，但都不开美学课程，我就去登门求教。朱先生仍固执己见，以为自然并不具美，只有经过人的心灵予以情趣化了，成为意象，那意象才美，不能解开我的困惑。蔡仪倒是自然美的肯定者，但用典型说来解释自然美，也不能令我信服。于是，我就开始自己去图书馆寻找美学书籍来看，以求自我解惑。1953 年整整一年，我集中精力阅读了中国现代美学。从蔡元培、梁启超、王国维开始，陆续读了宗白华、吕澂、范寿康、张竞生、陈望道、丰子恺、方东美、徐庆誉、李安宅、金公亮等人的共二十部左右的美学论著，由此，我从自然究竟有没有美的自我解惑开始，跨入美学之门，进而从美学上来思考人生。我读后做了不少摘记，想以《美学初始五十年》作题，为写毕业论文做准备。但从 1954 年夏，我也卷入了学苏联的热潮，花了一年多的时间去听苏联专家毕达可夫的文艺学讲座，最后写的是一篇《论文学的人民性》，作为结业论文。所以，我最初接触的美学，不是苏联美学，而是朱光潜的美学，以后陆续接触的也是西方传过来的正在缓慢地中国化的现代美学。到新中国成立之初，才读到周扬主编的《马克思主义与文艺》一书，方知世上还有马克思主义的美学和文艺学。美学，作为一门学科，最初乃在西方兴起，然后才传入中国。20世纪初期的中国现代美学，虽然大多还是在转述西方美学思想，但已开始引入中国的实例作为举证，然后又逐渐关注中国自己的精神传统，走向中西融合之路。蔡元培、梁启超、王国维、朱光潜、宗白华等都是中西兼通，为西方美学的中国化、中国美学的现代化分别做出了贡献。我们要建设马克思主义美学，这个现代传统不能丢。继而，中华美学传统，其实既要继承古典传统，又要继承现代传统。1958年，周扬来北大呼吁大家“建设中国马克思主义”时，就已提出我国存在两个传统，不能只继承一个传统。我在那时已意识到现代传统的重要。所以，当我在20世纪80年代初期开始招收文艺美学研究生时，我立即带了王一川、陈伟、丁涛编选出版了《中国古典美学丛编》（中华书局），接着又编选了《中国现代美学丛编》（北京大学出版社），就是想鼓励后人接续和发扬中华美学的古典传统和现代传统。

中国初始五十年的现代美学给我留下了深刻印象，最重要的有三：一是美学关注人生，我把这称为人生美学；二是美是一种价值，我把这称为价值美学；三是自然因移情而美，移情美学在那个时代影响甚广。那个时代的美学，都重视文学艺术的美学研究，追求艺术美，时常把文学艺术总称为美术，连周树人也不例外。但那时的美学就已开始关注整个人生，尝试探求人生的价值。清末已在皇家翰林院当了四年编修的蔡元培，眼看清王朝已经病入膏肓，不可救药，1907年他在已将40岁之时，却毅然去了德国，钻研哲学、美学、艺术学。1911年辛亥革命成功，成立了中华民国临时政府，大总统孙中山立即任命蔡元培为教育总长。正是他，在中国历史上第一次把美育列入国家教育方略之中；也正是他，在1917年当上北京大学校长之后，在中国历史上第一次把美学推上大学讲堂，他亲自在北大开设了美学课程。蔡元培研究了康德、黑格尔的美学，但他的哲学、美学受他同时代的德国哲学家文德尔班的人生哲学、价值哲学的影响最大。他在1915年出版的《哲学大纲》中就专设了价值论，旗帜鲜明地道出：“价值论者，举世间一切价值而评其最后之总关系者也。”他把真善美列入了价值论中，展开了论述，后又写过专文《真善美》，阐明人生在世，最终还是要“以真善美为目的”。中国现代美学中最吸引我的，还是蔡元培的美学。蔡元培的美学不像梁启超的美学那样慷慨激昂、催人奋起，激励人们立即投身社会变革；也不像王国维美学那样研究精深，引导人们潜入古典诗词的艺术意境，而是综合吸收了两家之长，平和全面而又自成特色。他把自己的美学建立在人生论和价值论基石之上，他的美学既是人生美学，又是价值美学，这两点特别吸引了我，令我深受影响。还有第三点，蔡元培对“移情说”的评价，也令我信服。当时西方美学中的“移情说”对中国影响很大，朱光潜、吕澂、范寿康的美学均持“移情说”。蔡元培在那时就清醒地觉察到：“感情移入的理论，在美的享受上，有一部分可以用，但不能说明全部。”也就是说，大自然还是有自己独特的美，不能由其他的美来替代。蔡元培区分了自然美和人工美的不同，艺术美只是人工美的一种。他批评黑格尔轻视自然美，认为自然美“有一种超过艺术的美”，而艺术亦有一种不同于自然之美。他甚至认为，“人造美随处可作”，而自然美却甚“难得”。中国的传统艺术特别重视自然美，美术作品的取材，“大半取诸自然”。依他之见，“若花鸟，若虫草，若山水，率以自然美为蓝本，而山水尤盛”。他的见解，和我的审美体验颇为相符，我觉得很有道理。我之所以进入美学堂奥，开始乃是为了自我解惑，要对我自己的审美体验做出阐释。美学对我而言，乃为己之学。后来接触了蔡元培、梁启超等的美学，方知美学还是为人之学，人人需要。所以我就觉得，美学研究也更有意义了。

审美最需深体验

聂运伟：胡老师，在您这一辈学者里，您言说美学问题的方式是很有个性的。如钱中文先生说：“经之先生对文艺美学的提出与投入的原因”，是因为“他从小就受到水乡风物、园林雅趣的熏陶：那里湖光山色，风帆点点，稻香鱼肥，渔舟唱晚。结合幼时叹唱的古诗、古文的教学、家学渊源，培植了他对艺文的兴趣，使他不断投向了文学艺术的海洋。以后在名师的指点下，将生命的审美体验汇入他学问的追求之中”。[①] 我把钱先生的

① 钱中文：《汇入了生命体验的美学探索》，载《胡经之文集》第五卷，海天出版社，2015，第 261 页。

这个概括解读为：生命的审美体验是您学术追求的底色。钱先生 1932 年生人，比您年长一岁，他的学术经历与您大抵相同，又都是无锡人。钱先生把江南水乡孕育出来的童年记忆和审美体验视为您学术个性的底色。对此，您怎么看？

胡经之：钱先生是我的老朋友，我们两人从小深受江南水乡风光的感染和吴文化的滋润，说我俩人生的审美体验与童年时代的生活环境有关联，肯定有道理。我 80 岁的时候，友人吴俊忠为我出了一本影集——《经之掠影》，我在扉页有一题诗："人过八十暮年迟，沧桑三度渐远逝。留得些许影像在，犹可追忆往昔时。"我祖籍苏州，出生在无锡古镇梅村，和钱穆老家相邻。从小跟着父亲在太湖流域辗转求学，上过私塾，跟着塾师读《三字经》、《百家姓》、《千字文》、唐诗宋词，也学唱"三月三，清明到，去游山"的吴语乡音。在苏州城里上过几年美国的教会学校，参加过唱诗班、做礼拜，赞美诗给我留下优美的印象。在无锡城里，我亲眼见过盲人阿炳，拉着二胡，沿街蹒跚，那凄美的乐曲深深打动了我。当我后来听到柴可夫斯基的那首被托尔斯泰称为"俄罗斯苦难心声"的弦乐曲时，我马上联想到阿炳的《二泉映月》，这是中华民族的苦难心声。我为太湖的风光和苏州园林所陶醉，也特别喜爱钱松喦的山水画、范成大写石湖的抒情诗篇。我觉得，锡剧、越剧和评弹，还有江南丝竹乐和江南民歌，它们的音乐特别优美，直到今天，一听到那些优美的曲牌音乐，仍然为之销魂。我年少时曾受过美育的熏陶，加深了我对家乡的亲身体验。蔡元培在北大十年，美育在校园里扎了根，随后的十年，他南下在江南把美育推向中小学和社会，我的父辈和师辈，深受其惠。我在学校和家里，受到了老师和父亲的美育熏陶，逐渐培育了我的审美情趣。所以说江南水乡和吴文化给了我个人审美体验的底色，我认同。但作为一个从事美学研究的学者，不能仅仅陶醉在纯粹自我的艺术体验之中，确实如此，言之有理。正是我童年、少年时代的审美体验积淀于新，激发我在青少年时代想上大学以求从理论上来阐释我亲历过的审美体验，因而对美学发生了兴趣。审美体验并不就是美学，但美学研究应以审美体验为基础，从分析审美体验着手，由具体上升为抽象，最后又要从抽象上升到具体。不以审美体验作基础，美学就会异化为从抽象到抽象的概念游戏，尽作空泛之论，既不接触更不解决美学中精微而复杂的问题。我对自然之美情有独钟，那正是因为大自然的不同于人造美、艺术美的独特之美吸引着，经由我自己的审美体验，领受到自然之美，得到了美的享受。自然之美乃大自然的本象美，自然向人而生的价值特性，客观存在于人和自然的价值关系之中，但只有通过我自己的审美体验才能捕捉得到。由审美体验而在脑海中形成的审美意象，是艺术创作的基因，但审美意象来自作家、艺术家对人生价值的审美体验。人生在世，对现实生活的深切体验，才是创作的源泉。所以，我的美学十分看重审美体验，所以有人把我的美学称作体验美学，有一定道理。

大自然中，泰山的雄伟，黄山的奇特，华山的险峻，庐山的秀丽，各以其独特之美打动我的心。我这一生，一共去了五次黄山，给我留下深刻印象的有三次，因而，尽管我已年迈，不能再登黄山去亲身体验，但我脑海里已存下了审美意象，黄山的意象不时在回忆中被重新唤起。我第一次登黄山已是五十岁时。1983 年，我带了我的首届文艺美学研究生王一川、陈伟、丁涛三人，以“艺术美与自然美之比较研究”为题，去江南水乡实地考察，亲身体验自然之美，重点就在黄山。那年秋天，我们先到了南京，住在南京大学，拜访了教美学的杨咏祁和凌继尧，体察了玄武湖、燕子矶、中山陵的景色。然后，我们去了芜湖，住在安徽师范大学，和我的老同学刘学锴、孙文光见面。第二天一早，我们就从黄山的北麓入口，一步步登山，经由最高处天都峰向南，从南出口下山，在山上转悠了一天。那天，天高气爽，风和日丽，我的兴致甚高，想起古人谢灵运穿着木屐爬富春山的雅事，脚上穿的竟是一双夹趾的塑胶拖鞋。一川他们还为我担心，脚趾会不会受伤。可我穿了这拖鞋走了一天，竟安然无损，轻松自如，连我自己也觉得奇怪。景色宜人，真能激发人的精神。又一次印象深刻的黄山之行是在我即将迎来六十岁的时光。1992 年的又一个秋天，我应陆梅林、侯敏泽之邀赴庐山参加马克思主义美学建设的研讨会，散会之前，我灵机一动，从九江乘江轮去了安徽，直奔黄山。这次我是从南麓入口登黄山，没有再穿拖鞋，却穿了一双皮鞋，虽觉沉重，但还是精神焕发，下山到旅店，还跳进泳池，游了一个小时。那天也是天高气爽，风和日丽。和第一次登黄山一样，明媚和煦的阳光照耀着群山，黄山的本象美尽显眼前，兴尽而归。尽管当时未曾摄像留影，但由审美体验得到的审美印象却长久留在脑海中。但我最后一次到黄山却完全不一样了，我体验到的竟是一场恐怖。那是在1999年的初春，我去南京师范大学参加中外文艺理论学会举办的一次国际学术研讨会，会后，我和钱中文、陆贵山、程正民、黎湘萍一起登上了黄山。这次，我们是从南麓入口，乘了缆车直上山顶，此时已有蒙蒙细雨，但阳光还不时透过云端照射下来，黄山显露出了另一番景色，别有一番风味。但当我们爬到最高峰时，风云突变，狂风暴雨倾盆而来，雷电交加，犹如天崩地裂，我等身临其境，几乎寸步难行，身体摇摇欲坠，若倒下，底下就是万丈深渊，粉身碎骨。最难过去的就是要穿过那百步云梯一线天山崖，我已无法直着腰走过去，只能双手扒着阶梯，爬着上了崖顶，才能转身下了山。那天，我穿的是一双橡胶布鞋，经水泡摩擦，我的脚趾肿了起来，需立即就医。我当机立断，当晚即乘飞机回到深圳。次日去医院，医生立即把我的两个指甲拔掉，若不拔，整个脚就将烂掉。这是我最后一次黄山之行，留下的是一片惊恐的印象。黄山还是那个黄山，但笼罩着的是狂风暴雨、雷电交加，遮蔽了黄山的真面目，直接在场呈现的是一片恐怖的景象，差点把我置于死地。这引发了我对审美的进一步思索，深感审美不能忘了“境遇”这一维度。审美场的形成，审美之发生不能只有主体和客体这两个维度，而且还要有“境遇”这个维度。美在一定的“境遇”下才呈现。审美场涉及了多重关系，自我和“境遇”的关系，对象和“境遇”的关系，等等。所以，一些复杂的美，应是关系质或系统质。这些，我在《文艺美学》一书中有所表述。

聂运伟：20世纪80年代，您倡导文艺美学以来，好评如潮，杜书瀛先生称您是文艺美学的“教父”。您把文艺美学从一个理论设想变成一个学科，20多年的时间里，您为此撰写了大量的著作和文章，培养了一代又一代学生，可说一度引领了中国当代美学的发展潮流。从中国当代美学史的角度看，文艺美学的提出，首要的意义是对曾经流行的教条主义的、高度意识形态化的美学体系的反叛，要求美学研究直面活生生的审美对象和丰富多彩的审美体验。所以，那些认为文艺美学是一种创新的美学体系的观点，并不符合中外美学史的实际。自黑格尔以降，艺术作为美学研究的主要对象已蔚然成风，中国古代美学以艺术创造与欣赏为中心，更是不言而喻的事实。再者，您的研究历程表明，您并不喜欢把美学变成抽象的哲学概念的体系，大量分析古今中外生动的艺术体验，由此探寻艺术奥秘之所在，才是您审美言说的特色与个性。一句话，您言说美学的诗性方式，对生命的审美体验的重新激活，才是文艺美学之要义。这，才是您对中国当代美学史最大的贡献。我很赞成如下的评价：您首先是“对文学艺术有自己深切的体验，和那些只在书本上讨生活的学者不一样”，因而才有“自己的真知灼见”。[①]

胡经之：我之所以积极倡导文艺美学，当然是因为我的学术志趣在美学，想接续蔡元培、朱光潜、宗白华、李长之等重视对文艺作美学研究的传统；更主要的是我赶上了改革开放的好时光。20 世纪 80 年代，在我国既是一个文艺复兴时代，又是一个新启蒙时代。我迎来了有生以来的第二次思想解放（第一次是新中国成立初期，我跨进了最高学府之门），得以自由走向我喜爱的学术之路，投身文艺美学的学科建设。美学在当时的兴起，对文艺复兴和新启蒙都发挥了积极推动作用，激励着人们向着更美好的未来奋进。当时，我正在北大中文系开设“文学概论”一课；受到了时代的感召，我在 1980 年就另开了一门新课，就叫“文艺美学”，面向全校人文学科的高年级学生。之所以能开这门课，那是因为此前已有了长期的酝酿，走了一段漫长的探索之路。我在 1953 年集中精力于中国现代美学的梳理，1954 年又花了一年多的时间去听苏联专家所开的“文艺学引论”一课，写完《论文学的人民性》。不久，就又去中国人民大学马列主义研究班攻读马克思主义哲学。1956 年夏，我又回到北京大学当助教和副博士研究生，攻读文艺学。最初两年，我真个是关进小楼成一统，闭门只读圣贤书，跟随导师杨晦专心致志地钻研中国古代的文艺思想史。但是，到了1958 年，早先被马寅初、江隆基聘为北大兼职教授的周扬，主动提出要来北大开设一门文艺学讲座，面向中、西、东、俄、哲[②]的高年级学生，由他主讲，还让何其芳、邵荃麟、林默涵、张光年、袁水拍等也来参讲。我受杨晦、魏建功、季羡林、冯至等的信任，担任了这个讲座的助教，因而

① 吴予敏：《〈美的追寻〉编后记》，载《胡经之文集》第五卷，海天出版社，2015，第558 页。

② 老北大人的口头禅，指中文系、西语系、东语系、俄语系、哲学系。

有一年的时间和周扬、张光年等多有交往。周扬来北大的第一讲，就定名为“建设马克思主义美学”，以他所编的《马克思主义与文艺》为依托，旗帜鲜明地提出，要在中国建设和发展马克思主义美学。受此启发和鼓舞，我才在那时确定了今后的学术方向。我的副博士研究生的毕业论文，就在那时锁定在“古典作品为何至今还有艺术魅力”的学术探索上，尝试以真善美的视界来评价中国古典文学的精粹，后来在《北京大学学报》上发表了。蔡仪参与过论文的评审，对我有所了解，半年后把我调入中央高级党校，参加他主编的《文学概论》的编写工作，我负责第一章。正是在编写此书的两年多（1961 年春至 1963 年秋）里，我得以大量阅读欧洲和苏联的美学和文艺学著作，开阔了思路。编书不仅开阔了思路，而且还从不少学者那里学到了为学之道，从而逐渐形成了自己的学术思路，想熔美学、文艺学为一炉。那几年，学术交流最多的是我的前辈王朝闻，我们常去颐和园散步，天南海北，无所不聊，真正是美学的散步。他对人生和艺术的审美感之敏锐，使我敬佩之至，受益匪浅。我也常和留苏回来的刘宁交流，他是我们同辈中最关注苏联审美学派的一位学者，我向他不时请教苏联美学动向，我也不时向柳鸣九教授讨教欧美文论，他当时已积极参与西方现代文艺理论的译介和编审。

1980 年初春，中华全国美学学会在昆明成立，朱光潜、杨辛和我三人受邀代表北京大学与会。主持学术研讨会的李泽厚要我在大会上谈中国美学史的问题，我遵嘱在大会上宣读了《中国美学史方法论略论》一文，主要内容就是：希望中国美学史既不要写成抽象概念史，也不要变成文学艺术史，而要关注“形而中”，找到“形而上”和“形而下”之间的中轴线。也正是在这次会议上，我敞开心扉，倡议建立文艺美学学科，得到了朱光潜、伍蠡甫、洪毅然等老一辈美学家的支持，更获得了艺术院校一些教师的热烈响应。1981 年，我接续杨晦先生开始招收文艺学硕士研究生。在杨晦先生的支持下，我说服了北大研究生部，在文艺学专业之下，新辟了一个文艺美学方向，和文艺理论分开。为什么要这么做？你的解释有道理，美学研究必须摆脱教条刻板的模式，这是 80 年代学术界的普遍呼声，我尝试熔美学和文艺学为一炉，实为时代之感召。那年，刚成立不久的北京大学出版社邀我去当总编辑，我没有去，但我答允为出版社张罗一套

“北京大学文艺美学丛书”。我在 1982 年冬写成了《文艺美学及其他》一文，由《美学向导》一书发表，阐释了我对文艺美学的学科定位和研究对象。童庆炳认为此文“从学科上对‘文艺美学’进行了清晰定位，奠定了八九十年代文艺美学的学科基础”。1989 年，我集十余年思考和书写的《文艺美学》终于出版，十年后又做了较多的增补和修改。如何评述我的这些工作，由后人去说吧。我自己感到欣慰的是《文艺美学》一书，不仅被一些高校列为文艺学研究生的参考用书，而且，其中一节还被选进了高中必读语文读本。人民教育出版社在 2001 年新编面向 21 世纪的语文教材，将《文艺美学》中的“中国古典诗词虚实相生的取景美”一节，编入了高中语文读本第五册，和宗白华等人的美文在一起，走进了高中课堂。我越来越觉得，美学在西方建立之初，还只停留在文化精英的圈子内，康德、黑格尔的美学只有少数人才能读，但在如今，广大人民的文化水平日益提高，美学就不能再停留在大学殿堂，应走向更为广阔的天地。

美的规律象中求

聂运伟：中西美学的发展历程都经历了从“自上而下”到“自下而上”的演化，您构建文艺美学的逻辑基点是在“形而上”与“形而下”之间寻找“形而中”。从方法上看，您似乎是叩其两端而执其中，但什么是“形而中”，您没有多说。我阅读您的著作，发现您对言必两端的观念一直有着潜在的怀疑。事实上，人间万物，从自然到社会，并非两极，两极并非事物的常态，常态是两极之间的中间状态，没有中间状态就没有极点。徐复观由《易·系辞上》“形而上者谓之道，形而下者谓之器”一语中推出“形而中者谓之心”。在他看来，“心”是一种具体的生命存在，不同于“与信仰或由思辨所建立的某种形而上的东西”，是具体的生命活动，即工夫、体验、实践。正是通过这些具体的生命活动，文化的精神价值才落实到“形而中”的“心”，并假借工夫、体验、实践得到现实的展现。所以，他认为“由工夫所呈现出的本心，是了解问题的关键”，“研究中国文化，应在工夫、体验、实践方面下手”。我没有考辨您的观点与徐复观的观点之间的逻辑联系，但可以做一个推论：您所关注的“形而中”——以个体之“心”为归宿的审美价值，既不是抽象的思辨或信仰，也不是生物性的感官满足，而是具体的生命活动通过艺术的创造和欣赏得以展开或呈现的完美状态。由此，对艺术奥秘的解说，必须回归到艺术创造和欣赏本身去体会、去悟解，而不是趾高气扬地用某种理论去规训艺术的创造和欣赏。我这样说，不知是否接近您的思路？

胡经之：不错，学术研究不能只停留在“形而下”，确要通过“形而下”去探究“形而上”。但“道”是存在于“器”之中的，“道”不离“器”，不过，在“道”和“器”之间，还存在中介“象”，这中介，我称之为“形而中”。我以为，美学不能只一味追求“形而上”，也不能只停留在“形而下”，而应更加重视“形而中”，正是“形而中”连接着“形而上”和“形而下”，更为丰富和具体。经历了半个多世纪的周折，我深切感到，若要对文艺学、美学做新的建构，不仅需要对过去的理论资料做全面概括，而且必须掌握实践材料，对实践中出现的错综复杂的艺术现象，分析归纳，从而做出新的综合。马克思为研究资本的运动规律，当然研究了前人无数理论资料，但他牢牢抓住资本在社会中的实际运动，从具体到抽象，又返回具体，从而揭示出整体。马克思曾说过，即使是抽象的理论思维，脑海中贮存的表象也要时常涌现。对此，我极为折服。抛开了生动活泼的实际，从抽象到抽象再到抽象，只能使文艺学、美学如天马行空，不着边际，虚无缥缈，不知所云，也就失却了生命力。目前，我们的文艺学、美学的最大缺憾，不是缺乏理论资料，而是不面对实际，忽视实践材料，不从具体中抽出问题，只是概念的空转，最后又不回到具体。所以，我常对一川、岳川、李健等人说，你们讲美学、文艺学，每当谈论一种理论，一定要举出实例来说明，要不就是空论。常有人问我，我们应该怎样才能把握住文学艺术的奥秘？按我的经验，首先就是要直接接触文学艺术的实践，读文学艺术作品本身，有真切的体验，方可进行研究。对文学艺术的研究，既做内部研究，又有外部研究，把探索的自律和他律结合起来，才能弄明白文学艺术是如何按照美的规律来进行创造的。

艺术创造是一种生产活动，其中就包含了符号的生产，语言符号或者是非语言的符号都在内，都是符号实践。符号，无论是语言符号还是非语言符号，都是一种物质，但这是一种特殊的物，是人类创造出来用以表征精神世界的，所以，符号生产不能归入物质生产之列，而是另成一类。符号生产也要按照美的规律来创造，按美的规律创造出来的符号如格律、音韵、图像等构成了艺术的形式美，即鲁迅所说的形美、声美等，但艺术之美不能只归结为形式美，更重要的是内容美，即鲁迅所说的意美。艺术生产不仅是生产符号，更重要的是要生产精神，所以称为精神生产。艺术生产作为精神生产，就是要作家、艺术家把自己脑海中的各种印象、思想、感情、幻想、愿望等心理要素“编织”起来，建构成一个相对独立的精神世界；而如何“编织”，却应该而且可以按照美的规律来进行创造。美的规律不仅体现在艺术生产中，而且也体现在其他实践活动和精神生产中，按马克思之见，物质生产也应按美的规律来进行创造。而在我们的生活世界中，生活实践中体现出来的美的规律，就更加屡见不鲜了。

美的规律属于“道”，但又寓于“器”中，我们通过“器”和“道”的中介“象”领悟到了美的规律。我和徐复观有所不同，他称“形而中者谓之心”，而我则说“形而中者谓之象”。“象”和“心”，虽只有一字之差，但内涵差别甚大。我说的“象”，既包括“意象”，又包括“符象”，更包括“本象”，天地自然之象亦在内。“道”不可见，“象”中则可见到“道”。中国文化传统，特别看重“象思维”，言一象一意相互贯通。苏轼在《易传》中说道：“圣人知‘道’之难言也，故借阴阳以言之。”然而，阴阳之说还是太抽象，“阴阳果何物哉？虽有娄旷之聪明，未有得见其仿佛者也。阴阳交然后生物，物生然后有象，象立而阴阳隐矣。凡可见者，皆物也，非阴阳也”。正是物有“象”，所以人才能感受到物。清代文史家章学诚在《文史通义》中说得好：“万事万物，当其自静而动，行迹未彰，而象见矣。故道不可见，人求道而恍若有见者，皆其象也。”他还把“象”区分为两大类，一是天地自然之象，二是人心营构之象。我在这两大类“象”之外，还加上了一类，那就是人文创造之象，以区别于天地自然之象。天地自然之象并非人造，而是自然天成，属实在。人文创造之象是人的文化创造，但也是实在。所以，我把这两类象都称作实象。人心营构之象就不是实象，而是在脑海中营构出来的意象，我把这称作虚象。艺术生产作为精神生产的一种，在艺术构思时，就要在内心开展意象运动，我把这称为意象经营，不同于理论思维说展开的概念运动。意象运动的结果是产生新的意象和意境，这都不是实象而是虚象，即人心营构之象。这人心营构之象经由符号实践（语言的和非语言的都在内）而加以符号化，就建构成了艺象。我把这人心营构之象的符号实践称为意匠经营，以区别于意象经营，意匠更加突出了技艺，需有把符号建构成美的形式的功夫。人心营构之象来源于天地自然之象和人文创造之象，意象源于本象，艺术源于生活，艺术创造“外师造化，中得心源”，意象经营和意匠经营的交织、融合，创造出来艺象，我在1979年写了一篇《论艺术形象》做了专门的论证。

意象并非都美，意象也可以是丑的，需作价值区分。本象，可以是丑的，也可能是美的，自然并不全美，人文创造之象并不因为是人的实践的产物而必然美，人类也创造了假、丑、恶。所以，美不仅在意象，也可以在本象，亦可以在符象。朱光潜所说的只有意象才美，把美窄化了。他后期发展了，承认劳动创造美。但是，劳动创造出来的也不必定美，依马克思之见，只有按美的规律创造出来的才美。人的劳动生产，必须符合三个尺度——真的尺度、善的尺度、美的尺度，艺术生产就更是如此了。美是在人类生活中形成的，但人类生活中生成的种种现象并非都美，只有对人具有肯定的、积极的正面价值的现象才可能美。万事万物，踵事增华，完形呈象，向人生成，融洽适度，恰到好处，方显出美。人的内心世界和外在世界要处在动态平衡状态才生成美，美是动态平衡的最佳状态。

人来到这世界上，和世上的万事万物发生着千丝万缕的联系，结成一体。人生在世，这自我和世上的万事万物是处在和谐关系中，还是失衡关系中，这本身就是人的存在状态，亦即生活本身的状况。自我和世界的关系性存在乃是第一性的本源性的存在，审美乃是对这种存在、生活的精神反映，其中既包括了对象的状态，又包括了自我的状态，更主要的是反映了自我和对象的关系状态。马克思、恩格斯在《德意志意识形态》中说得好：“人们的观念和思想是关于自己和关于人们的各种关系的观念和思想，……人们是什么，人们的关系是什么，这种情况反映在意识中就是关于人自身、关于人的生存方式或关于人的最切近的逻辑规定的观念。”人类原初的意识是把自我和外界的关系作为一体来反映的，是人的生存方式的反映，正如马克思、恩格斯所说：“不是意识决定生活，而是生活决定意识。”这里所说的生活，正是自我和对象互动所构成的关系存在，生活既有日常生活，又有超日常生活，共同构成人的生活世界。美学应深入生活世界。

聂运伟：对此，您的美学有一个较为完整的理论表述："美学，当然可以从审美对象这一客体入手进行研究，也可以从审美主体方面进行研究，但最终都要在审美主客体的相互关系中探得审美活动的奥秘。在审美活动中获得的审美体验是对象意识和自我意识的交融，熔主客体为一炉，它是艺术创造的灵魂。作家、艺术家如果没有对审美对象有真切的体验，只有清晰的认识或正确的评价，写出来的文章只是科学文章或道德文章，自有其科学价值或道德价值，但不是艺术作品，缺乏审美价值。只有对生活有了真切的体验，作家、艺术家才有可能进行艺术创造。因此，作家、艺术家如何由生活体验提升为审美体验，进而提炼艺术体验，将审美意象、意境符号化，创造出艺术形象（艺象），这是文艺美学要研究的重要课题。"[①] 但更多的时候，您的理论阐述常常和对具体艺术家创作的深度分析融为一体。您有篇文章，写于 1984 年，题名《人生体验笔底流》，写郑板桥的艺术创作与人生轨迹的互动。您认为郑板桥的艺术个性不过是他人生体验的表现："文学艺术起因于体验人生。只有对人生有了体验，才能进入艺术创造。"[②] 在您看来，板桥之所以"诗、词皆别调"，直抒血性为文章，笔墨之外有主张，并不是他的诗词字画"模仿"、反映了外在现实的什么本质属性，而仅仅是表现出艺术家内心的那块元气与造物间的互渗和融合。读您的文集，这样的例证很多，无所不在，古今中外诸多伟大的艺术家、经典作品都成为您解释审美体验、索解艺术奥秘的案例。

胡经之：伟大的艺术家、伟大的作品，都是个性化的存在，我说过："艺术创造，不仅创造出一种新的符号形式，更重要的是凝聚了人的独特的审美体验，这又反映出人与现实的审美关系。"[③] 板桥不仙不佛不贤圣，笔墨之外有主张，他笔下的阔大豪情非常人可比，你看他的题画诗《题竹》："我有胸中十万竿，一时飞作淋漓墨。为凤为龙上九天，染遍云霞看新绿。"

---

① 胡经之：《文心奥妙"象"中寻》，载《胡经之文集》第二卷，海天出版社，2015，第 612 页。

② 胡经之：《人生体验笔底流》，载《胡经之文集》第一卷，海天出版社，2015，第 516 页。

③ 胡经之：《〈文艺美学〉自序》，载《胡经之文集》第一卷，海天出版社，2015，第 5 页。

其中开阔的意境，澎湃的激情源自画家内心的那块元气，参透天地人生，方有卓尔不群的独立的人格意识。如《石兰图》题跋所言："画兰之法，三枝五叶；画石之法，从三聚五。皆起手法，非为竹兰一道仅仅如此，遂了其生平学问也。古之善画者大都以造物为师。天之所生，即吾之所画，总需一块元气，团结而成。此幅虽属小景，要是山脚下，洞穴旁之兰，不是盆中磊石凑成之兰，谓其气整。故尔聊作二十八字以系于后：敢云我画竟无师，亦是开蒙上学时。画到天机流露处，无今无古寸心知。"鲁迅说："文学虽然有普遍性，但因读者的体验的不同而有变化，读者倘没有类似的体验，它也就失去了效力。"作为美学研究者，若只从概念出发，全然不顾艺术家个性化的审美体验，对欣赏者的审美体验的诸多差异也不闻不问，那他永远无法体会板桥"胸中之竹，并非眼中之竹"，"手中之竹又不是胸中之竹"之绝妙。2001 年，我去扬州参加了一次学术研讨会，在高建平、姚文放的特别安排下，我和钱中文、童庆炳等去兴化拜访了郑板桥、刘熙载的故居，还去了淮阴，造访了周恩来的祖居。在郑板桥故居的小小庭院里，我徘徊良久，亲身体验了园中之竹的美。这园中之竹，是郑板桥画竹的灵感来源。"眼中之竹"是他直面园竹，直觉到园竹之美；"胸中之竹"则是经过他心灵而转化成的意象之美；"手中之竹"则更是要把这心中的意象美用笔来固定在纸上，予以物化，变成符象。艺术之美在哪里？艺术之美既在意象之美，又在符象之美，更在符象和意象的融洽关系之中。但园中之竹美不美？依我的体验，不仅园中之竹可能美，就是山野之竹，未经人工培植的野竹也可能美，郑板桥的诗画中就不仅常出现园中之竹，而且山崖上的野生之竹也常露于笔端。山崖野竹是未经人化之物，园中之竹已是经人手植（人化）之物，但都是生活世界中的存在，不是意象之美，也不是符象之美。不同层次的美，具有不同的魅力，这是美的多样性。其实，古人早已觉察到美的多样性，张潮在《幽梦影》中就这样说道："有地上之山水，有画中之山水，有梦中之山水，有胸中之山水。地上者，妙在丘壑深邃；画上者，妙在笔墨淋漓；梦中者，妙在景象变幻；胸中者，妙在位置自如。"地上之山水为真山真水之美，是本象美，胸中山水乃意象美，梦中山水为幻象美，画中山水则是艺象美。

情有独钟自然美

聂运伟：我有个发现，您心中的那块元气，是由江南水乡的水氤氲而成的。您 80 多岁，还坚持天天游泳，可见您对水的依恋是很深很深的。我近 50 岁的时候，开始去东湖游泳，还坚持了数年的冬泳，也深刻感受到水给人身心带来的微妙感受，确实很奇特，既让人沉静，也给人无限的遐思。

胡经之：我对流水确是情有独钟，有着一种特殊的情结。天南海北，从北方的松花江一直到三亚的南天一柱，只要有人能游，我就会纵身跳水，以求一游，以至在厦门大学东南海滨，因不明水情我差点葬身海峡。我从小生活在江南水乡，少年时代，几乎天天和河水亲近。无论是住在小镇还是住在乡村，不是屋前有鱼塘，就是房后有河浜。江南水乡到处有水，不管是上苏州还是去杭州，都要乘着乌篷船走水路。苏州的石湖、杭州的西湖、无锡的太湖、常熟的阳澄湖，那荡漾的湖水是多么地吸引人，多少次叩动了我那年少的心扉。在芦苇荡边眼望着夕阳西下，也曾几度使我陶醉，江河湖泊在我生活中曾经发生过巨大作用，从少年时代到青年时代，从牙牙学语到我首次走上人生道路，我都没有离开过它。我清楚地记得，20 世纪 50 年代第一秋，我从一个师范学生成为一个教师的时候，我任教的课堂就在一条清澈而宽阔的河边，那条河连接着更加宽广的湖荡。江南水乡的美这一客观存在，影响着我的审美趣味，使我对江河湖泊有特殊的审美爱好。随着年岁的增长，对水的审美体验更深。60 年代初的时候，我在颐和园参与编书，几乎天天都有机会在傍晚去昆明湖欣赏夕阳西下的美景；我也曾几次领略过海上日出和夕阳入海的胜景，在那茫茫大海之中，日出、日落都有另一番光景。晚年我天天坚持游泳，或仰天长卧，或水中散步似的划水，都以审美态度待之，并无多少延年益寿之想。对我来说，游泳主要是一种精神漫游，一种审美的享受，其乐无穷。这说明，每个人的内心世界，都储存着由岁月淘洗出来的审美经验和审美趣味，成了一种情结，有其恒常性。创造性的审美体验不是恒常审美经验和审美趣味的复制品，而是升华和提高。从这种体验出发，我曾写过《流水人生》一文，流水如人生，人生如流水，通过流水可以领悟到如何才能达致美好人生。

聂运伟：在您的文集里，我读到三次关于水的审美分析。第一次是在阐述审美主客体关系时，您用散文般的笔调记叙道："20 世纪 80 年代的第一个春天，在京城蛰伏多年以后，我陪朱光潜老人在昆明畅游了数天，又同李泽厚、杨辛等北大学长、美学同行结伴同游了峨眉山、乐山、成都，然后穿过长江三峡东下。心情的畅快，自不待细说——这是我有生以来第一次漫游西南，有着十分新鲜的感受。然而，真正深刻感受到审美的激动，却是在我乘船出长江三峡进入枝江江面眼看夕阳西下的那一瞬间"；"就在这夕阳西下的一瞬间，我的心灵颤动了，心潮起伏，内心深处激起了一股激情，无法平静，好像才第一次觉得人生是如此美好哦，禁不住在内心呼出：啊，世界多美好！"[①] 第二次是在阐述审美体验与非审美体验的复杂关联时，您以波德莱尔的散文《点心》为例，先分析"平静的小湖"的美景如何唤醒诗人的审美经验，赏心悦目之中，人与自然融为一体，然后转录诗人记叙两个贫苦孩子为一块面包而"引起一场兄弟间相互残杀的战争"，[②] 自然的美景与现实生活竟如此不堪对比。第三次是在谈自然美与理想美的关系时，您以恩格斯年轻时代的散文《风景》为例，分析了恩格斯从自然美向崇高的理想美递进的心路历程，即审美体验的升华：当恩格斯从莱茵河道经英国进入海面时，"在你眼前的，是宽阔的自由大道"，面对大海的恩格斯，抑制不住内心的愉悦，以至挥舞着帽子大声欢呼：向自由的英国致敬。[③] 这三段分析文字，堪称美文，尤其是在一本理论著作中如此抒发情感，且与义理之阐释珠联璧合，给我极大的启迪和影响。三个例证，时空迥异，意旨多有不同，但又蕴涵着一个深刻的道理：人类对自然美、艺术美、社会美的体验，归根结底，如您所说：是"同自由感相联系的体验"，反之，现实生活中的诸多体验往往是不自由的。对极"左"思潮窒息精神自由没有切身体验的人，恐怕很难理解您"京城蛰伏多年"的个中滋味，更不能理解您为何触景生情，发出"世界多美好"的呼声。

胡经之：谢谢你的理解和解读，只有穿透历史的迷雾，理解和解读才

① 胡经之：《文艺美学》，载《胡经之文集》第一卷，海天出版社，2015，第 26～27 页。
② 胡经之：《文艺美学》，载《胡经之文集》第一卷，海天出版社，2015，第 54～56 页。
③ 胡经之：《艺术美略论》，载《胡经之文集》第一卷，海天出版社，2015，第 440～442 页。

具有精神的自由。同样，自由感是审美体验的最高境界，也是贯通自然美、艺术美、社会美的灵魂。波德莱尔的散文《点心》是杰出的艺术作品，其中自然景物的美和社会现象的丑形成了强烈的对比，自由感在此发生了复杂的转化：在美妙景色之中，诗人“感到内心中和宇宙间的绝对安宁”，在令人不安的现实面前，温馨的审美自在与和谐突转成为伦理的困惑与质问，两个本该天真纯洁的孩子为什么会为了一块面包而像狼一样相互撕咬？由一己之自由推及整个人类的自由，并为之呼号、奋斗，永远是艺术美的灵魂。所以，恩格斯在《风景》中表现出来的情感，不仅是在为英国的自由而欢欣鼓舞，而且是在为德国争取自由而大声疾呼。可以说，只有在心灵深处蕴藏着追求人类自由的崇高理想，有高尚、健全的人格，我们才能更深刻地体验到自然赐予心灵自由的愉悦之感。我同意你对我在枝江江面面对夕阳西下那一瞬间爆发的审美激情的解读，我们这一代人，身心所遭逢的压抑，后人恐怕是很难理解的。中国古代知识分子，为何喜欢寄情于山水？显然不是一个纯粹自然美的问题，蔡元培提倡美育，就是想通过自然、艺术，陶冶国民情操、培养公民独立自由的人格意识。我常引用罗曼·罗兰的一句话：“要有光！太阳的光明是不够的，人，必须有心灵的光明。”是的，人只有外在的光是不够的，心灵也应该闪光。心灵闪光！这是孜孜不倦地追求真、善、美的有志者共同希冀达到的境界。艺术和美，是人类灵魂之光。文艺美学的使命正在于探索和揭示艺术这一灵魂之光的奥秘。艺无止境，对艺术奥秘的探索也将是无止境的。“以追问艺术意义和艺术本体为己任的文艺美学，力求将被遮蔽的艺术本体和价值重新推出场，从而去肯定人的活生生的感性生命，去解答人自身灵肉的焦虑。因此文艺美学将从本体论和价值论的高度，将艺术看作人把握现实的方式、人的生存方式和灵魂栖息方式。”①

马克思把艺术看作掌握世界的一种方式，很有道理。人生活在这个世界上，必须既在实践上又在精神上掌握这个世界，艺术是在精神上掌握世界的方式。人生在世，要和周围世界融为一体，方能生存、发展和完善，艺术就是在精神上把人和周围世界融为一体，从而促进人类从实践上去改

① 胡经之：《文艺美学》，载《胡经之文集》第一卷，海天出版社，2015，第9页。

造世界，建立和谐世界。什么是本体？我心目中的本体，就是人的整个生活世界，是人和周围世界结为一体的共同存在，亦即人生。人生是本体，但人生有美好的，也有丑陋的，更多的是平庸的，所以人生也有区别，什么是美好人生，什么是丑陋人生，什么是平庸人生，这就要做价值区分，因而，美学也要从人生论进入价值论。但人生的价值要由人来体验，方能领悟得到，所以美学还要从人生论、价值论进入体验论。我国古人早就已体会到，对人生要有自己的切身体验，“以身体之，以心验之”，但对“体验”本身还未做深入剖析。我在 1961 年参编《文学概论》时，集中力量读了西方学者如狄尔泰等论体验的著作，逐渐了解，体验是不同于认识活动和意向活动的一种独特的精神活动。我请留苏的老同学孙美玲从莫斯科买了一本鲁宾斯坦所作的《心理学的原则和发展道路》（1959 年俄文版），其中有专论“体验”的一节，深得我心：“人的意识不只包含知识，而且也包含由于人的需要、利益等的关系而对世界上对他有意义的东西的体验。由此在心理中就产生了动力的倾向和力量；……意识就不单是消极的反映，而且也是关系，不只是认识，而且也是评价、肯定或否定、企求或排斥。”从此，我就一直关注着体验论。

体验是人类从精神上掌握世界的一种方式，区别于认知活动和意向活动，总是带着感情来看世界，以情观物，从而在体验中获得审美愉悦。但体验并不只是停留在自身，根本目的还在掌握世界。世界浩荡，有自然世界、人文世界、精神世界等。我对天地自然之所以情有独钟，那是因为深感大自然不仅是价值的载体，而且还是价值的源泉。人文世界、精神世界也是从自然界中生成、发展出来的，大自然是母体。1875 年，马克思针对德国社会民主党纲领中所说的“劳动是一切财富和一切文化的源泉”做了尖锐的批评：“劳动不是一切财富的源泉，自然界同劳动一样也是使用价值（而物质财富就是由使用价值构成的!）的源泉，劳动本身不过是一种自然力即人的劳动力的表现。”马克思不仅同意这种说法（土地是母亲，劳动是父亲），而且，还进而肯定：大自然是第一源泉。我从自己的人生体验出发，领悟到人生三大维度，第一还是自然维度，第二方为人文维度，第三乃是精神维度，大自然乃是人得以生存、发展和完善的基础。

聂运伟：当我们把艺术看作人把握现实的方式、人的生存方式和灵魂栖息方式，把自然看作净化心灵的审美场所的时候，审美的实践性就必然彰显出来。我个人以为，20世纪以来，美学研究领域里的文化转向，正是人类生存方式发生巨变的一种表现，文化工业的诞生与发展，个体自由选择空间的日益扩大，都市大众文化的兴起与繁荣等，使得传统对于文艺、自然的静观式审美开始受到追求刺激、欲望享受的现代动态式审美的强劲冲击，以至我们不得不把当下审美的生产和消费看作一种细化到日常生活每一个细节里的新的文化样式，并用新的审美概念去解释它。这大概就是您说的“文化美学应时生”。

胡经之：中国在迅速走向现代化的过程中，各种文化现象纷纷涌现，时而令人振奋，又时而使人困惑、眼花缭乱，前现代、现代和后现代同时并存，共时杂错。文化研究把视角转向当下现实，捕捉社会实际中的复杂现象，深入剖析，理属当然。我1984年到深圳后，最早接触的大众文化、通俗艺术是从港台传入的。第一次看到中国台湾歌星奚秀兰放歌《阿里山的姑娘》，引起了我的一种惊奇感。这位歌星在中国台湾并非一流，歌喉只能说圆润，说不上优美，更称不上高雅，但那唱法却很新颖，充满生命活力，富有青春动感，表情甚为丰富，洋溢着生活气息，给人以一气呵成的鲜活之感。过去，习惯了太多的沉闷、迟缓、拖沓的节奏，突然听到了充满青春活力的歌曲，一下感到惊奇，歌还能这么唱，世上还有这样的歌！以后，又听到了三毛的歌曲和邓丽君、蔡琴、费玉清等的演唱，更加深了我的印象：这同传统的审美已有了很大的不同。我对大众文化，既不一概否定，又不一概肯定，其中优秀之作蕴含着真善美，但也不乏低劣之作，更多的是平庸之作，需要做美学的分析。所以，在完成文艺美学的主要阐述后，开始走向文化美学。

聂运伟：胡老师，因为时间关系，我不能再就文化美学的问题和您深聊了。我知道您对于文化美学的研究，提出了许多重要的话题，比如文化的价值属性，研究文化也需要美学，特别是研究大众文化必须与对高雅文化的研究结合起来，寻求两者之间的审美共性，以此消解大众文化中低俗的商业化倾向等。我想问的问题是，依您个人的审美体验，您认为古典审美与现代审美可以融合吗？

胡经之：我认为，两者的融合是锻造现代审美精神的唯一途径。理论上不多说了，以我自己切身的体验而言，现代审美往往有细腻的感性体验，但缺少心灵的深掘。刚来深圳的时候，不时来往于香港，看了许多港台小说，先是琼瑶的爱情小说，继而看亦舒的爱情小说，后来再看梁凤仪的财经小说，我很惊叹这些小说里扑朔迷离、惊心动魄的情节设计，惊异作者由对女性内心世界的细微勘探，曲折表现出人世的兴衰沉浮。坦率地说，阅读这些作品，入乎其内易，情感层面很容易受到它的感染，但出乎其外则难，因为作品的审美精神缺少净化心灵的向度和气质，更缺乏精神的体验和超越当下的反思力量。许多理论家由此断定现代审美与古典审美不可通约，此论过于绝对。我年少时深受古典审美的熏陶，对世界名曲一向充满崇敬。第一次听到当代“钢琴王子”克莱德曼演奏他自己改编的古典名曲，我的直觉是：这些古典名曲和我们亲近了，融进了我们的现代生活。他对古典乐曲做了现代阐释，赋予了现代气息，加快了节奏，多了自由发挥，既符合现代人的审美趣味，又完整地表达了经典世界的深邃意境和高雅的品质。面对审美文化格局的新变，我们应该把探索大众文化、高雅文化的各自特点及相互关系，综合起来研究，而不是割裂开来；在互相渗透中把握发展趋向，切实研究、探讨两者融合的具体案例，而不是空谈理论假设。如此，我们才能让文化美学的目的真正落实到个体人格的健全与完善之上。润物细无声，审美是一种人类精妙的精神活动，当能直接影响人的思想感情，正如席勒所说，或使人精神振奋，或使人精神松弛，但都使人获得审美的乐趣。孔夫子早已悟得，“知之者不如好之者，好之者不如乐之者”，所以人类需要美育。但审美的作用，不仅在当下给人以乐趣，而且潜移默化，培养了人的情趣，塑造美的人格、自由个性，造就蔡元培所说的“完全的人格”。审美还有第三个功用，那就是在提高审美能力之后，进而提升创美实践能力，按马克思所说，运用美的规律来改造世界。人类在改造世界的历史发展过程中，如恩格斯之所说已有两次提升。一次是“在物种关系方面”，人从动物中提升了出来；一次是从“社会关系方面”的更高一层的提升。我觉得，我们现在又在经历第三次提升，那就是在“精神关系方面”的进一步提升，美学应在这第三次提升中发挥更大作用。马克思说得更具体，人应从“人依赖人”的境遇中解放出来，进而还要从“人依赖物”的境遇中解放出来，发展“自由个性”；而且，不是少数人，而是人人都能得到自由而全面的发展。那么，美学的作用将越来越重要，不少哲学家把美学列为第一哲学，确有道理。

聂运伟：胡老师，在当下，我们该如何把哲人深邃的审美思辨和古典的审美情思转化为日常生活的审美样式呢？很想听听您的具体建议，向您学习，为自己设计一个优雅的晚年生活方式。

胡经之：随着岁月的流逝，我越来越领悟到，顺应自然的生活应是简朴的生活，如庄子所言"应物而不累于物"。暴饮豪食，暴殄天物，不仅伤害自然，亦是自我戕害。人应以最少的时间和精力来满足自己的基本需求，要多花时间和精力去读书、思索、漫步、游泳、赏乐。过简朴的生活，为的是追寻更丰富的精神生活。适者生存，善者优存，美者乐存。心有真善美的追求，才有完美的人生。我写过一首《感悟》："人生苦短波折多，不如意事常八九，尚幸留得平常心，犹持真善美追求。"今年欣逢我国改革开放四十周年，深圳大学正在筹建校史馆。我是当年深圳大学初建时从北大、清华来支援的教师中侥幸还在此的最年长的一个了，一定要我回忆一下当初，还要简明扼要地归纳一下人生，我写下了四句："乐读万卷书，好做万里行；心向真善美，敬重天地人。"读了万卷书有什么收获？正好，中国文字著作权协会给我寄来一份我的文字著作统计表，要我填上精确数字，我认真查阅了一下，我这一生只是写了三百多万字的文章，收在我的文集中了。但我主编了好几种高校教材和教学参考书，却有八百万字左右，这也可算是一种学以致用。至于万里行，早超过了，特别是到深圳以后，差不多每年都要出去考察，体察世界。一位友人还为我大略估算了我的游泳记录，竟已超过了一万次。我爱音乐，七十岁以后，天天要弹钢琴，自奏自乐，能背下来的乐曲也有百首了。按马克思的理解，生活领域广阔多样，他不时提及的就有物质生活、政治生活、精神生活和社会生活。到 20 世纪初期，德国的文德尔班就竭力倡导人生哲学，鼓励人类追求有价值有意义的生活，他的《哲学导论》（蔡元培自己说，出版于 1927 年的《简易哲学纲要》就脱胎于此书）一书中，生活就包括了更多：除社会生活、政治生活之外，还有道德生活、宗教生活、科学生活、艺术生活和审美生活。生活真的可以丰富多彩，但我迈入晚年之后，更追求过简朴的生活，物质生活越来越简化，能满足生存的需要就可以了，无甚奢求。万里行也到此为止，连近侧的香港、澳门也不去了，已力不从心。但我的学术生活和审美生活却要求越来越精致，虽还在博览群书，但发生兴趣的只在少而精之处。人从大自然中来，最后还是要回到大自然中去，越到晚年，就越要返璞归真，过简朴生活。唐代禅师青原惟信有一段精彩之论，时常浮现于我的脑海之中："老僧三十年前未参禅时，见山是山，见水是水。及至后来，亲见知识，有个入处，见山不是山，见水不是水。而今得个休歇处，依前，见山只是山，见水只是水。"我没有参过禅，不懂得参禅以后，有了知识，怎么会见山不是山，见水不是水。但我也曾体会到，年少时无多少知识，见山是山，见水是水，体验到自然之美。到读了很多书，要做学问了，听百家言，方编出了八百万字的资料，却时常被引入知识的迷宫，被多种学说迷惑，见山不是山，见水不是水了，而被所谓的"阐释"遮蔽。而到了晚年，"得个休歇处"了，就抛开各种"阐释"，从自己的知觉体验出发，见山还是山，见水还是水，回归本真，通过审美体验，获得美的享受，这也是一种返璞归真。

聂运伟：感谢您说了这么多，畅谈自己的人生价值体验，使我们度过了美好的一天。祝您身体健康，再书审美新篇章。

胡经之：我喜爱敞开心扉自由谈，欢迎您下次再来家里品茗畅谈。

（原载《长江文艺论坛》2018 年第 4 期）

思想何以贫困？

——与邹老师书

看了邹老师的书稿《思想的贫困——我的教育与学术反思》（以下简称《思想的贫困》）之后，很是震撼。我以为，邹老师在文稿开篇写下的第一段话，是耐人寻味的：

> “独立之精神，自由之思想”是知识分子安身立命之本，可谓之教育与学术之魂。克尔恺郭尔有句名言：“一种人是因为要做自己而痛苦，一种人是因为不要做自己而痛苦。”要做自己才会有魂，不要做自己就会失魂。回顾半个世纪来我在教育和学术上走过的道路，这两种痛苦都有过，有时是后者，有时是前者，有时兼而有之，更有时痛则痛矣，却不知是哪一种。这一切皆源于特定的历史与文化语境和自己的选择，而教育、学术与政治间的剪不断理还乱又贯串其中。最终我选择了要做自己，告别“可爱的谬误”，接受“痛苦的真理”，呼唤魂兮归来，但不知是否真正做成了自己，魂是否仍与我若即若离。

就人生经历而言，邹老师似乎不应该有如此之“痛”。在知识者遭受蹂躏的时代，邹老师还是“一帆风顺”地在北京师范大学和中国人民大学完成了大学本科和研究生阶段的学习，并成为一名大学教师，“文化大革命”结束时，又恰逢壮年，意气风发地写文章、当教授，加之身体康健、老伴贤惠、儿孙上进，想想自封为“十全老人”的乾隆爷家里的那些烂事，他未必比邹老师有福。可是，走进晚年的邹老师，并没有在世俗的“幸福”里怡然自得，相反，他近乎严酷地对自己的学术生涯做出了深沉的反思和自我否定，同时也对自己的生活时代发起了质疑、追问和反思，其“疑”、其“问”、其“思”，若不从思想史层面观之，恐很难索解其间的真意。近十年来，自己一直在中国百年来的思想史领域里阅读、思考，很想做些清理工作，特别是对1949年后的学术史的清理和反思，是一个巨大而迫切的课题，理由巴金老人说得很多也很清楚了，但是，这又是一个无法从容进行的工作。为什么？无非羁绊太多。近百年前，梁启超的《清代学术概论》（1920）、《中国近三百年学术史》（1924）以继往开来的眼界开一代学术新风，其容纳中西、纵论古今的独立品格，实为五四前后新文化运动的另一个面向，即陈寅恪称之为“独立之精神，自由之思想”的学人之魂。如此学人之魂，尽管没有《新青年》翻江倒海的气魄，但历史烟云散尽之后，我们还得像邹老师一样“呼唤魂兮归来”。所以，我把邹老师的书视为这样一个思想语境中的精神个案，或者说，在邹老师冠之以“我”的“思想的贫困”的背后，实际上悬置着一个更重要的命题，即“我们”的思想何以贫困？

一

作为一个读书人，邹老师骨子里有着“审古今之变，立一家之言”的憧憬和追求，可为什么在“文化大革命”后的20余年的治学中始终没有寻找到一种方向感？而这种困惑正是无法达到自己企及的学术高度的原因，从而成为邹老师这一代学人内心最大的隐痛（尽管许多人未必说出来）。我想，这是邹老师退休后走向反思之路的一个自我发问，亦是《思想的贫困》一书中诉说人事万象的心理动机。理解了这一点，才能理解邹老师自述体文笔中绵延的思绪。

> 进入学术启蒙期之前，我文学知识的积累是相当贫乏的。童年正逢战乱，发蒙学的是“来来来，来上学，大家来上学。去去去，去游戏，大家去游戏”；抗战胜利后进了教会学校，上帝成为我人生的第一个偶像；解放初，以一篇命题作文《给斯大林大元帅的一封信》进入高小，武侠连环画和抓特务的故事填补了我的阅读空间；在“保尔·柯察

> 金班”，上帝和侠客在革命英雄的光环下悄然隐退，奥斯特洛夫斯基的名言和苏联文学陪伴我度过了初中时光；直到高中，我才结识了鲁迅、巴金和现代文学，结识了赵树理、闻捷、邵燕祥、刘宾雁、刘绍棠和解放区文学与新中国文学；张志公先生主编的分科型语文课本，为我打开了中国古典文学的大门。语文老师在课堂上朗读我自由命题的作文《故事新编——氓》，最终决定了我人生的第一次选择。我是带着“作家梦”走进大学的……

邹老师对大学之前的叙述非常简单，为什么会如此？多年前读福柯的时候，我也有这样的疑问。许多研究福柯思想的学者常常忽略了福柯进入高师之前的生存状态——“小时候生活在法国的一个小资产阶级的外省环境里”，一个“令人不能置信的头脑禁锢”的外省环境，加之战争的阴霾和严厉的父亲的严格要求，都在福柯幼小的心理世界里埋下了日后学术上离经叛道的种子——“在福柯强烈求知欲和严肃性格背后无疑也有被压抑的个人焦虑的冲动”。我这样的联想并非牵强。尽管福柯（1926 年出生）比邹老师（1939 年出生）大 13 岁，两人文化背景亦不同，但战争却是他们人生经验的共同底色，如福柯所说：“我想，这一代的少男少女的童年都是由这些重大历史事件构成的。战争的威胁就是我们的环境，就是我们存在的架构。后来，战争真的来临了。不是家庭生活，而是这些世界性的事件才是我们的记忆中的主体。我说‘我们的’，因为我几乎敢断言，当时法国的少男少女都有同样的经历。我们的私人生活实际上是受到威胁的。可能正是由于这个原因，我对历史，对个人经历同我们置身其中的事件的关系特别着迷。我想，这就是我的理论兴趣的核心。”“战乱”留给童年的记忆是充满恐怖、威胁生命的“事件”，个体的一切是由“事件”决定的，个体在“事件”面前已失去主体的资格，唯有无名的“焦虑”。所以，福柯自己后来对这一时期的回忆几乎都是阴暗的：保守、压抑、威胁、恐怖。这种体验塑造了他的人格，影响着他未来的思考。有人概括说，少年时代的福柯似乎“像查拉斯图拉一样忍受着一种强烈而高傲的孤独之苦”。

在心理层面，邹老师和福柯是多么地相似。在邹老师对一生学术经历的反思里，有着太多的压抑、迷茫、困惑，从大学、研究生阶段的学习、“文化大革命”中的政治化学术一直到“文化大革命”后的学术突围，莫不如此。请看邹老师对他大学生活的描述：

> 要求文学史课每讲一个作家、一部作品，都要加上批判的内容，以体现对文学遗产是“批判地继承”。一次，白发苍苍的梁品如先生在讲完魏晋时期的一个作家后，居然嗫嚅着说：“同、同学们，我、我不会批判……”我坐在靠前的位子，清楚地看到他嘴唇发颤，拿着讲稿的双手在抖动，眼里还噙着泪光。此情此状，令坐满阶梯教室的近两百名学子手足无措，我心里也充满了苦涩。又一次，有“活字典”美誉的刘盼遂先生讲到陶渊明辞官归隐时，既不敢正面肯定，又不愿违心批判，情急之下顺手拈来，给这位杰出的诗人戴上了一顶“无组织无纪律”的帽子，引来一片笑声。学生不知其所学，不可否认，我所吸吮的文化、学术营养，并没有也不可能超越那个时代特有的种种局限。外语课被砍掉，心理学课刚开了个头，大概是因为触及到人作为个体存在的多种需要，不合时宜，被视为“伪科学”，也砍掉了。那时根本没意识到这会给自己带来知识结构上的重大缺陷，特别是外语的放弃，造成了自己后来学术与人生不可弥补的遗憾。如此，走进北师大，我接受的第一笔政治、学术“遗产”是反右斗争，秦兆阳的“现实主义——广阔的道路”和刘宾雁的“干预生活”最让我心存畏惧；离开北师大，我得到的最后一笔政治、学术“财富”是批修斗争，林默涵的《更高地举起毛泽东文艺思想的旗帜！》和马文兵对人性论、人道主义的批判最令我心存敬羡。秦兆阳们的“警示”作用和马文兵们的“榜样”力量将伴随我走向下一段行程。
>
> 随着一连串“战斗”的洗礼，我接受了这样一个理念：“为学术而学术”是资产阶级学术思想，“为政治而学术”是无产阶级学术思想，“埋头做学问”是一件很危险的事情。在我和同学们的心目中，学术的价值不断贬低，学术的尊严渐渐被打掉，学术的光环也不那么亮了，学术不再是一个神圣的字眼。甚至在有的同学看来，学术似乎

还染上了基督教的“原罪”，避开为妙。也有个别同学壮着胆子偷偷地看专业书，给报刊投稿，但又怕别人发现，就在桌上放一本《红旗》杂志，一旦来了人就把专业书、稿纸盖上，装出热心政治学习的样子。

历史事件给了福柯和邹老师共同的心理“焦虑”和心灵之“痛”，不同的生活背景又使两个读书人步入全然不同的人生轨迹。行为上，福柯放浪形骸，惊世骇俗；邹老师循规蹈矩，是“好”学生、“好”老师。学术上，福柯朝三暮四，先贤也好，同时代的大师也罢，概为我所用，亦为我所弃，传统的概念、范畴、学术规范，在他那里统统失效，甚至活生生地把监狱、疯癫、性、惩罚、知识考古等词语打造成流行的哲学话语，这些看似杂乱无章的研究却使他成为“二十世纪最伟大的思想家”。其围绕“权力—知识—身体”展开的谱系学分析方法彻底颠覆了总体性、一体化的形而上学，反对权力规训思想、规训知识、规训知识者是福柯留给人类思想史的宝贵财富。和福柯相比，邹老师的学术之路显然只能是一条被权力规训的道路，阅读、思考、写作，一切都被制定、被设计、被规划。……所谓学术，只能是“文化大革命”前和“文化大革命”中的政治化“学术”，即使是“文化大革命”后的学术突围，也“只能在对经典的依傍中去一步步尝试跨越经典，交出的答卷也只能是有进有退，有得有失，有清有浊，甚至进退失据，得不偿失，清浊不分”。“我清醒意识到自己还不能完全摆脱长期形成的思想依附的惯性，斩不断‘经学传统’的羁绊，走不出‘经学思维’的囚笼。”邹老师这份清醒的学术反思弥足珍贵，“经学思维”就是汉代之后导致中国人文知识分子创新乏力的死穴，启蒙运动毕竟让西方知识界告别了禁锢思想的中世纪，有此，福柯才成其为福柯。相比之下，百年前的中国启蒙运动并没有完成这个任务。所以，已故的中国思想史研究者朱维铮先生有本文集，取名为《走出中世纪》。我喜欢读他的文章，我理解他的真意是：在思想观念上，我们还在走出中世纪的漫长道路上艰难地跋涉。

二

梳理1949年后中国美学、文艺学发展的学术史，邹老师就读的中国人民大学文艺理论研究生班，堪称一个值得深入研究的学术案例。从1959年至1965年，先后招收了三期学员，开办了一期进修班，大概有200余人。改革开放后文艺学、美学的学科发展，诸多大学、文化研究机构里的学科负责人和学术带头人都出自此，“许多省市文联、作协的负责同志，许多文艺研究院所的学术带头人和许多高等院校骨干教师，都进过文研班，有人戏称‘文研班’是文艺理论战线的‘黄埔军校’。也有人调侃说，‘一开文艺理论会，到处碰到‘文研帮’’”。[①] 我读过许多毕业于文研班的老先生的回忆文章，他们对“文研班”有着深深的眷念，特别是对“文研班”的总负责人何其芳先生的人格力量有着无限的憧憬和怀念，但非常坦率地说，老先生们无比骄傲地对“黄埔军校”类比的认可，恰恰不无讽刺地映射出这个学术群体先天的缺陷，正如近代史上的黄埔军校一样，走出了很多优秀的军事将领，但“效忠领袖”的校训却成就不了一个个性鲜明的巴顿将军。人间自有清醒者，请看：

> 追想起来，我们研究班的历史，在上个世纪60年代同“五四”时期不同，同抗战前后的研究生也不同。“五四”时期的知识分子面临的是全世界向你开放的文化背景，抗战前后的学生要在民族命运和国家命运决战中作出自己的选择乃至献身。我们是在大陆建立社会主义政权之后，国家养着你，喂着你，从经济到文化，一切在计划之中。我们在反帝、反封建的斗争中，经历过“一边倒”（倒向苏联），又经历过独立自主色彩的“两边打”（反帝反修），经历过批胡适、反胡风，经历过反右派、反右倾，我们在关起门来搞继续革命、不断革

---

① 缪俊杰：《建理论队伍之军——文研班回忆之一》，载何西来主编《九畹恩露：文研班一期回忆录》，社会科学文献出版社，2011，第30页。

命的背景下听话、紧跟。我们的基本思想取向是：读毛主席的书，听毛主席的话，做毛主席的好学生。①

贺兴安先生把“文研班”学术群体与此前两代学者做了一个很好的比较，尽管简略，却描述出他们从事学术活动的思想史背景——文化信息的获得从开放走向封闭，学术面向从选择的多样性到单一的被决定性。我们从大量文献资料得知，周扬让文学研究所和中国人民大学合办“文研班”的直接目的是培养马克思主义文艺理论的干部和教师，潜台词是在中苏关系破裂后，如何在思想文化领域全面建立中国式的马克思主义理论体系，更准确地说，是确立解释马克思主义中国版本——毛泽东思想权威性的制度设计和“学术”范式。

20 世纪 50 年代初开始的一轮又一轮的院系调整，其实就是让晚清以来欧美自由开放式的大学体制改为苏联极权主义的大学体制，让大学完全由国家权力所掌控，1953 年政务院《关于修订高等学校领导关系的决定》，明确了由新设立的中央高等教育部对全国高等学校实行统一领导的管理体制。同时规定，综合性大学以及与几个业务部门有关的多科性高等工业学校由中央高等教育部直接管理，中央高等教育部将对全国高等学校的方针政策、建设计划（包括学校的设立或变更、院系和专业设置、招生任务、基本建设和财务计划等）、重要的规程制度（如财务制度、人事制度）、教学计划、教学大纲、教材编审、生产实习等事项，进一步统一掌握起来。凡高等教育部关于上述事项的规定、指示或命令，全国高等学校均应执行。如有必须变通办理时，须经中央高等教育部或由中央高等教育部转报政务院批准。从此以后高等学校丧失了教学自主权。在这种新的大学体制中，人文学科遭到贬抑是逻辑的必然，据统计，20 世纪 50 年代人文、政法、财经等科的学生急剧减少，1947 年三科学生占大学生总人数的 47.6%，1952 年下降为 22.5%，1957 年更是仅占 9.6%。可以说，完整意义上文理兼

① 贺兴安：《在铁狮子胡同四年》，载何西来主编《九畹恩露：文研班一期回忆录》，社会科学文献出版社，2011，第 105 页。

修、互通的现代大学，已成为过去时，有人尖刻地指出，这种体制使高校成为“单一的职业培训和官僚培训基地，”话虽难听，却是事实。在总结这段历史经验的论述中，人们习惯地认为上述问题是计划经济的产物，是为了经济发展的必要牺牲，我以为这样的解释是说不通的，1956 年才开始实施计划经济，而对大学制度的改造和重新规划早在 1949 年就有计划地开始了。追溯这段历史，就可以更清楚地看到“文研班”所承载的制度性使命，其不过是权力进行自我合法性证明的制度设计、安排中的一个环节而已，所以，“文研班”之所以由文学所和人大合办，显然不是一个学术问题，时任文学所所长的何其芳“是著名诗人，又是党的文艺理论家……在延安鲁艺当过文学系主任，有办学经验”，“中国人民大学是党创办的培养马列主义人才的高等学府……拥有一大批从延安来的或者经过长期革命考验的有理论素养和实践经验的理论家当教员。因此，由这两个单位合作，可以说是‘珠联璧合’、‘比翼双飞’”。[①] 要知道，当时人大的中文系还在筹办期间，周扬之所以选择人大，而不是学术重镇北大，理由是不言而喻的。可见，制度层面的安排一开始就决定了“文研班”的“学术”范式不过是权力的注脚。

三

> 学术是精神上的志业，只有热爱、执着和甘于寂寞才有资格拥抱它；学术的生命在于创造，有无独立思考是判断学术真伪高下的唯一标准。但在实际的教学和研究中，我数十年所传之道、所授之业、所解之惑究竟有多少接近了真理，从而有益于学生的学业和人生，又有多少十足的谬误，因之误导了学生的学业和人生呢？我数十年写的那些文字，即使撇开彰显着“平庸的恶”的篇什，无论是学术内涵还是学术精神，能为当代中国文艺学学科的建设增加一丝一毫一钱一厘

① 缪俊杰：《建理论队伍之军——文研班回忆之一》，载何西来主编《九畹恩露：文研班一期回忆录》，社会科学文献出版社，2011，第 22～23 页。

吗？若有一两篇能被后来者哪怕是翻动一下，也算是我的幸运。平心而论，教学上谬误多多，学术上亦垃圾多多。

在《思想的贫困》里，邹老师对自己的学术生涯给予了近乎严厉的否定。作为邹老师的学生，我清楚地知道，作为“文化大革命”前研究生的资历和学识，邹老师在“文化大革命”结束后进入大学的77届、78届大学生的心目里，一直是受人敬仰的。尽管如此，我仍然为邹老师的否定叫好，我以为晚年的邹老师是清醒的，也正因为这份超越了所有世俗功利的清醒，邹老师书中对学术历程的自我叙述，才生动地再现出长达半个世纪的学术场景中的诸多人物和事件，使读者如临其境，和叙述者一同咀嚼历史的酸甜苦辣。更重要的是，邹老师以亲历者的身份，让我们看到一个学科（其实是中国人文社会学科的一个缩影）发展的危机。

如何评判“文化大革命”后中国文艺学、美学的发展及现状？当然会有不同的判断。从知识层面看，“文化大革命”结束后的几十年，世界上各种人文社科思潮、流派几乎是无一遗漏地进入中国，同时，中国传统的文化资源也成为知识界的热门话题。我奇怪的是，域外人文思潮也好，传统文化也罢，在20世纪90年代之初，都迅速降低了原本具有的思想温度，变成纯粹的知识构件，或者成为知识生产流水线上的各种技术化的配方，因此，结果是：

近年来，我国科研论文发表数量突飞猛进。最新的媒体数据显示，我国科技人员发表的期刊论文数量，已经超过美国，位居世界第一。然而据统计，这些科研论文的平均引用率排在世界100名开外。真正极好的论文，在中国还是凤毛麟角。[①]

现今更为严重的是有关学术的管理与导向存在着严重缺陷。最近有的

① 雷宇：《中国论文数量居世界第一引用率排在100名开外》，凤凰新闻，http://edu.ifeng.com/news/detail_2011_02/10/4598623_0.shtml，最后访问日期：2011年2月10日。章开沅：《史华慈：真正的学术与真正的学者——兼议当今高校的“项目拜物教”》，《同舟共进》2007年第5期。

高层人士又在以重话批评高校科研工作中普遍存在的浮躁现象，但我却要再一次郑重追问："孰令致之？"放眼环顾，现今哪一所大学，哪一所研究机构，不是为争取所谓"重点项目"而苦心经营？有了项目，就有了经费与地位，也包括项目承担者自身的名利，项目的花色品种越来越多，含"金"量与含"名"量也与日俱增。

在很多高校教师与研究人员心目中，有了项目就有了一切，没有项目就失去了安身立命的根基。项目本来是一种手段，如今却成为目标，成为梦寐以求乃至千方百计的营求，甚至可以成为"项目拜物教"。人们整天围着项目转，还谈得上什么潜心治学，学风怎能不日趋颓废？加以项目要求高，时限短，管理程序极为烦琐而评估又虚有其表，于是便形成投入极多而效益甚差的恶果，甚至出现大批量文字垃圾，很多恶行劣迹，已经难以用"浮躁"二字概括。相关部门至今除讲空话外，仍然我行我素，丝毫没有表现出改弦更张的意向，而这正是问题最为关键之所在。①

如果我们认同这些基本判断，就不得不承认，思想的贫困是当下中国人文社会科学研究领域中一种普遍性的存在，也正因为此，追问"思想何以贫困"方显示出峻急的意义来。

思想何以贫困，应该包含两个层面的问题，一个是不敢或不愿思想，一个是缺乏思想的方向感。我们现在可以看到大量的回忆材料，足以说明某个历史时段中不敢思想的精神特征，但不敢思想并不等于没有思想，或者说，在不敢思想的时代，却有着高度同一的思想的方向感——对权力话语的自觉认同，被规训的思想生产往往声势浩大、激情澎湃（"大跃进"诗歌、学生集体编写教材、样板戏），少有方向感上的迷失与困惑。20世纪80年代以后，在权力话语的合法性遭逢普遍怀疑的语境中，思想渴求自由的短暂欢愉后，却又陷入迷失方向感的痛苦之中。文艺学、美学的研究对象是无法摆脱思想的纠缠的，思想没有了方向感，学术层面的困惑便弥

① 吴丕：《泡沫堆砌的中国病灶》，《人民论坛》2012年第22期。

漫开来。具体到文艺学、美学领域，在漫无边际、热闹非凡的自说自话中，无所适从的焦虑、交流的隔膜又分明吞噬着学术应有的淡定和超然。张法在一篇文章中把中国百年美学作为研究中国思想史的个案，他认为中国百年美学的特点如下。（1）不敢思想。中国人对传统美学，不但不去思想为什么中国古典美学没有美的本质问题，反而是千方百计、牵强附会地在中国古典美学中去找美的本质问题。这一点最能说明中国的思想状态：只敢勇敢地思想自己认为最好的思想，把最好的思想化为自己的思想，而不敢从思想本身的角度去思想。中国人的敢于思想后面是不敢思想，不敢思想却表现为敢于思想。（2）在权威下思想。中国人的不敢思想表现为勇敢地思想一种权威的思想，把自己化为权威，用权威话语讲述权威的也是自己的，自己的也是权威的思想。不是用严格的思维去达到正确思想，而是借权威的名义，来宣布自己的思想正确。（3）集体型思想。真正的思想，需要思想家有勇敢的承担精神，必然表现为一种独特的个人话语。不敢思想而又表现为勇于思想，就升华为一种集体话语。权威型思想中的叙述者“我们”，就不是一个真正的自我，而是一种集体话语，一种有时代高度也有时代局限的集体话语。当集体型思想把自己变成一种权威型思想时，就把开放的思想场地变成封闭的独立王国，阻碍了思想的思想。在这三种情况下，集体型思想都变成了不敢思想的勇敢思想形式。①

2002年南翔的小说《博士点》就生动展现出中国高校的科研特色：“跑”项目和“跑”博士点、硕士点。我曾经纳闷，这部小说为何没有引起评论界的高度关注？我以为下述分析已然说清了个中缘由。

> 从文艺学到文学理论，称谓的变化使得这一学科逐渐边界明晰，也反映出这一学科越来越体制化的进程。今天，在大学中文系里它的二级学科位置，重点学科、博士点和硕士点的建立，本科课程的开设，教材和读本的出版，教研室或专业教师共同体，以及专业学会、

① 周宪：《从文学理论到理论》，“文学理论三十年：从新时期到新世纪”国际学术研讨会，华中师范大学，2007年6月23日。

专业杂志和专业评估、精品课程等一系列体制化的活动，必然使文学理论趋向于专业共同体内部的书斋切磋型或课堂传授型的知识。30 年的发展，我们已经清楚地看到了文学理论转向体制化的历史进程。其后果是复杂的。从积极的层面上说，文学理论摆脱了曾经的“政治婢女”的尴尬境地，成为一门相对独立的知识系统。从消极层面上说，文学理论的归位也在一定程度上隐藏着脱离最广阔的社会实践的可能性，进而转向一种少数人小叙事专业性话语，失去了它本身所具有的社会参与性和道德关怀。

今天，体制化围绕着文化资本或象征资本的资源争夺或再分配展开。不同的学校、不同的研究取向和不同代际的学者们，在文学理论场内为争夺资源展开了殊死搏斗。而文学理论越发体制化的进程，同时也是作为一门“学科”越发具有“规训”特性的过程。知识在一个商业化和体制化的社会中，既呈现为某种时尚（诸如种种新潮理论和理论明星的生产），也可以转化为某种形式的商品（出版物或演讲等），还可以是某种标准化的知识生产（多年来文学理论教材内容重新排列组合就是一例）。反叛和越轨的冲动往往在体制化的桎梏中变得越来越困难。①

对于一个社会科学家来说，最糟糕的事情之一就是：仅仅在为了某个研究项目或课题而申请经费时，才感到有必要制定“计划”。大多数计划被制定出来，或至少是有些详细的书面文字，仅仅是为了申请到资金。无论这种计划的制定过程多么合乎标准，我认为都是非常糟糕的：在某种意义上，这是十足的推销术，并且，一般说来很有可能煞费苦心地炮制出虚张声势的文章来；课题也许被“展示”出来，并在八字还没一撇的时候就被加以随意解释，所谓课题，纯属虚构而已，目标只是为了某种隐秘的意图获取资金，——却不论这个意图连

① 周宪：《从文学理论到理论》，“文学理论三十年：从新时期到新世纪”国际学术研讨会，华中师范大学，2007 年 6 月 23 日。

同上报的项目有无价值。[①]

文科课题项目研究的承担者不过是“工程师”、“技师”。因为计划既定、蓝图已成的“工程”，所以作为“发包人”的投入与“承包人”的产出是有目标明确的对应性要求的。作为“工程”的“学术”产出没有失败可言，尤其是文科，长期以来，大家都认为其“研究”无所谓失败。不存在知识创新冒险的“工程”发包也往往更易于涉及钱权交易。基金申请、课题研究、成果发表、项目评审诸环节的计划经济化，导致目前中国学界的急速腐化。在计划经济成功转轨市场经济的同时，长期由意识形态严格控制的文科学术却在“不争议”的“务实”中由体制制定庞大规划而迅速“繁荣”成了产业。中国目前的文科学术界，虚假繁荣的代价很可能又是一代学者的人格分裂和堕落。问题还在于，如果人文学者在经济利欲面前普遍沉沦而无法反省自拔，那么我们又将依靠什么力量来指望拯救自身与社会？[②]

当然，学界的问题不过是中国社会问题的一个缩影：

批项目，是导致腐败的根源。即使你是非常成熟的企业家，你也不得不去贿赂官员。而且这个官员可能就希望你贿赂，他就一直刁难你，因为他有这个权力。我觉得应该从根本上取消这些行政机关不应该有的权力。……批项目的权力，全世界只有中国才有这东西。比如你做一个投资，开一个厂，或者说开一个服务性的公司，都有很多行政部门的审批，这就是最大的社会资源浪费，非常低效率，挫伤人创业的积极性，这个必须改。[③]

① 〔美〕C. 赖特·米尔斯：《社会学的想像力》，陈强、张永强译，上海三联书店，2005，第213～214页。

② 朱渊清：《书写历史》，上海古籍出版社，2009，第578页。

③ 胡祖六：《凤凰财经对话知名经济学家胡祖六》，凤凰新闻网，http://v.ifeng.com/news/finance/201603/010224e6-e354-4020-a5b5-fba97db6edb2.shtml，最后访问日期：2016年3月25日。

> 近些年来，一种在市场经济基础上重建总体性权力的趋势已经清晰可见：以权力重组市场因素，以权力配置经济资源；以权力的扩张占领社会领域，包括在社会建设的名义下强化权力；以行政权力控制意识形态和舆论，压制正当的舆论监督。其背后的思路和逻辑是，权力要强大到足以全面掌控日益复杂的经济社会生活；而其前景，则是在市场经济条件下重蹈总体性社会与总体性权力的覆辙。①

上述引文和邹老师的反思构成了一个奇妙的互文效果：中国知识分子对权力——政治的、意识形态的、经济的——“暗恋”可谓根深蒂固，章开沅先生所言的“项目拜物教”其实就是“权力拜物教”的现代标签，依然是秦汉之后形成的“尊君卑臣，崇上抑下”的帝国“铁律”的必然产物，如此，我们的思想焉能走出“贫困”？

章太炎说过，学术在野则盛，在朝则衰，邹老师的书与反思，再次印证了太炎先生的话。不知怎么，突然想起穆旦《智慧之歌》中的两句诗：“为理想而痛苦并不可怕，可怕的是看它终于成笑谈。”大概反思总是令人痛苦的事情，章开沅先生为辛亥革命百年写的反思文章中亦是这般的情怀：

> 对于辛亥百年的反思，有两层含意：一是反思辛亥革命百年以来的历史，一是反思百年以来的辛亥革命研究。早在1990年，我在海外即已开始这种反思。为纪念辛亥革命80周年撰写的《辛亥革命与“只争朝夕”》着重从社会心态转变的角度，探讨辛亥前后逐步形成的历史紧迫感，以及其后衍化而为急于求成的民族潜在心理，如何影响近百年中国历史进程。10年以后，为纪念辛亥革命90周年，又撰写《珍惜辛亥革命的历史遗产——以世纪意识为例》，对20世纪以来两次“世纪热”或“世纪迷思”进行对比。发现当今中国世纪话语已经逐步形成意识形态，时间量度转化成为价值标准，乃至衍生过高的幸福预期 。我颇为感慨：“这种浅薄的狂热及其影响之深远，又是百年

① 清华大学社会学系社会发展研究课题组：《走向社会重建之路》，《战略与管理》2010年第5期。

前那一代在中国宣扬世界意识者所难以想象的。今昔相比，我总觉得缺少几分当年的真诚，更缺少当年那么深沉的忧患意识与强烈的自我鞭策。”可惜我的“盛世危言”被淹没于新千禧年的举国狂欢。[①]

读完《思想的贫困》，有个问题我想了很多次：一个现代的学者，究竟该如何总结自己的笔耕生涯？之所以强调“现代”，是因为今人已学不了太史公，谁也不会把呕心沥血之作藏之名山，以待后人；今人有太多太多的理由把自己变成一个写作的机器，快速地把文字码成文章去发表，因为一个千万人讨厌而又千人万人竞相填写的表格中，只需要一个冰冷抽象的数据：文章发表于什么时间？什么地方？至于你写什么？为什么写？怎样写？写得怎样？已经变成无关紧要的问题。

幸哉，我们还有章开沅先生和邹老师这样的思想者，痛苦而清醒。

（原载《中文论坛》第 6 辑，社会科学文献出版社，2017）

① 章开沅：《辛亥百年遐思》，《近代史研究》2011 年第 4 期。

文化转型与价值重建

——冯天瑜先生访谈录

聂运伟：冯老师，在构思2017年《文化发展论丛》第1卷的编辑思路时，编辑部拟定的主题是：文化转型与价值重建。当下滚滚媒介中的诸多言论舆情，整个社会，从世界到中国，从官方到民间，从知识界到普通民众，所关注的热点、焦点问题，虽有大小、虚实之别，但若一一深究个中原因，莫不与此相关。作为一个文化史学的研究者，早在20年前，当人们都还沉浸在发展的喜悦之中，您就清醒地发出了盛世危言，在《中国文化研究》1997年夏之卷《世纪之交的文化断想》一文里，您说：

> 面对新的百年和新的千年，人们异样兴奋而又惴惴不安，呈现一种“世纪之际的焦虑”。这是因为，今日人类面对的机遇与危机都是前所未见的，其生存状态处于尖锐的矛盾之中：一方面，以20世纪初叶电气化、20世纪下半叶电子化为标志的新科技革命，使人类的工具理性空前张大，拥有了征服自然的巨大能力，积累了超过以往世纪总和的物质财富；另一方面，人与自然、人与社会、人与人相互关系领域出现复杂的病理反应，人类赖以生存与发展的文化生态——包括自然环境、社会环境、人文环境都显示出程度不同、形态各异的病兆。

我个人以为，您当年对文化危机的辨识远远超出了时下许多唯道德论的狭隘解释，诸如“道德滑坡”“诚信缺失”等现象不过是“人类赖以生存与发展的文化生态”出现全面危机的“病兆”。更重要的是，这是一场人类共同面对的“前所未见”的文化危机，而文化危机的根源来自亘古未有的社会转型。我这样的理解不知对否？

冯天瑜：对当下问题的关注与回应永远都是历史学家研究的出发点。30 年前，我在《〈中国学术流变〉前言》里谈到我对文化史的理解，即“文化史是以人类文化进程作为对象的一门历史学科，它致力于对历史过程中所发生的一系列文化现象加以整合，以形成一种显示规律的记述”，历史学家不是预言家，他的工作和使命只能是以古鉴今。冯友兰先生说：“往者不可变，来者不可测，不可测即神也。往者已成定局，故不可变；来者方在创造之中，故不可测”，此乃智者之言。既往不可变的事实，往往是最好的老师，它指着未来依稀可辨的走向。就我自己对中国文化史的研究而言，我确实非常关注社会与文化的转型问题，从最初的明清文化史到元典研究，再到《中国文化生成史》，社会转型问题一直是我思考著述的枢纽。为什么会如此？去年上海人民出版社从我历年研究明清文化史的 30 余篇文章中选出 22 篇，集成《近古变局：五百年明清文化蠡测》一书出版，我在“序言”里阐明了为何特别关注转型问题的道理：

> 史学的功能，要者在展开历史发展过程，明其变易，方能识破兴废成败之底里。孟子曰：“观水有术，必观其澜。”观史亦然，须从历史流程（尤其是转折处）着眼。讨论明清文化史，需要将其置于中国乃至世界历史波澜壮阔的进程中加以考究。

所以，我赞同你的说法，文化危机和价值重建，不可能是一个抽象的伦理学命题。

聂运伟：2016 年底的一个晚上，我去省人民医院探视您的时候，正好碰到何晓明老师，谈到他所撰写的《冯天瑜先生学术小传》，引起我很大的兴趣。后来仔细拜读全文后，我看到何老师对于您发掘转型问题的“历史意义”和“研究价值”作了专节阐述，他说：

> 在明清文化转型研究领域，冯天瑜先生建构起独特的学术理论体系，包括文化转型的概念、动力和模式。归结起来，就是重视明清时期中国传统社会内部的转型因素，不赞成西方中心论的“冲击—反应”模式以及由此演延而来的“全盘西化论”，同时，也不赞成“华

夏中心论”，强调明清文化转型的根本动力是中华元典精神，转型的实现是中国内部近代因素与西方近代文明相互激荡和融合的结果，转型过程是文化的民族性与时代性统一的体现。

何老师在这段高度概括性的评述里，从您具体的明清文化转型研究中总结出三个重要的理论向度：文化转型的概念、动力和模式。您1984年出版《明清文化史散论》后，就立即开始了中国文化史的整体性研究，先后撰写了《中国古文化的奥秘》（1986）、《中国文化史断想》（1989）、《中华文化史》（1990）、《中华元典精神》（1994）、《中国文化史纲》（1994）、《中国文化生成史》（2013）等著作。我个人以为，从断代史到通史的变易，固然标志着您的研究从局部迈向整体，但以文化转型统摄明清文化史研究的运思依然是您研究中国文化史的问题意识，如此，本属个案性质（当然是一个非常复杂的个案群）的明清文化史研究，因为您开阔的世界史的视野和思想史的高度，自然使一个具体的历史案例的分析升华为理解、阐释中国、世界文化现代转型的理论范式。这应该是您不同于百年来许多中国文化史的书写所独具的特点。

冯天瑜：我曾引用蒙文通先生在其《中国史学史》中的一段话：“史者，非徒识废兴、观成败之往迹也，又将以明古今之变易、稽发展之程序。”梁启超先生开创的史学革命从根本上为中国新的史学，包括文化史学奠定了基础，也就是说，新的史学、文化学不是为统治者提供“识废兴、观成败”的帝王之学或官学，而是“明古今之变易、稽发展之程序”的科学，是有益于天下万民的“公器”。我想，这是今日中国修史者必备的“问题意识”，有此，才有今日史家必备的反思意识，才有理论创新的可能性。

聂运伟：杨念群在《昨日之我与今日之我》中也有这样的说法：“对历史解释能力的大小，往往主要取决于研究者自身的反思能力而不仅仅是爬梳史料的能力，因而研究者是否具有和在何种程度上具有‘问题意识’是至关重要的，这恰恰是中国传统史学训练比较欠缺的地方。”

冯天瑜：杨念群的话不无道理，反思能力与问题意识相辅相成。比如，晚清以来，中国传统文化面临的危机有目共睹，故有李鸿章所谓“数千年未有之变局”的名言。问题在于，我们曾经和正在经历的文化危机仅仅是中国人特有的处境和感知吗？李鸿章说此话时是1872年（同治十一年），他确切感受到中国传统文化所遭逢的灭顶之灾，但他把中国传统文化危机的根由归为西方文化的强势，而缺乏对中国传统文化的深层反思，由此导出中西文化水火不容的误识，影响至今。殊不知，对文化危机的感知应是一个全球性的问题，是人类正在经历亘古未有的社会、文化转型所面临的普遍问题。如1884年1月，尼采出版了他的主要著作《查拉图斯特拉如是说》，发出“上帝死了”的骇世之语；1918年，斯宾格勒出版了不无悲观色彩的名著《西方的没落》。尼采、斯宾格勒基于对西方传统文化的反思而发出的危机之论，是19世纪中叶后西方知识界、思想界面对工业文明、商业文化所带来的“传统社会的断裂”，即“现代性社会”出现全面危机进行反思的产物。这样的问题意识催生出以社会学为轴心的新型社会学科群，目的在于寻求社会重建、价值重建的理论依据和实践样式，社会重建、价值重建随之成为西方诸多人文社会学科的核心命题。相比较，百余年来中国知识界、思想界往往在中西对峙的观念形态上做文章，鲜有在对世界史进程作整体性把握之上的文化反思，因而无法形成有效的问题意识，进而导致中国现代化进程的多重曲折。从学术史上看，文化学、社会学、政治学、人类学、宗教学等新型社会学科长期被打入冷宫，也使我们关于文化危机的问题意识和言说的话题过于虚幻，社会重建、价值重建难以务实推进。

聂运伟：您常说：“各民族的文化不是孤悬于世界文化总体之外的。”世界范围内文化危机感的同质性，反映出危机产生根源上的一致性。我们应该看到，既然人文精神的失落是今天人类面对的共同问题，中国知识界就该摒弃中西对峙、水火不容的观念，以世界主义的学术视野和人文情怀参与全球性的社会重建与价值重建。

冯天瑜：人类历史的发展告诉我们，各民族的文化不是孤悬于世界文化总体之外的，它要不断摄取并消化周边各族文化，并将自己的影响施加于周边诸民族。以中国为例，中原地区的华夏文化就囊括了东夷、西羌、北狄、荆蛮的文化，共同汇成所谓“诸夏”文化。这个文化系统在两汉时期又吸收了西域文化；东汉、魏晋以降，还输入了印度的佛教文化；明末之后，更有欧洲文化注入。因此，今天的中华民族文化，是一个包容了多种外来文化的复合体，而绝非一个封闭式的系统。由于数千年养成的“天朝上国”和“唯我独尊”的心态，妨碍中国人去正确认识西方人及其风物、政教等。以此，长期未能调整好中外国家与人民的关系，尤其是未能很好解决中西文化的关系问题。诚如鲁迅所说，中国人或者把西洋人看成妖魔鬼怪，或者看成神仙、老爷，而没有以常人、朋友视之。在某种意义上，中国文化近代转型，就是将中西观从盲目愚妄转向平实理性的过程。

聂运伟：所以，您对文化转型的理解首先是“将其置于中国乃至世界历史波澜壮阔的进程中加以考究”。您说：

> 所谓文化转型，是指社会生活的各个领域、各个层面的整体性变革。如果说，历史的多数时期都发生着文化的局部性量变，那么，文化转型期，则指文化发生全局性质变的阶段。今天我们所讨论的现代转型，是指从自然经济为主导的农业社会向商品经济占主导的工业社会演化的过程。①

冯天瑜：肇始于欧洲的现代工业生产方式引发了全球性的社会、文化转型，其显著标志是，生命动力系统（人力、畜力）为无生命动力系统（矿物燃料、水力、核能）所接替，机器生产取代手工劳作。在制度文化层面，彼此隔绝的静态乡村式社会转化为开放的动态城市社会，礼俗社会变为法理社会，人际关系由身份变为契约，宗法—专制政体为民主—法制政体所取代。在观念文化层面，神本转向人本，信仰转向理性，宗教转向科学，教育大众化。社会重建和文化重建的任务，分别由中产阶级的形成与壮大，知识分子的形成与壮大而逐步得以实现。中国20世纪80年代开始的改革开放，使古老的中华大地经历着一场与世界同步的、深度与广度均属空前的社会转型，其内容包括三个层次：其一，从农业文明向工业文明转化（这一过程自19世纪中叶已经开始，时下又再次加速），这种社会结构的变化是当代中国社会转型的基本内容；其二，从国家统制式的计划

① 冯天瑜：《略论中西人文精神》，《中国社会科学》1997年第1期。

经济向市场经济转化，这种经济体制的转轨与上述社会结构变化的同时并进，正是现代转型的“中国特色”所在；其三，从工业文明向后工业文明转化，已经实现工业化的发达国家正在进行的这一转变所诱发出的问题，有全球化趋势，当下中国也不可回避地面临此类问题，诸如环境问题、人的意义危机问题、诸文明间的冲突问题等，这又增添了转型的内容。

聂运伟：可否这样说，正因为人类社会文化近代以来的转型具有普遍性的内涵，所以您不赞成广为流行的几种文化理论：西方中心论的“冲击—反应”模式以及由此演延而来的“全盘西化论”，同时，也不赞成“华夏中心论”。

冯天瑜：可以这么说。“冲击—反应”模式描述的情境是：中国社会、中国文化是一个充满惰性的、停滞不前的体系，缺乏内部动力以突破传统框架，只有当19世纪以来西方经济、政治、军事、文化的巨大力量对这个体系发起冲击，中国社会和中国文化才被迫做出反应，一步步向近代演进。“中国文化本位”模式则强调中国文化与西方文化走着迥然不同的路，中国文化既无可能也无必要向西方文化靠拢，中国文化固有传统的主体——它的伦常、政治、思维系统的弘扬，不仅将为中国开创美妙前景，而且将造福全人类，因为，“世界未来文化就是中国文化的复兴，有似希腊文化在近世的复兴那样”（梁漱溟语）。显然，这是按照两种不同的价值体系构制出来的文化模式。前者由西方中心论出发，后者由华夏中心论出发，两者各自从一个极端导向某种程度的独断论。

聂运伟：我非常赞同您的这个观点，任何文明的发展都不是“封闭自足体系观念的延伸”，“冲突”往往是表象，“融会”才是文明发展的实质。

> 诸文明间互动关系的加深加宽，是诸文明“冲突”与“融会”的双向进程，而并非“冲突”的一味突进。而且，“冲突”往往是“融会”的一种形态和过程；“融会”也不是由丰富走向单调，而是多元整合，走向更高层次的丰富。未来世界必将是多元文明既相冲突又融会的矛盾统一体。[①]

---

① 冯天瑜：《“文明冲突决定论”的偏误》，《教学与研究》1994年第4期。

冯天瑜：一部人类文明史，是各区域性文明形成、发展，彼此冲突激荡，又相互吸纳融会的过程。今之西方文明，便是若干种文明交汇融合的产物，希腊—罗马传统，来自中东的基督教，包括“四大发明”在内的东方文明的影响，都是其构成原件。而且，作为西方文明核心内容之一的基督教，是亚、非、欧三大洲几种文明融合的产物。基督教在形成、传播、变迁的过程中，并不是与其他宗教、其他思想学说“鸡犬之声相闻，老死不相往来”的。总之，西方文明绝非什么封闭自足的体系，今日之所谓“西方文明”更是多元复合物，以至有些论者不承认现在还有一个首尾一贯的西方文明存在。作为东亚文明重要组成部分的儒家学说也是一个开放系统。儒家固然始终保持“仁学”“王道”等基本属性，但自先秦原始儒家以降，不断吸收、消化道家、法家、阴阳家和佛教的成果，到了被称为“新儒学”的宋明理学那里，已经综汇儒、释、道诸家，呈现富于思辨性的全新形态；至于21世纪兴起的“现代新儒家”，又在融合儒、释、道的基础上，吸纳西学的若干成分，试图走一条以中华文明为基本，中、印、西几种文明交融的路线。如果说，诸文明间的融会在古代进展甚慢，往往需几个世纪方见端倪，如儒学与佛学由冲突走向融会，便历经两汉、魏晋、隋唐，至两宋方大体完成，历时千年之久；那么，时至近代，世界统一市场建立，资讯日渐发达，世界“缩小”成一个“地球村”，诸文明间在“现代化”这一大目标下，联系性愈益增强，彼此相互融会的力度，不可同日而语。

聂运伟：对于“次生型”“后发型”的民族和国家而言，普遍希冀获得现代性并完成民族文化的现代转型，从理性和实践上看，这已然是世界潮流。问题是，“次生型”“后发型”的民族和国家的现代化行程都走得曲折坎坷，您认为其间最大的问题是什么？

冯天瑜：我认为，文化现代转型的关键是赢得“现代性”，而围绕“现代性”的把握，曾流行过两种极端之论。其一为“经济单一论”，即把现代性仅仅归结为生产方式的变革，只强调器用层面现代转换的基础功能，忽视制度层面和观念层面现代转换的能动作用，尤其忽视文化的主体——人的现代化在转型中的枢纽地位，因此难以实现现代转型的健全发展。19世纪下半叶曾经颇有声势的洋务运动，其器用文化的进步由于得不到制度层面和观念层面的进步的支撑，终于遭到严重顿挫便是一个例证。亚非拉一些国家19世纪至20世纪的现代化一再走弯路，也往往与此相关。与中国的洋务运动大体同步的日本明治维新能取得成功，重要原因之一是相对完整地实现诸文化层面的协同进步。亟欲求得现代化的当下的中国人，应当从历史的昭示中获得教益。其二为“观念决定论”，即把现代性归结为某种精神的勃兴。如前有德国人马克斯·韦伯，后有美国人列文森，将资本主义在欧洲诞生的动力归结为新教伦理和复兴了的希腊理性，进而又将中国停滞于中古，无法实现现代转型的因由归为儒道两家的滞后作用；而今天活动于海外的现代新儒家则反其意而论之，认为儒家学说包含推动现代化的潜能，并举出日本和东亚四小龙现代化成功的实例。这一论战的双方，都有许多精辟的、足以开启神智的见解，他们各自从一个侧面揭示了欧洲及中国古典精神均有可供现代转型借鉴的宝贵资源，但是，论战双方的一个共同点是：仅仅在精神层面探求现代性的动力源，这就难以获得真解，例如无法说明洋溢着理性精神的古希腊何以未能孕育出资本主义，中国先秦以降的儒家学说何以不能原发性地在中国启迪现代性文化，反倒一再成为宗法—专制政体的御用工具。总之，无论是“经济单一论”还是“观念决定论”都不能全面揭示“现代性”的内蕴，也无法对欧洲及东方的现代转型的种种路径做出深刻阐发。只有从广义文化所涉及的诸层面——器物文化、制度文化、行为文化、观念文化——进行统合性考察，并辩证地探讨诸层面间的互动关系，方有可能寻觅出对“现代性”及“现代化动力”解释的正途。

聂运伟：以中国百余年的现代化进程的经验观之，如何“寻觅出对‘现代性’及‘现代化动力’解释的正途”，实属不易。早在1919年，鲁迅先生就说：“中国社会上的状态，简直是将几十世纪缩在一时：自油松片以至电灯，自独轮车以至飞机，自镖枪以至机关炮，自不许‘妄谈法理’以至护法，自‘食肉寝皮’的吃人思想以至人道主义，自迎尸拜蛇以至美育代宗教，都摩肩挨背的存在。”[①] 鲁迅文学化的表述不无透彻地描摹出中国社会、文化转型的复杂性和艰难性。

冯天瑜：中华文化现代转型的激变性和复杂性，首先表现在这种转型是在西方文化强行侵入，打断中华文化自身进程的情形下发生的。正如人

① 鲁迅：《热风·随感五十四》，载《鲁迅全集》第一卷，人民文学出版社，2005，第360页。

体器官移植必将引起排异反应一样，西方现代文化的楔入，给中国传统文化造成的激荡之深切是空前的。中国的现代转型，不仅要完成文化的时代性跃进，还要处理文化的民族性保持与变异这一对矛盾。中国学界、政坛自19世纪末开始，直至20世纪八九十年代仍然聚讼纷纭的“体用之辩”，正是中华民族现代转型过程中时代性转换与民族性维系之间复杂关系的形而上反映。中华文化现代转型的激变性和复杂性，还表现在任务的交叉与多重上。其原因是中国人经历的这一转型过程，较之西方人，存在一个“时间差”，以至西方人用数百年时间解决的问题，一起积压到一个世纪，要求中国人一并解决：一方面，今之中国人要完成西方人在18～19世纪完成的以工业化为核心内容的现代化过程，实现从农业国向工业国的转换，这种经济—社会结构的变化是当代中国社会转型的基本内容；另一方面，二次世界大战以降，特别是21世纪，随着电气化和电子技术引发的新科技革命的纵深发展，西方诸国已步入后工业时代（或称“后现代”），随之出现以信息化为标志的新现代化浪潮对整个“地球村”的冲击，工业化任务尚未完成的中国人当然不能自外其身。值此之际的中国人可谓利弊双收，既可以从后工业文明借鉴最新成就，不必亦步亦趋地走西方人曾经走过的工业化老路，从而获得“超前效应”；同时，还不“发达”的中国人也难以避免发达国家的种种“现代病”，诸如环境污染、能源危机、科技文化与人文的分离导致的道德危机、信念失落等，而不得不寻觅救治之策，这又增添了现代转型的普遍性内容。此外，由于新中国前几十年的经济、政治、社会体制是按照第三国际和苏俄体制建立起来的，今日为适应现代化建设的需要，还面临一个从中央指令型计划经济向社会主义市场经济转型的课题，这又为中国现代转型增加了复杂性，是现代转型的“中国特色”所在。总之，今之中国现代转型所面临的问题是一种“中西古今”的层累式积淀，呈现“多重”状态，使中国人不易从容应对，同时也为中国社会现代转型提供了视野广阔的机遇。

聂运伟：从世界文化近代转型的整体格局看，生产方式的变革引发了全球性的近代转型，迫使不同民族、国家先后卷入全球化的进程。从技术层面看，新的生产方式催生出来的生产力在为人类带来巨大财富的同时，必将解构旧的生活秩序。绵延数千年的价值世界在文化转型中所遭逢的天崩地裂似的震撼，绝非中国之独有。这一点，我和您在一开始就已谈及。从思想层面看，如何看待文化的近代转型，同样是世界各民族文化都不得不共同面对的问题，西方从文艺复兴、启蒙运动直至现在的后现代主义，讨论的中心无不是转型的合法性以及对转型带来的诸多问题的思考，中国近代新学在时间上虽晚于西方，但在所回应的时代问题上，虽有自身的独特性，但在性质上却是同一的。我记得您说过：中国近代新学和西方文艺复兴以来的新学既有差异性，也有同一性。中国思想界似乎特别钟情于张之洞“体用之辩”的思路，非要在中学和西学中划出一条鸿沟。

冯天瑜：对中国近代新学性质的把握，事关价值重建的大问题。我总的看法是，中国近代新文化既非单纯的西学之东渐，也非中国传统文化全方位的直接延续，而是西学与中国传统文化相交融相化合的产物。举个例子，梁启超于第一次世界大战结束后访问欧洲，1920 年作《欧游心影录》，该文被研究者认作梁氏从文化激进主义转向文化保守主义的界标。其实，细读该文便会发现，梁氏并未走向“反现代化”，而只是看到了西方现代化过程中出现的问题。其上篇的一节为“科学万能之梦”，内称“欧洲人做了一场科学万能的大梦，到如今却叫起科学破产来”。梁氏特加一“自注”曰：“读者勿误会，因此菲薄科学，我绝不承认科学破产，不过也不承认科学万能罢了。”① 我们应当记住王国维的论断，他把“西洋之思想”比拟为“第二之佛教”，② 并预期对中国学术文化做出创造性贡献的，必是中西之学的“会通”“化合”者。王国维断言：“异日发明光大我国之学术者，必在兼通世界学术之人，而不在一孔之陋儒，固可决也。”③ 此可谓高瞻远瞩，亦可谓振聋发聩！

聂运伟：全球化已成一种不可逆转的趋向，您的文化史研究告诉我们：中国文化若自己终止“走出去”，必然被外人“打进来”，这是明清史昭示的教训，也是从分散趋向整体的近代世界史中得出的结论。由此而

---

① 梁启超：《欧游心影录》，载《梁启超全集》第十卷，北京出版社，1997，第 29 ~ 74 页。

② 王国维：《论近年之学术界》，载《王国维全集》第一卷，浙江教育出版社，2009，第 121 页。

③ 王国维：《奏定经学科大学文学科大学章程书后》，载《王国维全集》第十四卷，浙江教育出版社，2009，第 36 页。

论，“中国文化本位论”不论打出什么样的旗号，都是有害无益的。

冯天瑜：“中国文化本位论”的片面性在于：一味强调各民族文化发展的特殊性，否认人类文化进步的共同规律，因而把东西方文化视作两个互不相干、不能比较的系统；它不承认作为自然经济和宗法制度产物的中国传统文化与西方近代工业文明之间存在相当大的时代差距。而事实上，以生产力和生产关系的发展水平这一超越民族狭隘性的客观尺度来衡量，这种差距是铁一般的事实。正因为这种差距的存在，近代中国才一再被动挨打。中国文化本位论者却未能充分正视这样一个活生生的事实，他们虽然也提到对于中国传统文化“采取批判态度”，但着力点仍在从整体上“弘扬”中国传统文化，而不能站在现代生活的高度，对传统进行历史主义的分析和科学的扬弃。因此，尽管中国文化本位论者在探究中国传统文化的物质方面下了功夫，并为整理国故做出了有益的贡献，但就总体而言，他们不能为中国文化的健康发展提供一个合理的方案。

聂运伟：值得注意的是，当前一些海外华裔学者提出了“儒学复兴”的观点。这种观点并非“中国文化本位论”的简单重复，但二者又存在某种内在联系。这些海外华裔学者大都对中华传统文化怀着深厚感情，并有相当深入的研究。同时，对于西方文化也有身历其境的观察和体验，因此他们的视野是开阔的，见解是有深度的。他们目睹西方工业文明的巨大成就，又洞悉其间包藏着的危机，并力图从文化上寻找救治的良方。近年来，他们又根据东亚一些国家和地区比如日本、新加坡、中国台湾、中国香港、韩国自 20 世纪 60 年代以来经济高速发展的事实，推断其“成功”的秘诀在于儒家学说功能的发挥。他们进而认为，继先秦两汉和宋明以后，现在儒学进入发展的第三期，其使命就是引领世界文化走出危机。对此，您的看法是什么？

冯天瑜：海外华裔学者力倡“儒学复兴”，在发掘中国传统文化的积极因素方面做出了可贵的努力，他们看到当前西方工业文明面临一系列新问题，人际关系和人与自然的关系都有重新调整的必要，如资本主义社会利己主义、拜金主义的极度发展，造成一系列严重的社会问题；工业革命以来强调人类征服自然，固然焕发出巨大生产力，却又造成生态平衡的破坏，以及环境污染、能源危机等。站在后工业社会的高度，这些华裔学者敏锐地洞察到，以宏观把握、讲究总体协调为特征的农业文明（中国传统文化便是其辉煌代表）中的若干遗产，可用以救治工业文明造成的病端。华裔学者们的上述构想包含着合理成分，值得我们借鉴、思考，然而，他们所倡导的“儒学复兴”论又有重大缺陷。第一，它忽视了作为自然经济和宗法制度产物的儒学与现代化之间存在尖锐矛盾。中华民族如果不从小农生产和宗法的观念中冲决出来，现代化是不可能实现的。第二，它夸大了儒学在日本等国现代化过程中所起的作用。日本接受中国的儒学有一千多年历史（其实，这种儒学在日本已发生重大变异），然而，并未经由儒学的启迪走向现代化，只是在西学进入日本，与包括儒学在内的日本传统文化相结合以后，才推动了现代化的进程。而大力发展商品经济、逐步实现政治民主化、极度重视科学技术和教育，才是日本由一个资源贫乏的落后国家变成工业强国的基本原因。如果没有明治维新和第二次世界大战后的民主改革，日本的经济起飞是不能设想的。当然，日本人发现西方工业文明的若干弊端以后，及时将经过改造的东方文明的某些因素作为调节剂注入社会机体中，起到良好的作用。但是，如果把儒学当作日本等东亚国家和地区现代化成功的基本原因，则是本末倒置的。如果进一步以为，中国只要复兴儒学便可以走上通往现代化的康庄大道，则更是开错了药方。

聂运伟：如何解决社会转型中呈现的文化危机，在什么样的基础上进行价值重建，一直是您思考的中心。您对中国元典精神的研究，不是保守的复古之论，而是强调在某些历史的转折关头，元典精神或者说元典精神的某些侧面，因新的时代条件的激励，会放射出更灿烂的光辉。在这点上，各个民族的元典精神是互通的吗？

冯天瑜：文化元典是特定时代、特定地域的产物，当以历史文献视之，“六经皆史”即此之谓也。同时，元典的某些基本精神又能观照久远的岁月，反复地被后人重新刻勒，对该民族的价值取向、行为方式、审美情趣、思维定式造成深远而又常新的影响。元典的这种超越性并非某种神秘因子所造成，乃是由元典的基本特性所致：它们的思考指向宇宙、社会和人生的普遍性问题，而这些问题是各个时代的人类所始终关心的，也就是说，元典讨论的是不朽的主题；同时，元典在回答这些始终困扰着人类的普遍性问题时，提供的是一种哲理式的框架，并非实证性的结论，是一种开放式的原型，并非封闭的教条，这使元典不会因内容和形式的时代局限沦为明日黄花，而以一种灵感的源泉，赢得不朽性，一再发挥巨大的启迪功能。例如，柏拉图、亚里士多德等希腊先哲的典籍不仅被古代和中世纪的欧洲人奉为圭臬，而且，文艺复兴以降，古希腊的科学精神和民主精神经过人们的创造性转换，成为引发近代文化的契机。又如，《圣经》在千余年间一直是基督教文化圈的“圣典”，其勤业精神还成为欧洲人创造资本主义文明的精神动力之一。

聂运伟：就中国文化而言，可否说：所谓价值重建，其核心的任务就是中国文化的现代化，而非其他？

冯天瑜：应该这样说。当然，中国文化的现代化既不是全盘西化，也不是中国传统文化的整体沿袭，而是传统文化的改造和飞跃，是西学与中国传统文化既相冲突又相融会的复杂历程。这一历程伴随着自然经济解体，大生产兴起，封闭状态逐渐打破，社会革命和变革此起彼伏，社会风俗和观念形态的巨大变化这样一种时代风云际会的渐次展开。在这一过程中，中国传统文化表现出它的双重性格，既有阻挠近代化进程的消极面，又有顺应近代化进程的积极面；既有对外来文化顽固拒绝的一面，又有博采异域英华的一面。而明清之际以黄宗羲、王夫之、顾炎武、傅山、方以智为代表的早期启蒙文化以及清中叶以龚自珍、魏源、包世臣为代表的经世实学便是后一侧面的突出表现。因此这些思潮虽然尚未正式成为近代新文化，却已经构成中国传统文化通往近代新学的桥梁，并提供了后人将西学嫁接到中国传统文化母体上的结合点。19 世纪末以降，由冯桂芬、王韬、郑观应、康有为、梁启超、孙中山、章太炎等人所代表的近代新学，愈趋自觉地致力于融会中西文化，创建中国现代文化，五四新文化运动将这一过程推向新的发展阶段。今日中华民族更应在新的广度和深度上从事现代化的伟大实践，一个植根于愈益发达的生产力和生产方式的地基上，承袭并改造了数千年的文化传统，广采博纳异域文化精华的现代文化的良株美树，必将在世界的东方茁壮生长。

聂运伟：谢谢冯老师！

（原载《文化发展论丛》2017 年第 1 卷，总第 13 期，社会科学文献出版社）

兼容并包　新生转进

——冯天瑜先生访谈录

聂运伟：冯老师，春去夏来，万物勃发。您在医院里和病魔搏击了几百个日日夜夜，我代表《文化发展论丛》编辑部祝您早日康复。

冯天瑜：谢谢大家。这一年来，各方朋友的多次探访和关心，不仅给我战胜疾病的信心，也为我带来各种各样的丰富信息，让我的思考和世界的发展、变化还保持着同步性。也许正是得益于文化信息的交流，我的身体虽困在病房，但头脑里依然在不断思考文化研究的话题，故精神状态尚佳。

聂运伟：今年年初一次来医院，正好碰到日本爱知大学的刘柏林先生及夫人，还有中国国家图书馆的李强先生来看望您，大家聊及东亚同文书院档案整理研究和出版诸事时，您不无感叹地说："尽管英国历史学家 E. H. 卡尔在《历史是什么》一书里说'最好的历史学家是最有偏见的历史学家'，但他也承认尽可能地穷尽信息仍然是历史研究工作的必要条件。在信息化时代，尤其如此。"我记得您在《中国文化生成史》的手稿本里，曾在开篇的"题解"里引用了明末清初方以智的一句话："我得以坐集千古之智，折中其间，岂不幸乎！"我想，您当初设想把这句话置于全书之首，一定是有道理的。

冯天瑜：四年前，我在做《中国文化生成史》定稿时，也是在医院里，边输液，边工作，不免想到电脑的便利，更有感于当下文化信息的丰富和信息传播的迅捷，故联想到方以智面对时代变革所发出的慨叹。今天，较之近古方以智，当下的我们身处愈益纷繁错综的古今中西文化交会胜境，其"幸"更甚，似乎更有条件"坐集千古之智，折中其间"，追究文化生成的始末及其规律。后来在定稿时，我把方以智的这句话挪移到全书的“导论”部分，这部分是全书之枢纽，也是我对文化史书写的一个基本向度：文化生成是一个从自在到自觉的过程。

聂运伟：我注意到您在“导论”部分引述了费孝通先生的一段话，即“文化自觉是一个艰巨的过程，只有在认识自己的文化，理解并接触到多种文化的基础上，才有条件在这个正在形成的多元文化的世界里确立自己的位置，然后经过自主的适应，和其他文化一起，取长补短，共同建立一个有共同认可的基本秩序和一套多种文化都能和平共处、各抒所长、联手发展的共处原则”。①从方以智放眼古今的文化睿智到费孝通“各美其美，美人之美，美美与共，天下大同”的文化构想，皆为文化自觉的妙论。我以为要解其中之“妙”，必须清醒地认识：人类文化的发展历程，或者说从自在到自觉的文化生成史的过程，其实就是文化传播与交流的过程。基于这个认识，《文化发展论丛》2018 年第 2 卷预设的约稿主题是：文化的传播与交流。在和多位撰稿人数次切磋文章具体写作构思时，我发现一个很有意思的现象：10 多位撰稿人各自东西，年龄、经历、兴趣和研究领域自然多有不同，但聊及文化的传播与交流，大家都认为，这个看似被不断重复的话题，绝非旧话重说，而是在日新月异的语境里，总会由旧话翻出新说。拜读大家发来的文章后，逐渐形成一个强烈的感受，我引用您的一段话概括如下：

> 一个民族、一个国度文化的进步离不开同外部文化的交流。没有交流的文化系统是没有生命力的静态系统；断绝与外来文化信息交流的民族不可能是朝气蓬勃的民族。犹如江河之于细流，拒之则成死水，纳之则诸流并进，相激相荡，永葆活力。②

冯天瑜：人类历史的进步，与文化传播关系甚大。对于任何一个民族文化而言，传播机制（包括“文化转出”与“文化接受”两个方面）好比绿色植物吸收二氧化碳、水分、无机盐，通过叶绿素实现光合作用，释

① 费孝通：《反思·对话·文化自觉》，《北京大学学报》1997 年第 3 期。

② 冯天瑜：《中国文化生成史》（上），武汉大学出版社，2013，第 112～113 页。

放氧气，累积有机物的过程。一个繁荣的、生机勃勃的文化，必须拥有健全的传出—接受机制，方能获取文化补偿，赢得空间上的拓宽和时间上的延展。我之所以认同费孝通先生所说的“文化自觉是一个艰巨的过程”，是因为人类文化在不断传播、交流的行程里，总会留下种种或显或隐的踪迹，指示着未来的去向。人们对这一行程的认知，经历着从“自在”到“自觉”的迁衍，同时，文化自觉还必须反复、多次进行，古代的文化自觉不能代替现代的文化自觉，更不能代替当代的文化自觉，这是因为，文化自觉赖以产生的对自己文化和外来文化及其相互关系的认识，都会不断更新、提升与深化。我们正在亲历的当代文化自觉，更需要借鉴前车，而其直接先导是现代文化自觉，它是在“现代性”这一坐标下展开的。

聂运伟：您在《中国文化生成史》里，就为“现代性”一词专门作了一个注释。您认为：“作为一个从西方引入的概念，‘现代性’是指启蒙时代以来的‘新的’世界体系生成的时代，一种持续进步、合目的性的、不可逆转的发展的时间概念。”① 在《德意志意识形态》中，马克思、恩格斯第一次使用了“世界历史”这个概念。他们指出：“历史向世界历史的转变，不是‘自我意识’、宇宙精神或者某个形而上学怪影的某种抽象行为，而是纯粹物质的、可以通过经验确定的事实……”② 唯物史观的创始人高度重视资本主义生产方式对人类历史的划时代影响，认为：“各个相互影响的活动范围在这个发展进程中愈来愈扩大，各民族的原始闭关自守状态则由于日益完善的生产方式、交往以及因此自发地发展起来的各民族之间的分工而消灭得愈来愈彻底，历史也就在愈来愈大的程度上成为全世界的历史。”③ 西方学者认为这些论述开启了全球化理论的先河。我个人以为，唯物史观与20世纪兴起的全球化理论尽管在学术理路、实践面向上有着巨大的差异，但它们却共同陈述了一个毋庸置疑的事实：各民族和国家的封闭状态一去不复返了，不管愿意不愿意，我们都处在“世界历史”之中，

① 冯天瑜：《中国文化生成史》（上），武汉大学出版社，2013，第13页。

② 《马克思恩格斯选集》第1卷，人民出版社，1972，第51页。

③ 《马克思恩格斯选集》第1卷，人民出版社，1972，第51页。

全球化的潮流席卷了整个世界，我们无法预知“世界历史”的未来，但它的现存方式却深刻地改变着每一个国家、民族、群体乃至每个人生存和发展的条件和方式。

冯天瑜： 从文化传播学的角度看，唯物史观的创始人对“世界历史”的判断，根据之一就是各民族“原始闭关自守状态”被频繁交往、互通有无替代。所以：

> 现代性的获得，是一项世界性成就，并非一隅之地的封闭性独创。即使以原发性著称的西欧现代化，除自备条件外，也广为吸纳异域成就（如中国的四大发明等器物文化和考选文官制等制度文化），方全面赢得现代性要素；而在高级农耕文明固有轨道内运行的中国，19 世纪中叶以后，因西力东渐的激发，前进因素觉醒，进入现代性巨变阶段，更是内外因素汇聚的产物。①

聂运伟： 这段话也是您在《中国文化生成史》定稿时新增加的，给我许多启示。东方社会是否对发轫于西欧的现代化进程提供了某些原初的元素，这或许是一个值得深入研究的问题，或者说，是需要用大量历史细节予以证实的理论假说。但这个理论假说对于突破“欧洲中心论”的历史观而言，显然具有方法论上的特定意味，正如您所说：“现代化与西方化互有缠绕，必须惕戒其间的认识陷阱。现代性并非专属西方，现代化不等于西方化，我们所讨论的现代性，是包容中西现代化实践与理论的现代性。”② 西方史学界同样也有这样的理论假说，如英国社会人类学家、历史学家杰克·古迪（Jack Goody），就撰写了《西方中的东方》一书，从文化传播的角度对资本主义起源的传统观点提出了尖锐的挑战，他重新评估了欧洲许多历史和社会理论所认为的东方是“停滞的”或“落后的”观点，认为东西方的发展是交替性的。杰克·古迪是剑桥大学圣约翰学院资深研究员，1973—1984 年任剑桥大学社会人类学教授，1976 年当选为英国社会

---

① 冯天瑜：《中国文化生成史》（上），武汉大学出版社，2013，第 14 页。

② 冯天瑜：《中国文化生成史》（上），武汉大学出版社，2013，第 14 页。

科学院院士，1980 年成为美国国家艺术与科学院荣誉院士。因其对人类学的贡献，被英国女王授予爵士爵位。我并不完全赞成他的观点，如资本主义诞生在欧洲是一个偶然事件，不能做必然性的解释。但这位声名显赫的历史学家对传统历史叙述逻辑的颠覆同样不无方法论上的启迪意义。从文化传播与交流的层面看，他的如下论述很有趣："我们确实得要解释这一事实：16 世纪时天平开始倾斜，欧洲在某些方面开始领先。但是，在我看来，我们的解释不能落入那样一种套路，声称某个社会是停滞僵化的，而另外一个则充满活力。我们要记得，在某种意义上，工业革命在某种程度上是想要仿制亚洲制造的产品，并且大规模地来生产它们。曼彻斯特的棉布是对于印度纺织品和中国丝绸的进口替代品，而韦奇伍德和德尔福特的工业则是在仿制中国陶瓷。"① 对此，您怎么看？

冯天瑜：说"现代性的获得，是一项世界性成就，并非一隅之地的封闭性独创"，这是历史的确切证明。人类在历史进程中做出多种创造发明，就古代而言，最具战略意义的几项，17 世纪的英国科学家培根在《新工具》中列举了火药、指南针、印刷术，19 世纪的马克思承袭其说，高度评价这三大发明对于文明的近代转换发挥的革命性作用。但培根和马克思都没有说明哪国人做出此三项发明。19 世纪末，来华传教士艾约瑟（Joseph Edkins，1823－1905）补入造纸术，与火药、指南针、印刷术并称"四大发明"，但仍没有明确指出它们是中国的发明。直至 20 世纪 50 年代，英国的科学史家李约瑟在《中国科学技术史》中首先提出，造纸术、火药、活字印刷、指南针这"四大发明"系中国人的创造。以印刷术为例，印刷术经过复杂的中介传入欧洲，经欧洲人完善化，活字印刷得以普及，把学术、教育从基督教修道院中解放出来。印刷术的发明以及商业发展的迫切需要，改变了只有僧侣才能读书写字、接受较高教育的状况。从此，欧洲的学术中心由修道院转移到了各地的大学。印刷术的出现为欧洲的宗教改革运动和反封建斗争提供了有力的武器，对于资本主义生产方式的确立和思想文化的交流传播起了巨大作用。在这一点上，我同意杰克·古迪的观

① 〔英〕玛丽亚·露西娅·帕拉蕾丝－伯克：《新史学：自白与对话》，彭刚译，北京大学出版社，2006，第 8 页。

点。至于资本主义的起源问题，当然是一个非常复杂的话题。我不赞成杰克·古迪的“偶然说”，就历史发展的长时段看，东西方的发展是交替性的，但交替性的原因，总体上看，应该有着先进引领落后的主旋律，这是人类文化发展的规律，也就是必然性。如你所说，杰克·古迪的研究趣向，可能给我们提供了一种启示，即以周正的态度认识文化的古今转换与中外对接，看待东亚智慧与西方智慧各自的优长与缺失，把握其同中之异与异中之同，努力谋求二者在各种不同层面的互补互动，达成整合与涵化，方有可能创造健全的新文明。而进行文化反省，赢得文化自觉，树立文化自信，皆有赖于对中国文化历史进程的真切认识，这正是我们研讨中国文化生成史的出发点与落脚点。

聂运伟：如何以周正的态度审视人类文明的“同中之异”与“异中之同”，似乎是一个老大难的问题。在策划本卷选题时，我本想请德国柏林－布兰登堡科学院莱布尼茨著作编辑部主任李文潮先生撰文谈谈这个问题，遗憾的是，李先生因家事未能写出文章。李先生是研究莱布尼茨的专家，对莱布尼茨档案中的“中国文献”有深入的研究和独到的解读。他认为，在莱布尼茨生活的时代，“当时欧洲不少人对中国感兴趣，但他们看到的往往只是一个问题，一个方面，似乎只有莱布尼茨一人试图全面了解这个古老的国度与文化，他涉及到了上面提到的所有范围，同时又力争将它们综合起来，作为背景与欧洲进行比较，进而从概念上把二者融会贯通。在这一过程中，莱布尼茨试图坚持以下原则：友善、普遍、求同求通求一、多样性、交流与相对。莱布尼茨生活在300多年前的欧洲，但其在政治、哲学、法律、逻辑、语言学等领域内提出的观点、思路与设想却显示了惊人的超前性或者说现实性。这应该说是近年来在世界范围内莱布尼茨研究能够持续展开，引起各个国家的学者的兴趣，受到学界及政界普遍重视的一个重要原因”。李先生进而把莱布尼茨的跨文化诠释构想概括为一种“建立在理性之上的宽容”，因为“人是会思考的动物，理性的其中一个重要内涵则是思维是按照一定的思维规律而进行的精神活动，这是保证人与人、文化与文化之间能够沟通对话的先决条件，同时假设了每个文化中皆有合乎理性的思想；以此为基础而提出的宽容则不仅是对对方的尊重，而更是对自己的观点以及自身文化的怀疑”。[①] 我以为：尊重他者，反省自身，是当下跨文化诠释的基本原则，亦是您说的“周正的态度”的要义。问题在于，自我中心论的文化史观却长期流行于史学界。

冯天瑜： 自从人类超越蒙昧时代和野蛮时代，跨入文明门槛，诸文明族类因囿于视野，都曾自认是世界的中心，古代出现过的埃及中心论、希腊—罗马中心论、华夏中心论便是典型代表。“西方中心主义”虽然与希腊—罗马中心论有着某种历史联系，但“西方中心主义”毕竟是近代产物。16 世纪以降，西方人（首先是南欧人，继之是西欧人）率先突破自然经济和区域隔绝的束缚，开辟统一市场，创建工业文明，世界历史由分散走向整合。西方是人类历史由中古向近代转型的倡导者和动力源，非西方世界的近代化是在西方影响下发生的。因而在一个相当长的时期，“近代化”与“西方化”被认为是同一概念。这一切促成并助长了“西方中心主义”，而 19 世纪可以说是这一“主义”的极盛期。黑格尔所著的具有宏阔的全球眼光的《历史哲学》，便将“西方中心主义”（或曰“欧洲中心主义”）发挥得淋漓尽致。时至 20 世纪，“西方中心主义”仍有广泛影响。然而，随着西方自身矛盾向纵深发展（两次世界大战是其突出表现），同时也由于若干非西方文明历经“凤凰涅槃”式的转型，构成与西方文明既相联系又相区别的另成格调的近代文明形态。日本以及继起的东亚“四小龙”是令人瞩目的代表。这两类事态的刺激，使得一些富于远见的西方学者逐渐突破“西方中心主义”，并以“多元文明论”与之对峙。德国浪漫主义哲学家斯宾格勒身历第一次世界大战，对西方文明深为失望，于是有《西方的没落》一书的撰写；他还针对“文明线性进化统一论”的偏颇，提出“区域文明观”。这里所谓的“文明”，是指封闭自足的，分别都经历着生成、成熟和死亡阶段的、不可重复的文化机体。斯宾格勒把这种“文明”分为 8 个。继承其学说的英国历史学家汤因比在《历史研究》中，一再批评以西方为唯一可辨识的文明品种的“一元文明论”，进一步申述“多元文明论”，并把文明分为 21 类或 26 类，认为今日世界还存在其中的 5 类，即西方文明、东正教文明、伊斯兰教文明、印度教文明、远东文明。

---

① 李文潮：《莱布尼茨档案中的“中国文献”》，《现代哲学》2010 年第 3 期。

聂运伟： 塞缪尔·亨廷顿在《文明的冲突》一书中认为，“冷战”后，世界格局的决定因素表现为七大或八大文明，即中华文明、日本文明、印度文明、伊斯兰教文明、西方文明、东正教文明、拉美文明，还有可能存在的非洲文明。“冷战”后的世界，冲突的基本根源不再是意识形态，而是文化方面的差异，主宰全球的将是“文明的冲突”。因为 Every civilization sees itself as the center of the world and writes its history as the central drama of human history（每一种文明都将自己视为世界的中心，在书写自家的历史时，都仿佛在编写人类历史的核心剧本）。对此，您作何评价？

冯天瑜： 亨氏“文明冲突决定论”的前提，是承认西方中心地位的失落，诸非西方文明再度崛起，与西方文明分庭抗礼，一个多元化的世界正应运而生。亨氏观照全球的战略估量，无疑抓住了当代世界矛盾运动的一个重要特征。这是西方人自己出来修正“西方中心主义”的新一轮努力。亨氏《文明的冲突》一文大体沿袭斯宾格勒、汤因比的观点，不过因时势变迁而有所损益。如果说，斯氏承一战后西方世界的颓势，汤氏面对美苏两霸抗衡的“冷战”格局，那么，亨氏则处于“冷战”结束后的多元时代。这些渐次推进的时势，愈益强劲地摧毁着“西方中心主义”的根基。亨廷顿教授试图对这一多元时代的世界性冲突做出估量。他认为，尽管“西方是而且是在未来的若干年里仍将是最强大的文明。然而，他的权力相对于其他文明正在下降”，“因此，冷战后时代世界政治的一个主轴是西方的力量和文化与非西方的力量和文化的相互作用”，“权力正在从长期以来占支配地位的西方向非西方的各文明转移。全球政治已变成多极的和多文明的”。[①] 由此，亨氏主张区分现代化与西方化，认为现代化不等同于西方化。亨氏对“精神分裂国家”的分析也颇有警世作用，告诫人们：民族国家与文明归属的定位是发展中国家尤其值得注意的问题。这些结论是 21 世纪初叶开其端绪的“多元文明论”的进展，反映了新的世界格局的新特点，也正是《文明的冲突》一书的价值之所在。

聂运伟： 您对亨廷顿“多元文明论”的评价，既肯定了其对“西方中心主义”的修正，但同时也指出，他由文明的多元性推导出来的“文明冲

① 〔美〕塞缪尔·亨廷顿：《文明的冲突》，周琪等译，新华出版社，2012，第 7 页。

突决定论”是错误的，为什么？

冯天瑜：亨廷顿在揭示文明多元性的同时，进而指出，西方、儒家、日本、伊斯兰教、印度教、斯拉夫—东正教、拉丁美洲、非洲八种文明之间的互动关系将决定世界形态。文明内部的认同高于民族国家和意识形态认同，文明间的差异将愈益扩大和强化。亨氏列举六条理由，论证当代及未来的文明冲突必将加剧。这些分析有一定的历史及现实依据，包含若干局部合理性，但就整体而言，亨氏在考察诸文明交互关系时，陷入片面强调“冲突”而忽视“融会”的偏颇。这是斯宾格勒将文明视作封闭自足体系观念的延伸。斯氏的观念本来便不尽符合历史实际，经亨氏发展，更显示出偏误性。

聂运伟：随着世界距离拉得愈来愈近，民族间的互动日趋频繁，亨廷顿认为“文化共性促进人们之间的合作和凝聚力，而文化的差异却加剧分裂和冲突”。[①] 从现实世界频繁的文化冲突来看，亨廷顿“文明冲突决定论”也不算是空穴来风。

冯天瑜：从纷繁错综的现实世界找到当代民族偏执主义、文明排他主义的事例是毫不困难的，但这只是问题的一个方面，诸文明间互动的愈益强劲，除引起冲突外，还必将实现诸文明间的相互了解和彼此渗透。因此，全球性的现代化进程既有可能激起新的冲突，也有助于缩小差异、消弭仇恨。土耳其在21世纪初叶由凯末尔领导的现代化运动，击退了英国支持的希腊军的入侵，捍卫了民族独立，维系了国家及文明的认同，但土耳其并未因此走上对外部世界一味仇恨的道路。“凯末尔主义”的内容之一，是俗世主义，政教分离，摆脱伊斯兰教封建神权对国家政治和社会生活的束缚，使土耳其成为较现代化，又保持着文明认同的伊斯兰国家。近20年来，伊斯兰世界勃发“宗教激进主义”，与西方的矛盾冲突有尖锐化态势，但尚不能断言，“宗教激进主义”将风靡整个伊斯兰世界。土耳其、埃及等国仍然坚持政教分离和俗世主义，代表伊斯兰文明的另一走向。伊斯兰世界今后这两个走向大约会长期并存，一时间可能彼消此长，却不至于全然偏向一极。中国自20世纪80年代初以来实行开放政策，也没有使国人变得更为

---

① 〔美〕塞缪尔·亨廷顿：《文明的冲突》，新华出版社，2012，第108页。

偏执，去“仇恨”域外文明，而是增进了对外部世界的了解和对域外文明的吸取，从而加速了自身的进步。在这一过程中，中国人愈益清楚地认识到，我们既是“中国人”，也是“世界人”，不能自外于世界文明大道；中华文明的“认同”，应当与中华文明接纳外来文明、走向外部世界相统一。

聂运伟：“文明冲突决定论”在对世界文化危机的诊断上，实际上是把社会文化转型的原因（动力）归结为不同文明之间不可调和的矛盾，这依然是流行已久的“文化决定论”的老调重弹。此论全然遮蔽了世界文化史是“多元文明既相冲突又融会的矛盾统一体”的客观进程，您说过：“对于西欧而言，发端于15世纪的现代转型是从中世纪母胎内自然孕育而成的，可以称之为‘内发自生型’，对于所有其他地区（包括易北河以东的欧洲诸国）而言，现代化过程则是在世界历史已经走向整体化之际逐步实现的，也即在西欧现代文明强有力的影响下发生的，因而其现代化呈‘外发次生型’。”[①] 把全球现代化进程中“内发自生型”模式和“外发次生型”模式间错综复杂的矛盾任意简化为“文明冲突”，只会为狭隘民族主义思潮的再度兴起提供理论支撑。

冯天瑜：平心而论，当今世界以及未来世界的矛盾冲突，其决定性要素，仍然是经济利益。与此相关联的政治意识形态冲突虽然因“冷战”结束而有所淡化，也并未烟消云散。经济利益直接关系着各民族、国家和人群集团的生存与发展，并构成文明的物质基础。现代化的进程非但没有消弭人类对经济利益的追求，反而使之更为炽烈和强劲，这是不容争辩的事实。由于经济利益的冲突，导致多组矛盾的长期并存，诸如南北间、东西间、西方国家间、发展中国家间的矛盾等。另外，考之以近期发生的局部战争，如长达8年的两伊战争、震撼全球的海湾战争、波黑战争，也很难用“文明冲突”解释。两伊战争发生在两个伊斯兰军事强国之间，海湾战争开端于两个阿拉伯国家之间，略考其缘故，前者因争夺海湾控制权而战，后者因巨型油田的归宿而战，均与“经济利益”直接相关。而以美国为首的西方国家介入海湾战争，也是为了保障海湾石油供应，这仍然是经济利益起决定作用。再比如波黑战争，发生在亨氏所描绘的“文明断层

① 冯天瑜：《中国文化现代转型随想》，《天津社会科学》1997年第2期。

线”上，但也无法证实亨氏的“文明冲突决定论”，因为这场战争并不是发生在基督教文明和东正教—伊斯兰教文明之间，倒是信仰东正教的塞族与信仰伊斯兰教的穆族火并，信仰基督教的克族则参与混战。略考其缘故，也难以归结成宗教冲突、文明冲突，显然是原南斯拉夫解体后，波黑地区三族为争夺生存空间、交通线、出海口而发生的争斗，说到底，仍然是利益之战。今后可能发生的局部战争，大约也只能作如是观。所以，文明间的冲突曾经长期存在，今后将继续存在，但这类冲突只会是经济、政治冲突的伴生物，而不至于“彼可取而代之”。

聂运伟：在研究古今文化冲突时，您又特别关注文明的对话，您说：

> “文明对话”从时间向度而论，是古今文明“对话”；从空间向度而论，是诸文明（尤其是东西文明）“对话”。
>
> 就空间意义上的“文明对话”而言，略指多极世界各具特色的文明彼此交流沟通，其间既有冲突激荡，又有吸纳融会，达成你中有我、我中有你的“涵化”结果。西方文明便是多种文明“对话”的产物。希腊－罗马传统，来自中东的基督教，包括“四大发明”、科举制度在内的东亚文明，都参与了对话，成为西方文明的构成要素。作为西方文明核心内容之一的基督教，是亚、非、欧三大洲几种文明会通、整合的结果。今日“西方文明”是多元复合物以至有些论者不承认现在还有一个首尾一贯的西方文明存在。
>
> 东亚文明的持续发展也是诸文明“对话”的产物。汉唐以降千余年间，其文化主体——中国化的佛教（禅宗、天台宗、华严宗）和吸收佛学新成果的新儒学（宋明理学），便是中外文化对话、相互涵化的结果。至于19世纪末叶以来的中国现代文化，又在融合儒、释、道的基础上，与西学对话，走上一条以中华文化为基本，中、印、西涵化的路线。[①]

冯天瑜：这段话是我在《中国文化生成史》的结语中所说的，这个结

① 冯天瑜：《中国文化生成史》（下），武汉大学出版社，2013，第886页。

语从初稿到定稿，我反复修改过，其要旨即文明在“对话”中持续发展。对话就是涵化，指不同文化群体因持久地相互接触和彼此间相互适应、借用，其结果使一方或双方原有的文化模式发生变迁或部分渗透。涵化是异文化间横向影响的过程。今天这么说，可能已无太多异议。但在100年前，却是人们争论不休的问题。如发端于1915年的东西方文化论战。这一论战的第一阶段从《新青年》创刊到五四运动爆发，主要讨论东西方文化的优劣；五四运动爆发，则进入论战第二阶段，转而讨论东西文化相互融通的可能性和必要性；而梁任公的《欧游心影录》和梁漱溟的《东西文化及其哲学》的出版，则将论战推向第三阶段，梁漱溟和梁任公一样，认为西方文明已经破产，“不怕他不走孔子的路”，当时柳诒徵著文对梁漱溟表示支持，而曾经支持章士钊“中西方文化调和论”的陈嘉异，也转而支持梁漱溟，认为东方文化远优于西方文化，万万不可与之“融合”。如何评论百年前的文化论战，我们后面再说。就文化心态而言，或许今天还是有了更多的宽容。

聂运伟： 宽容是一种自尊而尊人的、理性的文化心态，有此，方能大度地兼容并包，进而实现各民族文化的新生转进。如杜维明先生所说：“现在不管你属于哪个文明，你对其他的文明非要有所了解。比如你属于基督教文明，你对印度教文明、伊斯兰教文明不作了解，那将来基督教文明的发展就不太可能；或者儒家的文明，对其他的文明不理解，要想进一步发展也是不可能的；佛教也一样。以前各大文明所造成的影响现在进入新的时代，各种文明处在一种交往的过程中，这是新的情况，以前没有的。通过文明对话，我们将学会最大限度地欣赏他者的独特性。我们将真正理解，一个由不同的人和文化融合而成的绝妙的多样性整体性能够丰富关于自我的认识。对话推动我们努力实现一个真正包含所有人的共同体。”①

冯天瑜： 杜维明先生长期致力于儒家与基督教、佛教、伊斯兰教的“文明对话”。他认为各种文明形态和文化传统之间相互尊重、彼此了解、平等交往以及应有的宽容与互信，是合适合理的共处之道，是解决世界各种矛盾和纷争的根本办法。杜氏揭示文明对话的时代内涵，借助雅斯贝斯

① 杜维明：《文明对话中的儒家》，北京大学出版社，2016，第116页。

的“轴心时代”理论，通过对启蒙反思和多元现代性论域的开展，论证“新轴心时代”文明对话的可能性和必要性，指出新轴心时代文明对话的一些基本假设。你刚才引述的一段话正是他关于现代文明对话的基本观点，我个人是比较认同的。如果说，诸文明间的对话在古代进展缓慢，往往需要几个世纪方见端倪，如儒学与佛学由冲突走向融会，便历经两汉、魏晋、隋唐以至两宋，才大体完成，历时千年之久，那么，时至世界统一市场建立的近现代，资讯日渐发达，世界“缩小”成一座“地球村”，诸文明间的联系愈益增强，彼此对话，发现同中之异、异中之同更为便捷，诸文明间互动的力度与速度，不可同日而语。

聂运伟：您和杜维明先生关于文明对话的诸多论述，既有应对当下文明冲突的现实意义，同时，也是重新梳理人类文化交流史的理论导向。比如，谈及中外文化交流史，特别是明清时代的中西文化的交流，1949 年之后的史学界曾长期视之为西方帝国主义侵华史的产物，在评述以利玛窦为代表的耶稣会士的在华活动时，多称之为“欧洲殖民主义海盗的急先锋”“西方侵略者的矛头和工具”。与这种评述相反，早在 20 世纪初叶，梁启超则对利玛窦等耶稣会士的学术活动给予了积极的评价。他说：“明末有一场大公案，为中国学术史上应该大笔特书者，曰，欧洲历算学之输入”，“中国智识线和外国智识线相接触，晋唐间的佛学为第一次，明末的历算学便是第二次”。[①] 1979 年，您就撰文提及梁启超的见解，提醒学界走出教条主义意识形态的迷雾，认为“利玛窦等耶稣会士在中国的活动，是一个相当复杂的问题，只有将其提到一定的历史范围内，具体地分析具体的情况，才有可能得到比较科学的结论，引出有益的教训”，并说：“中外文化的这第二次接触，比第一次有价值得多。”[②]

冯天瑜：中国文化线与外国文化线接触，第一次是东汉、魏晋、隋唐时印度佛教文化的进入，它与中国传统文化相结合的产物便是宋明理学，第二次是明末清初利玛窦、汤若望等欧洲耶稣会士的东来。这次文化交流

① 梁启超：《中国近三百年学术史》，载《梁启超全集》第十五卷，北京出版社，1999，第 4431～4432 页。

② 冯天瑜：《利玛窦等耶稣会士的在华学术活动》，《江汉论坛》1979 年第 4 期。

的意义在于，中国人第一次直接了解到水平已超过自己的外来文化。不过，由于耶稣会士在政治上的保守性，他们未向中国人介绍欧洲文艺复兴时期人文主义的社会学说和文学艺术，所以当时中国士人从耶稣会士那里只了解到欧洲的数学、历法、地理、水利、军火制造等科技知识和宗教思想，但这些科技知识，特别是近代的世界观念，打开了部分中国士人的眼界。徐光启、李之藻、方以智、黄宗羲、顾炎武、王夫之、梅文鼎、王锡阐以及康熙皇帝，都在不同程度上得益于外来的科技知识。近代科学思维的重要特点是实证道路和数学语言，徐光启、方以智等人通过接触西洋近代科技知识，重视“质测之学”和数学语言的广泛应用，已初步显示了近代科学思维的风貌，这与中古学者思维方式的直观性、模糊性和思辨性相较，已大进了一步。明末清初，西欧耶稣会士东来，与徐光启、李之藻、王徵等中国士人协同译介西方文化成就（《几何原本》《同文算指》《坤舆万国全图》《远西奇器图说》等），又向西方译介中国经典及社情，成为17、18世纪中西文化史上的盛事。由于清廷和罗马教廷两方面的原因，这种东西文化互动在清代雍正、乾隆前后中断百余年。清末以降，伴随西力东侵，丁韪良、傅兰雅等欧美新教传教士来华，在宗教殖民的同时传播西方近代文化，李善兰、徐寿、华蘅芳等中国士人有辅译之功。严复等启蒙思想家参加会通中西之学，使“西学东渐”在更高层面和更广范围得以展开，进化论、民约论、民权论、自治论及科学技术传入中国，激起波澜，学堂、报纸、图书馆等近代新文化设施如雨后春笋般涌现，新文学艺术、自然科学、社会科学得以专科发展，知识分子取代士大夫成为文化人主体。王国维把“西洋之思想”比拟为“第二之佛教”，并预期对中国学术文化做出创造性贡献的，必是中西之学的“会通”“化合”者。新学取代旧学似成一不可逆转之势，然被统称“旧学”的传统文化自有其深巨潜力，在近现代文化进程中发挥无可替代的作用。中西文化激荡（既有冲突，又相融会）构成晚清的重要景观，戊戌变法前后展开的中西古今的体用之辩（此辩一直延伸到今天），从形而上层面透露中西会通的广度与深度。

聂运伟：但这一进程又格外曲折。晚明盛清时期，国人初次接触西方的世界图像之前，就如井蛙观天。中国人的天下观，从地理空间上说，是以中华为中心，周边有四裔，并纳入朝贡体系。此外，就是遥远的“绝域”或者叫“绝国”。至于这个绝域何在？完全是一片混沌。明朝末年，先是利玛窦携《万国舆图》（世界地图）展示给国人，后有艾儒略的《职方外纪》，展现15世纪以来地理大发现的成果。晚明一批先进的知识分子坦然接受了西来的科学地理知识，如瞿式耜《职方外纪小言》说，邹子九洲之说，说者以为闳大不经。彼其言未足尽非也。天地之际，赤县神州之外，何只有九！“中国居亚细亚十之一，亚细亚又居天下五之一，则自赤县神州而外，如赤县神州者且十其九！”自以为中土即天下，此外尽斥为蛮夷，“得无纷井蛙之诮乎！”瞿式耜明确指斥传统地理观有如坐井观天，称中国不过是亚洲之一角，亚洲则只是天下五大洲之一。到了清代，《职方外纪》虽被收入乾隆年间编纂的《四库全书》，但纪晓岚总纂的《总目提要》云：“所纪皆绝域风土，为自古舆图所不载，故曰《职方外纪》。”在介绍了各卷内容后，又说：“所述多奇异不可究诘，似不免多所夸饰。然天地之大，何所不有，录而存之，亦足以广异闻也。”后来张廷玉《皇朝文献通考》对《职方外纪》的评价是：“意大利人所称天下为五大洲，盖沿于战国邹衍裨海之说。夫以千余里之地名之为一洲，而以中国数万里之地为一洲，矛盾虚妄，不攻自破矣。其所述外国风土物情政教，反有非中华所及者！荒远偏僻，水土奇异，人性质朴，似或有之。所谓五洲之说，纯粹荒诞不经！”如此看来，一本书可以影响一些先进的中国人，但是要想改变国人的世界观，还是很有难度的。

冯天瑜：这是因为到了18世纪，由于宗法皇权制度渐趋没落，统治集团中锐意进取、乐于吸收外来文化的精神亦随之衰微，抱残守缺、夜郎自大、故步自封的思想则有所发展。如乾隆帝在给英王的敕书中声称天朝“无所不有”，“从不贵奇巧”。乾隆时代的著名学者俞正燮认为，西方科学技术，不过是“鬼工”而已，他讥讽“知识在脑不在心”的说法是西方人“心窍不开”的产物。鸦片战争前后，视西方科学技术为“奇技淫巧”，把“翻夷书，刺夷情”说成“坐以通番”，已成为社会流行的公论。抗拒外来文化，“但肯受害，不肯受益”的自我封闭心理，使“西学东渐”的进程在雍正以后戛然中止，而断绝与外来文化系统信息交流的大清帝国，只能在与外界隔绝的状态中维系生存。

聂运伟：世界第一代文明中，唯中国文化绵延不断、延续至今，究其原因，兼容并包、新生转进的文化生成路径当居功奇伟，如您所说：

> 华夏文化从诞生之日起，便决非自我禁锢的系统。以迁徙、聚合、民族战争为中介，华夏族及以后的汉族与周边民族继续交往、融合，不断吸收新鲜血液，历数千年，方构成今日气象恢宏的中华文化。[①]

冯天瑜：中国文化不仅在内部各族文化的相互融会、相互渗透中得到发展，而且在与境外世界的接触中，先后受容中亚游牧文化、波斯文化、印度佛教文化、阿拉伯文化、欧洲文化、日本文化。中国文化系统或以外来文化作补充，或以外来文化作复壮剂，使机体保持旺盛的生命力。鲁迅在谈到文学创作的规律时曾说："因为摄取民间文学或外国文学而起一个新的转变，这例子是常见于文学史上的。"[②] 吸取外来成分从而获得新的生机，也是整个文化生成史的通例。先秦民族文化融合中有一个典型事例，即赵武灵王"胡服骑射"。赵武灵王在位期间，战国七雄争相变法，赵武灵王为了强兵救国，主张采用胡人的衣冠和军事技术。公子成竭力反对赵武灵王的主张，他认为，中原文化是最优秀的文化，圆满无缺，无须外求，舍弃华夏文化而学习胡人文化就是"变古之数，易古之道，逆人之心"；赵武灵王针锋相对地指出：文化的主要功用是"利其民而厚其国"，"果可以利其国，不一其用；果可以便其事，不同其礼"；因此，无论是华夏文化还是夷狄文化，只要有利于国家，都可以采用。经过激烈的论争，赵武灵王获胜，他下达"胡服骑射"之令，又聘请擅长骑兵战术的匈奴军官为赵国训练军队，使用铁链制成或皮制小扣串成的伊兰式盔甲，以取代从前用犀牛皮制成的硬重甲胄。赵武灵王凭借这支改革后的武装力量，灭亡中山国，出兵攻打楼烦、林胡，扩充赵国领土，"北至燕、代，西至云中、九原"。赵武灵王的胡服骑射改革尽管属于军事范畴，但在文化史上

① 冯天瑜：《中国文化生成史》（上），武汉大学出版社，2013，第 94 页。

② 鲁迅：《且介亭杂文·门外文谈》，载《鲁迅全集》第 6 卷，人民文学出版社，1981，第 95 页。

却自有其深远意蕴。首先，赵武灵王的行为表明，在北方游牧民族的巨大压力下，中原文化开始自觉地吸收异系统的文化成分，以增强本系统的生命力，“胡服骑射”实际上是“习胡人之长技以制胡”，与19世纪“习西夷之长技以制夷”的运动有着共通的意义；其次，赵武灵王与公子成的论争实质上是开放的文化观与文化本位主义的论战，这样的论战在往后的中国历史上一再出现。

聂运伟：您说的“开放的文化观与文化本位主义的论战”在中国历史上一再出现，有哪些重要的论题呢？

冯天瑜：一是文化的“中外之辨”，也即文化的民族性比较与交会，这是一个贯穿古今的问题。现世中国的“中外之辨”与古中国久已进行的“华夷之辨”有某种近似性，却又大异其趣。“华夷之辨”所包蕴的内容，是处于“高势位”的华夏－汉族的农耕文明与处于“低势位”的周边诸族的游牧或半农半牧文明之间的比较、冲突与融合。在这一过程中，华夏－汉族可能在军事上受到“夷狄”的威胁，然而文化上的优胜地位却从未动摇过，即使在军事上被“夷狄”征服，也迟早会发生文化上的“征服者被征服”。在这一意义上，古代中国的“华夷之辨”并没有给华夏－汉族造成真正的文化危机，因而其“内夏外夷”“以尊临卑”的心态一以贯之。如果说，古代中国文化是在东亚大陆内部发生、发展的，或有来自西亚、南亚文化的影响，其强度也较为有限，那么，进入近代，中国文化则日渐纳入世界文化体系，直接承受着“高势位”的外来工业文明的挑战，历来的优胜地位发生动摇。这在固守“文化本位”的论者看来似乎是灭顶之灾，而对于一个有着雄健的包容精神和消化能力的民族来说，实则是文化跃进的契机。诚如王国维所指出的，“外界之势力之影响于学术”，是刺激、促进学术革新的有力因素，历史上“佛教之东适”对我国文化曾产生启迪作用，现在的“西学东渐”也是打破我国学术沉滞局面的一大转机，因而他把西学称为“第二之佛教”，给予积极的评判。

二是古今之辨。中华文化在近世经历的“古今之辨”与“中外之辨”，彼此间有相贯通之处，“近代玄奘”严复较早悟出个中机关。作为亲历西方的中国士子，他发现西方文化已完成由“古学”向“新学”的转化，而中国仍然停留在古学阶段。元明以前，西方“新学未出”，人们论及物理人事，都崇奉“雅里氏”（即亚里士多德），与中国尊信孔子无异，这时西学与中学没有多大差距。明中叶后，“柏庚（即培根）起于英，特嘉尔（即笛卡儿）起于法”，奈端（即牛顿）、嘉里列倭（即伽利略）继起，新学方兴，“而古学之失日著”，因此，中国人在现代接触到的“西学”实为西方的“新学”，中西之辨，也就是新旧之辨、古今之辨。“中之人好古而忽今，西之人力今以胜古”，[①] 便成为中西差异的关节点。严复洞察到文化上的中西之争，是处于不同发展阶段的两种文化间的冲突。王国维更确认，“学问之事本无中西”，“学术之所争只有是非真伪之别”，而不应“以国家、人种、宗教之见杂之”；[②] 陈独秀则高唱“学术为吾人类公有之利器”。[③] 这些精辟之论，其意都在突破文化的民族狭隘性和独断性，而正视文化的客观真理性和时代性，由此也肯定了学习来自外部世界的先进文化的合理性和必要性，从而与“深闭固拒”的文化保守主义划清界限。以后，冯友兰等人进一步强调，中西文化的差异，主要是时代的差异，或发展阶段的差异，“一般人心目所有中西之分大部分都是古今之异”。[④] 然而，文化的“中外之辨”又不等同于“古今之辨”。因为，中外之间毕竟还包含着民族性差异。中华文化在数千年间形成的传统，早已渗入中华民族的生活方式与思维方式，成为其安身立命的基地和接纳外来文化的母本或接受屏幕。陈寅恪曾揭示文化史上一个“虽似相反，而实足以相成”的通则——中华民族对外来文化“无不尽量吸收，然仍不忘其本来民族之地位”。[⑤] 中国自两汉、六朝至唐宋，对于从印度传入的佛教文化便是吸收中有改造，论争中有融合，结果形成富于生命力的文化复合体：汲纳《中庸》的天台宗、汲纳《周易》的华严宗、汲纳《孟子》的禅宗等中国化佛教宗派创立，采纳佛学内容的新儒学——理学产生并昌大。这些立足中华文化土壤，又兼采外

① 严复：《论世变之亟》，载《严复集》第1册，中华书局，1986，第1页。

② 王国维：《论近年之学术界》，载《王国维全集》第一卷，浙江教育出版社，2009，第125页。

③ 陈独秀：《学术与国粹》，载《独秀文存》卷二，上海书店出版社，1989，第52页。

④ 冯友兰：《新事论·说家国》，载《三松堂全集》第四卷，河南人民出版社，2001，第239页。

⑤ 陈寅恪：《冯友兰中国哲学史下册审查报告》，载《金明馆丛稿二编》，上海古籍出版社，1980，第252页。

域英华的流派，在中国传之久远，影响深广，而强调外来文化“原版性”的流派却难以繁荣生发，如唐玄奘及其弟子窥基创立的刻意追逐“天竺化”（即印度化）的法相唯识宗，成为中国佛教宗派中短命的一支。在现代，先进的中国人向西方寻求真理，进而构筑思想体系时，也没有忘却自己的民族文化之“根”。康有为申明，他的学说是参合中西哲理，穷究天人之变的产物；孙中山说：“余之谋中国革命，其所持主义，有因袭吾国固有之思想者，有规抚欧洲之学说事迹者，有吾所独见而创获者。”① 此说颇有代表性，凡是在中国现代发生较深影响的思想流派，莫不植根传统，而又接纳外域，兼以自己的综合创新。反之，那些一味充当外人传声筒的流派则没有生命力，教条主义者生搬硬套外国模式，必遭到历史的淘汰。概而言之，现代中国不仅要“拿来”西方文化，还要向外部世界提供我们的文化创造，以实现双向对流。而异文化间的“请进来”与“走出去”，达成健康的“互动”，正是文化“一”与“多”辩证统一的进路。

聂运伟：梁启超曾说过：“吾中国不受外学则已，苟既受之，则必能尽吸其所长以自营养，而且变其质，神其用，别造成一种我国之新文明，青青于蓝，冰寒于水。”② 梁先生“笔端常带感情”，对近代以来会通中西的“新文明”期待多多，但往往又不自觉地把这种“新文明”中的中国元素与西方文化对立起来：“我们可爱的青年啊，立正，开步走！大海对岸那边有好几万万人，愁着物质文明破产，哀哀欲绝的喊救命，等着你来超拔他哩。我们在天的祖宗三大圣和许多前辈，眼巴巴盼望你完成他的事业，正在拿他的精神来保佑你哩。”③ 读这样的文字，是否给人一种不合时宜的孤芳自赏的味道？

冯天瑜：梁启超 1904 年撰写《新大陆游记》，揭露中国传统社会及文化的种种病态，1920 年撰写《欧游心影录》，又发出以中国传统智慧挽救现世文明的论断。梁氏在短短十年间发表两种极端之论，确实给人前后矛盾的“大跳跃”印象，他自己也曾以“流质多变”“太无成见”自嘲。其

---

① 孙中山：《孙中山全集》第 7 卷，中华书局，1986，第 60 页。

② 梁启超：《论中国学术思想变迁之大势》，上海古籍出版社，2001，第 83 页。

③ 梁启超：《欧游心影录》，载《梁启超全集》第十卷，北京出版社，1997，第 2987 页。

实，对传统文化先后持两种极端之论，并非梁氏个别特例，在其他近代文化大师那里也有类似表现，如严复、胡适等。我们今天对于此种现象的认识，不能停留于对这些前哲矛盾性思维的一般批评，不应止于“早年激进、晚年保守”的皮相之议。否定与赞扬中国传统文化的两种极端之论集于一人，是近代中国面对多层级变革交会的一种反映。西方世界几百年间实现工业化与克服工业化弊端这两大先后呈现的历时性课题，都共时性地摆到近代中国人面前。所以，梁启超于20世纪初叶的两种极端之论是试交的双重答案：对东亚社会及文化的批判否定，是一种“现代化诉求”；呼唤以东亚智慧拯救西方，拯救现代文明，其着眼点则是“后现代思考”。当然，他未能将两种历时性的论题加以必要的厘清与整合，留下思维的教训。我们今日讨论中国传统文化的现代价值，不应重蹈前辈的覆辙，在“一味贬斥”与“高度褒扬”的两极间摆动，而理当历史地考察传统文化的生成机制和内在特质，既首肯东亚智慧创造辉煌古典文明的既往事实，又研讨东亚智慧未能导引出现代文明的因由，还要深思东亚智慧对疗治现代病的启示意义。在展开这些思考时，应当把握历史向度，而不能做超时空的漫议，同时还必须真切把握西方智慧这一参照系，克服夜郎自大的东方主义和心醉西风的西化主义两种偏颇。

聂运伟：任何民族的文化都有自己的独特性、独有的元素，在全球化的背景下，如何言说“中华元素”，还是一个值得深思的问题。我很赞成您的如下说法：

> “中华元素”并非凝固不变、自我封闭的系统，它具有历史承袭性、稳定性，因而是经典的；具有随时推衍的变异性、革命性，因而又是时代的；中华元素是在世界视野观照下、在与外域元素（如英国元素、印度元素、印第安元素、日本元素等）相比较中得以昭显的，故是民族的也是国际的。[1]

冯天瑜：我这段话还是就中国文化与域外文化的交流融合而说的，其

① 冯天瑜：《中国文化生成史》（上），武汉大学出版社，2013，第218页。

实就中国文化本身而言，其生成的历程同样是多种文化元素相互传播、交流的过程。所以，历史地理学家谭其骧指出："自五四以来以至近今讨论中国文化，把中国文化看成一种亘古不变且广被于全国的以儒学为核心的文化，而忽视了中国文化既有时代差异，又有其他地域差异，这对于深刻理解中国文化当然极为不利。因为正是中国存在地域性的差异从而促使了中国文化的巨大的包容性，在中国这一个国家里，汉族这一个民族里，一贯对待不同文化采取容许共存共荣的态度，不论是统治阶级还是被统治阶级都是如此，因此儒佛道三教得以长期并存，进一步又互相渗透，同时又能接受伊斯兰教、基督教等其他宗教，尽管在朝廷上发生过几次佛道之争，却从没有发生过宗教战争，即使最高统治者皇帝非常虔诚地信仰某一种宗教，却从没有强迫过他统治下的任何一民族一地区的人民改变信仰。尽管有一些和尚道士受到统治者备极尊崇的礼遇，也曾参与治政，却从没有搞过政教合一。这种早已形成，长期坚持的兼收并蓄的文化开放传统，使整部中国史只能出现政治上的封建集权大一统，任何时期都做不到思想文化的统一。秦始皇不慨汉武帝不能，唐宗、宋祖、成吉思汗、朱元璋也不可能。这些帝王不是不想做，但做不到。"① 谭先生的论说显然是有感而发的，因为，笼统地界定中国文化，已是一种司空见惯的做法，此类做法有碍于人们从共相与殊相辩证统一的高度把握中国文化，不利于开掘中国文化无比丰厚的内蕴。要想获得对中国文化的深刻理解，必须纠正空泛、粗疏的学风，多做具体分析和实证研究，方能为综合与抽象提供坚实的基础。而此类工作的一个重要方面，便是对中国文化加以区分考析。中国广土众民，文明传统悠久深厚，其文化的时代性演进和地域性展开均呈现婀娜多姿的状貌，切忌做简单化的描述与概括。

聂运伟：谢谢冯老师的指教！

（原载《文化发展论丛》2017 年第 2 卷，总第 14 期，社会科学文献出版社）

① 谭其骧：《中国地域文化的时代差异和地区差异》，《复旦大学学报》1986 年第 2 期。

彰显地域特征　发掘区域个性

——冯天瑜先生访谈录

聂运伟： 冯老师，您曾对我说过，除了几次东渡日本做研究工作外，您一生基本上就是在武汉学习、生活和工作的。我注意到，在您诸多的研究领域里，有相当一部分内容都与地域性文化相关，如荆楚文化研究、湖北地方志研究等。何晓明先生在《冯天瑜先生学术小传》里说："冯天瑜先生一向认为，文化史研究理当用心于彰显地域特征。作为湖北本土成长起来的学问大家，冯先生对于桑梓的养育之恩，铭记于心，其最好的回报则是潜心研究湖北地方史志，以服务于家乡的文化事业、社会发展、时代进步。数十年来，他积极参与湖北及武汉地方志的修撰工作，付出了艰辛的劳作。先后担任湖北省地方志副总纂、武汉市地方志编纂委员会副主任，出任《湖北省志　人物志》《武汉市志　人物志》《黄鹤楼志》的主编。而在学术著作方面，这一领域的代表作有《辛亥武昌首义史》（湖北人民出版社，1985）《张之洞评传》（南京大学出版社，1991）《辛亥首义史》（湖北人民出版社，2011）。"我个人认为，在您的辛亥首义研究、张之洞研究的著述里，都有着浓厚的地域性文化解读的特点。20 世纪 80 年代读您写的《民国初年湖北党人挽救革命的斗争》一文时，就有了这种很特别的感受。在这篇文章里，您洞幽掘微，从大量地方性文献里钩稽深广，细密而全面地展现了民国初年的政治乱象，生动说明作为"首义之区"的湖北为何"不仅始终未能掀起大的波澜"，反而"成为北洋军镇压二次革命的前进基地"。[①] 当时我正在读研究生，觉得此文的写法很别致，特别是对地方性文献资料的运用，给我很深的印象。现在重新回顾几十年

① 冯天瑜：《民国初年湖北党人挽救革命的斗争》，《湖北大学学报》1986 年第 5 期。

前的阅读感受，倒从中悟到您治史的一个特点：既索解中国思想文化史的整体性特征，又关注思想文化的区域个性。

冯天瑜：是啊，我们多次聊到过我这一生的活动轨迹。1945 年抗战结束后，我就随父母从红安来到武汉生活，一直至今。离开武汉较长的时间就是先后在日本待了近 5 年，1998—2001 年，受聘于爱知大学做中国文化史研究；2004—2005 年，又到京都国际日本文化研究中心做了一年的短期研究。在中国文化的传统里，大凡有成就的学者无不关心自己家乡的文化事业和方志修撰，甚至认为修志难于修史。受此传统影响，我对荆楚文化的传播延续，湖北省、武汉市区域文化的研究，还有各种地方志的修撰及地方档案文献的整理研究，确实倾注了大量的时间和精力，所谓家乡情结是一个方面。今日治史者对地方性文献的整理和研究，与古代修志的目的有诸多不同，如元代冯福京在《乐清县志·序》中主张修志是“备天子史官之采录，乃臣子职分之当然”，今日治史，当然已不是为了一家一姓的历史而尽“臣子职分”，就文化史研究而言，我对地方文献的关注，考虑更多的是如何摆脱公式化、概念化的史学书写方式，尽可能地用史实还原中国文化史生成过程中的区域性场景，所以，我认为：

> 我们研究中国思想文化史，一定要结合历史上的思想家的个人经历作具体分析。否则就会失之笼统，使人感到思想家千人一面，其思想也是从某几个模型中铸造出来的。因此，结合地区条件和人物经历进行思想文化史研究，这是从事思想发展史研究的一个极为有价值的课题。这种研究以地区为背景，人物为中心，志人述史，史以人传，较为乡土气息、具体生动，有利于挖掘思想文化的区域个性。这对于推进整个中国思想史的研究也是非常必要的。①

聂运伟：20 世纪 60 年代以来，西方学术界的知识观念发生较大的变革，“地方性知识”（local knowledge）正是这一变革的产物之一。所谓地

① 冯天瑜：《重视区域思想史的研究——兼论湖北历史思想发展的轨迹和特点》，《湖北社会科学》1993 年第 12 期。

方性知识这个说法是从人类学研究那里来的。在人类学研究中，一直面临着普遍性和特殊性的纠缠。一些人类学家热衷于在不同民族、部类和文明类型那里发现共同性，找到共同的结构和规律；而另一些人类学家则坚持寻找差异，他们认为在不同民族、部落和文明那里，存在着自己非常独特的文化差异，这些差异就属于地方性知识，在整个现代化的过程中，地方性知识不应该被同化、被掩盖，它可以发挥自己独特的价值和作用。

冯天瑜：从古到今，人类文化总是地方性、区域性的存在，但个性中有共性，这是无法否认的文化史的规律。谈到两者间的关系，我想，《易经》所言“天下同归而殊途，一致而百虑”的道理，就辩证地揭示了历史和文化发展的统一性与多样性这两个彼此矛盾又互为补充的倾向。中华文化在漫长的发展历程中，因其腹地开阔，域内各区段间的文化互补发挥过颇大作用，三千年间，有南北东西各路文化的相激相荡，故能保持相当程度的活力。如学术上，北方的孔墨与南方的老庄既相批判又相汲纳，西部的商韩与东部的管邹则互为应援；文学上，“燕赵多慷慨悲歌之士，吴楚多放诞纤丽之文”，所谓“长城饮马，河梁携手，北人之气概也；江南草长，洞庭始波，南人之情怀也”。所以，文化的地域分布所体现出来的独特性，并不排斥地域和学派之间的互相联系和彼此渗透。而正是这种既具多样性，又具统一性的发展态势，不断给文化增添活力，推动其前进。

聂运伟：对文化区域性存在的关注，对“地方性知识”价值的探究，不仅使我们具体深入地体察到历史和文化发展的统一性与多样性的精微之处，而且激活了历史学与地理学两个学科之间内在的人文脉息。在国际历史地理学界享有盛誉的英国著名历史地理学家阿兰·雷金那德·哈罗德·贝克（Alan Reginald Harold Baker）在《地理学与历史学——跨越楚河汉界》（*Geography and History*：*Bridging the Divide*）中说：“历史具有场所维度，地理具有时间维度”（History takes place，and Geography takes time），我自己很喜欢这句话，觉得耐人寻味。以前的历史学家只关注自然景观，诸如环境、河流、地形、山脉，认为这些都是历史事件发生的自然舞台，或者说，地理只是附属。现在学界的取向开始有所转化，历史地理学的诞生便是积极的成果。顾颉刚和谭其骧早在1934年2月22日成文的《禹贡半月刊》发刊词中就生动地比喻过：历史好比演剧，地理就是舞台；如果找不到舞台，哪里看得到戏剧！

冯天瑜：历史学与地理学的联姻势在必行，文化地理的观照理当纳入文化生成史考察范围：

> 作为人类物质文明和精神文明创造总和的文化，因时间向度的演进而具有时代性，又因空间向度的展开而具有地域性。人们把研讨文化时代性演进的学科称之文化史学，把研讨文化空间性分布的学科称之文化地理学，这两门学科都有独立存在的价值和独立发展的历史。然而，时间和空间又是运动着的物质的两种密不可分的存在形式，时代性与地域性当然也是文化的两种相互依存的属性，我们只有全面观照这两种属性，并考察其互动关系，方能实在地把握人类创造的文化的纵深度和广阔度。①

比如，佛教思想进入中国后为什么能够在湖北迅速传播，并出现一批著名的佛学家呢？除了政治、经济方面的原因以外，人文传统和地理条件也是重要的原因。先秦时期，湖北是楚国的中心，故道家思想流行。汉初，以道家思想为基础的黄老之学在全国占据统治地位。魏晋玄学也发端于湖北的荆州新学。佛教思想在不少地方与道家思想、玄学思想相近，故入华初依附于道、玄。湖北的文化传统使佛教在那里很容易找到结合点。从地理条件看，湖北地处中国中部，从西北入华的佛学和从海南入华的佛学常在湖北碰撞、交流，这就使湖北聚集了一大批著名僧人，佛学极一时之盛也就事非偶然了。所以，以地理标识划分的文化区并非静态、凝固的空间存在，而是因时演变的。一般而言，构成文化区的自然因素变化较慢，社会、人文因素迁衍较快。王夫之常用“天气南移”“地气南徙”诸说法，而他所谓的“天气”“地气”，并非专指自然之气，而是自然、社会、人文的综合，更多地包蕴社会、人文因素。事实上，自从具有理性的人类介入，造成文化世界，我们这个星球上的变化往往不再是单纯的自然运动，即以各地土壤肥瘠的变迁而论，便深深打上人类活动的印记。曾被

① 冯天瑜：《中国文化生成史》（上册），武汉大学出版社，2013，第207页。

《禹贡》（反映周秦之际状况）列为下中、下下的长江流域，至近古已成上上之地，如宋人王应麟说："今之沃壤，莫如吴越闽蜀。"至于各地风俗、学术的异动，更是古今起伏，时有更迭。这是在做区域研究时应予注意的。

聂运伟：去欧洲旅游，有个很直观的感受，就是欧洲各国的面积毕竟有限，受历史、文化、政治、经济、交通、军事诸因素的影响，欧洲各国的首都都有悠久的历史，一旦形成，便成为政治文化的中心，延续至今，很少发生变化，特别是作为文化中心，其地位和影响显然具有永恒性。罗马、巴黎、伦敦、柏林、布鲁塞尔、华沙等，莫不如此。罗马的别称"永恒之城"，记录了罗马城从罗马帝国到今天意大利的长时间里雄踞首都席位的荣光，但更重要的是，罗马城里无所不在的文化遗存告诉人们：这里，才是承接希腊的罗马文化的根基之所在，是亚平宁半岛文明的集散中心，是意大利人的精神家园。文艺复兴时期，佛罗伦萨一度异军突起，引领了欧洲文化的近代变革，还成为过意大利的临时首都，可短短几年之后，一旦时机成熟，定都罗马便是意大利人的不二选择。探寻但丁、达·芬奇、米开朗琪罗的心路历程，这些文艺复兴时代的巨人，虽都是佛罗伦萨的公民，但个个都对罗马心存敬畏，都有着去罗马的朝圣之旅。相比较而言，中国历史上的首都多有变异，对此，您有什么看法呢？

冯天瑜：与多数外国拥有较稳定、单一的首都不同，中国的京城多次转移。几千年来，中国文化的中心，大体沿着自东向西，继之又由西北而东南的方向转移。这从各朝代文明的中心——首都的迁徙轨迹中，可略见端倪。七大古都散布于中华大地的中、西、南、北、东，然其位置的更替，隐含着文化生态的规则与意义深远的历史机缘。殷商以来，黄河中下游，也即中原一带，是全国最富饶的区域，又接近王朝版图的中心，是兵家必争之地，把握中原，意味着把握天下，因此，从殷周至隋唐，国都始终在中原徘徊。安阳、西安、洛阳一带被多次选为国都，原因盖出于此。汉唐以降，由于西北游牧民族的军事威胁和东部地区富庶程度提升，都城有东移倾向，如西汉都长安，东汉都洛阳；唐代武则天从长安迁都洛阳；北宋更进一步将京师东移开封（称东京），以靠近运河干道。唐宋之际中国古都在东西轴线上，有一种自西向东迁移的明显态势。从北宋开始，东北契丹、女真等半农半牧民族兴起，农耕民族与游牧民族冲突交往的重点区段已由长城西段转至长城东段。再加之运河淤废，黄河泛滥，无论是政治、经济，还是军事、交通，关中、河洛已丧失控扼天下的地位，自宋室南渡以后，长安、洛阳、开封都已不具备昔日制内御外的强劲功能，以至于元、明、清三朝，国都与黄河中下游无缘。长安更名安西、西安，形象地表明它已由全国雄都变为一方重镇。以宋代分界，此前中国都城主要在东西轴线上流转，此后主要在南北轴线上移动。南宋立都临安，金朝立都燕京，崛起于北方草原的蒙元以大都（今北京）为京师。成帝业于东南的朱元璋又建都南京，燕王朱棣从侄儿建文帝手中夺权，是为明成祖，他把首都迁到自己的根据地北平，升北平为北京，借天子之威，震慑北方游牧民族，自此，北京成为明清两代国都。作为政治、军事中心的北京，经济上主要仰赖东南财赋，凭借京杭运河源源不绝的粮食、衣被等物资补给，因而北京有“飘来的都城”之名。而兴兵南方的太平天国和中华民国又相继定都南京，更昭显南方已然成为国家重心。上下三千余年间，从安阳殷墟到北京紫禁城，中国古都此消彼长，大体沿着东西、南北两条轴线移位，这正透露出中国经济重心的转移、诸政治集团的更迭、民族关系的弛张。

聂运伟：中国历史上京城的多次转移起因于战乱，战乱推动了人口向南大迁移，“东汉末年至三国期间，由于北方黄河流域长期的战乱和自然灾害，而南方长江流域则相对平静，大批北方人南下避难，以北方移民为统治集团的蜀国和吴国的建立，使多数难民在南方定居……以后又出现了三次黄河流域的汉人南迁的高潮：从 4 世纪初的西晋永嘉年间（307—312 年）到 5 世纪中叶南朝宋元嘉年间（424—453 年）、唐天宝十四载（755 年）安史之乱爆发后至唐末五代、从北宋靖康元年（1126 年）至南宋后期。这几次南迁几乎遍及整个黄河中下游地区，时间持续百年以上，移民总数都在百万以上。其中第三次南迁的余波一直延续到元朝，在蒙古、元灭金和南宋的过程以及元统一政权建立后，逃避战乱和赋役的人还在源源不断流向南方”。[①] 由此观之，中国历史上的京师屡迁，虽往往迫于政治、经济、军事的原因，但京师屡迁又促成了中国文化在地域上的全方位展开，只不过这种展开多有被动性，以至于中国人的文化心理中，对文化中

① 葛剑雄等：《中国移民史》第一卷，福建人民出版社，1997，第 55 页。

心在地理空间上的移动，似乎司空见惯，至多发出几声惆怅的凭吊和无奈的反讽：“暖风熏得游人醉，直把杭州作汴州。”从文化学的角度看，这里涉及的区域文化与文化中心之间的关系，是否值得一说？

冯天瑜：中国近古及近代文化中心向东南转移，是一个明显的趋势。如何解释近古文化中心的转移，中国近代以来的思想家有许多评说。王夫之在讨论“华夷之别”时，提出一个深刻的见解：华夷不同，在乎文野，而一个地区可以由野变文，也即由夷变夏；反之，一个地区又可能由文变野，也即由夏变夷。他说：“吴、楚、闽、越，汉以前夷也，而今为文教之薮；齐、晋、燕、赵，唐、隋以前之中夏也，而今之椎钝戾者，十九而抱禽心矣。”① 王夫之用唐以来先进的北方渐趋落后，蛮荒的南方则长足进步的事实，证明华夷可以易位。王夫之还具体指明中国文化中心转移的总趋势是“由北而南”：“三代以上，淑气聚于北，而南为蛮夷。汉高祖起于丰、沛，因楚以定天下，而天气移于南。郡县封建易于人，而南北移于天，天人合符之几也。天气南徙，而匈奴始强，渐与幽、并、冀、雍之地气相得。故三代以上，华夷之分在燕山，三代以后在大河，非其地而阑入之，地之所不宜，天之所不佑，人之所不服也。”② 又以明朝之例说明文化中心南移的具体情形：“洪、永以来，学术、节义、事功、文章皆出荆、扬之产，而贪忍无良、弑君卖国、结宫禁、附宦寺、事仇雠者，北人为尤酷焉。……今且两粤、滇、黔渐向文明；而徐、豫以北，风俗人心益不忍问。”③ 黄宗羲也有近似的观察和论述。他指出，由于经济重心已经南移，明代“都燕”（设首都于北京），是“始谋之不善”，不仅京师屡遭蒙古、满洲的军事威胁，而且仰赖江南漕运，“大府之金钱靡于河道”，有鉴于此，黄氏力主，后起之王者建都金陵（今南京），他从古今文化中心变迁大势论证金陵设都的合理性：“秦汉之时，关中风气会聚，田野开辟，人物殷盛；吴、楚方脱蛮夷之号，风气朴略，故金陵不能与之争胜，今关中人物不及吴会久矣，……而东南粟帛，灌输天下，天下有吴、会，犹富室

① 王夫之：《思问录·外篇》，载《船山全书》第十二册，岳麓书社，1996，第486页。

② 王夫之：《读通鉴论》卷一二，中华书局，1975。

③ 王夫之：《思问录·外篇》，载《船山全书》第十二册，岳麓书社，1996，第486页。

之有仓库匮箧也。”[①] 王夫之、黄宗羲关于中国文化中心南移的描述，是“征之以可闻之实”做出的判断，符合历史真情。王夫之在此基础上更做出范围广大的推测：“地气南徙，在近小间有如此者。推之荒远，此混沌而彼文明，又何怪乎！”[②]

聂运伟：钱穆在《国史大纲》里亦说：“大体上可以说，北方是中国史上前方一个冲激之区（因强寇大敌常在其外），而南方则是中国史上的后方，为退遁之所。因此北方受祸常烈于南方。安史乱后，中国国力日见南移，则北方受外祸亦益烈。而且自唐以下，社会日趋平等，贵族门第以次消灭，其聪明优秀及在社会上稍有地位的，既不断因避难南迁；留者平铺散漫，无组织，无领导，对于恶政治兵祸天灾种种，无力抵抗；于是情况日坏。事久之后，亦淡焉忘之，若谓此等情形，自古已然。汉唐的黄金时代，因此不复在他们心神中活跃。”[③]

冯天瑜：中国古代文化中心由北向南转移的总体趋势说明，文化中心与区域文化的关系是相对的、变易的。就近代中国社会变革而论，文化中心进一步向东南转移，东南沿海成为中国近代文化的能量发射中心。引发近代社会变革的思潮多发难于东南沿海，而收实功于华中腹地，进而又推向华北、西北，又由华北、西北、东北推及全国，呈现一种东方不亮西方亮，此起彼伏的不平衡发展状态。中国接受西方工业文明的影响，跨入近代社会门槛，是从东南沿海开始的。“得风气之先”的地区是广东，随后是福建和江浙。东南沿海诸省最先涌现一批“睁眼看世界”并进而“向西方求真理”的人物，如福建有林则徐、严复，广东有洪仁玕、郑观应、康有为、梁启超、孙中山，江浙有冯桂芬、王韬、马建忠、张謇、章太炎、鲁迅等。与这些先进人物的出现互为因果，近代工商业、近代新学和近代政治运动也由东南诸省和海外华侨社会发轫。上海的江南制造总局开中国机器工业的先河，其翻译馆译介西书，沾溉晚清新学者；康有为在广州创办的“万木草堂”成为维新派养成所，梁启超在上海主笔的《时

① 黄宗羲：《明夷待访录·建都》，载《黄宗羲全集》，浙江古籍出版社，1985，第21页。

② 王夫之：《思问录·外篇》，载《船山全书》第十二册，岳麓书社，1996，第486页。

③ 钱穆：《国史大纲》（下），商务印书馆，2007，第769页。

务报》是变法喉舌；广东更成为孙中山领导的革命运动首先活跃的省份。而近代新学、近代政治运动连同近代工商业在东南诸省兴起后，以锐不可当之势，向内地延伸、发展，形成由南而北、由东而西的运动方向，这与中国古代经济文化重心由北而南、由西而东的迁徙方向恰好相反。这正是一个幅员辽阔、地理环境繁复多样、经济文化发展不平衡的东方大国的特色所在。

聂运伟：辛亥首义为何发生于革命党人力量并不特别强大的湖北武昌，研究者们常常感到困惑，但从您对中国近代文化中心迁移的观点看，其实也有着内在的必然性。关于这一点，前人曾论说道："辛亥革命易为成功于武昌乎？论者以武昌地处上游，控扼九省，地据形胜，故一举而全国响应，斯固然矣，抑知武汉所以成为重镇，实公（指张之洞——引者注）二十年缔造之力也。其时工厂林立，江汉殷赈，一隅之地，足以耸动中外之视听。有官钱局，铸币厂，控制全省之金融，则起事不虞军用之缺乏。有枪炮厂可供战事之源源供给。成立新军，多富于知识思想，能了解革命之旨趣。而领导革命者，又多素所培植之学生也。精神上，物质上，皆比较彼时他省为优。以是之故，能成大功，虽为公所不及料，而事机凑泊，种豆得瓜。"①

冯天瑜：同东南沿海相比，近代中国的北方和西北较为落后、保守，在长时间内，"北洋势力"是近现代中国反动阵营的代名词。而长江中游诸省，尤其是湖北、湖南，正处在较开化的东南与较封闭的西北的中间地带，借用气象学语言来说，长江中游处在湿而暖的东南风与干而冷的西北风相交汇的"锋面"，因而气象因素繁复多变，乍暖乍寒，忽晴忽雨。如果说，整个近现代中国都卷入了"古今一大变革之会"——古今中西的大交战，那么，两湖地区更处在这种风云际会的旋涡中心。正因为如此，湖北成为中国近代政治运动的中心舞台，经济上也是近代工业在内地较发达的区域，文化上则是新旧思想大交战，东西学术大融汇的地区，熊十力等大思想家出现在湖北，就绝非偶然了。诚为晚清鄂籍留日学生所说，近代湖北是"吾国最重最要之地，必为竞争最剧最烈之场"，而"竞争最剧最烈

① 张继煦：《张文襄公治鄂记》，湖北通志馆，1947，第7页。

之场，将为文明最盛最著之地”。这并非虚夸的惊世之论，而是有远见的预测。湖南在 19 世纪后半叶与 20 世纪上半叶对中国社会变革发挥的巨大作用，是举世皆知的，湖北则在 20 世纪初叶崛起为仅次于上海的工商业基地，继而成为辛亥革命首义之区、大革命心脏地带、土地革命的主战场之一。

聂运伟： 1923 年，蒋方震在《中国五十年来军事变迁史》中也对辛亥首义爆发在武昌做过评述：“历次革命皆自外烁，其势不坚，而武昌革命则其势由内而外，由下而上，其成功也，非偶然也。”① 我以为“由内而外，由下而上”是一个饶有兴味的概括，但缺少历史的陈述，您对此有何见解？

冯天瑜： 蒋方震不仅是民国时期著名的军事家，而且是五四新文化运动的一员战将。“由内而外，由下而上”确实是对武昌首义的一个精辟概述。先说“由内而外”，黄兴等人在两广、云南一带多次通过输入武装人员的方式发难，但镇南关起义、钦廉上思起义、云南河口起义等均遭败北，而武昌起义一举成功，原因在于湖北党人在当地军队和社会有扎实的根基，将工作做到了瓜熟蒂落、水到渠成的程度。湖北党人并未产生著名的政治领袖和思想家，但他们有一个显著的特色，就是脚踏实地、埋头苦干，即所谓“鄂省党人，耻声华，厌标榜，木讷质直”。他们不企求以壮烈的一死去耸动视听，认为那种“十步之内，血火红飞”的“暗杀主义”不足以成大事；他们不以华丽的言谈文字去博取虚名；也没有像同盟会的某些领导人那样急于求成，而是走着一条更加艰苦踏实的道路：长期深入下层，运动会党，发动新军，默默无闻地从事具体的组织与教育群众的工作。他们不像留学生中的党人那样具有号召力，却有着更可贵的“不竞声华”的实干精神。湖北党人这种“埋头苦干，不以外观夸耀”的风格，渗透着楚地“三年不鸣，一鸣惊人”的文化品性。光绪三十三年（1907），端方由湖北巡抚调任直隶总督，入京晋见时，慈禧对端方说：“造就人才的是湖北，我所虑的也在湖北。”四年后辛亥首义在武昌爆发，其组织者和骨干多出自湖北各新式学堂和湖北留日学生，这证明了慈禧的嗅觉是十分敏锐的。辛亥首义在新教育的中心武昌爆发，有力地表明，近代教育的

---

① 蒋方震：《中国五十年来军事变迁史》，载《最近之五十年（1872—1922）：申报馆五十周年纪念》，上海书店出版社，2015，第 282 ~ 289 页。

出现，同近代经济的诞生相联系，无论其主持者的主观愿望如何，其结果都将是造就专制制度的掘墓人。再说“由下而上”，武昌首义后，瑞澂电告清廷称“武汉军民同变”，也就是说，武昌首义得到了武汉三镇市民的热烈支持，故革命士气十分高昂。如在汉口争夺战中，“给养不及时，战士忍饥一、二日继续抵抗，受伤者忍痛不肯下火线，经红十字会抬入医院后，错乱中尚不忘战争；枪伤未愈者，力请再上火线，因之伤口复发，终至不治。市民则自动煮饭、蒸馍向火线输送，不怕危险，民气之盛，由此可见”。[①] 此情此景，在武昌首义之前的历次革命党人的武装起义里，殊难见到。

聂运伟： 武昌首义在中国文化史上为湖北文化写下了惊天动地的一笔，可在清末之前，湖北好像并非人文兴盛之区。据学者们考据，民国初年编修《夏口县志》时，编纂者曾惊奇地发现湖北学者很少见于历代史籍。考诸清代学术史籍：约在嘉庆后期成书的《国朝汉学师承记》著录汉学家40余人，湖北学者无一人入选；《清史稿》之《儒林传》堪称清代学者大全，然湖北除熊赐履够资格但因入选《大臣传》而未列儒林以外，亦仅有天门胡承诺、黄冈曹本荣被著录。徐世昌主持修撰的《清儒学案》凡二百零八卷，为湖北学者列专案者唯有记熊赐履的卷三十八《孝感学案》，入合传者亦仅有三人。故梁启超在《近代学风之地理的分布》一文中有言：“湖北为交通最便之区，而学者无闻”，又说：“湖北为四战之区，商旅之所辐集，学者希焉。”对于梁启超的判断，湖北籍的学者常有微言。我看过一则趣闻，说是光绪末年，一群学生随章太炎在日本东京求学。一日，章太炎的民报馆来了一位年轻人，报名陈仲甫。章陈在谈清朝汉学的状况，说到戴、段、王诸人，多出自安徽和江苏，陈独秀不知怎么就说到湖北，他说：“湖北就没有出现大学者。”章太炎表示同意：“说的是，好像没有出过什么像样的人才。”此时，在里屋的“湖北佬”黄侃闻此言大怒，跳将出来，对外屋主客吼道：“好个湖北没人才！湖北虽无大学者，然而这不就是区区？安徽固然出了不少学者，然而这未必就是足下！”

冯天瑜：（笑）我想，梁启超的说法是对清末之前湖北人才情况的概

---

① 辜仁发：《辛亥革命阳夏战争述略》，载《辛亥首义回忆录》第一辑，湖北人民出版社，1979，第184页。

括。历史地看，湖北人才涌现有两个高潮，一个是在楚八百年。此后，直到清中叶，湖北人才的密度在漫长的历史中应该说是处于中下等。第二个高峰是在晚清到民国，湖北进入了一个大量人才涌现的时代。如地质学家李四光、哲学家熊十力、政治史兼经济学家王亚南（黄冈人）、语言文字学家黄侃、文学家胡风（蕲春人）、诗人闻一多（浠水人）、书法家兼文史学家张裕钊、逻辑学家汪奠基（鄂州人）、历史学家汤用彤（黄梅人）、方志学家王葆心（罗田人），他们是湖北人，而且都是鄂东人，都堪称某一文化门类引领风骚的一代巨子。鄂东于半个世纪间涌现出如此众多的全国性乃至世界性文化名人，可谓一种罕见现象。鄂东以外的湖北近世文化名人，还有历史地理学家杨守敬（枝江人），京剧须生泰斗谭鑫培、谭富英（黄陂人），文史学家张国淦（蒲圻人），法学家张知本（江陵人），化学家张子高（枝江人），考古学家黄文弼（汉川人），剧作家曹禺（潜江人），政论家胡秋原（黄陂人），等等。然而，时至清末民初，湖北，特别是鄂东骤然人才辈出，颇值得穷原竟委、推究因缘。章太炎在论及学术发生发展的缘由时讲道："视天之郁苍苍，立学术者无所因，各因地齐、政治、材性发舒，而名一家。"① 他认为地理环境、政教风俗、人才素质是影响学术成长的三大因素，鄂东近世人才辈出，与其特定的地理方位和政教风俗颇有干系。近年，我一直在思考这个问题：为什么从晚清开始，鄂东这个地方会出现包括鄂州张裕钊先生在内的这些大师级人物？这是文化学及其他领域应该关注的一个课题。这个问题如果从文化地理学的角度来看，是不是这样一种情况：在近代，一个新的学术的发生，一位大师级人物的产生，从背景上看，它往往有两个原因或其中之一。从时间这个维度讲，它处在一个历史转折点，如晚周是一个转折点，春秋、魏晋、明清也都是转折点。这个时候，新的思想、旧的思想冲突、融会，就会产生大的思想家，产生大师级人物。而鄂东，恰好在从东面沿海登陆、向内地推进的近代文化，也即西方文化，和从中原地带一直沿袭的传统文化的交叉点上。近代变革的风云际会养育了近世湖北学子真切的忧患意识和深沉哲思。熊十力早年投身辛亥革命，又目睹辛亥后政治的腐败，遂退而论学，

① 章太炎：《原学》，载徐复注《訄书详注》，上海古籍出版社，2000，第37页。

穷究天人，制作整合儒释的哲学大建构。又如闻一多兼涉文史，其新诗蕴含格律诗韵致，其楚辞、诗经研究借助芝加哥社会学派方法，熔铸古今、会通中西，展现了转型时代学人的风范，昭示了现代荆楚文化的特殊魅力。徐复观中青年时代参与政治颇深，后转入学术领域，潜心著述。他们的文化业绩，可谓艰难玉成，时代孕育。

聂运伟：前不久闲走蛇山，在“抱冰堂”前默然良久。1907 年夏，张之洞任湖广总督 19 年后，奉旨进京离开武汉。这一年他 71 岁了。武昌官民为纪念张之洞在鄂政绩，而建了这座纪念性楼堂。湖北近代学术的崛起，“抱冰老人”实在是居功至伟。

冯天瑜：对，作为湖北人，我们应该对“抱冰老人”致以最崇高的敬礼。湖北乃至鄂东近世人文荟萃，直接的动因就是张之洞督鄂期间开端的文教兴革，使湖北的文化教育水平居于晚清各省前列，鄂籍学人出国留学人数也名列各省前茅。清末民初湖北文化名人大都是张之洞督鄂期间兴办的新式学堂或改制书院培养出来的，或由其派遣出国留学。如王葆心曾就学两湖书院；张知本曾就读两湖书院，又以官费赴日本留学；黄侃由张之洞亲自指示，资助官费留学日本早稻田大学；张子高曾就学武昌文普通学堂，后赴美留学，入麻省理工学院；李四光曾就读五路高等小学堂，又被选送日本东京弘文学院学习；黄文弼就学汉阳府中学堂；闻一多曾就读武昌两湖师范附属小学，后留学美国。如果说，曾国藩及其湘军把湖南山乡的农家子弟带上全中国舞台，为近世湖湘人文之盛奠定基石，那么，张之洞开端的文教兴革及大规模留学生派遣，则使湖北学子走上中国乃至世界文化殿堂。作为政治家，张之洞并非完人，但作为教育家，以越王勾践“冬常抱冰，夏还握火”的句意刻苦自砺，无不彰显出创造性的文化胸怀和超人的胆识。今天中国文化的发展、湖北文化的发展，都可从中获得珍贵的教益。

聂运伟：谢谢冯老师！祝您身体健康！

冯天瑜：谢谢《文化发展论丛》编辑部的多次访谈，也希望你们为湖北文化的发展做出更多、更扎实的工作。

（原载《文化发展论丛》2017 年第 3 卷，总第 15 期，社会科学文献出版社）

跨越太平洋的“宿缘”

——张少书先生访谈录

地点： 张少书办公室，斯坦福大学历史系

时间： 2017 年 12 月 6 日

邹　浩： 张教授，谢谢您抽出宝贵的时间，并接受我代表《文化发展论丛》对您的采访。《文化发展论丛》是由社会科学文献出版社出版的一本专注于文化研究的中国学术集刊。集刊的编辑同仁很高兴能有这样一个机会将您和您的学术研究介绍给中国读者。您的教学和研究集中在对中美关系史和亚裔美国人政治与文化的历史研究。中国读者对您的著作《朋友还是敌人：1948—1972 年的美国、中国和苏联》① 已经很了解，咱们就从您的艺术史研究谈起吧。与文学和史学研究的其他领域相比，可以认为艺术史在亚裔美国人史学研究中一直处于边缘地位。您的《亚裔美国人艺术：一段历史，1850—1970 年》② 一书是这个领域的开山之作。我猜想您在这个领域的研究冲动与您的父亲有关。您的父亲是 20 世纪上半期中国最杰出的画家之一。您能谈谈他对您在艺术史方面研究的影响吗？

张少书： 我的父亲叫张书旂③，出生于杭州地区。父亲是 20 世纪初期一位非常有成就的艺术家，无论在艺术家、收藏家还是知识分子中，都颇

---

① 《朋友还是敌人：1948—1972 年的美国、中国和苏联》（*Friends and Enemies: The United States, China, and the Soviet Union, 1948 - 1972*），顾宁等译，中央编译出版社，2014。简称《朋友还是敌人》。

② *Asian American Art: A History, 1850 - 1970*, Stanford University Press, 2008，简称《亚裔美国人艺术》。

③ 张书旂（1900—1957），原名世忠，字书旂。浙江浦江人。曾任南京中央大学教授，抗战期间作为文化使者前往美国，后定居美国加州，作画讲学。他勤于写生，善于用粉，画风浓丽秀雅，与徐悲鸿、柳子谷享有“金陵三杰”之称。出版有《书旂花鸟集》《张书旂画集》等。

有名气。他在1941年创作了一幅巨型中国画，由中国政府赠予罗斯福，祝贺他第三次当选美国总统。[①] 随后，父亲被中国政府任命为文化大使，来到美国。他是一位画家、一位知识分子，同时也十分关心中美关系并积极参与文化外交。我是一位历史学家，也对艺术有兴趣，自然地，我会将父亲、艺术和历史研究联系到一起，希望从中展现出艺术与政治史和外交史之间的内在关系。应该说这是父亲对我的影响。

邹　浩： 您小时候有机会接触到您父亲的艺术作品吗？

张少书： 当然。但不幸的是，父亲在我九岁的时候去世了。他是1942年从中国来到美国的，在这里生活到1946年，后来返回中国，又于1949年再次来美国，一直到1957年在美国去世。他在美国生活的时间不短，虽然他去世时我年纪还小，然而他的影响却无处不在，这包括他的艺术作品、他的书和他的历史。

邹　浩： 您认为艺术史研究对亚裔美国人历史研究有怎样的价值？

张少书： 我一直很失望的是，研究亚裔美国人历史的学者对他们的艺术史并不十分关注。艺术是亚裔美国人生活的一个重要部分，无论是在社会、文化、思想等各个方面，还是在他们对美国的贡献方面。亚裔美国人艺术史没有得到应有的关注的原因，或许是这个领域的学者缺乏足够的艺术兴趣与知识，也或许是他们更关注历史研究的其他领域，比如政治史或劳工史。我觉得应该做一些这方面的研究，以展现艺术作为亚裔美国人生活的一个重要层面。另外一个原因与亚洲人对于艺术的态度有关。美国人往往将艺术从生活中分离开来，而在亚洲社会中，艺术、政治甚至经济，都与生活有更紧密的关系。比如，中国的艺术家既是知识分子，又是重要的社会人士，而不仅仅是艺术家。

邹　浩： 您先后编辑过两本关于两位著名日裔美国历史学家的书。[②]

---

① 1940年，张书旂在重庆创作了《百鸽图》，罗斯福第三次任美国总统后，民国政府将《百鸽图》送其作贺礼。此画是进入白宫的第一幅中国画。《百鸽图》一直存放于罗斯福故居，现存美国罗斯福总统图书博物馆。1942年，张书旂创作的《云霄一羽》《松枝双鹤》也被民国政府作为外交礼物分别赠送给了英国首相丘吉尔、加拿大总理威廉·莱昂·麦肯齐·金。

② 分别为 *Morning Glory, Evening Shadow: Yamato Ichihashi and His Internment Writings, 1942–1945*, Stanford University Press, 1997 和 *Before Internment: Essays by Yuji Ichioka*, Stanford University Press, 2006。

这两本书对您个人和亚裔美国人史学研究都有深刻的影响。作为一位历史学家和一位亚裔美国人，您与市桥倭（Yamato Ichihashi）[①] 和市冈裕次（Yuji Ichioka）[②] 的背景有相似之处。杰出的斯坦福大学教授市桥倭在二战期间的苦难经历令人扼腕，他和妻子在日裔美国人集中营里度过了艰难的三年。您写了《“我们几乎哭了”》一文纪念市桥倭和妻子的这段战争时期的经历。您写到市桥教授和妻子在结束集中营生活，回到斯坦福家中的时候，当看到荒芜的院子，他们几乎哭了。这段场景对您作为一位亚裔美国历史学家的影响是怎样的？

张少书：有趣的是，市桥当年的办公室正好在咱们现在坐的这个角落。可能后来有所翻修，我想应该就在这个地方。我完全不赞同市桥的政治取向，他是为日本的帝国主义辩护的。他以自己是日本上流社会的一员而自豪，他也相信日本在20世纪30年代的行为是在推动亚洲国家的现代化进程。我根本反对这种观点。但是，当读到他在二战期间的人生经历和所遭受的苦难，我想这完全不是他应该得到的待遇。虽然在时间、政治和种族等各方面，他和我都相隔甚远，但我对他所经历的苦难却感同身受，他的这段痛苦经历深深地打动了我。我想任何人读到这段历史都会被打动。

邹　浩：这段经历对市桥倭的打击显然是巨大的，以致他回到斯坦福大学以后再也没有发表过任何学术成果。

张少书：他心理上崩溃了。他本来是希望在集中营里专心写作的，斯坦福大学运去了很多书给他。在离开斯坦福去集中营之前，他完全明白他将要经历的是历史性的，于是他有意识地开始写日记，力图详细地记录下这段历史。他是受害者，同时也是目击者。他在自己经历这段悲惨经历的同时，也近距离地目睹了这段历史。这样的双重身份让他在精神上和生活上

---

① 市桥倭，日裔历史学家，16岁时移民美国，20世纪初执教于斯坦福大学历史系，研究日本史和国际关系。二战期间，他和妻子被关押在日裔美国人集中营长达三年之久。在此期间，他书写了大量的日记、书信和论文。然而，这段经历对他的打击非常沉重，回到斯坦福之后，他再也无法从事研究和教学工作。

② 市冈裕次，日裔历史学家，20世纪30年代出生在美国，后在加州大学洛杉矶分校从事历史学研究工作，专注于日裔美国移民的历史。他也积极投身于为亚裔争取权利的社会活动，提出了“亚裔美国人”的称谓。二战期间，年幼的他与父母一起被关押在日裔美国人集中营。

都无法承受，不仅他的学术生涯就此终止，他的家庭也遭受了极大的不幸。

邹　浩：作为亚裔美国人，您在求学和教书的时候，是不是会面临额外的压力，或是被更多地激励，要让自己比同学和同事们做得更好？

张少书：是的，这是一个我感受很深的地方。记得 20 世纪 60 年代中期读高中的时候，我是班上唯一的华裔学生。我感受到来自外界的压力，要学好，要出众。那时一个流行的成见（一种正面的赞扬），就是华裔学生的学习成绩都很好，所以我也要不辜负这种赞扬。同时，我也觉得不仅要在别人眼中做得好，还更要有自我尊重。这种想法是从我母亲那里得来的。

邹　浩：在您的新书《宿缘：美国关注中国的历史》[①] 中，您阐明美国历来对中国的关注是一种宿命。这种对中国关注的宿命意识已经成为美国自我身份认同的一个中心成分。[②] 然而，历史不是天意。我们应该如何理解美国对中国关注的这种宿命意识？

张少书：我在书中表达的观点是，由于多种原因，在整个中美历史中，美国人对中国始终表现出一种特殊的兴趣，而这种兴趣不止于商业，并由此认为中国对于美国来说非常重要，它甚至关系到美国的未来。虽然这种关联或影响可能是正面的，也可能是负面的，但其程度和一贯性是任何别的国家都不能比的，包括俄罗斯、印度、日本，甚至德国和英国等很多美国人先辈的祖国。当美国人思考美国未来的时候，他们总是想到中国，要么认为它提供了过多的劳工，对美国人不利，或认为它是一个强劲的竞争对手，很担忧。而现在，中国是一个巨大的市场，充满了商业和投资机会。这正是为什么我说美国人认为中国与美国的未来紧密相关，并对国家的发展进程起到一种特殊的作用。

邹　浩：这种宿命意识与来源于美国早期的、已经根植于美国人头脑

---

① *Fateful Ties: A History of America's Preoccupation with China*, Harvard University Press, 2015.

② 张少书教授认为，中国长久以来都是美国自我身份认同里一个非常重要的构成元素，美国人很早以前就把中国当作塑造美国人自我身份和命运的关键点。虽然美国跟欧洲有着历史和血缘上的联系，但当美国人开始思考美国的未来和国家的命运时，他们常常会把目光投向太平洋和远东地区，尤其是中国。当时，美国的许多公共知识分子和决策者积极支持西进运动，因为这样可以让美国和中国走得更近，从而得到更多来自中国的商品，当然也让美国商品进入中国市场。横贯大陆的铁路的修建，在一定程度上也是出于联结中国的欲望驱使，使美国成为唯一的两洋强国。当然这种兴趣不止于商业。

中的那种“美国例外主义”① 的思想有关吗？

张少书： 是的，我认为两者很相关。美国传统上就有一种叫“宿命”的说法，它产生于19世纪，指的是美国的未来基于国家在整个北美大陆上的扩充和延展。美国的特殊性和例外就在于将自己的影响力扩展到整个北美大陆，并进而推向全世界。这种在地理上不断扩展的思想是美国人的一种独特想法，这个想法当然也意味着与太平洋另一边的中国建立某种联系。

邹　浩： 书中描述了一种美国对于中国的不间断的关注。从中，您看到在两国关系长河中的这种连续性。然而，历来美国对中国的态度就总是在敬仰和害怕之间徘徊，尤其这种害怕心态曾极端表现为19世纪的“黄祸”叙述，以及中华人民共和国成立最初近30年的紧张关系。为了理解这种对立的态度，您将它们比喻为“镜中影像的两面”。我们应该如何理解这个比喻？

张少书： 其实中国对美国也特殊看待。许多中国人认为美国很特别，有独到的地方，对于中国的未来很重要。从这个角度来看，中美两国的关系就好比镜中影像的两面。如果从美国本身来看，这种镜中影像的两面所代表的是：美国对于中国一方面害怕，另一方面又充满兴趣，而美国人所最害怕的，又正是最吸引他们的东西。比如，他们害怕中国巨大的人口规模，中国人口的数量可能会带来劳动力的竞争，但这巨大的人口规模又同时为美国人提供了一个潜力无穷的商品市场。

邹　浩： 由于当今两国间日益增强的各种联系，人们似乎对这种历史上反复出现的对立态度是否在将来还会出现表现得非常乐观。您在书中的分析非常谨慎，对两国未来关系的走向不做宏观的预测。但是基于您所观察到的中美关系的历史连续性，您认为这种新的变化会对两国关系的未来提供洞察力或是某种警示吗？

张少书： 我很小心，没有在书中做任何预测。我怎么可能料到特朗普会成为美国总统。看看他当政不到一年来对中国的态度所发生的变化，时起时伏，时前时后，有时充满敌意，有时又极力讨好。他是一个难以预测

---

① 美国例外主义（American Exceptionalism），泛指美国的历史是特殊的，它不同于任何别的国家。这种常见讲法起源于美国独立战争时期，认为美国是一个全新的政体，它建立在五个重要的思想基础之上——自由、平等、个人主义、共和主义和无为经济。

的机会主义者。这说明他和美国当权者不清楚应该如何与中国相处。中国到底是朋友和伙伴，还是对立者？他们无法判断中国到底属于哪一边，所以时常在两边摇摆。一方面，美国想和中国成为朋友，力图和中国建立伙伴关系，尤其在商业领域，以及国家安全领域，虽然它近年来也一直批评中国在商业方面的很多行为；另一方面，美国非常害怕中国的体量，中国的体量吸引美国，也同样令美国人担忧。我想，让美国人最挠头的事情就是美国没办法强迫中国做任何事情。中国就是中国，它的体量和实力那么强大，任何来自外部的力量都很难影响中国发展的方向。即使回到20世纪，当中国还没有今天这么强大的时候，中国也是只做它想做的事情。另外，中国有很悠久的传统、自己的生活和行为方式，它的人际社会关系也与西方很不同。所以，美国对中国的看法和态度总在变化，会继续摇摆。

邹　浩：您书中的分析显示出文化分析在帮助理解中美关系和外交问题中的价值。或许是受到历史学研究中“文化转向”的影响，《朋友还是敌人》和《亚裔美国人艺术》两本书也都是从精英和权力者的角度来研究。近几十年人文学科研究中出现的这种“文化转向”促使历史学研究从对可触摸到的社会经济因素的分析，转向对文化的探讨。受到后结构主义思想（比如福柯）的影响，这种新的研究方法多采用话语分析，探寻常用的社会分类（比如性别、种族、阶级）的建构过程，而不是分类本身，以及重视对精英和权力阶层的分析。在这样的影响之下，您认为美国移民和亚裔历史研究的走向将是什么样的？

张少书：我想我所做的研究是关注意识形态背后的思想。我以前对外交有更多兴趣，但我认为外交是由人来完成的，而这些人有他们自己的思想、偏见和预设。这些观念和预设是非常值得研究的。任何政策思路都不是凭空产生的，它来自政策制定者和执行者的观念，以及更广泛的大家所共有的一些思想。这正是与种族问题和人类文明的思想相关联的地方，也是与移民史和种族研究相关联的地方。我认为当下是个微妙的时刻。谁知道特朗普会出什么事？没准在这个任期结束前就下台了。然而，他的思想却有很强的影响力。他激活了美国社会中的一股极右势力，这种势力是反移民的，主要针对拉丁裔，当然也针对亚裔。我想美国的未来会有麻烦。

邹　浩：您在书中简要描述了您的家族史。这段在美国的家族史毫无疑问也深深受到您书中研究的这段美国关注中国的历史的影响。从这个角度来看，这本书也是您对自我身份的一个探寻。您从 20 世纪 70 年代开始多次访问中国，您能否与我们分享一些您对中国的观察，它们对您的自我身份的探寻有何影响？

张少书：我在美国出生、长大，一直生活在这里，我是一个土生土长的美国人。然而，由于家庭背景，我从我的父母那里继承了很强的华裔身份认同感。你是对的，这本书在一定程度上有自传的性质，折射了我的生命轨迹。中国是我感兴趣的研究课题，我对中国一直充满了好奇，为之惊叹。我本科读中国历史，研究生读现代中国史。中国无论是对我的个人生活，还是学术研究，都很重要。我去过中国很多次，应该说了解或见证过当代中国历史的一些起起伏伏，比如中国革命、“文化大革命”以及邓小平时代。我想说，很多美国人对中国政治的大起大落十分困惑。中国确实令人很难理解，但我始终认为中国的变迁是一个过程，在这个过程中，这个国家在向前发展。这段历史有很多很多苦难和悲剧，但最近 40 年的发展却让人震惊。

邹　浩：您观察到哪些有趣的中国社会的变迁和人的变化（或是停滞不变的东西），尤其是中国对美国态度的发展和变化吗？

张少书：我观察到的东西，有正面的，也有负面的。一些中国人很反美，而另一些中国人很崇尚美国。中国现在有大量的财富，许多中国人来美国交流、投资、旅游、读书。我观察到一些他们的态度和行为，让我很难过的一个地方是，他们中的一些人非常物质化，思想狭隘，甚至极端自私自利，这很不幸。但同时也有一些充满理想的人，他们所思考和所做的完全超越了自己和家人。从毛泽东时代的大公无私、自我牺牲，到现如今的自私自利、一切“向钱看”，从整个社会来看，这种大的起伏是个问题。

邹　浩：您目前正在主导斯坦福大学一个大型的跨学科研究项目：北美铁路华工研究工程。[①] 与对权力阶层和精英的研究相反，这个项目关注的

① 从 2012 年开始，斯坦福大学北美铁路华工研究工程将美国、中国内地、中国香港和其他国家与地区相关机构的研究力量进行整合，通过铁路华工后裔口述史、旧报纸、历史档案的搜集以及考古发现，尽力还原华工工作生活的细节。同时建立一个大型数据库，将涉及美国太平洋铁路华工的各种资料都整理进数据库，与各国研究人员共享。此外，还举行国际研讨会，出版学术成果。

对象是劳工。这项研究的主要目的是什么？它所面临的最大的障碍是什么？

张少书：这个研究项目将我个人的两个兴趣结合在一起，就是关于我的中国祖辈和他们在美国的生活经历。在美国史中，铁路华工是美国华裔社群中一个非常重要的部分，而他们又与中国史紧密相关。我对研究这段19世纪和20世纪的历史很有兴趣，它跨越了美国史和中国史。研究所面临的最大困难在于铁路华工没有留下任何他们自己的文字记录，所以我们很难了解他们最真实的感受、行为以及他们所做过的事和没做过的事。在过去的五年里，来自中、美和其他国家的许多学者尝试了很多方法和途径，在这方面却没有任何进展。刚开始我还满怀希望，但现在我开始怀疑我们是否能够找到任何来自铁路华工本人的文字记录。如果真是那样的话，我们只能尽力去猜测了。

邹　浩：铁路华工为美国西部开发的贡献巨大，但在历史的叙述中却极其沉默。为了让后人听到他们真实的声音，您认为对这群早期华人移民的家乡——广东的社会和文化背景的了解和研究有什么重要性？

张少书：非常重要。我认为中国南方研究是中国历史研究的一个重要部分，[①] 但是它没有得到足够的重视和肯定，原因在于现代中国历史的制高点在中国北方，那里是政治权力的中心。然而，许多革命运动、改革者、知识分子以及大量劳工，都来自南方，这些意味着什么恐怕还得好好地思考。

邹　浩：您能简单介绍一下项目的进展吗？最近会有哪些新的研究成果？

张少书：我们正在与斯坦福大学出版社合作，准备结集出版一本有关铁路华工研究最新成果的学术著作，应该会在2019年出版。

邹　浩：我很享受与您的对话。再次感谢您的思考。我们将会继续关注您的研究，并期待铁路华工项目的研究成果。祝您度过一个美好的节日假期！

张少书：谢谢。很高兴和你交谈。

---

① 2014年9月，中山大学举行了北美华工与广东侨乡社会国际学术研讨会，张少书作为美国斯坦福大学北美铁路华工研究工程主持人之一，向大会提交了报告《斯坦福·铁路·华工》（*The Stanford, the Railroad, and the Chinese*）。

附：

Culture Development Review's Interview with Historian Gordon H. Chang at Stanford University

Participants: Gordon H. Chang, Hao Zou①

Professor Chang's Office, Lane Hall, Stanford University

December 6, 2017

Zou: Professor Chang, thank you for your time and allowing me to interview you for *Culture Development Review*, a Chinese academic journal published by the Social Sciences Academic Press. The journal editorial team is thrilled to have this opportunity to introduce you and your scholarly works to a wider Chinese audience. Your teaching and research have been focusing on the U. S. – China relations and on the political and cultural history of Asian Americans. Your book, *Friends and Enemies: The United States, China, and the Soviet Union, 1948 – 1972*, has been well known in Chinese academia. Let's start with your research in

---

① Gordon H. Chang is the Olive H. Palmer Professor in Humanities and Professor of American History at Stanford University. He is also the Director of Center for East Asian Studies at Stanford. He holds a Ph. D. in History from Stanford. His teaching and scholarship explore the historical connections between race and ethnicity in America and foreign relations. Professor Chang's most recent book is: *Fateful Ties: A History of America's Preoccupation with China* (Harvard University Press, 2015). His other major works include: *Friends and Enemies: The United States, China, and the Soviet Union, 1948 – 1972* (Stanford University Press, 1991); *Asian American Art: A History, 1850 – 1970* (Stanford University Press, 2008); *Morning Glory, Evening Shadow: Yamato Ichihashi and His Internment Writings, 1942 – 1945* (Stanford University Press, 1997); "*The Life and Death of Dhan Gopal Mukerji*," *A Biographical Study in the Republication of Dhan Gopal Mukerji* (Stanford University Press, 2002); *Before Internment: Essays by Yuji Ichioka* (Stanford University Press, 2006); *Asian Americans and Politics: Perspectives, Experiences, Prospects* (Stanford University Press, 2002). He currently co-leads the Chinese Railroad Workers in North America Project at Stanford University to recover and interpret the experiences of Chinese railroad workers in North America.

Hao Zou is a graduate student in the Master of Liberal Arts Program at Stanford University.

art history. When compared to literary works and other areas of historical studies, visual art history had been fairly marginal in ethnic studies of Asian Americans. *Asian American Art: A History, 1850 - 1970* is a groundbreaking piece of art history work. I guess that this work has something to do with your father, who was one of the most distinguished Chinese painters in the first half of the twentieth century. Could you talk about what influence he has had on your scholarly venture into art history?

Chang: My father's name was Zhang Shuqi. He was from the Hangzhou area, and was a very accomplished and successful artist in the beginning of the 1920s. He became quite well known to collectors, other artists and intellectuals, and patrons. In 1941, he painted a massive painting for the Chinese government to give to Franklin D. Roosevelt in honor of his third election of the U. S. president. It is well known as Baige Tu or 100 Doves. He followed the painting when he was sent to the United States as cultural ambassador. He was an intellectual, an artist, and he was also keenly interested and involved in U. S. - China relations and cultural diplomacy. I am a historian and I am interested in art, so it has been interesting for me to think about my father and history and to show how art and political history/diplomatic history have many interconnections.

Zou: Did you get any exposure to art and your father's works in your early days?

Chang: Sure. My father unfortunately died when I was nine years old. He came from China in 1941, and lived here from 1941 to 1946. After going back to China, he then returned to the United States in 1948, and died here in 1957. Even though I was young when he passed away, his presence was still all around, with his art work, books and study material, and his history.

Zou: What do you think about the value of art history in the study of Asian American history?

Chang: I had been long disappointed that other people who studied Asian American history did not pay more attention to art because it was such a prominent part of the communities, social, cultural, and intellectual life, and their contribution to the United States. But other people either did not have the background in art or were more interested in other areas such as political history or labor history. I just thought it is important to do something to show that art is an integral part of the past of these communities. Also, partly it is the attitude in the United States that separates art from life. I think that in Asia art, politics, and even economics are not that much separated from life. Artists in China are intellectuals; they are often very important social and political figures, not just isolated artists off on the side.

Zou: You have published a book of an early Japanese American historian: *Morning Glory, Evening Shadow: Yamato Ichihashi and His Internment Writings, 1942 – 1945.* As a historian and an Asian American, you share some of the background with Ichihashi. The late Stanford historian Ichihashi spent more than three years in internment during WWⅡ. As an Asian American as well as a historian, in what ways did Professor Ichihashi affect you?

Chang: Interestingly, Ichihashi's office was somewhere around here in this corner where we sit right now. Maybe we built walls later, but I think it was around this area. Politically I never had any sympathy for him because he tended to be an apologist for imperial Japan. He was very proud of being upper-class Japanese, and he did believe that Japan in the 1930s was helping to modernize other people in Asia. I did not have any sympathy for him for that at all. But reading about his difficult life and what happened to him as a distinguished professor during the war was really tragic. He certainly did not deserve mistreatment because of his race and ethnicity. He thought Japan's attack on America was folly and tragic. I was able to identify with his trials and tribulations even though he was very distant from me in time, place, politics, and ethnicity. Nevertheless, he suffered in the way that moved me. I think others who read his story would be as well.

Zou: The impact of that life experience on him was so dramatic that he did not produce any academic work at all after returning from the internment.

Chang: He was psychologically broken. He hoped to do a lot of writing in the internment camp. Stanford shipped hundreds of books to him. He was conscious of the historic event before leaving for the camp, and started to write diaries to try to record this piece of history. He was a victim as well as a witness; he was witnessing the event as he suffered himself. Not just his profession, his family fell apart too.

Zou: Growing up as Chinese American, were you pressured or motivated in any way in school as a student and later as a professor to outperform your peers?

Chang: Yes. I think this is the area that I felt conspicuous. When I went to high school in the mid – 1960s, I was really the only Chinese American in my class. I felt the pressure to stand out and do well. There was a certain praise or compliment that all Chinese did well in school, so in some sense we wanted to live up to that stereotype. I also felt it was important that we should do well not just for ourselves but to be self-respected. That was a sense I got from my mother, who was a third generation Chinese American.

Zou: In your recent book, *Fateful Ties: A History of America's Preoccupation with China*, you argue that many Americans have been preoccupied with China since the earliest times of the country. There has been a sense that China is imbedded in the very sense of America's self-identity. Could you explain how we can understand this mentality, a part of the idea of "manifest destiny," in American history?

Chang: The point I make in the book is that for various reasons Americans from the beginning of the country have had a special interest in China, and have come to see that China is very important, which is essential in shaping America's future, either negatively or positively. This is far from being a recent development. Their concern about China is unlike that about other counties such as Russia, India, Japan, or Germany and England that of course are lands of ancestry for many Americans. But when they think about the *future* of the United States, they have often thought about China, either as a source of too much labor, or too much competition in these days as a land of opportunity for investment and market. That is why I say that Americans have come to see a special and connected destiny with China.

Zou: Is this "manifest destiny" generally connected to the belief in American "exceptionalism" that has been part of the country from its early days?

Chang: Yes. I think it is a good connection. There was a belief that the young United States was seen by many people about how the nation would inevitably takeover of the whole continent and even expand into the Pacific. I think it is a unique expansive ideology that many Americans have had. And that meant to get connected to China too.

Zou: Depicting a constant American "preoccupation" with China, you see a continuity over a long history between the two countries. The American attitude toward China oscillates between admiration and interest, and fear and hostility, the latter of which manifested in the Yellow Peril and the estrangement in 1949 – 1976. To reconcile, you view it as "both sides of a mirror image". Could you help us understand this metaphor?

Chang: China has also seen the United States in special ways. Many Chinese have seen America very special, unique, and important as to their own future. In some ways there is a mirror image there. But there is also the mirror image within the United States of both fear and interest. That is a mirror image in the sense that the things Americans fear the most also attract Americans. They fear the massive Chinese population, but they are attracted also by the massive Chinese population because it is a large market. The Chinese can be labor competitors, but they also provide a huge market. They are interested in the rich culture and knowledge of Chinese civilization but also worry about its strength and difference.

Zou: Today, people are optimistic about the ever-closer interconnectedness between the two countries that may help smooth out the ebb and flow. In your book, you are very careful not to make firm predictions. But given the observed continuity of Sino-US relations, does this new phenomenon offer any insights or premonition for their future relationship?

Chang: I am careful not to predict the future. No one can. I had no idea that Trump would get elected president. You can just look at the lessons in less than one year after he has been in office. His expressed attitude toward China has gone up and down, back and forth, and from hostility to flattery. He is such an unpredictable opportunist. That shows that he and his administration cannot figure out what they want to do with China. Is China a friend and partner? Or is it going to be an adversary or foe? They cannot quite decide which side China is going to be, therefore show contradictory behaviors. On the one hand, America wants to be a friend of China in business relationships although the United States is critical much of Chinese business practices these days, and gain its help in security issues, such as in Korea. On the other hand, America is fearful of China's size. China's bigness is what attracts the United States, but also makes it fearful. What frustrates Trump and others is that they cannot force China to do anything. China is China, and it is big and powerful. There is only so much that foreigners can do from the outside to affect the direction of China. Even going back to the 19th and 20th centuries, China would do what it wanted to do. China has its long traditions, the patterns of live and behavior, and human relations that are very different from the West. The American attitude toward China will continue to swing.

Zou: The analysis you offer in the book affirms the value of cultural studies in the understanding of Sino-US relations and diplomacy. Both *Friends and Enemies* and *Asian American Art* also take the approach of examining the elite and the powerful, perhaps influenced by the "cultural turn" in American history studies. In light of this, how do you perceive the direction of Asian American immigration and ethnic studies?

Chang: What I think I am doing is that I pay attention to ideas/to ideology. I was interested more in formal diplomacy before, but I understood that formal diplomacy is made by people who hold their own ideas, prejudices, and assumptions. Those sorts of things are very important to look at. Policy ideas are not just ideas in a vacuum, but come from somewhere, and are expressive of a wider shared thinking. This is where I think it is connected to ideas about identity, race, and civilization. How is this connected to immigration and ethnic studies? I think this is a touchy time. Who knows what will happen with Trump? He could be out before his term ends. Nevertheless, his ideas have been very influential. He has energized a very right-wing extremism in the United States, which is very anti-immigrant, mainly against Latinos, but also against Asians too. I think that there is trouble ahead.

Zou: You describe your family history in this book, which was deeply shaped by the American history under study with a preoccupied attitude toward China. In some way, this book is also an exploration of your personal identity. You have travelled to China since the 1970s. Could you share some thoughts with us of your personal endeavor?

Chang: I was brought up, matured, and lived all my life in the United States. I am very much an American. Yet, because of my family background, I have strong Chinese identify from my father and from my mother. I retain a very strong sense of ethnic identity. You are right. The books are autobiographical to some degree, and reflect my own life trajectory. I am always fascinated to visit China because it is an object of intellectual interest. I studied Chinese history as an undergraduate student. I came to graduate school to study modern Chinese history. But it is also something important to me personally. I have tried to sort through the twists and turns of modern Chinese history, following the Chinese revolution, the rise of Mao, the Cultural Revolution, the return of Deng Xiaoping, the open and reform policy, and now President Xi. I would say that many Americans have been mystified by all the twists and turns of China's politics. It is indeed very hard to follow. But I still see this as a process, in which a country is trying to find its way forward. It has been agonizing and tragic in many ways. It is also a stunning, impressive history that has occurred over the last forty years.

Zou: What do you see the changes or stagnation of Chinese society and its people as well as their attitudes toward America over the last few decades?

Chang: I see both negative and positive developments. Some people are very anti-American; some people are just falling over America. There is so much money now in China, and many Chinese come to America. I see some of their attitudes. It dismays me that some of them are so materialistic, narrow, and selfish. I find that unfortunate. But there are others who are high-minded and think about something more than themselves and their own narrow interests. I see a swing from the Mao era where everything was about self-sacrifice to the present that everything is so selfish.

Zou: Currently you are leading a large interdisciplinary research project at Stanford: *The Chinese Railroad Workers in North America Project.* Contrary to the examination of the powerful, this study focuses on the laboring class. What are the primary goals of this research effort? What are the major challenges?

Chang: This project connects my two personal interests, which is my Chinese ancestry living in America and China. The Chinese railroad workers were very important Chinese Americans in American history, but they were also closely connected to China's. I am interested in studying this history as both American history and Chinese history broadly. The most difficult thing has been to try to understand the workers when we have nothing written by the workers themselves. Nothing survived about telling us how they felt, what they did, why they did this, and why they did not do that. We have tried so hard to find any material both in China and here for the last five years. But nothing has been recovered. I was hopeful, but I am skeptical now if we will ever be able to find any. So, we have to use creative historical methodologies to recover the history. We need to use journalism from the time, archaeology, family testimonies, cultural material, and business records which we have.

Zou: In order to give a voice to the silent Chinese migrant workers whose contribution to the development of the American West was monumental, how important do you think it is to gain insights of Chinese immigrants' social and cultural background in Guangdong?

Chang: Very important. I think that Southern Chinese studies have been an important part of Chinese history, but I don't think the southerners have been given sufficient recognition because I think the vantage point of modern Chinese history is really from the north where the power was. However, so many revolutionaries, reformers, intellectuals, and laborers came from the south. What that all means is something that we still have much more to think about.

Zou: Could you provide a brief update on the project? Are any interesting scholarly works related to this project coming out anytime soon?

Chang: We are working with Stanford University Press on publication of a book of scholarship on Chinese railroad workers. We are hopeful this will come out in 2019.

Zou: I have really enjoyed this great conversation. Thank you again very much for your thoughts. The journal editors will follow your scholarship closely and watch the progress of the railroad project. Wish you a wonderful holiday season!

Chang: Thank you. It is very nice to chat.

思想史与哲学张力中的经典解释学

——陈少明先生访谈录

编辑部：陈老师，您好！《文化发展论丛》是湖北大学高等人文学院主办的学术刊物，很高兴您能接受本刊编辑部的访谈。“高端访谈”栏目是本刊的一个重要窗口，我们希望通过这个窗口，就文化发展的理论与实践问题，请国内外著名学者从自己学术研究的角度，发表见解。您和您的工作团队目前正在做“‘四书’学与中国思想传统研究”的课题研究，取得了很多令人瞩目的研究成果。2017 年底，中山大学召开了“‘四书’系统下的儒家经学与政教秩序”学术研讨会，会议邀请函上有一段话称：“自宋代‘四书’学确立以来，儒家经学发展的格局发生了重要变化，从过去的以《五经》为主演变为以《四书》为主。这一经典系统的更易，不仅意味着思想和义理层面的变化，而且还带来了基于经典系统的政教秩序的转变。讨论这一转变，对于深入认识‘四书’学与中国思想传统的关联，具有重要学术意义。”这段话言简意赅，阐明了会议议题的学术主旨，其间所言的“重要学术意义”，便是我们这次访谈的主要话题，还请陈老师为本刊读者谈谈您的构想。

陈少明：“四书”学与中国思想传统研究，其内含的总体问题包括：“四书”系统的义理结构，“五经”与“四书”两个系统的对比及其影响消长的历史与思想原因，“四书”对宋以后中国思想学术面貌的塑造作用，以及它在近代中国的式微。研究对象包括三个层次：通过宋儒完成的“四书”系统，四个经典文本与“四书”系统的关系，“四书”系统与“五经”及其社会文化的关系。从逻辑上讲，第一层次“四书”系统是研究对象的核心，第二、三层次则是对问题的依次展开。课题排列则是通过“四书”系统的产生、问题及影响与消亡，呈现它与中国思想传统的关系，展示儒学对塑造中国文化的根本意义。

编辑部：据我们所知，"'四书'学与中国思想传统研究"的主要内容由五个子课题组成：(1) 四书与经、子之学；(2)《四书》与宋明理学的建构；(3)"四书"系统下的儒家经学与政教秩序；(4)《四书》与宗教；(5) 近代思想变迁中的《四书》学。请您谈谈五个子课题的大致内容及关系。

陈少明：(1) 四书与经、子之学。这是《四书》前的四书研究，探讨四个经典文本在传承"五经"过程中的作用；同时，这些作为诸子学重要组成部分的儒学作品，同道、墨、法甚至同儒家的荀学相比，所具有的不同思想取向；思孟学派也属于考察的范围。它是四书学与中国思想传统关系研究的首章，原因不仅在于时间排序上的优先，还在于也是理解文本特质的切入点。(2)《四书》与宋明理学的建构。如何理解"四书"系统（新经典系统）与理学（新义理系统）之间的关系，是整个研究的核心课题。它包括：探究宋儒是如何借助经典注疏的方式，把原本产生于不同时代的文本建构成一个思想系统的；以及在新的义理系统中，宋儒提供哪些新的思想要素，儒学的新、旧义理形成什么样的结构关系等。这项研究的实质，是为宋明儒学建构一个理论图式，并把它作为观察前后阶段思想传统的重要坐标。(3)"四书"系统下的儒家经学与政教秩序。"四书"系统建立后，经学的重点便从"五经"向"四书"转移。如此一来，探讨基于"四书"系统的经学解释范式便成为一个亟须解决的学理问题；同时，基于"四书"系统而产生的新的政教秩序，则可以成为我们进一步理解"四书"和"五经"两个经典系统之别的重要切入点。(4)《四书》与宗教。儒家经学涵盖传统文化的诸多重大领域，除伦理、哲学之外，特别需要提出的是它的宗教性问题。而从《四书》入手，正是解答问题的一种重要途径。它也包括若干层次的问题，首先是"四书"系统自身宗教性是如何建构起来的；其次是《四书》在儒释道三教交涉史中所起的作用；最后是与儒家文化相遭遇的回、耶二教，如何借对《四书》的诠释，开启各自的本土化经验。这项研究对回应当代宗教思潮，具有现实意义。(5) 近代思想变迁中的《四书》学。延续两千多年的儒家经学，因西学的冲击而式微。值得关注的是，各个阶段或各种形式的保守主义思想家，如何借助对

《四书》的重新诠释，回应中国的现代性问题。具体内容包括：汉学复兴背景下的《四书》学；西学与“四书”系统的蜕变；经学瓦解过程中的“四书”系统。它既是经学时代的终结，也是后经学时代的先声。从研究思路上看，子课题（1）是问题产生的历史前提，提供一个背景性的观察。子课题（2）是整项研究的核心部分，它将提取一个“四书”系统与宋明儒学同构的理论框架，成为评判前后期儒学及整个思想传统的参照系。子课题（3）与（4）是由（2）衍生的课题，（3）包含哲学与伦理秩序，（4）则是宗教，后者也是今日的重大思想学术问题，故两者并列。子课题（5）是借“四书”系统与《四书》学的走向，观察儒家以至整个思想传统的现代命运，它也是问题的终结。这一安排，照顾历史与逻辑的关联，就课题的编序言，大致纳入时间的序列；而就每个课题的主题而论，则从背景、成果、影响到终结，覆盖“四书”与中国思想传统相关的最重要的问题。

编辑部：如此庞大复杂的一个课题，您认为作为枢纽的关键问题是什么？

陈少明：关键在于研究对象的层次上的分辨与方法论视角的确立两个方面。研究对象上，我们区分四书、《四书》与“四书”三者的区别与联系。以朱熹的《四书章句集注》（简称《集注》）为坐标，四书是对《论语》《孟子》《大学》《中庸》在朱熹《集注》之前，处于离散状态的四种文本的一般讲法；“四书”则是以《集注》为代表的宋明儒学以注经的形式建构的思想系统，它依附于原典，但思想取向上超越于原典，是后期儒学最重要之成就；而《四书》则是《集注》之后作为整体的四部经书的称谓。在宋儒手里，《四书》与“四书”是统一的，但对其后特别是某些清代儒者而言，其《四书》（或其中一书）的注释，则不必是“四书”系统的发展，相反，很可能是对它的疏离或反叛。把握这三者的相互关系，不但区分对象的层次，同时，突出“四书”系统的思想意义，并由此衡量儒学以至整个思想史的前后变化，将有切实的门径可循。方法论上，着重点从“史”向“论”转移，也是一大关键。课题研究四书学与中国思想传统的关系，后者包含历史的向度。因此，如何在照顾对象的历史性，把子课题的程序安排同对象在历史上的起承转合有机结合，同时，又在每个子课题中有针对性地提炼不同的思想或学术论题，是我们用心处理的问题。子课题排列从“四书与经、子之学”开端，又以“近代思想变迁中的《四书》学”作结尾，便是基于历史性的考虑。而各子课题的具体思路，则致力于具有学理潜质的论题的发掘。

基于上述两点，本课题的重点，自然是《四书》学与“四书”系统的研究。它包含若干层次的问题。首先是把四书当《四书》，作为一个整体所作的注疏，它所处理的诠释学问题。这是学术层次的问题，从中可以考察宋儒思想系统的建构方式。其次是从《四书》导出的“四书”系统，其义理内容与结构，同原本分散的四书比，增加了什么新的要素。此属思想性的问题，它是我们判断宋明儒学作为儒学的新阶段，到底新在哪里的基本依据。最后，对“四书”系统义理内容的评估与重建。评估是对其义理原则提供的基本理据的考察，判断它的得与失，并对其重要而有价值的原则予以新的论证。这项工作以现代学术（或哲学）认知规范为标准，实质是导向儒家哲学的重建。其意义不仅是用以衡量传统，同时，还在于观照未来。

编辑部：在一个课题的设计中，如何确定研究的重点和难点问题，并合理选择和灵活应用各种行之有效的研究方法，对研究的重点和难点做出创新性的阐释，是课题研究能否做出高质量成果的关键。在这一点上，请问您是如何思考的？

陈少明：我们课题的难点是一个理论问题，即如何处理或论述经学与哲学、宗教的关系。当然，这不只是本课题才会面对的问题。经学是儒学的基本形态，儒学纳入现代学术视野后，除了伦理及政治话题少有争议外，儒学是不是哲学，儒学是不是宗教，都是聚讼不休的问题。究其因，当然在于中西传统学问形态差别太大，难以用其中一方衡量另外一方。但由于通过直观的比较，我们的确能从儒家经典中遭遇那些在西学中被称作“哲学”和“宗教”的因素；同时，哲学与宗教又是现代人文学术中的显学，因此，我们依然不能回避对三者关系的探讨。适当的方式是避免做整体的归类，而关注其中的相关因素起作用的方式或条件，或者把问题分解处理。例如，儒学或儒教不是佛教或基督教形态的宗教，但其价值取向及社会影响却有某种宗教意义的功能。又如，儒家经典不是西学意义的理论哲学系统，却不能否定它的问题具有重要的哲学意义。采取有节制的分析与判断，是一种稳妥的策略。

编辑部：一般而论，科研的本质应当具有创造性，评审科研成果质量的最重要原则也就是看成果有无创新点。从思想史的角度看，人文社科研究里的创新性，并不完全是言前人之所未言，而是聚焦于各种各样的矛盾，尤其是新旧之间的矛盾点。比如新事实与旧理论的矛盾、新理论与旧理论的矛盾、不同学科之间的矛盾等。对此，您的体会是什么？

陈少明：此问题不好泛泛而论，以我们课题为例谈谈吧。本课题有自己特点的地方主要有两点。一是在问题选择上，改变把《四书》或“四书”学当作《四书》学史的思维定向，以提炼重要思想、学术问题为主旨，力图建立理解传统的思想坐标。它的核心课题，便是从《四书》到“四书”的生成关系中，寻找、总结其诠释机制，展示经典诠释的创造性。同时，揭示并阐明新的义理系统的内涵与意义。内涵包括新旧义理原则及在新系统中的结构关系，而意义或者解释的效力，则通过现代学术思想规则的评断去获取。后者实质是试图赋予古典思想系统以现代哲学形态。它可能会不同于现代新儒家如冯友兰依托于新实在论，或者牟宗三依托于康德哲学所描述的系统。二是学术观点上，在中心论题上致力于对文本论说方式的特殊性同特定观念系统表达相关性的分析。四个经典文本分三种体裁，其中《论语》是会话选录，《孟子》更像以会话形式展开的著述，而《大学》《中庸》则类似两篇关于立场或原则的宣言。这些差别意味着各自说理的目标与方式有所区分。朱熹《四书章句集注》分章句与集注，显然有见于其中差别。而他的编纂与注解方式，又是一种叠加起来的论说。这种研究将揭示它同现代理论系统的巨大差别。语录体也是宋明儒者扩展《四书》影响的重要途径，它精粹易于掌握，出现在言谈交流之中，具有强烈的实践性。这意味着，“四书”系统不仅是儒家的世界图式，而且成为他们日常生活的行为原则。此外，南宋至元，伴随着朱子学术地位的提高和《四书》学的北传，产生了“集疏体”“笺释体”“辨疑体”“经问经疑体”“年谱传记体”等不同的著述体式，也反映出《四书》学独具的学术特征。简言之，四书学中文本体裁、论说方式与观念意义之间，存在一定的结构关系。对它的深入分析将为掌握学术与思想传播的内在联系提供独特的认识途径。

总之，我们把经学理解为传统儒学表达具有哲学、伦理、宗教、政治观点的融贯而变化的学问系统。虽然随着时代的变迁与外来学问的冲击，传统经学在五四新文化运动后基本终结，但它依然是我们庞大的思想遗产。现代人文学科中的文史哲虽然在不同方向或程度上从中吸收部分的思想资料，但远没穷尽其可能的意义。我们深信，从根本上讲，它是现代中国文化维持其中国性的根。

编辑部：“‘四书’学与中国思想传统研究”拟采用的具体研究方法有哪些？或者说，具有适用性和可操作性的研究手段和技术路线是什么？

陈少明：作为人文学术领域的课题，我们的研究对象是经典及相关思想学术文献。一般的研究方法，可以是历史描述，也可以是理论分析，两者不能完全分离，但可以侧重不同。相对于《四书》学史或《四书》诠释史而言，本课题以文本分析与理论建构为主。具体可以表现为诠释学、观念史、思想史以及文献学的分别或综合运用。

诠释学（或解释学）是晚近从西学翻译介绍进来的带有浓厚哲学色彩的人文学研究理论，具有较强的方法论意识。它涉及文本解释的目标、解释有效性的标准、解释者的主观作用以及由解释而来的意义的生成问题。中国古典的注疏之学，也有知人论世、得意忘言、辨名析理，以及由考据通义理之类的多种诠释原则或主张。把中西诠释理论或方法运用到以经典为对象的研究上来，包含两个层次的工作。第一，研究《四书》诠释，尤其是通过它建立“四书”系统的朱熹，如何把不同作者、不同体裁的文本，建构成一个完整的观念系统。分辨其中哪些是传统方法的运用，哪些是朱熹的创造性贡献。第二，当我们研究《四书》与朱熹的“四书”学的关系时，实质是在进行对解释的解释，同样需要运用特定的解释方法或技巧，以揭示解释者没有明言的东西，更好理解宋儒的解释成果。

观念史是年轻的学科，按照观念史家的说法，是一种从研究哲学理论系统转向研究哲学观念要素的构造关系，以及这些观念的流动、变迁的学问方法。它还注意观念与词语之间的错位关系，如同一观念可能用不同的词语表达，而同一词语在不同的语境下，则可能表达不同的观念。中国哲学很少如西方哲学那样，表现为逻辑构造的理论形态，往往是在注疏中透露其创造性的观念。这一特点，使得观念史的方法大有用武之地。例如，道、德，性、命、理、气这些词，本身都很古老，但放在不同的文本中，意义有很大差别。揭示同一词语的观念变迁，与揭示相同词语在不同文本中结构关系的变化，都可借助观念史的方法来把握。

思想史方法比较宽泛，这里并不意味着按年代、按人物编排教科书的方式，而是指探究思想与历史关系的方法。这里的“历史”有两个层面，一个是思想表达者心目中特定的时代问题，按知识社会学的观点，它可能涉及民族、阶级或阶层的利益结构；另一个是思想表达者直接面对的其他相关或对立的思想内容，它往往是对这些内容的直接或间接的反映。在四书与经、子之学与近代思想变迁中的《四书》学两个子课题中，前者需要在更长的历史时段中，从经学与子学的相互关系中对四书文本在思想学术传承中的意义进行定位；后者则可以借助对清学的兴起、汉宋之争及西学的冲击，观察“四书”与《四书》学的衰落同社会变迁的相互关系。它也是揭示“四书”与中国思想传统主题的必要步骤。

编辑部： 在思想史的视野里，您认为“每一篇论文，都可以描绘一道思想的风景线”。[①] 一个学者能否在自己的研究领域里发现独特的“思想的风景线”，往往离不开方法的更新。从知识性的学术史向思辨性的思想史的跃进，是经典学术向现代转型的过程，其间必然包含方法的革故鼎新。诚如您所说，学术史“有两个含义，一个是指任何发生在学术领域上的现象，另一个是指对历史上的学问所做的研究。前者包括不分时间或学科限制的任何学术领域，后者则指历史学特别是经典思想学术的研究。在这一区分的前提下，前者可能有学术与思想之争，而后者会有考据与思想之争。因为考据是指对历史文献知识的确定性研究，它包括文献问题，相关论述所涉的具体历史真相，如人物、事件或制度的深入探究。有时候，古典语文的训诂也被视为考据。而思想一般是指相关历史知识背后的意义问题”。[②] 对于思想史与学术史的差别，能否请您再多谈几句？

---

① 陈少明：《做中国哲学：一些方法论的思考》，三联书店，2015，第6页。

② 陈少明：《考据与思想需完美结合》，中国社会科学网，http://www.cssn.cn/xr/xr_xrf/xr_xgdlycc/201509/t20150908_2151024.shtml，最后访问日期：2015年9月8日。

陈少明：讨论这个问题，应该把视野放大到五四以来的现代学术界。以胡适、傅斯年为代表的经验主义学术传统，就是以重考据为特色的。胡适说自己有“考据癖”，无论做中国哲学，还是做《红楼梦》甚至禅宗研究，基本方法都是考据。傅斯年为历史语言研究所树立了“上穷碧落下黄泉，动手动脚找东西”的学问宗旨。这种学风在 20 世纪 40 年代从大陆带到台湾，并引起现代新儒家的反弹。新儒家中以思想史见长的徐复观，便讥讽其为西洋经验主义末梢与乾嘉考据学末流结合的洋汉学。为了反击这一思潮，徐氏写了很多方法论的文章，揭露清代考据学的弱点，强调思想史的“思想”意义。我们也可以把这种对立，看作考据与思想之争在经典学术现代转型过程中的表现。现在大家都知道，作为一个学科的“中国哲学史”不是传统文史或经、子之学的自然延伸，典籍中连“哲学”这个字眼都难找到。它是在西学东渐的背景下，近代中国学者在西方哲学（特别是其近代哲学）的示范下，对中国传统的经、子之学进行剪辑、改写的产物。其作用在于，从深层次上找到比较或沟通中西文化的学术途径，以及在现代性的条件下为中国文化的前景进行定位、提供论说的方式。至于如何通过哲学史的学习来推动哲学创作，则不是它的初衷。结果是，在以认识论为主题的“自然之镜”的对照下，中国传统中没多少值得称道的东西可发现。从胡适、侯外庐到任继愈等的著述，很难让人感受到古典中精彩的一面。任何读流行教科书的人，再读原著时一定会有对不上号的印象。这导致“中国有哲学吗”的疑问被重新提起。从哲学史研究走向经典解释学的人，具有摆脱上述困境的意图。两者的差别，不是体现在阅读对象，而是思考方式上。

编辑部：近些年，您对儒家经典有许多精彩而深刻的阐释，这或许体现出您对哲学史的一种独到见解。我们想请教的是，如何理解经典解释学和传统经学的区别？

陈少明：我所提倡并身体力行的经典解释学，并不是回到传统经学。传统经学指关于儒家经典的学问，不包括在中国文化中影响深远的道家与佛教以及诸子之学。其研究方式依历史的发展而形成三种不同的学术或形态，分别为经世、考据及义理之学。在五四之后的后经学时代，以今文经学为代表的、对传统政治进行合法性论证的经世之学急剧衰落，而以乾嘉汉学为代表的考据之学同以讲义理为专长的宋明理学，则分别汇入现代史学中的古典文献学及现代新儒家哲学。今日兴起的经典解释学，从视野上看自然不应局限在儒家经学的围墙之内，儒道释及诸子都是这个传统不可或缺的精神资源。在方法上当然包括，但又不应停留在古典文献学。如果经典解释学只是古典文献学，那五四以来，在胡适派的影响下，又得益于考古学的不断发现，这一方向从未中断，从而也就无须专倡。同时，古典文献学以经典为文献、史料，不一定需要回答经典的思想意义问题。现代新儒家如牟宗三致力于诠释儒家经典文本的思想内涵，方法是借助于西方尤其是康德哲学框架对之做新的表述。这是把经典解释同哲学研究结合的重要创获，但是，这也只是心性论的一种新表现。我们提倡经典解释学也不是排除哲学，而是放宽哲学的视野。从西方哲学史看，哲学从来就没有固定的研究对象，也未必有一套各家各派都首肯的知识系统。用近代理论哲学的眼光衡量古希腊哲学，也可能很成问题。哲学的灵魂在于寻根问底的态度及相应的理智探索的思想方法。一种学问是不是哲学，不在于它是否使用现成的哲学概念或讨论了既有的哲学理论，而在于它是否具有深刻透视经验现象，激发思想的热情的作用。现代西方哲学中的许多流派，其实就是心理学、社会学、政治学、文学、历史学以及自然科学中的某些新学说激发起来的。显而易见的，如弗洛伊德的精神分析、福柯的知识考古学、托马斯·库恩的科学史观点等。如果我们对经典解释的传统、对古典生活方式有足够深刻的反思，同时展现足够精深的分析、论证能力，也有机会在此开辟新的哲学论域。如此看待哲学，既表达了哲学在经典解释学中扮演重要角色的信心，也意味着哲学不能垄断经典解释学。在古代文史不分的传统中，文载道，史也载道，如果道也是现代哲学关切的目标，那么这样的经典解释学正是提供恢复文史哲对话、协作，从而激发人文学术新的活力的途径。所以，用经典解释学代替传统的“中国哲学史”研究，不是（或不应）疏离哲学，相反，如果出发点在于从中挖掘新的思想，那更需要哲学。不过，那得在另外的层次上理解哲学的含义。我们可以从外部与内部两个层次，观照经学的思想蕴含。从外部看，则要把经典解释作为一种文化形态来反思。进入内部，则可以研究经典文本所体现的生活方式。

编辑部：您在哲学史方面的独到理解，已在《经典世界中的人、事、物》《做中国哲学：一些方法论的思考》《仁义之间》等著作中得到集中展现。您的哲学创作是经由“有思想价值的事件”的敞开与呈现，在人、事、物的复杂关联中识人、说事、观物，并在创新的阐释视野里，唤醒那些具体、生动的古典生活经验，“挖掘事物的深层意义”，“从不同角度进入经典的意义世界”，[①] 这里，既有对经典的尊重，亦有对经典不断创造性解读的重视。在您看来，这两者之间的关联是什么呢？

陈少明：经典文本是那种提出人类精神生活中某些根本性问题，同时给予某种原创性论述，从而启发后人不断去领会或讨论其思想含义，由此形成重要的思想传统的作品。但是，单有原创性论述的文本，并不能保证成为经典，只有不断被解释特别是被进行同样有原创性的解释，由此而被传播、被尊奉，才有经典的地位。如果没有被讨论与解释，无论《论语》还是《老子》，都不会是多少人顶礼膜拜的经书。中国思想史上许多重要的思想创获，就是通过对经典的解释而实现的。而对经典进行原创性解释的作品，本身也可能成为经典，如魏晋玄学中王弼的《老子注》、郭象的《庄子注》，宋明理学中朱熹的《四书章句集注》，皆是例证。中国文化中，经典不是单数，而是群经，经与经的功能不一样，地位也有差别。但这种关系却不是固定不变的，汉人重五经，宋人则重四书，经典地位的变化，正是解释的力量造成的。因此，研究经典解释的传统，注意力不能只集中在对原典的诠释上。解释这一现象，包括经书与解释的关系，解释的创造性如何体现，解释对文化传统形成的影响等，更是值得探讨的问题。中国文化中，无论儒道释，不仅经不是单数，而且体裁是多样的，有诗、有史，有言、有论。从解释学的观点看，不同的文本类型需要不同的解释方式。诗、史有别大家都知道，言、论之分则得分说。言指对话体，如《论语》（包括各种语类或传习录之类）；论则指论说体，如《大学》、《中庸》或《荀子》。区别在于，论是作者观点的系列表述，同时没有特定的受众，而言则是对话者之间的问答或辩难，对话者的身份与语境是理解语义的重要条件。从言语行动的观点来看，对话就是处事。故言与史相通，都有人

① 陈少明：《做中国哲学：一些方法论的思考》，三联书店，2015，“自序”第5页。

物、有情节，都是“事”。经典所记述的事，就是古典生活方式的直接呈现。把言归入事而非归入论，表面上看，是移离哲学的视野，其实不然，这是对哲学的古典形态的一种贴近。平心而论，如果从近代西方哲学那种系统论说的眼光来读《论语》，其感觉即使不是不成体统，也是卑之无甚高论，这种读法当然不得要领。《论语》作为儒门第一经，其要义在于“教”，它是孔子与学生对话的记录。经验告诉我们，教养的形成不是从理论入手，而是在尊者、贤者的言传身教下耳濡目染的结果。而教养的目标，有深度的、高尚的，或有魅力的人格所包括的各种道德特质，也不是从一个原则中演绎出来的，无法形成像当代规范伦理学那样的理论，而规范伦理学并不能代替传统德性伦理的思想功能。因此，研究《论语》的思想意义，同研究其中所体现的生活方式是分不开的。对其他立言的经典作品也一样。从记事经典中研究生活方式的哲学问题，是另一层次的哲学研究。

编辑部： 最后再请您谈谈您对经典解释学的期盼。

陈少明： 研究经典解释的传统与作为生活方式的经典，是我在展望经典解释学的前景时特别想提出的期望。不是说，传统的经史之学就完全没有这方面的内容，但它缺乏一种系统的论说，从哲学的立场上也可以说，没有完整的理论。严格的学理说明，当在对它有充分的研究之后，但先把它提出来，有自觉的方向很重要。值得注意的是，今日经典解释学的兴起，有西方哲学特别是近20年传入中国的解释学的背景。西方也有它的经典解释传统，包括宗教与哲学两方面。怀特海就说，一部西方思想史也是柏拉图观念的注释史。与中学相比，西学不仅同样有经典解释的实践，更有丰富的解释理论。西学有深厚的述理传统，解释理论本是为解释实践服务的，不但有方法论，而且有本体论，哲学解释学即循此而来。西方解释学是多种多样的，以西方解释学为参照而发展着的中国经典解释学，究竟要发展到哪个层次，现在无从断定。也许不同的学者有自己不同的心愿，不过有一点需要我们警觉，就是已经出现望文生义侈谈解释学的现象。弄不好，它也会成为一个新的大箩筐，什么东西都可以往里面装。就我自己而言，做中国哲学，做经典解释学，其目的“不是要证明它与西学的关系，不是为了与国际接轨，也不必在意是否能在国际登场，而是向现代中国人，首先是知识界，揭示经典与现代生活的关联，让它的仁爱、智慧与优雅的品质，在我们的精神生活中发挥力量。这才是我们经典哲学工作者应该首先致力的事业”。[①]

编辑部： 谢谢陈老师！

（原载《文化发展论丛》2018年第1卷，总第16期，社会科学文献出版社）

① 陈少明：《做中国哲学：一些方法论的思考》，三联书店，2015，“自序”第5页。

儒家伦理的现代转化

——万俊人先生访谈录

编辑部：万老师，您好！非常感谢您接受《文化发展论丛》编辑部的采访。传统文化的现代转化是本刊“高端访谈”栏目持续关注的话题。马克思说：“人们自己创造自己的历史，但是他们并不是随心所欲地创造，并不是在他们自己选定的条件下创造，而是在直接碰到的、既定的、从过去继承下来的条件下创造。一切已死的先辈们的传统，像梦魔一样纠缠着活人的头脑。”① 清末民初以来，中国传统文化与现代化运动之间一直呈现一种紧张的关系。您曾经对此发问：“为什么作为新文化运动领袖之一的陈独秀将道德革命视为近代中国和中国人走出传统文明和文化的‘最后觉悟’，而五四新文化运动以降，中国文化思想界和学术界启动了对传统道德文化的反省批判，并以西方自由、民主、平等的现代价值理念启蒙国民、驱逐传统旧道德。道德文化及其理论研究始终难以进入正常而纯粹的学术进程，直到改革开放多年以后才能得到有限改变？”② 我们以为，如此发问，既是对百年来伦理学研究史的梳理，更是对百年来中国文化发展历程的反思。显然，传统文化的现代转化，正是逻辑梳理和哲学反思的中心议题。

万俊人：近些年，我多次来湖北大学进行学术讲座和学术交流，很高兴能通过《文化发展论丛》这个平台谈谈我对伦理学研究的一些体会和感想。为什么我们今天要讨论传统文化的现代转化？因为人类社会发展到21世纪，却似乎正在遭遇原始人类的原始困境：生存还是毁灭？这当然不是

① 《马克思恩格斯选集》第1卷，人民出版社，1995，第585页。

② 万俊人：《百年中国的伦理学研究》，《高校理论战线》2012年第12期。

哈姆雷特意义上的道德困境，而是人类存在论意义上的现代社会困境，只不过这种存在论困境的背后也有着深刻的道德伦理根源，其根源是：经过了几千年的文明发展，人类社会却仿佛突然迷失了它自身的发展目标，如同一艘横冲直撞的巨轮漂泊在汪洋大海上，没有了方向，甚至也看不见地平线，只有眼前的滔天巨浪和那些或许更为险恶的、看不见的汹涌暗潮。就中国而言，近代百年的中国历史是一部充满内外压力、多重矛盾的紧张和急遽变化的风云春秋史，那么，冲决传统、抢步现代、摆脱落后、争求先进便是其中最为重要的社会变革动力。这一社会变革取向使得近代百年的社会变化不仅集中表现在社会“物器”和“政制”的显形层面，也最终反映在社会文化、道德和精神心理的隐形层面。其中，文化（语言）和道德成为近代中国文化变革首先针对的对象，即所谓用新文化取代旧文化，用新道德取代旧道德。这便是我们了解近代百年中国伦理学研究所必须首先正视的历史前提，它表明，作为伦理学研究对象的道德文化自近代伊始便处在革命对象的位置上。近代社会变革之初，道德已然被置于一种被解构的地位，具有典型的否定辩证法的特征。在很大程度上，百年中国的伦理学研究同百年中国社会及其道德文化的递嬗流变是一致的。进而言之，近代以降的中国学术与中国社会文化几乎有着同样的命运，只不过由于伦理学研究的主题即道德文化自身所具有的日常生活世界之独特的价值相关性，或曰，仅仅因为道德伦理之于国民和民族的精神—心理影响的终极性，而使百年中国的伦理学研究显得格外严峻和沉重，对于这段学术史的任何回忆和反思也因之变得分外艰难。重温作为百年哲学史研究之一部分的伦理学研究，仍使人难免感慨唏嘘。

编辑部：世界文化面对数千年未有的大变局，传统文化的深刻嬗变已成必然之势，如黑格尔所说：“传统并不仅仅是一个管家婆，只是把它所接受过来的忠实地保存着，然后毫不改变地保持着并传给后代。它也不像自然的过程那样，在它的形态和形式的无限变化与活动里，永远保持其原始的规律，没有进步。”① 但怎么变，如何更合理地变？反观历史进程，确实有许多值得反思的问题。

① 〔德〕黑格尔：《哲学史讲演录》第一卷，贺麟、王太庆译，商务印书馆，1959，第8页。

万俊人：世界现代化实践进程表明，文化大变局下的现代社会的道德问题虽然林林总总，但最基本的是现代社会的道德合理性基础问题。现代社会的道德合理性之所以成为一个问题，正在于现代社会始终没有真正解决好现代文化价值观念的多元化与现代道德的“无公度性”（incommensurability）之间的矛盾。如果说，现代人类以其非凡的科学探究和技术开发能力不断地创造出空前的物质文明，因而较好地解决了现代社会的技术合理性（工具理性）和经济合理性（效率）的话，那么，对于文化价值观念的多元化整合却还没有表现出这种能力。而如果说，现代人类社会对其政治合理性（稳定与秩序）的寻求尚且能够达到某种程度的成功把握的话，那么，对于现代道德的无公度分歧事实则长期表现出无能为力的困惑，以至于当代美国著名的道德哲学家罗尔斯也不得不感叹：“我们假定，在各民主社会中发现的诸种合理的宗教学说、哲学学说和道德学说，乃是公共文化的一个永久特征，而非一种能很快消失的纯历史状态。”① 对于一个后发的、被植入现代化发展模式的前现代民族—国家来说，这一“变局”的确前所未有，却也具有相当程度的实际合理性和必然性。然而，这种现实合理性和必然性是否同时具有文化正当性，这确乎值得重新反思。五四前后的文化保守主义（如“学衡派”）曾经提出过严肃的质疑，但在当时，这种质疑只是被看作某种不合时宜的杂音，并未引起人们足够的注意。与之相对，各种各样的新式“主义”或新式“学说”倒是颇具“你方唱罢我登场，各领风骚三五年”的“时尚景象”。在此充满情绪躁动的时代，真正从容地进行伦理学研究其实已经非常困难。事实上，这一时期能够真正凝聚成学术形式的伦理学研究成果并不多见，更多的是时论时评、挞伐论战，或是启蒙宣传、旧学新解之类。像蔡元培先生那样潜心撰写《中国伦理学史》并躬身于国民修养、德育和劳工道德普及教化的伦理学学术努力，即使不是绝无仅有，也十分罕见。当然，清华国学院和文学院时期吴宓、冯友兰等先生能够在大学课堂坚持开设“道德哲学”或“伦理学”一类的课程，也算得上近代早期为数不多的伦理学研究的中坚力量。只是总体而论，蔡、吴、冯诸先生的学术努力最多也只是那个特殊时代的空谷足

① John Rawls, *Political Liberalism*, NewYork: Columbia University Press, 1993, pp. 216 - 217.

音，远非时代学术的基调和主流。一个值得留意和反思的道德文化事件是，20 世纪 30 年代国民政府曾经主导过一次具有明显复古意向的国民道德教育运动，儒家伦理被当作根本性的道德伦理资源诉诸社会道德改善运动，梁漱溟先生在山东乡村所做的道德文化建设试验堪称这一道德教化努力的重要尝试。可惜，这一切都因为日本侵略所引起的民族外患而被迫中断。在某种意义上可以说，20 世纪前中期的民族外患与国家内忧是阻碍近代中国伦理学术从容展开的主要原因，而这种历史的境况本身又凸显了中国道德文化精神之现代建构的极端重要性和紧迫性。

编辑部：中国道德文化精神之现代建构的历史过程确实是一个充满挫折、历经多面向反复的过程，从社会层面伦理学问题的争论、讨论，到学科层面伦理学教育研究的有序发展，莫不如此。1949 年后中国伦理学的发展态势又是一种什么样的状况呢？请您为我们描述一下。

万俊人：20 世纪 60 年代初，以吴晗、冯友兰等人为代表的学者开始思考社会主义新道德的建设及其与中国传统道德之间的关系等问题，道德的批判性与继承性问题开始进入学术探讨并逐渐形成一场颇具影响和规模的学术争鸣。应该说，这场学术争鸣最初还是非常严肃而有效的，讨论和争鸣有较高的学术平台和理论起点（作为党中央最高理论刊物的《新建设》杂志成为其主要学术探讨平台），发起者和参与者不仅学望高、层次丰富、范围广，而且探讨本身切中了当时的时代主脉和社会急需：对于一个基本完成社会主义改造的新社会主义国家来说，在以政治行动或实践证明了自身的政治合法性之后，如何从文化和道德上进一步证成自身的“国家伦理”（黑格尔语）的正当性和合理性，以及在逐步建立社会主义国家法制秩序之后，如何建构新的社会主义道德伦理规范体系和基本价值观，这自然而然地成为当时的社会文化主题和时代课题。然则，要充分有效地展开这一课题的探究，首先需要解答的问题便是：如何看待和处理社会主义新道德与中国传统道德文化之间的关系。换言之，只有首先确认和处理好革命道德与传统道德的关系问题，才可能进一步解决如何把革命道德转化为社会主义建设新型道德这一根本课题。殊为可惜的是，由于极左思潮的影响，这场原本极其重要的学术讨论并未深入展开便戛然而止，“道德继承性”的主张为“道德批判性”的过度诉求所压倒。其后不久，“文化大革命”爆发，不仅是传统道德文化，而且连道德文化本身都受到了强烈的冲击，成为文化革命的主要对象。十年“文化大革命”是中国伦理学学术上的一段令人悲痛的空白。

进入改革开放时代以来，中国的伦理学研究真正迎来浴火重生的时代。自20世纪70年代末开始，伦理学研究经过长时间的冰冻蛰伏终于苏醒萌动。首先开展的关于真理标准问题的大讨论虽然没有直接触及道德伦理问题，但是它所关注的实践问题实际上为基于实践理性的伦理学探讨营造了必要的思想氛围和学术条件。其时，北京大学、中国人民大学、中国社会科学院研究生院和稍后的华东师范大学先后开设了“伦理学原理”“马克思主义伦理学”等大学课程，周辅成、周原冰、李奇和罗国杰等先生成为这一大学课程创制的先行者，他们和他们各自领导的学术团队开始了各具特色和风格的伦理学学术研究。周原冰先生继续了他早年的共产主义道德理论研究；李奇、罗国杰两位先生开展了马克思主义伦理学的理论研究；周辅成先生则恢复了他在“文化大革命”前经年积累的西方伦理学史、中国伦理学史和与之相关的西方人道主义史研究。1982年，罗国杰先生主编的《马克思主义伦理学》率先出版，成为我国第一部完整意义上的马克思主义伦理学教科书。不仅如此，罗国杰先生还迅速组织起一支较为强大的伦理学学术团队，根据当时伦理学教学科研的需要，仰仗《马克思主义伦理学》的教材，先后组织了多批次伦理学研究生班或伦理学培训班。可以毫不夸张地说，罗国杰先生及其学术团队所做的这些努力，促进了改革开放之初中国马克思主义伦理学研究的快速发展，也为现代中国马克思主义伦理学的教学科研培养了大批新生的学术力量，其学术贡献十分重大。

编辑部：古希腊人曾说，“物理学是血肉，逻辑学是骨骼，伦理学是灵魂”，伦理学研究在西学里，一直是显学。今天，人类公共性的道德问题日益凸显，如民族间的正义问题、现代社会的公共伦理问题以及生态环境伦理、生命伦理、科技伦理、信息网络伦理的问题，都已然迫在眉睫。毕竟，像超越民族国家边界的公共伦理问题、政治社会的制度伦理问题、环境污染、地球沙漠化速度加快、克隆人和器官移植的伦理正当性、网络黑客等道德伦理问题，已经超越了国界而成为当代人类社会面临的共同问题。它们即使不是前所未有的，也肯定是空前凸显的。这无疑给伦理学本身提出了崭新的研究课题。与国外的研究状况相比较，您认为国内伦理学研究亟待解决的问题是什么？

万俊人：与我国现时代的社会道德文化建设之实际需求相比，与国际伦理学界的整体发展相比，我们的伦理学研究仍然存在以下几个方面的不足。第一，总体上，我们的伦理学理论研究还落后于道德文化发展现实，不足以应对当代中国社会道德问题所提出的各种挑战，甚至缺乏足够有说服力和解释力的伦理学理论分析和理论论证。例如，对当代中国社会之道德状况的基本分析和评估；对一些前沿领域的应用伦理学疑难（如生命医学伦理问题、国际政治伦理问题、网络伦理问题等）的解答和应对。第二，我们尚未形成具有自身独特系统的中国道德话语体系，简单的道德拿来主义和伦理复古主义问题还没有得到真正解决。即使是马克思主义伦理学研究本身也还存在一定的教条主义和本本主义。这一缺陷直接阻碍了我们的理论和观点真正融入国际伦理学对话或交流。第三，一些基本的学理问题还缺乏深入的研究，更缺乏较高的学术共识和理论支持，这也是我们的伦理学研究难以进入较高学术发展的重要原因之一。第四，伦理学的知识体系仍然较为陈旧、封闭，以至于出现缺乏学术吸引力、文化感召力和实践有效性等的理论与实践的困境。第五，真正具有时代价值的高水平学术成果严重不足，学术商业化的现象比较严重。第六，一些重要而紧迫的、时代性的道德伦理课题尚未真正进入伦理学研究的视野，或者研究严重不足。譬如说，在现代文化多元化的情形下如何凝练社会核心价值理念和基本道德规范；制度伦理及其与现代法制体系的相互关联问题；宗教信仰伦理和信念伦理研究；社会转型伦理研究；乡村伦理研究；当代中国新型城市化进程的道德伦理（比如农民工问题）；慈善伦理和财富伦理；等等。这些问题中，有的是我国当代社会特有的问题，如一种无宗教信仰支撑的现代世俗主义伦理如何可能，当前信念伦理的重建问题，等等；有的则是人类现代社会所共同面临的普遍的道德伦理问题，如新型（单子）家庭问题和单亲家庭伦理问题，网络信息伦理和新型科技伦理挑战，等等。总之，现代社会结构和社会生活分化日趋复杂。许多新的道德伦理疑难问题日益突出和复杂，一些崭新的道德伦理问题不断涌现，亟须我们的理论创新和理论研究提供更多更好的道德文化资源和支持。

编辑部：20年前，您在《普世伦理及其方法问题》一文中说："当代宗教学、伦理学、哲学学者和政治家们之所以不约而同地提出普世伦理问题，有一个基本的事实判断作为他们共同的价值判断前提，这一基本的事实判断是：现代社会和现代人已经陷入一场深刻的道德危机；这一危机既是整个人类现代性危机的集中反映，也极大地预制着人类未来的生活前景。其危机之深已使得普世伦理成为人们必须重新思考的一个时代性课题，因为现实越来越清楚地表明，大量的社会问题和全球问题，都在不同程度上、以不同的方式纠缠于现代人类的价值判断，而现有的各种伦理观念——无论是西方现代性的，还是东方传统的；也无论是宗教的，还是世俗的，都已无法单独满足现时代的道德文化需要。"① 普世伦理可能是一个理想的概念，但表达了人类最基本的共同愿望，除此之外，普世伦理既反对任何形式的文化独白和话语霸权，也反对任何形式的文化封闭或道德怀疑论。就像麦金太尔在为《谁之正义？何种合理性？》一书所写的中译本序言中指出：即使像东西方道德文化传统这样有着极不相同的文化价值内涵和话语规则的不同传统，也应该相互学习，通过学习对方的文化，包括语言和语言习惯、哲学旨趣和道德伦理，不同文化传统间的相互理解和对话才有可能，不同文化叙述之间的话语翻译才有可能。

万俊人：普世伦理作为一种当代全球伦理的可能模式，必须基于人类多元文化的对话和道德共识，绝不能基于任何绝对主义的或一元化意识形态的权威诉求。相对于每一种特殊的道德文化传统，普世伦理只能是（至少在现阶段）一种低限度的道德共识，一种共享的全球性道德价值理想，一种不可取消却又必须得到现代人类共同认可和接受的道德行为规范系统。而相对于这样一种道德共识或一套普遍性道德规范，每一种特殊的道德文化传统，虽然都必须接受其人类价值的共同性和优先性，但并不需要也不意味着它们必须牺牲各自的差异性和独特性。在这里，我们需要转变一种习惯性的两分性或两极化思维方式，即认为，我们只能在要么选择普世伦理，要么固执于各自道德文化的特殊传统这两者之间做出两者必居其

① 万俊人：《普世伦理及其方法问题》，《哲学研究》1999年第2期。

一的抉择。两分性或两极化的思维方式，曾经是西方哲学的基本运思方式之一，而“冷战”时期的国际政治格局和由此带来的长时间的东西方紧张，又使得这一运思方式更为强化，以至于人们更多的是习惯于它而不是改变它。而实际上，我们的普世伦理思考还可以有另外一种不同的方式，这就是中国传统哲学所提倡的“和而不同”。该思维方式所强调的是，在保持多元差异的前提下，努力寻求相互的和谐对话和观念共享。当人们主张文化对话而不是文化冲突时，本身就意味着人们已经有了“存异求同”的愿望、信念和希望。这种“存异求同”的文化交流过程，实际上也是每种特殊的“地方性知识”（local knowledges）或“地方性文化”（local cultures）寻求普遍性理解的过程。我们所主张的多元文化论基础上的普世伦理，正是在各种特殊的或地方性道德文化传统之间寻求相互性普遍理解的基础上达成的。历史上，曾经出现过多次“地方性知识（或文化）”普遍化的实例。诸如，基督教进入古罗马社会并渐次获得罗马社会的普遍承认；印度大乘佛教传入中国并最终与儒家学说相融合；现代“维也纳学派”的哲学知识、巴黎的社会学和社会哲学知识、伦敦的经济学知识、美国康桥地区的政治哲学知识（“新自由主义”）对现代分析哲学、社会哲学和政治哲学的世界性影响，都先后在不同程度上获得过或者仍然在继续获得普遍化的理解，被当代学界和社会视为普遍合理的知识解释系统而予以接受，甚至成为现代人类共享的知识或文化样式。

编辑部：如果说在全球经济一体化的情势下，普世伦理已然成为一个有意义的道德文化主题，那么，这一主题探究究竟该从何处开始？是在文化多元论基础上寻求某种程度的道德共识？还是从某一地域性（无论西方还是东方，也无论这一区域多么强势或广大）文化价值理念出发，来强求一种单一的地域性文化价值观念的绝对普世化？进一步而言，儒家伦理作为一种普世伦理资源的意义是什么？

万俊人：我的基本文化立场是文化多元论的，我的伦理学研究，不仅是为多元论的道德文化立场提供理论辩护，而且是以一种文化多元与文化间平等对话的姿态，思考中国道德文化传统——具体地说是儒家主导的中国伦理传统——对普世伦理的探究所可能具有的文化资源意义和这种资源意义的理解限度，并由此引申出有关特殊道德文化传统的“地方性知识”

特征及其所包含的可普遍化知识潜能的讨论。我相信，真正具有普遍意义的现代全球伦理（作为“普世伦理”的另一种说法）只能建立在多元道德文化传统的相互对话和重叠共识之基础上，而不能建立在任何单一的既定原则上。也就是说，一种能够为现代人类世界所普遍认可并实际承诺的普世伦理，只能是各民族国家或地区平等参与和对话的“契约性”产物，绝不可能是任何普遍形式掩盖下的文化帝国主义甚至政治霸权主义的结果。因而，有关普世伦理的探讨应该从人类文化的多元差异出发，通过平等对话，在多元差异中寻找道德共识，亦即所谓“异中求同”；而不是从任何单一的文化传统或政治立场——无论其如何强势和“先进”——出发，凭借任何非道德的手段或优势条件，强制性地推行或扩张某种文化价值主张，或者凭借强势行为，使某种民族性或区域性的特殊主义文化价值诉求普遍合法化。我们因此还相信，如同许多其他民族或区域性道德文化传统一样，儒家传统伦理也能作为人类建构普世伦理的重要文化资源。

编辑部：您认为儒家传统伦理也能作为人类建构普世伦理的重要文化资源，其具体内容有哪些呢？

万俊人：我说儒家主导的中国传统伦理之于普世伦理的积极意义是完全可以期待的，可以从如下几个方面予以关注。其一，儒家关于个人心性美德及其修养之道或“成德之道”的理论，为现代人自身德性生活的改善和内在精神需要，贡献了可以分享的珍贵资源。比如，孔子的“忠恕之道”或“仁爱之方”，思孟学派和宋明心学的“良知”学说，先秦儒家所倡导的以义取利价值观，以及儒家一贯坚持的修身养性、智德双修的人生哲学等，都是值得现代人类珍重的个人美德资养源泉。其二，儒家伦理作为一种具有强烈人文主义精神的德育理论，可以为现代人类提供一种可资参照的智德双修的文化教育图式，以帮助人们辨识和矫正现代社会中过于强势的唯科学主义价值偏向和单纯知识论的教育偏颇。在儒家思想中，“大学之道”，在于造就一种既有完善美德的内在“修养”又具“齐、治、平”之外达才能的“贤能”、“君子”或“仁人”，这就是所谓“内圣外王”，亦即《大学》所说的“格物、致知、诚意、正心、修身、齐家、治国、平天下”的“八条目”。撇开儒家对“圣王之道”的具体解释内容，其“大学之道”的设计和体制本身，无疑有着一种真正的完备的综合性特征，而这一点，也是人类在现代化之初曾经设想的一种理想的教育图式。其三，在普世伦理的全球一体化层面上，儒家传统的人自关系伦理为当代日益凸显的生态伦理或环境伦理提供了一种“天”（自然世界）“人”（人文生活世界和社会世界）合道的伦理提示。从儒家传统伦理中“天人合一”的一贯之道，到老庄哲学的“常道”、“常德”和“见素抱朴”之“道”“德”生存智慧；从汉儒董仲舒“天人合类”的宇宙本体论，到宋儒张载“民胞物与”的人自伦理体会，无一不提示着一个朴素而明晰的生态伦理原理：这就是天人合一的宇宙本体论命题，物我一体的价值生存命题，人与自然和谐互动的人自伦理命题。

编辑部：1935 年 1 月 10 日，王新命、何炳松、武堉干、孙寒冰、黄文山、陶希圣、章益、陈高傭、樊仲云、萨孟武十位教授发表《中国本位的文化建设宣言》；1958 年，活跃在港台地区的学者牟宗三、徐复观、张君劢、唐君毅联名发表《为中国文化敬告世界人士宣言》；20 世纪 70 年代以降，一些海外华裔学者力倡“儒学复兴”，国内有学者起而响应。“儒学复兴”论坚守中国文化的“本位”立场，对西学取开放态度，目光朝向的是现代文明的构建，试图从儒家的“内圣”之学开出现代化的新“外王”。这批学者大都对中华传统文化怀着真挚感情，并有相当深入的研究，同时，对于西方文化也有身历其境的观察和体验，其视野是开阔的，见解是有深度的。他们目睹西方工业文明的巨大成就，又洞悉其间包藏的危机，并力图从文化上寻找救治的良方。他们根据东亚一些国家（如日本、韩国、新加坡）和地区（如中国台湾、香港）近几十年来经济高速发展的事实，推断其“成功”的秘诀在于儒家功能的发挥。他们进而认为，继先秦、两汉和宋明以后，现在儒学进入了它的发展的第三期。“儒学复兴”论者在发掘中国传统文化的积极因素方面做出了可贵的努力，尤其是他们看到当前西方工业文明面临一系列新问题，人际关系和人与自然的关系都有重新调整的必要。如资本主义社会利己主义、拜金主义的极度发展，造成一系列严重的社会问题；工业革命以来强调人类征服自然，固然焕发出巨大生产力，却又造成生态平衡的破坏，以及环境污染、能源危机等。站在后工业社会的高度，这些华裔学者敏锐地洞察到，以宏观把握、讲究总体协调为特征的农业文明（中国传统文化便是其辉煌代表）中的若干遗产，可供救治工业文明病端参考。

“儒学复兴”论的上述构想显然包含合理成分，然其对于作为自然经济和宗法制产物的儒学与现代化之间存在的矛盾性是否认识不足？对此，您怎么看？

万俊人：在某种意义上说，儒家伦理的确缺乏目的价值与工具性价值、道德人格与公共社会化、世俗主义与宗教超越等“内在紧张”。从社会思想与现代文化的创造性转化视角来看，这些“内在紧张”也的确是传统社会和文化之现代转化所需要的“必要张力”。由是而观，我们可以看出儒家伦理及其人文精神之现代意义的局限性。然而，必须记住：在人类多元文化传统中，并不存在任何自然生成的现代性文化，任何一种文化传统都必须经过创造性转化才能进入现代社会而获得自我延伸。而且，现代性的标准也并不是我们用以评判任何一种传统文化的绝对价值圭臬。真正有生命力的文化传统是连续性的，一如流水；而所谓现代化或现代性也是一个具有相对性的历史概念。因此，应有的结论是，重要的并非用某种现代性概念来“透视”（在尼采的语义上）儒家伦理的人文精神，而是了解其传统本色，并由之揭示它在现代生活中可能产生的精神资源意义。我想强调指出的是，那种简单本土化或特殊论与那种带有强烈现代心态的普世化或普遍论的文化价值立场，都是不可取的，也是难以获得正当合理性证明的。一些持简单本土化或特殊论文化价值立场的人认为，文化传统愈具有民族性、地方性或地域性的特征，则愈具有世界性或普遍性文化价值意义。这实际上不过是某种封闭性文化心态的反映而已。如果说，这一判断对于某些具体的文学艺术作品而言似乎具有某种表面意义的话，那么，对于道德文化或伦理价值而言，这一判断和立场就显得毫无实际意义了。事实上，当某种具有特殊本土色彩或民族特性的文学艺术作品获得文化他者的欣赏时，人们也不能把这种欣赏理解为某种基于普遍理解之上的文化价值评价，而只能将之看作文化他者对某种异域或异己文化的新奇感，最多也只能被看作一种审美意义上的文化敬意和艺术欣赏。在这种情形下，艺术审美的新奇感受远远多于思想内容的普遍理解。或者说，由艺术差异而产生的美感远远多于文化价值认同基础上的相互理解。思想内容的普遍理解或文化价值的相互认同虽然并不排斥差异性，但必须超越差异，否则就谈不上普遍理解或相互认同。西方人可以从东西方服饰文化的差异中感受到中国长袍马褂或旗袍披肩的新奇与特色，但这绝不意味着他们与中国人（具体说，是传统社会里的中国人）共同分享着一种普遍的关于美好生活的价值标准。后者需要的不仅是辨识差异，更需要跨越差异，去寻求某种相互理解和价值共享。而接近这一目标，需要一个漫长的文化沟通过程，需要逻辑的贯通，需要理性知识层面上的相互了解和认同。与之相对，持有过于强烈的现代文化心态或文化价值普遍论立场的人们则以为，真理和价值标准是唯一的和普遍不变的，而且这种唯一普遍的真理和价值标准只能建立在西方现代性的理解基础之上。诚如许多后现代主义思想家们所批评的那样，这种现代心态不过是近代以来形成的一种西方启蒙心态。它相信进步，却将这种进步限定在西方式的文化价值取向之内，认为这种进步必然朝向唯一正确的方向，亦即西方现代性的方向。因此，这种文化价值的普遍论立场往往显出过于明显的西方色彩，甚至是某种文化霸权主义的宰制特征。实际上，这种普遍论的文化价值立场并不具有真正的普遍性质，相反，它仍然只是一种强势扩张的地域文化，或文化价值的特殊主义霸权的合理化而已。

编辑部：您曾指出：“一种地域性的文化能否转化为可普遍化的文化价值观念或知识，取决于三个方面的因素：其一，该特殊文化所具有的可普遍化的内在资源与潜能；其二，有利于知识普遍化的外在文化条件或知识氛围；其三，多元文化传统之间充分有效的相互了解和对话。一般说来，某一特殊文化的传统资源愈深厚、愈持久连贯，或者说，它愈具有地域文化的权威性或轴心意义，则该特殊文化的可普遍化潜能就愈大、其自我资源的普遍性意义就愈强。但这只是一种特殊文化的内在可能性。要使这一内在可能成为现实，还需要外在的文化和知识交往条件，尤其有赖于该特殊文化传统与其它多元文化传统之间的相互了解和对话。这种文化传统之间的对话与相互了解，是使该特殊文化传统得以转化成普遍性文化观念或普遍性知识的必要条件。当然，这些必要条件的获得，还涉及文化话语、对话空间、对话语境、概念通约、以及各对话方的宽容姿态等方面的因素。”① 按此理论指向，您认为儒家伦理现代转化的向度有哪些？

万俊人：可将儒家伦理的现代转化问题分三个基本层次来分别讨论。第一，社会伦理精神或价值的观念转化。社会伦理观念层面的转化方式至少包括：（1）社会道德意识范式的更新和与之相应的新伦理观念的培育；（2）对传统伦理的基本理念、概念、文本的重新诠释和论证，包括文化的和哲学的、理论形式的和实质内容的、理论方法的和话语方式的等；（3）多元文化沟通基础上的文化对话。第二，社会伦理生活传统的经验变化。当我们说儒家伦理是中国传统社会的主导伦理时，不只是就社会道德意识形态而论的。儒家传统伦理的主导地位不单表现为它对中国传统社会文化价值观念系统的支配性，更重要的是表现在它促使我们思考以下几个问题。首先，是什么原因使得儒家传统伦理对人们日常道德生活和社会伦理秩序的影响能够跨越传统与现代两种不同物质的社会形态？其次，这种影响力的跨越是否意味着儒家传统伦理本身具有实现其自身现代转化的潜力和机制？最后，如果前两个问题的答案是肯定的，那么，应该做何解释才是合乎理性的？倘若能够对这三个问题做出有意义的解释，有关儒家传统伦理的现代转化问题也就获得了较为充分的解答。第三，社会伦理秩序的整体转化。现代社会的伦理秩序，在根本上必须与现代民主社会的结构性或制度化要求相适应。然而，所谓现代民主或现代社会伦理秩序，并不只有一个单一的模式，更不能将之化约为西方民主模式。可以初步确定的结论是：现代经济制度和运作方式的普遍化、国际化，必然要求儒家伦理吸纳新的价值资源，在经济制度或秩序的层面创造新的儒家式经济伦理。在社会政治和文化的层面，儒家伦理更为迫切的则是开掘新的文化价值资源，以现代公共理性的方式，消解诸如等级结构、亲缘关系和人情优先等陈旧的传统社会伦理观念，创造性地重建具有中国特色的社会制度伦理秩序。

编辑部：谢谢您对我们提出的诸多问题的解答。我们相信本刊读者，会从这些解答中看到一位学者的广博胸怀和充满启迪的睿智。在结束此次访谈时，您最想说的话是什么？

万俊人：回顾百年中国的伦理学研究，如同观察一个变化多端、大起

① 万俊人：《儒家伦理：一种普世伦理资源的意义》，《社会科学论坛》1999 年第 5/6 期。

大伏的万花筒，全面清晰地透视它的确非常困难。而且，由于时间距离不够，当代学者的自我观察和分析也或多或少地具有“不识庐山真面目，只缘身在此山中”的遮蔽或模糊局限。但是，所有这些都不能成为当代中国伦理学者回避挑战、减轻学术责任、躲避社会道德“负担”的正当理由。相反，今天的中国伦理学人应当以积极的姿态和心态，把这些问题当作各自的探究课题，创造性地开展学术研究和理论探索，以使我们用尽可能短的时间建设具有中国特色的社会主义新道德文化和新伦理学理论。中华民族曾经以“道德文明古国”著称于世，道德文化是我们传统文化的基本底色，建构与中国特色社会主义实践相适应的道德文化和伦理规范秩序应该成为头等重要的理论任务和学术志向。在此意义上说，对百年来伦理学研究的学术回顾，同时也是一种新的理论期待，这种期待不单属于当代中国的伦理学人，而且更多的来自我们这个时代和我们这个伟大的民族的内在要求。

（原载《文化发展论丛》2018 年第 1 卷，总第 16 期，社会科学文献出版社）

启蒙　解放　现代性

——回首“五四”三人谈

冯黎明：倘若我们把五四视作一场思想文化运动，那么它就绝不仅仅是 1919 年 5 月初那几天北京学生上街游行的“五四事件”。作为思想文化运动的五四，其历史内涵远远大于学生们的抗议行动，它是一个时代，一个知识分子寻求现代性工程方案并将其向神州大地推行的时代。就此而言，五四开始于 1915 年陈独秀在上海创办《青年杂志》（即后来的《新青年》）而结束于 1923 年《新青年》成为中国共产党的中央机关理论刊物。[①]所以，2015 年应当是五四运动的百年诞辰之年。在中国现代知识分子中，五四运动一直被认为是现代文化的开端，无论是国民党还是共产党，都自认为是五四精神的传人，都把五四精神当作自己政治实践的合法性依据。这里的原因就是，国共两党都是现代性这一宏大的社会改造工程的探寻者和实践者。1939 年，毛泽东在延安发表《五四运动》一文，称五四运动为“反帝反封建的资产阶级民主革命”，此后共产党方面一直以此为五四运动定性，大陆官方学术依据此说认定五四是“新民主主义革命的开端”。国民党方面同样对五四运动张扬民族自主的精神倍加赞许，尽管国民党阵营的知识分子们尽力回避五四的激进主义文化气质。比如，罗家伦在五四后投身军政，对五四运动中的激进行为颇有微词，但是许多年后在台湾的他还是肯定五四运动是一场思想启蒙的进步运动。对于远离政治意识形态的人文学术界而言，关于五四运动的文化属性和社会学属性，颇多不同看法。有人认为五四运动的实质是反帝反封建的资产阶级民主运动，有人认

---

① 余英时、李欧梵等人认为五四的时间段是 1917 年至 1927 年，陈曾焘认为五四运动的时段是 1919 年 5 月 4 日至 6 月 18 日。本人（冯黎明）比较赞同周策纵先生的看法，即五四运动的时段是 1915 年至 1923 年。

为五四运动是一场民众参与的社会革命，有人认为五四运动是一场启蒙性质的思想革命，也有人认为五四运动只是一场新文化运动。在我看来，五四运动是一次现代性工程的文化实践。中国的现代性工程受胎于鸦片战争之后的西学东渐，经历洋务运动、戊戌变法、辛亥革命等历史事件的孕育，到五四运动方才呱呱坠地，五四之后，中国的现代性工程便进入了全面展开的时代。哈贝马斯界定的现代性工程的三大项目，即普遍的法律和道德、实证知识、自律的艺术，都是五四运动的社会文化诉求。建立在西方近代理性基础之上的现代性，其核心内涵就是所谓人类解放，而五四运动的现代性诉求同样将终极价值指向人的解放。启蒙现代性所包含的主要内容，诸如以宪政民主为主题的政治革命、以实证知识为主题的文化革命、以民族国家自主性为主题的民族革命、以普世道德为主题的伦理革命、以审美自由为主题的艺术革命、以财富增值为主题的技术革命等，其实都在五四精神的视域范围之内。五四的救亡、五四的启蒙、五四的反传统、五四的文学革命，都可以在西方的现代性话语中找到其基因源。甚至五四运动和五四精神中被人诟病的某些负面成分，同样也可以视作“现代性之隐忧”。在西方现代性工程的历史中我们可以看到比如“新之崇拜”“世俗化”“技术理性霸权化”“效率的意识形态”“一切坚固的东西都烟消云散了”“总体性国家”等负面效应的现代镜像，这些现象在五四精神里同样若隐若现。政治家习惯于从社会革命意义上解读五四，而学术知识分子则习惯于从文化革命意义上解读五四，其实五四精神很难用单一的范畴来概括。如果想要找到一个涵盖面较为广阔的概念来阐述五四精神的话，我认为“现代性”是比较合适的，以人性解放为宗旨的五四精神就是一种现代性的吁求、现代性的规划、现代性的实践。五四体现了现代性的正能量，所以它引得 20 世纪中国知识分子们的赞扬，同时五四也体现了现代性之隐忧，所以它也引来 20 世纪中国知识分子们的疑虑。

聂运伟：以“现代性”作为一个重新审视五四新文化运动的视域，应该是一个历史的必然。不管今天有多少严厉批判现代性的理论，但西方启蒙运动后的现代性工程不仅没有停下全球化的进程，相反，是愈演愈烈的。我赞成哈贝马斯的说法，现代性仍然是一个未完成的事业，现代性包蕴的所有问题，甚至是全球危机性的问题，都应放在这样一个无法逆转的历史趋向中去思考。我们现在重提五四，也应该有这样一个基本的判断，即黎明兄所言：五四之后，中国的现代性工程进入了全面展开的时代。罗家伦晚年在《对五四运动的一些感想》中就说："新文化运动和五四运动一贯的精神，就是要使中国现代化。"就此而言，五四只是百年来中国社会、文化、学术走向的一个路标：走向世界。在这一点上，所谓激进主义、保守主义和自由主义有根本性的分歧吗？我看没有。分歧在于，用今天的术语来说，现代性的道路只有一条吗？中国传统文化可否参与现代性实践，甚至成为一种积极而有效的思想资源？显然，这些质问基于对五四时代、五四之后的许多思想命题及实践路径的反思和质疑。以五四运动对传统文化，特别是对儒家文化的决绝否定为例，今天看来肯定过于极端、过于虚无，但由此否定五四运动开中国历史之先河的启蒙精神，又未必不是另一种极端和虚无。十多年前，林毓生和严家炎围绕五四评价问题展开学术争论和具体问题的论证，如林毓生就五四激进主义对五四之后中国文化的破坏性影响，严家炎谈五四启蒙精神的巨大历史作用，均有史实的证明，我想后世史家会以更多的史料证明他们观点的合理性。但是，我们没有必要，至少今天——尽管五四已是百年前的历史——也不可能给五四一个看似简明实则武断的价值判断：是一个伟大的开端，抑或是一个糟糕的开始。

为什么？因为在五四树立的路标前，我们还只走出了很短的路程。毛泽东说他领导的革命成功只是万里长征走完了第一步，按此算法，我们只能说从五四的路标出发大概只走了三五步吧。我们不要过高估计自己的智慧，像五四这样的历史巨变，中国几千年的历史中有几次？更何况我们仍然生活在五四思想文化的界域之内，所以，"不识庐山真面目，只缘身在此山中"。1969 年，"一群对现代中国历史感兴趣的学者会聚哈佛大学东亚研究中心，交流他们彼此对'五四'运动 50 周年纪念的看法"，后来形成一本论文集（*Reflections on the May Fourth Movement*：*a Symposium*，Reflect Cambridge：Mass，Harvard East Asian Monographs，1972）。在全书序言中，美国著名中国文化研究学者史华慈说："无论从'五四'之前的角度或现在的角度审视'五四'运动，它都可能不再被视为 20 世纪中国历史的唯一的决定性转折点。尽管如此，但它毕竟被证明是在一个巨大的文化、社会和政治变迁中的一个转折点，而这一巨变迄今尚未终结。”时间又过去了50年，中国的“巨变”仍未“终结”，特别是在思想文化界，我们似乎命定要重返五四现场，近20年来学界的“晚清热”“民国热”已清晰地说明了这一点，或者说，在学界思想疲惫的背后，其实又酝酿着五四似的思想爆发的临界点。一句话，面对无法言清的五四，我们又不得不频频回首，尝试言说的新的路径。

张三夕：在中国近现代史的中观视域中，一百年往往是一个重要的时间节点，尤其是回顾对中国近现代史影响深远的五四运动这样寓意复杂的历史事件，“百年”总会具有特别的历史意义。在一个形成“共识”异常困难的当下，如何回顾和重新审视百年前的五四运动，如何相对客观地评价百年来人们对五四运动所做出的种种不同理解和争论，并不是一件轻而易举的事情。我们认为，尽管“现代性”概念如詹姆逊所言是一个充满矛盾和悖论的“被污染”的概念，但从“现代性”的角度切入五四百年反思也许是一种比较有效的讨论策略。尽管现代性有多副面孔，为避免无谓的争论，我们可以暂时以哈贝马斯有关现代性的界定作为讨论的基础。在这一点上，我完全同意黎明兄、运伟兄在上述论述中的某些说法。

说五四运动是一场思想文化运动，一场以科学、民主为精神旗帜的启蒙运动，是没有问题的。但如果从“现代性”的角度思考，五四运动又是一个“现代事件”。它与几乎是同时发生的狭义的辛亥革命形成某种对照。辛亥革命有某些现代性因素，它的主要组织者同盟会具有一定的现代政党雏形，但同盟会以及直接领导武昌首义的文学社与共进会毕竟都是松散的堂会式的社团组织，它们所领导的辛亥革命不是现代政党领导下的新型政治革命。辛亥革命推动者的主要政治诉求是推翻清朝的统治，建立共和体制的国家，它虽然结束了中国长达两千多年的帝制，但它并没有建立起现代立宪国家。我倾向于认为辛亥革命的时代属性的主要方面仍然属于“古代事件”。若干对辛亥革命失败反思的意见说明，辛亥革命仍然属于用传统的暴力方式来实现的一次王朝更替。袁世凯恢复帝制图谋的失败，实际上具有很大的历史偶然性。北洋军阀对辛亥革命去革命化的解读，以及毛泽东1919年在《湘江评论》上发表《民众的大联合》中所指出的“辛亥革命，乃留学生的发踪指示，哥老会的摇旗唤呐，新军和巡防营一些丘八的张弩拔剑所造成的，与我们民众的大多数毫没关系……然而我们却有一层觉悟，知道圣文神武的皇帝，也是可以倒去的，大逆不道的民主，也是可以建设的”的看法，均可说明辛亥革命属于“古代事件”。

说五四运动是一个“现代事件”的理据何在？其一，它符合舍勒所关注的人的精神气质或体验结构的现代性转变。“现代性不仅是一场社会文化的转变，环境、制度、艺术的基本概念及形式的转变，不仅是所有知识事物的转变，而根本上是人本身的转变，是人的身体、欲动、心灵和精神的内在构造本身的转变；不仅是人的实际生存的转变，更是人的生存标尺的转变。”① 五四运动所倡导的民主、科学、人权、自由等思想观念，无疑都会促进“人的身体、欲动、心灵和精神的内在构造本身的转变”。其二，它实现了由用古代汉语表达古代思想观念向用现代汉语表达现代思想观念的根本性转变。以北京大学为主要教育阵地，以《新青年》杂志为主要传播阵地，五四运动的干将们通过各种文体（如政治评论、思想论争、文学创作等）的白话文写作，反对以文言文作为主要书面语的旧文化表达系统，从而奠定了新文化运动的可持续发展的语言和观念的基石。在李大钊、陈独秀、胡适、鲁迅、郭沫若、钱玄同、刘半农等一大批新文化人的身体力行下，“思想自由，个性解放”等现代观念开始风靡全国，表达这些现代观念的现代汉语逐步成为社会文化的语言表达系统的主导。尽管古代汉语以及由古代汉语承载的悠久而丰富的古典文献、古代文化并不会因为现代汉语的出现而消亡，它依然会成为现代中国重要的精神资源，但在某种意义上可以说，近一百年历史已证明：在语义表达系统层面，主要是现代汉语参与构建了现代中国。现行《宪法》规定“国家推广普通话”，并不是一个简单的立法条文。其三，狭义的五四运动参与推动了中国建立现代民族独立国家的历史进程，确立了一种现代政治的形式。发生于1919年5月4日的五四运动，是一场以青年学生为主的“对抗列强、反对卖国、救亡图存”的学生运动，同时也是广大群众、市民、工商人士等社会中下阶层广泛参与的一次示威游行、请愿、罢课、罢工、暴力对抗政府等

---

① 参见刘小枫《现代性社会理论绪论》，上海三联书店，1998，第19页；张三夕《现代性与当代艺术》，华中师范大学出版社，2013，第42～43页。

多种形式的社会运动。运动起因于一个具体的历史事件，即列强在巴黎和会中将德国在山东的利益转让给日本，北洋政府不能捍卫国家利益，因而引起国人的强烈抗议。但是它的实际效果是以示威游行、请愿、罢课、罢工、暴力对抗政府等现代“街头政治形式”来唤起国民建立现代民族独立国家的历史意识。在古代国家的王朝体制下，没有这类用“街头政治形式”来表达民族国家利益的政治诉求。明代太学生、复社等社团对于帝王政治的抗争，晚清士大夫的维新变法运动，都只是政治运动的古代形式，均不具备中华民国之初的“街头政治”的现代形式。近一百年的历史也已证明：“街头政治”的现代形式已成为现代中国重要历史节点上的现代政治运动的主要形式之一。就此而言，五四运动的历史意义是不可磨灭的。

当我们把五四运动说成一个“现代事件”，意味着不能把它简单归结为中国近百年来的一个孤立的“历史事件”。赋予五四运动“现代性”，就有可能打开它与现代中国复杂关系的广泛言说空间。

冯黎明：我之所以主张在现代性概念的意义下来解读五四，乃是因为五四包含的内容太丰富了，很难将其定义在单一的属性之中，除非用现代性这样一个带有摹状意味的复合性名词来涵括它的多元含义。那么多人都认可自己是“五四之子”，但是这些人的政治观念、文化观念又有着那么显明的差异，比如殷海光和王元化都自称“五四之子”。我们可以说五四是启蒙运动，也可以说五四是爱国运动，还可以说五四是民主运动以及新文化运动、反帝反封建运动、思想解放运动等，这些说法都有道理。在我看来，问题的重要性不在于给五四运动以属性界定，而是在于剖析这些属性界定之间的不协调之处。这些各有其道理的定义之间为何出现不协调的现象呢？那就是因为它们阐述的对象本身包含着自相矛盾的内容。在启蒙时代现代性登场之时，谁也没有注意到启蒙思想家们设计的现代性方案之中包含着自相矛盾的内容，比如人类解放和个性解放、天赋人权和宇宙理性，这些概念之间就存在着不相统一的意涵，但是我们谁也不可能执其一端而将另一端排斥到现代性范畴之外。当我们在现代性意义上讨论五四时，这一伟大的历史运动包含着内在矛盾的现象就变得可以理解了。而且，关于五四运动的基本属性定义的不相统一现象，也不可以过多地强调后世阐释者的“前判断”的作用，阐释者身份固然起到了引导释义方向的作用，但是五四运动本身内涵的多元性却是不争的事实。五四是一个“事件性”的历史运动，任何单一的属性定义都可能起到一种“排斥性”的作用，而这种排斥则可能是阐释者真正的思想动机。比如，国民党阵营的知识分子强调五四的民族主义性质，那是要排斥五四的“社会革命”内涵；共产党阵营的知识分子强调五四的新民主主义性质，那是要排斥五四的个性解放内涵；纯学术阵营的知识分子强调五四的“启蒙”性质，那是要排斥五四的政治内涵；等等。跟世界范围的现代性工程一样，五四运动的内容是如此丰富，以至于五四以后中国社会的进步和积弊都可以在五四中找到源头。我甚至认为，五四以来中国社会的一些问题，大都来自对五四运动的排斥性诠释和继承。比如，我们特别强调五四的“反传统”，于是就生出一种“新之崇拜”，这种求新心理跟社会进化论结合形成了一种进步论历史观。进步论历史观将一个遥远的未来视作全部价值的旨归，于是我们理所当然地放弃了当下个人经验的意义功能，用“未来教”把个人生存视作一场对城邦历史的“献祭”，于是五四大声张扬的个人解放异化成了个人的工具化。很多年前李泽厚先生就发现，五四运动中存在着“救亡”压倒“启蒙”的现象，由这一现象我们还可以引申出“救亡”的国家主义诉求和“启蒙”的个人主义诉求之间的不协调。救亡压倒启蒙的后果，是指向拯救民族国家命运的救亡激励出一种国家主义的政治伦理，这一伦理诉求压倒了指向个人自由的解放伦理，所以在后来的历史中，国家主义就替代古典时代的“天下主义”成为中国文化的主轴。直至当前，国家主义仍然是中国文化的主色调，比如现在充斥荧屏的抗战题材影视剧，其中翻来覆去咀嚼的就是一种国家主义的伦理主题，之所以这么多年还兴盛不衰，其原因在于这些粗制滥造的文化产品替中国观众宣泄了他们的国家情结。当代世界上没有哪一个民族有着像中国人这样强烈的国家情结，对国家意志的皈依和献祭，是中国文化的“第一主题”。

聂运伟：地球上一国之民没有不爱国的，张明敏唱的“洋装虽然穿在身，我心依然是中国心”，都德的《最后一课》，都道出了这个常情常理：爱国是一种天然的情感。就五四运动爆发的导火索而言，五四运动首先就是一场发端于民间的爱国运动，在五四运动之前的几十年，强烈要求国家强盛、洗刷民族耻辱、振兴中华的社会心理，早已发酵成型。但不知从什么时候开始，“爱国”和“主义”在汉语中连接成为一个词组，在英语里，与汉语对应的单词 Patriotism 指的是“爱国心”或“爱国精神”，并无“主义”的意思。作为理论概念的“主义”不仅表示某种观点、理论和主张，而且是强力推行的主张或学说，具有极强的排他性。晚清的时候，所有社会思潮的纷争和政治势力的角逐中，“爱国”成为不同思潮和政治权力寻求合法性证明的最好话语形式，“卖国”当然就成为置对手于死地的撒手锏，如在京城作为清流党首领的张之洞大骂李鸿章“卖国”，可他自己推行洋务运动时，“卖国”的帽子自然也就被政敌戴到他的头上。从政治学的角度看，中国传统帝制解体前后关于新的国家制度的种种争论，不管是君主立宪，还是民主共和，抑或其他设想，既是思想理论之争，更是政治权力的博弈。政治权力的博弈把民间自发的爱国情感转化成为强制性的、意识形态化的“主义”，以此规训民众，动员广泛的社会政治支持。这种“中国化”的政治哲学的理论指向和实践路径，经由五四运动前后兴起的各种“主义”的涵化，虽然演化出不同的社会理论，但黎明兄所说的“国家主义的政治伦理”却是中国近现代主要政治势力共同的追求。就我读中国近现代史的体会，觉得“国家主义的政治伦理”的兴起能否看成是“救亡压倒启蒙”的结果，我有些疑问。详细分析论证暂且不说，我的初步看法是：“国家主义的政治伦理”仍然是传统专制体制及根深蒂固的权力崇拜的文化心理在全球现代化进程中的变种，也就是说，五四运动的启蒙之道和晚清以来形形色色的救亡之道骨子里是一回事，都是在寻求一种救国的工具，其共同的目的都是“国家”而不是“国民”。这样说，并不是认为五四启蒙运动中缺乏“个人自由的解放伦理”，有，但不可能成为历史的主流，故有学者说中国近现代史上的自由主义的宿命就是只开花，不结果。为什么会如此？有两点值得注意。一是民族国家是现代化进程引发的全球性生存竞争的基本单元，要参与全球性的生存竞争，寻求国家富强显然是唯一的道路。严复译《天演论》时就看清了这一点，之后，“物竞天择”的进化论思想迅速风靡中国生动说明了近代以来中国社会发展之路的历史必然性，近些年新权威主义的大行其道依然是这种历史必然性的逻辑延伸。二是近代以来中国思想界、知识界一直纠结于救亡之道的“主义”之争，迷恋乌托邦似的国家幻象，寻求一劳永逸的救亡之道，受此影响，国家被“主义”化、思想和知识被“权力”化、国民被“工具”化，所以，中国知识界历来热衷于浪漫激情的政治参与，忽视理性务实的社会重建。在这两点的交互作用下，自然“国家是大写的，而国民则是小写的”。

张三夕：思考给五四运动做出属性界定为何出现不协调的现象，在各定义之间的相互排斥中去探求阐释者真正的思想动机，黎明兄的这一思路，已经超越非此即彼的“选边站”的立场选择。在我看来，应该进一步被追问的是：如何超越对于五四运动做属性界定的思考层面？因为任何属性界定都难免“盲人摸象”式的以偏概全的贴标签，难以透视历史事件丰富的思想内涵。如果超越爱国、民主、新文化、反帝反封建、思想解放等标签，我们还能找到一些什么样的关键词来认识这场伟大的历史运动的精神内核？参与五四运动的先贤有些提法很值得玩味。

反帝爱国虽然是狭义的五四运动的直接诉求，但站在广义的五四运动的角度来思考，这场运动最大的思想冲击力却是“价值重估”。胡适曾经借用尼采的话概括说五四运动“就是以价值重估为特征的运动”。怀疑、批判旧文化价值体系，鼓吹、倡导新文化价值体系，要推翻一切旧有的价值观念，“根据新标准去评价旧事物”，就是陈独秀、胡适、鲁迅等人在五四运动中思想文字的强大力量所在。价值重估可以作为认识五四运动精神内核的一个富有弹性的关键词。价值重估既是五四运动的总体思想特征，同时我们也可以用价值重估来重新评估五四运动的价值，这种价值无疑具有多面性。就近百年中国社会的现代性转型历程而言，五四运动的突出价值之一就是它在进化论或历史进步论的旗帜下开辟了国人一种“破旧立新”的路径，在价值观上确立“新”比“旧”好。我们很难说这条路是“正路”、“歪路”、“弯路”还是“邪路”。从五四运动的破旧立新，到文化革命中的破旧立新，再到今天的破旧立新（“改革”的另一种表述，大规模拆旧盖新的城镇化是这种观念的空间表达），中国这部停不下来的列车架在历史进步论的车轮上“狂奔”了一百年。从知识分子宣扬“天演论”到马克思主义唯物史观社会形态演变论的政党实践，中国主流意识形态的历史价值观已经完全脱离“天不变道亦不变”的传统文化旧轨道。尽管有少数文化保守主义者企图挽狂澜于既倒，但并不能扭转乾坤，有时不过是翻不起大浪的“悲鸣”。

当我们称1949年成立的中华人民共和国为“新中国”时，实际上已经与一个此前的“旧中国”划清界限，当然这种划界只是在一个相对意义上讲的，“新、旧中国”在任何时段都难以决然分开。如果说中华人民共和国的成立是从国体或政体上对“新、旧中国”的划界，那么从价值体系上对“新、旧中国”的划界，则应该向前推到五四运动。五四运动最重要的历史价值就是在一系列价值观念上为“旧中国”和“新中国”划界，比如科学成为所有知识合法性的主要来源；民主成为社会运动的经常性诉求；家庭关系中倡导婚姻自主、反对一夫多妻制日益深入人心，一夫一妻制终究从文学作品转变为法律条文；个性解放、自由平等，也成了新式教育的基本价值诉求；等等。“新、旧中国”的划界之所以成为可能，当然与依靠资本扩张的西方思想文化成为世界主导价值体系有关，但恐怕也与中国人的内在精神世界有关，在外部世界的压力下（如“救亡”），中国人很容易受到“趋新”的诱惑。现在需要深入思考的是，在一个更长时段的历史视野下，五四运动以来“新、旧中国”划界的意义何在？现在是否到了给新中国重新划界的时代？具有新中国特色（今天所谓中国特色前面都要加上“新”字）的破旧立新是否具有可持续性？当神州大地到处都是“旧貌换新颜”后，怀旧已然变成一种夕阳下的挽歌，“旧中国”的真实价值何在？对于新中国而言，真的只有“发展才是硬道理”吗，除发展外还有没有其他的硬道理？今天，有没有可能建设一种“不破旧而立新”的历史价值观？只有把这些问题想清楚，五四运动的历史价值才能呈现其“别样的”历史意义和现实意义。

谈到把“爱国”与“主义”相剥离的问题，运伟兄试图超越救亡之道的主义之争，进一步批判国家主义的政治伦理，指出五四运动的启蒙之道和晚清以来形形色色的救亡之道骨子里是一回事，都是在寻求一种救国的工具。运伟兄看到矛盾的两面：一方面，民族国家是现代化进程引发的全球性生存竞争的基本单元，要参与全球性的生存竞争，寻求国家富强显然是唯一的道路；另一方面，近代以来中国思想界、知识界一直纠结于救亡之道的主义之争，国家被主义化、思想和知识被权力化、国民被工具化。我个人认为，这里的问题要害在于，置身于五四运动开启的中国作为独立民族国家的进程中，你会发现，国家富强与国家被主义化是一体两面，很难分割，要让国家富强总是要高举某一主义的旗帜，或者是三民主义，或者是马克思主义。因为在现代社会，只有主义才具有极大的群众动员力，新中国的建立是马克思主义的胜利，不是某个个人的胜利，就是明证。作为一个后发现代化国家，中国如何避免被主义化的国家对个体自由意志的剥夺或压迫，在国家富强与国民自由之间达到平衡，这个问题并没有提到近百年政党实践的议事日程中。历史事实是，在中国任何对国家政治进行群体诉求的主义都是以牺牲个体自由意志为前提。当初胡适号召“多研究些问题，少谈些主义”，并不能确保知识分子在激烈的主义之争中获得个体自由意志的独善其身。主义总是和政治联系在一起的。五四运动的旗手陈独秀、胡适都被自觉不自觉地裹挟在主义之争或政治之争中，从而丧失个体的自由意志。陈独秀 1921 年 7 月当选为中国共产党中央局书记，1929 年被开除党籍，1932 年被国民党政府逮捕，1937 年出狱，1942 年病逝，其二十年的坎坷命运说明，陈独秀兴于主义，亡于主义。胡适除担任北京大学校长（1946）一职外，还出任过国民党政府驻美大使（1938）、行政院最高级顾问（1942），到台湾地区后还担任过“中央研究院院长”（1957）。胡适 1932 年总结《新青年》得失时写道：“在民国六年，大家办《新青年》的时候，本有一个理想，就是二十年不谈政治，二十年离开政治，而从教育思想文化等等、非政治的因子上建设政治基础。但是不容易做得到，因为我们虽抱定不谈政治的主张，政治却逼得我们不得不去谈它。”这也许就是五四运动一代知识分子的宿命。

冯黎明：历史学的研究总是有一些“标记”，也就是一些重大的历史事件，它们就像关键词一样，是进入历史殿堂中央大厅的“key”。这些重要的历史事件往往成为历史研究持续不断的思考课题，比如法国史学之于大革命、美国史学之于南北战争、英国史学之于资产阶级革命等，而对于中国近现代史来说，辛亥革命、五四运动、抗日战争，大概就是这样的“标记”了。五四运动作为影响后来历史的重大社会事件，长期以来一直受到人文学术界的突出关照。几乎每到尾数为“9”的年头，权威学术机构都会举办纪念五四多少年的大型活动，而且有数量可观的学术成果问世。五四运动得以成为这样的历史“标记”，那是因为五四带来了中国历史的重大改变，即中国的现代性工程的全面展开。就此而言，我认为现在关于五四的研究应该转向有关五四的社会文化“后果”的研究，因为一个历史事件具备“标记”功能的原因在于它对后代历史的重大影响，即它的“后果”。五四之后，中国的社会文化观念发生了很大的变化，比如革命主义的政治观念、进步论的历史观念、解放论的民族国家观念、实证论的知识观念，还有马克思主义的社会学、自由主义的伦理学、启蒙主义的价值观等。往好处说，五四开启了通向中国的民族国家的自主性道路，往不好处说，五四当中已然见出全能国家（total state，或称总体国家）的影子。就社会文化观念而言，五四既是中国现代意识的启动，同时也是现代意识分裂的发酵。我觉得五四研究中有一个很值得思考的现象，那就是五四之后的知识分子群体的分裂以及思想的分裂。五四之后不久，高擎解放大旗的知识分子阵营就开始发生分裂，胡适等人对马克思主义的传播保持警惕，希图用自由主义的实证知识论回避激进主义意识形态，而陈独秀、李大钊等人则“以俄为师”，引入社会主义实施中国社会的现代性工程。还有比如罗家伦这样的知识分子，一改青年激进分子的形象，转而投身国民政府的军政事业。当然也有鲁迅这样的人，坚守着五四精神，将叛逆和解放进行到底。五四之后知识分子群体的分裂，是一个很有历史内涵的现象，值得我们深入研究。与五四知识分子群体的分裂相同步的是思想的分裂，五四时代知识分子虽有共同的反传统主张，但是他们反传统的动机和依据却不尽相同，所以后来这批知识分子在思想上必然发生分裂。我之所以赞同周策纵先生将五四的终结定于1923年，就是因为在这一年，五四精神在思想上的分裂昭然于世。1923年后，社会主义、自由主义、民族主义、保守主义逐渐成为主宰中国思想文化的四种思想潮流。其实在20世纪中国的三大知识分子群体（五四一代、延安一代和80年代一代）中，这四种思想潮流的纷争都或明或暗地存在着，只不过特定时期某一种思想潮流占据了主流地位而已。当然，民族主义和社会主义在20世纪中国思想界很长时间都保持着强势地位，而自由主义和保守主义一直是比较弱小的，这是因为民族主义、社会主义跟救亡联系得更为紧密的缘故。在20世纪中国思想中，“主义”话语只是在能够启动救亡叙事的时候才能展开为普遍的社会实践，而自由主义和保守主义跟“救亡政治”之间缺乏直线因果的联系，它们无法像民族主义、社会主义一样带动当下社会生活的革命性改变。

聂运伟：谈五四之后知识分子群体的分化，是否应该加上一个限定？《新青年》编辑部同仁的分化，它确实是一个“重大的历史事件，它们就像关键词一样，是进入历史殿堂中央大厅的‘key’”，鲁迅对此也做过形象的描述。但从史实上看，《新青年》群体所彰显的知识分子群体的分化——思想、文化、政治等方面——在《新青年》1915 年诞生前的 10 余年间，就已经出现。创刊于 1904 年的《东方杂志》为我们留下了丰富的思想史资料。我们的教科书把胡适引发的“问题与主义”的论战看作《新青年》群体分化的导火索，其实不然，胡适《多研究些问题，少谈些主义》发表于 1919 年 7 月 20 日的《每周评论》，而在 1918 年《东方杂志》15 卷 4 号刊登杜亚泉所撰文章《迷乱之现代人心》、同卷 6 号钱智修的《功利主义与学术》中，均对思想界开始高涨的“主义话语”提出了异议。杜亚泉是《东方杂志》1911—1920 年的主编，钱智修接替杜亚泉主编《东方杂志》12 年，杜亚泉、钱智修是被中国思想史长期遗忘、遮蔽的两位学者（近些年来开始受到学界的关注），他们早在五四运动之前就致力于对西方民主、科学的启蒙宣传，同时发表了大量的时论文章，对当时具体的政治问题及中国社会的发展走向做了有益的探索。他们通过时论表达了对西方民主政治理念的认同，希望在中国建立自由、平等、民主的政治制度，表现出自由主义的倾向，同时也认识到这种政治制度的实行要根据中国国情，渐进地、自下而上地开展，主张国民自治和民间政治，提倡知识分子警惕权力、疏离权力的自由精神和道德使命，他们的编辑方针是坚持客观、理性、宽容精神和文化的开放多元思想与公共领域的客观、公正和公共性的契合，从而使杂志赢得政治建构之外的非党派化的言论的公共性，并将对下诉诸舆论教化、对上进行舆论监督的职能尽可能充分地发挥出来。这样一个类似于法国大百科全书派的启蒙宣传路径，已经全然不同于滥觞于晚清的各种激进主义政治思潮，学理上表现为温和的、渐进的、调适的文化观。系统阅读 1904—1920 年的《东方杂志》后，我有一个感觉，即中国近代知识群体发生思想史意义的分化，是在辛亥革命之后的数年间发生的（要说清这一点，当然还需大量的个案研究），五四《新青年》群体的分化不过是前者的延续和明朗。值得深思的是，以启蒙自居的《新青年》群体对《东方杂志》的启蒙路径却进行了猛烈的批评。1918 年 9 月，陈独秀在《新青年》上发难，撰《质问〈东方杂志〉记者》，副题是“《东方杂志》与复辟问题”，次年 2 月，陈独秀发表《再质问〈东方杂志〉记者》。在 1919 年 1 月，罗家伦在《新潮》刊发《今日之杂志界》一文，对商务印书馆所办各种杂志予以评析、讥讽，由此引发了中国现代思想史上空前的一次大论战。论争结束后，杜亚泉被时人误解为文化保守主义者，商务印书馆的决策层担心杂志会因此给读者留下落伍于时代的印象，决定让杜亚泉离任。这或许是一个标志性的事件，它既预示杜亚泉所代表的另一种不同于五四的启蒙传统被尘封在历史的烟云之中，同时也宣告了更大规模的激进主义时代的到来，也就是黎明兄说的：“主义”话语展开为普遍的社会实践。思想、知识全盘工具化、权力化，杜亚泉式的坚守独立自由思想的知识者失去了存在的空间。正因为此，我以为陈独秀、胡适之间尽管有着人们已说过许多的差异，但在把启蒙视为一种工具理性这一点上，他们并无二致，起码在五四运动前后，他们共同颠覆了杜亚泉所代表的前五四时期的启蒙路径。我无意否定五四启蒙运动的伟大功绩，历史巨变时代更需要陈独秀、胡适气壮山河、舍我其谁的激情，杜亚泉的落寞正如王元化分析的那样：“百余年来不断更迭的改革运动，很容易使人认为每次改革失败的原因，都在于不够彻底，因而普遍形成一种越彻底越好的急躁心态。在这样的气候下，杜亚泉就显得过于稳健、过于持重、过于保守了。”① 只是，在饱受激进主义危害后的今天，我们不得不反思中国近现代史上启蒙路径的复杂性，从而更客观、理性地审视五四运动的思想遗产。

张三夕：由此，我们可以转入黎明兄思考的另一现象：五四之后的知识分子群体的分裂以及思想的分裂。其实，就新文化阵营内部而言，知识分子群体的分裂以及思想的分裂不仅仅是五四之后的现象，而是在五四运动之中就已经出现了。比如 1919 年，陈独秀、李大钊等人大谈共产主义学说，主张走社会主义道路，而胡适则发表《多研究些问题，少谈些主义》，先于 7 月发表在《每周评论》上，又于 11 月载于《太平洋》。陈独秀、李大钊与胡

---

① 王元化：《杜亚泉与东西文化问题论战（代序）》，载许纪霖、田建业编《杜亚泉文存》，上海教育出版社，2003，第 5 页。

适的思想倾向明显不同。1919 年 12 月，胡适发表《新思潮的意义》，提出“研究问题，输入学理，整理国故，再造文明”，随后开出青年人国学必读书的书单子，此举先是引起吴稚晖“少读中国书”的反对（1923），后是激发鲁迅提出“不读中国书”的批判（1925）。因此，参与五四运动的知识分子群体后来在行动和思想上发生分裂乃是很自然的。值得进一步思考的问题是，五四之后知识分子群体分裂以及思想分裂的原因何在，后果何在。

导致五四之后的知识分子群体的分裂以及思想的分裂，其最主要的原因之一在于各种政党政治和革命斗争的需要。1939 年 5 月，毛泽东在为延安的报纸写的纪念五四运动二十周年的论文《五四运动》中把抗日的组织成分划分为工、农、兵、学、商，他指出：“五四运动时期的知识分子则比辛亥革命时期的知识分子更广大、更觉悟，然而知识分子如果不和工农民众相结合，则将一事无成。革命的或不革命的或反革命的知识分子的最后的分界，看其是否愿意并且实行和工农民众相结合。他们的最后分界仅仅在这一点，而不在乎口讲什么三民主义或马克思主义。”① 在中共领袖毛泽东的眼里，五四之后的知识分子群体已经被划分为革命的、不革命的或反革命的三大类别，这里要特别注意划分的标准是行为——“是否愿意并且实行和工农民众相结合”，而不是思想或主义——“不在乎口讲什么三民主义或马克思主义”。知识分子因对待革命和工农民众的不同态度被革命党及其领袖划分为不同的派别，知识分子的主体意识选择空间被缩小，个人意志自由被剥夺。五四运动的性质和方向已经被重新定位。

从抗日战争到解放战争，再到新中国成立后的六十余年，政党政治和革命斗争不断加剧知识分子群体的分裂。其直接后果之一就是中国的知识分子作为社会运动独立阶层的政治地位一直没有确立起来，它始终作为“毛”的身份而要依附在某张“皮”上。

除了政党政治和革命斗争的因素外，其他因素也在催生知识分子群体的分裂，如受教育背景的差异。有人注意到五四运动的领袖和中坚力量是一批归国留学生，他们都是在日本、美国和法国学习的。“这三个不安分

① 《毛泽东选集》（袖珍版），人民出版社，1967，第 523 页。

的国家，以它们各自独特的历史，启发留学生从不同的角度和视域反思中国的问题。这三个国家的文化差异，显示了他们的思想差异。留美学生大抵重视文化教育问题，留日和留法的学生则更多地关注军事和政治问题。”“五四冰河解冻，众生喧哗。不同的问题，不同的主义，甚至主义中仍有主义。同为自由主义者，陈独秀是激进的自由主义，胡适是渐进的自由主义；同为保守主义者，张君劢是保守自由主义，梁漱溟则是保守传统主义。”因此得出结论：“新文化运动是精神解放的运动。运动是多元主义的，相对主义的，反体系化反制度化的。”① 五四运动的领袖和中坚力量是一批归国留学生，这一事实既直接影响到知识分子群体的分裂，同时也说明五四运动之后，知识分子群体的受教育背景或知识结构已经全然不同于科举制度下培养的知识分子。五四之前与五四之后，除了日本、美国和法国对留学生的影响外，还有留学苏俄的影响，近百年苏俄对中国的影响甚至一度超过日本、美国和法国对中国的影响。留苏派知识分子在中国近百年政治史和文化史上的得意与失意，深刻推动着知识分子群体的分裂，深刻改变着中国的政治生态与国家走向。

总之，海归派知识分子的出现，是近百年中西和中外文化交流不可忽视的力量，由于他们所接受的教育训练的差异以及思想倾向的不同，必然会导致知识分子群体的分门别派，必然也会对当代中国思想文化的走向产生不同的推动力。改革开放以后的三十多年时间，海归派知识分子主要受到的是西方文化的影响，不过，他们的流派和思想差异远比五四时期和五四以后的半个多世纪要复杂得多。

冯黎明：另一个有关五四的问题是“启蒙”。李泽厚先生的“救亡”压倒“启蒙”一说，多少有些为启蒙的式微而遗憾。启蒙肯定是五四的主题之一，说五四是一场伟大的启蒙运动并不为过，但是近十几年来学界受到西方的现代性批判理论的影响，对五四启蒙精神也有所责难。其实从康德的《答复这个问题：“什么是启蒙运动”》（1784）到福柯的《何为启蒙》（1984）有一个一以贯之的思想，那就是个人的自由意志的自我展开。从启蒙的旗手康德到后现代的旗手福柯，都反对外在的总体性对个人自由

① 林贤治：《五四之魂：中国知识分子精神史》，漓江出版社，2012，第 17 页。

意志的规定，他们都没有把自己当成“启蒙者”去教化“被启蒙者”。将启蒙转化为“唤起民众”，让启蒙变成“宣传”，或者“路线教育运动”“改造世界观”“发动群众”“整风学习”等，都是从苏联传入中国的事情。这些现象或许跟五四有些关联，但是它们更多地属于政党政治实践的结果。其实五四的启蒙精神主要是在自由主义知识分子阵营里延续，从启蒙哲学的真意来看，胡适思想的启蒙意义远远大于陈独秀、李大钊等人的思想。最近在共识网上读到刘小枫先生和邓晓芒先生关于中国是否需要或者是否有“国父”的论争，两人的争论似乎可以看作自由主义的启蒙论和保守主义的启蒙论的对立，所以后来邓晓芒再撰文称，中国知识分子没有尽到启蒙职责。邓晓芒的看法更多地继承了五四精神传统，而五四精神在启蒙这一点上是西方启蒙话语的体现，即对个人自觉意识和自由意志的张扬。但是我不认为中国知识分子在启蒙问题上的失职是他们没有启迪大众或者引导社会，而是他们接纳了一种被中国的政党政治异化了的启蒙，即“宣传”。假如这种“宣传”也算启蒙的话，那张春桥、姚文元就是“启蒙大师”了。在20世纪中国历史上，这种异化的启蒙非常普遍。启蒙者转变为献祭者，然后再教化出新的献祭者，最后是举国颂圣，皈依教条，崇拜权威，事实上是“越启越蒙”，启蒙变成了“反智”，变成了对常识的遮蔽，自由意志变成了工具人格，自觉意识变成了臣仆伦理，这就从根本上违背了启蒙的真谛。五四的启蒙诉求指向人的自由意志和自觉意识，是要用人类的常识解除权威加之于我们头脑的那种无法动用自己的理智来理解世界和自身的蒙昧状态。我认为，不是五四高举启蒙大旗有误，而是五四的启蒙在后来的政党政治革命实践中遭遇了异化。当代中国知识分子应当有一种自我救赎的责任去恢复五四启蒙的真正内涵，我们需要一次对“启蒙”的启蒙。

聂运伟：造成五四之后启蒙异化的原因有许多，但有一点至关重要，那就是知识分子迷恋、依附政治权力之后丧失了独立思考的空间。曼海姆曾在20世纪30年代对知识分子做过一个经典的界定：知识分子并不是一个特殊的阶级或阶层，他对知识分子的界说给出了两个关键的定语：“自由飘浮的、非依附性”（free-floating，unattached）。“无根性”即知识分子疏离于社会各阶级之外，这种疏离是知识阶层可以超越狭隘的特定阶级或阶层的局部利益和意识形态，进而达到普遍的、公正的判断和真理的必要保证。在曼海姆看来，现代知识活动是由一个不依附于任何阶级的知识界来承担的。所以，知识分子可以成为意识形态谎言的揭露者、思想的相对主义者和批判者、种种世界观的分析者。“非依附性”恰恰是他们获得“自由飘浮”的前提，是获得思想的公正和自由的条件。所以，曼海姆明确指出：“假如观察者和思考者局限于社会中的某个给定的位置，这显然不可能获得对问题的真知灼见。”胡适长期在政治权力与学术之间的徘徊与苦闷，瞿秋白《多余的话》中流露出的对权力斗争的厌倦，便是极好的例证。中国知识分子，从传统的士大夫开始，一直到当下，始终有一种强烈的依恋权力的情结，李白失意时感叹“大道如青天，我独不得出”，得意时狂呼“我辈岂是蓬蒿人，仰天大笑出门去”，决定“失意”与“得意”心情变化的，不过是自身与权力的远近亲疏。《岳阳楼记》中虽表达出知识分子不管是“居庙堂之高”，还是“处江湖之远”，都应有高尚的情操，即“先天下之忧而忧，后天下之乐而乐”，这个境界确实高尚，但问题在于历史告诉我们，古代的士大夫，现在的知识者们，更多是用“权力”，甚至是“权势”替代了“天下”，如鲁迅《在现代中国的孔夫子》中所说：“孔子曾经计划过出色的治国的方法，但那都是为了治民众者，即权势者设想的方法，为民众本身的，却一点也没有。这就是‘礼不下庶人’。成为权势者们的圣人，终于变成了‘敲门砖’，实在也叫不得冤枉。”

还有一点，中国的知识分子有一种圣人情结，以为一切都被自己想清楚了，所以其使命就是传经授道，启他人之蒙，而自己的内心永远是澄明的。如此，没有自我反思，何来自我救赎？自我尚不能救赎，又何以救天下？帕斯卡尔说，“人是为了思考才被创造出来的”，他对“思考”的预判是，人性是晦暗不明的，人生诸多悲剧在于人往往不能清醒地意识到：人性永远面临着堕失的危险。怎么才能维系生命的尊严？帕斯卡尔的回答是：“人只是一棵芦苇，自然界最脆弱的，但是一棵运用思想的芦苇……纵使宇宙毁灭了他，人却仍然要比致他于死命的东西更高贵得多；因为他知道自己要死亡，以及宇宙对他所具有的优势，而宇宙对此却是一无所知。”人们常常以为帕斯卡尔是20世纪西方悲观主义哲学的源头之一，我倒认为作为数学、物理学天才的帕斯卡尔是非常理性主义的、最早看到人类自身命定局限性的哲学家，其清醒、怀疑的哲学反思或许是更深刻的启蒙精神，如福柯在《何为启蒙》中说：康德所言的启蒙就是“确定了某种哲理探讨的方式”，或者说，“哲学的质疑根植于启蒙”，“这种哲学质疑既使得同现时的关系、历史的存在方式成为问题，也使自主的主体自身成为问题……能将我们以这种方式同‘启蒙’联系起来的纽带并不是对一些教义的忠诚，而是为了永久激活某种态度，也就是激活哲学的‘气质’，这种‘气质’具有对我们的历史存在作永久批判的特征”。就此而言，启蒙是一个永恒的任务，知识分子的最高使命只能是通过理性，而不是其他（如权力、教义等）进行思考，有此，才有真正的独立思考（也是康德所说的启蒙的内在依据）。邓晓芒先生在《德国哲学》2007 年复刊时写了一个“复刊词”，其中一段话我很认同，或许对我们重新审视五四运动也不无启迪作用：“21 世纪的中国也正处于迅速崛起的时代进程中，可以预料，这种崛起不会一帆风顺。中国的崛起将去向何方，是走向更加文明还是堕落到野蛮？这是每个中国知识分子不能不考虑的问题。今天，德意志民族的心路历程对我们比任何时候都具有更加重要的借鉴意义，他的深沉、彻底和认真精神是中国人模糊、随便和浮躁劣习的解毒剂；他的纯理性和严格思辨的特长是将我们的精神生活从日常俗务提升到自由王国的不可缺少的训练；他对人类自我意识的不懈追求和痛苦反思是我们民族重建自己的新型人格的必要参照；他对历史、社会和人性的系统思考及深刻领悟是我们不能无视的人类共同的精神财富。”

（原载《中文论坛》第 1 辑，长江出版社，2015）

审美论说

缘起·中止·结局

——对《故事新编》创作历程的分析

《故事新编》是鲁迅一次漫长的思想、历史与文学之旅。他带着浪漫的憧憬上路，背着种种新潮思想的行囊，穿越中国文化数千年的历史隧道，叩问一个个死而不僵的文化魂灵，以文学的方式记录下自己的感受、体验。可是，《故事新编》又注定是一次痛苦、绝望而孤独的旅行，鲁迅的浪漫憧憬在刚刚开始的时候就戛然而止，支撑鲁迅走完这段行程的动力是绝望之后对历史文化的冷峻审视。解析鲁迅的这段旅程，或许会使我们看到，我们借来的思想之光无法洞开中国历史的幽暗，相反，中国历史的幽暗一再从我们内心深处向现实袭来。

一

1935年，《故事新编》结集出版时，鲁迅在“序言”中回溯了自己创作《不周山》的最初动机：“第一篇《补天》——原先题作《不周山》——还是一九二二年的冬天写成的。那时的意见，是想从古代和现代都采取题材，来做短篇小说，《不周山》便是取了‘女娲炼石补天’的神话，动手试作的第一篇。首先，是很认真的，虽然也不过取了茀罗特说，来解释创造——人和文学的——缘起。”① 这段话提示给研究者的信息是什么？笔者以为有两个问题值得研究。

第一，鲁迅在创作《不周山》之前，仅有一个采用古代题材写出系列短篇小说的大致想法。之所以只能说鲁迅“那时的意见”还只是一个大致

① 鲁迅：《故事新编·序言》，载《鲁迅全集》第2卷，人民文学出版社，1956，第303页。

的想法，是指鲁迅当时虽有以古代题材作小说的愿望，但这种小说的内容与形式的特点是什么，并没有确定，事实上也无法确定。鲁迅自己说“《不周山》……是试作的第一篇”，“试作”便是对不确定状态的准确表述。与现代题材的小说创作相比较，《不周山》的创作过程断无“一发而不可收”的态势，而是写得磕磕绊绊，以至中途停笔。在停笔这个细节上，一些论者常常倒果为因，解释说鲁迅是因为看了胡梦华批评汪静之的文字，才改变了《不周山》创作的初衷。事实上，鲁迅是停笔在先，看报在后，为何停笔与胡梦华的文字并无必然联系。《不周山》后半段突然插进对现代“道学批评家”的讽刺，如女娲两腿之间出现一个“古衣冠的小丈夫”，以至由此生发出来的欲罢不能的“油滑”手法，其实都是鲁迅原来所构思的小说旨趣突变后的产物。所以，我们真正要弄清的是鲁迅缘何停笔。关于这一点，尽管今天已无法得知鲁迅自己的解释，但仔细分析某些相关的问题，我们或许可以找到较为明确的答案。与鲁迅在现实题材小说中对传统文化侵蚀国人魂灵的批判相对照，《不周山》创作的原初动机理应是在中国文化的历史长河中寻求重塑民族魂灵的某种基质，以文学的方式再造中国传统文化“固有之血脉”，这种想法是鲁迅以文学“立人”之思想的逻辑延伸。现代题材小说中的“破”——对现实中残缺人格的批判，与古代题材小说中的“立”——对历史中应有的理想人格的赞誉，才合成了鲁迅小说观的全貌，换言之，鲁迅为人生的文学观既蕴含着强烈的现实批判性，如《呐喊》所示，又有着“立人”的建设性构想，《不周山》当是这种建设性构想的“试作”。鲁迅自己亦有一段话可资做证：“历史上都写着中国的灵魂，指示着将来的命运，只因为涂饰太厚，废话太多，所以很不容易察出底细来。”① 于此观之，以新的文学话语去颠覆传统文化中“瞒与骗”的文学景观，重新发掘、复原古代世界中理应存在的民族魂灵，就是《不周山》创作的原初动机。

所以，我们才在《不周山》中看到，鲁迅以一种全新的方式开始了改铸历史的工作。他首先借用弗洛伊德的精神分析学说——实际上是寻求一

① 鲁迅：《华盖集·忽然想到（四）》，载《鲁迅全集》第 3 卷，人民文学出版社，1956，第 13 页。

种超越传统文化的新的解释原则——重新建构女娲的故事：女娲造人补天的动机是一种“性的发动和创造”。小说一开始，就以较大篇幅描写女娲在弥漫着粉红色——一种性诱惑色彩——的天空笼罩下，在大地嫩绿、花团锦簇以及和风吹拂中，无端感到“懊恼”，即性冲动，并在性冲动的驱使下创造了人类。如此风流瑰丽的描写在鲁迅所有的小说中是绝无仅有的，鲁迅热烈而浪漫地企盼着一种冲决传统文化之网的独立的人格精神，他硬把女娲从“替天行道”的传统解释中分离出来，赋予其一种执意追求至善至美境界的浮士德式的精神品性。可是，按现代解释视野重新定位的女娲形象，又颇有孤魂野鬼的味道。因为一旦女娲以新的面貌复归到已无从改变的原有文化情景中，新的精神品性固然熠熠生辉，但原有的文化情境何能见容之？中国上古典籍文化中并没有产生现代解释视野中女娲形象的基质。所以，正是在重塑女娲形象的过程中，鲁迅先生感到一种厚重的文化悲凉，对古典文化的理性批判愈尖锐，体味历史主体不得不如此的悲凉情调亦愈深刻。重塑女娲形象的起点终于走向不得不被误解的终点。女娲有着惊天动地的丰功伟绩，却一再陷入不肖子孙的百般无聊的纠缠之中，禁军选择膏腴的女娲肚皮驻扎，恰好表明：先驱者要救庸众，反被庸众享用牺牲。现代人可以重新推测、解释历史事件中的人物的行为动机，却又无法改变历史的已然结局，女娲虽属神话人物，但其故事传说同样已成为已然的文化历史。显然，鲁迅自己意识到，对女娲创造人类的行为动机的重新解释并不能帮助女娲从文化的“涂饰”中逃脱出来，或者说，面对过去时态的历史文化的沉积，现时态的小说，不管自诩多高多强，终不能塑造出改变历史文化结局的英雄人物。这，便是鲁迅先生在创作《不周山》时所遭逢的困惑。恰在此时，中途停笔的鲁迅在报上看到了胡梦华对汪静之的诗集《蕙的风》的批评，胡文对爱情诗的指责大概使鲁迅醒悟到，现在的“道学批评家”与阻止女娲新生的历史文化有着共同的血缘关系，女娲既然无法逃出已定的历史时空，其造人补天的崇高品性也就无法避免令人悲哀和滑稽的结局了。这样，鲁迅创作前的宏大构思不得不以鲁迅自称为“草率”的结局而收场，而其重塑民族魂灵的“认真”的激情和建设性构想也顺势转化为一种在作品中穿插对传统文化进行讽刺与挖苦的“油滑”手法。由此观之，“油滑”手法本非鲁迅创作《不周山》前设定的，而是在创作意图受阻后形成的一种批判意识和自我否定的意识。

第二，鲁迅创作《不周山》的主观意图是解释“创造”的“缘起”。研究者们常认为《不周山》的意图是以精神分析学说解释“人与文学的缘起”，此说虽不为错，但并不准确。鲁迅是把“人与文学”放在“创造”的名下，其间蕴含的意味似乎是：“创造”是本，“人与文学”仅是“创造”的表现形式，两者绝对不能倒置，或者说，没有创造，就没有真正为人生的文学和具有独立人格意识的人。在哲学上，这或许是一个典型的唯心主义的命题，但又是鲁迅早年“立人”思想的内核。

早在《破恶声论》中，鲁迅就说：“故今之所贵所望，在有不和众嚣，独具我见之士，洞瞩幽隐，评骘文明，弗与妄惑者同其是非，惟向所信是诣，举世誉之而不加劝，举世毁之而不加沮，有从者则任其来，假其投以笑，使之孤立于世，亦无慑也，则庶几烛幽暗以天光，发国人之内曜，人各有己，不随风波，而中国亦以立。”① 在鲁迅看来，“不和众嚣”“独具我见”的独立性、创造性是“中国亦以立”的前提。若无人格的独立性以及基于人格独立性之上的创造性，人只会是依附权力的奴隶，文学也只会是“瞒与骗”的文字游戏，如此，鲁迅在《不周山》中对女娲补天、造人的动机的解释便全然不同于传统伦理文化。

从神话学的角度看，属于神话英雄之列的女娲，本是原始初民想象中的人格英雄，其造人和补天的丰功伟绩，均是原始人类自身创造力的一种虚幻延伸。在本色的原始神话中，造人与补天都不过是基于人与自然之矛盾的前提下而想象出来的英雄人格的创造性本质，有关女娲故事的最早的文字记载，如《说文》《楚辞·天问》《淮南子》等文献中，都在自然灾害的背景中叙述女娲补天、造人的故事，但汉代王充的《论衡》和唐代司马贞的《补史记三皇本纪》中的解释却不同了。前者言：“儒书言共工与颛顼争为天子，不胜，怒而触不周之山，使天柱折，地维缺。女娲销炼五色石以补苍天，断鳌足以立四极……”，后者言：“当其（指女娲）末年也，诸侯有共工氏，任智刑以强，霸而不王。以水乘木，乃与祝融战，不胜而怒，乃头触不周山崩，天柱折，地维缺。女娲乃五色石以补天……”。

① 鲁迅：《破恶声论》，载《鲁迅全集》第7卷，人民文学出版社，1956，第237~238页。

表面上看，这些解释是把女娲补天传说与共工祝融之战糅而为一，旨在说明女娲补天的起因，即天破的原因是什么，但从更深的文化动机看，其中却隐藏着一个本体性尺度，即人生而有高贵与低贱、正统与非正统之分的社会伦理观念，而这种尺度又必然延伸到对女娲造人的解释之中，故产生于汉代的《风俗通》在记载女娲造人过程后，特别加上“故富贵者，黄土人；贫贱者，引絙人也”。在统一的社会伦理的解释视野里，造人和补天，不再是女娲独立人格的创造性显现，而是维护、强化某种文化模式的伦理化行为。细察《不周山》，鲁迅虽然也把女娲造人与补天沟通起来，但是，这种沟通的基点已全然不是把个体人格意志、情感转化为普遍伦理规范的文化尺度，而恰恰是被这种文化尺度蒸发掉的原始初民的炽热情感和强烈追求审美人生的意志。如在小说中，女娲从与自然宇宙浑然一体的梦中“惊醒”后，或说她在天地宇宙间获得一种独立的人格意识后，便向整个宇宙衍射出热爱生命与美的情感光辉。在这种内在情感的驱使下，女娲是那么喜爱自己创造出来的小生命，又是那么讨厌同样是自己创造出来的“呆头呆脑，獐头鼠目”的“小东西”。至于补天，也同样源自女娲审美情感的驱使，因为“仰面是歪斜开裂的天，低头是龌龊破烂的地，毫没有可能赏心悦目的东西了”。显然，鲁迅是把独立的人格意志和伟大的创造性作为女娲新生的基质，有了这种基质，才有所谓真正的“人与文学”的新生。

上述分析表明，鲁迅在《故事新编·序言》中对《不周山》缘起的说明并不能作为研究整部《故事新编》的指南，鲁迅的这段话仅仅是就《不周山》，更准确地说，是《不周山》的前半部，而言的。因为，鲁迅在写作《不周山》的过程中，“不记得怎么一来，中途停了笔”，以致“《不周山》的后半部是很草率的，决不能称为佳作”。[①] 笔者以为，成仿吾对《不周山》的评论不足以让鲁迅“决计不再写这样的小说”，鲁迅之所以在编印《呐喊》时，把《不周山》“附在卷末，算是一个开始，也就是一个收场”，[②] 根本原因在于，鲁迅在《不周山》的写作过程中突然发现自己的主观意图

① 鲁迅：《故事新编·序言》，载《鲁迅全集》第 2 卷，人民文学出版社，1956，第 302、303 页。

② 鲁迅：《故事新编·序言》，载《鲁迅全集》第 2 卷，人民文学出版社，1956，第 302 页。

遭逢某种强有力的抵抗，他为此而困惑、苦恼，甚至迁怒于现实中的某些人与事，所谓“从认真陷入了油滑”，“我对于自己很不满”，应看作鲁迅在《不周山》创作意图受挫后某种困惑心境的真实写照。若把此完全解释成鲁迅对成仿吾的讽刺，我们将无法解读《故事新编》的缘起、中止及再次续写之间的逻辑关系。

二

1926 年，鲁迅在厦门重新实施《故事新编》的写作计划。首先写的是什么？是《奔月》，还是《眉间尺》（也作《铸剑》）？笔者以为《眉间尺》的一、二节是在厦门写的，三、四节是在广州写的。《奔月》篇末署的日期是 1926 年 12 月，《眉间尺》1927 年发表时未署写作日期。查鲁迅 1927 年 4 月日记：“三日，星期。雨，下午浴，作《眉间尺》讫。”但在《故事新编》结集出版时，鲁迅篇末署的日期是“一九二六年十月作”。许多学者认为鲁迅在日记中所记载的时间是正确的，“而作品的篇末所署的年月则是不可信的，是作者把它收入《故事新编》时，随手凭记忆添上去的”。[①] 这个判断值得研究，笔者以为鲁迅在厦门重新开始《故事新编》创作时，构思的第一篇便是《眉间尺》，从考订材料上可提出如下证据。

第一，查鲁迅手稿，可见《眉间尺》下有一副标题：“新编的故事之一”。这个副标题是鲁迅在写作《不周山》四年后重新开始写作《故事新编》的有力证据。对照鲁迅 1932 年《自选集·序言》中“逃出北京，躲进厦门，只在大楼上写了几则《故事新编》”的说法，亦可间接证明《眉间尺》的构思和一部分写作是在厦门完成的。而且从标题来看，《不周山》是三个字，《眉间尺》也是三个字，其间的延续性显而易见。从《奔月》始，后面的几篇才换为两个字的标题。

第二，据俞荻《回忆鲁迅先生在厦门大学》，1926 年“十一月间，草绿色封面的精致可爱的《波艇》月刊创刊号，终于在鲁迅先生的支持下出

① 孟广来、韩日新：《〈故事新编〉研究资料》，山东文艺出版社，1984，第 29 页。

版了。鲁迅先生的《眉间尺》就是在《波艇》月刊创刊号上发表的”。[1]《眉间尺》并未发表在《波艇》上，这点俞荻有误，但《波艇》杂志事先刊出的广告目录中，确有鲁迅的《眉间尺》。鲁迅在厦门时非常支持厦门大学文学青年的活动，他很可能答应支持《波艇》月刊，并许诺把《眉间尺》给《波艇》发表，只是因为没有写完，方造成有目录而无作品的事实。从此事可推论，鲁迅写作《眉间尺》的时间肯定早于《奔月》。

第三，上述两点说明，鲁迅在《故事新编》结集时特地为《眉间尺》补上写作日期，是有其想法的。一是和其他几篇作品相一致，因为《眉间尺》外的7篇作品篇末均有写作日期；二是鲁迅之所以没有用自己日记中记载的《眉间尺》写讫时间，笔者以为有着真实保留全部创作构思过程的意图。鲁迅是极细心的人，而且又对《眉间尺》比较满意，如致黎烈文信：“《故事新编》真是‘塞责’的东西，除《铸剑》外，都不免油滑。”[2]致增田涉信：“《故事新编》中的《铸剑》，确是写得较为认真。”[3]所以，“一九二六年十月”作《眉间尺》，或说在《奔月》前开始构思并写作《眉间尺》是完全准确的记忆。

仅从史料角度考订《眉间尺》和《奔月》写作时间的先后，本身并无多大意义，但《眉间尺》和《奔月》写作时间的先后是我们廓清鲁迅续写《故事新编》中构思发生变化的一个关键，此问题之所以关键，就在于鲁迅重写《故事新编》时，为何会打破叙述对象的历史时间顺序呢？

如果说20世纪20年代中期的时代巨变再次激起鲁迅塑造“真的猛士”的欲望，《眉间尺》可说是适时心境的产物。“新编的故事之一”是否预示着《不周山》之后一个新的开端呢？值得注意的是，鲁迅没有说新编的“历史”故事，对“历史”的省略——不管是有意还是无意，都暗示着写作主体报复历史的某种谋略。从取材角度看，《眉间尺》依旧是“拾取古代的传说之类”，加以改铸，铺排成文。但与《故事新编》中各篇相比较，《眉间尺》有一个显著的特点，即故事的主角发生错位，在传说材

① 上海教育出版社编《回忆鲁迅资料辑录》，上海教育出版社，1980，第129页。
② 鲁迅：《致黎烈文》，载《鲁迅书信集》下卷，人民文学出版社，1976，第941页。
③ 鲁迅：《致增田涉》，载《鲁迅书信集》下卷，人民文学出版社，1976，第1246页。

料中无名无姓的“黑衣人”取代眉间尺而成为主人公。为什么？联系《不周山》来看，既然重塑的女娲形象无法立足于原有的文化情境，那么，在《眉间尺》中，由黑衣人取代眉间尺的主人公地位，便有效地切断了原有文化情境对主体的侵袭通道，超越历史文本的黑衣人来了一次酣畅淋漓的文化复仇，让原有的文化情境以及由此滋生的软弱的历史主体同归于尽，甚至包括黑衣人自己，这种激越的情绪在鲁迅同时期的散文诗集《野草》中已屡见不鲜。可见，鲁迅是在另辟蹊径，至少在构思写作《眉间尺》的时候，他暂时疏远了为传统典籍文化所注重的文化精英，中止了按历史时序去演义历史的写作惯例，在类似野史的材料中寻求出能够超出传统文化解释视野的新的人格英雄，这正好说明，鲁迅对《不周山》中女娲的结局是何等不甘心。

就重塑民族魂灵的意图而言，《眉间尺》中的黑衣人与《不周山》中的女娲具有类似的人格特征，独立、超凡、雄健，但这个形象能否逃脱女娲式的结局呢？《眉间尺》写得“认真”，却不顺利，或许可以猜测，《不周山》中途停笔的现象大概再次出现。替眉间尺复仇后的黑衣人将魂归何处呢？或者说，认可黑衣人的文化情境应该如何呢？小说的结局是一场令人啼笑皆非的闹剧：头骨鉴定和送葬，先驱者要救庸众，反被庸众享用牺牲的场景又一次出现。沉重的困惑迫使鲁迅中断了《眉间尺》的写作。鲁迅写于 1926 年 10 月 14 日的《记谈话》，中间有一段论及绥惠略夫的话，间接印证了鲁迅再次停笔的困惑，“他先是为社会做事，社会倒迫害他，甚至于要杀害他，他于是一变而为向社会复仇了，一切是复仇，一切都破坏”。[①] 这段话既为黑衣人不为人理解的结局以及阴冷的复仇心态做了创作心理上的诠释，又可视为鲁迅在《眉间尺》停笔后立即写出《奔月》的心理背景。中国传统文化背景中实在无法诞生鲁迅心目中神往已久的具有独立人格意识的伟岸英雄，从《不周山》到《眉间尺》，虽有着两种不同的解构历史文本的方法，但实际上都是以一种现代的人格精神向传统文化发起攻击，其共同的结局是：历史与现实同在，书写者与被书写者最终是同

---

① 鲁迅：《华盖集续编·记谈话》，载《鲁迅全集》第 3 卷，人民文学出版社，1956，第 262 页。

一种文化的话语存在，谁也无法摆脱历史文化的制约，寄全新的希望于彻底的毁灭之中，情绪的宣泄固然痛快，理想的实现则更显虚幻。就鲁迅以文学“立人”的建设性构想而言，这无疑是又一次受挫。恰逢此时，高长虹一事的出现，再次让鲁迅回到写《不周山》停笔时的悲凉心境，理想的人格英雄不仅为传统文化情境所不容，而且也同样为现实文化情境所不容，“我先前何尝不出于自愿，在生活的路上，将血一滴一滴地滴过去，以饲别人，虽自觉渐渐瘦弱，以为快活。而现在呢，人们笑我瘦弱了，连饮过我的血的人，也嘲笑我的瘦弱了。……这实在使我愤怒，怨恨了，有时简直想报复”。[①] 由此，本微不足道的高长虹一事，既让鲁迅中断了《眉间尺》的写作，又成为鲁迅一气写出《奔月》的现实诱因。与女娲、黑衣人相比，羿的英雄业绩全然被隔绝在鲁迅的写作视野之外，更无一往无前的英雄气概，俨然一个不幸的苟活者。应该说，这种反差与变化彻底改变了鲁迅以文学的方式呼唤“真的猛士”的夙愿，为民牺牲的英雄只会像羿一样，无人理解，被人遗忘，遭人抛弃，顿现出传统文化中英雄人格无奈且尴尬的结局。

鲁迅创作《故事新编》头三部作品的经历使其观照历史文化的视点发生了迁移，也使其对小说的社会作用发出了质疑。首先，“改革最快的还是火与剑”，以小说改造人生，“立人”的想法已是一种无法实现的幻想。1926 年 12 月 2 日在致许广平的信中，鲁迅就写道：“我现在对于做文章的青年，实在有些失望，我看有希望的青年，恐怕大抵打仗去了，至于弄弄笔墨的，却还未遇着真有几分为社会的……”[②] 结合厦门时期鲁迅小说的创作来看，鲁迅对自己先前小说观点的否定是隐约可见的，这也是鲁迅逐渐失去小说创作激情的根本原因。其次，从《故事新编》创作本身来看，可说鲁迅在创作《奔月》的同时也就彻底否定了此前的创作意图，即单从人格精神方面催生民族魂灵。历史是无法改变的，无法改变现实的小说同样改变不了历史，“立人”的浪漫激情终究无法消解窒息英雄人格的文化悲凉，中国的民族魂灵注定走着一条令人难以索解却又百味俱生的艰难之路。

---

① 鲁迅：《两地书》，载《鲁迅全集》第 9 卷，人民文学出版社，1956，第 215 页。

② 鲁迅：《两地书》，载《鲁迅全集》第 9 卷，人民文学出版社，1956，第 195 页。

三

在《不周山》中，我们看到，由现代观念透视出来的古人应有的人格精神与他们不得不委身的历史结局，两者之间构成一个绝妙的对比，前者崇高，后者滑稽，而且正是通过结局的滑稽、荒唐、无奈、尴尬等现象，才真实而艺术地勾画出中国民族魂灵的心路历程。但是，鲁迅试图从古代世界发掘民族魂灵的宏大构思已两次受挫，“草率”收场的《不周山》和“认真”创作的《眉间尺》都无法掩饰一个结局，即以文学锻造“精神界之战士”的“立人”理想的彻底破灭。黑暗的现实中找不到“善美刚健者”，而古代的文化情境更不能容纳“重独立而爱自由”的理想人格，越深入历史文化精神，鲁迅就越清楚地看到：所谓民族文化的性格，或说国民性，并不能简单地以优劣加以评判，每一种民族文化性格都有它形成、演化的复杂机制。由此而论，鲁迅在创作了《不周山》和《眉间尺》后，至少在他的历史文化视野中渗出了一种新的因素，即在激烈的批判态度中悄然出现一种冷峻且平和的理解心态。如果说《呐喊》与《彷徨》是鲁迅在叩问：中国人为什么会这样？《不周山》与《眉间尺》是在试图回答：中国人可以不这样！那么，改铸历史精神的受挫实际上为《故事新编》中《眉间尺》后的各篇定下了一个新的基调：中国人不得不这样。这未必是一种妥协。彻底的批判固然痛快，但终无法彻底理喻对象的过去、现在与将来，只有把对现在时态的批判视野与对过去时态的理解心态融合起来，被审视的对象才是一个真实而完整的对象。

从《眉间尺》《奔月》的故事结局来分析，重新开始《故事新编》创作的鲁迅似乎已相对坦然地接受了黑衣人、羿无法逃脱的悲凉结局，《不周山》后半部中锋芒毕露的嘲弄语言在此更多为冷静的描述所代替。疾恶如仇的黑衣人虽为眉间尺报了杀父之仇，但他崇高的行为终为荒唐的头骨鉴定和乌七八糟的送葬仪式化解得烟消云散。在冷漠观看送葬仪式的百姓眼里，他和眉间尺不过是“两个大逆不道的逆贼的魂灵”。结局的悲凉与黑衣人出场时的阴冷气息相统一、相协调，全不似《不周山》中开篇瑰丽色彩与结局幽暗色彩的强烈反差。与《不周山》《眉间尺》相比，《奔月》

通篇都可算是一个结局，一种无奈的结局。羿众所周知的英雄业绩根本没有进入小说的视野，读者所看到的全是羿哀怨萎靡的神情：踌躇、支支吾吾、低声下气、惶恐不安、叹息、惭愧……当羿在小说结尾欲展现当年雄风而取箭射月时，“‘呔！’羿仰天大喝一声，看了片刻；然而月亮不理他。他前进三步，月亮便退了三步；他退了三步，月亮却又照数前进了”。这实在是一派英雄末路的真实写照。显然，此时的鲁迅，既无比愤恨侵蚀民族魂灵的传统文化，但又无法为古代英雄们设计出悲壮的结局。他们注定要从崇高的开端走向滑稽的结局，或者说，中国传统文化孕育出来的民族魂灵，总不可避免地带着支撑民族生存希望的“硬干”精神与或为传统文化所“涂饰”或向文化传统妥协的双重性。这种双重性导致所谓民族魂灵具有复杂矛盾的品性，且滋生出种种晦涩的人格意志，乃至无法以绝对的崇高与滑稽作为审美评判的尺度。这当是我们观照鲁迅在20世纪30年代中期所创作的《故事新编》中其余五篇作品的一个基本出发点，因为《非攻》、《理水》、《采薇》、《出关》和《起死》，尽管在结局的表现方式上有所不同，但实际上是在共同阐释中国民族魂灵的复杂品性。

《非攻》明确表现了鲁迅对“硬干”精神的热情赞誉，墨子亦被刻画为古代世界中典型的“中国的脊梁”。他并未受任何人的委托或派遣，只是出于关心民命和反对侵略战争的正义感，主动承担起阻止楚国进攻宋国的重任，且不像做了官的学生曹公子那样空喊“民气”，叫嚷着“我们都去死”，而是和居于民间的学生管黔敖、禽滑厘等切切实实地进行着艰苦的备战工作。“不要弄玄虚；死并不坏，也很难，但要死得于民有利！”墨子这段简朴的话语可视为鲁迅重新界定的民族魂灵的魂灵。《不周山》中曾一度追寻过的完全超越历史时空的浮士德式人格境界，经历了《眉间尺》《奔月》中的阴冷和无奈后，如今在历史与审美统一的基础上，终于定型为一个实实在在的、可敬可泣的艺术形象。也就是说，过去那种玄虚的独立人格意识如今为“于民有利”的价值标准所取代。由此，我们可以看到，尽管墨子完成止楚攻宋后的结局并不佳：“一进宋国界，就被搜检了两回；走近都城，又遇到募捐救国队，募去了破包袱；到得南关外，又遭着大雨，到城门下想避避雨，被两个执戈的巡兵赶开了，淋得一身湿，从此鼻子塞了十多天。”但通观全篇小说，作者对传统文化情境“摧残”

“抹杀”民族魂灵的愤激之情虽仍潜藏在小说短短的结尾中，可因有了“于民有利”这个新的尺度，墨子为民“老形苦心、扶危济急”的行为品质也就有了不可被抹杀的伟大光辉，女娲、黑衣人、羿等形象所具有的悲剧意味在《非攻》中也就相对减弱了。

与《非攻》相比，《理水》中塑造的大禹形象也与墨子一样，同属“中国的脊梁”式的人物。他脚踏实地，埋头苦干，不说空话，事事身体力行，为了根除水患，每天孜孜不倦地工作，“走旱路坐车，走水路坐船，走泥路坐撬，走山路坐轿”，终于“放田水入川，放川水入海”，治得天下太平。在治水过程中，大禹不怕来自“文化山”上的诽谤嘲弄，也不惧来自官场的攻讦排挤，一派墨子式的“硬干”品性。但在结尾，小说写道，舜爷“叫百姓都要学禹的行为，倘不然，立刻就算是犯了罪。这使商家首先起了大恐慌。但幸而禹爷自从回京以后，态度也改变一点了：吃喝不考究，但做起祭祀和法事来，是阔绰的；衣服很随便，但上朝和拜客时候的穿著，是要漂亮的。所以市面仍旧不很受影响，不多久，商人们就又说禹爷的行为真该学，皋爷的新法令也很不错；终于太平到连百兽都会跳舞，凤凰也飞来凑热闹了”。

显然，如此结尾方式再次回到《不周山》《眉间尺》《奔月》中的审美观照：从崇高过渡为滑稽。功成名就的大禹同样挣脱不了传统文化情境的制约。为民治水，他可“衣服破旧”“没有仪仗”地“硬干”，可为国为君，他或自觉或不自觉都得迁就上层，迎合世俗。鲁迅先生这般入木三分的结尾描写不仅写出了民族魂灵无法避免的阶级影响和历史局限，而且形象地展现出中国古代民族魂灵的复杂品性。小说中描写了与大禹相对立的阵营最终与大禹握手言和，而这种相安无事的基础不是大禹改造了自己的对立面，而是被自己的对立面所同化。这是一种何等可怕的文化结局！就此而言，《理水》的结局比《非攻》的结局具有更强的历史穿透性和现实震撼力。被“抹杀”的英雄终有熠熠生辉的一天，而心甘情愿被“抹杀”的英雄只会变为历史的丑角。至此，鲁迅先生毕生追求的以文学为武器，改造人生、塑造强健独立的文化人格的理想，可说既未破灭亦未实现，仅在与历史文化的对话中留下一个沉重的句号。

综上所述，从重塑民族魂灵的角度看，《采薇》、《出关》与《起死》，大可视为整部《故事新编》的总结局。“不食周粟”、归隐山林的伯夷、叔齐，无为的“呆木头”老子，“无是非”“无生死”的庄子，都不过是逃避现实、放弃抗争的“伪君子”，他们把中国古代民族魂灵复杂品性中的消极因素强化为一种崇尚空谈的遁世学说，“一事不做，徒作大言”，这正是窒息民族魂灵的毒瘴。从历史文化、从自身的体验，鲁迅深切地认识到这一点：“苦于背了这些古老的鬼魂，摆脱不开，时常感到一种使人气闷的沉重。”[①] 编完《故事新编》后的鲁迅，心情无比沉重和悲凉，“现在才总算是编成了一本书。……过了十三年，依然并无长进，看起来也真是‘无非《不周山》之流’”。[②] 从女娲、黑衣人、羿、墨子、大禹到伯夷、叔齐、老子、庄子，鲁迅最初憧憬的崇高终不免为滑稽所替代。《故事新编》如此的结局现象实为黑格尔所称的“历史的讽刺”：历史文化都曾不可避免地从崇高向滑稽、从悲剧向喜剧转化。

（原载《文学评论》2003 年第 5 期；获湖北省第五届文艺论文一等奖、湖北省第六届屈原文艺奖优秀评论奖）

---

① 鲁迅：《坟·写在〈坟〉后面》，载《鲁迅全集》第 1 卷，人民文学出版社，1956，第 364 页。

② 鲁迅：《故事新编·序言》，载《鲁迅全集》第 2 卷，人民文学出版社，1956，第 305 页。

审美教育在人类文明中的地位及作用

一

美育在人类文明发展中具有重大的作用。世界范围内的原始艺术遗迹与现存原始部落的各种艺术活动说明，与早期人类伴生的原始艺术活动就是最早的美育活动，换言之，原始艺术虽不乏实用和游戏的成分，但其中所体现出来的审美追求正是人类孕育自身精神品性的明证。席勒认为，只要人在他的最初的自然状态中仅仅是被动地接受感性世界，他就仍然是和这个世界同一的，只有当他在审美状态中把世界放到自己以外去观照的时候，他个人才与世界分开。这样，在席勒看来，含有美育因素的艺术、游戏的产生，无疑是人类脱离动物界的一个最后标志。“野蛮人以什么现象来宣布他达到的人性呢？不论我们深入多么远，这种现象在摆脱了动物状态的奴役作用的一切民族中间总是一样的：对外观的喜悦，对装饰和游戏的爱好。”[①] 这就是说，只有当人是完全意义上的人的时候，他才会进行带有审美色彩的游戏活动（实际上，原始艺术与游戏是无法截然分开的），反之，只有当他游戏的时候，他才是完全意义上的人。当人只是感觉自然的时候，他就是自然的奴隶；一旦他思考自然，他就成为自然的立法者。自然从前是作为一种力量支配着人的，现在它作为一个观照对象出现在人的面前。可以说，发现那种没有任何利害关系的纯粹的审美外观（如色彩、形状等），或者把某些实用的生活场景转化为游戏场景（如狩猎舞蹈），并以此作为教育下一代的最佳方式，无疑是人类历史上最重要的一

① 〔德〕席勒：《美育书简》，徐恒醇译，中国文联出版公司，1984，第133页。

场革命，因为它宣告了真正的人性的开始，包括人的整个感觉方式的彻底改变。游戏是创造力的自由表现，本身就是目的，等到想象力试图创造自由形式之时，它就最后从物质的游戏跃进到审美的游戏了。当狮子不受饥饿折磨，它没有使用过的力量就为它自身的造成对象，它的吼叫响彻了充满回声的沙漠，昆虫的飞跃、鸟类的鸣叫都是生命力过剩的游戏。而在人身上，它上升为一种只有人才有的想象力的游戏，想象力在探求自由中就达到审美的游戏，因此审美外观不再具有实用的目的。自由的游戏冲动最后，完全和需要的枷锁割断了关系，于是美本身就成为人追求的对象。喜悦的无规则的跳跃成为舞蹈，无定型的手势成为优美而和谐的手势语言，发之于情感的混乱声音得到发展，开始服从节奏而编成歌曲。一句话，美育是原始人类走向文明的一个重要途径。

具体而言，美育帮助人类走出了自然界，也帮助人类走入了自己的内心世界。“自然界起初是作为一种完全异己的、有无限威力的和不可制服的力量与人们对立的，人们同它的关系完全像动物同它的关系一样，人们就像牲畜一样服从它的权力……”① 随着人类生产劳动实践活动的开展，人与自然界的关系才逐渐发生根本性的变化，两者的关系从相互隔膜、陌生、对立、疏离的状态逐渐接近、融洽起来，形成了一种亲和力。这种亲和力的标志就是自然界的人化，就是曾经神秘、恐怖的自然界成为审美的对象。青山绿水、白雪红梅、碧海蓝天以色彩取悦我们的视觉；流水潺潺、秋雨沥沥、春风徐徐以声音取悦我们的听觉；山峦起伏、河川蜿蜒、花开花落、云卷云舒，又使人在节奏、反复、对比、和谐统一中得到生命永恒的启示。中国古代的田园诗、山水诗画就是人类以自然为美育范本的艺术结晶。人类走出自然界就意味着人的实践主体的生成，也标志着人本身成为审美的对象和进行美育的范本。人体的美以及装饰人体的服饰美、表现人的精神的心灵美都是自然美的最高发展和最高形态。古希腊时代，人体美的欣赏和教育蔚然成风。古希腊社会尚武，崇拜健美的躯体，奥林匹克运动会给运动员最高的奖赏便是塑造运动员的裸体雕像。可以说，古希腊哲人的名言“认识你自己”就包含着认识人体美的含义。这种思想的

① 《马克思恩格斯全集》第1卷，人民出版社，1957，第35页。

进一步发展便是以美育塑造“完整的性格”，造就“健全的人格”，促进个人的全面发展。事实上，通过美育来达到个人的全面发展，是历史上一切进步的思想家的共同理想，也是马克思主义者的理想。自从文艺复兴时代资产阶级作为新兴力量登上世界政治历史舞台以来，这个阶级的先进思想家、文学艺术家、教育家都以个人的全面发展作为自己的理想。文艺复兴时代就产生了像达·芬奇那样全面发展的巨人，那时提倡“全人教育”；启蒙主义时代法国的卢梭、狄德罗，德国的温克尔曼、莱辛、歌德、席勒、福禄倍尔（1782—1852，著名教育家）都以古希腊的“完整人性”作为人的理想范型；瑞士教育家裴斯泰洛齐（1746—1827）认为教育的目的在于全面和谐地发展人的一切天赋力量和能力；俄国教育家乌申斯基主张全面了解人、全面教育人，别林斯基把人的协调发展的思想作为教育理论的基础之一。总之，进步的资产阶级思想家们都极力反对资本主义大工业生产的分工给人类带来的片面发展和沦为机器与职业的奴隶的不幸状况，要求人得到全面发展，而且认为美育具有全面发展人的功能。蔡元培倡导美育且在20世纪二三十年代形成一股重要的社会思潮，其思想基础也正在于此。马克思主义创始人以历史唯物主义观点科学地论述了个人的全面发展，为这一理想的实现指出了正确的道路，并且肯定了美育在实现这一理想过程中的作用。《共产党宣言》中指出：“代替那存在着阶级和阶级对立的资产阶级旧社会的，将是这样一个联合体，在那里，每个人的自由发展是一切人的自由发展的条件。”[①]《德意志意识形态》中亦说：“私有制只有在个人得到全面发展的条件下才能消灭，因为现存的交往形式和生产力是全面的，所以只有全面发展的个人才能占有它们，即才可能使它们变成自己的自由的生活活动”，“在共产主义社会里，没有单纯的画家，只有把绘画作为自己多种活动中的一项活动的人们”。[②] 马克思在《经济学手稿（1857—1859）》中明确指出，在共产主义社会，“个性得到自由发展，因此，并不是为了获得剩余劳动而缩减必要劳动时间，而是直接把社会必要

① 《马克思恩格斯全集》第1卷，人民出版社，1960，第273页。

② 陆梅林辑注《马克思恩格斯论文学与艺术》（一），人民文学出版社，1983，第218、220页。

劳动缩减到最低限度，那时，与此相适应，由于给所有的人腾出了时间和创造了手段，个人会在艺术和科学等等方面得到发展”。[①] 我们应该理直气壮地谈论美育，实施美育，让美育发挥其培养全面发展的个人的伟大作用。这种伟大作用的发挥，正是由于美是一种显现人的自由的肯定性价值，它能够很好地使个人与社会、合规律与合目的、真与善的统一在人类实践中得到肯定，以此促进每个社会成员的自由发展，塑造出全面发展的新人。

二

人类进入文明社会后，美育在社会生活中的作用越来越大，且与教育有了更为密切的关系。在古希腊，柏拉图的教育思想就特别强调用音乐陶冶心灵；柏拉图的高足亚里士多德发挥了老师的美育思想，在《政治学》中明确地说：“我们仍然主张音乐应该兼顾几种利益，不该偏重任何单独的利益。音乐的三种利益为：其一，教育；其二，祓除情感——现在姑先引用‘祓除’这一名词，等到我们讲授《诗学》的时候再行详角；其三，操修心灵，操修心灵又与憩息和消释疲倦相关联。”[②] 古希腊雅典人的教育分为体操教育和缪斯教育，都包含着美育在内，而且强调美育与德、智、体三育的相互配合。亚里士多德在《政治学》最后一卷专门讨论了教育，特别是以音乐为例重点阐述了美育的重要作用。在他看来，一个城邦要治理好固然要有多方面的条件，但最重要和最根本的是抓好教育，而且教育内容应确定一个原则，即适合自由人的地位和心理，勿使他们“形成‘工匠（卑鄙）的’习性”[③]。所谓工匠（卑鄙）的习性，就是雇佣的习性，是为了他人，而不是为了自身；为了金钱，而不是为了善德，因而其结果是“劳悴并堕坏意志”，而不是使心身进一步获得完善。自由人如果染上工匠的习性，势必会“使之降格”，而不复具有“自由人的身体、灵魂或

① 《马克思恩格斯论艺术》第一卷，中国社会科学出版社，1982，第 281 页。
② 〔古希腊〕亚里士多德：《政治学》，吴寿彭译，商务印书馆，1983，第 430 页。
③ 〔古希腊〕亚里士多德：《政治学》，吴寿彭译，商务印书馆，1983，第 408 页。

心理”。[①] 亚里士多德的教育原则固然是为了维护奴隶主城邦的统治，但其教育原则开人心智、健人灵魂的内涵却是合理的。为了达到这个目的，亚里士多德开列的教育课程中就必然包含许多美育课程，如体操、绘画、音乐等。这些课程没有很强的实用性，但学习绘画可以养成较高的审美观念和鉴别能力；体操有利于造就“勇毅的品德”，特别是在少年和青年当中，应该关心他们的勇德方面的训练，使之成为真正勇敢的人，敢于面对危难而不胆怯畏缩；音乐之所以列为教育课程，是因为音乐具有“比较高尚的意义”，音乐教育是“既非必需亦无实用而毋宁是性属自由、本身内含美善的教育”,[②] 音乐教育本质上是“操持闲暇的理性活动”。[③] 闲暇的含义并不是无所事事，这实际上是指自由的理性的活动。闲暇的对立是繁忙，是为一定外在的物质的因素所驱使的、不自由的活动。一般意义上的休憩、娱乐，作为繁忙的必要补充，仍然属于繁忙这个范畴。闲暇与繁忙对于人生来说都是必不可缺少的，但繁忙的目的正在于闲暇，因而闲暇比繁忙更为高尚、更为珍贵。闲暇包含一种“内在的愉悦与快乐和人生的幸福境界”,[④] 这种内在的快乐只有闲暇的人才能体会。一生为物所累、为功名利禄而忙碌的人永远不能领受这种快乐。繁忙的人的快乐往往是与痛苦相伴而生的；闲暇所给予人的快乐却不同，它怡然自得，不夹杂任何痛苦，而且更有益于人的身心的健康发展。因此，音乐（美育）的目的并不是给人以暂时的娱乐或休息，而是引导人们达到终极的善和幸福，音乐中不仅含有愉快的因素，同时含有“美的因素”，而幸福“正是在于这两个因素的结合”。愉快本身就是一种善，但这不是指暂时的、偶然的快乐，而是指持久的、内在的快乐，不是指身体上的快适，而是指“心灵上的怡悦”，一般人不太顾及探求终极的幸福，并且常常“误以寻常的欢娱当作心灵的怡悦”。[⑤] 应该说，亚里士多德的美育思想，即使在今天，也不无启迪意义。18 世纪的法国思想家卢梭、瑞士的裴斯泰洛齐等，都提出“回到自

---

① 〔古希腊〕亚里士多德：《政治学》，吴寿彭译，商务印书馆，1983，第 408 页。
② 〔古希腊〕亚里士多德：《政治学》，吴寿彭译，商务印书馆，1983，第 412 页。
③ 〔古希腊〕亚里士多德：《政治学》，吴寿彭译，商务印书馆，1983，第 411 页。
④ 〔古希腊〕亚里士多德：《政治学》，吴寿彭译，商务印书馆，1983，第 410 页。
⑤ 〔古希腊〕亚里士多德：《政治学》，吴寿彭译，商务印书馆，1983，第 419 页。

然”，让儿童在大自然的环境中感受各种美，培养他们对美的事物的兴趣和爱好，使他们的自然素质不至于腐蚀，并主张把“工艺和艺术的教育”提到与“道德方面”“智育方面”同等的地位，要求学校和教师注意培养儿童的工艺和艺术方面的能力，提高他们的艺术修养。

我国古代的一些思想家、教育家也都十分重视美育。春秋时代的孔子总结了那时的教育经验，以“六艺”（礼、乐、射、御、书、数）教育学生。“乐”就是美育的专门课程。《论语》中说“兴于诗，立于礼，成于乐”，把乐视为兴邦治国的重要措施。孔子还特别强调“诗”的伦理教育和认识的巨大作用，他说：“诗可以兴，可以观，可以群，可以怨。迩之事父，远之事君，多识于鸟兽草木之名。”（《论语·阳货》）荀子从性恶论出发，认为文学艺术可以起到化性伪的作用。他说：“乐者，治人之盛也”，使人“耳目聪明、血气和平、移风易洁、天下皆宁”。我国近代史上的著名学者王国维和蔡元培更是在席勒的启迪下大力提倡美育。王国维主张教育的宗旨在于培养能力和谐发展的完全人物，其措施就是要进行体育和心育，其心育包括智育、德育和美育，三者并行以达到真、善、美。蔡元培在1930年商务印书馆出版的《教育大辞书》中，撰写了“美育”条目，向国内引介了席勒的美育思想：“及十八世纪，经包姆加敦（1714－1762）（即鲍姆加通——按）与康德（1724－1804）之研究，而美学成立。经席勒尔（1759－1805）（即席勒——按）详论美育之作用，而美育之标帜，始彰明较著。”[①] 蔡元培先生把席勒所谓 sthetische Erziehung（审美教育）翻译成中文，定为“美育”，从此，在中国流传开来。

特别值得注意的是，凡是历史大变动时期，美育就会受到高度重视。从古希腊开始直到20世纪初，欧洲历史上凡是特别倡导美育的时期也同时是面临社会大变革的时期。“纪元前五世纪雅典经济的发达，残酷的阶级斗争，伴随着斗争而来的民主共和国的建立，雅典文化的发展，这一切，使统治者上层对于提高教育的需要日渐感觉迫切。”[②] 因此出现了柏拉图特别推崇音乐的教化作用和亚里士多德特别重视音乐、悲剧净化功能的审美

① 高叔平编《蔡元培哲学论著》，河北人民出版社，1985，第403页。

② 曹孚：《外国教育史》，人民教育出版社，1979，第15页。

教育理论。欧洲一跳出黑暗的中世纪，踏入曙光彻晓的文艺复兴时代，人文主义者立刻用文艺形式向宗教神学和经院哲学发动了猛烈进攻，从而也影响到教育的领域。美育也就成为培养“全人”的一个重要手段。从16世纪末到18世纪初，是欧洲封建制度全面瓦解，资本主义制度确立的时期，这时英国的洛克在教育思想中突出了美育，法国的卢梭主张“自然教育”，要以美育手段来发展儿童的触觉和听觉，从书本中拯救出儿童。“18世纪末，在法国革命影响下，德国开始了以‘狂飙运动’为名的文艺革新运动。文学、哲学、艺术努力冲破封建主义的束缚，席勒的美育思想便应运而生”，“十九世纪西方的审美教育，虽然在理论上仍然继续了古希腊以来的传统，强调美育与德育的结合，但随着资本主义大工业的发展，教育中片面强调智育，许多教育家鉴于智育的过度发展，导致艺术趣味的日益退化，所以大声疾呼艺术教育的复兴”。① 从这极其简略的历史回顾中也可以看到美育对人类物质文明和精神文明的发展有着重要作用。

三

德国启蒙运动时期的著名思想家、美学家席勒在其美学著作《美育书简》中，首先明确地提出、运用了“美育”概念。席勒之所以提出美育概念，是因为他认为他看出了资本主义时代的最大问题，即以分工为标志的工业社会对人的性格发展带来了严重的后果：人性分裂，自由丧失。在他看来，要恢复人的完整、和谐的个性，提倡美育是唯一的方法。我们为了在经验中解决政治问题，就必须通过美育，因为正是通过美，人们才可以达到自由。由此，《美育书简》的宗旨是：人必须通过审美状态才能由单纯的感性状态达到理性和道德的状态，达到自由。“事实上人随着自己进入各种被规定状态而丧失了这种人性。如果人能够过渡到一种相反的状态，那么他就能够通过审美的生命力而重新恢复这种人性。”② 毋庸置疑，席勒过分夸大了美育的作用，但是，他对审美教育促进个人的全面发展的

---

① 朱狄：《西方美育小史》，载《美学问题》，陕西人民出版社，1982，第246、247页。

② 朱狄：《西方美育小史》，载《美学问题》，陕西人民出版社，1982，第250页。

积极作用的论述，当有重要的现实意义，同时也是他对美学史的一大贡献。

人类文明目前正处于历史转型时期，各种社会矛盾，各种价值观念的冲突错综复杂。一方面，随着社会物质文明建设的迅猛发展，人类的生存条件和生活水平远远超出前人的想象力；另一方面，在全球一体化、经济全球化的背景下，几乎所有的行业和部门都受到了市场、利润的制约，作为美育主要手段的艺术生产也不例外。在摇滚乐的疯狂节奏中，在随心所欲的卡拉 OK 中，在充满商品气息的服装表演中，在夜总会的摇曳烛光中，在一味猎奇的通俗杂志中，在光怪陆离的好莱坞大片中……传统艺术的价值体系确已被解构，至少，在绝大部分大众文化场所中，传统艺术生产中视为轴心的道德理念被放逐，作为传统艺术品灵魂的道德属性业已为极度的感官享受所吞噬。与传统艺术生产相比较，新的艺术生产方式已不再是单一的进行道德说教的工具，其从构成机制、运转体制到目标设置，每一环节生成、展开的内在层面都与当今社会的生产、生活的方式、结构息息相关。如法兰克福学派认为，科技合理性的对象化成果在物质层面上表现为不断发展的生产力，而在精神层面上的成果就是生成一种文化工业。科技理性所提供的技术性前提，保证了大众文化以一种产业化的方式大规模批量生产，从而与前资本主义时代建立在脑力劳动与体力劳动分工基础上的个体精神劳动方式明显区分开来，大众文化产品的形成是一种彻头彻尾的工业化、商业化制作，艺术作品已彻底世俗化、均质化、商业化。精通音乐的阿多尔诺不无忧虑地说，当代音乐生活已为商品形式所统治，人们对音乐的崇拜已异化为对购买音乐会门票所付出的金钱的崇拜，“由于出现了大量的廉价产品，再加上普遍地进行欺诈，所以艺术本身就更加具有商品的性质，艺术今天明确地承认自己完全具有商品的性质，这并不是什么新奇的事。但是，艺术发誓否认自己的独立自主性，反以自己变为消费品而自豪，这却是令人惊奇的现象”。[①]

更为严峻的是，当代精神生产的商品化特征在很大程度上降低了传统

① 〔德〕霍克海默、阿多尔诺：《启蒙辩证法》，洪佩郁、蔺月峰译，重庆出版社，1990，第148页。

美育手段（如音乐、绘画、舞蹈等）的精神品位，使其成为填充闲暇时间的单纯娱乐方式，躁动替代了宁静，宣泄替代了净化，片刻的感官享受替代了终极的精神追求。人的全面发展、人性的至善至美在人类文明高度发展的今天，反而受到了挑战。在今天的社会条件下，美育的实施并不能仅仅局限在学校，也不能仅仅针对学生。人们闲暇时间的相对增加，精神生活需求的极大扩展，对于如何在当代精神生产中实施更广泛、更有效的美育宣传与教育，无疑是一个崭新的课题。显然，进一步提高普通民众对美育重要性的认识，是非常关键的一个环节。只有树立文明的审美观念、崇高的审美理想、健康的审美趣味，人们对美的感受力、鉴赏力、创造力才能提高，人们的生活质量才能提高。如近些年来，人们对体育的关注已成一种时尚，但与发达国家相比，我国普通民众的体育活动参与度仍是偏低的。其中原因固然很多，只是有一点值得注意，即我们过多强调了体育的竞技性，而忽视了体育的审美欣赏性。如艺术体操、花样滑冰、水上芭蕾舞这些完美结合了体育与美育的体育活动，在我国就远不及一些竞技项目那样普及。人们关注中国足球冲出亚洲、走向世界，其中所包含的民族精神不言而喻，但我们不能忘记，体育与美育一样，其终极目的是促成个人的全面发展，所以，亲身参与体育活动，把体育与美育结合起来，使我们的身体更健美，使我们的个性更完整，这才是真正的目的。同样，我们不能以流行音乐取代经典音乐。国外曾有人做过这样一个比较研究：长期从事经典音乐工作的人寿命比一般人长，而长期从事流行音乐的人寿命则比一般人短。这个结论未必准确，但也说明了一个道理，即以怡情养性、陶冶心灵为目的的经典音乐更贴近美育的本质，而躁动、缠绵的流行音乐则往往让人失去心灵的和谐。

总之，如何在当今社会生活中实施美育，是一个刻不容缓的艰巨工程。我们一方面要认识美育事业的发展是历史的必然，另一方面也要清醒地认识到，要使当下美育事业兴旺发达，充分发挥其巨大作用，还有待于全社会，特别是文艺和教育工作者、美学工作者的通力合作。

（原载《武汉交通管理干部学院学报》2002 年第 3 期）

关于民族美学、中国少数民族美学研究的一点反思

20世纪八九十年代之交，在美学热退潮的背景下，美学研究出现一个耐人寻味的动向："民族"一词开始与美学牵手联姻，"中国少数民族美学""民族美学""民族审美文化"等提法先后出现。显然，"民族"是这些术语的共同点。检索30余年前相关的美学研究文献，不难发现，在众多研究者的语境里，"民族"的准确指涉是与汉民族相异的"中国少数民族"，继而论之，"中国少数民族美学研究"是诸多命名中最符合史实的称谓。辨析这一点，或许能让我们洞悉："民族"，何以成为近30年来中国美学研究领域里的一个值得关注的关键词。

一

叙述中国少数民族美学研究的兴起、发展，看似有两个思路。其一，1989年秋在四川阿坝藏族羌族自治州汶川县、1990年10月在湖北恩施土家族苗族自治州恩施市先后召开的"少数民族美学思想研讨会"和"全国少数民族美学思想研讨会"。这两次会议的学术共识是："中国古代美学思想不是一个只以汉民族文化为中心，向四周辐射的一元结构，而是汉民族、少数民族文化、美学思想相互影响，相互渗透的二元结构。考察以少数民族为主体的四周文化向中原文化（汉民族文化）的渗透也是我们研究中国古代美学思想和少数民族美学思想的基本出发点。"① 与这两次会议密

① 宣国、素钦、光宗：《全国少数民族美学思想探讨会纪要》，《湖北民族学院学报》1991年第1~2期。

切相关的主要成果，如 1988 年由全国民族院校文艺理论研究会主编的《民族风情与审美》，1989 年由全国民族院校文艺理论研究会委托编写的《中国少数民族古代美学思想资料初编》，1994 年由青海人民出版社出版的“中国少数民族美学思想研究丛书”五种等。2009 年 5 月，由中南民族大学中国少数民族审美文化研究中心、中华美学学会审美文化专业委员会以及湖北省美学学会联合主办的“首届全国少数民族审美文化学术研讨会”，是此思路的承继和延续。会议主办者设定的议题有：以少数民族审美文化为题，旨在探讨中国少数民族审美文化体系如何建构，全球化背景下少数民族审美文化遗产如何整理、抢救，以及中国少数民族审美文化研究怎样转型等问题，以寻找一条落实少数民族审美文化研究的道路。

其二，1989—1998 年，广西社会科学院、广西美学学会先后召开过五届“民族美学研讨会”，集前三次民族美学研讨会的学术成果，出版了《民族美学研究》（论文集）。[①] 提出“民族美学”概念的学者似乎不满足在既有的美学研究框架里做一种研究领域的拓展，而是要创建一门填补空白的新学科：“民族美学是一个学术空白，创建民族美学具有重大的理论意义和现实意义。民族美学应研究各民族特有的与共有的审美观念及其形成、发展规律的原理。民族美学研究应联系各民族的社会生活、政治、经济、道德、宗教等作考察，采用横向、纵向比较等科学方法，从材料中引出观点逐步概括成体系。”[②]

从现有的研究成果看，“民族美学”并无成熟的理论建构，而是基于中国少数民族美学研究延伸出来的一种理论设想，“国内对少数民族审美活动进行研究已经取得一定实绩，但对这些研究成果作出理论概括并进而建构起一门‘民族美学’，却是最近几年的事”，[③] “民族美学学科作为完

① “几年来，广西美学学会召开了三届全国性的‘民族美学研讨会’。三会的学术成果，精选出版了《民族美学研究》（论文集），奠定了民族美学学科的理论基础，展现了民族美学学科大厦的宏伟轮廓。《民族美学研究》全书 29 万字，汇集了国内 35 位知名教授、学者的论文。”见杨昌雄《民族美学的开山之作——〈民族美学研究〉评介》，《广西民族研究》1997 年第 3 期。

② 王世德：《论民族美学——探索一个新学科的创建》，《新疆师范大学学报》1993 年第 3 期。

③ 江建文：《论“民族美学”的研究对象》，《民族艺术》1993 年第 1 期。

整的学科体系尚未成熟，不少概念和范畴有待建立”。[①] “民族美学”的提出已有30余年的历史，然而，首倡者试图建立民族美学学科的构想，至今依然是一个纸面上的构想。缘何如此，值得思考。事实上，倡导“民族美学”提法的学者，对“民族”的理解即“中国少数民族”。例如，“建国以来，我国民族学界的工作重点由于放在少数民族研究上，许多人由此将民族研究的民族主体误解为指那些落后的没有文字的民族共同体。美学界也有相似的情况。现有的有关民族审美意识方面的研究成果，大体上是针对汉族等以外的少数民族主体而言的”。[②] “在我们中华民族内部，要既重视汉族的，又重视少数民族的美学成果。所以，研究和阐扬我们民族的美学思想，要在继续研究和发展汉族文化中的美学思想的同时，也着力努力来发掘、整理、研究少数民族的美学成果，以便创建出‘民族美学’，这是十分迫切需要的。”[③]

综上所述，大致可说：“中国少数民族美学研究”的提法较之“民族美学”获得绝大多数研究者的认同，下述文献的标题便是明证。宣国、素钦、光宗：《全国少数民族美学思想探讨会纪要》（《湖北民族学院学报》1991年第1、2期）；王佑夫：《少数民族美学研究断想》（《新疆师范大学学报》1991年第3期）；于乃昌：《走进边缘——中华美学格局中的中国少数民族美学》（《西藏民族学院学报》2000年第1期）；李祥林：《少数民族美学研究的回顾与反思》（《新余高专学报》2001年第1期）；李祥林：《当代语境中的少数民族美学研究》（《艺术百家》2001年第2期）；李祥林：《世纪反思：当今中国的少数民族美学研究》（《民族艺术研究》2002年第2期）；李祥林：《全球化·少数民族·中华美学》（《民族文学研究》2006年第2期）；邓佑玲：《中国少数民族审美模式初探》（《中央民族大学学报》2007年第4期）；邓佑玲：《中国少数民族美学的学科内涵与研究内容》（《中央民族大学学报》2008年第6期）；邱书婉《走向多元化的少数民族美学——首届全国少数民族审美文化学术研讨会会议综述》（《经济

① 杨昌雄：《深化民族美学研究 弘扬民族审美文化——广西第三届民族美学研讨会述评》，《广西社会科学》1992年第2期。

② 杨昌雄：《“民族审美主体”概念辨析》，《广西社会科学》1993年第4期。

③ 王世德：《论民族美学》，《西南民族学院学报》1996年第3期。

与社会发展》2009 年第 5 期)；宋建峰：《中国少数民族美学论阈分析》(《教育文化论坛》2010 年第 1 期)；邓佑玲：《中国少数民族美学研究综评》(《汕头大学学报》2010 年第 4 期)；邓佑玲：《中国少数民族美学研究及学科建设的思考》(《中央民族大学学报》2011 年第 4 期)；娥满：《少数民族美学何以可能》(《美与时代(下)》2014 年第 10 期)；姚丹：《当代少数民族美学研究的反思》(《贵州民族研究》2015 年第 6 期)。

二

与 20 世纪 80 年代"美学热"不同，中国少数民族美学所关注的问题不再与社会文化中的峻急话题发生同振共鸣，发轫者与参与者多为少数民族地区文化部门和少数民族院校的研究人员、教师。30 多年来，少数民族美学的研究队伍和研究成果在数量上已蔚然大观，但与美学其他领域研究的情况相类似，在回顾发展历程和检视研究成果的时候，忧虑却大于喜悦，[①]"危机""困境"的声音不绝于耳。在解说"危机""困境"的诸多用语里，"失语症"显然独占鳌头。就少数民族美学研究而言，"失语症"正是其诞生的催生婆，更是其发展的内驱力，换言之，"失语症"事实上成为少数民族美学寻求自身合法性的理论预设。

早期为少数民族美学研究寻求合法性论证的逻辑有两点。一是揭示历史文化的实存与学术描述之间的矛盾，如"人们常把汉族文学史称为中国文学史，把汉族美学史称为中国美学史，美学概论只论述汉族的审美材料，这是不完善的。因为，历史上，中国这个多民族的国家，除汉族外，还有上百种少数民族，现在也有五十五种少数民族。汉族，人口多，文化比较先进，在中国文化发展史上起主导作用，对少数民族有深广影响；但少数民族也有汉族所没有、所不能代替和囊括的丰富的审美文化。"[②] 二是

① 在笔者阅读过的 10 余篇有关中国少数民族美学研究的综述文章中，李祥林《世纪反思：当今中国的少数民族美学研究》(《民族艺术研究》2002 年第 2 期）和邓佑玲《中国少数民族美学研究综评》(《汕头大学学报》2010 年第 4 期）两篇堪称好文，均以鲜明的问题意识回顾和评述了少数民族美学研究中的成果和问题。

② 王世德：《论民族美学——探索一个新学科的创建》，《新疆师范大学学报》1993 年第 3 期。

从国家民族政策的角度予以合法性的论述，如“研究民族美学，有助于提高民族凝聚力。民族凝聚力是民族共同体社会存在的精神反映，是建立在民族政治、经济和文化（包括审美文化）的基础上，维护民族生存、促进民族发展的精神力量。民族凝聚力，为社会和国家的凝聚力提供群众基础和民心支持，是实现社会和国家长治久安的重要条件。它具有在心理和思想文化（包括审美心理和审美思想文化）层面进行综合和调适社会的功能。我们要重视依托中华民族的地理历史和人文的传统优势。充分应用和发挥民族凝聚力和社会统合功能”。①

坦率地说，这些溢出美学学理的论证逻辑，并非建构“中国少数民族美学研究”的学理性基础，其真实的含义是研究者们的兴趣旨在所谓的学科创新，填补“学科空白”，进而言之，处在美学研究边缘地带的学者们，是在学科体制化的背景下要求得到生存的权利，要求得到更合理的资源配置。

“以当年随‘美学热’风靡大江南北的权威性《美学》丛刊（上海文艺出版社出版）来看，1979 年至 1987 年共出 7 辑发表 260 多万字，却没有一篇文章涉及少数民族美学。同年（1979）创办并与之齐名的《美学论丛》，到 80 年代也出版了好几辑，情形亦然。分别由中国社会科学院哲学所和文学所主办的此二刊，领导了 80 年代的中国美学主潮，很有代表性，也颇有助于说明问题。其他如湖北的《美学述林》、四川的《美的研究与欣赏》，还有《美学评林》、《美学文献》等专业刊物，莫不如此。少数民族美学研究，在美学这 20 世纪 80 年代中国最热门的学科中竟然呈现真空状态，这的确让人不能深深地感叹。”② 故有研究者质问：作为全国一级学会的中华美学学会，下设文艺美学、外国美学、技术美学、审美文化、青年美学和美育六个专业学术委员会，为什么没有一个少数民族美学专业学术委员会？③

身处学科体制内的从事少数民族美学研究的研究者们，发出如此尖锐

---

① 王世德：《论民族美学——探索一个新学科的创建》，《新疆师范大学学报》1993 年第 3 期。

② 李祥林：《世纪反思：当今中国的少数民族美学研究》，《民族艺术研究》2002 年第 2 期。

③ 李祥林：《少数民族美学研究的回顾与反思》，《新余高专学报》2001 年第 1 期。

的质问不无道理。因为，一方面，“从少数民族美学资料的搜集、整理、描述，到从美学、文化学、人类学、社会学、经济学等多学科角度的深入阐释，从初期的民族风情、艺术审美研究到20世纪90年代扩展到民族文化的审美研究，再转向21世纪的审美人类学和艺术人类学的研究，从资料的描述到民族美学学科理论和中国美学体系的建设研究，经过近20年的努力，中国少数民族美学研究经历了从无到有、从不受重视到开始受到关注的过程。研究人员从20世纪80年代末主要是民族院校文艺理论课教师，发展到如今汇聚民族学、美学、艺术学等诸多领域的学者，科研成果从初期的描述研究到理论的提升和国家项目的立项，从专题研究到交叉学科理论建设，在研究的深广度上都有所提升，总体上取得了积极的进展”。① 另一方面，“长期以来，关于美学的综合性研究、边缘性研究、民族化研究和跨文化研究的呼声日益强烈。但是，最具综合性、边缘性、民族性和跨文化性的中国少数民族的美学思想和审美文化遗产，美学界却较少给予应有的关注，甚至置若罔闻，这不能认为是一种正常现象”。② 两相对比，这里出现一个有趣的重合，即中国少数民族美学在已有的中国美学史的书写中没有得到应有的地位，从事少数民族美学研究的学者在现有的美学学科体制里没有得到应有的地位：“在美学被引进中国的百年发展历程中，不仅汉族的审美资源没有得到充分的利用和理论阐释，少数民族的审美思想及其丰富的资源更难能进入主流美学研究视域。面向未来，应当结合现实，研究中国的学科设置，把中国少数民族美学学科放到应有的位置。”③

这是一个美学的问题吗？笔者以为不是。但美学领域里有关“失语症”的假说却在这里得到最充分的显现。

三

中国少数民族美学研究的兴起，既然是少数民族美学要求在中国美学

① 邓佑玲：《中国少数民族美学研究综评》，《汕头大学学报》2010年第4期。

② 于乃昌：《走进边缘——中华美学格局中的中国少数民族美学》，《西藏民族学院学报》2000年第1期。

③ 邓佑玲：《中国少数民族美学研究综评》，《汕头大学学报》2010年第4期。

史占有一席之地的合法性诉求，其间也就必然包含对固有的美学学科的知识体系进行质疑的理论冲动，20世纪八九十年代之交，源自后现代主义的术语“失语症”还未滥觞于学界，质疑的理论依据一开始充斥着国家意识形态的色彩，下述引文极具历史现场的味道：

> 80年代末美学研究的突出问题表现为，大批美学著作所使用的事例、材料大部份是19、20世纪的陈年旧货，形成脱离时代精神的弊症，严重影响立论的力度和人们对美学的期望。另方面，由于一些人美化西方，鼓吹全盘西化和民族虚无主义，一时间弄得乌烟瘴气。美学界有些同志也被弄得晕头转向，把西方美学观点和方法生吞活剥地照搬过来。一些人贬低马克思主义的指导作用，把马克思主义反映论与机械唯物论混为一谈；一些人在个性和共性、自然属性和社会属性、理性和本能问题上有着严重的片面性，强调个性而忽视共性，偏重自然性而忽视社会性，过分欣赏弗洛伊德的观点，强调本能而忽视理性，在文化观和美学观方面持民族虚无主义态度。无疑，他们的美学观夹杂着各种唯心主义、宗教神秘主义、自然主义和民族虚无主义的糟粕，在一定程度上影响了美学研究的健康发展。在一段时间内，上述各种“混沌”和积弊笼罩着美学园地，由此而产生了冲破围囿，建立一个有中华民族特色的马克思主义美学体系的客观要求，即建筑一个能把马克思主义方法论具体化，并与现代自然科学方法论相统一，从崭新的角度全方位地俯瞰，结合新的审美材料来丰富美学研究，从而建立新的美学体系，同时在学术指导思想上，清理美学界民族虚无主义的思潮。广西美学界的同仁们审时度势，顺应时代的需要，于1989年1月由广西美学学会主办召开了“广西首届民族美学研讨会”，提出建立民族美学学科的构想。①

笔者以为，上述引文中有着浓郁的意识形态批判火药味的话语，其实

① 杨昌雄：《民族美学的开山之作——〈民族美学研究〉评介》，《广西民族研究》1997年第3期。

道出了“民族”一词与美学联姻的历史隐秘：“改革开放以来，西方美学大量被介绍到中国。部分学者采用西方方法论和观点，打开了思路，开扩了视野。与此同时，出现了‘西方文化中心观’和‘汉文化中心论’的倾向。”① 在这里，“民族”的含义出现了含混，忽而是与汉民族相对的中国少数民族，忽而是与西方相对的中国，更严重的是，竟在“汉文化中心论”（少数民族美学的失语）和“西方文化中心观”（中国美学的失语）之间找到了一个逻辑关联，即少数民族美学之所以被边缘化，“中国各少数民族的美学思想难以进入中国美学的视野”，原因就在于“100 多年来，似乎形成一种认识上的误区，即美学就是西方式的美学，中国美学也应当用西方美学的话语体系来建构”。② 按照这样的逻辑推理，百年来中国美学不过是“西方化的中国汉族美学”，少数民族美学的失语就是百年来中国美学一味模仿西方美学的结果。坦率地说，如此逻辑推理并非从事少数民族美学研究的学者们的创新发现，而是对 20 世纪 90 年代中期流行的“失语症说”的借用与模仿。对比一下“失语症说”“始作俑者”的话，其借用与模仿不言而喻：

> 中国现当代文坛，为什么没有自己的理论，没有自己的声音？其基本原因在于我们患上了严重的失语症。我们根本没有一套自己的文论话语，一套自己特有的表达、沟通、解读的学术规则。我们一旦离开了西方文论话语，就几乎没办法说话，活生生一个学术“哑巴”。
>
> 自“五四”“打倒孔家店”（传统文化）以来，中国传统文论就基本上被遗弃了，只在少数学者的案头作为“秦砖汉瓦”来研究，而参与现代文学大厦建构的，是五光十色的西方文论；建国后，我们又一头扑在俄苏文论的怀中，自新时期（1980 年）以来，各种各样的新老西方文论纷纷涌入，在中国文坛大显身手，几乎令饥不择食的中国当代文坛“消化不良”。③

---

① 杨昌雄：《广西第五届民族美学研讨会综述》，《广西社会科学》1999 年第 4 期。

② 邓佑玲：《中国少数民族美学研究综评》，《汕头大学学报》2010 年第 4 期。

③ 曹顺庆：《文论失语症与文化病态》，《文艺争鸣》1996 年第 2 期。

在上述引用的不同文献中，不同的话语言说其实就一个论题：中西不能兼容。所以，百年的中国美学史“患上了严重的失语症”，为少数民族美学寻求合法性依据的学者几乎是不假思索地认同这种观点。“失语症说”是否准确概括、客观评价了中国百年来美学史的进程与工作，笔者在此不讨论。我们关心的是为什么少数民族美学研究领域里的学者几乎是不假思索地认同这种观点？原因固然很多、很复杂，但最重要的原因恐怕在于中西二元对立的论说逻辑之使然。从中西对立到汉民族与少数民族的对立，从中国美学的失语到少数民族美学的失语，看似合理的逻辑推理，其实遮蔽了历史的真相，也偏离了美学的学理性。第一，“汉族中心”和“西方文化中心”是文化、历史的实际存在，各有自身存在的时空特性，就人类文化传播、冲突、融合的历程看，两者有着共同性，如强势文化民族对弱势文化民族的主导性影响（以夏变夷），所以，说“汉族中心论”是“西方中心论”的逻辑产物，全然不通。第二，美学的研究对象是人类共通的审美活动、审美心理发生的基本原理，以历史、民族的相对性差异否认人类审美的共同性，其结果只能是否认美学的基本原理。第三，所以，严格意义上的美学史即世界美学史，某某国别、历史阶段、民族、艺术类型的美学史，只能是对开放的世界美学史的丰富和对话，而不是自我封闭和自说自话。

所以，具体探讨各民族审美经验的实践性的有效沟通与融合，才是中国少数民族美学研究的正途，相反，任何以固守“本土化”审美经验、理论为基点建构起来的学科体系，只能是一个虚构的学术想象。从狭隘的“民族”视阈谈“美美与共”的美学，荒谬之外，会把假设的“失语症”变成真实的“自闭症”。

（原载《民族美学》第5辑，中国社会科学出版社，2017）

论艺术的色彩语言

艺术的色彩，作为一种媒介，仅仅属于绘画。但如把艺术的色彩看作一种特殊的艺术语言，那么，任何种类的艺术都可以使用它。如音乐之旋律，文学之文字，书法之线条，雕塑之形体等，这些沟通审美主客体的媒介往往直接或间接地表现出鲜明的色彩，成功的艺术作品更是如此。我们应重视研究不同艺术种类中共通的色彩语言。也就是说，我们应基于人的色彩的审美感觉的普遍性，从狭窄的绘画色彩学中跳出来，到广阔的艺术领域、生活领域中去寻求色彩的美学内涵。

在文学的诗歌领域，中西都强调诗画合一。诗画相通之处甚多，前人讨论的也很多，但对两者色彩语言的契合之处谈得不甚深入，往往只停留在诗歌语言具有表现色彩的功能的外在层次上。事实上，并非诗歌语言而是任何文学语言，乃至日常生活语言都具有描绘色彩的功能。诗歌与绘画相通的色彩语言并不仅仅是诗歌语言里有描绘色彩的语词，而是在此基础上形成的色彩与情感交融为一个浑然的整体。

诗人情感的和谐、恬静通过对自然色彩的刻意感受自然而然地流露出来，刹那间的审美满足，本起自对对象的具体观照，最后却凝定在超越了具体物象而渗透了主体情感的色彩上，色彩成了情景交融的交结点。宛如“一个被体验到的世界，刹那间翻译成一幅自由的颜色织品”。

在最抽象的完全与视觉无关的音乐中，人们也常常感觉到艺术色彩语言的存在，许多音乐家把音乐与色彩联系起来。被称为色彩感强的作曲家柏辽兹在《乐器法》中说：“要给旋律、和声、节奏配上各种颜色，使它们色彩化。”朱光潜先生在《诗论》第六章《诗与乐——节奏》中曾解释这种“着色的听觉（colour-hearing），即一种心理变态，听到声音就见到颜色”。

电影中的色彩问题也愈来愈引起理论家们的重视。因为“色彩作为艺术的感情因素来讲，也是电影布景和服装的造型语言”。苏联电影美工师C. 沃尔柯夫说：“影片的色彩处理是最重要的问题之一。”优秀的影片常常用色彩语言展现人物微妙的心理波动，成为人物情绪的某种象征。显然，电影艺术中的色彩不是一种外在的随心所欲的装饰，而是表现情感内容的特殊语言。

我们有理由认为，不同艺术种类中有着共同的表现情感内容的色彩语言，它不是外在于人类艺术的一种媒介、一种技巧、一种随心所欲的装饰因素，而是和艺术的本质特征有着内在联系的普遍的艺术形式，不然，我们将无法历史地、科学地阐明：人类的色彩感觉为什么具有强烈的审美意向，而味觉、嗅觉就很少产生审美感觉呢？为什么艺术中常常表现出有悖于自然色彩的“主观色彩”，甚至“主观色彩”愈浓的艺术品，其感染力也就愈强？为什么不同民族、不同阶层、不同个人的色彩感觉的差异如此之大，而味觉、嗅觉、触觉却很少相佐呢？

如果说情感是艺术的灵魂，那么，情感也是使艺术色彩语言熠熠生辉的魔杖。大量史前遗迹表明，色彩，首先不是作为自然属性，而是作为大自然的令人眩惑的神奇力量来引起人类情感震颤的。没有社会性的情感对自然的感应，色彩就只可能是一种纯粹的自然现象，在人类对色彩做出强烈的情感反应之前，人的色彩早已存在，只不过那时，色彩仅仅是自然的属性，如同色觉也仅仅是自然的属性一样，对象与感觉统摄于自然物质运动过程。

人类以类的形式从自然界分化出来后，成为异于自然界的主体性存在。偶然的动物性个体情感演化为与自然客体相对的类的普遍情感，即社会性的情感。由于人的生产活动从一开始就是一种社会性的活动，所以在生产活动中日益扩张的视、听觉愈来愈获得统一的社会性规定，任何超越这种社会性统一规定的个体，既不可能有效地成为协作劳动中的一员，也不可能成为一个图腾氏族的保护对象。这样，当人类把色彩从对象中剥离出来并赋予特定的情感内容时，色彩就成了一种独特的社会性语言，从一种纯自然的个体感觉质变为一种带有强烈主题意向的社会性感觉。考古学证明，原始文化中的色彩遗迹从来都不是对自然色彩的无动于衷或现代审美式的观照，原始人对色彩的选择或偏爱无不具有强烈的社会性情感内容。比如红色，苏联境内发现的两万多年前的腊玛古象骨头上，就涂上了红色的矿物涂料；1879 年在西班牙发现的阿尔塔米洞穴中的史前壁画，其动物的色彩也是红色；山顶洞人也爱用红色作为装饰色，并在死者周围撒上红色铁矿粉；格罗塞曾考证，澳洲的原始部落“既用红色涂身来表示进入生命，他们也用这颜色来表示退出生命”，而且，“那些境内没有此物（红色矿土）的部落，通常也可以通过交易而得到，澳洲的代厄人为要重振他们的红色材料的供给，曾做过好几星期之久的远征——这也是珍视红色的一个证明”。如此大规模的原始人的红色遗迹说明了什么呢？

格罗塞从生物学的角度做了解释，他认为，因为“许多兽类对于红色的感觉是和人类相像的。每一个小孩都知道牝牛和火鸡看见了红色的布会引起异常兴奋的感情，每一个动物学者，从热情的狒狒的臀部红色硬皮、雄鸡的红冠、雄性蝾螈在交尾期间负在背上的橙红色红冠等事实，都能观察到动物用红色来表示第二性征的显然的例子。这种种的事实都证明红色的美感，是根本靠着直接印象的”，所以，“红色——尤其是橙红色——是一切民族都喜欢的”。按照格罗塞的解释，人的色彩感觉是和动物一样的生物性本能的感觉，红色本身就具有审美价值，对红色的模拟就是审美的满足，从而一笔抹杀了色彩审美价值的社会性质。现代人类学资料证明，格罗塞的解释是站不住脚的。红色的感情象征及风俗史由来已久。我们的祖先初识红色，当推火的功劳。雷闪电击，森林火灾，经过这些浩劫的原始人群，见到红色便产生恐惧心理。这是红色最初的情感意义。随着宗教观点的产生，人们由对火的畏惧转为崇拜。在拜火教里，火被推崇为威力无穷、勇猛无比的神灵。因而，红色又被赋予了威武、崇高、力量等情感意义。狩猎与战争中的血，又使红色具有了搏斗、光荣、胜利的含义。所以红色成了原始人类最崇拜、最爱好的色彩。

的确，在血与火的搏击中求生存的原始人，是绝无我们今天对色彩进行审美观照的闲情逸致的，我们称为远古艺术遗迹的东西，对于史前人类来说，无一不是和大自然搏斗的武器，他们并非在幻想中去征服自然界，而是把幻想作为一种征服自然界的必需的实在手段。这种手段的实在性在他们看来，是与石刀、石斧的效用完全同一的。所以他们把与生命悠久相关的火与血的色彩作为一种神奇的力量，用灼热的情感去感应它、崇拜它，并如痴如狂地将红色的涂料喷注到可怕而又可爱的动物图案上，涂抹在痛苦而又骄傲的文身刀痕之中。色彩终于从自然物象中独立出来，内含主题情感的意向，成为沟通人与自然相对立、确证个体的图腾氏族身份的社会性交流语言，故蕴藏在色彩语言中的神秘意味既不是生物学、心理学上的与人的社会性无关的先天意味，也不是纯艺术审美的享受所致，而是在社会性的实践中，历史地积淀下来的特定的社会性情感内容。

随着社会历史的发展，色彩中的情感内容在不同的时代、不同的民族、不同的阶层中逐步地固定下来，在一定范围内成为一种约定俗成的社会交际的语言，并内化为人的色彩情感心理的底蕴。在中国古代，长期以黄色为最贵重，象征中央，标志着神圣、权威，并成为皇权的御用色，故“士庶不得以赤黄为衣”。我国汉族以黑色表示悲痛，多用以志哀，而欧洲许多民族则以黑色为高贵、尊严，小说《红与黑》中的“黑”就是教会尊严的象征；在中国传统戏曲、话本小说中，读书人衣着常色调素雅，以示宁静淡泊，而粗仆使女，而常是大红大绿，以示其俗。

色彩中情感内容的相对稳定和具体，标志着社会意识对个体情感的制约和控制。远古初民在惊心动魄的劳动过程中，炽热的情感和神秘的色彩熔铸为一个混沌的整体，其间的感受无法言说而又让人热血沸腾。在古代，色彩虽然仍有感官上的审美魅力，但在与色彩相对应的深层心理中，情感因色彩而动的力度大大减弱，规模化的情感内容极大地限制了人们对色彩审美感知的范围。统治阶层的色彩好恶往往直接左右着社会的色彩审美趣味的流变。《韩非子》中记载“齐桓公好服紫，国人尽服之”，这种现象直至今天，仍时有发生。给色彩的情感套上统治阶级意识的枷锁，彻底否定人的个体色彩审美趣味，反映在艺术领域，色彩从情感的物化形式沦为粉饰繁杂生活现象的装饰品，成为图解既定、具体的社会意识内容的外在形式，艺术家所传达的，欣赏者所领悟的，是色彩背后理智化的某种社会意识，色彩仅仅是这种社会意识的一件漂亮外衣。文艺复兴时期的欧洲绘画，艺术家们对色彩的认识和表现的技巧，足以使今人赞叹不已。不过，画框里的色彩的明暗的层次愈逼真，其色彩就愈没有独立的意义，或者说，他们画幅中色彩背后的社会意识愈强烈，其观赏价值就愈高。因为对当时的欣赏来说，不表现出大多数人希望看到的意识内容，色彩就没有用处，用中国明代画家何景明的话说，就是“色以质丽”。

由此可见，社会意识一方面在现实生活中使色彩的情感内容固定化、程式化，一方面又在艺术中，使色彩工具化、形式化，使色彩完全从原始时代的情感对象化的独立性蜕变为后来有赖于社会意识的附庸性。

从理论上看，力争恢复色彩作为艺术语言本体地位的呼声日益高涨。色彩不是工具，不是单纯的形式，而是情感，是绘画的生命。从日常生活看，现代社会的发展使人类进入一个前所未有的五彩缤纷的时代，一切都是彩色的。人们的色觉感官的视野迅速地扩展，色彩的情感内容也更加纷繁变动，使人很难捉摸。霓虹灯、彩色电影、彩色电视、彩色摄影、彩色电子音乐、服装的流行色等，都空前地刺激着艺术领域内色彩语言的普遍化。

值得深思的是，在艺术的色彩语言普遍化、生活化的同时，色彩语言的情感内容的相对稳定性模式遭到了巨大的破坏，“主观色彩”代替了“客观色彩”，色彩情感内容中的个性因素傲立在传统的社会性因素之上。固有的色彩情感内容模式根本不能容纳完全个性化的情感内容。因此，在 20 世纪的文学作品中，因主人翁情绪的变化而赋予客观对象以怪诞的色彩，较之古典艺术，已远远超出了艺术修辞的范围，而成为独特的艺术色彩语言。

公正地看，艺术领域内色彩语言的变革是整个人类社会进步的结果，是人类艺术回到自身的必然结果，色彩继原始社会后，再次直接与人的内在情感发生同构关系，既积淀着在人类文明中发展起来的人的色彩美感的社会共通性，又力图排除传统的不合理的社会意识对个体色彩感觉中情感内容的控制和压抑。

但是，色彩语言得以彻底解放的历史时机并未成熟，因为我们的时代同人的个性与共同性完全协调和谐的前景还有相当的距离。所以，现代派艺术中的一些色彩语言之怪诞、荒谬，完全是对传统规范化的色彩形式的极端化反抗，从根本上看，也是个性不能自由健康发展在艺术上的间接反映。然而，作为一种有着内在历史的、逻辑的根据的发展趋势，我们须更加严肃认真地探讨。

（原载《社会科学动态》1988 年第 6 期）

《新青年》：百年身影犹可忆

曾经看过英国的一个系列纪录片，名为《重返危机现场》（*Seconds from Disaster*），多达67集，记录了20世纪以来人类遭逢的许多重大灾难，如1912年泰坦尼克号沉没事件、1986年苏联切尔诺贝利核事故、2011年日本福岛第一核电站事故等，这个节目最大的特色是借助生还者的回想、目击者的描述、官方资料和严密的技术分析，寻找每场事故的起因和发生经过，然后再以电脑成像的方式，按事件发生的时间顺序，真实还原了事件发生的全过程。编导制作者的意图很明确，就是要从各种灾难中吸取教训，找出灾难的起因，避免重蹈覆辙，进而言之，就是敬畏生命。由此联想到百年前问世的《新青年》，关于《新青年》及“五四”的话题，人们已经说了许多，可人们还在继续说。为什么？因为其伟大其重要，是理解近现代中国历史的“关键词”等，这样的解释正确，但并不完全。为什么？原因很简单，一部围绕《新青年》及“五四”的阐释史有着浓厚的火药味，在观念、思想、意识形态上各不相同的人，尽管都在说“五四”的伟大和重要，只是“伟大”“重要”的含义却往往大相径庭，甚至水火不容。所以，《新青年》及“五四”拉开的历史帷幕后面，是一个惨烈的思想战场，是一个你方唱罢我登台的大剧场，何时落幕，谁也不知道。尽管我们无法像《重返危机现场》纪录片那样，给《新青年》及“五四”开启的历史做出一个客观科学的评判，但是，这部纪录片敬畏生命的文化含义应该给我们一个启迪：像敬畏生命一样敬畏历史，唯此，才能最大限度地还原历史，并在还原中走出曾经的迷思。

100年前，公历1915年，农历甲寅年，民国4年，《新青年》杂志在上海问世，我们今天看到对《新青年》诞生的种种描述，都给人晴天霹雳、横空出世的感觉。其实不然。《新青年》始名为《青年杂志》，从名字可以看出，陈独秀的初衷无非办一个杂志，一个面向青年读者的杂志。当时的上海滩，杂志多矣。民国肇始前后，介绍各类新鲜思想、知识的书刊一下成为畅销书，出版商们瞄准了政治急剧变革中的文化商机，以编写各类新教材、办新派杂志为时髦，沪上出版商尤甚。如商务印书馆出版的期刊有《绣像小说》（1903）、《东方杂志》（1904）、《政法杂志》（1911）、《小说月报》（1910）、《教育杂志》（1909）、《妇女杂志》（1915），有正书局于1911年发行的《妇女时报》，中华图书馆发行的《女子世界》（1914）、《学生杂志》（1914）、《少年杂志》（1911）、《英文杂志》（1915）等，中华书局有《大中华》（1914）、《中华小说界》（1914）、《中华教育界》（1912）、《中华妇女界》（1915）、《中华学生界》（1915）、《中华童子界》（1914）、《中华实业界》（1914）、《中华儿童画报》（1914）等。对于办报刊，陈独秀可谓行家里手，1903年7月他在上海协助章士钊主编《国民日报》，1904年初在安庆创办《安徽俗话报》，1914年又到日本帮助章士钊创办《甲寅》杂志。但是，办《青年杂志》之前的陈独秀，办报刊的目的是纯政治性的，都是鼓吹反对帝制的革命；决定办《青年杂志》时的陈独秀，思路似乎发生了较大的变化，即从政治革命到文化革命的转向。陈独秀在《青年杂志》的发刊词《敬告青年》中阐述的六大办刊宗旨："自主的而非奴隶的、进步的而非保守的、进取的而非退隐的、世界的而非锁国的、实利的而非虚文的、科学的而非想象的"，便是明证。为什么会如此？鲁迅调侃辛亥革命不过是"城头变幻大王旗"的闹剧，想必是当时曾经鼓吹、参与过革命的知识精英们不得不思考的一个问题，一个很严肃又很无奈的问题：仅靠一场政治革命，能够从根本上解决中国问题吗？被激进革命家们冷淡过的那些看似空谈的文化命题——严复、梁启超一再絮叨的人心比革命更重要的言说——如今被当初只想革命的激进革命家们接着言说了。我们曾在严复、梁启超和陈独秀及追随者之间划过一条线，前者为"旧"，后者为"新"，为辨析这新旧，大概是费了一两代学者们的聪明与才智。其实，陈独秀所言的六大办刊宗旨——所谓启蒙意义上的文化革命——在严复、梁启超的言说中，早已有之，仅就杂志的文化启蒙工作而言，商务印书馆于1904年创刊的《东方杂志》更是做了大量务实、富有成效的工作。"从变法维新到辛亥革命再到五四新文化运动，启迪国民、促民觉醒的基调未变，但是不同时代背景下启蒙的具体内涵却几易其实，能够‘适者生存’坚持开办不停的报刊已是凤毛麟角，并且从办刊起就明确主张知识启蒙且在中国近代启蒙思潮的发展中自始至终坚持下去的则只有《东方杂志》一家。同时，《东方杂志》45 年的办刊历程中，前 20 年（1904—1923）正处于 1895 年至 1923 年中国思想史上的由古典到现代的‘转型时代’，而此清末民初的近 30 年正是中西文化激荡，亦即近代中国的启蒙时代。中国近代启蒙思潮的发展历程中须臾离不开知识启蒙，而从头至尾坚持担当知识启蒙重任的刊物又仅仅是《东方杂志》。”①

所以，《青年杂志》的问世，在纷纷攘攘闹得不可开交的文化界、思想界，开场很是寂寞的。鲁迅也说过《新青年》问世时既无人反对，也无人喝彩。1915 年的陈独秀，因“反袁”失败，东躲西藏已两年。1913 年，陈独秀“亡命上海，闭户过冬”时，想必还不为生活犯愁，故得闲撰写了《字义类例》书稿。此时从日本返回上海的陈独秀，却过着“穷得只有一件汗衫，其中无数虱子的生活”。所以，到上海办杂志，首先是个生存问题，时年 36 岁的陈独秀，不能老靠朋友周济过日子吧，他唯一能讨生活的技能就是办报写文章了。这么说，并不是贬低独秀先生的雄才大略，他以青年为刊物的对象，其实就是慧眼独具，握住了百年前中国社会文化即将大分化、大裂变的起爆器，只不过，他以为他的工作至少得十年八年后才能见其效果。以这样的期许看来，《青年杂志》第一期的发刊词确实发出了日后“五四”新文化运动启蒙的呼声，但综观杂志的编辑思路，与当时流行的人文期刊相比较，是大同小异的。1935 年，郑振铎回忆说，早期《新青年》是一个名副其实的以青年为拟想读者的普通杂志，《青年杂志》是一个提倡“德智体”三育的青年读物，与当时的一般杂志“无殊”。如创刊号广告中有大量欧美青年文学丛书和数、理、化、生、地、医等科学教科书的广告，今天很多研究者从这些广告中读出“《新青年》杂志刻意追求民主与科学气氛”的意义，实恐牵强，在我看来，这恰好反映出陈独秀是在准备认真地办一份至少能收支平衡、略有收益的期刊，宣传启蒙思

① 汝艳红：《知识启蒙——〈东方杂志〉对近代启蒙思潮的贡献研究》，《山东社会科学》2010 年第 2 期。

想的意图肯定有，但以登文教广告增加期刊收入的编辑策略，不仅是晚清民初期刊的通则，也是当时的陈独秀必需的商业考虑。群益书社规模小，资金并不雄厚，身为群益书社老板的陈子沛、陈子寿兄弟两人是受友人亚东图书馆经理汪孟邹之托帮助陈独秀出版《青年杂志》的，每月200元编辑费及稿费，月出一本。陈独秀不可能不考虑群益书社的经济利益，按照当时出版业的行情，一本杂志发行2000本才能保本，还不包括编辑费和稿费在内。起步阶段《青年杂志》的发行量，连赠送、交换在内也不过1000份，陈独秀经济上的窘迫可想而知。在这种窘迫的生存状态下，如何才能让杂志活下去呢？在声名正旺的《甲寅》上做广告，是陈独秀为杂志做的自我推销，也可能是老朋友章士钊施以援手。《甲寅》连续两期刊出《青年杂志》的大幅出版广告，其词曰："我国青年诸君，欲自知在国中人格居何等者乎？欲自知在世界青年中处何地位者乎？欲自知将来事功学业应遵若何途径者乎？欲考知所以自策自励之方法者乎？欲解释平昔疑难而增进其知识者乎？欲明乎此，皆不可不读本杂志。盖本杂志，实欲与诸君共和研究、商榷、解决以上所列之种种问题。深望诸君之学识志气，因此而日益增高，而吾国将来最善良的政治、教育、实业各界之中坚人物，亦悉为诸君所充任，则本杂志者，实诸君精神上之良友也。"推敲此则广告的含义，无非表明杂志的编辑思路：只和青年人谈思想文化，聊事功学业，长学识志气，别无其他。《青年杂志》一卷一号假借读者来信及编辑回复再次申明此意："记者足下：别后闻在沪主持青年杂志，必有崇论闳议，唤醒青年。惟近有惊人之事，则北京杨度诸人发起筹安会，讨论国体问题是也。……切望大志著论警告国人，勿为屑小所误，国民幸甚，国家幸甚。"针对读者要求刊物具有政治倾向的意见，编辑回复说："尊欲本志著论非之，则雅非所愿。盖改造青年之思想，辅导青年之修养，为本志之天职，批评时政，非其旨也。国人思想倘未有根本之觉悟，直无非难执政之理由。""批评时政，非其旨也"，一是表明此时的陈独秀对辛亥革命的反思，"国人思想倘未有根本之觉悟"，让杂志仅作政治宣传，又有何益？二是借钱办刊已是谋生之举，合作者还指望依赖陈独秀的名望为出版社赚点小钱，看来，后来被胡适讥为"老革命党人"的陈独秀，此时此景，都不得不政治上采取低调：不"非难执政"，经济上"在商言商"，大量刊载广告，广设分销机构，为招徕一流作者而承诺高稿酬。

从《新青年》前几期的发行看，肯定是亏损的状态，如果不是编辑部迁往北平，倚靠北京大学的人脉资源，方使杂志在青年群体中广为流行，倘若继续留守上海，在商务印书馆等老牌出版商经营的期刊市场里，《新青年》不可能觅得自己的生存空间，等待它的命运只能是无疾而终。由此推论，我不认为是《新青年》的启蒙话语征服了阅读《新青年》的青年读者，科学、民主这些话语，在晚清民初几百种期刊里，已诉说了几十年，阅读《新青年》的青年读者早已从其他期刊里获得了这些已成为常识的启蒙知识。吕思勉于1923年写过一篇文章，名为《三十年来之出版界（1894—1923）》，他认为：晚清出现《时务报》《新民丛报》《民报》后，舆论大变，“自由、平等、热诚、冒险、毅力、自尊、自治、公德、私德诸多名词，乃为人人所耳熟。今日中年以上之人，其思想，尚多受诸此报者也”。[①]《朱德自述》里的描述亦如此：“一九一九年，远在北京发生了‘五四运动’，跟着这运动——同时受了国际上苏俄革命胜利的影响，在中国新文化运动的热潮中，在《新青年》时代，我们思想上起了大的转变。……在那时，除《新青年》外，还看了达尔文的《进化论》，还有卢梭的《自由论》等很多革命书籍，而且在新学堂时自由、平等、义务、公德之类，已讲过，已充满了脑筋。”[②] 类似史料何其多也。让“五四”前夜青年们眼前一亮的是：他们景仰的中国最高学府——国立北京大学的教授们，那些从海外回来的青年才俊们，把这些常识变成了批判的武器，朝着本已溃不成军的传统文化一路砍杀过去。1900年出生的曹聚仁，后来回忆《新青年》的影响时，记录了他和施存统的对话：“《新青年》中的写稿人，都是北京大学的教授！陈先生，他还是北大的教务长呢！这便是五四运动的风信旗，《新青年》正是五四运动的纪程碑。”[③]《新青年》移师北京，有了北京大学的金字招牌，有了一呼百应的同人群体，我们熟知的激烈批判旧文化、旧道德的阵阵呐喊呼啸而出，暴得大名的《新青年》一夜间成为时代心理的宣

---

① 吕思勉：《三十年来之出版界》，载《吕思勉自述》，安徽文艺出版社，2013，第76页。

② 朱德：《朱德自述》，国际文化出版公司，2009，第54页

③ 曹聚仁：《我和我的世界》，人民文学出版社，1983，第112页。

泄场，一代青年的内在压抑和无名激情在阅读中释放出来了，“一九一七年春我看到了《新青年》，一眼就觉得它的命名合乎我的口味，看了它的内容，觉得的确适合当时一般青年的需要；登时喜出望外，热烈拥护，并常与反对者展开争论。当时同学中尊重孔子学说、反对白话文的还占多数。无条件赞成新思潮、彻底拥护白话文者虽占少数，但他们具有蓬蓬勃勃的热烈精神。新旧之争，就在课堂中、宿舍里到处展开着。在争辩之中，守旧论者的论据渐渐动摇起来了，不少的同学陆续转变到赞成新文化运动方面来。新文化运动在北大就这样一步一步的站稳了它的阵地”。[①]“一眼”就喜欢、拥护，“无条件”就赞成的背后，究竟是一种什么样的社会心理呢？这样的探究还没有进入我们的研究视野，我们习惯用“爱国情感”给此时的青年心理贴上一个美丽的标签，但检索历史的碎片，答案未必这么简单。后来同样成为早期共产党领袖的恽代英，对《新青年》的最初看法就不同于张国焘，“《新青年》杂志倡改革文字之说。吾意中国文学认为一种美术，古文、骈赋、诗词乃至八股，皆有其价值。而古文诗词尤为表情之用。若就通俗言，则以上各文皆不合用也。故文学是文学，通俗文是通俗文。吾人今日言通俗文而痛诋文学，亦过甚也”。[②] 1919 年 2 月 10 日，恽代英郑重致函陈独秀，“劝其温和”。援引此则史料，无非想说明，自 1906 年科举停考至“五四”期间的一代人，他们的求学经历、人生态度、思想和情感，包孕着中国传统文化断裂与重生的所有磨难，后人各种鲜明的逻辑言说，看似化繁就简，其实往往遮蔽了历史的本来面目。一代青年之所以对《新青年》产生了狂热的认同感，如同 70 年后的青年对崔健《一无所有》的狂热追捧，其间复杂的社会心理，绝非一两个关键词可以概括的。我们不要忘记，《新青年》开始和青年发生大规模思想、情感互动的时候，距离“五四”还有两年的时间。

1916 年 9 月，《新青年》二卷一号刊出一则《通告》：“自第二卷起，欲益加策励，勉副读者诸君属望，因更名为《新青年》。且得当代名流之助，如温宗尧、吴敬恒、张继、马君武、胡适、苏曼殊诸君，允许关于青年文

---

① 张国焘：《我的回忆》（上），东方出版社，2004，第 36～39 页。

② 恽代英：《恽代英日记》，中央党校出版社，1981，第 153 页。

字，皆由本志发表。嗣后内容，当较前尤有精彩。此不独本志之私幸，亦读者诸君文字之缘也。”1918 年 3 月，《新青年》又刊出一则编辑公告：“本志自第四卷一号起，投稿章程业已取消，所有撰译，悉由编辑部同人公同担任，不另购稿。其前此寄稿尚未录载者，可否惠赠本志？尚希投稿诸君，赐函声明，恕不一一奉询，此后有以大作见赐者，概不酬资。”与创刊时经济拮据、作者队伍的捉襟见肘相比，此时的陈独秀，“老革命党人”指点江山的气概，愈加锋芒毕露、咄咄逼人，“孔家店”“桐城谬种、选学妖孽”这些词语，可以调动青年的情绪，但并不是革命的具体对象，熟知革命韬略的陈独秀，1918 年 9 月在《新青年》上发难，撰《质问〈东方杂志〉记者》，副标题是“《东方杂志》与复辟问题”；次年 2 月，陈独秀再发表《再质问〈东方杂志〉记者》；1919 年 1 月，罗家伦在《新潮》刊发《今日之杂志界》一文，对商务印书馆所办各种杂志予以评析、讥讽，由此引发了中国现代思想史上空前的一次大论战。有研究者认为陈独秀主动挑起与《东方杂志》的论战，是为了在杂志界产生广告效应，以此扩大知名度，争夺读者市场。此说太肤浅，陈独秀绝非寻常书商，以启蒙者自居的《新青年》群体对《东方杂志》的启蒙路径进行猛烈的抨击，本是值得追问究竟的思想史事件。不管怎样，大获全胜的陈独秀和《新青年》，已成为青年一代的精神导师，论争结束后，《东方杂志》主编杜亚泉被时人认为过于保守，商务印书馆的决策层担心杂志会因此给读者留下落伍于时代的印象，决定让杜亚泉离任。这或许是一个标志性事件，它既预示中国近代以来启蒙队伍分化重组的开始，同时也宣告陈独秀正式告别了他四年前的办刊宗旨：“盖改造青年之思想，辅导青年之修养，为本志之天职，批评时政，非其旨也。”短短四年的时间，从蛰伏上海滩的《青年杂志》到火遍全国的《新青年》，这样一个从丑小鸭到白天鹅的华丽转身过程，该有多少值得我们频频回顾的细节，追忆百年前这段扑朔迷离的故事，历史的敬畏感也就油然而生。

1923 年，胡适说了一段广为人们引用的话：“二十五年来，只有三个杂志可代表三个时代，可以说是创造了三个新时代：一是《时务报》；一是《新民丛报》；一是《新青年》。而《民报》与《甲寅》还算不上。”这样说的理由是什么，胡适并没有说，大概“创造”“新时代”的提法，尽管模糊不清，却符合后来史家们的口味。没想到九十多年后，竟有人把胡适的话变成了中学生的一道试题：

> 胡适先生曾说："《新青年》杂志代表和创造了一个新时代。"这个"新时代"指的是（　　）
>
> A. 君主立宪时代
>
> B. 民主共和时代
>
> C. 民主科学时代
>
> D. 社会主义时代

出题者当然有其标准答案，我不想在此评说出题者的标准答案是否"标准"，而只想问：历史，是一个有标准答案的选择题吗？或许，有了这样的追问，我们才会步入真实的历史现场。

（原载《文艺新观察》2015 年第 6 期）

江山代有才人出

——读陈占彪的五四研究

《中文论坛》本辑的“五四研究”栏目刊发了上海社会科学院研究员陈占彪先生谈他与五四研究的一篇文章，作为编辑和约稿人，首先要感谢占彪的赐稿。缘何要在《中文论坛》持续开设“五四研究”的专栏，缘何与素昧平生的占彪有了笔缘往来，缘何占彪一步步走进五四研究并有了不俗的成果，借用陈平原先生的一段话，似乎就说清了一切：“‘五四’新文化运动，对我来说，既是历史，也是现实；既是学术，也是精神；既是潜心思索的对象，也是自我反省的镜子。问学二十几年，经历诸多曲折，‘五四’始终是我‘最佳对话者’——其具体思路及举措，不无可议处；但作为整体的生气淋漓与丰富多彩，至今仍让我歆慕追慕不已。”[①] 占彪给本刊撰写的文章名为《借之“提劲”——漫谈我的“五四研究”》，“提劲”一词恰好道出五四让一代代中国知识分子“歆慕追慕不已”的精气神。

我没有陈平原先生那么高的学识，但我懂他心中的五四情怀。五四的身影，在中国社会百年来的前行历程中，并未渐行渐远，相反，五四所蕴含的历史与现实意义，如同陈年佳酿，越来越醇厚，向有迷人的魅力。逢十年便来一次的隆重纪念，由学术会议、学术专著、学术文章累积而成的五四研究史已然成为五四研究的一大重镇。鉴于五四百年纪念日益临近，《中文论坛》常设的“五四研究”栏目拟从五四研究史的角度组织文章，让不同时期的研究者展现自己与五四研究交汇的精神轨迹，由此观照五四研究史中某些个性化的细节，丰富我们对五四研究史的认识。基于这样一个设想，我便致函陈占彪，请他为我们撰文。虽至今未曾与占彪谋面，但

① 陈平原：《〈触摸历史与进入五四〉自序》，《博览群书》2003 年第 6 期。

在关注五四研究的过程中，知其大名已有好几年了，这是互联网时代的好处。对占彪言说五四的几篇文章发生兴趣后，便在网上查了一些他的信息，留下较深的印象：年轻有为，不仅在五四研究方面不断推出成果，而且对当下社会、文化现象高度关注，常常发出有使命感的批判声音。

在致占彪的约稿函里，我谈了一些研习五四研究史的感想："这两年仔细检索五四研究文献时，我忽然发现近十年内如阁下一般的新锐阐释者，已悄然形成一种新的阐释路径，已有别于王富仁、钱理群、陈平原、汪晖等60—70岁的著名学者，也有别于海外汉学家的五四言说，该如何判断这种'新'的言说，鄙人虽在知网上浏览了阁下诸多大作，但一时还无法从理论上说清一二，只是觉得阁下言说五四的重要性已是不容忽视的，我将尝试撰文从五四阐释史的角度分析这一新的走向，有鉴于此，很想请先生为《中文论坛》第5辑撰稿一篇，谈谈您研究五四的缘起、经历及体会，既为我们五四研究栏目开拓一个新的视角，亦是给鄙人理解、学习新锐学者的一个难得的机会。"

说占彪对五四的研究值得关注并非我的发明，早在2010年11月，作为商务印书馆的"重点图书"，《五四知识分子的淑世意识》一问世便备受思想文化界关注，《中国青年报》《中华读书报》《南方都市报》《解放日报》《文汇读书周报》等国内有影响的报刊陆续作过深度报道和评论。

2011年8月18日，在上海展览中心的书展上，商务印书馆邀请上海鲁迅纪念馆馆长王锡荣教授、复旦大学段怀清教授及作者本人，就"五四知识分子的当代意义"进行了学者对话活动。

2011年，辛亥革命100周年之际，商务印书馆将此书列为中国出版集团"向海外推荐的五十部优秀著作之一"，在北美、日本、中国台湾进行"精品图书联展"，巡回展出推介。

2012年，《五四知识分子的淑世意识》被评为上海市第十一届哲学社会科学优秀成果著作三等奖。

在《五四知识分子的淑世意识》一书的诸多评论中，我挑选了两段话。"此书厚达七百余页，五十余万字，既有鲜活的个案剖析，又有抽象的理论提升，既有主观的热情，又有客观的冷静，所涉学科甚多，领域颇广，思想敏锐，视野开阔，结构严谨，资料扎实，立论客观，行文畅快，是近年来不可多得的学术收获。”① 这段话是商务印书馆文津文化总编辑丁波说的，作为一位职业编辑，对一本书做出这样全面的肯定，实属不易。其实，早在出版界给予好评之前，占彪著作的前身，即作为博士学位论文的《“五四”一代知识分子观研究——以鲁迅、胡适、郭沫若为中心》，就引起学界的关注与好评，如中国社会科学院文学研究所研究员张梦阳就说：“虽然尚未见到正式出版的书，但是从打印稿已经可以看出潜力的是《社会科学报》编辑陈占彪博士著的《‘五四’一代知识分子观研究——以鲁迅、胡适、郭沫若为中心》。该书涉猎甚广，很有理论性，扎实、丰厚、深刻。作者对中西方理论著作都有所研读，从文学、历史学、哲学、法学、社会学、政治学等诸学科领域归纳、梳理了各方面的思想资源，对什么是知识分子这一时代课题做了科学的辨析。更可贵的是，他深入到‘五四’的历史语境中去，重点探求了鲁迅、胡适、郭沫若的知识分子观。通过出与入、人与政、学与政、文与政四个方面的分析、比较，和条分缕析、追根溯源、反复推敲、仔细估衡的理论剖析，富有层次感地凸现出了鲁迅、胡适、郭沫若这三位中国现代文化巨人的知识分子观和他们各自的特点。使得‘五四’一代知识分子的知识分子观得以‘出土’，为知识分子理论建设新添了一种资源。因而，作者达到了在绪论中所预期的目的：通过‘五四’一代知识分子的知识分子观的梳理，一方面给当代知识分子以示范和激励，另一方面给当代知识分子以警示和反思。特别是那种独立精神之自我放弃、党派利益的高度维护的主张与实践，更是给后世知识分子留下了一份难得的教训。占彪博士没有过多的主观论断，而多的是客观的展示与理论的梳理，然而读者却从中汲取了更为深刻的教益。”② 一位职业编辑，一位资深学者，两人不同视域中的相同评价，分明道出了占彪五四研究的不菲分量。

对《五四知识分子的淑世意识》一书给予好评的文章，多从中国文化和中国现代文学的角度予以评说，但仅囿于这样的视角，似乎还难以更深

① 丁波：《五四知识分子的自我体认——评陈占彪先生的〈五四知识分子的淑世意识〉》，《郭沫若学刊》2011 年第 3 期。

② 张梦阳：《新世纪鲁迅学的新人新作述评（上）》，《西南民族大学学报》2009 年第 6 期。

层次地彰显出占彪五四研究的特点与意义，丁波认为：“这本书应当放置在中国思想史，而不是在中国文学史中来考量它的价值。”① 我赞成思想史的解读视角，但不仅仅是中国思想史，而应该延伸为世界思想史。如北京大学德语系教授张玉书先生说：“《五四知识分子的淑世意识》以五四时期的知识分子三个典型人物胡适、鲁迅、郭沫若为中心，条分缕析地分析了五四知识分子丰富多样的淑世意识。的确，中国的知识分子，尤其是经历了‘五四’这一历史转折时段的知识分子，几乎都会在‘知识探求’与‘公共关怀’两者之间权衡较量、徘徊踌躇。然而，在这往来于书斋与社会之中，他们既有伟大和优长之处，又有渺小和缺陷之处，既为后世知识分子树立了榜样，也为后世知识分子留得了教训。读过之后，真是感慨万千。”张玉书先生从事德语文学研究近半个世纪，是目前国内德语文学界屈指可数的元老级人物，大概歌德身上的伟大与渺小，在五四一代知识分子身上的重演，使他的“感慨”无比沧桑，其思其呼，都可见出他对占彪一书主题的高度认同：“我以为，知识分子应该是时代的先驱，应该是盗取天火赠与世人的普罗米修斯式的人物。应当是在众人皆醉之时我独醒，众人皆浊之时我独清，而不是随波逐流、趋炎附势……无论在怎样严厉的政治环境之下，他都能保持独立不旁的风骨和飙发凌厉的批判姿态。”② 张玉书先生 20 世纪 50 年代在北京大学开始学术之旅时，德国启蒙主义的狂飙运动已过去了 200 年，五四新文化运动也有了近 40 年的历程，当张玉书先生为占彪的书而感慨的时候，时间又过去了 60 年，人类的文化列车在时间隧道里迂回行进，废墟与辉煌交替出现，又反复绞杀，启蒙运动彰显的知识、理性与历史进程的巨大悖论，都迫使我们像张玉书先生一样去思考知识分子的使命。占彪著作的前身，即作为博士学位论文的《“五四”一代知识分子观研究——以鲁迅、胡适、郭沫若为中心》，出版时易名为《五四知识分子的淑世意识》，就鲜明地突出了其研究内容所必然包含的历史深度。知识分子不能回避现实的苦难，知识分子该以什么样的姿态回应时代的问题，是占彪著作的核心话题，也是五四一代知识分子、现代中国

① 丁波：《五四精英是怎样看待知识分子的?》，《中华读书报》2011 年 1 月 26 日，第 10 版。

② 张玉书：《知识分子不是政治“仆臣”》，《南方都市报》2011 年 4 月 17 日，GB22 版。

知识分子，乃至全球知识分子都必须直面的问题。2013年，占彪编辑出版了一本书，名为《思想药石：域外文化二十家》，便是从全球知识分子的视角回应他在五四研究中提出的知识分子如何处理“知识探求”与“公共关怀”之间的关系。在此书后记《学术与现实》里，占彪借用马克思“问题是时代的口号”一语，透视了20世纪以来知识分子的立场、学术思想与现实之间的关系：“如果没有上世纪三十年代以来纳粹德国的独裁政治、二战爆发、种族灭绝政策、集中营、斯大林主义、流放、大清洗等这些人类曾经历过的黑暗和残暴，没有文化大家对这种现状分析和反思，哈耶克的自由主义理论、阿伦特的极权主义批判、索尔仁尼琴的‘古拉格群岛’等，诸如此类的理论、学说、小说将有多大可能得以产生呢?”“面对极权政治和社会，哈耶克将这一时代问题归结为‘个人自由与整体社会秩序间关系以及秩序与规则间关系’这一‘终身问题’，他关于‘自由主义社会理论和法律理论的论述可以看成是对所体认到的时代问题的回应’。同样，面对类似的时代背景和社会现实，阿伦特则给自己提出的问题是‘黑暗是如何降临的’？她的主要的理论贡献就是回答这一问题，即探讨极权主义的起源。而对于小说家索尔仁尼琴来说，他的任务就是用他的小说创作‘传达那个社会的痛苦和恐惧’，‘对威胁着道德和社会的危险及时发出警告’。不同类型的‘大家’在各自的领域里，从不同的角度对他们所身处的时代提问，并以不同的思想成果来回应、解答这一提问，从而形成了他们的学术的、思想的、艺术的伟大成就。”①

以一种批判性的伦理立场关注现实，直面现实，发出改造现实的呼声。这是否就是占彪的结论呢？我不敢断言，读者可从占彪的文章里寻求答案。

占彪的五四研究之所以能在比他年长40多岁的张玉书先生那引起一种共鸣，倘若占彪的研究没有世界思想史的维度，对于学贯中西且有着丰厚历史体验的张玉书先生而言，这种共鸣恐怕难以如此强烈。所以我以为这种世界思想史的维度是占彪五四研究中一个很鲜明的特点，也是他不同于前人研究的一个地方：开放性的思维与言说。

① 陈占彪编《思想药石：域外文化二十家》，上海辞书出版社，2013，第329~330页。

老一代学人对此深有感触："所以新世纪鲁迅学的新秀，对于我们这一代和我们上一代的鲁迅研究学者来说，一个最大的优势，就是没有我们那么多的思想包袱和思维禁锢。你们可以轻装前进，不必环顾左右而踌躇，时时要看权势者的眼色做文章。"[①] 开放性的全球视野和开放性的言说方式必然引发重新审辨研究材料的兴趣。就五四研究而言，2005 年陈平原在《触摸历史与进入五四》一书中以一场运动（五四运动）、一份杂志（《新青年》）、一位校长（蔡元培）、一册文章（章太炎的白话文集）以及一本诗集（胡适《尝试集》）等作为切入焦点，主张"借助细节，重建现场；借助文本，钩沉思想；借助个案，呈现进程"。陈平原先生的主张意味着学术方法从陈旧思想禁锢中的突围，也意味着诚实的学者须付出更艰辛的劳动，在历史的沉疴与故纸堆里探寻历史的真相。占彪以坚韧的毅力和求真的精神出色地做到了这一点，他对五四运动中诸多场景、人物、事件的考证，还有大量阅读原始史料，践行论从史出的治学路径，既收获了学术创新的快乐，又为五四研究史增添了许多珍贵的史料图书（如《五四事件回忆（稀见资料）》，生活·读书·新知三联书店 2014 年版）。

占彪的五四研究还有一个个性鲜明的特征，即这部书看似是本严肃的学术专著，却有着一副不严肃的面孔，书中随处可见调侃语、口语、俏皮话、时尚话，可以看出，作者写作时信手拈来，任意行文，而读者阅读时就会感到生动有趣，轻松好玩。[②] 我并不以为"生动有趣，轻松好玩"仅仅是一种书写风格，其中包含着一个现代学者对文化的全部理解。占彪在《借之"提劲"——漫谈我的"五四研究"》一文里，对这个特点有着生动的叙述，不用我多言了。引用一位学者的话可作佐证："我一直有个看法，最好的学者一定是最好的文人。现在的学者写作风格太单一，只会写八股式的学术论文，让他写个稍微轻松点的东西，就不会了，而且还酸酸地说不屑于写。实际上，你看近代以来几乎所有的大学者都是出色的文人，像胡适、鲁迅、陈寅恪、钱锺书，包括社会学家费孝通，都能写出非

① 张梦阳：《新世纪鲁迅学的新人新作述评（上）》，《西南民族大学学报》2009 年第 6 期。
② 丁波：《五四知识分子的自我体认——评陈占彪先生的〈五四知识分子的淑世意识〉》，《郭沫若学刊》2011 年第 3 期。

常漂亮的文字，费孝通的《乡土中国》文字多漂亮啊。所以不要把‘文人’和‘学者’对立起来，好像大学者写随笔就是罪过，文笔好是罪过，写的论文越枯燥越学术规范才是最好的东西，我特别反感这种心态。写随笔也是我自己对写作心态的调整，从文字里你可能会发现另外一个自我，有时候，自己要和自己搞决裂。我有本论文集叫《昨日之我与今日之我》，意思是要向梁任公学习，任公做永远之中国少年，咱们也可以学学他老人家，这样学术界才能真正有点多样的色彩，而不是单一的八股文章的天下。”① 1949 年后的学术有着种种严肃甚至肃杀的面孔，返回历史现场的旨趣让新一代学人脱去了繁多的外在束缚和内在压抑，鲜活的历史和生动的现实形成了趣味盎然的对接，“生动有趣，轻松好玩”的语言风格应运而生当属必然。

2013 年，钱理群总主编的《中国现代文学编年史——以文学广告为中心》出版后，在一次座谈会上，陈平原认为此书是“一代学者的谢幕之作”，他认为：“学术史上，早就到了更新换代的时候了。以这三卷大书的主编（第一卷钱理群，第二卷吴福辉，第三卷陈子善）为代表，上世纪八十年代登上舞台的学者们，至今仍在中国学界‘引领风骚’，这绝对是个‘奇迹’。或者说，是不太正常的现象。因为，这意味着下一代学者没有真正准备好，以至，上一代人还有充分的理由‘赖’在台上，继续表演并收获掌声。改革开放初期，三代学者挤在同一个舞台上，那是特殊年代才有的风景。一般而言，下一代学者的学术理念及研究范式一旦成熟，且有一定数量的代表作问世，上一代学者自然而然地就会‘淡出’。这么说有点严酷，但事实上，每代人都有自己的责任及机遇，只有‘你方唱罢我登场’，这文化或学术才能生生不息，向前推进。”② 长期浸淫学术史研究的陈平原，睿智而含蓄地提出一个尖锐的问题：老一代学人即将谢幕退场，新一代学人，你们准备好了吗？

这是一个很难一概而论的问题。我们可以说，江山代有才人出，是一个无法否认的历史规律，但 20 世纪以来，随着大学人文社会系科的建立和发

① 杨念群：《最反感将“文人”与“学者”对立》，《羊城晚报》2013 年 11 月 17 日，B3 版。
② 陈平原：《代际交流的接力棒》，《文学评论》2013 年第 6 期。

展，学者拥有越来越好的学术阵地、生活保障，并通过发达的传播媒介发挥影响力，这使得20世纪的学者能够在健在时就看到成就被社会认可。有学者通过数据分析证明社会学家知名度百年来有着明显加快的趋向：“马克思逝世于1883年，而他的词频快速增长在其辞世20年后的20世纪初才出现。韦伯1922年去世，他的声名鹊起，恰恰从其去世后才开始。其他三位出生在19世纪的大师涂尔干、齐美尔和马尔库塞，前两位未能在身前看到自己声名鹊起，马尔库塞也仅仅在去世前10年名声大噪。生于20世纪的晚辈社会学家们则幸运得多。例如，帕森斯在40年代就开始快速成名，其时不过40多岁，而吉登斯也在不惑之年开始成名。哈贝马斯和布迪厄相对属于大器晚成者，但其词频比例在他们50岁之后也即80－90年开始快速增加。而且，他们至今仍然健在。”① 今日中国学界各个领域里，40—50岁的一代人其实引领风骚已久了，但“学术理念及研究范式”是否“成熟”？是否像当年的胡适们，开启一个崭新的学术新天地？我想，这是学术史留给占彪的课题，我，只有真诚地期待。

（原载《中文论坛》第5辑，社会科学文献出版社，2017）

① 陈云松：《大数据中的百年社会学》，《社会学研究》2015年第1期。

面朝大海　春暖花开

——读《真无观——与他者比邻而居》

五月槐花香的时候，去桂子山下参加华中师范大学文学院的研究生论文答辩，天无把他与天真合著的《真无观——与他者比邻而居》送给我。中午休息时，读了几篇，很是喜欢。他们的文笔，常常是举重若轻，看似随感而发，但仔细一想，又分明透示出大量阅读和恒久思考的积淀。和天无分手时，我主动说，一定为此书写一篇书评。本想在七月中旬去欧洲之前写出的，可把书认真读了一遍后，突然觉得很是茫然，我读懂了吗？或者说，我该如何写出我的读后感呢？很少写书评的我，又喜欢看书评，看了许多书评又很失望，要么一些书本身就是拿文字做世俗交换的产物，可写书评的人偏看出了不食人间烟火的圣洁，看这样的书评比看被评的书更倒胃口；还有一种书评，那就是极尽奉承之能事，完全不知作者思想、学术的来龙去脉，硬是把好好的一本书按自己浅薄的理解，生切成几大块，还自以为是。有如此想法，自然想勉励自己写出一篇自认为好的书评。谁知想来想去，就是无法落笔。在准备去欧洲的行李时，我带上了天无给我的书，或许，在一个陌生的环境里，在一种随意的阅读中，我能真正走进他们的思想世界。

从北京飞往法兰克福的飞机上，我一直在想：自己为什么喜欢天真和天无的这本书？近些年来，回归到曾经失落的读书生活，有些书，如史华慈的《中国古代思想世界》，中文版和英文版都认真读过好几遍，我喜欢，因为它从理论上拓宽了自己阅读、思考中国思想史的视野。只是阅读过程又分明缺少悦情的轻松，只有思考的沉重感，如同 20 世纪 80 年代初，之所以把李泽厚的《批判哲学的批判》读了又读，无非想解惑，想寻求思想重新出发的方向。这样的阅读，看似想通了许多问题，却又带来更深层的压抑感。为何如此，我不知道。理性和感性的撕裂，此病由来已久，哲学借黑格尔的名言“存在是合理的，合理的终会存在”安慰自己，其实是知识者放弃立场、逃避现实、自我麻痹的一剂毒药。这是一条危险的道路，被知识和逻辑规训了的主体，如同被权力规训的主体，思想的自由度是有限的，他失去了用情感的方式表达个体生命的意见：喜欢不喜欢。所以，诗高于哲学和政治，诗人比哲学家、政治家更有魅力。热爱诗歌的天真和天无，他们对现实和人生的意见，在尖刻、极端抑或冷峻的言辞里，却有着生命的体温。疾恶如仇是诗的天职，是真正的诗人永远不会改变的立场，对善的永恒追求是诗和生命的本真。在佛罗伦萨逗留的几天里，正好遇见名为“达利遇见但丁”的展览，看了达利图说《神曲》的100幅画后，又去过但丁的故居，还在意大利许多城市看见但丁的雕像。联想到《真无观——与他者比邻而居》中多次提到但丁，而且还有一篇以但丁为题的文章《但丁与个人化写作》，于是决定以但丁为题眼，写下我的读后感，以此感念天无和天真在一个思想荒漠时代从心灵深处流淌出来的诗意之泪。

诗人之所以高于哲学家和政治家，根本在于爱憎分明。就像但丁一样，把贪婪专横的教皇送进地狱，绝不顾及教权的神圣和威严，他不要哲学家的一分为二，也不要政治家的审时度势，更不会要商人的精明盘算，上帝的归上帝，恺撒的归恺撒，人间的清白二字，大概只有但丁这样的诗人才要去分辨清楚，容不得貌似逻辑的狡辩、权力的自我粉饰和利益的交换。所以，但丁强烈而决绝地表示，如果他不能以诗人的荣耀身份回乡，戴上家乡为他准备的桂冠，他宁愿永远在亚平宁半岛流浪。今天佛罗伦萨的但丁墓，其实是一座空坟，距佛罗伦萨77公里的拉韦纳小城，才是诗人的归葬之地，可惜，“太阳还是同一个太阳，千年托身之地却早已不是故乡”（《诗人还乡：在末法时代衣锦夜行》）。用不着叹息但丁的身世，他在《神曲》里为自己找到了永恒的故乡——天堂，在那儿诗意栖居着。700年后的今天，处在“末法时代”的我们，不管是5000年，还是10000年，人生苦短的我们，能否像但丁一样在诗的旋律的导引下皈依天堂呢？我和天无、天真一样地悲观，因为在“末法时代”：

> 媒介是如此的发达，信息是如此的丰富，空间是如此的逼仄。我们的眼前没有视野，投向任何一个方向的目光，都会被高墙挡住，被七彩霓虹所欺压，被汽车、粉尘和噪声搅拌浇铸；我们的水流从来不会自西向东，而是从上水道拐向下水道，早已没有青荇在水底招摇成柔软的波浪，只有可猜疑的无法中和干净的化学成分；我们的星星月亮、吴刚和嫦娥都和太空垃圾属于同类材质，更别提我们的爱人和爱情了……（《谁将为诗唱一首安魂曲》）

我很喜欢这一段话，其传递的思想无疑源自法兰克福学派对异化的分析和批判，但它不是西式抽象的哲学话语，而是纯粹的汉语表述，融思于情。理性的知识判断只是我们推开生活现象之门的一种外力，如何唤起隐藏在我们日常生活的感觉、体验之中的灵魂之“痛”，激发我们直面惨淡人生的内驱力，迫使每一个人用自己的眼去审视，用自己的体温去测试人间的世态炎凉，让哲学之思变成冷峻的想象之箭，呼啸穿越苍凉的历史时空，这就是诗，这才是好诗。类似这样的表述，在天无和天真的书里，或长或短，随处可见。比如谈及中国当下文学语言之乱象时，《被质押的语言——再读马尔库塞》里写道：

> 资本主义的美国没有“传统”的负累，美国人只需思虑能否把人自己从现代化的技术极权主义治下解救出来。而我们的语言及其所映射的人性所受的是多重质押。一代又一代皇朝从儒法道等百家学说中各取所需，抽绎出治人之术，逐步融合成完备顽固的专制道统。它没有来得及在民族心理中消散，苏联老大哥又给装备了现代极权主义的文韬武略。无休止的思想改造和群众运动终于造就了国人举世无双的思想意识形态和表达方式。而当下，忙乱的接轨又带着各种沉疴集结在技术理性麾下。这种结合而生成的超级魔怪，觊觎着我们每一个人。

这是一种能力，一种把思想嚼烂，吸收精华后转化成为自己的生命呼吸的能力。读鲁迅的杂文，读朱维铮的史论文章，读陈平原的民国思想史研究，读王乾坤对鲁迅“孤独”的解读，读王彬彬的《陈独秀留在沪宁线上的鼾声》，读陈丹青说鲁迅“好看”“好玩”一文等，莫不惊叹这些文章之妙，自愧不如。举这些例子，倒不是说天无、天真已是作文大师，而是以自己对好文章的鉴赏标准来看，天无、天真的为文确有大家气象。咬文嚼字是文人一辈子的功夫，重要的是，作为诗人（他们年轻时都是诗人），推及所有关注天道人心的文人，唯有在一己之痛中看出天下之痛，并视天下之痛为一己之痛，方实至名归。艾略特说“诗不是放纵感情，而是逃避感情，不是表现个性，而是逃避个性”，仅学中国式《文学概论》写诗的人，是很难理解艾略特的这些话的，只有透彻理解几个伟大诗人的生平和命运，才会参透诗与人生的血肉关系，我甚为赞同天无对艾略特诗学观点的解读：“但丁正是艾略特心目中‘逃避’者的典范：唯‘逃避’才能换来艺术上的‘新生’；唯‘逃避’才能使一个人的爱情，变为众生爱情的写照”（《但丁与个人化写作》）；“三流的诗人看重的是自我的个性与他人的个性的差异，一流的诗人期望达到的是自我个性与社会性的统一”（《新媒体与新世纪诗歌》）。如此，诗人才会像叶芝所说：“他在开始作为一个独特的人说话同时，开始为人类说话了。”有此理解，天无、天真对诗坛现状的抨击并非少不更事的意气用事，相反，他们是在竭尽全力地陈述：何谓诗，诗人何谓？请看对某些自诩为先锋诗人的描绘：

> 在我看来，太多的先锋早已混同于时尚英雄，他们就算跟别人碰巧走在同一条路上，也一定要走在前面，而没有想到并非自己领着潮流，而是潮流领着自己。需要始终居于先锋的艺术家，他们的内心并不独立，因此他们的自我感觉、思想意识需要特别彰显，并期望被特殊对待。这是一种精神依赖症。（《已知的都是小意思》）

当诗变成一种时尚，变成一种功利，诗人就变成了俗人。这样的诗人，我知道他们活得很累，很辛苦，当然也很精明。他们需要鲜花、掌声和奖项，需要媒体对自己的名字给予记忆的体温，于是，先锋也好，乡土也罢，顺潮流行，逆潮流也行，只要能达到所欲的目标，什么手段都可以上。因为“他们的内心并不独立”，他们以个性、时尚、权力的名义作践自由，作践诗歌。与此相反，“诗歌，是人抗拒不自由的标记”，“我们每个人都是诗人，至少是潜在的诗人：我们谁不想要自由，从来到世上的那一刻起，到你化成灰的那刻止”（《在越来越逼仄的世道里不停地回车》）。普希金若为自由故，一切均可毅然抛弃的姿态，今天安在？李白“安能摧眉折腰事权贵”的骨气，何时再现？看看那些自称在写“诗”的人，在苍白的语句、空洞的哲理里，摇曳着功名利禄的身影，隐藏着阿谀奉承的嘴脸，除滑稽、可恶之外，还得加上可怜二字。他们患上的不是“精神依赖症”，而是名利依赖症。对这样的“诗人”，“哪怕你在世人心目中显得精彩绝艳，哪怕凡有水龙头的地方流出来的都是你写的句子，你也不是一个诗人”（《诗人：死于不死于恶死之时》）。诗人，应该像但丁一样，矗立在自由的广场，至少，意大利人是这样理解诗人的！天无和天真也如是说：“一位视文学为自由的作家也一定会严肃而严谨地约束自己；文学的自由不是由谁赐予写作者的权力，而是内在于文学这一古老艺术的灵魂之中。因此，对于写作者而言，自由是一种信仰，他得为这一信仰而义无反顾地发出自己的声音，以使文学朝着理想目标前行。”（《“文学就是自由”》）就我对但丁的理解而言，诗人，真正的诗人，是自由的践行者，“哪怕诗歌的失败是命定的”，也要“朝着自己设定的那个不可企及的目标，也就是朝着失败，从容迈步”（《失败是诗人的宿命》）。

“开始为人类说话”的诗人才会走在寻找自由的路上，“诗不是形而上学。它首先是一首歌。因为它是世界的青春，它歌唱世界上最古老的现实，树林、小鸟、云朵、星星，它是一种本能的自然延续……所以，诗不仅仅是文学的精髓，它首先是一种生活的存在的方式，这种方式可能经过了人工的培养，但根本上是自然天成的”。[①]这是马塞尔·雷蒙在《从波德莱尔到超现实主义》一书中引用的一段话，出自本雅明·封丹的《伪美学论》，马塞尔·雷蒙借用封丹的话反对超现实主义的故弄玄虚。当时我正在为写《达利遇见但丁》一文而读书，读到这段话，觉得用来描述天真、天无以及他们两人的诗歌理念，再合适不过。在《谁将为诗唱一首安魂

---

① 〔法〕马塞尔·雷蒙：《从波德莱尔到超现实主义》，邓丽丹译，河南大学出版社，2008，第 298 页。

曲》里，因江边涂鸦的诗作引发的议论，不正如此吗？

> 诗歌依然被许多人当作一种特别的东西对待，就像家园亲情依然是许多人的寄托一样。这些人，他们读诗写诗都在人们的见闻之外，可以设想，如果有一天他们因为诗歌得到某个奖项、受到某种赞誉，一定也高兴得不得了；没有这些东西，也完全无所谓。对于这些人来说，兴观群怨不仅是诗歌的功能，也是他们在世上生存的方式。他们永远不会看到、更不会理解，很多的诗人正在进行着的各种运作、操作或制作。

还有：

> 无论你做什么，诗都帮不了你，但如果心灵中真有一处文学领地，可以使处境困窘的我们出其不意地得到欣慰，甚至感到时时充实，也或者只是在告别这个世界的时候，保持那种安详和体面。（《与不同的事物比邻而居》）

这些话朴实无华，却使我感动，因为它们唤起了我内心关于诗的记忆，温暖地抚慰着心灵深处最柔软的地方。很多年前，我居住的小区里坐着一位修鞋匠，年老、单身，古铜色脸上每一条皱纹里都溢出笑意。修鞋是他赖以生活的事情，可他的收费总是低得让人不好意思，活却做得像艺术。他的周围永远坐着一群老人和小孩，笑声朗朗，每次经过那里，都不由地想起海子的诗：“面朝大海，春暖花开”；十几年前，在西安火车站的广场上，突然瞥见一个农村少妇，正靠在一捆破旧行李卷上给孩子喂奶，眼中流淌出来的神情，在夕阳的辉映下，是那么宁静与安详，一下过滤了广场上的喧闹，心中因候车引起的焦灼感顿时冰释，眼前仿佛看到米开朗琪罗的雕像《圣殇》，宛如听到但丁在《新生》中的吟诵：“如果慈祥的宽容的主愿意，我的灵魂也可以看到那爱人的灿烂，也许可以看到圣洁的贝雅特丽齐的辉煌——她的神情已经凝住在那（时代圣洁的）神明的脸上”；2015 年夏天的一个傍晚，在意大利小城锡耶纳，田园广场和一条古老街巷的交接处，一个身穿白色连衣裙的女孩，坐在斑驳的石条上，独自拉着小提琴，她是那么专注，悠扬的琴声引得路过的游人纷纷驻足，我想，700 多年前，但丁游走锡耶纳的时候，大概也听到了这样的琴声，生命在诗意里的绵延，恰如意大利诗人塞何里·帕维泽的诗句："沐浴在灿烂阳光下的记忆啊，在平静如水的日子里，会时时重现。"生活里，诗意的瞬间无处不在，常人的感动往往转瞬即逝，而诗人，会用诗行把这些美好的瞬间变为永恒，所以，"不是诗人打动了读者，而是诗人把无数读者已有的却又无法说出来的喜怒哀乐还给了读者"（《新媒体与新世纪诗歌》）。2015 年 11 月 25 日，华中科技大学"春秋讲学第 8 季　喻家山文学论坛"会议上，天真做了一个主题发言，题目是《有多少故事等待讲述——读勒克莱齐奥》。其中一段话依然这样解释着作者与读者的关系："作家用这些细节，似乎要擦亮我们的眼睛，拭去我们头脑和心灵中的锈迹。他通过写作唤醒读者，以正视无名的存在。所以，他写下那么多奇异的故事、孤单的旅程，写下那些异族、异类、异端的人，写下那么多弱小者、底层人的徒劳的挣扎。"

"正视无名的存在"，是诗人的道义使命，如艾青："我是在写着给予这不公道的世界的咒语。""正视无名的存在"，亦是诗人对善的信任与寻觅。在《追寻那微弱而坚忍的人性之光》一文里，作者引用了卡尔·雅斯贝斯的话："无名是真实的存在。只有那些正视无名的人才拥有抵御虚无的保证。但与此同时，无名又是非存在的生活，其力量无可比拟和不可思议地强大，它发出了摧毁一切的威胁。无名，乃是我为了成为一个人而努力与之一起飞升的东西——如果我寻求存在的话。"天无和天真读书的年代，正是存在主义流行的年代，他们接受了哲人们的睿智，不再相信虚假的粉饰，但他们仍然坚信：人心之光，尽管"微弱"，却依然"坚忍"地存在；尽管"这是个污言秽语、强人欺世的时代，它不给诗以任何位置"，"但并非不需要诗，改变这个现状非得仰仗诗的精神不可"（《关于我们以诗抗恶的梦想》）。我以为，这不是一个"梦想"，因为"我们仍然将在诗歌里若有所思，'思那已逝者，盼那将至者'"（《诗歌回忆，兼致"一二·九"》）。但丁以"诗意的善"作为穿越苦难的火炬，"《神曲》的内容既美丽又使人愉悦。它不但指引了男人，还教育了妇女和孩童。文章里隐藏着令人回味的深刻意义，让知识分子在一阵焦虑思索后，重新获得了精神的能量和养分”（薄伽丘：《但丁传》）。揭穿黑暗，指向光明，《神曲》道出了诗的伦理本分。今天的中国诗坛，路在何方？诗人的意义何在？

> 在现代中国的权力与资本逐渐合流的语境里，我们普遍采用“知识生产”的概念，这或许是某种基本事实，但从价值理念上来说，恰恰是精英人物必须反抗的东西。否则，精英的灯塔意义竟又何在呢？福柯、布迪厄的理论很现实，也很好用，但他们最糟糕的是，没有为人类文明史的走向点燃明亮的灯盏，哪怕是一盏温馨的小桔灯也好呢？然而不，他们或许是坚持求真的学人，在一往无前的求知路上执着前行、风雨无阻；但他们忘记了，人是需要方向的，茫茫大众就更是如此。①

天真、天无说我们处在一个“精神分裂的时代”，我补充一句：我们处在一个史、思、诗被撕裂的时代，历史的世俗化、思想的虚无化，正肆无忌惮地玷污和肢解着诗的魂灵。但我不悲观，我和天无、天真一样喜欢海子的诗：面朝大海，春暖花开。去海德堡的时候，我追踪歌德、黑格尔、海德格尔的思绪，踏上了渴望已久的“哲学家小道”。我本以为，那条小道上一定有许多哲学家的遗迹供人瞻仰，出人意料的是，被称为哲学民族的德国人在“哲学家小道”上只建有一个纪念碑：诗人艾辛多夫（1788—1857）。但愿这是一个美丽的隐喻。特录下艾辛多夫著名的诗歌《月夜》，以兹证明诗歌不死。

> 曾经，那苍穹
> 静静的吻过大地，
> 此时在斑斓花丛
> 她梦想着与他相遇。
> 清风曾经拂过这片土地，

---

① 叶隽：《场域思维与学术归位——关于学术伦理的思考》，《书屋》2013 年第 10 期。

麦穗随之轻舞，
树梢为之摇曳，
这是一个月朗星稀的静夜。
我的灵魂
舒展开它的翅膀，
掠过这寂静的田园，
飞翔，回归她的故乡。

（乙未冬月定稿于湖北省图书馆）

（原载《长江文艺评论》2016 年第 4 期）

达利遇见但丁

2015年夏天，在佛罗伦萨的大街小巷，随处可见一张醒目的展览海报，海报上面，达利和但丁，一个是在20世纪的画坛“兴风作浪”的画家，一个是在中世纪的暮色中行吟于亚平宁半岛的诗人，他们隔着750年的时空，又共同沐浴着地中海的阳光，展览于7月2日至9月27日在佛罗伦萨的美第奇－里卡迪宫举行，主题词是：达利遇见但丁（Dalí meets Dante）。佛罗伦萨是但丁的故乡，其故居紧靠今日佛罗伦萨最亮丽的景观——百花大教堂，在一条逼仄的小巷子里，但丁诞生的祖屋和受洗礼的小教堂，似乎都还沉浸在昏暗的历史之中，把不远处百花大教堂的富丽堂皇和广场上游人的喧闹，过滤得干干净净。宛如当年，被逐出故乡的但丁，决绝地不再返回佛罗伦萨。于是，《神曲》诞生了。佛罗伦萨人知道这是一个历史的耻辱，是自己城市永远的痛，他们曾想迎回诗人的遗骸归葬故土，却没能如愿，只好堆起一座空坟聊以自慰。是否想借助“达利图说《神曲》”的版画展，佛罗伦萨人再次向世人诉说还债的愧疚？这不是我的臆断，“达利图说《神曲》”的100幅版画，早在1960年就已完成，也在世界各地巡回展出过多次，仅在中国就展出过两次，一次是2006年的北京，一次是2007年的苏州。时隔半个多世纪，达利终于来到但丁的故乡，姗姗来迟的背后，隐藏着什么样的故事呢？我不知道。但在冷冷清清的展出现场，我有一个强烈的感受：700多年前的佛罗伦萨，700多年后的佛罗伦萨，始终没有读懂但丁，没有读懂《神曲》，他们的愧疚只是源于但丁永远的声名。但丁的思想，当年的佛罗伦萨拒绝了，今天的世界依然排斥。只有达利，这个身背疯癫骂名的画家，却用怪诞的造型、暧昧的色彩独自苦吟着但丁的思绪。距佛罗伦萨77公里的拉韦纳小城，但丁的安息之地，《神曲》大半写于此，但丁应该在

2015年的夏天，向佛罗伦萨发出疑问的一瞥：我的知音，为什么是达利？

一

“达利图说《神曲》”版画展有一个前言，前言的标题是：《达利的〈神曲〉背后的故事》（*The Story behind Dale's Divine Comedy*）。看了正文，我们才知道达利的《神曲》版画难以在故乡展出的原因。早在20世纪50年代，意大利政府为纪念但丁诞辰700年，准备出版一套精美的纪念版《神曲》，并邀请达利为之插图。孰料此举在意大利引起了轩然大波，舆论一片震惊和不满：达利，一个西班牙人，一个惊世骇俗、疯疯癫癫的超现实主义画家，一个特立独行、极端的个人主义者，有什么资格为意大利的伟大遗产《神曲》插图作画？舆情难违，意大利政府只得收回成命。达利一开始对此事并不积极，只是知道文艺复兴时期的大画家波提切利也画过这个题材后，才接受了邀请，尽管反对的声音如达利所说：“整个世界，从共产主义到基督徒，都起来攻击我给但丁作品所画的插图”，但达利就是达利，他一头扎进但丁的世界，开始了与但丁长达9年的对话。两个天才的艺术家隔着时空的绝妙对话，他们围绕生和死、欲望与爱情、艺术与宗教、沉沦与救赎展开的对话依然令人着迷，让人震惊，当然，着迷和震惊的人是何等少！只有达利知道，“当但丁在暂时之中生活的时候，他为人所轻视了，可是，当他在永恒中生活的时候，他又为人所忘却了”，[①] 达利还知道，自己的境遇如同但丁，忽而，他的自嘲比此起彼伏的攻击更玩世不恭，“我们这些超现实主义者，只要你稍加注意，就会发现我们根本不是艺术家，我们也不是真正的科学家，我们是鱼子酱”，忽而，他又义正词严地自我否定：“现代艺术”已“变得神经错乱和癫狂，战后（指第一次世界大战——笔者注），它被囚禁在疯人院里，在如今这新的战争期间（指第二次世界大战——笔者注），它被所有人都忘掉了！”[②] 这些话出

① 〔俄〕梅列日科夫斯基：《但丁传》，汪晓春译，团结出版社，2005，第3页。

② 〔西班牙〕萨尔瓦多·达利：《达利自传》，刘京胜、胡真才译，人民文学出版社，2014，第358页。

自1941年出版的《达利自传》，是年，达利37岁，当时的达利肯定没有想到，639年前，即1302年，但丁也是37岁，因贪污公款、反对教皇查理、扰乱共和国的罪名，被佛罗伦萨判5000小弗洛林罚金，被流放2年，并处罚永远不许担任公职。命运的坎坷加快了但丁思想裂变的速度和深度，5年后，他开始了《神曲》——灵魂再生的写作，而达利则在37岁时宣布："我的再生也将在本书面世的第二天开始实现。"[①] 达利对《神曲》的图说，应视为达利所言的"再生"的生动体现，他将但丁笔下富有韵律的诗行、精心雕琢的人物、怪诞不经的惩罚方式，切换为对梦的解析、对死亡和性的恐惧，在如此弗洛伊德的精神分析学说的演绎中，我们看到一种奇特的融合：《神曲》的精神向度与达利独有的柔和笔触和极度扭曲的人体躯干——不管是凡人、魔鬼还是圣人、天使，都在难以理喻的梦境中相互缠绕，这是典型的达利版《神曲》，是独特、超脱和疯狂的想象与诠释，还是一场跨越时空的灵魂对话？尽管评论界众说纷纭，达利图说《神曲》的100幅水彩画又一次产生了轰动效应，意大利人拒绝了达利，法国知名出版人约瑟夫·佛莱特（Joseph Foret）却将达利这一系列作品推向公众视野，他曾与达利合作出版过《堂吉诃德》的精美插图（10幅水彩、28幅素描）系列。这一次，达利亲自监督和参与，把100幅水彩画转化为木版画，复制传播。

我很想问但丁，达利，真是你的知音吗？可是，"但丁在疯狂的人间少言寡语，宛如在起火的房子中锁着一位舌头被割去了的人"，[②] 薄伽丘在他的《但丁传》里也记载了但丁的沉默。看完达利100幅木版画后，前面假设的但丁疑问变成一个值得探究的问题：为什么是达利？

二

通读达利其人其作，有一个结论显而易见：如果没有那个名叫加拉的女人，达利要么去了精神病院，要么就是巴黎沙龙里的一个二流画家。达

① 〔西班牙〕萨尔瓦多·达利：《达利自传》，刘京胜、胡真才译，人民文学出版社，2014，第354页。

② 〔俄〕梅列日科夫斯基：《但丁传》，汪晓春译，团结出版社，2005，第227页。

利和加拉的认识与疯狂相爱，一开始完全是艺术圈里老掉牙的故事套路：邂逅，互生爱意，以新换旧，缠绵得天崩地裂、你死我活……只是结局在老故事中却是鲜见的，从1929年相遇到1982年加拉去世，达利一直把大自己9岁的加拉奉为心中的女神，从未移情别恋。加拉去世后，达利放下了从未离手的画笔，精神一下就崩溃了，又回到年轻时的半狂乱状态，1989年失魂落魄的达利便随加拉而去。达利结识加拉后，加拉的形象就成为达利作品中不可或缺的要素，如以加拉命名的作品：《加拉和米勒的祈祷，前面立刻来了圆锥形的歪像》《加拉肖像的自动出现》《加拉的肖像》《加拉像》《加拉肖像》《带犀牛症候的加拉》《凝望的加拉》《加拉的晚祈》《加拉的脚》；就连怪诞题材、战争题材的作品《怪物的发明》《内战的预兆》《火焰熊熊的长颈鹿》《醒前一只蜜蜂飞自石榴而产生的梦》《风的宫殿》中，都有加拉别样的形象显现，此外，还有不少关于加拉的雕塑作品。达利甚至在自己的故乡买下一座始建于11世纪的城堡，命名为加拉·达利城堡。不知从何时起，达利的作品开始署名为“达利=加拉”，没有加拉的达利，实在让人无法想象。

为什么会如此？《达利自传》中的文字是最好的解释，达利第一次见到加拉的时候，“长途跋涉”使她“疲倦不堪”，尽管“有张非常聪慧的面孔”，“但是看起来情绪非常不好，应该说，是因为来此而生气”，达利很失落。他前一天曾强烈预感到他永远的爱人就要出现了。为了吸引想象中的意中人的注意，他把衣服撕破剪碎再加以翻改，脖上挂珍珠项链，耳朵后插天竺葵花。刮腋毛时，把皮肤划破，把血涂身上，然后再抹鱼胶、羊屎油混合在一起的混合物。但是远远见到加拉的裸背，像遭电击，立即决定终止这个毛骨悚然的约会。本是法国超现实主义派诗人保罗·爱吕雅的妻子的加拉，在达利歇斯底里的情感表白里，终于成为达利的母亲、妻子、密友、模特儿与绘画灵感的源泉。重要的是，我从这些解释中寻找到达利耗费9年时光图说《神曲》的理由和动力，因为《神曲》中也有一个不可或缺的人物——贝雅特丽齐（Beatrice）。但丁在自己早期的作品《新生》中说，他只见过贝雅特丽齐两次。9岁一次，“这个时候，藏在生命中最深处的生命之精灵，开始激烈地颤动起来，就连很微弱的脉搏里也感觉了震动”。[1] 9年以后，但丁又一次在佛罗伦萨阿尔诺河的老桥边见到了心上人。“在那位最高贵的圣女第一次现身之后，时间一晃就过了九年。……她又在我眼前现身了。这一次她身裹雪白的服饰，走在两个比她稍微年长一点的女人中间……当她走过一条街的时候，她把目光转向了我所站立之处。我顿时忸怩失措，万分心慌。她竟然向我点头示意，把她那不可言传的款款深情传递给了我。这对我来说，可以视为一种天恩。我感到我获得了无以复加的天恩……那是这一天的九点整。”[2] 但丁的这一段话，后来成为许多画家据以创作的源泉。其中最有名的，首推亨利·霍利迪（1839—1927）的名画《但丁与贝雅特丽齐的相会》。现在去佛罗伦萨的旅游者，在很多报亭里都可以买到根据这幅著名油画制作的明信片。就这两次的刹那印象，竟足以让但丁用一生的时间、用无尽的诗意去赞美讴歌她。许多学者都认为贝雅特丽齐完全是但丁虚构的人物，他不过是要把《神曲》追求的至真、至善、至美的精神变成可感、可爱的艺术形象。此说有考据学上的道理，却又把《神曲》诞生的动力源看得太单一、太简单。同样，在中世纪的书写语境里，但丁对贝雅特丽齐的叙述，必然是以诗化的言辞遮蔽无意识的力比多情结。因此，分析达利与加拉的故事——现实版的但丁与贝雅特丽齐的故事，就不仅仅是寻觅达利走向但丁、走向《神曲》的诱因，更不仅仅是把两个伟大的艺术家当作精神分析的相同案例，尽管达利对弗洛伊德的理论五体投地地信服，很多评论家也无比天真地跟着达利鹦鹉学舌。达利因加拉走向但丁的同时，但丁也携带贝雅特丽齐走向达利，如果说加拉“发现并启发了”达利“灵魂中的古典主义”，[3] 贝雅特丽齐呢？但丁把你当作天堂的化身，就像达·芬奇把蒙娜丽莎当作美的化身，米开朗琪罗在《圣殇》中把圣母当作爱的化身，你或者你们，文艺复兴时期的女性们，是否预知：但丁、达·芬奇、米开朗琪罗的后辈同行，会用精神分析的手术刀，把你们的灵魂和身体切分成两半？在“达利们”的作品中，你们的容颜不再美丽迷人，你们的神情不再高贵安详，你们婀娜的身姿夸张地变形扭曲，你们

① 〔意〕但丁：《新的生命》，沈默译，东方出版社，2007，第2页。

② 〔意〕但丁：《新的生命》，沈默译，东方出版社，2007，第5页。

③ 〔西班牙〕萨尔瓦多·达利：《达利自传》，刘京胜、胡真才译，人民文学出版社，2014，第310页。

的灵魂在幽暗中哭泣。对于2015年夏天游览佛罗伦萨的游客而言，走出佛罗伦萨诸多古典艺术博物馆，再去观看达利的《神曲》版画展，无疑是从纯美的天堂堕入迷惘的地狱，感官上的强烈反差会让人不知所措，即使有所感悟，也难免受到历史与现实之间诡异互动的牵绊。

三

弗洛伊德对达利说："我在经典画作中寻找下意识，在超现实主义画作中寻找意识。"① 我想说，达利在但丁的《神曲》中寻找被遮蔽的下意识，又在超现实主义的非理性的绘画中寻找意识的出路。在根据《炼狱篇》第一章画出的《忏悔者》中，天使垂着头，她的身体似乎在经受痛苦，骨头从膝盖中掉落出来，翅膀上也有裂痕，天使身上的五个抽屉被打开了，她埋头在其中寻找着什么。在达利的作品中，许多人体（多半是女性人体）有着或开或闭的抽屉，被称为"带抽屉的人体"，如油画《燃烧中的长颈鹿》（1935）、雕塑《带抽屉的米罗维纳斯》（1964）、雕塑《火焰中的女子》（1980）、《拟人化的陈列柜》（1982）。名气最大的《带抽屉的米罗维纳斯》，是达利于1964年创作的作品，整个雕塑重800公斤、长220厘米、宽175厘米，直到达利1989年病故前夕，才将她浇灌进模子变成雕塑成品。在痴迷于弗洛伊德精神分析学说的达利看来，他之所以让女性人体上带有大小不一的抽屉，是因为抽屉如同房屋、隧道、各种各样的容器，有着被填充的空间和需要，故成为女性无意识中潜藏的力比多的象征，这是一些"只有精神分析学家才能打开的抽屉"，如是，抽屉代表着秘密、记忆和未知，是无意识的容器，象征着女人身上隐含的无穷的秘密。这样的解释是否太皮相？就像仅把贝雅特丽齐视为至善至美的化身一样，那是童话的编排，而不是美学和伦理学的考量。

不错，贝雅特丽齐是"从一个欲望的形象升华为天使的形象"，② 但丁

---

① 〔西班牙〕萨尔瓦多·达利：《达利自传》，刘京胜、胡真才译，人民文学出版社，2014，第359页。

② 〔美〕布鲁姆：《西方正典》，江宁康译，译林出版社，2011，第59页。

在他的时代，无法像达利那样坦陈自己对贝雅特丽齐的欲望，洞穿这种欲望是达利的独门法器，把《神曲》中的天使还原为世俗的女人，是20世纪西方艺术观念的逻辑结果，但是，如果把伦理学降格为生理学，把美学纯粹心理学化，我们只会附和欲望的狂欢，真的认可达利是个性变态的疯子，而忘记了达利的话："我同疯子的唯一区别，在于我不是疯子。""不是疯子"的达利在肉身天使的抽屉里寻找什么呢？和但丁对话的达利，把天使世俗化的达利，其实早已超越了肉身欲望的迷惑，他在天使身体上打开的抽屉中，寻找人世间罪孽和恶行的根源。达利绘画创造的宗教性场景似乎重复着中世纪的话语——原罪与救赎，可仔细端详，世俗化的天使——人，是在埋头自我审视罪孽和恶行。在中世纪，人是从上帝的代言人那里得知：我有罪，而且是永远无法得到赦免的原罪；在达利这里，人是在自己审判自己，审判自己生活中的一切。埋头沉思，如同罗丹的《思想者》，在地狱的入口处，理性的力量与理性的困惑是一个硬币的两面，只看到前者的人，是无法理解但丁和达利内心之痛的。

但丁没有放弃神学的救赎之道，却又打破了神圣与世俗的堡垒，他要靠自己的意志去寻求救赎之道。被逐出佛罗伦萨的但丁，游走于人间万象之中，每天都在日常生活的琐碎中面临着善恶的选择，是做天使，还是做恶魔，这是一场信念与意志持久的较量。但丁的伟大在于，他在无数次选择中历练出希腊精神中高扬的主体意识，又从基督教的救赎之道中获得生命的终极安慰，这其中的痛，发酵出来便是醇厚的佳酿——《神曲》。被逐出超现实主义团体的达利，开始了疯狂的旅行，"结束！结束！结束！结束！结束！结束！结束！到此为止吧！"[①] "生活！清点一下前半生的生活，以便通过生活经验使我后半生更丰富，不受过去桎梏的束缚。为此，必须狠心地、毫不犹豫地杀死过去，必须蜕掉我自己的皮——我战后时期并无生机的革命嫩皮。"[②] 像但丁一样，达利要在迷茫的旅途中寻找自我救

① 〔西班牙〕萨尔瓦多·达利：《达利自传》，刘京胜、胡真才译，人民文学出版社，2014，第359页。

② 〔西班牙〕萨尔瓦多·达利：《达利自传》，刘京胜、胡真才译，人民文学出版社，2014，第354页。

赎之路，任凭无意识宣泄的超现实主义的绘画“革命”，让达利的身心疲惫不堪。写作《达利自传》的过程，癫狂的达利清醒了，他把自己和超现实主义身上的“抽屉”一一打开予以严厉的审视：那些画面，硬物软化、比例逆反、时光凝固的物象，扭曲或者变形的生物躯干，种种荒谬、“碎块”的梦境，是精神分析学说推演出来的产物，可精神分析学说说明不了其间的意义。达利走向了宗教，“有一个事实是明白无误的，那就是哲学、美学、词法学、生物学或伦理学的发现，没有哪一样与宗教相抵触。与此相反，专业学科殿堂建筑的窗户全部向天空敞开”。[①] 天空就是上帝的居所——天堂，没有天堂，地狱还有什么意义？悟了此道，达利便以升华替代了宣泄，“性本能升华为美学，死亡感升华为爱情，空间—时间的痛苦升华为玄学和宗教”，[②] 世俗化的加拉，如同但丁的贝雅特丽齐，都“成为教会拯救等级体系中的关键因素”，[③] 这个隐喻的含义是：世俗与神圣、欲望与升华、地狱与天堂，在信仰的此岸——不是中世纪的彼岸——是可以转化的，但丁用《神曲》开了此端，达利在700年后接着说：

我没有舍弃任何东西，我依然故我。我继续我的开端，因为我已经在开始的同时就结束了，为的是让我的结束转变为开端，转变为再生。[④]

四

走出展厅，佛罗伦萨晚霞满天，再次凝望展览馆门口巨大的海报，红色的但丁面朝东方，忧郁依然写在脸上，黑色的达利紧随但丁的身后，两撇招牌式的胡子像两根放纵的鱼刺横向天空，那双目藐视一切的眼睛不无

① 〔西班牙〕萨尔瓦多·达利：《达利自传》，刘京胜、胡真才译，人民文学出版社，2014，第361页。

② 〔西班牙〕萨尔瓦多·达利：《达利自传》，刘京胜、胡真才译，人民文学出版社，2014，第359页。

③ 〔美〕布鲁姆：《西方正典》，江宁康译，译林出版社，2011，第59页。

④ 〔西班牙〕萨尔瓦多·达利：《达利自传》，刘京胜、胡真才译，人民文学出版社，2014，第355～356页。

挑衅地注视着我们生活的世界。我很想对达利说：但丁，已步入天堂，《神曲》也已成为经典，可是你呢？再过 700 年，还有人会像你关注但丁一样关注你吗？没看你图说《神曲》的 100 幅木版画之前，我以为你和超现实主义画派一样，热闹得快，消失得会更快，现在，我怀疑自己的判断，因为你做了和但丁一样的工作，他把人文主义和基督教思想做了一次诗性的融合，而你，则在世俗的“抽屉”里，放进了本不该被放逐的神性。尽管你说：“此刻我还没有信仰，我怕我死得暗无天日”，但你已经知道：神圣的天堂“既不在上面，也不在下面，既不在左边，也不在右边，天空不偏不倚就在有信仰之人的胸膛中央”。[①]

1941 年，37 岁的达利写完《达利自传》后，开始了孤独的精神皈依之路。二战给了他更恐怖的记忆：神性失落，兽性膨胀。他一步一步走向但丁，走进《神曲》：“我的超现实主义荣耀一钱不值，应该把超现实主义纳入传统之中。我的想象应该回归古典主义。我面对一件有待完成的作品，但我此生不足以完成它。加拉鼓励我肩负这一使命。我与其沉迷于所获成就的海市蜃楼中，还不如动手去做一件堪称‘重要’的事情。这件重要的事情就是将我的生活经历‘古典化’，给它一种形态，一种宇宙，一种综合，一种永恒的结构。”[②] 达利艺术精神上由超现实主义向文艺复兴时代的回归，是他个人艺术生涯的“新生”，也预示着 20 世纪欧洲诗学裂变中一个新的行进方向，正如日内瓦学派第一代成员马塞尔·雷蒙日后的分析：“假如超现实主义要克服并超越，而这正是我的想法，那么只能以这样一种诗为方向，即对任何时代来说都是最深刻的也是最具有个性的诗。它揭示了命运的最真实的一面。它时而是藏而不露的话语，深埋在生与死的交点附近……它时而是最简单的话语，通过一个手势或一个目光表露出来，但却涵盖了整个生命。诚然，诗有时会‘从源泉中流淌而出’，条件

① 〔西班牙〕萨尔瓦多·达利：《达利自传》，刘京胜、胡真才译，人民文学出版社，2014，第 361 页。

② 〔西班牙〕萨尔瓦多·达利：《达利自传》，刘京胜、胡真才译，人民文学出版社，2014，第 316 页。

是诗人已经向前迈进直至达到泉水聚集的地域。”[1] 告别超现实主义，就是达利的“向前迈进”；“泉水聚集的地域”，就是但丁和《神曲》。

二战结束后，达利终于用图说《神曲》的100幅画完成了他一生中最“重要”的作品。达利证明：“但丁的旅程与众不同，它不是一场梦，也并非他一个人的旅程。这旅程是对一种精神成长的寓言式再现，那精神成长就是人在此生的道路。”[2] 在这一点上，达利不是孤独的，他的前辈和同辈中有着一长串的诗人：但丁、弥尔顿、华尔华兹、布莱克、狄金森、艾略特、雅姆、R. S. 托马斯……人们送给这些诗人一个称谓：基督教诗人，我更喜欢艾略特的说法：这是一些用宗教精神来处理诗歌题材的诗人。[3] 人只是诗歌的题材，没有宗教的点化，人只会是达利画中“碎片”化的存在，人的精神“抽屉”里只有一副臭皮囊。走进《神曲》的达利，肯定想起了米兰多拉在《论人的尊严》中的宣告：

我们创造的你，既非圣物又非凡人，
既非永存又非速朽。
因此，你可尽按自己的意志，以自己的名义，
创造自己，建设自己。
我们仅仅让你能够按照自己的自由意志成长、发展。
你也许会蜕变成无理性的畜牲；
但是如果你愿意，也可以开创神圣的生命。

We have made thee neither of heaven nor of earth,
Neither mortal or immortal,
So that with freedom of choice and with honor,

① 〔法〕马塞尔·雷蒙：《从波德莱尔到超现实主义》，邓丽丹译，河南大学出版社，2008，第297页。
② 〔美〕约翰·弗里切罗：《但丁：皈依的诗学》，朱振宇译，华夏出版社，2014，第90页。
③ 〔英〕托·斯·艾略特：《艾略特文学论文集》，李赋宁译，百花洲文艺出版社，1997，第240页。

As thought the maker and molder of thyself,
Thou mayest fashion thyself in whatever shape thou shalt prefer.
Thou shalt have the power out of thy soul's judgment,
To be reborn into the higher forms, which are divine.

（原载《中文论坛》第3辑，长江出版社，2016）

关于流行歌曲与当代大学生审美趣味的一份调查报告*

近二十年以来，流行歌曲在大众文化领域里一路行情看涨，独领风骚，而在理论界，流行歌曲所得到的多是形形色色的指责和不屑的沉默。近两年，围绕罗大佑的流行歌曲能否进入中学教材，流行歌曲何以吞噬了幼儿园的儿童歌曲等问题，展开过一些并不深入的讨论，讨论中虽有争议，但仍是以文艺的教化功能作为衡量流行歌曲的基本尺度。笔者以为，文艺的教化功能这个尺度不足以索解流行歌曲的文化内涵，在某种意义上，流行歌曲对当下社会生活的影响已远远超出传统的文艺领域，已然成为一种颇值得从多学科进行研究的文化现象。湖南电视台于2004年、2005年连续推出的全国“超级女声大奖赛”，参与人数之多，节目收视率之高（时值假期，绝大多数大学生、中学生都是最忠实的观众），影响之大，恐怕任何电视台的任何节目都难出其右。一味指责这类节目过浓的商业气息其实是没有任何意义的，看看数百万以上参与者如痴如醉、似癫似狂的火爆场面，节目策划者的成功之处并不仅仅是巨额的收入，而在于其有意无意地建造了一个巨大的社会空间，让某种群体性社会心理得以合情合理地释放。由此，理论界多年来对流行歌曲嗤之以鼻的态度势必遭逢严峻的诘问：流行歌曲何以具有如此大的能量？这种能量对当下的青年究竟产生了哪些具体的影响？这些都是理论工作者应该深入研究的重要课题。有鉴于此，笔者近年来在教学过程中围绕流行歌曲对当代大学生的影响作了一些初步的问卷调查，并请部分学生以“我与流行歌曲”为主题写了一些纪实性文章，相关数据分析或许对回答上述问题是有意义的。因篇幅有限，本

* 本文发表时署名为聂运伟、王萍萍。

文仅选择几个问题进行分析。

一　第一次接触流行歌曲的年龄

参加问卷调查的对象均为在校大学生，还有部分研究生，年龄为20—23岁。数据表明，目前在校的大学生（初中阶段14岁以前开始接触流行歌曲的，占参加问卷调查对象的89.5%，高中阶段开始接触的占9.8%，大学阶段开始接触的仅占0.36%）已普遍接触、喜爱上了流行歌曲，而这个时间正是20世纪90年代初期至中期。就新时期大陆流行音乐的发展而言，这是一个重要的转折时期，其前提就是港台歌曲文化内涵的巨变，从1989年到1992年，港台歌曲离开了罗大佑、李宗盛等人早期的批判风格而完全都市化了，提供了一套不同于此前的话语系统，如齐秦的《我是一只来自北方的狼》、赵传的《我很丑，但是我很温柔》、林忆莲的《爱上一个不回家的人》、潘美辰的《我想有个家》、郑智化的《水手》、童安格的《花瓣雨》、王杰的《一场游戏一场梦》、周华健的《花心》、姜育恒的《再回首》乃至小虎队的《爱》等不一而足。这些作品中隐含着的强烈的后现代倾向对内地音乐人来说是一次撞击。在整个80年代中，内地音乐人一向认为港台“没文化”，然而，面对被港台歌星征服的下一代学生，音乐人们目瞪口呆。但在当时，没有几个人能够意识到正是80年代生活方式的剧烈变革导致了年青一代学生自发地对“修身齐家治国平天下”的传统人格发展模式的解构过程，90年代初内地疯狂的追星热明确地宣布了这一解构的来临。

严肃主题迅速化解在新兴都市“钢筋水泥的丛林里”，深刻的追问散失在“岁月不知人间多少的忧伤，何不潇洒走一回”的哀叹里，英雄的幻梦让位给了现实的明星。许多学生的回忆证实了上述分析：“第一次听到的流行歌曲是‘九妹’。初二时，每天吃中饭时都会从隔壁家中传来。初次听到这首歌，让我心中充满惊奇。从每天唱着‘社会主义好’等爱国歌曲的童年中走来，‘九妹’在我心中荡起了波澜，这时才知道原来还有这样的歌曲存在。”（张俊华：《淡香浓烈总相宜——我与流行歌曲》）“自从十二岁生日那天得到了我的第一台Walkman，就开始了我漫长的听音乐生涯。此次以后我的零花钱和稿费几乎都贡献给了音响店，当时最流行或者稍微流行的歌手的磁带碟我都会买来听听，什么王菲、张信哲、范晓萱、孟庭苇、齐豫、齐秦、许美静等等，还有好多名字我都忘了，反正到高中毕业时候，整整整理出两抽屉大概一百多盘磁带和CD呢。可惜那时没有电脑，不能在网上试听专集，害我买了好多甚至一遍都没有听完就打入冷宫或者送人的磁带，像后宫佳丽三千，而我是个昏君。”（杨艺柳：《我的音乐世界》）显然，学生们的自述道出了流行歌曲之所以流行的一个重要原因，流行歌曲所体现的那种人文关怀是一个极富个性的“我”而不是“我们”，大众可以从林林总总的流行歌曲中选择与自己有心灵默契的曲子来张扬自己的内心感受。有一首曾经红极一时的流行歌曲叫《我的未来不是梦》：“……因为我不在乎别人怎么说，我从来没有忘记我对自己的承诺，对爱的执着。我知道我的未来不是梦，我认真地过每一分钟；我的未来不是梦，我的心跟着希望在动……”不可否认，这首流行歌曲与那些传统的抒情歌曲和现代牧歌一样，它歌颂的是一种严肃、认真、有理想、有追求的积极的人生态度，然而拿它和任一首歌颂理想主义人生观的传统歌曲相比，其所歌颂的人生，始终落在了个性化了的“我”的上面，而不是像那首传统歌曲《我们的生活充满阳光》从朴实的“我们”出发。歌曲中的“我”追求的不是既定的、共有的理想，而是属于“我”自己的“意想不到的温柔”，一种被“我们”所“冷落”的和自己“茫然失措”所裹挟着的希望。

如果说当下大学生在初中阶段开始接触流行歌曲有某种文化的必然性，那么，今天的流行歌曲正以令人吃惊的速度向孩子们渗透，则体现出流行歌曲所依托的通俗文化的痼疾之一——盲目性。看看幼儿园的孩子和小学生们谈论流行情歌和歌星时的从容坦然，不难发现，他们受制于电视、音响、广播、同学之间的相互渲染和推销，盲目地把流行歌曲作为生活中不可或缺的乐趣。在网上，一位资深音乐教师许培荣介绍说，幼儿园孩子和低年级小学生喜欢流行歌曲的理由很简单——旋律好、流行广，而小学中高年级的孩子已经把流行歌曲当成了某种炫耀的资本和身份的象征，会唱周杰伦的歌就很牛，还唱苏芮的歌一定会遭到讥笑……流行歌曲背后的快餐式流行文化已经形成强有力的诱惑，成年人都难以逃脱，3—

13 岁的孩子更是无法抵御。笔者以为，问题并不在流行歌曲对儿歌的侵犯，我们的家长、教师、音乐工作者有什么理由认为，现在的孩子们只有传唱《我爱北京天安门》《丢手巾》才是正常的？音乐家徐沛东说得好："一首歌全国人民都知道，传唱好几十年才是不正常。"拿出能吸引孩子们的新儿歌，才是正招。

二　每天听多长时间流行歌曲

此题的问题项有 6 项：（1）1 小时以下；（2）1—2 小时；（3）3—5 小时；（4）6 小时以上；（6）从早到晚。调查数据分别是：（1）57.8%；（2）33.3%；（3）13.8%；（4）2.2%；（5）2.2%；（6）0%。上述数据表明，尽管当下大学生偏爱流行歌曲还没有到废寝忘食以至荒废学业的地步，但每天花 3 小时左右听流行歌曲的现象仍是值得分析的。第一，反映出现代社会闲暇时间的增加。这应该看作一种社会的进步。亚里士多德在《政治学》一书中说："一般思想家都承认，在一个政治修明的城邦中，必须大家都有闲暇，不要为日常生活所需而终身忙碌不已"，"个人和城邦都应具备操持闲暇的品德"。马克思在《资本论》中亦指出，未来的社会，应该普遍缩短劳动时间，让劳动者有更多的闲暇时间从事精神生产。第二，与传统社会不同，现代技术的发展一定程度上打破了闲暇与学习之间的界限。在大学里，戴着 MP3 边听音乐边看书已蔚然成风。

据笔者深入了解，许多大学生钟情流行歌曲，其中的原因正是他们在欣赏中实现了一种心灵的无言与诡秘的默契，骚动不安的灵魂被流行歌曲温柔地抚慰着，被现实生活挤压得几乎干瘪和枯萎的梦再次亦真亦幻地浮现，蒙尘多年、喑哑无声的生命琴弦突然间被一只冥冥之手拨响，内心世界中无数琐细、纤弱、难以启齿的东西，瞬间汇成生机勃勃的生命河流，苍白的生命因此而充满了绿色的希望，这不能不说是一件好事。"像心中突然流过一股清泉，像眼前突然绽放一弯彩虹，我沉浸在流行音乐这个美好的世界里，彩虹有赤橙黄绿青蓝紫，音乐中的美好同样包含着丰富的内容。缤纷的歌词中有对梦想勇敢的追寻、有对人生真实的感悟、有对情感真挚的歌颂，当它们随着优美的旋律一点一点侵入你的心灵，你会发现世界原来如此美好！‘超越梦想一起飞，你我需要真心面对，让生命回味这一刻，让岁月铭记这一回’，‘因为我不在乎别人怎么说，我从来没有忘记我对自己的承诺、对爱的执着。我知道我的未来不是梦，我认真地过每一分钟。我的未来不是梦，我的心跟着希望在动。’词中的主人公仿佛我们身边的伙伴，同我们一样在同一片天空下挥洒着汗水和泪水，在为自己的未来艰辛地付出。但他明了我们所有的茫然和彷徨，他为我们唱出了所有的苦闷和不快。在这些温暖的歌词中，我们卸下了疲惫和辛酸，积蓄了前进的力量，带着被祝福的心继续实现未来的理想。”（陶婷：《歌唱美好》）现代社会可以说是年轻人的社会，流行歌曲可以说是年轻人的歌曲，它可以及时地反映出年轻人的时尚生活节拍。

三　接受流行歌曲的目的是什么

此问题的项分别是：（1）引导潮流，树异于人；（2）紧跟潮流，求同于人；（3）自己爱好，与他人无关；（4）打发时间；（5）其他。统计数据表明，超过 80% 以上的被调查者认为接受流行歌曲纯属自己的爱好，与他人无关。值得注意的是，几乎无人认为自己接受流行歌曲是为了打发时间。显然，当下的大学生们在流行歌曲中寻找的只是能与自我情感相沟通的那一份感动和共鸣，在这里，统一的尺度和公共的标准是不存在的。“对于流行音乐存在很多的争论：有人认为它是垃圾，完全玷污人的耳朵；也有人认为它是一门艺术，需要欣赏和景仰。我觉得任何音乐都有好有坏，不能以一语而概之。好的音乐犹如一缕阳光，看似透明实则五光十色；而坏的音乐则犹如一道彩虹，看似五彩斑斓实则虚无缥缈。流行音乐是好是坏，要看它是否有料，即是否有蕴涵，如果一首流行歌曲表达了某种情感而让哪怕是一个人有所感动或感悟，那么它就是艺术。何谓艺术？让人的心灵得到美的熏染并有所顿悟的作品就是艺术。既然如此，又何必拘泥于它的表达方式是否符合常规呢？”（唐华：《心灵 + 宽容 = 美——流行音乐需要宽容》）

可以说，当下大学生们对流行歌曲的个性化的接受正是时代审美多元化的生动体现。同时，在流行歌曲里，大学生们悟到的仍是有关人生与时代的底蕴。例如，“摇滚是运动的招牌。摇滚，这种独特的音乐风格，它赋予人活力与激情。这点和运动相似，也可以说是它们的共同点。……摇滚，和运动一样，生生不息。现代都市的喧闹，和摇滚的风格那么地相近。摇滚乐的喧嚣，是它独特的音乐灌输方式，和现代人接受城市文明一样，喧嚣、张扬，使得人们被迫地去适应它，因为它就是主流，它就是时代，它就是音乐前进与发展的方向”（邹维：《我看摇滚音乐》）。再如，“‘因为梦见你离开，我从哭泣中醒来，看夜风吹过窗台，你能否感受我的爱’，喜欢水木年华的这首《一生有你》，清新的曲风，流畅的旋律，略带伤感的歌声伴着流水般的音符缓缓坠入心底；喜欢这种朴实而又自然的音乐风格，没有丝毫的造作，只有一种很平实的娓娓道来，却又能在无意中触及心灵中最柔软的部分。不存在着矫情，不存在着刻意，只是一种很自然的相通与打动。关于爱情，关于岁月，关于生命……”（田慧：《音乐·感怀·宁静》）。流行歌曲中所张扬的人性中的个性化反映了它那种不同于传统的固定价值的方式。传统的价值标准就是从既定的社会环境中获得的客观标准，是社会中共享的理想，那么传统歌曲就在于复现、传播这种理想。而流行歌曲的个性化则是通过与客观标准的疏离而提供了一种自我筹划价值的机会。大学生们从流行歌曲中得到的是属于“我”的召唤——每一首令歌迷陶醉的新歌，都是对个人心灵秘密的一次新的召唤。

四　流行歌曲与当代大学生的情感基调

围绕流行歌曲与爱情的调查题比较多，得到的信息和值得分析的问题也比较多，在此，主要谈谈调查中所折射出来的当下大学生的情感基调。有一个调查题是到目前为止您听过的爱情歌曲，较多的是：（1）热恋的歌曲；（2）失恋的歌曲；（3）暗恋的歌曲；（4）其他。调查结果分别是：（1）6%；（2）63.6%；（3）12.1%；（4）18.2%。为什么绝大多数人钟情于“失恋的歌曲”？现在大学生中的恋爱成功率（指步入婚姻殿堂的比例）究竟有多高，笔者不敢断言，这是一个社会学的问题。据笔者所知，很多大学生的异性交往旨在寻求一种生命的情感体验，并无直接的婚姻目的。所以，缘情而生的异性交往，必然是聚散皆易。对于年轻的心来说，这无疑是一个沉重的痛。“没有几个人在情场上会一帆风顺，大部分人都从中或多或少地品尝到了其中的痛苦。快乐也是有的，但人的天性往往是对痛苦的记忆刻骨铭心，而对于快乐的记忆，却是浮光掠影。青年人是一个最渴望得到爱情的群体，所以青年人受到的伤害就最多。伤害的心绪是相似的，但原因却各不相同，有单相思暗恋的，有分手离别的，有遭遇背叛遗弃的，有恋爱破碎后幻灭绝望的，总之不一而足。‘悲歌可以当哭’，在这方面，流行歌曲往往投其所好，一旦不经意适合了某一批人的胃口，那么风靡一时自然不在话下。”与传统爱情歌曲相比较，一个很大的变化是由对爱情的憧憬到对爱情的绝望和永远的哭泣。以前歌曲中爱情的表达是这样的：“你送我一枝玫瑰花，我要真诚地谢谢你。即使你把自己当作一个傻子，我也要谢谢你。”这种爱情淳朴真挚，爱情也有希望。当代歌曲反映的爱情生活却异常悲惨，比如，“我早已为你种下九百九十九朵玫瑰，从分手的那一天，九百九十九朵玫瑰……”结果却是“花到凋谢人已憔悴，千盟万誓已随花逝湮灭”。更有甚者，“我曾经问个不休，你何时跟我走？可你却总是笑我，一无所有”。即使是“我要给你我的自由，还有我的追求”，这也不行，只要不能提供充裕的物质文化生活，只能得到嘲笑，“可你却总是笑我，一无所有”。所以，现在流行歌曲的特点就是“永远的失恋，永远的哭泣”。物欲横流的社会环境使金钱凌驾于美好的爱情之上，失恋和哭泣的原因大概如此吧。而隐藏在有形“忧伤”之后的无形“忧伤”则是“站在激情主义废墟上的人们茫然四顾，无所适从”（陈国清：《在音乐的世界里体验忧伤》）。

如是，深受尼采、萨特哲学思想影响的大学生，对伤感特别敏感，对怀旧有浓厚的兴趣，是否成为他们情感的主调呢？“在人们的审美世界中，已过去的遗憾的爱情往往比完美的爱情更具有吸引力，给人们更多审美的震撼。其实，不仅对爱情是这样，人们对所有已过去的不可挽回的东西都有一种特别的喜爱，这一点，最有力的证据就是怀旧歌曲的大受欢迎了。当然，我这里的怀旧歌曲，有两个意义，一个是指以前流行的歌曲，即老歌。另一个是从内容上说的，指那些对过去的不可挽回的东西的留恋的歌曲。比如《童年》《栀子花》《同桌的你》，还有《心雨》等等。《童年》里所描写的童趣是我们曾经熟悉的，再也找不回来的；《栀子花》中的纯洁感情也是再也无法重演的遗憾；《同桌的你》抒发了一份少年心事在物是人非后的淡淡的忧伤；至于《心雨》，我觉得它所表达的也是一个少女对即将过去的少女时代以及情感的怀念和告别。‘让我最后一次想你，因为明天我将成为别人的新娘’，这里的‘你’，很多人认为是她的心上人，而我觉得，‘你’理解为少女时代的记忆更为贴切。因为少女时代即将一去不复返，所以女孩的心中充满了伤感。”（龚方琴：《追忆似水年华，品味遗憾美》）“就我自己来说，觉得这类的音乐（指怀旧的流行歌曲）比较抒情，节奏也很缓慢，就像溪水一般的缓缓地流淌过心田。而这些旋律又仿佛似曾相识，只是在不经意之间勾起了层层的回忆。婉转、轻柔、欲说还休，但却娓娓道来。……我们在乐声中回味，情感这时候也随之转向了最高点，而音乐在这时候仿佛在应和着你的感情，升华至整个乐章的高潮，紧接在高潮之后的是反复的吟唱，那是在感情挥发后的一种余韵，沉淀之后整个人也安静下来。其实那也是一种感叹，对回忆所产生的一种迷惘，一种惆怅。到底在感叹什么？是逝去的情怀还是一段刻骨铭心的爱恋？却又很难说，仅仅是一种感觉。”（林红：《记忆的黑匣子》）网上有人对流行歌曲中弥漫的伤感情绪评述道：“反复品味痛苦，对心灵是一种麻醉，一种戕害。我们的心灵只有超越对这种痛苦的品味，才能成长。从这个意义上说，那么多品味痛苦的流行歌曲，对人心灵的健康成长是有害无益的。”此言有一定的道理，但人真要懂这个道理，又得去真实地历经苦难。

有人建议，希望社会学家去调查两个数据，一是在中学生、大学生中基本不听中国大陆（内地）歌曲、只听中国港台歌曲和欧美歌曲的人数，二是致力于创造中国风格和中国气派的流行歌曲的从业者，这两者的比例一定会令人心惊胆战。这个建议反映了一个现实，即我们有研究中国港台武侠小说的教授，有研究电视文艺的学者，但似乎至今全国范围里也没有一位研究流行音乐的教授。这不正常。我们常说文学作品反映了我们这个冷暖世界人群中的脉搏跳动，流行歌曲作为一种特殊的文学作品，一种音乐化的诗或散文，它的广泛传播既是当时社会互动的反映，也深入影响和推动着这种社会互动。流行音乐在当代已成为一种时尚潮流，其折射出来的问题是琐碎中包含着深刻，嬗变中有着永恒，本文作为一个尝试，只能算一个简陋的开端。至于研究方式的科学化，如调查问卷、调查范围的设定，数据分析的有效性，对数据分析结果的理论概括，都有待更深入的研究。最后，谢谢我的学生们，就如何以年轻的心态去面对这个变化太快的世界，他们，是我的老师。

（原载《文艺新观察》2005 年第 4 期）

“以人为本”与文学

文学艺术的本质属性是以人为本，即我们常说的“人学”，这个曾经说得很热闹的话题，其实有许多问题在理论上并未说清，在实践中更有“挂羊头卖狗肉”的招数，值得深思。

第一个问题，什么是“人”？这个问题西方人争论了几千年，现在依旧各说其是。中国人不太追究抽象概念的本质，我们自古就喜欢对人做具体的界定，所谓“君君臣臣父父子子”就是从政治伦理上把人的职分、义务规定得清清楚楚，所以中国古代文艺作品中有很多明君、忠臣、慈父、孝子的形象，但鲜有我们常说的“大写的人”的形象。如果说“大写的人”就是具有独立人格意识的人，屈原本来是算得上的，可我们总把他归为“忠臣”一类，让中国古代文学史上这个“大写的人”魂不归兮。西方文学史上，埃斯库罗斯的《被缚的普罗米修斯》、但丁的《神曲》、莎士比亚的《哈姆雷特》、歌德的《浮士德》、席勒的《阴谋与爱情》、罗曼·罗兰的《约翰·克利斯朵夫》、托尔斯泰的《复活》，中国古代文学史上，庄子的《逍遥游》、屈原的《离骚》、魏晋文士的诗歌、诗仙李白的诗歌、曹雪芹的《红楼梦》，这些伟大的作家和作品反映的时代各不相同，作品的民族文化底蕴也各各相异，然而，从人物的情感特征来看，这些伟大的作品其实都是在叙述一个共同的主题：追求独立、自由的人格，渴望人性的完整。在中国近代以来的社会变革中，如果说以五四运动为标志的近代中国启蒙运动的核心观念就是把个人从各种束缚中解放出来，那么文学则是把近代中国启蒙运动的核心观念形象化、现实化的最有力的工具，无论是鲁迅先生等学者关于“娜拉出走”等问题的讨论，还是从五四到20世纪30年代的中国现代小说，如鲁迅、郭沫若、茅盾、丁玲、巴金的作品，都是围绕个人的自由和个性的解放来展开的。但是，尽管五四新文学把“大写的人”作为审美理想，很是热闹了一阵，然而，在现实的中国社会中，依然没有在“独立的人格意识”这一点上形成理解、评价“人”的普泛性的价值标准，从而也就在文学艺术中不可能把“独立的人格意识”凝定为崇高的审美尺度。正因为此，五四新文学中涌现出来的“个性解放”终成为异端而被现实放逐。遗憾的是，这种缺陷在当下的中国文学作品中，我们依然可以看到。比如，《白鹿原》，其描述了长达半个世纪的中国革命，但革命的广阔场景中应有的丰富的人与人的关系却被简化为一种始终没有在精神上走出白鹿原的人际关系，个体与群体的关系最终也回归为狭隘的血缘、宗族关系。白嘉轩作为一个本应退出历史舞台的家族领袖始终是一群革命的年轻人的精神上的庇护者，小说中不管是成功者还是失败者，都不得不在血缘、宗族群体中寻找自己的位置，因为在作者看来，这里才是人生最后的归宿。在这里，中国历史的行程被画上了休止符，传统的儒家学说再次被神化为我们民族魂灵的精神偶像，“独立的人格意识”遭到古老的儒家学说的严厉封杀。在某种意义上，当下一些小说对追求独立、自由人格的人物的塑造，连20世纪30年代巴金的《家》的水平都没有达到。造成这种现象的原因也许很多，但从中国传统文化对人的社会定位来看，极端强调统一的中国古代的人论是有严重缺陷的。其一，它是建立在小农自然经济基础上的统一。小农自然经济的狭隘性和封闭性使人与自然、个体与群体的关系不可能得到充分的展开。其二，个体是依附于群体的，还没有取得相对于群体应有的独立性。其三，群体意识还是建立在血缘和地域基础之上的意识，还没有产生超血缘、超地域的公民意识。这三个方面的缺陷使中国古代人与自然、个体和群体关系的和谐统一带有虚幻的理想性，是一种还没有展开其内在矛盾的统一，缺乏丰富深刻的内容，缺乏西方那种充分独立的个性和勇敢地面对现实矛盾的悲剧精神。

第二个问题，政治层面的“以人为本”与文学层面“以人为本”的差异。与“以官为本”“以权为本”相比较，在政治层面提出“以人为本”显然是一大进步。但是，政治永远是不同社会群体之间经济利益的博弈，一个开明的政府所制定的政策往往有利于大多数社会成员，可它关注的是群体，而不是个体，它解决的主要是社会成员物质生存的权利和条件，而不是社会成员心灵的归宿。近三百年来，人类社会的组织化水平有了长足的进步，政治和经济领域中的民主化程度日益加强，问题在于，这些进步的目标，始终是以经济指数为基础的，政府的功能不过是在增加社会物质积累的基础上宏观调控社会群体之间的收入差异。所以，现代政治层面上的“以人为本”，只是让弱势群体衣能裹体、食能充饥而已。西方社会的高福利政策同样解决不了现代社会中普遍存在的人的精神危机问题。

文学层面的“以人为本”，则是面对个体，在个性化的创作和个性化的阅读中抚慰个体的心灵。所以，我们永远都不应把文学看作政治的工具。欧洲文艺复兴和中国五四时期的文学革命，并不是狭义上的政治革命，而是震撼心灵世界的文化革命。两者在不同的境域中演绎着同一个命题——人的发现，并在文学领域重塑具有“独立的人格意识”的艺术形象。欧洲文艺复兴的这个伟大发现成为后世欧洲一系列思想运动的核心，成为后世的普遍价值，在某种意义上，决定人类现代命运的三大事件——英国的工业革命、法国的政治革命与德国的哲学革命，在思想文化上无不源于此。在中国，五四文学革命呼唤出来的“独立的人格意识”，一直停留在文学层面，五四之后主宰中国社会的种种思潮（包括传统的儒家文化）不仅没有张扬这种“独立的人格意识”，反而不断用武力和专制的手段加以戕害，所以，“独立的人格意识”在中国社会中始终没有成为一种普遍价值，甚至作为一种审美理想，也失去了应有的号召力。中国传统文学虽然也留下大量的好作品，但是为什么人的独立性的表达却特别不丰富呢？主要的原因是我们的文学长期受教化思想的影响，教化功能大于审美功能。从孔子开始，一直到五四前夕，我们的文学都是强调教化，尊崇仁、礼，或者以儒家的观念体系为主，就像曹丕所说的，“盖文章，经国之大业，不朽之盛事”，不是强调人性和人的独立性，而是统治者治国的功用。

五四运动之后，我们的文学对人学才开始觉醒，才开始自觉，这个自觉深受西方启蒙主义的影响，最早是从胡适、陈独秀开始的。胡适提出了“八不主义”，其中最典型就是不要做教条文章，不要写八股，要反映我们的生活。陈独秀的主张更明确，“打倒贵族的文学，建立平民的文学”。平民的文学，就是表现平民人生常态的东西，是平民能够接受的东西，这就涉及非常重要的、我们日常的人生和人性。周作人直接提出“人的文学”的概念，他强调以人道主义为本，对人生诸问题，加以记录研究的文学。

他提出了人道主义的概念，强调了人本主义。人本主义是什么？就是以人为本，以文学的方式去书写独立存在的人。鲁迅在《文化偏至论》里也提出，“角逐列国是务，其首在立人，人立而后凡事举”。这是很重要的一个觉醒，五四时期鲁迅就提出立人的重要性。什么是立人呢？就是让每一个老百姓都觉醒起来：你是一个公民，你对祖国的命运、对自己的命运、对自己作为人的尊严，都必须清楚地意识到，不能像阿 Q 一样，一想到革命就想到吴妈和秀才家里的宁式床。阿 Q 就是因为没有觉醒，自己没有立起来。我们首先自己要立起来，立人就是要让所有的民众自我觉醒，意识到自己是一个有尊严、有思想、有个性、有独立意志的人。更重要的是一个有尊严的人，每一个人在尊严面前是平等的，你意识到自己尊严的存在，你才有可能意识到你的存在和自身存在的价值，然后你才能意识到你生命的意味。前面已说过，五四的这个传统并没有很好地延续下来，为什么？实在值得我们很好地去反思。

席勒在 1794 年出版的《美育书简》中认为，社会的改革应从人性的改造做起，如果像法国大革命那样，不先改造人性而依赖暴力改造社会并不能真正实现人类的自由理想，也不可能实现和谐社会。席勒对当时社会人性的分裂的揭示是深刻的，人成了社会机器的“小片段”的论断，也不幸为现代社会人的状态所证实。人的独立性，独立的人格意识，在今天的文学中，应成为我们最高的审美尺度，如写《查泰莱夫人的情人》的劳伦斯所说的，“在一个作家的笔下，每一棵白菜都应该饱含着生命的情感”，这就是文学的以人为本。

2006 年 7 月

青藤，从山间伸向原野

——谈《赶山》的现代神话、史诗意味*

鞭梢甩碎着浓浓的山雾，青藤奔涌着古老的血液。他们，驱赶着攒动的牛群，不，驱赶着莽莽的群山，向着原野，向着大海，不回头地走去……

是山，是牛，还是山寨壮家人？

是神话，是史诗，还是山寨壮家生活？

读着黄凤显的处女作《赶山》，我们仿佛步入了一条古老的现代画廊。那一座倔强如牛的山，那一群群峻峭如山的牛，还有那一个个如山似牛的人……挟带着火火烈烈的风突现在我们眼前，涌进了我们的血液。不知什么时候，我们也亢奋了。这是美丽的神话、壮丽的史诗，我们的热血这样感觉；这是当今的壮家生活、真实的壮家人，我们的理智这样认为。

的确，贯穿作品始末的主要事件无非贩牛，中心人物就是藤佬。农村经济体制改革的劲风吹到了壮家山寨，想脱贫致富的藤佬、特康和隆三三，不畏首次贩牛亏本，再度远涉野山，几经波折，终于将牛赶出了山。同时，作者通过意识流的手法写出了藤佬苦难的童年、浪漫但贫穷的青年直至成熟而辉煌的老年。从这里，我们看到了机智勇敢、刻苦耐劳的藤佬"成了最出色的后生"，也看到了他骗贩子不欺寡妇的善良美德，总之，我们看到了一条活生生的20世纪的壮家汉子。那一幅幅民族风情、奇山秀山的景象，令我们眼花缭乱，大开眼界。这些，的确真实美丽得无可厚非。可我们总觉得还有点什么没有道出来，它的审美趣味的突出之处也似乎不在这里。有种"羚羊挂角，无迹可求"的神奇力量，携着风，带着火，伴

* 此文发表时署名冉铁星、聂运伟。

着柔柔的水、甜甜的雾，始终萦绕在我们眼前、心头、舌尖。它确实动人心魄，又确实不好言状。这神奇的力量来自山，来自牛，还是来自藤佬这些壮家人？我们还是得到作品中去寻找谜底。

给我们印象最深的场面，要算是藤佬斗牛了。从弄方寨将牛赶到岜桑寨，藤佬开始给牛穿缰绳。轮到一头眼睛放着凶光的大公牛时，它发火了。它不仅将隆三三气球似的抛向天又甩下地，而且逼得特康也“一躲再躲，渐渐沉不住气了”。这时，藤佬站出来了。他“猫着腰，黑眼珠在眼眶里飞快地转动着。大公牛那对尖长的耳朵抖了一抖，便看到它的对手露出了（比它）凶恶十倍的目光，那目光红彤彤的在空气中缓缓流注，仿佛就要把它完全吞没……牛逼近了。他竟然往前一纵，左一跳，右一跳，忽左忽右，忽东忽西，嘴里一面放声喊：‘来了呃——！来了你的妈呃！……’牛更凶猛了。藤佬干脆弓着腰，腾地跳到牛身侧。牛尾立即狠劲地抽来，他一掌就把它打了回去。……藤佬穿着一身紧绷绷的黑布衣，这时越发敏捷得像一只猿猴。三下两下，竟从容不迫地将牛的脚套住了。但牛还不肯认输，藤佬见状，把脚一跺，心头怒起，大吼了一声：‘瞄你妈的！’突然冲向牛头……一把揽住了整个牛脖子，狠狠地一发劲，‘呔——！来了呃——！来了你的妈呃——！’牛头牛角反被他夹住不能动弹了。他象一棵大树似的在那里定定生了根。他双脚扎稳腰身挺直牙关咬紧面色铁青目光可怕毛发乱抖，每一块骨头似乎都快要穿透皮肉露出来，但却被一根根粗壮的青筋捆扎住了”。不可一世的大公牛终于败在藤佬手下。

就是在这里，我们的热血跟着藤佬沸腾了。就在这字里行间，溢出了那股神奇的力量。藤佬那气吞“山牛”的凶光，那山呼海啸的怒吼，那大树一般的雄姿，还有那被青筋捆扎住的骨头，在我们心中塑成了一尊粗粝的雕像。按说，藤佬儿女满堂，还有拖拉机，为什么还要这么拼上老命呢？他“有一颗陈年的苦楝子埋在他心中”。这颗苦楝子就是他尽管“成了最出色的后生”，却依然无力带走达僚。这次赶牛，他就是要这颗苦楝子发芽，要让达僚知道，“亭辣寨的男子简直可以把岜桑岭扳倒”。因为“岜桑寨的女人们永远崇拜力量崇拜勇敢的男人”，以至于“他们甚至已经遗憾大公牛为什么不是一个牛魔”。事实上，在我们眼中，在达僚看来，大公牛不正是一个牛魔吗？达僚不是要“称赞那座黑黝黝的山峰”吗？确实，她过去只能当作“公亲”的藤佬，现在不再那样受山压迫、被人束缚了。在斗牛中，他是如此得心应手、游刃有余。他不像是在生死搏斗，倒像是在欣赏自己的杰作。他征服了牛，实质上是征服了自然力，赢得了达僚的心，映照了自己的本质力量。一句话，他自由了，他的苦楝子发芽了。

这里我们感受到了那种力量，可它的源泉在哪儿呢？作品告诉我们：“有一座山变成了牛，有一头牛变成了山。山脚下的石窝里他生了下来”，“没有山藤佬就感到不自在，前后无着落，心中无依靠，他一辈子不能离开山”。这里，山中有牛，牛中有人，人中有山，山、牛、人浑然一体。原来如此，不奇才怪哩！

如此象征并非罕见，奇就奇在不知是什么东西将它们交融得如此天衣无缝。读者稍加留心就会注意到：作品为四章结构，四重“山”呈算数级而上升。每章中，作者都以表层的现在时事件为主干，神话与追忆两翼齐飞，使三者此起彼伏，相互辉映，显出连贯而和谐的整体感和历史纵横感。这样就令我们难辨真假，进入清晰而混沌的神话加史诗的境界了。这当然只是外部的结构力，更重要的是其内在“引力”。读者同样会轻易地发现，伴随藤佬一生的不仅有山、有牛，还有那个永远年轻的公摩。“公摩的事，藤佬是一懂事就听阿牙讲了的。公摩的故事是摇篮曲，是美丽又神奇威风烈烈又悲壮凛凛的神话加童话，哺育着藤佬长大。也就是从那个时候起，藤佬看见山就想起了牛，看见牛就联想到了山。”公摩身上的青藤，经过世世代代的繁衍，延伸在他逐渐变得又黑又硬的“岩石”上。青藤中涌动的乳浆，不仅流给他山一样的粗粝、牛一般的血性，还泌出甜美而永远绵延的希望。正因为这样，藤佬才不知疲倦地跋山涉水、驱山赶牛，才那么离不开养了他又压了他的高山大岭。甚至在漩流危及生命的关头，他仍然看见“过去和现在，公摩和牛群，达僚和乜唠，都在天边的那条弧线上飞速转动，那条弧线闪闪发光”。这无疑是他的潜意识的涌现。可见，公摩的血在他身上流得是多么地深、多么地沉。现在我们再回过头来看前面的藤佬：他的机智勇敢，他的刻苦耐劳，他的善良美德，他的苦楝子……不都闪烁着那条弧线的光点么？他那条“韧韧弹起的”鞭子，不就是公摩驱牛赶山、点石成金的伞柄么？

但是，藤佬并没有自我意识到公摩就在他和他伙伴身上。倒是20世纪80年代的新公摩特康清醒地意识到："同样的血液也正奔涌在自己的躯体内，同样的青藤也正在攀爬着自己的每一块骨头茁壮成长。"他接过了历史的接力棒。他确实保持了藤佬的那股血性，但他的赶牛显然与藤佬不同。他想的是赚钱办厂，赶走穷山恶水。这里有面向未来的一面，但另一面却似乎缺乏一点藤佬那种深沉而复杂的"神韵"。藤佬除了恨山斗牛，又是那么爱山护牛；除了捞钱致富，更想的是显出公摩一般的自由本质，山一样的永恒和牛一样的力量。所以，特康的血性，浓度还没这么深，色度也没这么强，使人总觉得与作品的总体气氛不那么协调。但必须肯定，在牛赶向何方的时候，特康却比藤佬更出色地继承了公摩的"遗志"。他发现老是在山中周旋，正是世世代代赶山的悲剧之因，便耐心、坚定而有说服力地将藤佬劝向了边州。"他把山变成的牛群赶到天边，终于寻到了那个大海。"

至此，我们顺着攀缘千岭万壑、历尽世间沧桑的青藤，摸到了那个有着神奇力量的根。这个根就是山，就是牛，就是公摩。毋庸置疑，《赶山》是在"寻根"，而且寻得很深很长。这条根长长地、壮壮地从远古伸向现代，从山间伸向原野，又自强不息地从现代伸向未来，从原野伸向大海。这就不是单纯地为寻根而寻根了。它寻得有劣根，更主要的却是优根，此一；它的立足点不是在昨天而是在今天，而且"牛的眼睛抬望着远远的天边"，此二；这条根串出的旋律不是悲戚的挽歌，也不是盲目的颂歌，而是一首悲壮、雄浑而高亢的历史进行曲，此三。更值得一提的是，作品将民族的根环绕在崭新的时代精神中，于是就似乎产生了一个现代神话和史诗，也就令人感受到双重的审美意境。显而易见，我们开始视为矛盾的"热血"和理智，在这里也合二为一了。这种现实与神话史诗的融合，确实洋溢着一种二者分离时无法造就的巨大艺术感染力。当然，感受到这种统一并不太难，困难在于这种统一的现实性如何可能。

我们知道，"任何神话都是用想象和借助想象以征服自然力，支配自然力，把自然力加以形象化"。[①] 公摩的神话，正是壮家人征服自然时将自

① 《马克思恩格斯选集》第二卷，人民出版社，1995，第113页。

身的本质对象化给自然的产物。反过来，这种人化的自然又按照自身本质塑造着主体。壮家人经过了世世代代，“讲古的人都一辈一辈老去死去了，公摩却仍是一直活得那么年轻”。照理说，“随着这些自然力之实际上被支配，神话也就消失了”（马克思语）。在科技革命第三次浪潮冲击全球的今天，再生产这种现代神话史诗似乎是不太实际、缺乏现实合理性的。但我们必须看到，大千世界，各地的自然条件和社会经济发展是不平衡的。就《赶山》的特定环境而言，虽然社会主义革命消灭了山寨的剥削制度，生产力也大幅提高，但自然经济在大山大岭中仍占着相当重要的地位，在某些方面某些地方（如在更为偏僻的弄方寨），原始生产方式的成分并不罕见，与之相适应的古老文化的习俗（如抢花炮就是“公摩大王正当中”）也就不乏存在的基础。这样，《赶山》依然保持着一种神话精神，就并不那么令人费解了。况且，这种精神已逐步纳入了现代文明的新鲜血液。马克思不是接着说道：“一个成人不能再变成儿童，否则就变得稚气了。但是，儿童的天真不使成人感到愉快吗？他自己不该努力在一个更高的阶梯上把儿童的真实再现出来吗？在每一个时代，它的固有的性格不是以其纯真性又活跃在儿童的天性中吗？纯真地复活着吗？”① 事实也是这样，作者通过藤佬特别是特康、达嘉这一代新人，正是在“更高的阶梯上”将自己民族积淀下来的“固有的性格”，借助神话的返照而“纯真地复活着”。

在此我们又不难看到，荣格神话批评的“原型”将有助于我们进一步理解这一点。荣格认为：“原始形象，或原型，是一种形象——不管是恶魔，是人，或者是一种过程——它不断地在历史进程中重复发生，在创造性幻想得到自由表现的地方重复出现。”② 因此，这种原始意象是一个民族乃至整个人类长期积淀下来的集体意识。例如，大山、公牛等，往往是一个民族父亲的原型，它象征着权威、尊严和力量。我们注意了一下，作品中只出现了藤佬的阿牙（祖母）、阿妈，而没有他的祖父和父亲。这恐怕不是作者的疏忽之笔。容我们妄自揣摩的话，作者将这个神圣而威严的位置留给了山、送给了牛、让给了公摩。于是，我们与其说藤佬看见了山就

① 《马克思恩格斯选集》第二卷，人民出版社，1995，第29页。

② 荣格：《心理学与文学》，顾良译，《文艺理论研究》1982年第1期。

想起了牛，看见了牛就想起了公摩，莫如说是看见山就激起了深潜在他那根青藤中源远流长的集体意识。很显然，这山、这牛、这公摩，不是别的什么，正是壮家人千古不衰的民族魂，也正是这个魂，才给藤佬他们注入了超以象外、如山似牛的精神，甚至在整个中华民族乃至人类精神中，这个魂也生机盎然地潜伏着。当我们感受它时，“我们不再是一些单个的个体，我们是一个种族；全人类的声音在我们胸中回荡”。[①] 并且躁动着我们的热血，引起了我们的共鸣。这，就是给我们以宏大的神话感和史诗感的根本原因。这种神话与生活、历史与现实的统一，使《赶山》蕴含着广袤而深沉的意味，令我们振奋不已、回味无穷。

能达到这种意味深长的审美意境，从艺术方法上说，除了巨大的原型象征和独具匠心的整体构思外，还不能不归功于富有张力的叙述语言。这种张力，正如作品所表现的意味那样不好言状。时时处处，我们既可以看到民族神话般的描述（公摩神话等），也可以欣赏到我国古典小说似的精彩白描（藤佬斗牛等），还可领略到油画一样的浓墨重彩（景物描写等），等等。但它们都不能解出那股力，这里试简析一下，看能否剖出一点来。

所谓张力，即词语的外延与内涵达到高度的统一（这里外延指的是字面意义，内涵则是暗示意义或附属文词上的感情色彩）。它通过语象来表现。一般来说，语象分为四个等级：语象、比喻、象征、神话（这里的神话不是指通常的原意，而是象征构成的世界，它暗示地象征人类或超人类存在的深藏方面）。显然，它们是由微观上升到宏观。我们先从微观看起。

> 山尖上挂下了一帘帘软融融湿漉漉的雨雾，雨雾中阴沉沉地屹立起一方方悬崖，一方方都犹如刀削斧砍，横空而出峭拔而起，做成山的前额或者山的胸膛，这高高的前额和袒露的胸膛被欢乐岁月忧愁风雨所滋润抚爱所鞭打剥蚀，印下了一块块一斑斑灰黄褐白的凝固了的色彩。（着重号系笔者加）

这里包含的特点不少，主要是内涵扩展着外延。首先是一般语象中的

① 荣格：《分析心理学与诗的艺术》，侯国良、顾闻译，《文艺理论研究》1986年第5期。

叠字运用，它借着词义的重复和铿锵的节奏，不仅拓宽了词语的容量范围，而且加重了词语的力度。一个“阴沉沉”便把作者的感情色彩沉沉地贯注其中。其次是相反相成的贯句。它一方面是对立而统一的合力，将历史的悲欢离合、作者的褒贬扬抑都囊括了进去。这种辩证组合的语言远非单向语言一加一就可以表现的。又如“那是一把晒干了的苦楝子，那些日子黄灿灿的放出干爽的香味，但却苦涩得令人不敢品尝”。难怪黑格尔说：“从对立的统一中把握对立面……是最重要的方面，但对于未经训练的、不自由的思维来说，也是最困难的方面。”（《逻辑学》，第150页）另一方面是积累的力量，它虽然有时超出语法所限定的范围，却往往取得意想不到的效果。再如前面斗牛时引过的“他的双脚扎稳腰身挺直牙关咬紧面色铁青目光可怕毛发乱抖”，其中标点的省略明显地使节奏加快，虽然有点让人喘不过气来，却使我们体验到了那种紧张和力量。这恰恰就是作品所需要的效果。最后就是“异质”比喻的奇特效力。要说色彩只有深浅浓淡之喻，这里却以“凝固”的东西来暗喻，一下子就使色彩有了积淀千古之色的力度。这样的语象大多具有这种“鬼力”，如“藤佬十分得意地笑了，嘎嘎的笑声里有一股苍劲的辣味，呛得隆三三惶恐地望着他”，“那目光红彤彤的在空气中缓缓流注，仿佛就要把它完全吞没”。

具体的象征是微观向宏观的过渡，却又是不可忽视的枢纽。作品中的象征比比皆是：山象征牛，牛又象征山，二者又都象征人，还有河水象征乳汁等。象征体使语象的张力随着自己而增强，这是众所周知、不言而喻的。这里我们再次提提青藤的象征。当藤佬被救上岸躺在阳光下的时候，“一切如云似雾，混混沌沌，只有一根粗大壮实的青藤牢牢地攀爬在黑色的岩石上，青藤在贪婪地吞饮着火焰般的阳光”。这里的青藤，不仅象征着藤佬的青筋（确切地说是青筋象征青藤），而且转而象征流注着民族血的根。这条根永远渴求着光明而茁壮成长。

最后，象征的体系汇成一个庞大的神话。在这点上，作者采用了“复现”的手法，将“山”的语象再三反复，四章小标题就用了整整十个“山”。如此的积淀无疑加重着象征的力量，以至于整个作品都沉浸在这种力量之中。从构思上看，这是结构的因素，但从语义上看，这便是“语境”的核心。虽然它没有局限于每个句子上，却将其精神融会贯通。正如瑞恰兹所说：“我只动一下手，实际上全身的骨骼和肌肉都用上了……同样，一个词语从一个由其他语境的其他词组成的巨大支持系统得到力量。”① 难怪我们从一两个具体句子中总是捉摸不到那种魅力呢，原来，它已像盐溶进了水中。

限于篇幅，我们只能挂一漏万地“蜻蜓点水”。即便这样，我们也可以看出，作者将民族神话史诗和传统小说笔法同现代派手法相结合，做出了可喜的尝试，使作品呈现一种刚柔相济的风格。从这点上看，我们说作者这根青藤也正从山间伸向原野，不算夸张了吧。

作为处女作，我们由衷地赞赏作者的苦心与成功。以上也只是从成功的一个侧面加以欣赏。至于其中的粗糙之处失败之笔，我们也来不及详加探讨。我们愿作者这根青藤，不断汲取山间、原野的乳汁，伸得更远更远。

（原载《当代作家》1987 年第 4 期）

---

① I. A. Richards & C. K. Ogden, *The Meaning of Meaning*: *a Study of the Influence of Language upon Thought and of the Science of Symbolism*, the 4th edition, Orlando: Harcourt Brace Jovanovich Publishers, 1936.

心灵旷野中爱的升华

——评长篇小说《雾都》*

长篇小说《雾都》（载《当代作家》1987年第5期）以平实的语言叙述了一群普通人的平凡生活。粗略一看，作品中人物形象的描绘，场景的选择、人物对话的风格，无不带有浓郁的“川味”，宛如一幅引人入胜的风俗图画。但掩卷而思，又觉得作者笔下的诸多人物并非纯粹的蜀地风土人情的载体，他们在相互的交往分合中，在各自酸甜苦辣的人生咀嚼中，似乎又透示出一种比“川味”更耐人寻味的东西。我们以为，这种耐人寻味的东西，即作者赖以把基本上无情节关联的众多人物纳入一个统一结构的基础，又是作者竭力表现的作品的深层意蕴。

《雾都》在结构上并无一条情节主线，众多的人物活动各有自己旋转的轴心。比如茶馆老板苟干人、做竹器的郭弯背、抬杠的夏胡子、开店的香妹、“烂账”隆才贵、剃头匠何兴、近乎妓女的杨幺妹等人，都各具独立存在的意义，尽管他们生活在一个“不过两百公尺”的“依仁巷”内，相互熟悉、相互交往，但仍各有各的故事，各有各的命运。作者着墨甚多的任秀芝一家人，每个家庭成员的活动轨迹也同样没有在一个情节线索上伸延，即使是具有特别意义的任秀芝与高树云的故事，对于任家其他人物故事的完成也没有实质上的影响。相反，任家子女对自己母亲和高树云的关系所表现出来的不同态度，或愤怒或同情或支持，都不过表明他们各自具有超出此事之外的独立性。一般地说，这种情节结构异常松散的作品，作者不易驾驭，读者也难以卒读。使人感兴趣的是，《雾都》的作者似乎成功地探寻到一个连接各个故事不同、命运相异的人物的基础。这个基础

---

* 此文发表时署名聂运伟、冉铁星。

不是生活的表象，也不是作者预先巧设的情节的完满发展，而是深藏在千姿百态的生活表象之后的内在结构，即积淀在人们文化心理中的深层的情爱结构。正是依据这种深层的情爱结构，小说中众多人物各具独立性的行为获得了一种整体上的审美指向，也正是依据这种深层的情爱结构，读者才能在阅读中从相对独立的人物故事中获得一种整体上的审美感受。

按照这条内在的线索，我们发现了作品中不同人物相同或相反的活动模式。

先看相同的活动模式。

任秀芝和高树云。他们在封建习俗偏见的无形束缚中，默默地相爱，年复一年地苦恼、忍受。但是，他们终于跨出了惊世骇俗的一步，“有情人终成眷属”。

庄燕燕与何兴。庄燕燕曾经一直生活在动乱年代给她的侮辱的阴影之中，加之婚姻观上的陈旧樊篱，她几乎心灰意冷，冷漠人生。但在最后，她变得“对一切都满意，从未想到生活会有这样吸引她的一天”，甚至坠入爱的“深沉”“温馨”“甜蜜”之中。

庄骥和苏娟。庄骥在苏娟“坦率、真诚、执着”的爱情鼓励下，“决定亲手推翻自己砌在俩人间年龄隔阂的墙，要象一个真正的男子汉那样去追求，去爱，去获得爱”。

在上述相同的活动模式中，人物情爱生活的具体方式平淡至极，既不曲折，也不浪漫，但作者极力渲染的不是单纯的男欢女爱，而是与人物人格融为一体的情爱。所以，当我们看到高树云并不能与任秀芝过夫妻生活时，反而获得一种审美的满足，因为他们的结合不仅超过了世俗的偏见，也超越了纯生理的性意识，以至达到一种人格的完满实现和爱的审美升华。同样，庄燕燕在投向何兴怀抱的同时也就跨出了笼罩她多年的阴影；而庄骥，在和苏娟的热恋中也就自然而然地和“假妹崽”似的过去挥手道别了。一句话，这是人的本体意义上的情爱的审美升华，如同任秀芝在三圣殿遗址所深刻体验的：

她定定地望着一跳一闪的火焰，突然觉得胸间象打开了一扇宽大的窗子，明亮的阳光和清新的风一下都涌进来，霎时，在她眼前展开的已不再是尘世间那些灰濛濛、看不透的茫茫事体，而是一片耀眼的光明。里面有各种各样绚丽的色彩在变幻，拖着一个金碧辉煌的物体。渐渐，这物体又化为一团暗红，暗红发出灼灼的光芒，形成一个逐渐在扩大的光环。在光环里，她看见了自己走过的岁月，那些流逝了的欢乐、愁苦、辛酸、甜蜜……

显然，这是一种审美的顿悟。在这里，为“艰难”“凄惨”岁月，为如何与高树云相处而祈求神明的任秀芝，从内心重新升腾出一股与现实抗争的力量，这种力量是她重新获得“一个女人的权利”，一个独立的人格支撑点。

再看与前述相反的人物的活动模式。

庄平安与董兰。庄平安是小说中具有最高社会地位的人物，但道貌岸然，不仅干涉、插手自己母亲、弟妹的婚事，而且百般虐待自己的妻子，视女人为“生娃儿的机器”；董兰因自己不能生儿育女，忍气吞声，逆来顺受。

杨幺妹与许多男人。杨幺妹以肉体换取自己的欲望——金钱、享乐。“在感情上，她遭男人玩弄，同样，她也觉得在玩弄男人。”

香妹与丘二。香妹自己受过婚姻的磨难，便以一种报复的性变态心理与自己的帮工丘二不清不白，而且“我行我素”。

小丘与傅牝子。想从贫困的混沌中挣脱出来的小丘不得不远离安于混沌的贫困的傅牝子。

牛三娃与小丘。兴友火锅馆的老板牛三娃尽管玩过不少女人，但在欺侮小丘未逞后，似乎对自己昏乱、浑噩的情爱生活悟出了什么。而小丘，要牛三娃“必须象对待一个真正的女人那样对待她”。

这种情爱的活动模式正好与小说内在结构的审美意向相反。男女双方或貌合神离，或相互利用，或各奔东西。在这里，人的情爱生活完全还原为赤裸裸的性冲动、性需求，与人物的人格、人的内在情感毫无关联，或者互相矛盾。所以，这些人物常给我们以双重的感觉。也就是说，他们的情爱生活既引起我们的厌恶，又唤起我们对他们的可怜和同情，因为他们内在的情爱结构被外在的情爱方式破坏殆尽，使最富于诗情画意的情爱生活充满着残暴、污浊、邪恶的味道。

至此，我们可以清晰地看到，《雾都》中两种互为相反的情爱活动模式，围绕着人的内在情爱结构，或彰显、升华，或沉沦、毁灭，把纷繁各异的人物融为一个审美的整体，使作品获得一种内在的完整结构。

在这两种相反的情爱生活模式中，我们还可以看到，所谓人的内在情爱结构与现实生活中人的情爱活动构成一对永恒的矛盾。前者作为深层的文化积淀，具有人格完善的本体意义，因而内含着强烈的个体审美情感；而后者，作为表层的文化形态，常常带有浓厚的社会伦理习俗的意味。如果说在内在的情爱结构中，男女之间生理上、心理上、社会习惯上的种种差异和矛盾经由互等的钟爱、期望和行为转化为一种审美文化意义上的一致与和谐，那么，在现实的情爱生活方式中，男女之间的种种差异和矛盾常常或是还原为动物式的性冲突，或是以基于男女不平等观念上的伦理习俗来强制性地消除差异和矛盾。但不管怎样，现实的情爱方式与内在的情爱结构之间总是横亘着一段难以逾越的现实距离。所以，聪明的作者绝不正面渲染任秀芝、庄燕燕与何兴社会地位、生活情趣上的矛盾，庄骥与苏娟性格上的矛盾，在现实中是不可克服和解决的。但是，他们面对这些无法回避的矛盾，既没有绕道而行、苟且偷生，也没有自暴自弃、放纵人生。他们内在的情爱结构的复苏与凸现、爱的升华与人格的完满高度协调，构成了整部作品审美上的爱之主旋律。

另一方面，庄平安、董兰、小丘、牛三娃、傅牝子、杨幺妹、香妹等人的情爱方式完全受制于社会环境、习俗、伦理的束缚。在某种意义上，他们始终没有表现出独立的人格意识，他们的情欲还没升华为爱欲，还只是自然生命的一部分，而不是人的生命的一部分。这正是我们对他们情爱生活感到可悲可叹、可鄙可怜的审美内涵。

于此可以说，《雾都》中众多男女的不同故事实质上就是一个故事，这是一个以不同的活动方式、不同的结局来铸造共同的审美主题的故事。正由于作者始终以此为视点去透视笔下的众多人物，所以，他必然地避开了以某种道德眼光去评判人物情爱生活的窠臼。正因于此，作者并不赞美任秀芝和高树云来往二十余年而方寸不乱的操守，也无意歌颂庄燕燕屈尊下就的美德，甚至对于牛三娃、杨幺妹、香妹、庄平安等人的情爱行为，作者也没有从道德伦理上咒骂其“恶”。相反，在作者审美的观照下，任秀芝、高树云相爱的漫漫沉默，庄燕燕对何兴个体户身份的认可，并无崇高的意味；牛三娃的邪恶、杨幺妹的胡为、香妹的变态、庄平安的冷酷也无滑稽的意味，前者和后者对于内在的情爱结构都是一种等量的否定，只不过前者以压抑的方式，而后者，却是以毁灭的方式。故在结局上，压抑者在以审美的力量排除了压抑后，内在的情爱结构就重新凸显出来，使任秀芝、高树云、庄燕燕、庄骥等人终于获得真正的人的情爱生活。而毁灭了内在情爱结构的牛三娃、杨幺妹、香妹、庄平安等人，已经很难重新塑造自己内在的情爱结构。

如此，作者的审美洞察力成功地把形形色色的人物的情爱故事纳入了一个有着内在统一性的小说结构，从而使阅读故事的读者既能观照小说中人物情爱生活，又能激活自己内在的情爱结构和审美尺度。应该说，这种审美的尺度比道德的尺度更高，也更深刻。因为道德的尺度迫使读者离开作品的审美意蕴，离开自身的内在情感，它在阅读的终点只能形成有形的具体判断，使审美的自由阅读失去开启个体内在情感并使之升华、超越的功能。由此，文学就会沦为道德说教。也许一部小说是优秀还是平庸的根本分界线就在于此。《雾都》最大的成功就是作者用两种相反的情爱方式的合力激荡着读者内在的情爱结构，并使之升华为爱的审美境界。在这点上，大量仅仅停留在性行为写照上的作品，尽管有曲折离奇的情节、狂躁浮动的情欲，但终无夺人魂魄、感人肺腑的审美冲击力。

值得注意的是，《雾都》结构上的特点并不是一种纯粹的小说技巧，它只不过是小说意蕴的外在形式，也就是说，它以一种审美意象为基点，把纷繁的现实熔铸为一个完整的审美对象。作品中有一段景物描写可谓把这种审美意象，或曰主题，表现得淋漓尽致：

在淡红的光晕中有两条从山的夹缝中飘逸出的闪光的带子，一条是长江，另一条便是嘉陵江了。两条江从天外急切切奔来，像两个情意缠绵的恋人，相互思念着、呼唤着、欢跃着，拥抱、亲吻在重庆朝天门，坦率、热情、真诚地向人们宣告它们永恒的结合。它们爱得深沉，爱得热烈。是在炎热的夏季么，它们更不掩饰那种狂暴、粗野的爱，无论是在光天化日下的白昼，或是繁星笼罩下的夜晚，它们互相揉搓、碰撞，然后又紧紧绞结在一起；直至一个新的生命诞生，才发出甜蜜、幸福的呻吟，不息地向生命的源头奔去……

这真是一个诱人的意象，一种令人神往的审美境界。小说中众多人物的情爱生活不正是在整体上凝定为这个壮观而使人的生命充满活力的意象吗？这种深沉的爱的体验与升华，不正是个体生命的价值与意义吗？

严格地说，上述概括分析只能算是我们对《雾都》的一种读法。按照我们的读法，作品中的几个人物，如苟干人、郭弯背、隆才贵、夏胡子等，很难融进我们所分析的小说结构。这或许是我们的读法不无片面之处，或者是作者还没能把风俗画面和审美意蕴高度融为一体，或许是别的什么，权且留下，以俟公认吧。

（原载《当代作家》1988 年第 3 期）

透视卑贱者的人格意识

——评长篇小说《蓝太阳》

翁新华的长篇小说《蓝太阳》是一部描写当代社会底层生活的优秀作品。对社会底层芸芸众生的关注、描写，是小说特别是长篇小说的本事之一。观照充满人间的不幸的生活层面，叙述饱尝人世酸甜苦辣的卑贱者的命运，不同的作家当有不同的方式。《蓝太阳》的作者深得长篇小说的艺术真谛，一反时下那种以猎奇为目的、以津津乐道于病态人生为趣味的庸俗写法，并且力求避免那种或予描写对象以单纯而软弱的道德同情，或替描写对象作激烈而片面的社会抗议的浅显写法，自觉地运用艺术辩证法，形象地展现出卑贱者人格意识生成的全过程。由此观之，深入分析《蓝太阳》的审美意义，对于探讨当代小说艺术理论不无裨益。

一

《蓝太阳》对一群卑贱者人格意识的生成及升华过程的成功描绘，在很大程度上得益于作者对视角的转换。

小说的“引子”部分是以第三人称叙述的。相对正文部分的第一人称手法来说，“引子”部分的第三人称用法别具深意，它明白透露出作家的主体意识：我，一个作家，将要叙述一个故事；这不是关于我的故事，但故事的叙述方式却是我的。指出这一点至关重要。唯此，我们才能发现在第一人称的叙述中，实际上始终潜藏着暗示作家身份的第三人称叙述，或者说，在与笔下人物进行灵魂碰撞的创作过程中，作者始于情绪上与对象的强烈共振，继而与对象的行为若即若离，最后在对象人格意识的升华中又与对象融为一体。《蓝太阳》中两种叙述角度的合一分一合过程恰好就是作品中人物人格意识由情绪到行为直至意识的辩证发展过程。

于是，一叙述完故事的引子，作者便“入乎其内”，断然更换了叙述角度，应该说，这是一个必然的转换。主人公陈小果对自己身世的自诉，本来只包含很少与故事情节相关的信息量：“我”的父母是搬运工人，母亲曾当过妓女，家境贫穷。那么，远远超出情节之外的信息是什么呢？是一种情绪，一种刻骨铭心的屈辱感。对于一个出身低微、经济拮据的人来说，身世清白、家庭温馨常常是维护人格尊严的最后一道防线。可怜的陈小果，还没来得及展开青春的翅膀，“妓女的儿子”这个称呼就如同一阵阵轰雷，把他人格尊严的最后一道防线彻底摧毁。看看陈小果在自述中献给父母的那些恶狠狠的咒骂、恼怒甚至亵渎，就可察觉到每一个字符、每一个词语，已全然是无时不在啃噬他心灵的屈辱感的化身。聪明的作者让出了自己的位置，他无法以第三者的身份来转述这炙人的情感宣泄。如果把陈小果自述中的“我”换成第三人称，我们马上就会发现，字里行间的屈辱感顿时消失殆尽，剩下的仅仅是咒骂、恼怒、亵渎的词句。所以，从第三人称到第一人称的逆转，已不是一个纯粹的写作手法问题，而是渗透着作者对自己写作对象的全部审美理解。从小说中主要人物的命运来看，在叙述角度转换中所凸显的屈辱感，既是他们种种正当或非正当行为的深层动机，又是他们人格意识得以生成、升华的内驱力。

陈小果所宣泄出来的屈辱感如同引爆了的核装置，其强大的冲击力早就贮藏在屈辱的内核之中。陈小果、佘果仁、杨柳村、姜明明、李默默、王大宝、刘芬……这群“黑脚杆子”与曾做过妓女的女人们的后代，个个都有辛酸的童年，家庭的穷困使他们过早走上谋生的道路，擦皮鞋、拾破烂、卖冰棍，父母的“耻辱”又使他们遭到世人的鄙夷，以致失去维护人格尊严的权利。当他们统统被抛弃到一座江水环绕、远离喧嚣都市生活的“荒岛”上后，分散在各人心灵中的零星而幼稚的生活委屈感终于聚变为一种强烈的人格屈辱感。“这儿（荒岛）不是有一千多名城市待业青年吗？怎么才一年时间便只剩下这一百三十五个了呢？……‘筛子！有一把鬼筛子！’”陈小果与他的伙伴们的人格屈辱感终于被不公正的现实诱发出来了。故事叙述到这里，一般的作家常按捺不住扮演社会道德法官的激情，或大肆倾吐自己的良心，或猛烈抨击现实的丑恶，殊不知，这样做的结果便是作品中的人物仅仅剩下一副令人可怜的容貌，毫无洞照读者心灵的魂灵之光。《蓝太阳》的作者再次显露出对艺术辩证法的深刻理解。一当陈小果把人格的屈辱感现实地展现出来，作者立即悄悄地站了出来，并且悄悄地转换了叙述角度，有力地消除掉人物之灼人情感肆意扩张为抽象道德、政治情绪的可能性，迫使其按内在的审美本性向人格意识生成的第二阶段演进。

二

《蓝太阳》从第三节起，叙述角度有了一个奇特的变化。作为人格意识生长地的屈辱感已被现实诱爆了，其重新演化为具体人物的具体行为。“荒岛”上所发生的一系列故事，与其说是按第一人称叙述的，倒不如说是假借“我”的名义来进行第三人称的叙述。例如对小说中许多人物生平的叙述，就根本不是限制性的第一人称所能做到的。

让我们先看一看发生在“荒岛”上的事件。姜明明偷桃偷瓜、偷农药、偷彩电，“一天不偷就手痒”；李默默窃来一大箱子女孩子们的短裤、胸罩；佘果仁乱施风骚，骗得不少戒指、项链、金钱；王大宝蛮横逞力，不惜伤人劫财；还有几个小子，为了报复姜明明，竟采用了轮奸其女朋友的方式；至于陈小果，则更是荒岛居民一次又一次集体诈骗、盗窃活动的指挥者……无论从哪个角度讲，这些行为都是不合理的，甚至是罪孽。对这类过错或罪孽，只知渲染犯罪过程的细枝末节及罪犯的变态心理，或者，只知对这类行为给予道德批判，恐都不能成为化腐朽为神奇的优秀作品。《蓝太阳》的作者似乎纯客观地叙述了许多越轨的行为，但仔细分析一下便可发现，凡在设计越轨行为时，作者都调遣开陈小果，迫使“我”无法描述行为的过程，尽量避免行为本身所具有的纯生理性刺激，如佘果仁多次以色相骗取钱财，由于“我”的视角所限，就只需做第三人称的转述。这样，作者从第三节起对叙述角度的频繁转换，目的就在于绕过行为本身的丑、恶，或者是把荒岛居民种种越轨行为视为一种合理的审美动机的外观，从而把这些行为纳入人格意识生成的整体过程之中，成为必然出现而又终将扬弃的一个阶段。

基于如此的审美理解，作者才可能把深刻的艺术辩证法化为生动形象的客观叙述。荒岛居民的种种荒谬、罪孽既有着现实的可悲性，又潜藏着一种超越现实的审美的悲剧力量。“我”之所以不能从形式上取消，是因为“我”——屈辱感的象征——必须在人格意识生成过程中真实地自我展开、自我否定、自我升华。作者以第三人称身份的出现，就是不断排除、淡化这一过程的审美意义因素。如对马小驹及他有权有势的父母的处理，作者始终没有把他们——恶的生存环境的象征——当作卑贱者人格精神的对立面。他们，马小驹应当另作别论，仅仅是文明阴影中的蛆虫，丝毫没有精神上的崇高性。假若把这些没有精神崇高性的“蛆虫”作为陈小果等人的对立面，尽管在生活中，在大量文学作品中，我们常常这么认定，那么，荒岛居民人格意识的生成过程就会戛然而止，作品的审美意义也就只能降格为社会学上的政治含义。与此相反，我们的作者不断变换叙述角度，不断调整荒岛居民与环境的距离，不断强化荒岛居民人格意识自我生成、升华的内在必然性。这样，荒岛上不同个性的人物活动便有了统一的深层心理动机，即消除屈辱、张扬人格。由此，我们才可以从荒岛上种种不端行为中省悟到更为深沉的内涵。

当然，这是一个异常沉重的审美锻造过程。荒岛上这群十七八岁的“混世魔王”，是赤裸裸地站在人生的起跑线上，没有金钱、地位、关系，没有可资依赖的家庭，没有可以之炫耀的烂漫童年，没有立足现代化社会生活的必需知识和基本技能；他们只有从小在与贫困、屈辱作顽强肉搏中滋生出来的蛮力，加之从小卖冰棍、拾破烂、擦皮鞋、拉板车中所积攒的谋生伎俩与人生体验。他们没有任何选择余地地被“筛”到了荒岛。荒岛成了他们展开人生的第一站，也成了他们人格意识从苦难中诞生的圣地。他们虽然承接了父母的唯一遗产：贫穷和耻辱，但他们还没有被穷困挤压得“像个老虾公”，耻辱也还没有化为脸上“向世人乞怜的蠢笑”。一句话，时代不同了，社会毕竟进步了，他们在像父辈那样默默忍受、夭折之前获得了追求人格意识的欲望与冲动，他们不再默默忍受世人的鄙夷，也不再作那屈辱铁笼中的动物、为了生存而苟活。他们呐喊了，尽管是那么粗野；他们出击了，尽管是那么蛮横。为此，他们得付出沉重的生命代价。李默默、王大宝……一条条年轻的生命，用满腔的热血否定了自己父母的苟活，否定了自己无法推诿的行为，也否定了一切对自身的否定。“我心里很苦，对荒岛不住，长到十八岁也没做过一天真正的人。”王大宝临死前剖心剜肝的一番话，催人泪下，他不爱钱，但又必须用钱还清医药账才能清洗人格上的负债感，他的铤而走险正是以否定生命的形式来否定别人对自己人格的否定。同样，为了弟弟妹妹们能活得像个人，李默默、杨柳村都不惜以自己的性命、血汗为代价；为了让陈小果治病以及赡养他的父亲，佘果仁则付出了自己的名誉、操守……在作者冷静的审美观照下，荒岛居民的一切荒唐行为都必须带有孕育它们的屈辱感的胎记，要否定屈辱就必须否定自己，通过否定之否定而达到人格的重塑。这是卑贱者人格意识得以升华的中间环。但这是多么沉重的一环！美与丑、希望与绝望、纯真的低贱与腐朽的高贵、真诚与虚伪、合理与不合理，一切的一切，都在这一现象环中混合出人生的斑驳，错杂成酸甜苦辣的人生之歌。也许，再伟大的作家，再冷静的叙述，也无法不对这沉重的现实、这悲惨的命运发出身不由己的喟叹。但是，沉湎于喟叹终究是创作的大忌。在《蓝太阳》中，当卑贱者的人格意识从抽象的屈辱感转化为具体的行动后，作者虽不断转换叙述角度，从总体上给对象的行为标示了审美的运动方向，但在转换时机、范围、方式上，因过多受到对象的情感牵制而出现了一些失当之处，给人一种随意的流动感。具体而言，老马头的善良、高尚，刘肖肖的纯洁、美丽，姜润之的坎坷、才能，马小驹的忏悔、自新，本应是卑贱者人格意识得以通过否定之否定而升华的外推力，遗憾的是，意识到了这一点的作者在叙述角度转换的时机上一再任其自然，导致陈小果所象征的人格意识在生成过程中明显缺少自我醒悟的层次，多少冲淡了其人格意识的广泛意义，使其人格意识的升华带有一种突兀感。究其原因，在于作者“入”得过深，“出”得不够。如果明确从形式上分开第一人称和第三人称，作者也许能够获得更多更大的观照对象的自由，给读者留下更广阔的阅读空间。

三

在经历了惊天动地的情感爆发之后，在干下了无数荒唐行为之后，荒岛居民的人格意识终于从愚昧、屈辱、荒唐中挣脱出来，带着浓烈的血腥味，带着已埋在地下的同伴的遗恨，艰难地爬上了“荒岛的制高点”。在这人生的制高点上，陈小果“蓦然间萌生出一种顶天立地的豪迈感，以及要为别人承担一点责任的甜蜜蜜的情愫……我忽然觉得自己可怜、渺小。那些斗殴、不择手段的骗局、厚颜无耻的乞求、诈骗，对犯罪的隐瞒怂恿，实在有点儿卑下……只有这人与大自然的搏斗才显得壮观、神圣……”这是一种宝贵的人格意识，它升华了，超越了，它扬弃了屈辱的自我感觉，它否定了愚蠢的泄愤行为，它超越了“人与人像狼”一样的动物本能，它重新回归自己最真实、最亲切的出发点。卑贱者之所以卑贱，不就因为他是劳动者吗？可劳动，这与大自然的搏斗，不正是人类一切一切的本源吗？人们忘记了这一点。而我们的作者，却难能可贵地描绘出自然、劳动的审美本性，为卑贱者人格意识的升华寻觅到一条健康的通道。

作者不再为对象的苦涩情感而喟叹，也不再为对象的荒唐行为而焦虑，对象的自由与解放也就是作者的自由与解放。与前两个阶段相比，此时的第一人称叙述无疑获得了坚实的主体性，陈小果的所思所为，已毫无随心所欲而又无所作为的被动性，相反，强烈的责任感、人格意识驱使他主动承担起人生的重担，荒岛获得了新生！它开始真正成为陈小果及其伙伴们栖息劳作的环境。在作品的结尾处，作者通过陈小果的视觉，描绘出自然的美，有力地烘托出卑贱者人格意识的新生。这是绝妙的一段描绘。它远不是单纯的风景描绘，而是整部小说凝结而成的审美意象。想想小说开头陈小果那段自述文字，我们便可发现，那段尽情宣泄屈辱情绪的文字，似乎是纯粹主观性的，但其中恰恰映射出主体的空白状态，或者说，主体还紧紧地裹在外在于自身的情绪之中，是一种纯粹的被动状态。而结尾的一段描绘，表面看完全是一种客观的描绘，却又让人实实在在地感受到叙述主体的充实感，丰富多彩的景色已和叙述主体的主观性融为一体。如果缺少了这段描写，荒岛居民历经艰难历程的人格意识恐怕很难给读者留下一个完整的审美意象。我想，当作者写完这段话时，久悬心头的重负当可坦然放下。

创作是一种理解，评论亦是一种理解。我喜欢《蓝太阳》，写下了几行这样的文字，当是自诩有了一种理解。妥否不论，有此足矣。

（原载《当代作家》1990年第5期）

现代人生的一出悲喜剧

——评长篇小说《愚人船》

读罢周翼南的长篇小说《愚人船》(原载《中国故事》1992年第4期),老是在想,作家为什么给作品安了这么个名字?整个故事好像与“愚人船”三个字没有任何联系。但仔细品味一下小说开始和结束时的两段对话,就可发现作家是想利用这两段对话限定读者的阅读视野,仿佛给一幅画装上一个相框,迫使人们在欣赏过程中把画的场景与实在生活场景区分开来,于此,我们才能超出实在的生活感受,打破经验的局限,体味到画家寄托在笔墨中的旨题。

我们先看看小说开始时的对话,用电影术语来说,叫“画外音”。

> 大力俯望着苍茫尘海。
>
> 一个声音(催促地):“走吧”。
>
> 大力没有回答。
>
> 一个声音(不耐烦地):“走吧,有什么可看的?”
>
> 大力仍然没有回答。
>
> 一个声音(不解地):“你在看什么?”
>
> 大力:“下面有一条船。”
>
> 一个声音(冷笑了一下):“哦,那是愚人船。”
>
> 大力:“愚人船?”
>
> 一个声音(怜悯地):“你原来就在船上。走吧。”

大力,一个年轻的画家,小说的主人公。他天马行空,我行我素,除了几个欣赏他绘画才能的朋友,几乎谁也瞧不上他,或者说压根理解不了，也接受不了他的生活方式：成天躲在一间破房里不停地画，既不结婚，可漂亮的女孩又走马灯似的往那破房里钻。朋友们理解他："大力是个生活态度很严肃的人。不是好色之徒，也不是拜伦笔下的唐璜或莱蒙托夫塑造的皮却林。大力既然能画出那么美的女人体来，如果没有扎实地、经常地画裸体模特儿，不可能达到这么高的水准。或许大力是关着门写生。如果那些走进小屋的女性爱上了大力，心甘情愿地为大力展示上帝创造的完美的躯体；这也无可非议。至少中国的宪法和法律未对此作出明确的规定。"

的确，大力是为了绘画，为了表现人体美才钟情于一个个漂亮的女性，他几乎只画女性人体，即使是山水画，也是女性人体的象征。按大力对女性的独特观点和频繁接触而言，就他的刻苦执着与一幅幅杰作来看，朋友们都称他为中国的马奈、雷诺阿、塞尚、高更、梵高、莫迪里阿尼，可这样一个旷世奇人，突然死了。"上帝对他如此不慷慨，没让他成名，没让他结婚，还让他孤零零地离去。"

至此，我们大概可说，大力的一生，可算一个悲剧，但是，我们不要忘了"画外音"的提示。作家并无意探寻一个绘画奇才何以被埋没，似乎也无意为大力的悲剧一生空洒凭吊的眼泪，那是古典的煽情，浅薄的哀怨。"画外音"中那个神秘的声音在提醒大力，也在提醒读者：你（你们）来自莽莽尘海中的那条"愚人船"。

这是什么意思？是言人生的虚幻，是说人与人之间的不可沟通。存在主义的哲学命题既是作家审视大力一生的视点，一种隐蔽而抽象的视点，又构成小说情节意蕴发生逆转的内在契机。从审美上看，一场令人感慨万分的悲剧刹那间变成了令人啼笑皆非的喜剧。

当邵谦，大力的挚友，怀着悲痛的心情来看大力遗容时，作家的一段描写就正式拉开了喜剧的帷幕：

> 在雪亮灯光的映照下，大力的脸格外地苍白而头发眉毛胡茬子又格外地黑；他的一双深邃的眼睛并未完全闭上，微眯着，瞅着没有天花板的屋顶，有一种惊奇意外的神情，象是看到了一个显得很熟悉的陌生人；但他的脸又扭曲着，显得很难受很不情愿，或者说是很痛

苦；而他那薄薄的轮廓鲜明的嘴唇却隐隐含着一丝冷嘲般的微笑，似乎嘲笑着人世和所有来瞻仰他遗容的人们。

悲痛和嘲弄的对立，预示着情节发展中意蕴的逆转。小说随后展开的如何筹办大力的丧事以及如何处置大力的遗作的情节中，追名逐利的机巧、利欲熏心的诡计、逢场作戏的虚伪、不惜任何手段的占有欲，一一粉墨登场，演出现代人生的活喜剧。

在商量办丧事的议论中，大力的朋友卢林侃侃而谈，提出了一整套精心设计的丧事方案，并利用一切关系把大力的丧事办得隆重辉煌，和大力生前的落拓实在是鲜明的对照。是人们忽然理解、认识了大力，承认了他的绘画天才？不是！是卢林巧妙利用人事间错综复杂的关系，把一大堆压根不认可大力的头头脑脑聚合到一起，上演出一场虚假的“高规格”的追悼会。卢林为何这样干？他固然是大力的朋友，也为大力的猝死而悲痛，但骨子里，他却企盼通过大力的追悼会，抬高“八人画会”的身价，自己也可得到一分好处。

至于大力的妹夫常金福、大力的小学同学汪利光，他们大概从未正眼瞧过大力，更不用说理解大力，他们之所以卷进大力后事的纠葛，纯粹是在幻想大力遗作可能有一天会价值连城，变成白花花的银子。

特别值得分析的是林晶这个人物。她是大力接触众多女性后而终于认可了的未婚妻，也就是说，林晶不仅具有大力孜孜以求的女性人体的脸蛋、身材，是大力最满意的模特儿，而且具有一种自由浪漫的天性。依常情看，林晶算是放荡不羁的大力唯一的知音，而且，林晶并非因为感恩而爱上大力的，她梦寐以求的就是大力这样“风流潇洒阴沉粗犷幽默风趣深沉多情”的男人，她似乎应该为大力的死悲痛得死去活来。邵谦这么想，读者恐怕也会这么想。可是，林晶的冷静简直令人难以置信。她不想再看一眼大力的遗容，也没有抽泣和眼泪，甚至于盘踞在林晶心中的问题仅仅是如何让大力的朋友赶快帮自己调动工作，即使她要以大力未婚妻的身份参加追悼会，也不过是为了名正言顺地全部占有大力的遗作。作家如此描写林晶是为了从道德上谴责她吗？不是。林晶确实爱大力，用邵谦的话来说：“这种相爱的关系，对于林晶尤为难得，以她的条件，至少可以物色一位月薪在两百元以上的科级或处级干部，她却爱上了一个没有两室一厅和八十年代‘新三件’的画布景的工人，年龄比她大上十岁。如果这种爱情不能称之为高尚纯洁，那么人世间就无甚高尚纯洁的爱情可言了。”问题在于，林晶这种现代女性，早已抛弃了贤妻良母的准则，自我价值能否实现才是唯一重要的事情，她爱上大力，甚至把一切给了大力，是因为只有大力才真正看出了她的价值“远不是那些金链、高档服装、系列化妆品所能企及的”。只有大力才能把她生命的美用画笔永恒地留下去。她卑微的出身、低下的地位使她不可能有更多更好的选择，以至充分展现出类似“居里夫人撒切尔夫人甘地夫人还有刘晓庆”一样的女性风采，她选择大力可说是一种潜意识中的力量驱使着她，她被大力占有了，大力才能充满激情地在画纸上挥洒出她所钟爱的自我形象。这当然不是妓女以肉体换取金钱的卑劣手法，而是一种现代式的精神交换。作为精神交换的双方，如林晶和大力，他们都是强烈的自我主义者，大力在林晶身上找到了寻求多年而不可得的女性人体美，使自己绘画人体美的理想有了现实的基础，而林晶则在大力观赏、摹画自己的过程和结果中得到最大的精神满足。可大力一死，林晶实际上失去了精神的依托。她四处活动，试图迅速调动工作，千方百计把大力的遗作弄到手，显然，她既不为名，也不为利，她对大力的爱，或说对实现自我价值的梦想，全因大力的死而变成近乎疯狂的占有欲。所以，当林晶最终得不到大力遗作时，她便毁掉了大力的全部遗作，也毁掉了自己——和她“原来不屑一顾的香港的梁先生”草草结婚。

这实在是一种滑稽的收场，大力毕生追寻的美原来只是一个虚幻的光环，实在的人世只有纷纷扰扰、你争我夺的闹剧。

> 大力仍俯望着苍茫尘海。
>
> 一个声音（嘲笑地）：“你听见洗衣机的搅拌声吗？”
>
> 大力（不明白）：“什么？洗衣机？”
>
> 一个声音（叹了口气）：“你想回到船上去？”
>
> 大力：“我想画画。”
>
> 一个声音：“你想画你的人间伊甸园，是吗？”

大力："是的。"

一个声音："走吧。那里面有面墙等你去画哩。"

大力："哪儿？"

一个声音："别问。你问的太多了。走吧。"

他们消失了。

而在下方，愚人船仍在风浪中颠簸。

这是小说结尾的"画外音"。那个神秘的声音再次提醒读者：人生是虚幻的，人与人之间是不可沟通的。这个结论对吗？身在作家描绘的"愚人船"上的读者们，不可能不提出这样的疑问。

我想，这个结论来自作家切实而又朦胧的人生感受。说其切实，是因为现代人生确确实实上演着一幕幕悲喜交加、崇高而又滑稽的悲喜剧。人们都在寻找自我的位置，都要张扬自己的人格，都渴望着心灵的沟通，可是，人们谁也无法逃脱社会关系的天罗地网，大家都是好人，可好人就是一个心眼？就像小说中一个人物开导邵谦一样："根据我的经验教训，好人在一起常把好事办成坏事，一个坏人有时倒容易办成一件好事。这是为何？人多了，性格各异想法不同，虽然想的是一件事，但未必想到一块去，这样就会彼此牵制约束，闹出乱子来。"说其朦胧，是因为作家自己可能也对那个结论有些犹豫。这种犹豫不仅是理智上的，而且是情感上的。小说开头结尾"画外音"中的神秘声音和小说人物邵谦的思想情感，实为作家犹豫的象征，或者说，作家的犹豫使这部小说出现两个视点：一个（神秘声音）透视着人生命运的滑稽与虚无，一个（邵谦）透视出现代人并不就范这滑稽与虚无人生的痛苦情感。尽管邵谦所做的选择是逃进名山大川，追求禅学的宁静超脱，但这仍是一种对现实人生的反叛。令人遗憾的是，这两个视点一直处在矛盾中，没能形成一个既冲突又统一的观照点，于此，小说中围绕一件事出现的众多人物及行为，还不能做出统一的审美评价，结果是小说的阅读兴奋点始终被搁置在情节故事的开承启合中，而不能充分调动读者的强烈共鸣，这也就多少影响了作品的审美震撼力。作家在小说中说："啰啰嗦嗦说了这么多，无非是想给研究天才及其命运的学者提供一份材料，也给想藉此素材写长篇小说的作家们提供一个故事的背景。如果写小说，前面说的这一切仅仅是开端——开端而已。”我想，如何写出中国现代人生的悲喜剧，确实还是一个开端，也由此企盼作家给我们创作出关于这个话题的更多的作品来。

（原载《通俗文学评论》1993 年第 2 期）

灵魂的悲怆迁徙

——评叶大春的小说集《胭脂河》

商品经济的迅猛发展让“灵魂”一词失去了千百年来让人顶礼膜拜的神秘魅力。人类愈来愈变着法子拼命享受感官刺激，永恒的困惑消解在日益膨胀的物欲诱惑中，苦涩的憧憬变换为无所不在的片刻欢娱。忧郁的文学家们，都会在现实的歌舞升平中反弹出让人心灵痛苦的呻吟。叶大春的《胭脂河》中，是否也睁着一双这样的眼睛，也悄然回荡着如此的呻吟？

我以为是有的。

如此，作者的创作视野才逃离了都市的喧嚣，流连于隔绝商业繁华的蛮荒之地，用笔记下一切古老的“文的武的正的野的土的洋的荤的素的雅的俗的喜的悲的真的假的丑的美的善的恶的”传说故事，用心去体验至今只栖息在高山老林、奇风异俗中的人的灵魂。

风流野妹临死前向河水抛撒胭脂，野牛岭下一条清亮的河就有了“胭脂河”的名称；天狗不是狐仙，可她一被黑虎救出死地，野牛岭就遭到空前劫数（《胭脂河三章》）；古藤手杖在小镇山民心中成了“神杖，能消灾避祸，祛病压邪”（《老人篇》）；猎王与老雌熊的毕生恩怨对峙（《猎王》）；柴老爹震慑群狼的威风（《山魂》）；神崖下的惨剧（《神崖》）；窝囊一辈子的岳跛子最后来了个壮烈英武的死（《岳跛子》）；茂顺爷舞灯的神力与绝招（《龙灯王》）；独眼惊天动地的复仇（《独眼》）；烈火都焚不化的瘿袋（《瘿袋》）；疯疯癫癫的罗汉真的成了呼风唤雨、除暴安良的天蓬大元帅（《罗汉轶事》）；能驱邪化凶祛病免灾、延年益寿福禄双全的虎皮太师椅（《虎皮太师椅》）；临咽气仍死死叼着一只脑浆四溅、气息奄奄的大灰狼的猎鹰（《最后一个鹰猎者》）；念咒咒死鬼子兵的巫婆（《故乡的巫婆》），这些神话般的故事，作者讲得津津有味，铺陈得有板有眼，由不得读者有丝毫怀疑，仿佛这些故事中有着某种勾魂摄魄的吸引力。

这吸引力是什么？就是都市人早已丢失而又在苦苦寻求的灵魂。

作者钟情的灵魂是天造地设的大自然，是神奇莫测的自然精灵。

《胭脂河》中所有人物的灵魂都从这神圣的自然中开始了悲怆的迁徙。《山魂》中的柴老爹不仅至死都不肯离开大山，而且在听到动物园里的老虎怕牛的故事后，悲哀地叹道：那老虎丢了山魂。丢了山魂就等于死了。当一只幼狼从背后袭击柴老爹时，反手制服了狼的他又不禁狂喜：幼狼比老狼莽撞、狂妄，虽败溜了，总算恢复了狼的习性。退化是大自然的灭顶之灾，更是人类的灭顶之灾。蜷缩在都市文明舒适摇篮里的现代人，却把人的自然本性的退化统统称为进步，这岂不是更大的悲哀。离开大自然，人类就会变得怯弱，没有冒险的胆量，没有孤军奋战的勇气，反而为蝇头小利钩心斗角、斤斤计较、欺软怕硬。所以，《猎王》中的阿虎老爹“渴望冒险，渴望遇到猛兽，哪怕搏斗一场葬身兽肚，也心甘情愿，也比这平平淡淡，无惊无奇，靠射杀善弱动物度日糊口的生活来得痛快壮美”。《最后一个鹰猎者》中吉吉老爹宁愿舍弃家乡、亲人，也要带上自己的爱鹰——“黑旋风”，“开始朝大草甸子西边迁徙。长途跋涉二百多公里，就可抵达那片原始森林，他们就能摆脱烦恼，在色彩斑驳、宽阔自由和情趣盎然的世界中，开始崭新的鹰猎生活，耳鬓厮磨、相依为命地度过他们的风烛残年”。

在大自然中迁徙的灵魂，尽管粗糙原始，却又有着崇高的牺牲品位。在《胭脂河》中主人公们多是质朴的山民，可演绎出来的故事却惊天地、泣鬼神。哑姑、岳跛子、独眼、瘿袋、罗汉、花痴，这些生理上有着缺陷的主人公，信念成为作者笔下伟岸的英雄。这些人物形体丑陋，在人群中自惭形秽，受人白眼，遭人欺凌。对这些人物的描写与刻画，作者没有用惯常的同情心理去可怜他们，换得读者廉价的眼泪。大自然中的生命，都有着本能的欲望和生存的尊严，这欲望，这尊严，因社会放逐他们而直接与大自然沟通，方显出惊世骇俗的魅力。如开窍的哑姑，男女之事，无师自通，出嫁之日，断无故作扭捏的苦相，生命的喜悦溢于言表，“哑姑听不见喜乐，望着吹鼓手摇头晃脑鼓腮流涎的滑稽相，忍俊不禁，捧腹大笑”，好一派怡然自得的生命乐趣。因醉酒当街撒尿而被鬼子打瞎一只眼睛的独眼，全部生存的欲望只酿造出一个简单而坚定的信念：复仇。在这里，世俗眼中的无能却升华出最崇高的牺牲境界，人世间难以实现的举动在这些弱者身上却成了最自然的事情，岳跛子、瘿袋、花痴的自我牺牲就是明证。他们献身前既无殉道者的慷慨激昂，死后也无耀眼的光彩，一切源于自然，又回归自然。我以为这正是作者的高明之处。灵魂少了任何性质的喧嚣，也就多了与自然同在的恬静和满足。

在某种意义上，《胭脂河》的整体思路是20世纪80年代“寻根文学”的延续，但作者并未像当年的寻根作家们那样，借用某种现代意识去主观认定远古初民、亘古荒原、奇风异俗中的所谓民族文化根基与集体无意识，也未滥用隐喻、象征手法去模糊叙述者与被叙述者之间的时间距离，相反，《胭脂河》的作者既远离喧嚣都市去深山老林中探索自然化的灵魂，同时也尽力发掘出远隔都市文明的自然化灵魂中的苦涩与悲哀。封闭的、原始的自然环境固然滋生出让现代都市人倾慕的灵魂样式，但同样也滋生出可怕的愚昧与野蛮。《胭脂河三章》中野妹、银杏儿、天狗的悲惨命运，《胭脂河三章》中甜妮、哑姑、溪妹的不幸遭遇，都准确传递出作者对这个问题思考的深度。古老的习俗传统维系着一方土地的安宁与和睦，又为单纯的心灵增添了愚昧的盲从与迷信。《神崖》可算是表现这一主题的力作。为拯救愚顽的山民，老廖付出了生命，可结果，青面仙姑仍然认为老廖是颗灾星，得罪了神崖，神崖才发怒，祠堂才起火……正因为此，作者才在《故乡的巫婆》中发出疑问：信巫拜神又“是不是一种特定环境氛围中的悲剧呢”？

所以，我们才在《胭脂河》中，看到一股急欲走出贫困与愚昧的力量。《胭脂河三章》中的野妹宁可被“沉水”也敢私奔去县城，用她的话说：“好歹逛了一趟县城，尝到了一点人生乐趣，就是死而无憾”；甜妮终在疑神疑鬼的丈夫面前喊出：“我偏要走！我是自由的，不是你的私有财产！”《猎王》中的阿虎老爹处心积虑地想把儿子锻打成出色的猎手，可儿子压根不再对此感兴趣，不仅赶山贩货，而且闹着要去镇上开店设铺。作者所钟情的质朴魂灵又开始了新一轮的迁徙，没有感伤，没有喜悦，洞悉人类魂灵复杂内涵的作者只有一份默默的情怀，行上一个悲怆的注目礼。

这确是一个旷日持久的悖论：作者从喧嚣的都市逃往深山老林，在近乎原始的自然中得到了可歌可泣的灵魂，可一当走进这苍老灵魂的滋生地，贫穷、愚昧又会像毒蛇一样吞噬所有的文明感觉。敞开现代文明的大门，去接纳苍老的自然魂灵，并以之抵御现代文明中的莫名烦躁，当然是作者一个瑰丽的美梦。在文明时间的两端，对流总是全方位的，真假、美丑、善恶混杂一体，作者自然做一个过滤器，让岁月两端的对流、混合变得更为纯净。于是，就有了叶大春的《胭脂河》。

（原载《武汉工人报·大众月末》1995 年 12 月第二版）

“城市”的故事与城市里的“故事”

——读彭建新的长篇小说《孕城》与《招魂》

一座城市的历史，宛如一部长篇小说。可要把一座城市的历史真正写成一部长篇小说，绝非易事。彭建新的长篇小说《红尘》三部曲（至本文刊载时已出版《孕城》《招魂》两部）以近代武汉城市的形成、发展为历史构架，描写了一大批生活在城市里的各等人物。就小说本身而言，尽情舒卷的社会生活画廊（如底层民众的各种生活样式及上流社会的沉浮、分化）、浓郁的地方文化特色（如武汉及周边地区的方言俚语、生活习俗、地域风情）有很多值得称道的细节，这些细节通过作家精巧的调度和生动的叙述，组合成一幅武汉百年风俗画，熟悉不熟悉武汉历史的读者都会在这幅风俗画里找到自己阅读的乐趣。就职业化的批评阅读角度而言，彭建新的长篇小说同样留下了许多值得深思的文化与美学的话题。

就小说的起源来看，其本来就是城镇文化的产物，可小说对城市文化并不领情。在中国明清小说中，城镇往往藏污纳垢，只有远离都市的乡村，方可涤净人的魂灵。欧洲 19 世纪的批判现实主义小说，在某种意义上，同样是人类乡村文化心理对现代城市文化的拒斥与批判。由此而论，以小说的形式描写一座城市的历史，本身就是对城市的文化观照，不可能不涉及以什么样的文化眼光去审视城市的问题。马克思曾经说过：“中世纪（日耳曼时代）是从乡村这个历史的舞台出发的，然后，它的进一步发展是在城市和乡村的对立中进行的；现代的历史是乡村城市化，而不像古代那样，是城市乡村化。”[①] 世界历史发展的事实表明，现代化的历程就是城市化的历程，“城市是经济、政治和人民的精神生活的中心，是前进的

① 《马克思恩格斯全集》第 46 卷上册，人民出版社，1979，第 480 页。

主要动力”。[①] 人口、生产工具、资本、享乐和需求高度集中的城市的诞生是历史发展的必然，但人类绵延几千年的乡村文化心理，本质上是和城市文化相对立的。这种对立，在文学中表现得尤为突出。在商品经济由西向东发展的百年过程中，我们可以看到一个有趣的现象，即历史学家在商品经济发展过程中看到的是社会发展的铁的规律，文学家则爱用灌注情感的故事去解构那无情的规律。不幸的是，世界的城市化进程并不因为文学家的抵抗而放慢其前行的速度，同时，城市文化层出不穷的新形式正在悄然化解传统文学对城市文化的抵抗，21 世纪的都市人对城市文化的理解业已摆脱了乡村文化心理的影响。鉴于此，彭建新意在写出武汉城市发展百年史的《孕城》与《招魂》，其在小说中观照城市的文化眼光如何，是一个首先值得研究的问题。

作家在《孕城》的跋“自言自语”中有如下一段话：

> 这是一个从湖荡中娩出的城市的故事。
>
> 一座城市既然从湖荡中娩出来，那么，它的故事，应该是潮润而水灵的。事实也是如此。这座城市从无到有，从小到大以至成为名镇重镇的历史里，产生过无数可歌可泣可圈可点光怪陆离潮润而水灵的故事。抹去这些故事的历史尘封，顺理成章地会逸出带有我们这片土地特点的纠纠葛葛悲欢离合的气味——是世俗味还是神佛味，说不清楚，或许就是所谓汉味呢。

作家的上述表白，有一个含混之处，即是写一座“城市”的故事，还是写一座城市里的“故事”？两者的区别在于，前者视城市为一个活生生的复合的文化实体，是人类文化发展历程中的一个独特形态，它有属于自己的故事，在这种故事里，人与城血肉相连，不可分割，人与城之间是相互创造和被创造、相互塑模和被塑模的关系，因都市人的审美情感日趋“乡村城市化”，其必然要求建立讲述自己故事的新的美学体系；而在后者的视阈中，城市更多是一个充满欲望邪念、铜臭横行的文化空间，是一个

① 《列宁全集》第 19 卷，人民出版社，1959，第 264 页。

盛装古典故事且又封杀乡村情怀的容器。欧洲批判现实主义的小说讲了太多这样的城市里的故事，人与城的分离、都市情感的“城市乡村化”便是这类故事的美学特征。我以为，彭建新作品中的文化眼光属于后者。

在彭建新的《孕城》与《招魂》里，“城市”与人物的关系往往是分离的，或者说，城市仅仅是一个人生的舞台，作家更感兴趣的是舞台上形形色色的人生的喜剧、悲剧与闹剧。至于“城市”本身，并没有成为独立的叙述对象。《孕城》描写的时段是1904—1911年，《招魂》描写的时段是1921—1927年。在中国近现代史上，1911年、1921年、1927年是三个具有标志性的年份：辛亥革命、中国共产党诞生、第一次国共合作破裂。作家勾勒小说情节发展主线、解释人物活动动机的历史眼光依然带有传统的政治与意识形态的色彩，即在小说中，政治上的左右对峙、经济上的贫富冲突，是作家演绎武汉近现代史的基本脉络。在如此眼光的透视下，“城市”失去了属于自己的年轮，而仅仅成为展示历史事件、人物活动的一个场所，城市和人物之间也没有形成应有的张力关系。仔细分析一下小说中的主要人物刘宗祥，是很能说明问题的。

小说中的刘宗祥，是民国前后武汉最大的地皮商，法国立兴洋行和法国东方汇理银行汉口分行的买办。他的发家史本和武汉作为现代城市的发展有着密切的内在联系。他先从外国银行借出低息贷款，再高息借给清湖广政府，并顺势收购了从“硚口到沙包一线城墙内外墙基附近的荒地”，五年后，“靠近由义门、循礼门一线内的地，早已填平造屋，租的租，卖的卖，钱已生了钱。买地的钱，是用祥记商行的名义在汇理银行汉口分行借的，年息2厘5毫。（刘宗祥把此款又借给张之洞修京汉铁路，收取年息8厘，其中2厘用来收购荒地）他等于是先把人家的钱借出去，在利息上赚一笔，又用房屋生出的钱抵了一笔，剩下的大片大片的地皮，都是尽赚的!”作家用了许多类似的细节，以描写刘宗祥经商的精明之处。刘宗祥的成功，其超人的气魄和胆识（如大量收购无人理睬的荒地）、过人的精明和才干（如自由周旋于官府、外国势力之间）固然重要，但我们不能忘记，他的这些胆识与才干，恰恰是武汉城市化进程的产物。城市空间的扩大和人口的增多才使原本毫无价值的荒地有了不断增值的商业价值；城市建设带动的资本需求及外国资本的涌入，才有了买办资产者的生存空间和用武之地。如把城市视为一个体现历史进程的文化叙述对象，刘宗祥商业上的活动就应该成为小说的主线。事实上，刘宗祥的商业活动几乎牵涉城市生活的每一个方面。就小说的情节进展和人物的设置而言，作家也正是这样安排的。我们可以看到，在小说中（特别是在《孕城》中），刘宗祥商业上的发展与武汉城市的发展相互推进，以至刘宗祥对黎元洪说出石破天惊的一句话：你创造了一个民国，我创造了一个汉口。这句话不仅充分体现出现代城市中商人阶层的经济实力、社会地位，同时也体现出一种超越传统的文化眼光。但遗憾的是，这句石破天惊的话语并没有成为彭建新小说的“题眼”，或者说，没有成为作家理解、发掘刘宗祥人物性格中现代城市文化底蕴的一个切入点。因此，在作家的笔下，刘宗祥自始至终都是一个身处历史旋涡中的边缘者，他的“创造”被描述为一个传统商人盲目自得的浅薄炫耀。

小说中有一段描写大概可以说明这一点：

> “宗祥老弟哟，您家到底是商人咯，随么事都算尽了，都要算到只赚不折才迈脚哇！”冯子高现在不经商了，或者说他从来都是把经商做幌子的，尽管他是个很高明的经济人才。这与刘宗祥恰恰相反，刘宗祥是以经商为务，而且把世上万事都看作是生意经。
>
> “子高兄呵，要是您家一心一意像我这样做生意，您家比我刘某人不晓得要高出几多咧！”刘宗祥没有去品味冯子高话中的贬义。他对冯子高说的真是由衷之言。在经商上，刘宗祥除了机敏之外，主要是执著。另外，刘宗祥总是善于抓住机遇。多年来，他总是有运气。而冯子高常常是站在政治学、社会学的角度看生意，他在作刘宗祥“军师”的日子里，所出的主意，都是从战略的角度出发的。但是，冯子高骨子里不是个商人，或者说不是刘宗祥理解的严格意义上的商人。

从这段描写中可以看出两层含义。

第一，作为小说中主要人物的刘宗祥，自身并未构成一个独立的审美世界，而是小说中某种抽象意蕴的一个陪衬。如在小说中，冯子高并非主要人物，但他（包括《招魂》中陆续出现的一些政治人物）始终占据着小说意蕴的中心地位。刘宗祥与冯子高是很好的朋友，冯子高极力为刘宗祥的商业活动出谋划策，刘宗祥也同情并支持了冯子高的革命活动。可是，他们两人完全是在两条股道上跑的车，在冯子高的心目中，刘宗祥永远都只是一个唯利是图的商人，他对刘宗祥商业活动的支持并不是因为他认为刘宗祥的商业活动有多大意义，而是在尽一个朋友的情分。换言之，他的“革命”是纯政治性的革命，武汉仅是他革命的一个舞台、一个驿站，武汉的城市发展与他的革命目标似乎风马牛不相及。而在刘宗祥的心目中，冯子高的“革命”，不管是推翻帝制的辛亥革命，还是打倒军阀的国民革命，也不过是另一种充满“投机”与“风险”的“大生意”，与他朝夕相处的那么多的革命者，似乎从未使刘宗祥的人生境界有所提高。这种“道不同，但尚可与谋”的朋友关系，恰好反映出刘宗祥的依附性。在人格上，他敬佩冯子高，即使在经商上，他也由衷地敬佩冯子高，他性格中仅有的一个闪光点，即对朋友的一份真情。可这一份真情，无论如何也支撑不起刘宗祥人格的独立性。如此，刘宗祥在小说意义世界里，只得让位于冯子高（在《招魂》中，又让位于新一代的革命者），其推动武汉城市发展的商业活动也不得不自动遮蔽自身的文化内涵，听凭一场又一场社会革命的政治喧嚣。

第二，作家的叙事视角过于受制于中国传统文化。在对刘宗祥及刘氏商业活动的评价上，冯子高的评议基本上代表了作家的看法，应该说，这种过于传统化的看法极大地限制了作家对刘宗祥的深度开掘。从 19 世纪 60 年代起，武汉城市的发展就处在中西文化、传统与现代文化激烈冲撞的前沿，同时，武汉也是近现代中国社会革命的中心地带之一，要写出在如此复杂历史背景下的武汉的城市发展，艺术地展现以商业活动为中心的现代城市文化，没有思想史、文化史上的观念性突破，就很难有艺术上的重大突破。中国传统文化中重农轻商、重义轻利的倾向可谓根深蒂固，即使在“五四”以后的文学作品中，以传统乡村文化心理去观照、描写现代城市生活，漫画式地曲解现代城市中的商业活动，仍是主导倾向。无奸无商、唯利是图，几成中国传统文化对商人的定评。就对刘宗祥的评价而言，彭建新并没有落入传统的窠臼，一味遵照传统的道德标准，相反，刘宗祥的经商才能，在小说中是得到了一定肯定的。问题在于，与冯子高相比，刘宗祥的经商才能并未艺术地转化成为某种具有特定审美内涵的人格魅力，而冯子高以天下为己任的人生境界、不苟言利的飘逸潇洒，则既有儒家入世的勇气，又有道家弃世的傲骨。在阅读过程中，我们可以明显地感觉到，作家更熟悉、更欣赏冯子高一类的人物，也在他们的身上寄予了更多的审美感悟。再读作家写在《招魂》后的跋："他们走来走去"，似乎可以更清楚地看到，我们的作家，依然沉浸在古老而又令人伤怀的"宁静致远"的审美情调之中。这没有什么不好，只是以如此田园中的牧歌情调去凭吊现代城市的魂灵，终究有所隔。

值得关注的是，在彭建新的《孕城》和《招魂》里，还活跃着一大批鲜活的都市底层人物，如张腊狗、陆疤子、王玉霞、吴二苕、吴丑货等。作家对这些人物的命运充满同情，对他们扭曲的生命形态有着深深的理解，对他们生命中微不足道的每一点乐趣都给予了略带夸张的描述。在小说中，这些底层人物的故事几乎自成一个世界，尽管在物质生活层面上，他们无法摆脱那些城市精英们的影响，但在精神世界里，他们又往往是自足的，因为以一切方式活下去，就是理由，就是享受。如此生命形态，也许与现代城市文化还相隔甚远，但在作家眼里，他们是现代城市文化的牺牲品，可他们又以自己的生命夯实了现代城市文化的基础。如果说冯子高身上折射出来的是作家个人化的审美情趣，而对都市底层人物的关注与描写，则更多地体现出作家作为知识分子写作的大众情怀和社会良知。有此，方有作品源自生活的艺术真实性，诚如作家自己所说：

> 更多的是，真实地活着，或真实地活过。
>
> 更多的，是我们老百姓；是我们身边与我们相干或不相干的人；是我们的亲人，比如我的父亲，我的母亲，他们的一辈子，想法非常简单，也非常真实，就是为了活下去……当然，为了这样简单而神圣的目的，在他们的一生中，肯定少不了玩些自欺、欺人的把戏，露出些与"真实"的本义相抵牾的毛病，但是，他们的各种近乎顽强的证明生之意义的生的方式，却无一例外是绝对真实的。(《招魂》跋：

“他们走来走去”）

作家体悟和描写出来的这种原生的生活形态以及衍生出来的文化心理，在中国式的城市化进程中，有着很大的普遍性，且影响至今，笔者有兴趣待作家的《红尘》之三出版后，就此作一专题研究。

（原载《文艺新观察》2002年第2期）

和孩子一起舞蹈

——漫议曾玉华的儿童电视剧创作

曾玉华是武汉电视台青少部主任，从事儿童电视剧的创作已有二十年了，在我的印象里，她的作品几乎没有不获奖的，国际奖、国内奖、省市奖，无所不有。曾玉华成功的秘密是什么？作家邓一光对此有一个极中肯的评论，说曾玉华是在“和孩子一起舞蹈”：“曾玉华自己没有孩子，却喜欢和孩子一起舞蹈，这是曾玉华的人生姿态。我是说，曾玉华没有自己的孩子，她和这个世界上所有的孩子一起舞蹈，他们一起舞成云霞的样子，这是她美丽的人生姿态。”的确，童心加爱心，再加上对儿童艺术的执着，就是曾玉华在创作上取得较大成就的主要原因。

1996年，武汉电视台青少部代表中国参加国际儿童电视大赛，这个大赛级别很高，是由联合国教科文组织发起的，每年在编织过文艺复兴摇篮的意大利举行，取名为CLAK JUNZOR，其特点是“儿童写儿童，儿童演儿童，并由儿童自己担任评委来评判各参赛片的优劣短长”，这种形式的儿童电视剧在中国还是很新鲜的。在中国文化的传统中，习惯于被长辈们教育的孩子们能写好自己吗？什么样的题材才能受到世界各国儿童的青睐呢？那么多的异国小评委能对他们陌生的中国文化产生共鸣吗？曾玉华勇敢地挑起了这个大梁，她坚信人类的心灵是相通的，特别是孩子们的心灵，更是一片还没有被污染的纯净的天空，儿童电视剧的目的就是真实地表现内在于孩子心灵中的真善美。根据这个原则，曾玉华苦战数月，在全国范围内广泛征集作品，最终确定并亲自编导出参赛作品《丑角风波》。该剧通过一个艺校学生演不演丑角的小小事件演绎了美与丑的辩证关系，让孩子们在轻松的笑声中悟出真善美的真谛。带着中国儿童电视剧走向世界的雄心，也伴着第一次参赛的复杂心情，《丑角风波》接受了来自各国小评委们的检视。中国京剧出神入化的唱腔，孩子们高超的武功及中国风格的喜剧效果，让来自世界各地的小评委们如痴如醉，他们共同为《丑角风波》亮出了高分，使该剧一举获得了“最佳演员奖”、“最佳评论奖”和“最佳参与奖”三项大奖。1996 年 7 月 19 日，武汉电视台为《丑角风波》的获奖专门召开了一个高层研讨会，即“迈向世界——中国儿童电视片创作及发展研讨会”，与会人员有中央、省、市宣传部门的领导，有研究电视艺术的专家。在研讨会上，与会领导和专家高度肯定了《丑角风波》取得的成绩，时任中宣部副部长徐惟诚说：“武汉电视台有一批不错的儿童电视工作者，他们有激情，有能力也有想法。开展全国性的作文 TV 活动，把好作文拍成电视，这是个值得各电视台重视和推广的办法。它不仅可以激发孩子观察和表现世界的热情，也可以使儿童电视片有了广泛的生活来源。”中央电视台青少节目中心主任余培侠说：“亚洲人在欧洲获奖不容易，地方台获国际大奖更是少，据我所知这是首次。首先的感觉是武汉电视台抓儿童节目上了新台阶，可以代表中国儿童故事节目的水平。这值得中央台学习。一部好的儿童电视片有四个必要条件，那就是儿童情感性要强，儿童情趣要浓，反映儿童生活要真，把握儿童视点要准。曾玉华的《丑角风波》之所以成功，就拥有这四个条件。”

《丑角风波》的成功为曾玉华带来的不仅仅是荣誉，而且有对儿童电视剧更深层次的理性思考。她认为，拍摄儿童电视剧的摄像机很少去透视社会的新闻热点，也不曾去触摸经济大潮中瞬息万变的时代风云，它所关注的是“人之初，生之始”这段可塑性极强的特殊历程，如果说这段历程是人生的春天，那么儿童电视工作者就是春天播种的使者。少年儿童吸收什么样的养分，才能成长为明天的栋梁；早晨八九点钟的太阳，把握什么样的轨迹，才能在正午时分放射出光芒万丈的能量？这是儿童电视工作者思考一切问题的出发点，也是儿童电视剧审美形式中理应包含的文化底蕴。每个民族都需要伟人和天才，但伟人和天才并不是课堂教育培养出来的，相比较而言，培养身心健康、具有独立生存能力的少年儿童的审美教育更为重要，也更为迫切，这才是支撑一个民族的根基。应该说，曾玉华对儿童电视剧的深层次思考颇有见地，也是其成功的思想基础。作家董宏猷就此评论：“这些年来，国内少儿电视节目中，从中央电视台到地方台，黄金时间的动画片，绝大部分连续剧、系列剧，是日本、欧美的动画片，这种每日每月不间隙的文化强刺激，已经深深地影响了中国整整一两代人。在他们的英雄偶像中，无一例外，均是外国动画片中的人物，或是‘聪明的一休’，或是‘勇敢的青铜战士’，而对本民族的文化与传统，则漠然而冷淡，缺乏情感。这样一个巨大的文化断层，至今尚未引起足够的重视。许多有识之士纵有振臂一呼之热血，却无投资制作之财力。而曾玉华乃一普通女导演，仰天长啸空发议论少，积极筹办、埋头实干时多，憋着一股劲，暗暗地一步一步往前走。”

1997 年，曾玉华编导的《寂静之声》在 CLAK JUNIOR 上又一次获得“最佳主题奖”和“最佳演员奖”。《寂静之声》讲述的是聋哑姑娘潘虹克服生理障碍和娇气性格，在友谊的激励下坚持学习舞蹈的动人故事，反映了无声世界里的丰富感情。潘虹和王晶是一对好朋友，他们热爱生活，珍惜友情，身材纤细的潘虹被选入舞蹈队，然而听不见节奏，无法掌握节拍，遭同伴们指责，潘虹退却了，好朋友王晶，腿虽然有些瘸，但同样热爱艺术，热爱舞蹈，她热心地帮助潘虹恢复自信，还以“绝交”的方式激励潘虹。潘虹重新回到了舞蹈队，以顽强的毅力克服了生理上的困难，舞出了最美最绚丽的舞蹈，一对好朋友的手又紧紧握在一起。曾玉华是在爱心的驱使下敏感地发现了无声世界里的美。在回忆创作初衷时，她说：“在我台举办的一次文艺晚会上，我接触了一群特殊的孩子——聋哑学校艺术团的孩子。我被他们那翩翩的舞姿、翻飞的五指、甜蜜的笑容和那一双双会说话的眼睛所吸引，我情不自禁又迫不及待地走进了他们的生活。当我采访了他们和他们的家庭、学校后，我被深深地感动了。”有了这种发现，曾玉华才大胆起用了一个聋哑孩子出演《寂静之声》中的主角。在她的调教和启迪下，这个小演员克服了常人难以克服的困难，令人难以置信地用舞蹈语言表现出无声世界里的至善至美。在颁奖仪式上，意大利的小朋友采访了这个聋哑演员，问她：“你听不见又说不出，在拍戏中是不是遇到了很多困难？”小演员用手语回答说：“拥有友爱、关怀，坚强的我可以和健康的孩子一样做得好，一样快乐充实地学习和生活。”

1998 年，曾玉华再次拿出《荷塘趣事》参加 CLAK JUNIOR。《荷塘趣事》讲述的是某武术学校三个孩子放学后经过荷塘时的一段故事，他们既为强身健体而习武，又以高强的武功制服了几个歹徒，在匡扶正义的同时也使自己的心灵得到净化。通过这部片子，我们再次看到，曾玉华在图像时代的快节奏之后，是深藏着一种人文关怀欲望的，她在膨胀着的信息时代里，始终不渝地坚守住了人文知识分子的精神关怀立场，并执着地将这一立场灌输进电视实践中。凭着这一点，曾玉华再次捧回了“最佳参与奖”和本届新增设的奖励，即以简洁的手法反映深刻社会主题影片的特别奖项——费里尼奖。

三次参赛，三次获大奖，这是曾玉华的殊荣，更是纯真的儿童审美情趣的胜利，不同国度的孩子们都以“真实好看”褒奖曾玉华的参赛片，他们稚嫩的评语其实道出了审美的真谛：简单和纯真。CLAK JUNIOR 的整个审片、投票都是在全封闭的状态下进行的，大人们谢绝入内，只要喜欢，小评委们就投上一票。儿童电视剧首先得儿童喜欢，评判的标准就这么简单。其实，“简单”二字是对儿童电视剧最基本的要求，大概也是最难做到的了。以简单的童心演简单的童趣，才能体现儿童所独有的审美情趣，也才能为孩子们所欣赏和喜爱。这，也就是曾玉华成功的秘诀。

（原载《文艺新观察》2004 年第 3 期）

日光之下，并无新事

——报告文学《梦想启示录》读后感

《梦想启示录——宜都十年纪实》（文中简称《梦想启示录》）向读者展示了作者故乡宜都十年的巨变轨迹：从乡村走向都市，从封闭走向开放，从边缘走向中心。作者跋山涉水，走村串户，访民问官，引经据典，并以极大的热情、灵动的文字讴歌着故乡的变化，形象地记录了宜都人（其实是中国人的缩影）走向现代化的梦想和为了实现梦想而做出的不懈努力。大水泥梦、大交通梦、大火电梦，在十年的时光里，艰难、执拗地将梦想变为现实，而且整体上带动了宜都人生活观念和生活方式的巨大改变。面对故乡的巨变，作家是惊喜的。如同一个远嫁他乡的女儿，多年后重回故乡，她在惊奇之后要一一寻求变化的原因和过程。显然，能从整体上解释宜都变化原因和过程的人只能是宜都的政府领导，于是，宜都政府领导的为政思路、行政谋略自然成为《梦想启示录》的叙述逻辑框架。这个逻辑框架虽不乏宜都政府领导的个性化色彩，但是，现实中国的任何地方政府领导，只可能是现实中国改革开放总战略的实施者，所以，在这个框架里，所有的讲述者，从官员到农民，包括作为叙述者的作者本人，其实都在扮演着同一个角色，即共同讲述着中国社会现实走向的集体诉求：发展才是硬道理，落后就要挨打。在某种意义上讲，邓小平的话是对鸦片战争以来中国问题最务实的总结，也是实现中国改革开放的思想基础。可以说，《梦想启示录》中所涉及的宜都社会十年发展中的诸多问题，政治、经济、政务、民生、文化等，无不是这个集体诉求的具象化反映。

走出闭塞，时不我待，是宜都政府领导顺应世界发展趋势、参悟邓小平思想后的观念变革和积极实践。走出闭塞，首先需要的是自我反省，是意识到自身的贫穷和落后，这就是观念变革，唯此，才能穷则思变，才能励精图治，才能为了圆梦而发愤图强，才有了时不我待的危机感和力争分秒的实践意志。清末年督鄂的张之洞之所以能在当时相对偏僻、落后的湖北开启近代中国工业化的一个高潮，同样在于他有着超出常人的危机感和积极的实践意志。张之洞在《劝学篇》中说："今日世变，岂特春秋所未有，抑秦汉以至元明所未有也。欧洲各国开辟也晚，郁积勃发，斗力竞巧，个自摩厉，求免灭亡，积惧成奋，积奋成强。独我中国士夫庶民，懵然罔觉，五十年来，屡鉴不悛，守其敖惰，安其偷苟，情见势绌，而外辱亟矣。"今日观之，正是由于张之洞见识超人，不同于同朝的大部分昏昏然不知天下大变之原因的官员，才为中国近代工业留下了一个辉煌的篇章。同样，一个偏僻的山区小县能在十年里腾飞，无疑是宜都政府领导清醒的行政理念和优秀的行政谋略的结晶。在《梦想启示录》中，从县政府的几任领导、部门官员到中国最小的村干部，他们为宜都发展所做的每一件事，都生动地展现出他们清醒的观念变革和坚韧的实践意志。笔者以为，这正是《梦想启示录》构思上的一大特点，书中所有的人与事，无论是掌管全县发展大计的"大人物"，还是为一家脱贫致富而竭力的"小人物"，也无论是事关全局的大事，还是一村一户的小事，在作者全书展开的宏大背景下，在作者对时代精神的正确把握下，在作者书写的逻辑上，这些人和事的意义是相同的，而且共同书写了宜都十年发展的辉煌。也正因为此，《梦想启示录》没有变成对领导单纯歌颂的庙堂文字，而是在忠实记录宜都十年巨变的过程中，形象地让读者深深感受到我们民族百年来强烈要求改革开放的集体诉求。

值得欣赏的是，作者并没有用理性的逻辑去组合笔下的人和事，抽象的理论结论也不是《梦想启示录》所追求的结果。作者依然在用文学的要素建构着全书的每一个细节，叙述的语言有着很强的情感力度，书中出现的每一个人物都有着自己独特的生命呼吸。单个的村民、村干部、企业家、部门官员、地方领导，个个都在默默地、努力地做着自己分内的事，没有豪言壮语，也没有我们早已见怪不怪的形式化的热闹场面。《梦想启示录》开章讲述的修路的故事，主角王世凤修路的原动力就来自一个简单的家庭支出：没有路，就得请人上山把猪抬下山去，而有了路，就可以省下这笔钱。作者以女性的敏感和直觉首先向读者叙述这个故事，她的本意也许是要印证时下中国农村常说的一句话：要想富，先修路。但从叙述策略上看，作者为全书奠定了一个颇值得玩味的开端，即每个故事的主人公都有着自己的独立的进取理念和顽强的实践意志，他们的行为——或修路或办厂或造桥……在经济学、社会学的意义上，当然造福于一个家庭、一个村庄、一个县，但我们的作者，在叙述的字里行间，更着重描写的是主人公们那独立的进取理念和顽强的实践意志，农民王世凤，交通局长裴芝成，村支书刘正国，扬先国、纺织厂的三个男人（陈迟、周强、梁伦新），市委书记文成国、宋文豹等，个个都是有血有肉的大写的人，他们感动作家和读者的东西不仅有他们为家庭、家乡创造的物质财富，而且有在创造财富过程中显现出来的一种精神力量，这就是作家在书的结尾所概括的："不论是在过往的困苦岁月中，还是在如今的经济浪潮里，如果一个国家、一座城市，以及这里的人们依然坚守着精神的归宿，依然坚持着自己的信仰，我们不要怀疑其中的真诚。要相信，所有的这些，其实都来是来自一种文化的力量，来自于对生活的无限热爱。"这就是文学。关注现实和关注虚幻、关注芸芸众生和关注自我，并不能决定作品的品位，决定作品品位的东西叫"文化的力量"，让人在苦难中依然进取，在漠视中依然自我肯定。

在"后记"中，作者说："6 个月的采访，已经成为了一个烙印，刻在我的身体里，挥之不去。以至于常常会有很多的幻觉，全是一些与自己无关的琐事。一座城市的悲喜、一些人的经历。关于梦想、愿望、坚持、还有信仰。"没有对人世沧桑的反复体味，是很难理解一段刻骨铭心的经历在心灵里留下的印痕的。作家对故乡长达半年的寻觅（我更愿用这个词替代采访），也许有着某些具体的动机，但与故乡山水特别是普通农民的长时间的灵魂对视，任何伟大的作家（知识分子），都会生出愧疚的自我渺小感来。老年的托尔斯泰不正如此吗？所以，在《复活》中，托尔斯泰才有了震撼世界文学史的发现：文学，是对美的发现，也是对心灵的拷问。我想，《梦想启示录》的作者悟解了托尔斯泰的发现。还是在"后记"中，作者记录了一段关于山民缺水的故事，由此，作者"心生悲凉"，"为自己的无能为力感到了羞愧。一种悲哀的羞愧。我甚至不知道自己应该做什么？又能做些什么？难道只有逃离？我不甘心"。这就是一个作家对自己灵魂的拷问，对自己良知的拷问，有了这种拷问，作家的眼里才能看到真正的美，也才能从山民乐观的生活态度中提炼出人生的哲理："人最可贵的地方就在于还能梦想。而在梦想成为现实之前，总有一段艰难的泥泞小路要走。谁也无法回避。就如一颗岩石下的小草，也会想方设法地等到春天。人的坚韧是无法想象的。我们都会坚强地熬到光亮之处。”所以，“日光之下，并无新事”（There is nothing new under the sun）。作家在“后记”中引用了《圣经》里的这句名言，似乎是在为自己6个月中的所感所悟做一个总结。我想，作家引用这句话是很有意味的，从字面意思上理解，大概是说：平凡的世界，那些美好的东西其实一直都在，只等你去发现了。这种解释与我们上述的文本分析也是吻合的。但是，作家在引用这句话之后，有一段小小的感慨：“不论这是一片乐土，或是一些琐事，无一不是从过去而来，最终又归为过去。所有的苦难和梦想，都将成为旧事。”这是一段离题的感慨吗？不，笔者以为这是作家在写作《梦想启示录》过程中所得到的最珍贵的人生体验，即在有限中又期盼着无限，在瞬间又寻觅着永恒，它是作家精神升华的一个预兆。要说清这一点，我们可看看“日光之下，并无新事”这句话的具体语境，其出自《圣经·旧约·传道书》：

一代过去，一代又来，
地却永远长存。
日头出来，日头落下，
急归所出之地。
风往南刮，又向北转，
不住地旋转，而且返回转行原道。
江河都往海里流，海却不满；
江河从何处流，仍归还何处。
万事令人厌烦，
人不能说尽。
眼看，看不饱；
耳听，听不足；
已有的事，后必再有；
已行的事，后必再行。
日光之下，并无新事。

岂有一件事人能指着说这是新的？
哪知，在我们以前的世代，早已有了。
已过的世人，无人记念；
将来的世代，后来的人也不记念。

《圣经·旧约·传道书》中的这段话的含义平实而又深邃，在永恒与神圣面前，人、人的欲望、人的行为，总是有局限性的。凡人以为新奇、永恒的事物在造物主的眼里，往往是幼稚可笑的。尽管这里有很浓的宗教气息，但其包含的人生哲理却是伟大的智慧显现。人类所做的一切事情，无论自诩多么伟大，在时间的长河里，终归成为“旧事”，化为“过去”，想想金字塔，想想罗马斗兽场，一切历史上曾经煊赫的威名和场景都会灰飞烟灭。从哲学上讲，这是一种虚无主义，类似中国的老庄哲学。人类完全、彻底地信奉虚无主义，当然不行，人类要生存，要发展，就得有所作为，就得进取，就得创新。问题在于，做事也好，为人也罢，断不可去求那千古留名的“功勋”“政绩”“名声”，做事、为人都应依其本分，对未来的事，未知的事，也应保有一种“困惑”之心、“敬畏”之心，唯此，人才不会自以为是。《梦想启示录》的作者对此做如何想，我不知道，但在书中，我读到了这个含义。如在“执政的困惑”一节，作者向我们描述的市委书记宋文豹，就是一个永远在“困惑”的人，他对自己的政绩不是“踌躇满志”，不是“理直气壮”，因为还有无数让人困惑的问题：农村社会保障、城乡之间的不公平、个人利益与集体利益的关系、城市化进程中的隐忧等。显然，这是一个智者，而如此展现一个市委书记的作者也应该是一个智者。还是托尔斯泰的那个命题，文学之所以寻美，是因为人永远不可能超越痛苦；文学之所以要拷问灵魂，是因为丧失了困惑的能力，灵魂就会发霉。

在《梦想启示录》一书的首发式与座谈会上，笔者反复品味着作者“后记”中的情愫，并在作者相赠的书上写下了四句话，权当此文的结尾：

梦中寻旧迹，故乡星月稀。大潮退隐时，再读炊烟起。

（原载《文艺新观察》2008 年第 3 期）

文化平议

意在返本　功在开新

——评冯天瑜先生的历史书写

冯天瑜先生的历史书写历程已有30余年，近千万字的著述中，搭建其学术框架的主要构件有两个：一个是以辛亥革命为落脚点的明清史研究；一个是思考中国文化逻辑走向的中国文化史研究。从研究对象看，前者是对一个客观历史事件来龙去脉的言说，言说的根据是史料，重在考镜源流，“文不己出”，目的在于让曾经被简单解释的历史事件展现出固有的复杂性、多样性；而后者，看似客观存在的对象却是歧义重重，仅言中国文化从何而来，地下文物的考证和纸上文献的释读，难解之谜何止万千？更何况对中国文化未来走向的言说，在当下全球文化剧烈动荡、学术思潮日新月异的背景下，谁能断言自己已看清历史的玄机？故今天做此等大文章的历史学家，想必已无法恪守章学诚“文人是要文必己出，史家却要文不己出”的训诫，在汗牛充栋的历史记载中寻觅人类文化走向未来的逻辑指向，虽不乏西学中历史哲学的主观色彩，却也暗合太史公“究天人之际，立一家之言”的鉴史之胆识。在迥然相异的两种言说方式中寻觅内在的逻辑联系，是冯天瑜先生研究视域不断拓展、研究话语不断出新的学术动力，亦是他的研究个性及研究的价值之所在，若从百余年来的学术史层面予以考察，自有思想史的意义。

一

冯天瑜先生关于辛亥革命的研究，颇得学界好评。2011年辛亥革命百年纪念之际推出的《辛亥首义史》，图文并茂，诸多饶有兴趣的史实考订给读者强烈的步入历史现场的感受，还有新颖的“中国首次城市起义”的论断、打破单一革命史观的“历史合力说”等，都足以确证冯天瑜先生在辛亥革命研究领域里的成就与贡献。按治学领域分门别类地概述学者的著述及成就，已成学界驾轻就熟的惯例和书写方式，此种方法作为初学者登堂入室的门径，当有知识传授的教育学道理，但作为研究方法，却太平庸，无法从整体上贯通研究对象，进而难以道出研究对象使学术史血脉偾张的绝妙之处。冯天瑜先生主要著作出版的时序是：《明清文化史散论》（1984）、《辛亥武昌首义史》（1984）、《中华文化史》（1990）、《张之洞评传》（1994）、《“千岁丸”上海行——1862 年日本人的中国观察》（2001）、《晚清经世实学》（2002）、《解构专制——明末清初“新民本”思想研究》（2003）、《新语探源》（2003）、《中国学术流变》（2003—2004）、《中华元典精神》（2006）、《“封建”考论》（2006）、《辛亥首义史》（2011）、《中国文化生成史》（2013）、《日本对外侵略的文化渊源》（2017）。这份著述目录直观地说明，看似多领域治学的冯天瑜先生，并非在荒原上开拓自家菜园，以时间（勤勉的书写）换取空间（学术领域的扩展），相反，他的研究自始至终都坚守着一“点”（辛亥革命史）一“面”（中国文化史），遍览其 30 余年间数百篇学术论文，笔者以为，给冯天瑜先生冠以各种名号——如明清史研究专家、辛亥革命研究专家、中国文化史研究专家、地方志研究专家、国学大师等——的命名者，既不明了冯天瑜先生学术生长的内在理路，更难以在百余年来中国学术谱系的断裂与承续中去思考冯天瑜先生的学术得失。以历史学家称谓司马迁足矣，按今人冠名之恶习，偏要称司马迁为中国上古史研究专家、春秋战国断代史研究专家、秦史研究专家、早期汉代史研究专家，岂不滑天下之大稽？贯通古今中外，乃历史学家之本事，借可见之历史事件，说出常人未见之历史玄妙，道出当下难明之历史镜像，是历史学家的职责担当与学术道义。仰慕梁启超的冯天瑜先生深谙梁启超对王国维的评点：“先生之学，从弘大处立脚，而从精微处著力；具有科学的天才，而以极严正之学者的道德贯注而运用之”，他之所以在辛亥革命这个历史的“精微处”辛勤耕耘数十年，一是在学术上有着思虑中国文化由何而来又往何处去的“弘大”志向，二是“以极严正之学者的道德”叩问着当下中国文化的种种乱象。所以，冯天瑜先生对辛亥革命的研究，一方面是通过史料发掘、爬梳、辨析，“领受某种历史现场感”；[①] 另一方面，则要求自己“于宏大处着眼，从精微处着力，方有可能成就‘表征盛衰、殷鉴兴废’的良史”。[②]

在大众媒介的报道里，冯天瑜先生对辛亥革命深入研究的理论意义常常被有意无意地遮蔽，媒介津津乐道的话题是“谁打响了辛亥革命的第一枪”、黎元洪是不是“床下都督”等，按章开沅先生的批评：辛亥革命这样的历史事件如今已变成文化消费的对象。[③] 大众媒介的遮蔽，还有学界“重返乾嘉”的导向，我们似乎忽视了冯天瑜先生立足于史料之上的理论概括：

> 辛亥革命不同凡响的意义，不仅在于推翻268年的清王朝，更在于结束了沿袭两千余年的帝制，击碎了近古以降已成历史惰力的“宗法皇权专制”，开辟了近代文明的灿烂途程，堪称“古今一大变革之会”。由辛亥志士所弘扬的辛亥首义精神不朽！
>
> 推翻专制帝制的革命精神不朽！
>
> 开创共和宪政的建设精神不朽！[④]

这段话写在辛亥革命百年纪念之际，此时的冯天瑜先生，回首自己的研究历程，万千感受化为如此言简意赅的表述，其间的意味不可不深查细究。“沿袭两千余年的帝制”——“宗法皇权专制”，并不是一个僵死的历史过去时，而是一再阻碍中国文化前行的“历史惰力”，“推翻专制帝制的革命精神”与“开创共和宪政的建设精神”是辛亥革命遗产不可分割的统一体，但是，“这些既破且立的环节，都留下种种未竟之业”。[⑤] 笔者以为，正是在难以言说而又深刻体味历史悲凉的情感底色中，冯天瑜先生历史书

---

① 冯天瑜、张笃勤：《辛亥首义史》，湖北人民出版社，2011，第651页。

② 吴成国：《“表征盛衰、殷鉴兴废”的文化史家——冯天瑜访谈录》，《中国文化研究》2010年第5期。

③ 章开沅：《百年遐思：辛亥革命研究的省思》，新浪新闻，http://news.gd.sina.com.cn/news/2011/06/14/1146919.html，最后访问日期：2011年6月14日。

④ 冯天瑜：《辛亥首义百年祭》，《政策》2011年第11期。

⑤ 冯天瑜：《在“共和”的旗帜下——辛亥“首义”百年祭》，《社会科学论坛》2011年第9期。

写中的“精微”与“宏大”，具体的史料考据与宏观的逻辑分析、归纳，在“极严正之学者的道德”——思想之自由、人格之独立——的层面上，获得了真正学术上的统一性说明。就此“学术理路”[①]而论，《“封建”考论》尽管是对一个术语进行一种穷尽史料式的历史考据，但因所选择的研究对象已不是一个书斋里面的抽象术语，而是如何认知世界文化之大势、中国文化之性质的概念生成史，其如同浓缩的铀元素，一旦被击穿，必将释放出巨大的由“点”到“面”的冲击波。

二

冯天瑜先生多次运用布罗代尔的理论框架解释辛亥革命发生的复杂原因，即短时段革命孕育于长时段文明积淀。[②]就辛亥革命研究史而言，此说显然突破了所谓“资产阶级革命”的权威解释，辛亥革命不是法国大革命，革命的对象并非“空名化”“污名化”的“封建社会”，革命的动力也不是法国的“第三等级”。一句话，要说清辛亥革命史，就必须说清中国文化史，这就是冯天瑜先生历史书写中“点”与“面”、“精微”与“宏大”之间的逻辑关联。《“封建”考论》便是具体展现这种逻辑关联的产物：“‘封建’作为近现代概念史上的重要案例和历史分期的关键词，释义纷纭、展现了思想文化领域错综的演绎状况，涉及‘概念’与‘所指’历史实在的关系问题，也即‘名’与‘实’的关系问题，其成败得失与历史学乃至整个人文社会科学的发展相关联。”[③]

在基于史料考据的辛亥革命史研究中，冯天瑜先生是带领读者重返历史现场、触摸历史细节的讲述者，宛如一个资深的历史导游，娓娓道出许

---

① “以学术理路分析史家、史著的思路，具有重要的史学批评方法论意义，更具有重要的史学理论发展论的意义，值得学术史研究者仔细品味。”参见何晓明《学术理路的梳理是学术史研究的核心》，《史学月刊》2011年第1期。

② 冯天瑜：《短时段革命孕育于长时段文明积淀——辛亥首义远因探究》，《湖北大学学报》2011年第5期。如何界定历史时空中的“时段”以及各“时段”间的关系，包括冯天瑜先生对布罗代尔“长时段”理论的运用，或许都还有值得商榷之处，对此，本文暂不详论。

③ 冯天瑜：《“封建”考论》，武汉大学出版社，2007，第2页。

多不为人知的历史掌故，听者莫不叹其温文尔雅、博学多才。同样是基于史料考据的《“封建”考论》，却让冯天瑜先生俨然成为一个思想斗士，其思其论，石破天惊。“《‘封建’考论》一书是史学研究的重大成果，它有可能打破泛化封建观对人们思想的长期束缚，从而引发一场中国史研究的‘范式’革命，原来在泛化封建观的‘范示’下所得出的一些结论可能被推翻，一部中国历史的宏大叙事或将重新书写。”① 这种预判式的评价，是否准确，还有待于时间的检验，但冯天瑜先生慧眼独具，以一词之梳理，让学术界血脉偾张，却是不争之事实：“2006 年，冯天瑜梳理‘封建’概念的学术史著作《‘封建’考论》由武汉大学出版社出版，引起较大反响，从而将对封建问题的讨论推向高潮。”② 因《“封建”考论》引发的学术讨论可谓连绵不断，且步步深入、影响巨大。

2006 年 10 月，以《“封建”考论》第一版的出版为契机，武汉大学举办了“‘封建’及封建社会再认识”学术研讨会。

2007 年 10 月 11—12 日，中国社会科学院历史研究所主办，经济研究所和《历史研究》编辑部协办了中国社会科学院 2007 年中国古代史论坛暨“‘封建’社会名实问题与马列主义封建观”学术研讨会。

2008 年《史学月刊》第 3 期：“封建”译名与中国“封建社会”笔谈。

2008 年 12 月在苏州召开了“封建”与“封建社会”问题学术研讨会。

2010 年 5 月，《文史哲》杂志人文高端论坛之三“秦至清末：中国社会形态问题”学术研讨会在山东大学举行。

2011 年《史学月刊》第 3 期：“秦至清社会性质研究的方法论问题”笔谈。

从时间上看，这六次集中的讨论均由《“封建”考论》的出版而引发，且延续不断；从讨论主题看，“封建”名实辨析引发的中国古代社会的历史分期，特别是秦至清社会形态的命名及性质问题成为讨论或争论的聚焦点。关于这六次集中的讨论，均有综述性的文章，参与讨论的各种观点或

① 郑大华：《史学研究的重大成果——读冯天瑜教授新著〈“封建”考论〉》，《社会科学论坛》2007 年第 4 期。

② 黄敏兰：《“封建”：旧话重提，意义何在？——对“封建”名实之争的理论探讨》，《史学月刊》2009 年第 8 期。

以单篇文章发表在不同期刊，或结集出版。客观地看，每次活动的组织、话题的设置和活动综述文章的撰写，不仅一定程度上反映出组织者的学术理念及意图，渐次凸显《“封建”考论》引发史学界乃至思想界“地震”的理论缘由，而且让我们从一个侧面看到中国当下学术前行的艰难和努力。与肯定者的评论相比，否定者的意见更为尖锐和激烈：

> 封建社会的命名和时段判断，实际上是具有意识形态色彩的史学理论问题。马克思主义学者无论是西周封建论者、战国封建论者或魏晋封建论者，都是以马克思的社会经济形态学说为理论指导的。但封建社会时段问题毕竟又是一个学术问题。建国以来，除了“文化大革命”时期那种不正常的情况以外，关于历史分期问题的讨论，各种学术观点都可以充分发表和互相诘难。冯天瑜硬要把主张秦汉至明清是封建社会的观点说成是基于政治需要的“泛封建观”，是苏俄及共产国际“以‘封建’指称现实中国”的产物，是毛泽东“泛化封建观”支配史学界的结果，这就把大半个世纪以来的历史分期问题的讨论完全政治化了。冯天瑜的这种说法，既不符合事实，也不利于历史研究的百家争鸣，这也正是我们对《“封建”考论》一书不能不加以关注并予以评论的重要原因。①

林甘泉先生的观点是自相矛盾的，他一方面说“封建社会的命名和时段判断，实际上是具有意识形态色彩的史学理论问题”，另一方面又批评冯天瑜“把大半个世纪以来的历史分期问题的讨论完全政治化了”。伴随政治事件缘起的中国社会史的论战，是客观的史实，《“封建”考论》以翔实的史料证明：由于列宁和共产国际的影响，才使泛化的“封建”“封建制度”“封建主义”“封建时代”等史学术语，连同所包蕴的中国历史分期观念，逐步普及开来。林文并不否认这一点：“我们承认列宁关于封建社会的论述和共产国际关于中国革命性质的意见，对中国共产党和马克思主义理论界有影响。”他不赞同冯天瑜先生的是：“如果认为对‘封建’概

① 林甘泉：《“封建”与“封建社会”的历史考察——评冯天瑜的〈“封建”考论〉》，《中国史研究》2008 年第 3 期。

念的理解和对‘封建社会’的认识完全是由某个政党或某些政治人物的‘非学术性因素’决定的，这是对中国史学与政治关系的一种片面性的曲解”，“就史学界而言，主张秦汉以后是封建社会的马克思主义史学家，都是通过自己的独立研究而得出历史分期的认识，而不是由于受到列宁和共产国际的什么‘泛封建观’的影响而形成自己的认识的”。依林文之见，政治事件与权力话语并没有左右中国社会史讨论的进程，其论据是：“至于说《中国革命和中国共产党》提到‘周秦以来的中国是封建社会’，众所周知，这种说法并没有成为中国史学界的共识。大半个世纪以来，不仅春秋战国封建论、秦汉封建论、魏晋封建论诸说不绝于耳，而且毛泽东本人对于封建社会始于何时也并无定见。他后来在肯定战国封建论的同时，还特别强调历史分期问题应该由历史学者来讨论。怎么能说20世纪40年代以后，郭沫若等许多历史学家都是以毛泽东关于‘中国封建社会的名论’为‘治史依凭’呢?”“非学术性因素”——政治事件、权力话语从根本上左右了中国现当代思想史的走向，证明这样一个命题的史实材料难道还不充分吗？至于林文极为肯定的“建国以来，除了‘文化大革命’时期那种不正常的情况以外，关于历史分期问题的讨论，各种学术观点都可以充分发表和互相诘难”，我们不妨听听质疑的意见：

> 20世纪50年代，史学界有所谓中国古代史分期问题、资本主义萌芽问题、农民战争问题、汉民族形成问题、土地所有制问题的讨论，以此为主题也确曾在中国的学术界掀起了轩然大波，一时被誉为“五朵金花”。其实，五朵金花的怒放，乃是在同一个历史背景下产生的学术，都是使用以五种生产方式说为基本构架的单一理论模式去观察和叙述中国历史。其间虽也有大量实证的研究，然而这些实证却不是为了从中发现实在的中国历史逻辑，并由此创立符合中国历史实际的理论分析范畴、概念，而恰是为了获得其既定理论预期的结果，并证明现成理论预设的正确。因之，其学术研究最终只能表现为削足适履的状态，而终日徘徊于五种生产方式说的既定框格之中。[①]

① 张金光：《中国古代社会形态研究的方法论问题》，《史学月刊》2011年第3期。

显然，长期流行的“为了获得其既定理论预期的结果，并证明现成理论预设的正确”的学术研究，不可能有任何真正的创新性突破。对中国学术界教条主义的权力话语模式的厌倦、对研究者独立意识的渴求、对学术自由创新的企盼，是《“封建”考论》获得诸多好评的重要原因，也是引发一系列争论的重要原因，换言之，在冯天瑜先生对“封建”概念近代以来演化的梳理中，我们生动地看到政治事件、权力话语左右思想史进程的现代样板，“本书还举出不少事例证明，有些严肃而渊博的学者其所以改变自己对封建社会本义的正确看法，是由于他们顶不住当时政治大气候对他们的无理要求”。[①] 由此视域观之，“封建”概念的泛化史，其起因、演进的行程与多重历史要素交相勾连，意识形态、权力话语的要素卷入其间本属历史常态，问题在于历史学家仅仅是某种意识形态、权力话语的辩护士吗？“他们和几十年前比几乎没有任何改变和进步，仍然局限在他们自己所理解（其实是幻想）的教条主义框架内部，做自我陶醉式的概念游戏。”[②] 正因为此，“冯氏于‘封建’这个与意识形态密切相关的问题产生疑问，并以巨大热情展开研究，其结论不管是否存在可商榷之处，其追求真理的自由精神都是难能可贵的。我们不敢说冯氏此著已臻至善至美、无懈可击之境，但至少可以说，作者所展现的自由精神和坚韧毅力，是弥足珍贵的，值得表示敬意”。[③] 总之，《“封建”考论》堪称一个典型的“有思想价值”的“思想史事件”。陈少明在《什么是思想史事件》中，把“思想史事件”分为两个类型，一个是“造成思想史影响的事件”，如秦始皇焚书坑儒，汉武帝罢黜百家、独尊儒学，这都是政治事件、权力话语左右思想史进程的样板，目的是“提供某种一致同意的价值取向”；另一个是“有思想价值的事件”，陈少明对此类“事件”举例甚多，笔者概括为对政治事件、权力话语左右思想史进程的反思与批判，“它呈现多种理解的可能

① 刘绪贻：《读“封建”考论》，《读书》2008 年第 12 期。

② 谷川道雄、冯天瑜：《关于中国前近代社会“非封建”的对话》，《史学月刊》2010 年第 1 期。

③ 张绪山：《拨开近百年“封建”概念的迷雾——读冯天瑜〈“封建”考论〉》，《湖北社会科学》2007 年第 1 期。

性，成为激发后人思考的源泉”。[①]

三

“封建”名实辨析引发的争论，从学术上看，自然是20世纪关于中国社会性质大讨论的延续，但这个延续存在着一个时间维度上的中断——20世纪50年代至80年代，真正的学术讨论中断了，有人把这个中断看成是马克思主义史学观的伟大胜利，有人则认为是权力话语的“伟大胜利”。照前者看来，已经“解决”的问题被重新提出是“别有用心”的，而照后者看来，旧话重提就是对历史的误识进行颠覆。中国历史上不乏权力话语的“伟大胜利”：秦始皇的焚书坑儒、汉代的白虎堂会议、乾隆时代的《四库全书》、“文化大革命”时代的“八个样板戏”均属此列。有趣的是，被权力话语中断的中国社会性质的大讨论，再次重启的内在动力，恰恰是这种权力话语面临合法性危机的“局势”所激发。所以，《“封建”考论》引发的讨论势必逻辑地发展成为对中国社会“结构”层面的学术研究，“关于‘封建’问题讨论的重要性不仅在于要纠正几十年来社会大众对‘封建’

① 陈少明：《什么是思想史事件》，《江苏社会科学》2007年第1期。笔者的概括源自下述引文。有思想价值的事件，则是未经反思的范畴。这类事件大多不是惊天地、泣鬼神的故事，没有令山河变色、朝代更替的后果。其人物情节可能睿智空灵，可能悲凉冷峻，更可能平和隽永，甚至看起来琐碎平庸，但都具有让人反复咀嚼回味的内涵。王弼以“圣人体无”答裴徽的问难，王阳明论花树解释其“心外无物”的说法，均系有高深的思想智慧的体现。而厄于陈、蔡的孔子，在遭受严重挫折的时刻，还要态度昂扬，面对弟子“君子亦有穷乎”的质疑。写下《声无哀乐论》的名士嵇康，被害临刑之际，索琴从容弹奏名曲《广陵散》，并宣告其从此成了绝响。这些都是悲凉冷峻的音调。但夫子“吾与点也”的赞叹，以及禅宗大师让弟子“吃茶去”的公案，更像闲适人生中的散文。至于“子见南子”以后的对天发誓，或者王阳明格竹的迷茫，乍看起来可能让人觉得有些平庸。上述事件，除嵇康之死，史家可用以作为魏晋政治黑暗的注脚外，其他都平淡无奇。而从思想的角度打量，则只有王弼、阳明的言论直接表达其或精致或深刻的观念内容，其他类型故事，思想蕴含在情节中，不是一般的阅读，而是用心解读，其思想价值才能显示出来。因此，其意义不是通过事件与事件之间的时空因果关系在经验上体现出来，而是心灵对经典的回应。这种回应是跨时代，有时可能是跨文化的，同时，这也意味着，回应的方式与深度是多样的。所以，有思想史影响的事件的判断是客观的，而有思想价值的事件，则与解读者精神境界及知识素养有关。只不过，有些事件经思想家的反复解读而深入人心，有些则在不同时代或不同观点的学者之间引起争论而引人注目，也有些仍然有待智慧的眼光的发现。

这个词的误解，拨乱反正、以正视听，而且还在于要纠正几十年来学术界研究社会历史的错误方法论。只有走出‘五种社会形态’的误区，具体地、细致地分析研究各个时期的社会结构，才能真正科学地认识社会、理解历史和设计未来”。[①]“重新研究‘封建社会’问题，一方面是要发掘中国历史的特殊性，另一方面则是为了认识西欧封建主义的真实意义。总的目的是深化学术研究，改变过去那种从理论出发，证明某项理论‘正确性’的目的和功能。以往的争论以定性和命名为主，现在的研究是为了认识社会，就应该超越定性和命名，以实证研究来推动理论探讨。”[②]

方法论上的突破，亦即研究视野的拓展，同时也是研究者主体性的确立，在这样一个全新的研究态势下，史学领域里解读中国社会“结构”层面特性的观点也就呼之欲出了，如2010年5月2日至3日，《文史哲》杂志举办“秦至清末：中国社会形态问题”高端学术论坛。“经过为期两天的研讨，20多位与会专家对秦至清末的社会形态基本形成了如下重要共识：在秦至清这一漫长的历史时期，与现代社会不同，权力因素和文化因素的作用要大于经济因素。与会学者着重把‘国家权力’和‘文化’的概念，引入了社会形态的研究和命名当中，认为自秦商鞅变法之后，国家权力就成为中国古代的决定性因素；不是社会塑造国家权力，而是国家权力塑造了整个社会。从秦至清末中国古代社会这一真正的历史基因出发，学者们各抒己见，提出了用诸如‘皇权社会’、‘帝制时代’、‘帝国农民社会’、‘郡县制时代’、‘选举社会’等多个命名来取代‘封建社会’的主张。这次会议不仅宣告了学术史上的一个旧阶段的正式结束，而且将成为一个‘由破到立’、彻底解决这一重大学术问题的转折点。”[③] 上述“共识”确实彰显出中国当下史学研究的新气象，冯天瑜先生的《“封建”考论》之所以成为“新气象”的引领者，重要原因在于其“运用的是一种独创的新方法——‘历史文化语义学’的方法，在中、西、日时空框架内，

① 叶文宪：《走出“社会形态”的误区，具体分析社会的结构》，《史学月刊》2011年第3期。

② 黄敏兰：《超越定性和命名，从史实出发认识封建社会》，《史学月刊》2008年第3期。

③ 李扬眉、范学辉、《文史哲》编辑部：《〈文史哲〉杂志举办“秦至清末：中国社会形态问题”高端学术论坛》，国学网，http://news.guoxue.com/article.php? articleid = 25189，最后访问日期：2010年5月6日。

做跨语境的寻流讨源，由词义史之‘考’导入思想文化史之‘论’，层层展开，节节生发，令人耳目一新，豁然开朗”。[1]

2013 年春节前后，冯天瑜先生在病床上还在做着《中国文化生成史》的定稿工作，我有幸拜读了未刊稿。有学者说：“思想和学术史上的大家，从来都可分为两种类型。一种元气淋漓，自我作古，功在开新；一种切磋琢磨，精益求精，意在返本。”[2] 我以为冯天瑜先生的历史书写既“意在返本”，也“功在开新”，两者兼而有之，读着先生反复修改的文本，忽然感觉到，按布罗代尔的时段理论来看，《“封建”考论》的出版及引发的种种争论，至今也还只能算是一个“短时段”的“事件”，其间蕴含的“中时段”的“局势”或“长时段”的“结构”问题，或许是在全球视域中观照中国文化生成的一个崭新思路，如同引力波的发现，我们找到了一个解释宇宙起源的新方向，但如何从引力波中解读其所携带的远古的能量信息，还需要艰苦的探索。我于是理解了冯天瑜先生在《中国文化生成史》中为何引用方以智的话：“坐集千古之智，折中其间，岂不幸乎！”学术之事，旨在知古论今，所思所虑，虽有致用之情怀，然过于纠结思想史进程中的是非对错，思想者恐难以保持“了解之同情”的境界，也会失去思想本应具有的精神趣味。有了这点感受，我就更理解冯天瑜先生在介绍布罗代尔的理论后，特地补充的一段话：“需要对这一理论加以补充的是：作为文化主体的人，在特定的‘结构’与‘局势’制约下，具有充满活力的能动性，是文化生成的积极参与者和有限度的主导者。”在正式出版的《中国文化生成史》中，此段话的定稿表述是：“拥有自由意志的人是文化主体，其演出的‘事件’固然受‘结构’与‘局势’的规范，但人的创造力和随机性不可低估，人所制造的‘事件’对‘结构’与‘局势’会造成影响，并终究融入‘结构’与‘局势’之中。人作为文化生成的积极参与者和有限度的主导者，并未因结构性的历史必然性而消极无为。”[3] 任何理论，都有着构建文化的能动性，又必然有着其无法克服的“限度”，

---

① 谷川道雄、冯天瑜：《关于中国前近代社会“非封建”的对话》，《史学月刊》2010 年第 1 期。

② 张永义：《折中其间：方以智和他的家师之学》，《中国社会科学报》2011 年 12 月 8 日。

③ 冯天瑜：《中国文化生成史》（上），武汉大学出版社，2013，第 8 ~ 9 页。

哈贝马斯所说的“合法性危机”，照我理解，并非所谓从合理到不合理的运动过程，而是“合法性”与“合法性危机”始终纠缠在一起，伴随历史发展和解说历史发展的理论的整个行程，历史学家的职责不是对“合法性”的卑微论证，也不是对“合法性”的决绝否定。发掘历史真相，叙述自己对历史的理解，真正的历史学家应该是“最本质的人文主义者”，因为“历史学家致力于过去事实研究的行为满足了个人内在的非功利的求真情感；也为社会现实的公平正义提供了经验理性的意见。勇者并非无所畏惧，而是能够判断出比恐惧更重要的东西。当历史学家的视线被巨大的力量驱策聚焦至其深渊指向最广大的文化的最细微最具体的过去事件，并作出自己的陈述时，他个人的内心在当下是在承担绵延于今实存文化的整个社会的责任道义”。①

学术要从权力化的制度约束中解放出来，知识分子不能依附于任何一个阶层。作为历史学家，必须打破权力化的历史幻象和制度幻象，老老实实、认认真真清理中国社会的“结构”。笔者修订本文时，收到冯天瑜先生发来的一篇未刊的短文《看家书》，其中一段话颇值得玩味：

> 顾炎武也有富于近代启蒙意义的观点，如他区分“天下”与“国家”，这也是纠谬归正的卓识。顾氏中年，明清鼎革，有些人因朱明王朝的覆灭痛不欲生。顾炎武也十分悲愤，他曾经冒死参加抗清活动，但是他的认识超乎一般，不赞成将“天下”与“国家”相混同。国家（朝廷）是李姓、赵姓或朱姓的，是为君为臣者的专利品，所以国家兴亡当由“肉食者谋之”（中国古代把吃肉的人喻为统治者），老百姓（“菜食者”）不必为某一朝廷的垮台如丧考妣。而“天下”则不然，天下（包括其文化）是天下人的，所以，天下（包括其文化）的兴亡“虽匹夫之贱，与有责焉”。到了近代，梁启超把顾氏语概括成很精练的一句话——“天下兴亡，匹夫有责”，指出一个微贱到没有任何功名、地位的匹夫，对于天下的兴亡都负有责任，因为天下是所有人的天下。现在有些影视剧把这句话给“阉割”了，说成“国家

① 朱渊清：《书写历史》，上海古籍出版社，2009，第6页。

兴亡，匹夫有责”，这就忽略了顾炎武的苦心和深义。

像冯先生这样对历史细节的清理和辨识，是学者的本分，也是学者的职责，不为权力所迷惑，唯真唯实，才是学者社会角色的道德风范。今天的学人多怀念陈寅恪的学术人格，原因皆在于此。

初稿写于2014年11月，修改于2018年4月

价值重建的历史之路

——“价值重建的历史之路：基于张之洞精神个性与‘湖北新政’之关联的研究”成果要报

【要报要点】现代化进程所引发的全球性多重矛盾不仅催生出西方社会对现代化运动的全面反思和质疑，而且持久推动着人文社科领域有关社会重建的理论探讨，在涉及所有人文社会学科的相关研究中，价值重建无疑是社会重建中的核心话语。当下中国社会爆发的价值危机提醒我们：必须重返中国开启现代化历程时段的历史现场，因为只有“借助细节，重建现场；借助文本，钩沉思想；借助个案，呈现进程”（陈平原语），在从事“现场”叙述的同时，追寻现场“周围”和“前后”的情境与语境，展现全息化的历史图景，仔细辨析历史现场中多种力量的较量、厘清思想的多重面向，才能真正消解虚假的从观念到观念的宏大叙事。所以，寻求今日价值危机形成的历史缘由，是今日价值重建的历史基础，由此衍生出来的历史阐释的新路径，也应该为今日价值重建的理论提供一个新的思考维度。

湖北省社会科学基金一般项目“价值重建的历史之路：基于张之洞精神个性与‘湖北新政’之关联的研究”，从实证式的个案研究出发，所选择了两个案例，一是晚清重臣张之洞，一是中国现代化历程典型范式之一的湖北新政，项目研究表明：在中国现代化运动开启时段中举足轻重的张之洞，其与湖北新政之间的关联，以往的研究多定位于中西文化全面冲突的特定背景，多强调其行动的动因源自中国士大夫阶层应对千年未有之巨变的共识，这种流行已久的“刺激—反应”的解释模式，无法深刻描述中国现代化工程全面展开的内在动力机制。本研究认为：张之洞精神个性的形成与张扬以及与之相关联的湖北新政，是中国社会近代转型过程中的特定产物，它们包含丰富的历史经验，具有典型的个案研究的价值；两个个案对中国近代社会转型中诸多问题的全面覆盖特征决定了阐释路径的多重视域，唯此，方能探寻中国社会重建的复杂历程和经验教训；两个个案所具有的中国现代化历程中的文化经验，与源于西方现代化经验的解释理论，明显有着诸多的差异，所以，基于史料叙述的个案分析与基于观念判断的理论阐释，如何寻求一个融合的基点，本身就包含着一个重大的理论命题：中国文化如何在现代社会转型中进行价值重建。

一　张之洞精神个性的历史内涵及影响

作为一个杰出的历史人物，张之洞对历史进程的影响，既显性地体现为具体的思想、政治、经济、军事诸方面的作为和建树，又隐性地包含着其精神个性对社会文化心理的强烈刺激和示范效应。具体而言，张之洞的精神个性不是抽象的时代精神的被动显现，相反，它是塑模时代精神的一种创造性力量。所以，我们应该在中国社会结构悄然发生巨变及中西文化冲突的张力中，探讨其成因及基本构成，梳理张之洞精神个性错综复杂的演化经历，并由此探讨中国士大夫阶层在四民社会解体过程中如何通过权力的博弈，对中国社会现代化运动走向产生重大影响。张之洞的精神个性是一个复杂的矛盾综合体，其表象、内涵及影响，全面、深刻地展现出中国参与全球现代化进程的精神图像，张之洞的精神个性对社会上层文化心理的示范效应以及对底层社会文化心理的无效效应，一定程度上揭示出中国社会价值危机的历史根源。

二　湖北新政的缘起及范式效应

张之洞督鄂期间所开创的湖北新政，是洋务运动的典型样板，鲜明体现出中国现代化工程动力机制的特点及运作方式，其不仅在湖北地域建成中国最早的区域化的现代工业体系，同时，也包含社会政治、经济、文化、教育的全面改造的区域化实验；推动湖北新政实施的动力既来自当时的变革大潮，同时，也源自张之洞精神个性的高度张扬，湖北新政的成败得失，均与张之洞的精神个性有着密切的内在关联；湖北新政作为中国早期现代化的范型，其研究价值在于：如何理解、阐释中国近代以来现代化系统工程全面展开的动力机制，其形成的原因是什么？为什么对后世产生了巨大影响？在某种意义上，当下中国现代化运动的深入发展，仍深受张之洞开创的湖北新政范式的影响，所以，全面剖析这个范式，有着强烈的现实意义。

三　价值重建的历史之路

中国当下社会价值危机的产生并非一个纯粹的伦理道德问题，也不是一个具体时间范围内的特定精神现象，而是中国社会在现代化进程全面开启后引发的一个典型症候。本项目研究通过张之洞精神个性与湖北新政之关联的研究，对张之洞开启中国现代化系统工程中的所行所为、所思所虑、所得所失，从社会学、伦理学、政治经济学、政治学、教育学、文化学诸多层面予以考辨、反思，概其要旨。研究表明，我们今日所言价值危机与中国现代化工程的动力机制有着深刻的内在关系，具体表现如下。其一，传统四民社会体现出来的统一的伦理基础发生裂变。现代化运动催生出来的经济、教育、政治活动方式，全面制造出工业与农业、城市与乡村、知识者与普通民众、国家与社会的对立，由此，以农业、乡村为根基的传统社会分层彻底丧失了耕读为本的伦理力量。集聚在城市中的商人、政客、读书人、市民，在利益、权力、知识的融合与冲突中，一方面彰显出现代社会价值观念的多元性，但另一方面，在获得现代化运动所带来的利益方面，商人、政客、读书人、市民又共同结盟为社会学意义上的上层社会，而与农民为代表的下层社会相对立。其二，在传统社会中，作为四民社会之首的士大夫阶层是统一的价值观念的阐释者和践行者，而现代化运动中产生的现代知识者，其进退言行，不再面向社会整体提供价值示范标准，或与权力结盟，为现代化运动赖以实施的制度建设、制度变革提供意识形态上的合法性证明，或退守书斋，成为纯粹的知识生产者。其三，因统一的价值尺度的丧失，社会分层质变为社会分裂，社会上层与底层间的伦理关系呈现全面紧张，所谓诚信危机、戾气弥漫，均与此不无关联。其四，中国现代化运动对乡土社会（社会学意义上的底层社会）的破坏，导致整个社会价值的危机化解、修复能力降低。

通过重返历史现场的观照和思考，本项目研究对价值重建的思考思路如下。（1）中国现代化运动既是全球现代化运动的有机组成部分，故从全球现代化运动内涵的价值视域反思中国现代化运动中的地方性经验，是一个理论前提；唯此，我们才能对晚清、民国与共和国的历史，才能从思想史层面对中国和世界的关系，才能对百余年来价值观念发生的多重面相，做出历史与逻辑相统一的说明。（2）与中国现代化运动同时开启的社会重建的理论反思，与西方社会重建的理论反思在诸多方面既有消解社会矛盾、追求社会和谐的共通目标，但在反思的理论路径和实践方式上，又有着巨大的差异。如何审视这些差异，事实上就是对作为中国传统文化的主流思想——儒家的价值观与现代化运动内涵的价值观的辨析，张之洞、五四一代都做出过历史的应答，今天，我们还得继续应答这个事关中国社会重建的重要命题。（3）价值重建不是单一的道德伦理话题，而是中国现代化运动工程系统设计和展开的一个有机构成部分，任何外在于中国现代化运动系统的价值设定，如张之洞的“中学为本，西学为用”，再如“全盘西化”（包括意识形态化的价值设定），既无法有效消解现代化运动所带来的伦理危机，同时，也无法真正辨析中国现代化运动本土经验的价值之所在，亦无法寻求中国传统文化与现代世界、域外文化实现平等对接的有效途径。（4）社会重建的核心是价值重建，而价值重建的核心在于每个社会成员在相对平等的社会空间中得到自由发展的权利和保障，用马克思的话来说，共产主义不过是以“每个人的全面而自由的发展为基本原则的社会形式”。在这一点上，我们看到了作为西方文化源头的两希文明和先秦儒家思想的相通之处。换言之，培育融会中西文明优秀底蕴的现代中国公民的精神个性，是价值重建的根据和旨归，唯此，对中国现代化工程的理论反思和预测，才能为全球现代化运动提供有益的经验。

（2016 年 6 月）

论“福星工程”的伦理学意义

五保对象是农村最困难的群体。2003年初，湖北省开始实施以乡镇农村福利院（敬老院）集中供养五保对象为主体，分散供养相结合的“福星工程”。经过近三年的努力，全省改建、扩建、新建农村福利院1867所，使农村福利院总数达到2436所，集中供养五保人数由2002年底的4.3万人增加到近16万人，集中供养率达76%，基本实现将自愿集中供养的五保对象全部纳入集中供养，分散供养五保对象得到妥善照顾的目标。本文认为，“福星工程”的实施不仅是一项由各级政府部门实施的民心工程、德政工程、稳定工程，而且也是一项顺应中国农村社会结构历史性变迁的社会化工程，其中包含着丰富的社会信息，值得解读。

一

“福星工程”首先是一项人性化的工程。老有所养是中国传统文化的美德之一，孟子就说过：“孝子之至，莫大乎尊亲；尊亲之至，莫大乎以天下养。为天子父，尊之至也；以天下养，养之至也”（《孟子·万章上》）。让父母尊贵于天下，以整个天下来奉养父母，显然是古代社会的一种贵族化的伦理尺度，对于无子女的农村孤寡老人来说，这更是可望而不可即的。在“老吾老，以及人之老”的传统美德的鼓励下，农村孤寡老人虽然可以得到一些救助，但他们的生活水准显然大大低于所在地的平均生活水平，若遇上灾年，他们往往是在劫难逃。中华人民共和国成立之后，政府对农村孤寡老人实行了“五保户”政策，但由于是分散供养，农村孤寡老人虽然有了衣食保障，然而，他们的生命质量依然是很低的，特别是因缺少沟通和交流，或自卑，或喜怒无常，心理上往往存在许多不健康的问题。

“福星工程”的实施，把传统的分散供养逐渐过渡到集中供养，这种新的供养方式可以说是全面提升了五保老人的生活质量，解决了五保老人的五大难题，带来了五大变化。一是衣食无忧。五保老人一日三餐，荤素搭配，有干有稀，集中料理，定时供应，生活稳定；每人一年两季新衣，定期洗涤，整洁卫生，真正过上丰衣足食的晚年生活。二是居住条件改善。现在五保老人住的是楼房或砖混结构平房，室内设施统一配置，宽敞、明亮、整洁、舒适。大部分福利院居室内都设有卫生间、娱乐室，统一配置席梦思床、壁柜、桌椅和脸盆、衣架等日常生活用品。三是老有所医。福利院普遍办有“小诊所”，做到小病不出院，大病有人管。各地优先免费将五保对象纳入农村合作医疗、农村大病医疗救助范围，省厅按人年均50元标准核拨集中供养五保老人门诊费，多管齐下，基本上解决了五保对象的治病难问题。四是消除了老年人的心理孤独。老人们在一起生活、娱乐、学习、劳动，相互了解，相互交流，消除了孤独，增强了对生活的信心。一些七八十岁的五保老人男女双方通过增进情感交流，还住到了一起，全省农村福利院有千余对五保老人喜结良缘。五是老有所为。各地福利院根据老人身体状况和特点，把他们分别编入生产、生活、清洁卫生、民主理财、院民互助、安全保卫等小组，动员老人进行自我管理、自我服务。老人们在参与管理和劳动中，既锻炼了身体、增加了收入，又增进了团结、提升了自身素质，实现了自身价值。

在传统的老有所养的模式中，农村孤寡老人是被动的受助者，除了感恩戴德，还是感恩戴德，自我人格、自我意识、自我价值受到极大的压抑和否定，自卑成为他们共同的性格特征。所以，“福星工程”所倡导的集中供养的方式让农村孤寡老人的生存状态发生了彻底的改变，他们从完全边缘化的状态中真正回归社会，他们告别了孤独，他们在养老院的电视室里看到了日新月异的世界，而且这个世界和他们的生命有了真正的、内在的联系，他们在彼此的交流中感受到生活的幸福和意义，他们在相互协作的活动中体会到自我的价值和生命的尊严，一句话，他们开始从完全被动的受助者逐渐变为生活的主动者，从一个没有意义的“苟活者”质变为一个老有所为的有尊严的生命存在。如始建于1997年的湖北省十堰市陨西县观音镇中心福利院，建院初期，房屋多为土木结构，五保户入住率仅为22%。“福星工程”实施后，在当地政府和社会各界的支持下，先后投入资金100多万元，建房改水改路，配套绿化美化，添置相关设施，基础设施建设得到了全面强化。目前，该福利院占地面积3000平方米，建筑面积1450平方米，拥有山林1000亩，生产用地68亩（其中林场24亩、桑蚕基地20亩、菜地24亩）。院内活动场所齐全，花木错落有致，生产生活方便；院外道路宽敞通畅，园地管理有序，成为孤寡老人颐养天年的理想家园。

二

“福星工程”受益者精神状态的变化在农村产生的辐射影响具有很大的伦理学意义。改善老人的生存状态，提高老人的生命质量，在人类日益走向老年化社会的背景下，是一个世界性的命题，也是一个世界性的难题。中国社会到目前为止，依然是一个农村人口占绝大多数的社会，农村老人的赡养问题已日益突出，农村老人状告子女逃避赡养义务的案件逐年增多，直接影响到农村社会的稳定和发展。笔者在农村对此类案件做过一些深入的调查，结果发现，导致这些案件发生的有经济因素，有道德因素，但还有一个常常被人们忽略的原因，这就是生活观念和生活方式。中国农村目前正处在一个急剧转型的过渡时期，新旧生活观念和方式错综复杂地交织在一起。农村家庭中的年青人多数到城镇打工，城市的生活方式和生活观念使农村年青一代接受了独立的意识，他们的家庭观念开始向传统的大家庭模式观念提出了挑战，并希望摆脱老人的束缚，而对于农村老年人来说，传统的大家庭模式仍然是他们所憧憬的生活理想，他们为后代付出了全部的心血，没有自己的养老积蓄，养儿防老，三世、四世甚至五世同堂不仅是传统经验告诉他们的防老之道，更是他们晚年生活的全部期盼，是他们人生幸福美满的最高的伦理尺度。加之中国大家庭观念中长子的特殊性，还有重男轻女的习俗，老一辈的人对长子或儿子呵护有加，年青一代在成长过程中早就对家庭内部的不平等待遇怀有不满，只不过在旧式家庭的模式中，这种不满没有合法性，表示这种不满就是大不孝，是对父母的悖逆。如今，年青一代纷纷告别了大家庭模式，就连长子婚后也很少和父母在一个屋檐下生活。失去劳动能力的老人们一生辛苦所期待的其乐融融的大家庭梦想彻底破灭了，而且遇到了一个前所未有的问题：他们靠谁来赡养？在子女这一方，应该说人伦丧尽，只顾自己享受，不管老人死活的人并不多见。问题常常出现在多子女的家庭，相互推诿，相互哭穷，不愿或尽量减少自己赡养父母的责任和义务。这里确实存在市场经济大潮的冲击和西方价值观念的影响，由利己主义所带来的不愿赡养老人的情况，但是，这并不是当下农村这一问题产生的主要原因。子女为赡养老人而相互扯皮的表象之后，是旧式大家庭中被长期遮蔽的长子与兄弟、儿子与女儿之间的矛盾的大爆发。作为传统大家庭象征的长子们在家庭财产的分割中往往占有特殊的地位，使这种特殊性合法的传统惯例实际上是要长子独自承当赡养老人的责任和义务，可如今，有了独立意识的长子们要求自己的兄弟姐妹和自己平摊赡养老人的责任和义务，而作为兄弟或作为女儿的一方，终于找到了对成长过程中曾经遭遇过的不平等待遇表示不满的合法途径，有趣的是，他们往往采用旧式大家庭中曾经通行无阻的道德惯例作为自己的武器，即长子或儿子们才是赡养父母的主体。在大多数情况下，矛盾双方在斗气之后，终会在儿女应该赡养父母的道德基础上，达成一份合情合理的赡养协议。但是，老人们却永远失去了建立在传统大家庭基础上的生活的幸福感。

“福星工程”实施后，本是人生之大不幸的孤寡老人们，在集中供养的方式中获得了新生，乡村福利院里欢乐的生活气氛与农村空巢家庭中的孤寂形成了鲜明的对比。梦想在大家庭中度过晚年的农村老人们如今开始羡慕福利院中孤寡老人的生活方式了。许多老人干脆背着锅瓢碗盆，自费住进了福利院。应该说，这是一个很有意义的转变。

三

“福星工程”的实施对农村养老观念和方式带来的历史性变化是积极的。农村流行了数千年的养老模式在社会转型中所遇到的挑战说明，建立在传统道德基础上的养老观念和方式在今天已有诸多不适应，一味强调传统的养老观念和方式或片面地以传统的道德观念去指责当下农村老人赡养中存在的消极现象，只能是隔靴搔痒，不能从根本上解决问题。“福星工程”给我们的伦理学启示是：让农村老人赡养从传统的家庭赡养转变为社会化赡养，让被赡养者从自我封闭中解放出来，积极寻求老年生活的新价值，提高农村老人的生活质量，逐渐改变农村老人的生存状态。

我国是一个农业大国，农村人口占全国总人口的80%以上，其中60岁以上的老人人口已达8000万人，占农业人口的9.1%。至2005年底，我国60岁以上老年人口达1.44亿，其中60%分布在农村，农村老年人绝对数量多，老龄化程度高。全国第五次人口普查结果显示，我国农村人口老龄化程度高于城镇1.24个百分点。由于计划生育政策的实施和农村青壮年劳动力向城镇流动，农村人口老龄化速度加快。据预测，农村人口老龄化程度高于城镇的现象将一直持续到2040年。在农村中，享有退休金的老人仅占5.5%，享有集体养老补贴的仅有0.4%，这意味着94.1%的农村老年人与社会保障制度无缘。全国老龄委办公室提供的数据表明，目前我国城乡贫困老年人约有1010万人，其中农村老年人达860万人，农村老年人贫困发生率是城镇老年人的3倍以上。预计到21世纪二三十年代，我国老龄人口将上升至总人口的23%左右。到那时，我国将成为一个负担沉重的老龄型国家，给社会和经济发展将带来一系列的问题，随之而来的家庭养老矛盾也会日益突出，如不未雨绸缪，将严重阻碍社会的发展。在城市，养老保险制度逐步健全，为老人们撑起了保护伞。而在占全国人口绝大多数的农村中，农民养老怎么办？答案是：彻底改变单纯依赖家庭养老的道德观，大力发展社会化养老服务。因为社会化养老服务，是生产发展和社会进步的必然产物，也是人口老龄化的需要。

首先，快速增长的老年人口，需要社会提供必要的养老服务。湖北省钟祥市作为长寿之乡，根据1990年全国第四次人口普查，该市60岁以上老年人口已达10万人，在全省率先进入人口老龄化地区。到2004年，老年人口增至12万人，其中9.7万人为农村老人，由子女供养，1.5万人为退休职工，0.6万人为离退休干部，0.2万人为农村和城镇孤寡老人。近几年，有些农村家庭因经济条件有限，或是子女不孝顺，赡养矛盾时有发生。加之子女成家，且大都分家单过，老年人生活孤独，亟须社会提供交流场所。总之，人数众多的老年群体，从物资到精神，其多层次的种种需求，单靠家庭已不能得到满足，必须由社会来统筹解决。

其次，家庭结构的改变，增强了社会化养老服务的紧迫性。尽管在相当长时期内，农村家庭养老格局不会有太大改变。但随着商品经济的发展，不管是城镇，还是农村，家庭结构日趋小型化。子女成家后，大都自立门户。不少农村青壮年因外出打工或进城经商，带走妻儿，将年老的父母留在家里。据钟祥市磷矿镇、洋梓镇调查，老年人单独生活的农户，已占有老人家庭的20%，并且呈上升趋势。这些与子女分居的农村老人，虽然大多数可从子女处得到一些生活费用，但由于年老体弱，在挑水打柴、生活品购置、就医取药等方面常有困难。不管农村，还是城镇，与子女分居的老人，生活上都有诸多不便，影响了老人的生活与健康。

最后，养老观念的改变，为养老服务社会化创造了条件。在漫长的社会历史进程中，由于家庭成功地担负起养老责任，养儿防老的思想观念代代相传。但改革开放以来，这种观念也日渐发生变化。一方面，老人自我保障意识增强。特别是农村老年人，过去辛劳一生，将毕生积蓄毫无保留地交给子孙，晚年靠子女养活。现在，老年人意识到，自己一旦丧失劳动能力，不仅经济权力旁落，连吃饭穿衣都不能自主，常要看子女脸色。要想过好晚年生活，必须靠自我保障。另一方面，老年人正在走出“家丑不可外扬”的误区。出现了赡养纠纷，不再像过去那样忍气吞声，而是敢于向老龄机构投诉，敢于诉诸法律以保护自身权益。随着观念的改变，老年人与老年人之间，老年人与老龄机构及有关部门之间交流日益增多。这自然就要求，养老服务方式，由单纯的家庭养老服务转变为家庭与社会双重养老服务。

我们所说的社会化养老服务，是一个较为广泛的概念。其内容包括生活服务、精神赡养、保健娱乐、维护老年人权益等诸多方面。

生活服务。第一，通过保险途径，解决老年人生活保障问题。现在已经有越来越多的农民参加了农村社会养老保险，这说明农村养老观念有了重大变化。第二，搞好福利保障。通过办好社会福利院和老年公寓，收养孤寡老人和自费代养老人。第三，对老年人实行生活补贴。每逢老年节和春节，有的地方政府要求各单位各部门都要发给老人一定的补助费，而百岁老人，则由市镇两级政府每年发给每位老人一定的营养补助费。钟祥市率先对农村60岁以上老年人发放退休生活补贴。第四，从政策上支持，帮助老年人实现自我养老保障。近几年，一些地方政府、工商、税务等部门，采取优先办证、减免费用、提供经营场所等优惠条件，扶持老年人在集镇、村头路口，兴办小商店、小饮食店、小茶馆等“六小服务业”，成为老年人实现自我养老保障的新途径。第五，鼓励社区和群众开展养老服务工作。服务人员上门为老人购买生活用品，打扫卫生，帮助老人就医取药，进行病人护理。有的群众还办起了家庭敬老院、家庭图书室、家庭娱乐室，群众表演队，积极为老人服务。钟祥市温峡水库村民卢克定的家庭敬老院，收养6名孤寡老人，多次受到省市表彰，还获得了全国“敬老好儿女金榜奖”。

精神赡养。老年人要健康长寿，安度晚年，不只是吃饱穿暖，更要精神有所寄托。只有全面提升农村老年人的社会化赡养水平，使养老服务社会化推向新的阶段，有了健全的老人服务机构，如托老所、老年谈心站、老年心理咨询所、老年法律咨询所、老年婚姻介绍所、老年病急诊中心等，农村老人才能真正走出空巢家庭，走出孤独，获得全社会（而不仅是子女）的爱护和精神慰藉。

总之，社会化养老服务，既是对敬老养老优良传统的继承，又是对单一家庭养老方式的革新。提倡农村社会化养老方式，绝不意味着子女可以推卸责任，把老人完全推给社会。相反，家庭和子女更要关心老人生活，使之感到社会和家庭的双重关怀，使中国传统的尊老爱老的美德在社会变革中拓展为一个更有伦理深度和广度的社会公德。一句话，“福星工程”的伦理学意义就在于：传统社会中视赡养老人为一种私德，而在今天，这种私德应转变为一种公德。

（原载《价值论与伦理学研究》2009年卷，中国社会科学出版社）

城市与思想

——关于武汉城市文化的一次对话

2014 年金秋十月，丹桂飘香，几位好友，不期相逢于江城，更难得诸公皆有几日闲暇，首次相聚，酒酣之余，众人命我尽地主之谊，带领大家好好阅读一下武汉。一听此意，我心中大喜。若问喜从何来，因为来汉诸友尽为好读书、好研究问题者，尽管或喜考古，或喜建筑史，或喜中西艺术，或喜社会学……但都多行于天地之间，思于古今中外，少有功名羁绊之虚语，多为酒伴书香之真言。为他们导游，或许可以解我心中多年之疑惑：武汉城市文化，究竟是何症候？听我言毕，诸公笑曰：此行，大可称之为武汉文化，或说武汉城市发展史探秘游了。几日下来，所游之处，山有龟山、蛇山、小洪山、珞珈山、磨山；水有长江、汉水、东湖、月湖、紫阳湖；街、巷有沿江大道、中山大道、解放大道、解放路、汉正街、吉庆街、昙华林、户部巷、汉街；文化景点有黄鹤楼、古琴台、省博物馆、艺术馆、省图书馆、红楼、盘龙城、放鹰台，还有许多历史建筑。一路上，边游边议，或问或答，争论不休便去省图书馆查找文献，既以史为证，亦以史为鉴。每日游毕，夜饮时分自然各抒己见，白日有形的景物和星夜无形的思考，和着酒精一起发酵，又转化为思想的语句碰撞、挥发。

为纪念这一难忘的阅读、思考我的故乡的经历，笔者便把诸位友人阅读武汉的所言所议，略做整理，以对话的形式写了出来（为了尊重友人的意见，本文略去友人的私人信息，对话各方均以主、客 A、客 B、客 C、客 D 相称）。

主：诸位，大家都是游历甚广的读书人，对武汉不会陌生，但如此三五好友，齐聚鄙人故乡，游山川名胜，品佳酿美味，论古往今来，实为人生一大快事，能为大家略尽地主之谊，吾之幸也。我不由想起王右军《兰亭集序》所言："是日也，天朗气清，惠风和畅。仰观宇宙之大，俯察品类之盛，所以游目骋怀，足以极视听之娱，信可乐也。"我是个地道的武汉人，除了下乡、当工人近 5 年的时间外，一直生活在这座城市。我出生在汉口六渡桥一个叫森寿里的里弄（上海叫石库门），母系家族根在汉阳、民国初年居住汉口，岳父家族在武昌也居住了几代。60 年来，走过这个城市许多角落，听过家中老辈不断讲述的陈年旧事，读过大量记载这个城市的文献故事，目睹了它的巨大变迁。20 世纪 90 年代，还随武汉电视台多次采访过皮明庥、徐明庭、何祚欢几位老先生，他们三人堪称武汉史料、掌故的活字典，如此说来，我对武汉不应该陌生吧？几年前，一位年轻作家给我看他描写晚清武昌市民生活的作品，其中一个情节写到张之洞督鄂期间，在黄鹤楼宴请宾客，我立马说，你错了，清代最后一座黄鹤楼（俗称清楼）毁于光绪十年（1884），而张之洞 1889 年 7 月才调任湖广总督。这位年轻人后来每逢遇到类似的问题，一定咨询我的意见，我即使一时无法回答，也会告知应该去查什么样的资料。但诡异的是，肚子里关于武汉的史料愈多，反而愈有一种无名的惶惑：我真的熟悉这座名叫武汉的城市吗？我坦陈，我不熟悉，因为我一直没有找到这座城市的灵魂。大概是 2003 年的时候，很想在武昌首义百年之际写出一组关于辛亥首义与武汉城市的文章，还起了一个总的题名，叫《辛亥百年祭》。但写着写着，怎么也写不出自己想要的东西，结果是弄得电脑文件夹里塞满了资料和涂鸦的文字，几年下来却毫无收获。后来读了加拿大考古学家布鲁斯·特里格的《考古学思想史》，才恍然大悟，自己没有在看似烂熟的史料里找到一种叫"思想"的东西，一种让史料自身永远鲜活的东西。史料有属于自己的思想，若把史料从它自己的思想中剥离出来，它也就失去了灵魂，只能成为各种浅薄观念、教条主义的"伪证"。

客 A：对自己生活环境的陌生感恐怕是一种世纪病，为什么会如此？这恰恰是城市文化研究必须回答的问题。在高速城市化的今天，我们究竟遗失了什么？在武汉连续游览了几天，也在省图书馆看了不少武汉城市发展、城市规划的资料，我和主人一样有一种失落感。作为外地人，武汉在我的文化记忆里，标志性的东西有两个，一个是记载高山流水的古琴台，一个是崔颢的诗《黄鹤楼》。更难得的是，这两个有着深厚文化底蕴的景观都依托着具体的建筑形制，特别是黄鹤楼，雄踞武昌蛇山之巅，俯瞰长江汉水和众多湖泊，自然成为武汉城市天际线的视觉中心。我们可以想象，黄鹤楼从三国时期就已成为长江上的重要观景点，在千余年的岁月里，映入登楼观景者眼中的景象是什么？是浩瀚天空，是苍茫大地，是连绵水域。崔颢诗中的“白云千载”“晴川历历”“芳草萋萋”“烟波江上”，可说是全方位地揭示出城市天际线的内涵，他看到了天与地、天与水相交的优美曲线（在种种对天际线的解释中，我更倾向这样的解释：“城市天际线应当是天与水之间优美的曲线”），这条曲线不仅被看作景观形式上——线条、明暗、色彩的起伏变化，同时也是观景人内在心理的一种投射，天地茫茫、江湖淼淼，人之渺小及孤独油然而生，家园何在？“日暮乡关何处是，烟波江上使人愁”，抒发的正是海德格尔所言的家园感，天地人神亲密契合。对于诗人而言，他是异乡游子，但“乡关”（家园）是美丽的、诗意的，是可以返回、可以依赖的精神港湾。这样的城市天际线，有着厚重的历史积淀，具有极高的历史和文化价值，既体现了城市的演进和发展，又为市民所熟知和认同。但遗憾的是，今天的武汉，黄鹤楼不再是观看城市天际线的视觉中心，我在汉口、汉阳、武昌的许多地段，都看不到它的身影。杂乱无章的高层建筑从不同角度无情地封堵了市民和黄鹤楼的视觉接触，说严重一点，是封堵了人们同历史文化的亲密接触，刘易斯·芒福德在《城市发展史》中说过：现代城市中的“新主人轻蔑地转过脸去，摒弃历史上积累的一切，他们致力于创造一个未来，而这个未来，从他们自己的进化论看来，一旦成为过去，他也同样不屑一顾——同样地也会被无情地抛弃”。我登上黄鹤楼远眺时，尽管没有雾霾，已看不到天、地、水相交的完整轮廓，眼前的景观一片支离破碎，我想，这不单是城市规划的问题，而且是城市管理者对城市文化的认识问题。

主：我读过湖北某高校两位年轻学者的一篇论文，题目是《黄鹤楼与武昌城市天际线的关系研究》，其中的一些专业性分析恰好是对客 A 观点的一种印证，故录下：“武昌城市天际线可以用混乱甚至是模糊来形容。蓝湾俊园、中商广场写字楼、金都汉宫等高层建筑都不假思索地矗立起来，黄鹤楼在不知不觉中竟陷于周边的楼林之中。高层建筑是一座城市的有机组成部分，是城市的重要景观点和对景点，它对城市天际轮廓线的形成有重大影响。武昌到处只见高楼耸立，却没有为形成良好的天际线轮廓做出应有的贡献，更未能达到烘托历史文化名城的作用；沿岸植被、水景与超高层建筑比例失调，使得原本宽敞的水面与绿地空间显得狭窄，整个滨水区城市天际线却遭受了严重破坏，这些高度和体量巨大的建筑，混淆了前景天际线和背景天际线的关系，削减了两者对比，使城市天际线混沌无序，丧失了其基本结构和层次，弱化了滨水城市天际线的结构与特点。可以说这条缺少城市整体环境意识、杂乱无章、松散破碎的天际线无论如何也不能唤起人们对美的反应。”

客 A：关于城市天际线的问题，我再补充一点。约瑟夫·里克沃特在《城之理念》中说：“天际线已经成为我们城市景观中最重要的视觉形象，然而规划理论至今还不能对之给出任何完整的阐述”，他引用一个世纪前美国建筑批评家对纽约天际线的评论：“它不再像是建筑性的前瞻，倒极像是商业操纵的结果。”在全球现代化的进程中，城市的天际线不再表现为天地相交的曲线，更多的是众多高大建筑物的外形轮廓对天空的分割，显现出各种各样的几何形图形。城市中 CBD 区域（CBD 的全称是 Central Business District，意思是中央商务区，其概念最早产生于 1923 年的美国，当时定义为“商业会聚之处”。中央商务区，是一个高度集中了城市的经济、科技和文化力量，同时具备金融、贸易、服务、展览、咨询等多种功能的区域性概念）的出现，集中了大量气势恢宏、错落有致的高层、超高层的建筑，是一个城市“摩天大楼”的聚集区，CBD 的天际线由此诞生。在热衷于城市经济发展的当下，CBD，往往成为一个城市的象征，被称为“城市名片”，CBD 的天际线也就理所当然成为现代大都市的一个重要标志。大家可以去翻翻时下关于城市天际线的研究文章，多在大谈特谈纽约曼哈顿、东京新宿副中心、巴黎拉德芳斯新区、香港维多利亚港、上海陆家嘴这些全球著名的 CBD 的天际线是如何如何优美。其实，这些貌似纯美学的分析，只不过是对权力和资本的美学粉饰。因为，权力和资本催生了 CBD，超体量、超高层的摩天大楼不过是权力和资本的符号，由摩天大楼拼接而成的城市天际线不过是权力和资本的美学符号。马克思在《资本论》中早就说清楚了这一点。我并不想否定现代化城市经济发展的合理性和必然性，我要提出的问题是：在一个历史悠久的城市里，比如在武汉，真正让普通市民动心的是王家墩CBD的天际线，还是以黄鹤楼为视觉中心的天际线呢？在这个选择题面前，一个普通市民的感觉认知和情感投射似乎无关紧要，决定城市规划和发展的市政管理者、投资商们会怎样选择呢？结论其实很明了，在权力和资本空间无限延伸和膨胀的诱惑、规训下，人的精神空间——人与人自由交往的公共空间必将萎缩甚至异化。我们看了万达集团投资高达500亿元人民币的楚河汉街，其名为“武汉中央文化区”，投资者似乎要把自己与CBD模式区分开来，强调文化和传统。的确，作为武汉江湖联通工程的一个有机组成部分，汉街在自然景观上别有情趣，我们在汉街看到了十余个文化设施：剧场、影院、书店、休闲的林荫道、游湖的汽艇等，特别是五个纪念湖北历史名人的广场依序贯通整个步行街。那天，我们坐在昭君广场的一个咖啡店里，汉街大戏台上一个巨大的LED屏幕正在滚动播放有关汉街的宣传画面，我们的集体印象是，商业营销、广告宣传、购物才是汉街的灵魂。灌进双耳的词语是什么？是高档百货、万达集团首家奢侈品购物中心、国际奢侈品集团品牌集中展示……可怜的王昭君，在一个著名金店对面的角落里，简直就像一个丫鬟侍女，无人搭理，我真不知道为什么让她站在那里。看着川流不息的人群在一个个商铺里出出进进，本雅明在《巴黎，19世纪的首都》中写下的那些名句真可谓历历在目：

> 人群是一层面纱，熟悉的城市在它的遮掩下如同环境一般向闲逛者招手，时而幻化成风景，时而幻化成房屋。二者都成为百货商店的要素。百货商店利用“闲逛”来销售商品。百货商店是闲逛者的最后一个逗留之处。

客B：利润最大化是资本永远的逻辑。汉街的正面近景是水果湖，中景是东湖，远景是磨山，背街远眺，本是一幅天然的山水风景图，可现实场景是，一座自称亚洲第一的六星级酒店用资本的豪华把自然景观遮蔽得严严实实，躲在酒店庞大身躯后面的汉秀剧场，尽管穿着红色的新娘外衣，却分明在空间上透露出一百个委屈。所以，有着历史文化积淀的城市天际线在城市容量的疯狂扩张过程中遭到破坏，并不是武汉一个城市的现象，而是一个全球性的问题，就像芒福德所说："在20世纪，城市发展的新的旋律是不断的破坏和更换。"

主：我插一句，这个概括太准确了。我工作的湖北大学毗邻友谊大道，这条道路开通十余年来，从来就没有停止过挖掘和改造，我总是在想，难道我们的城市规划师们都患有短视症，竟如此没有一点前瞻性？或许，问题的成因是复杂的。

客B：芒福德对现代化进程中城市病象的分析和批判源自他对人类城市起源的研究。《城市发展史》有个副标题，原文是 *A Powerfully Incisive and Influential Look at the Development of the Urban Form through the Ages*，中译本译为"起源、演变和前景"，似乎不妥，译者对正标题 *The City in History* 中"历史"一词的理解延续了笼罩汉语学界百余年的线性进化论的思路，故想当然地把副标题译为八股调式的"起源、演变和前景"。其实，英文原意直译出来是"城市形式发展中跨时代的一种有力的、清晰的、有影响的观察"，细读全书，我们不难发现，芒福德虽接受了达尔文进化论的基本思路，承认变异和发展，对人类文化的未来也跳出了20世纪西方哲学悲观主义的预设，认可城市发展在反思基础上是可以寻求更加美好的前景的，但和线性进化论不同，芒福德吸收了20世纪文化人类学、考古学、社会学、宗教学、精神分析学说的多重分析手段，从对城市起源的研究入手，指出："在城市成为人类的永久性固定居住地之前，它最初只是古人类聚会的地点，古人类定期返回这些地点进行一些神圣活动；所以，这些地点是先具备磁体功能，而后才具备容器功能的。"在他看来，城市是发展的，但磁体功能与容器功能却是最基本的原型范式，并通过特定的空间形式表现出来，磁体功能作用于人的精神世界，容器功能服务于人的物质需求，前者为本，后者为末。磁体功能的空间形式可能千变万化，内涵却亘古不变，原始文化中举行神秘仪式活动的山洞；希腊城邦世界的神庙、剧场、广场；古埃及的金字塔；不同宗教文化的圣地、教堂、庙宇，直到今天城市中多样化的纪念性空间，都可在文化考古学上理出一个完整的谱系。所以，决定一个城市兴衰，体现一个城市特殊魅力，构成一个城市独有风情的核心要素是磁体功能及其空间形式，20世纪城市发展的通病就是舍本求末，一味放大城市的容器功能，肆意破坏城市的磁体功能，武汉本来得天独厚的以黄鹤楼为视觉中心的城市天际线之所以被无知和无情地肢解，皆缘于此。我们在省图书馆查阅了武汉开埠以来十余份武汉城市规划图，在规模、区域功能切分、远景预设诸方面，上述规划不尽相同，但是，它们在规划理念上，却有着惊人的相似性，即单纯把城市理解为一个不断扩张的容器，其结构原则是一种生物性的功能主义，以满足人们物质生产、生活需求、社会管理为主要目的，按工业、商业、行政、住宅，分区规划，从张之洞的规划设想："驾乎津门，直追沪上"，民国时期的诸多规划设想，如孙中山的《建国方略》，1923年《汉口市政建设计划书》，1929年《武汉特别市工务计划大纲》，1936年《汉口都市计划书》，1944年《大武汉市建设计划草案》，直到1954年、1956年、1959年、1982年、1984年先后编制的《武汉市城市总体规划》，均以"大"（这个"大"的内涵完全是经济容量上的大）为指向，试图建设全球经济、交通意义上的大都市。1944年《大武汉市建设计划草案》甚至预设"大武汉"的发展规模是3600平方公里，人口1000万，是"东西两半球唯一的内地最大城市"。在晚清以来"强国梦"的影响下，我们太急功近利了，我们的城市规划和发展全然忽视了对城市文化本性的认识，梁思成保护北京古城的建议被无情否决便是典型的例证。

坦率地说，这些规划的实施完全破坏了武汉城市原有的文化肌理和文化意象。以武昌为例，武昌的地形属于典型的残丘性河湖冲积平原，山多水多，岗岭起伏，湖河交错。特别是蛇山，长约1790米，海拔85米，绵亘蜿蜒，形如伏蛇，头临大江，尾插闹市，山上人文景观涉及历朝历代，堪称武昌城市发展的活化石，绝对是武汉城市的"文化之根"和"城市脊梁"。如果倒退一百余年，我们站在蛇山之尾的龙华寺，放眼东眺：远景是东湖；中景是诸多起伏山岭，田畴农舍，炊烟袅袅，湖光粼粼；近景有沙湖，渔舟唱晚，以寺庙为主的文化景观和自然山水相依相傍，蛇山余脉的长春观、洪山南麓的宝通寺、盘龙山上的莲溪寺、伏虎山下的卓刀泉寺，在这样一个完整的视觉图景里，立足于蛇山或武昌城头的观景者，自然会觉得城外诸山皆与蛇山脉息相通，出城进香拜佛可释城内俗世纷扰，还心灵一份清静。所以，山是武昌城市的自然肌理，而与山共存的人文遗迹和寺庙就是文化意象，在中国传统文化里，两者不可分离。读王维《辋川集》与《山中与秀才迪书》，便知山野之“深趣”和寺庙的佛教之奥理，须臾不可分离，中国诸多山水诗歌正是其完整、完美的视觉表达。遗憾的是，在今天的武昌城区，我们已无法获得这样完整的视觉感受了，更不用说完美。也正因为此，诗已死矣，崔颢今日再登黄鹤楼，他也写不出千古绝唱了。20世纪的诗除了作为个体的人的孤独、惶恐不安甚至变态的内心独白，还有什么？

客 C：城市肌理和建筑的空间意象一旦失去可读的连续性，给人的视觉感知必然是零碎、不清晰、不完整的，更无法激起情感的愉悦。在游览龙华寺、长春观、宝通寺、莲溪寺、卓刀泉寺之前，我给大家设计了一个小游戏，让主人随机找五位武汉本地居民，要求年龄和我们几位相似，即60岁左右，只调查一个小问题，即请教我们游览这五处寺庙的最佳路线，结果大家很清楚，没有一个人对这五个景点的地理关系有着完整的感知，有两个人根本就不知道莲溪寺和龙华寺，我知道这样一个极小概率的调查结果绝对不能反映出武汉市民对自己居住城市的认知度，我之所以这样做，是因为我有一个比较参数。大家知道我这次来武汉之前在绍兴待了一段时间，我在绍兴住在和沈园一墙之隔的一个小旅店，名字却大气优雅，叫“大越小院”，一共只有18间客房，店内空间布局和各项陈设、用具均古色古香，静雅而闲趣，和沈园来了个跨越千年时空的琴瑟共鸣。老板年轻，不到40岁，但说起绍兴名胜古迹，烂熟于心，他成天一壶茶，或一杯咖啡，陪着客人或朋友谈天说地，其身形相貌颇有王羲之在兰亭曲水流觞的遗韵。我认识好几位痴迷故乡传统文化的朋友，除了他们的主观因素外，我发现有一个共同的特点，就是他们对故乡传统文化意象完整、清晰的感知和情感依恋，往往依托于幸存的古老街区。我很敬佩绍兴的城市管理者们，他们把诸多的名人故居——如王羲之、徐渭、章学诚、徐锡麟、秋瑾、蔡元培、鲁迅——所在的老街区完整地修复保存了下来，多达八个成片的老街区，如仓桥直街、八字桥直街、书圣故里、西小路河沿、鲁迅故里等，其中仓桥直街历史街区获得联合国教科文组织“文化遗产保护奖”。在这些历史街区里，小桥流水、曲径通幽，又秩序井然，街区里基本上是明清至民国年间的古朴建筑，依然是平凡而平静的百姓生活场景，间或几个摆在住家门前的小摊点，卖的也全是自产自销的地道绍兴小吃，没有一点商业化的喧嚣，坐在小巷随意置放的小竹椅上，看着老人们慢悠悠地玩牌戏，行走在绍兴连续的城市肌理上，慢慢阅读、品味着街区各等空间形式中的文化信息，绍兴深厚的文化底蕴真的是沁透心脾，化为可感的完整意象。这大概就是凯文·林奇在《城市意象》中所说的环境意象："这种意象是个体头脑对外部环境归纳出的图像，是直接感觉与过去经验记忆的共同产物……这种意象对于个体来说，无论在实践上还是情感上都非常重要。"所以，我们在武昌的随机调查大概可以说明，武昌城区自然肌理和空间意象的被割裂、肢解，也就必然导致城市居民逐渐丧失完整的环境意象，他与环境的情感联系也自然失去了历史的意义底蕴。大家开头说的陌生感其实就是这种环境意象整体性的丧失。我们看过武昌的户部巷、昙华林街区、汉口的吉庆街，大家什么印象？不过是在仿古的门面前做着千篇一律的现代商业活动，到处滚动着发财的金钱欲望，何来产生磁体功能的文化想象？至于我为什么调查60岁左右的人，其实是在反省我们这一代人与环境之间的关系，或者说，我们下一代对居住环境的陌生感，我们是有责任的。

主：我明白了你的意思。以我为例，我们成长的时代正是"革命化"意识形态最浓厚的时候，对于那时的我们而言，武汉所有的历史景观只剩下地名标识的意义，"文化大革命"中甚至许多以历史景观命名的地名也被取消。"破旧立新""改天换地""建立一个红彤彤的新世界"这些风靡一时的口号完全割裂了我们对故乡环境的历史感知。记得20世纪80年代第一次为几个外国友人导游武汉市，我是连续熬了几个通宵，恶补了一下武汉城市的历史知识，才算应付过去。也许，在表层意识形态上，我们理性地否定了这些口号的虚假性，但在潜意识领域里，它们是否仍然像梦魇一样纠缠着我们？

客C：我的回答是肯定的。我们几个人好像都是77级、78级的，常有人骄傲地自封"文化大革命"后的77级、78级大学生为新时代的开拓者，确实，这两届毕业生在各行各业担责者甚多，作为城市管理者也大有人在，可在中国城市化大发展的这几十年里，我们提供的有益经验太少太少，问题却是太多太多，老实说，我们这一代人中的绝大多数依然明恋和暗恋着权力的运作，离民主的理念还远着呢！张之洞作为中国近代工业之先驱，功不可没，可他却远离萍乡的煤、大冶的铁矿，硬把汉阳铁厂建在自己总督府的视野内，我们都看过张之洞远眺汉阳铁厂的那张著名照片，什么道理，看看今日遍布各个城市的“面子工程”“政绩工程”，就不言而喻了。许多城区的拆迁与改造无不与权力意志有着密切的关联，更何况还有权力与资本的共谋，所以尼采说“建筑是一种权力的雄辩术”，迪耶·萨迪奇在《权力与建筑》一书中，以世界诸多城市建筑为例，生动展现出建筑与权力的关系：“政治家们开始着迷于一幅充满摩天大楼的城市景象”，尽管这些摩天大楼“不过是一种原始而粗俗的自我标榜的副产品”，但是，“建筑折射了建造者的雄心抱负、不安全感和动机，它忠实地折射了权力的本质——它的策略、它的安慰和它给权力行使者带来的冲击”。故有人不无尖刻地说：“席卷中国的城市美化运动与其说是经济的推动，不如说是权力的产物。权力所导致的视觉焦虑在我们生活中无处不在，经常吃不上早点，因为小摊贩被撵光了；生活费用不断地提高，因为城中村没有了，小贩只好租住高级公寓；自己的家被推土机围起来，因为你的房子太旧太难看了；自行车电动车不让上街了……照这个样子发展下去，每个人要出门必须打扮得跟‘领导’或者‘妓女’一般隆重才行，否则就不许出门，免得破坏视觉形象。”

主：对这些问题，客观地说，我们的城市管理者也开始有了新的认识，1996 年《武汉市城市总体规划（1996 - 2020）》和 1998 年《武汉市创建山水园林城市综合规划》，就在规划思想上突破了近代以来经济容器式的功能主义的思路，吸收了生态主义的田园城市理论，开始从“宜居”角度思考人与城市的关系，我带领大家参观的环东湖、沙湖、月湖的城市公园的建设，是武汉市政建设的新成就，也是亮点。在武汉城市文化肌理的修复上，我们也看到了尽量在弥补的努力，如十余年来武昌蛇山的“显山透绿”工程、政府出台的《黄鹤楼视线及开放空间保护规划》及环东湖带山体景观保护的提案等。但遗憾的是，武昌城市的文化肌理已无法得到完整的修复，就像北京城已无法得到整体修复一样，更为严重的是，整整一代人因为对故乡在文化意象上失去了完整、清晰的感知和情感依恋，而成为文化传承链条中一个巨大的缺环。

客 D：我们这些人，看重的还是人文的意蕴，大家所言，实际上就是城与人的问题。这次在武汉谈武汉城市文化的话题，我建议大家看了武汉歌舞剧院十年前创作的一部舞剧《筑城记》的录像，一是与我们讨论盘龙城考古问题相关联，二是这部舞剧的构思过程恰好彰显出如何讨论、塑造城市文化的一个出发点。李学勤说盘龙城是武汉城市的“根”，他的名望大概很大程度上左右了武汉人——从城市管理者、城市规划师到艺术家——对武汉城市的文化想象，结果是李学勤考古学意义上的中国长江流域城市发展序列上的一个时间概念，被不恰当地放大为一个文化学意义上的概念，既有时间上的“悠久性”，也有空间上“独特性”，这些说法其实除了满足一种虚荣之外，并不能让人们更好地体认城市文化的根基。近些年，中国许多城市大兴土木，建造所谓区域文化特色的地标性建筑，进而倡导某种抽象的“城市精神”。刘梦溪在《中国城市的“精神”紊乱》一文中批评道：“精神其实是一个人或者一个城市的内在品质，不需要特别夸张地用标签标出。大张旗鼓的宣传自己城市的‘精神’，就算真有这种‘精神’，也扭曲变形了。何况很多都标示得不够确切，重复雷同，叠床架屋，不知谁可。譬如上海的特点，本来是洋气、都市味浓，现在却以‘海纳百川、追求卓越、开明睿智、大气谦和’自标，反而不知说的是什么以及是在说谁了。我建议不要搞这种‘城市精神’拟词自标的竞赛。更不要把拟好的‘城市精神’大标语满街贴。第一位的还是把我们的城市建成宜居之所。发展特色经济，建构属于自己城市的传统与现代融会无间的特殊文化氛围，环保、安全、舒适、清洁、健康，人人都愿意住在这里，以自己的城市为荣，应该是城市发展的最重要选项。形式主义害国害民，即使无法禁绝，也不能任其泛滥呵！”在这一点上，《筑城记》的编剧很有见地，舞剧名称从《盘龙城》《龙城》《城》到最后的《筑城记》的演变，说明他们对以“龙”为构思中心思路的逐步放弃，恰是对城市文化抽象本质观念的否定，一个“筑”字，强调和突出的是围绕城市展开的人的活动，是活动中的人的情感、思想的种种表现，编剧认为唯此才能找到舞台表演的内在依据。由此而论，没有什么抽象的文化传统和城市精神，一个城市的文化传统和精神既要通过具象化的建筑、城市装饰作用于人的视觉感知，提供文化想象的经验基础，更要成为人们日常生活中特定的空间场所，如公园、博物馆、图书馆、艺术馆这样的公共空间，让人的内心在其间自然涌现出一种与天地自然、与他人、与先辈的遗迹进行对话和沟通的冲动，以此省悟生命的神圣。卡斯腾·哈里斯在《建筑的伦理功能》中，引用海德格尔关于黑森林农舍的经典分析，反复论证了建筑的本质就是让人“安居”，而安居的前提就是有一个黑森林农舍似的“心灵之屋”（house for the soul），有此，个体生命才会体验到天地人神和谐共存的哲思，用中国话说，只有在深山古刹里历经修炼，才能达到天人合一的人生境界。一个城市磁体功能的空间形式随着时代的变化，自然会发生变化，但你在盘龙城遗迹里的祭祀场所产生的心理联想和在现代化的湖北省博物馆产生的心理联想，不会有本质上的差异，正如芒福德所说：“当19世纪的人民开始建设新城镇时，几乎没有一个人再想到中世纪的城镇了。老城镇里的生活已慢慢地干枯了，它们的城墙也成了个空壳，城内的一些机构也只是个空壳。今天，只有拿这个空壳轻轻地贴在耳边，像拿一个贝壳一样，才能隐隐约约听到过去生活的呼啸声，当时城墙里面充满坚定的信念和庄严的目的。”城市文化不是形式标签，从所谓区域文化的一般特点去寻求一个城市文化的根基，其结论常常荒唐得很，如说楚文化是武汉文化的根基，就在考古学上说不通，盘龙城的文化属性是商，而非楚。武汉地处楚文化腹地，民俗、建筑、艺术饱含楚风骚韵，今天武汉城市景观和建筑多考虑楚文化元素的运用，是很自然的事。湖北省博物馆、湖北省图书馆（新馆）、琴台大剧院的设计思路和建筑风貌我们都看过，建筑风格上很成功地体现出楚文化的美学风韵。我要说的是，我们讨论城市文化，尽管会涉及城市所在地的区域文化的美学特征，但这只是形式，只是文化意象作用于人的精神世界的物质媒介，是把人们导向特定精神空间路标上的一个装饰而已，换句话说，你就是把武汉城市里所有建筑都贴上楚文化的标签，它也不会变为鲜活的文化载体，也不会对市民和游客产生磁体作用。在武汉游览中，最感动我的场景有两处，一是省博物馆门前蜿蜒数千米的长队；一是省图书馆入口处的一块电子显示牌，上面动态显示开馆以来的入馆总人数和当日在馆人数。我为何感动？因为在汉街我看到逛街的主体是青年，他们应该成为本雅明笔下的“闲逛者”吗？百货商场是他们体验人生的空间场所吗？真的，我很茫然，在商业帝国的硕大空间里，尽管披着文化的遮羞布……汉街的招商广告宣称：这里，人流量最高日达50万人，日均7万—8万人。用不着分析，在汉街，人只是商品的消费者，是资本计算利润中的抽象基数。我悲观。但在省博物馆和省图书馆看到的场景又使我振奋起来。省博物馆，为保护文物，每日入馆人数限定为5000人，每月15万人次，一年180万人次；省图书馆自2012年12月10日开馆后，至今不足两年，已有400余万入馆人数，武汉还有那么多的大学图书馆，每日每月每年的入馆人数，若统计出来，定是一个庞大的数字。这些场所才是城市产生磁体功能的公共空间，在这些公共空间里，人因智慧而自由，生命因神圣而尊严。我于是又不悲观了。还是狄更斯在《双城记》中写下的那段名言：

It is the best of time，also the worst of time.

主：作家张承志当年在中国历史博物馆副馆长俞伟超先生的指导下参与过盘龙城的考古发掘工作，后来写了一篇文章，名为《诗的考古学》，文章里有一段话给我很深的印象："当考古学家对考古的热爱感情以及自己的气质已经到了像诗人一样的程度时，那他在考古学上的发现将是一个诗的发现。这种考古学中的'诗人'和通常说的诗人是一种诗人。当然，有些人虽然专门写诗，但仍然是伪诗人，相比之下，具备了诗人气质的考古学家却是一些真诗人。"我们探讨城市文化的目的，恰如张承志的老师所言："所有考古工作归根到底的目的都只在探索人，能够理解一个时代的人，也就能理解另一时代的人，而且希望理解另一时代的人。"王羲之在《兰亭集序》中有一句名言，曰"后之视今，亦犹今之视昔"，说的不正是这个理吗？今人言王羲之，常常只记得"书圣"运笔帷幄的精美绝伦，全然忘记了《兰亭集序》中旷世的人文情怀："向之所欣，俯仰之间，已为陈迹，犹不能不以之兴怀。况修短随化，终期于尽。古人云：'死生亦大矣。'岂不痛哉！"生死本为人间常态，可魏晋时期的读书人却从中悟出了天道人心的玄机："虽世殊事异，所以兴怀，其致一也"，万物、诸事皆受制于同一的生死之道，这个道理庄子的《齐物论》已说得很透彻了，王羲之的独特之处是："后之视今，亦犹今之视昔"，作为一个观者，他超越了时间流中的"昔""今""后"，一个"痛"字，使他成为生命永远的在场者——存在即思。

（原载《文艺新观察》2014年第6期）

附：

说不清的武汉人

一 “武昌鱼”与“臭干子”

“才饮长沙水，又食武昌鱼”，毛泽东的诗句让武昌鱼享誉大江南北。不过，武昌鱼的名气古亦有云。唐代诗人岑参和宋代诗人苏轼、王安石都曾留下赞美武昌鱼的诗句。清同治年版《江夏志》上还有这样的记载：“得失任看塞上马，依栖且食武昌鱼。”武昌鱼何以诱得古今名士青睐？清蒸的武昌鱼汤鲜肉嫩，色泽晶莹透亮，乳白色的鱼上佐以些许碧绿葱丝、鹅黄姜丝，雅致无比，味虽淡而悠长，实为文人墨客饮酒赋诗之佳肴。

外地人如把武昌鱼的清淡视为武汉人的口味，则大错矣！武汉还有一著名的风味小吃：油炸臭干子。和武昌鱼相比较，油炸臭干子更受武汉市民的喜爱，故有一条歇后语专说此物：油炸臭干子——闻着臭、吃着香。不管是熙熙攘攘的商业闹市，还是三镇的小街小巷，专卖油炸臭干子的小摊随处可见：一个小铁炉，一只小铁锅，一盘发酵加工的臭干子，现炸现吃。吃臭干子必配红彤彤的辣酱，大冷天也吃得人额头出汗。再时髦、再腼腆的少男少女们也敢在大庭广众之下津津有味地吃臭干子，真算武汉一大景观。不仅如此，卖油炸臭干子的小摊可堂而皇之地摆在武汉三镇各有名餐馆饭厅的大门口，就好像旧时中国大户人家门口的两尊石狮一样，少它不得。在武昌大中华酒楼专门品尝清蒸武昌鱼的武汉人，又跑到门外端来一盘油炸臭干子，绝对没人感到奇怪，外地人又是绝对地感到奇怪。

武昌鱼的清淡纯正和油炸臭干子的怪辣烫腻恰好构成武汉人饮食口味的两极，武汉人却接受得坦然。或许是地处南北东西交会的中心，加之历朝封疆大臣、巨商豪贾携来名厨、引进各方佳肴，东酸西辣、南甜北咸，俱汇入三镇。汉口开埠后，英、德、法、俄各式西菜、西点又随外商而来，百味纷陈。京、川、苏、粤、徽、湘、浙、鄂、清真、素菜等各大菜系，兼之南北面点，滋补药膳，风味小吃，武汉人可谓大包大揽，唯恐有漏。油腻的有四季美汤包、老通城豆皮、顺香居重油烧梅；清淡的有小桃园鸡汤、谈炎记水饺；辣的有福庆和米粉，甜的有五芳斋的宁波汤元、苏武糕团；干的有蔡林记热干面和老谦记枯炒牛肉豆丝；稀的有孝感米酒、八宝稀饭和什锦豆腐脑。晚唐诗人罗隐《忆夏口》诗云："汉阳渡口兰为舟，汉阳城下多酒楼。当日不得尽一醉，别梦有时还重游。"

哲学上讲两极相通，武汉人的口味莫非具有哲人的风范？就像位于汉口花楼街的田恒启粉馆，人们去那儿，吃清淡的糊汤粉必吃重油炸出的油条，二者缺一不可已成习惯，即便现在武汉高档宴席上常有两碟佐餐小菜：甜藠头和腌蒜瓣，前者洁白透亮，脆嫩香甜，后者味重刺鼻，酸辣俱生，可二者安然相伴，大约也是这个理。

饮食口味中或多或少也包含着文化的信息。说起中国各大城市人，人们大致会说出相同的印象，北京人善"侃"，上海人"精明"，天津人"厚道"，广州人是"生意精"，可武汉人呢？人们往往说不清，就连武汉人自己也未必说得清。从古以来，北方人视武汉人为南方人，而南方沿海的人又视武汉人为北方人，南北交会的地理位置倒使武汉人处在文化的尴尬中，既要竖起耳朵，辨别来自东南方向的各种方言，又得翘舌学说普通话；既觉得北方人太憨厚，又学不来上海人的精细；既觉中经武昌去广东打工的四川人太老实，又看不惯成天说发财发财的广东客。不南不北，不东不西，不洋不土，不算穷又说不上富有，也想发财又不愿冒太大的风险，这，就是武汉人的文化个性？

饮食上兼容各种风味是武汉人的口福，可没有定性的文化个性恐算不得武汉人的优点。近年来许多离开武汉去南方闯荡的人都对自己的故乡有一个共同的评价：武汉人，太农民。吃了甜的，再来一点辣的，什么都要，什么也舍不得扔下，抱残守缺，还心安理得，确实是许多武汉人的文化心态。武汉有句歇后语说得更形象，叫"脚踩西瓜皮——滑到哪里是哪里"。

说武汉人认命，听凭命运牵着鼻子走，毫无创造性，未免太过。从晚清算起，武汉数次成为全国政治、军事风波的中心，武汉人哪一次退缩过？1840 年鸦片战争爆发后，一年之内清政府接连四次调鄂军赴沿海各地抗英，就因为鄂军敢于死战。翻翻近代史就会知道，每遇外敌内患时，武汉人就熠熠生辉，敢作敢为。只是日子过得平静又平淡时，武汉人又忽然变得很平庸，缺乏激情，很少风流，似乎毫无大都市人的风范。就像武汉女作家池莉写的《烦恼人生》中的主人公印家厚，日子过得实实在在且又浑浑噩噩，都市宛如一副没有灵魂、空空荡荡的躯壳，驱动他忙碌奔波的原动力仅仅是维持一个小家庭得以存在的柴米油盐。

武汉老式家庭曾长久流传一个教子故事：一个码头工人每天下班都从码头上用纸包一块砖或一点水泥回家，天长日久，此人几乎不掏一文就盖了一幢新房。这个或许完全是虚构的故事却又相当真实地刻画出了某些武汉人的灵魂：既精明又愚笨的人生机巧，朦胧且又低下的人生境界。细细嚼来，真是酸甜苦辣，百味俱生。

二 “黄鹤楼”与“民众乐园”

武汉人的文化个性难以描述是有原因的。地理上，长江、汉水把武汉隔为三镇；历史上，三镇的发展不仅有先有后，而且时分时合，形成整体的时间其实短暂得很。清末民初，武昌（江夏）、汉阳、汉口（夏口）仍各有其名，各有隶属，统一的行政建制并不存在。1926 年，国民革命军北伐，攻克武汉。次年初，国民政府将汉口市（辖汉阳县）与武昌合并，第一次建立了统一的武汉市。此后便一直是时分时合，1949 年后，武汉三镇的行政统一方稳定下来。

在文化背景和趣味上，武汉三镇之间的差异是很明显的。汉口人觉得武昌人“屁”（花钱不大方），所以近几年来，汉口的出租车司机颇不愿到武昌，认为生意冷淡不好做；武昌人又觉得汉口人“俗”而“痞”，掉到钱眼里去了；汉阳人的感觉总好像差一点，自嘲为比汉口人、武昌人“土”。这些不无偏见的相互评价其实是在 1861 年汉口正式开埠后才逐渐形成的。在此之前，武昌人、汉阳人大概从未正眼瞧过汉口人。

远在东汉末年，武昌、汉阳就因重要的战略地位开始筑城，而汉口不过是地势低洼、荒无人烟的芦苇荒洲。1457 年（明天顺年间）始有居民迁入筑圩居住，汉口地名多有“墩”字，如“唐家墩”“天门墩”等，皆由此而来。直到 1888 年（光绪十四年），汉口的人口总数才增至 18 万人，第一次超出武昌和汉阳城区的人数。所以，今天吸引外地游人的人文景观几乎全集中在汉阳、武昌。仅从汉阳龟山到武昌蛇山一线，除人们熟知的古琴台、晴川阁、黄鹤楼外，还有禹王庙、洗马口、铁门关、锁穴、涌月台、抱膝亭、东阳古洞、仙枣亭、岳飞亭等景点，每个景点都是一段浸润了中国传统文化韵味的故事。至今武昌、汉阳的老居民都无比留恋这些源远流长的故事，只要有人听，他们都可如数家珍，说上三天三夜也乐此不疲。武昌之所以成为辛亥革命的首义之区，当与武昌厚重的人文精神积淀有着血脉关系。

隔着长江、汉水的汉口人，似乎对这些迷惘得很。去归元寺烧香拜佛数罗汉，去东湖踏青赏梅，汉口人知道也肯定去过，可黄鹤楼周边的景观，汉阳、武昌老城内的传说典故，他们实在打不起兴趣。汉口车站、码头上常停着招徕外地游人的旅游车，车前一块大牌子，上面醒目地写道：武汉一日游，路线就是归元寺—黄鹤楼—东湖。被国务院定为全国文化名城的武汉，汉口人一天就轻轻松松打发了。你若问那些导游：一天够吗？他们再和蔼再认真，也只会皱眉问自己：还有什么呢？

如果说汉阳、武昌的文化景观颇似“清蒸武昌鱼”的味道，雅致悠长，那么汉口的文化处所又恰似“油炸臭干子”给人的感觉，刺激火爆。清末民初直至 1949 年，汉口人津津乐道的文化消遣场所有两种：茶馆和戏园。最初，茶馆和戏园并未分开。1890 年（光绪十六年），汉口天声街建了一所丹桂茶园，观众一边看戏，一边饮茶。所以，这又是汉口商业性戏院之始。随着商业活动的发展和城市居民成分的复杂化，茶馆和戏园分开了。茶馆可消闲，也常有说唱节目打诨，但更多的是洽谈生意，斡旋江湖纠纷。据 1933 年的不完全统计，当时三镇茶馆多达 1300 余家，可著名的茶馆全在汉口，如中山大道积庆里的临城茶楼、花楼街口的楼外楼、六渡桥附近的汉南春和洞天春、民生路江边的话雅、集家嘴河边的怡心楼等。

正宗的汉口人大都酷爱楚剧，今天亦然。楚剧原名即“黄孝花鼓”，本是黄陂、孝感一带的民间戏曲。汉口开埠后带来的商业发展，吸引了大量黄孝农民入城，同时也带来了花鼓戏流行汉口的热闹场面，戏园也就雨后春笋般地兴建起来。著名的有满春、长乐、美成、天仙、天声、风舞台、大舞台、共舞台、怡园、老圃、新市场、凌霄等戏园。有了戏园，又吸引京剧、汉剧流行开来。1919 年的新市场戏园就是现在汉口有名的群众娱乐场所——民众乐园的前身。民众乐园什么特点？热闹。五花八门，无奇不有，说的、唱的、哭的、笑的、洋的、土的，汉口市民喜欢什么，它就有什么，什么能卖座，它就演什么。一个十足的文化大集镇，你说它土里吧唧，可汉口年岁大的市民就爱它！

由此说来，称武昌文化多雅趣，汉口文化多俗味，恐不为过。就像与“苏裱”齐名的“汉裱”，本身又分两派：武昌帮和汉口帮。武昌帮几乎都做“白货”（即专裱书画），汉口帮则多做“红货”（即专裱对联）。雅俗之别，可见一斑。

1868 年，官至清廷尚书的武昌人张月卿，告老归还故里。他在今胭脂路 72 号院内造了一个私人宅园。此公称此园为“寸园”，并解释道：“余固不欲得寸而进尺，累寸而成丈也，夫亦得寸则寸而已，其用剑南诗意，而以‘寸’我吾园。”张老先生的意思很清楚，人生在世，“知足”为最高境界，故以此名示其心志。可就在这位读了书、做了官且平安无祸荣归故里的老先生默诵儒家名训的时候，美国人、英国人、德国人、俄国人、日本人却纷纷跑到汉口建银行、建码头、建租界，“得寸进尺，累寸成丈”，他们恰与张老先生背道而驰之。

三　“江汉关”与“棚子户”

1863 年（清同治二年），英国宝顺洋行在长江边建立了汉口最早的码头，地址在今天津路江边，被称为宝顺洋行“五码头”。西方人看中武汉的道理简单得很：九省通衢，既能由此倾销他们的工业品，又能由此大量收购华中地区廉价的农副产品。在他们眼里，汉口不过一个集散货物的大仓库。今天汉口旧租界沿江大道上，西方人留下了一座豪华的建筑——江汉关，可这幢建筑仅仅是一件漂亮的“外衣”，用来遮掩沿江一排排巨大仓库的“外衣”。

1900 年，汉口怡和洋行建成第一栋仓库，随之国外商人纷纷效法投资建库，以至形成一个罕见的仓库业。从 1904 年至 1929 年，仅英商太古公司在汉口沿江大道就建有16座仓库，建筑面积达16万平方米。

西方人的仓库像一个永远填不满的胃，使本来就居于商业集散地的武汉人陷入更疯狂的交易市场。邻近各省、省内各县镇的大商小贩，云集汉口，猛烈刺激了汉口城区的迅速扩大。

刘歆生，武汉当年最大的地产资本家，曾大言不惭地当着黎元洪的面说：都督创造了民国，我则创造了汉口。曾在汉口后湖为人放鸭的刘歆生，就是靠为洋行收购土特产而积攒了大量资金，转而投资土地产，成为显赫一时的地皮大王。20世纪初，汉口上自皇经堂，下迄贷家山，西至后湖大堤，南到京广铁路两侧，几占四分之一靠近市区的地皮，都被刘歆生杀价购买，然后开办填土公司，成片开发，再建里弄房屋。

汉口的开发吸引来无数外地人，但这些外地人也同西方人一样，视汉口为仓库、码头、客栈，他们必须从自己的老家运来一批批货物，汉口才会容纳他们；他们在汉口挣了钱，享受了，刺激了，又不得不重返故土，汉口只是一个仓库，弄不来货物的人在汉口就没有地位。在这种畸形的经济环境中，晚清以来，武汉地区的工业发展与城市发展完全不协调，加上抗战时期不少工厂、设备向内地迁移，到1949年，武汉三镇职工在30人以上的工厂仅260户，而同时的武汉三镇人口却有102万。

没有强大的工业，而又拥有巨多的人口，可怕的“棚子户”——一个巨大的游民集团诞生了。他们在市区边缘，铁路沿线或马路两侧，用草、席、油毡搭置起成片的茅棚，形成棚户区。1949年前，全市大大小小的棚户区约110余处，每处住上百余户人家，总面积超过200万平方米。一直到20世纪末，汉口市区已废弃的老京广线铁路两侧，类似的棚子户依然存在。“铁路外的人”也就成为武汉市民心目中下等人的代名词。

为周转货物往返于家乡与汉口间的商人，为一日三餐愁眉苦脸的“棚子户”居民，都为武汉人特别是汉口人的文化品性注入了一些可怕的毒素。言语行为上的放纵，说话带渣子，无视城市文明道德，吊儿郎当的游民气息，沙眼青年三伏天打着赤膊在街上晃悠，深更半夜在大街上狼哭鬼嚎，莫不与此相关。但更可怕的是一种封建式的行帮意识一直阻碍着武汉人，使他们很难建立起一种现代的都市意识。武汉方言中的“扎盒子”（两人或多人合谋，设圈套欺骗别人）、“扎把子”（意为打成一把，扎成一把，结成帮派的小团体）即这种行帮意识的反映。

早在清代，就有“鹦鹉洲五部十八帮”的说法。当时鹦鹉洲上有竹木码头，客商多为湖南人，结成“竹木帮”，又按湖南各地区分为五部，五部内再按籍贯分为更小的帮。汉口药王庙（今硚口区内）有专营药材的河南帮。如此，码头渐为帮派占有，码头搬运装卸业把持在各派把头手中，经常发生争夺码头的械斗，俗称“打码头”。汽车行业在辛亥革命后有“下江帮”“柏泉帮”“葛店帮”“本地帮”。中华人民共和国以前就连妓女也有苏（州）帮、扬（州）帮、湘帮、本地帮、杂帮（四川、河南居多）五帮；乞丐有三江两湖帮，帮内设宗，宗内有派。行帮意识又必然滋生出黑社会势力。

五湖四海的人员混杂，缺乏主体的产业，众多的游民，乱七八糟的行帮，虽在人数上使武汉成为一个大都市，但旧武汉始终消化不了封建的游民气息、痞子习气和行帮意识。武汉人爱“抖狠”，动不动说“你算老几”，开口闭口称“老子”，是不是这种文化杂质的下意识反映呢？

20 世纪 50 年代后，国家在武汉建立了许多大工业区。来自天南海北的外地人至今也说不惯武汉话，乃至形成青山武东的普通话、武重普通话，更不用说在武昌大学城里，武汉话从来都没有本该有的地理优势。

改革开放以来，武汉人自己也下意识地承认了自己的方言走不出武汉市。上至官员、文化人，下至黎民百姓，一到公开场合，一接触外地人，特别是接触北方人，就情不自禁地操练起夹生半熟的普通话。若看武汉电视台的采访节目，不同的内容都有一个共同的特点：武汉人学说普通话。

一种方言，只是一定文化内涵的载体、一种形式，从外地人不肯接受武汉话、武汉人自己也羞说武汉话的现象中，武汉人是否该想一下：问题到底在什么地方？

四　走不出的“汉正街”？

1985 年至 1995 年，“汉正街”名声大起，过往武汉的外地人常问：汉正街在哪儿？许多官员陪外地客人参观武汉，也常把汉正街和长江二桥、天河机场相提并论，大有不看汉正街就枉来了武汉的意思。

汉正街曾是武汉的骄傲，但那是历史。

汉正街是汉口最古老的街道，西起硚口路，东止集家嘴，长达3194米，从形成至今，已有400余年。明中叶以前，汉水自汉阳之南入江，今汉口与汉阳为相连的陆地。其时汉正街一带，还是一片芦苇滩，没有居民。明代天顺年间（1457—1464），始有人在此筑基盖房居住。1465年（明成化初年）武汉地区遭大水，使汉水改道，从郭茨口下直通一新河道向下，自龟山北即今集家嘴入江。从此汉口与汉阳分离。在新河道入江一段，向北岸凹进，形成天然港湾，商船从此云集于此，港湾附近的河岸上，成为商贾存物和居留之地，渐渐形成商贸集市和街道。据《汉阳县志》记载，1525年（明嘉靖四年）丈量其街市，“上岸有张添爵等房屋六百三十间，下岸有徐文高等房屋六百五十一间”。明万历年间（1573—1619），汉正街一带便形成规模可观的市镇了。清初，在汉正街一带河边，兴建了一系列码头，汉正街更加兴盛，乾隆年间已被称为“二十里长街”。当时汉正街商民，主要来自黄孝河沿岸、汉水下游诸县，川、陕、湘、皖商人和船户居多，可谓“本地人少外乡多”。其商业先以“八行头”即“银钱、典当、铜铅、油烛、绸缎、布匹、漆货、纸张”为主，尔后盐行、茶行、油行、粮行、牛皮行、海味行、山药行、药店、酒店、饭店茶楼等，无不繁盛，有清一代，始终是汉口的商业中心。19世纪后期，汉口开埠后，商业中心逐渐下移至中山大道六渡桥一带，汉正街遂日见衰落。民国年间，汉正街渐渐转化为小商品专业市场。

依据四周广阔的乡村，地处长江、汉水交汇处的汉正街成为繁茂一时的商品集散地确实有着历史的必然性，但汉正街不可能也不应该成为现代商业都市的象征。就像汉正街的房屋建筑一样，多为前店后厂，一家一户，全然手工作坊式的经营模式。如此经营模式，虽然脱离了农耕，但农业式的家族观念却依然如故。

如何改变武汉城市脏、乱、差的现象，是历届市政府颇感头痛的问题。武汉街头诸多不文明现象何以屡禁不绝？其实，在大街上随地吐痰、乱扔纸屑烟头的武汉人在家里是宁可晚睡早起，也要把家里收拾得有条有理、纤尘不染；在外说话粗野、鄙俗的武汉人在家里对长辈说话是绝不敢放肆的，甚至长辈对下辈说话可毫不忌讳、骂得天翻地覆、不堪入耳，小辈也不敢顶嘴。否则，将被指责为“没有家教”“不懂规矩”。现代都市所要求的“文明、礼貌、卫生、公共秩序”在没有都市意识的人的心目中，是不可能有地位的，相反，以“家庭”“尊长”为核心的封建式的“家教”“规矩”则成为至高无上的道德规范。

在武汉民俗中，盛行饭后不喝酒的习俗。因为“饭”与“犯”同音，“酒”与“久”同音，为讳其“久后犯上”，必使酒先于饭，就成为固定的进餐程式。只有父母双亡者，才可不受此俗限制。老武汉市请客的“规矩”更多，极重座次，以尊卑长幼为序，木桌纹缝是横是竖都有讲究，丝毫不能马虎。如尊者不得尊位，则属于大不敬的“不讲规矩”。

以封建式的“规矩”制约行为方式的武汉人自然难以和现代都市所要求的文明规范相协调，可以说，以汉正街为代表的分散的家庭经营模式压根就催化不出一种整体的城市意识。外地人在武汉问路，十有八九问不出个所以然。武汉人只会说你先到什么地方，再到什么地方，最后在什么地方再走下去就是你要找的地方。北京人特奇怪，武汉人怎么不会说东南西北呢？武汉人当然知道东南西北，但他们就是没有从整体上把握自己居住的城市的意识。

分散的、各自为政的家庭意识使许多武汉人总以陌生的、异己的眼光去看待周围的事物，要老老实实、安分守己，在都市里过着老婆、儿子、热炕头式的乡村生活。所以直到现在，只要有空余的边角地块，武汉人种菜的兴趣总大于养花种草；要么在刻板的家庭中找不到自由，就去家外的世界胡作非为。特别是一些年轻人在外犯了事，派出所去街道、家庭调查，常听到的回答是：这伢蛮懂规矩，蛮听话，怎么会这样呢？

家庭与城市的分离，必然带来都市人格的分裂。家庭似的作坊经济，还会在都市里存在下去，但它产生的文化意识，又与现代都市文明相去太远、太远。武汉人终有一天会说：我们走出了汉正街。

（原载《楚天周末》1995 年 4 月 1 日第三版）

潜江曹禺建筑群的空间意义*

曹禺已成为潜江市的一张文化名片。一生没有来过潜江的曹禺先生，晚年却在病榻上写下了深情的小文：《我是潜江人》。潜江人因势利导，把这张名片做得越来越大，越来越漂亮：曹禺祖居、曹禺纪念馆、曹禺公园、曹禺大剧院……一个小城市拥有如此规模且文化内涵鲜明、集中的建筑群，实属罕见。从城市空间形态的角度看，曹禺建筑群已成为潜江独特的城市公共空间，在潜江市整体环境中占据着核心的地位。毋庸讳言，在中国城市化的进程中，“城市公共空间在我国的规划和建设是一项被严重忽视的工作……城市人口、城市化水平、人口老龄化、用地紧张、高强度开发、机动车数量激增等问题日益严重，使得我们原来就少得可怜的城市公共空间与整个城市的规模极不相称。城市没有层次感，缺少生气并且形象乏味。在某些城市和地区，甚至已经到了令人无法忍受的地步”。[①] 就此而言，具体探讨潜江曹禺建筑群的空间意义，对于思考中国内陆小城市公共空间而言，理应具有示范性效应。

一

顾名思义，曹禺建筑群是潜江人为曹禺先生构筑的纪念性建筑，其空间含义首先是纪念性的，这是纪念性空间与常规空间的本质区别。2004 年落成的曹禺纪念馆是曹禺建筑群中的主体建筑，其处在一个纪念

* 此文与后面两篇文章《曹禺：一个文化符号的诞生》《文化创意产业的必由之路——以“曹禺文化周”为例》，是 2015 年接手主编《曹禺研究》之后，开设了“曹禺文化研究”专栏，便带领石若凡、吴飞在考察研究的基础上联合写出，刊发时分别署名，特此说明。

① 转引自〔德〕哈森普鲁格主编《走向开放的中国城市空间》，张伶伶等译，同济大学出版社，2005，第 35 页。

性的大环境氛围——曹禺公园之中，也就是说，它不是一个孤立的存在，而是与周围的空间相互融合，营造出更大范围的纪念性环境景观。从曹禺公园大门进去，映入参观者视界的是一条宽阔的林荫道，在这长长的轴线两端，有着对称性布局的景观，形成大小、宽窄、高低的空间序列，沿着轴线穿过雷雨广场和七石桥，一座两层楼的曹禺纪念馆出现在眼前，纪念馆墙体黑白对比分明，蓝色塑钢窗覆顶，从大厅内视野可以直逼蓝天，整个建筑既古朴端庄，又极具现代气息，纪念馆的背景环境是苍松翠柏等常绿植物，寓意指向纪念对象生命不息、精神永存。与天津曹禺故居纪念馆相比较，坐落于天津市河北区意大利风情区民主道 23 号的天津曹禺纪念馆是一座具有百年历史的意式小洋楼，和曹锟旧居、梁启超故居、奉系军阀汤玉麟旧居相毗邻。因为馆址是曹禺曾经生活过的旧居，外部空间无法拓展，所以，天津曹禺纪念馆像所有大都市中的名人纪念馆一样，重于建筑内部的展示空间，在都市整体纪念性空间中，它只是一个点，游客来此，或一般性地瞻仰名人生活过的踪迹，或做专业性的考察研究，在旅游业高度发展的今天，它是一个吸引外地游客的经典，但对本地居民而言，往往很少光顾。笔者在北京寻找梁启超旧居，在上海寻找鲁迅旧居时就发现，许多出租车司机都惘然不知。这说明，由小集镇演化出来的小城市，缺少有着历史记忆的老建筑，这是小城市建构纪念性空间的缺憾，但是，大都市中的纪念性空间又往往受到已有城市格局的束缚和制约，散漫而不集中，孤立的建筑物和五花八门的纪念内容杂陈在都市的各个角落，没有足够的时间和相应的历史知识，不要说一般的游客很难完整把握一座城市的空间形态及内涵的意蕴，就连居住在大都市的一般居民，其实也难以做到对自己生活的城市有完整的空间把握。工业化时代的城市建设，使城市变成了纯粹的物质性“容器”，传统游乐、聚会交往的空间大大萎缩，取而代之的是一些互不关联、内向孤立、各自为政的“纪念碑”式的建筑，“那些有利于交往、清晰可识别、令人备感亲切的街道变成了纯粹的交通干道，广场成了巨大的‘空’间，城市成了人们互不交往、互不相识的城市。这种城市逐渐失去了它的意义，无法为人们提供自由生活与交往的场所，人们被迫屈从于非人的目标，与其真正的需要相背离”。[①]

二

显然，潜江曹禺建筑群的空间特性与天津曹禺纪念馆全然不同。这个建筑群是潜江人为了城市的发展而打造出来的，你可以说它是实实在在的文化建设工程，也可以说它是潜江人为提高自己城市的知名度而精心设计的一个文化符号，还可以说它是当今流行的文化创意产业的一个项目，这些说法，我们都可以在潜江十余年来共举办的三届“曹禺文化周”的活动中找到事实依据。作为一个没有多长历史的小城市，潜江借助曹禺的声名倾力建构出来的曹禺建筑群，根本突破了天津曹禺纪念馆那种封闭式的空间模式，它是潜江人基于城市发展的目的，刻意设计出来的开放式空间，更注重空间的开敞和外延，使之成为一个完整的纪念性城市空间。作为一种特殊的空间存在方式和类别，其与潜江人塑造城市文化形态、增强城市文化气息的主观意向相吻合。曹禺建筑群依附的曹禺公园在功能上可以理解为城市的休闲空间，但在特定的城市形态和环境中也承担着文化上的使命，它给予的不单单是物质景观和视觉上的美感，它还赋予城市以意义，并作为城市记忆的空间而存在，因为“建筑有一种伦理功能，它把我们从日常生活的平凡中召唤出来，使我们回想起那种支配我们作为社会成员的生活的价值观；它召唤我们向往一个更好的、有点更接近于理想的生活”。[②] 作为一个外地游客，他对曹禺纪念馆开敞的外部空间的感知，大概像刘姥姥进了大观园一样，除了新鲜和惊诧，很难说出确切的感受，但对于潜江本土居民来说，他的空间感受不仅具体，而且可以把视觉化的感知转化为意义化的言说。从雷雨广场往西南方向，一条玉石桥把广场和圆梦园连接起来。圆梦园正中，6 米高的纪念碑座上，约 2 米高的曹禺先生青铜像高高矗立在碑顶。碑身黑色大理石上，刻有曹禺先生代表作《雷雨》

---

① 吕小辉：《“生活景观” 视域下的城市公共空间研究》，西安建筑科技大学，博士学位论文，2011，第 37 页。

② 〔美〕卡斯腾·哈里斯：《建筑的伦理功能》，申嘉、陈朝晖译，华夏出版社，2001，第 284 页。

《日出》《原野》《北京人》等戏剧的演出剧照。曹禺先生脍炙人口的散文名篇《我是潜江人》也刻于巨石上，安放在纪念碑前。这里有每日来此晨练的老人，也有闲暇时带着孩子来此游戏的年轻父母，作为潜江人，这里不仅是一个给定主题——纪念曹禺——的公共空间，同时也是一个提供真实的体验和感受的地方。如果说曹禺纪念馆里展示空间的主题是对曹禺文学成就的颂扬，而在开敞的外部空间里，馆内展示空间的含义在外延上得到了放大：我是潜江人，这里的“我”，是曹禺，也是来此的每一个潜江人。正如约瑟夫·里克沃特所说：“如果一个城市想要变成为它的市民可以‘读懂’的东西，市民必须能够在城市中读到起码一个但是最好是多个相互叠加而且容易解读的模式。在这些模式中，必须具备某些混合和交织在其中的公共空间。城市也因此可以通过公共空间上的某些醒目甚至招摇的机构性建筑向它的市民们展示自己。”① 潜江市民在这个纪念空间里，不再是简单重温曹禺的戏剧，曹禺“我是潜江人”这一句话的语义，在视觉化的纪念物和景观构成的空间里，开始变得复杂而多义，起到连接外部世界与区域存在的潜江、贯通过去与现在、沟通神圣与世俗的作用，在“潜江人”的称谓里，所有的潜江市民，不论身份、地位、生活状况有多大差异，但在对纪念空间意义感悟的瞬间，一种凝聚的精神力量——家园感——会自发地生出，曹禺纪念空间的表现力因此而强化。“我们必须认识到身体和精神都有权利拥有自己的家园，建筑必须能够提供这两方面的功能，既为人提供栖身之所，也使精神得到憩息。”② 曹禺纪念空间中本来具有明确指向的意义的转化和提升，使之成为可以相互传达感受信息的情感化场所。对此，潜江人有着诗意的描述：曹禺公园因曹禺先生而建，也因曹禺先生而名。曹禺纪念馆为园内的主题建筑，珍藏曹禺著作手稿等各类珍贵资料3000余件；圆梦园内，曹禺铜像高矗远眺，梦圆故乡；北斗山上，日出亭里，游人端坐，浮想联翩，戏剧大师风范常驻胸中；三峰亭，朗月榭、七石桥、玉石桥、人艺剧场、雷雨广场、原野长廊等景点取名寓意双关，与

① 〔美〕约瑟夫·里克沃特：《城之理念——有关罗马、意大利及古代世界的城市形态人类学》，刘东洋译，中国建筑工业出版社，2006，第12页。

② 〔美〕卡斯腾·哈里斯：《建筑的伦理功能》，申嘉、陈朝晖译，华夏出版社，2001，第170页。

曹禺生平及其作品紧密相连。园内华灯亭榭，流光溢彩；芳草嘉树，沁心怡神；清风徐来，碧波连连，数十条河渠环绕相连，泛舟采莲，令人忘返……清晨黄昏，人们在这里散步健身；工作之余，大家来这里徜徉休闲。曹禺公园已成为潜江百万市民共同的乐园。所以，对一个城市的理解，最直接的就是去亲身感受这个城市的空间形态。

三

作为现代城市纪念性空间，其存在的意义不单单是告诉人们这里曾经发生了什么事件，而是会影响到人们以后的想法和行为举止。“历史上的纪念性建筑，大都是为统治阶级服务的，其建筑艺术表现和表现手段是要服从于统治阶级的政治要求。”① 像埃及金字塔和中国帝王陵墓的纪念性空间，多以严整的空间序列、巨大的尺度和体量震慑观看者，以之显示权力的威严，它们和参观者是对立的，显然，其已经不能满足现代人们的纪念性情感需求。现代纪念性空间是联结过去、现在和未来的物质化场所，又是与历史对话、追思过去、思索未来的精神纽带。注重观众与纪念性空间之间的交流与互动，注重观众的心理体验，是现代纪念性空间设计的首要原则。在这一点上，美国罗斯福总统纪念园的设计堪称典范，哈普林在设计罗斯福总统纪念园时曾说：“我们希望把罗斯福总统纪念园设计成一处完整的体验空间，而不是一个孤立的、抽象的建筑体；这种空间强调参观者在通过亲身体验时随着时间的推移所体味到的独特感受。我们希望创造出这样的一个纪念园：它给人的环境空间感受主要是依靠参观者与参观对象的对话与交流，而不是依靠纯粹的视觉艺术效果；它是生动活泼的、鼓励参与并适合所有年龄层次的人。”② 曹禺公园的设计理念和基本结构显然借鉴了哈普林的思路，在开敞的空间中让参观者随意确定游览路径，闲庭信步地休闲式漫游，自然活泼的公园场所，慢慢地激起参观者与曹禺的对

① 齐康：《纪念的凝思》，中国建筑工业出版社，1996，第 93 页。

② 转引自《民主的纪念——F. D. 罗斯福总统纪念园设计研究》，百度文库，https://wenku.baidu.com/view/379965d933d4b14e85246818.html，最后访问日期：2013 年 4 月 24 日。

话，在心灵中感知“我是潜江人”的深深情感，于此，城市公共空间理应具有的开放和自由的气氛才会使参观者获得家园之感。正是在这个意义上，“纪念建筑（Monument）和纪念性建筑（Monumental）不再被认为是死者的房子，而是一种更加广泛的含义，体现一种活着的纪念物，以纪念人和事，不只是纪念用地，而且是公共活动的用地”。① 城市理论家芒福德曾在《城市发展史》一书中写道：城市是文化的容器。我们可以进一步推论：这容器所承载的生活比这容器自身更重要，换言之，城市空间是文化意义的载体，生活在这一空间里的城市居民只有意识到文化意义的连续性，自己的生活才会充满自信，自己才会成为空间的主人，而不是与之相脱节甚至隔膜的旁观者。当然，我们也看到许多城市纪念空间的建构，和曹禺公园一样，具有真正的亲民性、人文性，比如“鲁迅故里”，是绍兴城内一个受到严格规划和保护的古老街区，重新修葺的鲁迅故居、新建的鲁迅纪念馆仅仅是其中一个组成部分。游客在“鲁迅故里”会在鲁迅故居、鲁迅纪念馆重温或了解鲁迅的故事，但更吸引游客的是“鲁迅故里”原汁原味的绍兴生活场景：明清风格的民居和街巷、小桥流水和乌篷船、地道的工艺品和家庭作坊现场制作的多样小吃等。在这样的空间场所里，鲁迅小说里描写的人物、环境、生活得到鲜活的全方位的现实展现，历史与现实、纪念对象与观看者，在公共空间里融合为可感的完整意象：“这种意象是个体头脑对外部环境归纳出的图像，是直接感觉与过去经验记忆的共同产物……这种意象对于个体来说，无论在实践上还是情感上都非常重要。”② 再如镇江的西津渡古建筑群的保护开发、宁波天一阁景区的规划、修建，都“不再盲目地歌颂崇高和伟大……将视线转向了纪念性空间与所处的场所特征，并与当地社会环境的有效结合，注重与周围自然环境与人文环境的结合，注重文脉和地域性，使观众心理上产生场所感和认同感……根据自己对纪念性主题内涵的理解，创造出富于个性特色，能表达丰富纪念性情感的独特形式”。③

① 齐康：《纪念的凝思》，中国建筑工业出版社，1996，第109页。

② 〔美〕凯文·林奇：《城市意象》，项秉仁译，华夏出版社，2001，第3页。

③ 侯长志：《现代纪念空间设计的发展趋势探析》，《美与时代》2010年第12期。

一个简短的结论：潜江曹禺建筑群的空间意义不是以“美化城市”之名，遮蔽日常生活世界的真实性，而是为城市居民构建出人性化的城市公共空间。

（原载《曹禺研究》第12辑，长江出版社，2015）

曹禺：一个文化符号的诞生

潜江是曹禺的祖籍所在地，曹禺一生都未去过潜江，按中国传统文化习俗，地方志肯定会状写其人其事，以资纪念。近些年来，潜江人对曹禺的纪念形式较之旧有的地方志文字记叙，可谓全然不同，有空间化的纪念场所——曹禺纪念馆、曹禺祖居、曹禺大剧院等；有命名式的纪念称谓——曹禺公园、曹禺学校等；有与现实社会、文化紧密相连的复合型活动——曹禺文化周；还有与社会、经济、文化融合在一起的创意文化产业——曹禺文化产业园。显然，今天潜江人对曹禺的种种纪念已不再是纯粹的文化传承意义上的活动。曹禺是与潜江有血缘联系的名人，更是一种可以大力发掘的文化资源，是城市的文化名片，一句话，曹禺——是潜江人在当下社会发展背景中提炼出来的文化符号。在潜江的文化资源里，有距今 2500 多年，被誉为“天下第一台”的东周楚灵王行宫章华台遗址，有被列入了国家级非物质文化遗产保护名录的花鼓戏、潜江皮影戏、潜江民歌，有在中国近现代史上赫赫有名的李书城、李汉俊兄弟，有江汉平原的田园风光，有作为现代工业文化象征的江汉油田。潜江人为什么选择曹禺作为城市名片而非其他，从符号经济学的角度看，其实是有道理的。

一　曹禺符号的象征性意味

在专业的研究领域里，曹禺是戏剧家、文学家，这些判断及含义的指涉是直接和明确的，是可以根据曹禺的创作及文学史家的评价予以证明的，而潜江“曹禺文化周”中的曹禺，已不是一个纯粹的剧作家、作家，经由潜江人对曹禺散文《我是潜江人》的煽情式点染，曹禺俨然是“潜江人”的一个化身、一个符号，“当一个字或一个意象所隐含的东西超过明显的和直接的意义时，就具有了象征性”，[1] 走进曹禺纪念馆，一块巨大石头上镌刻的《我是潜江人》的曹禺手迹，“曹禺 = 潜江人”的展馆主题自然诱发了参观者的想象和联想，走出展馆的参观者，除了已有的戏剧大师、文学大师的体认外，是否增加了对潜江、潜江人、潜江文化的某些想象和联想呢？2004 年，第一届曹禺文化周举办前，曹禺先生的学生、中央戏剧学院名誉院长徐晓钟教授在接受采访时说：“一想到曹老的故乡潜江，就觉得是一个很神圣的地方，就想去朝拜……”[2] 许多潜江市民看了曹禺纪念馆后，感受最多的就是自己作为一个潜江人的自豪和骄傲，这些感受与曹禺的戏剧创作其实没有必然的联系，是由曹禺符号的象征意义催生出来的。与潜江其他的文化资源相比较，曹禺被提炼为潜江文化符号的优势如下。一是知名度高。“曹禺先生作为 20 世纪最伟大的戏剧大师、中国现代话剧的奠基人、中国文联五届主席团执行主席，不仅在国内闻名遐迩，在其他国家也享有很高的知名度，被世界文坛誉为‘东方的莎士比亚’。在曹禺先生的故里——潜江举办‘曹禺文化周’将吸引全国乃至世界的眼光聚焦潜江，极大地提高潜江的知名度，让潜江走向世界，让世界了解潜江，促进潜江全面发展。今年 7 月 28 日，在北京人民大会堂举行的‘中国（潜江）曹禺文化周’新闻发布会就吸引了中央、北京、湖北、香港等近 40 家媒体的目光，新闻发布会结束后，中央电视台、人民日报、中央人民广播电台、北京电视台、搜狐网、人民网、湖北日报、楚天都市报等 80 多家中央、省级主流媒体刊发或转载了新闻发布会的消息，产生了广泛的社会影响。”[3] 二是共鸣度强。2004 年“是曹禺先生的名著《雷雨》发表 70 周年，许多曹禺先生曾经学习和工作过的地方，像清华大学、中国剧协、北京人艺、中央戏剧学院等都在大张旗鼓地组织纪念活动，缅怀曹禺先生的业绩，追忆曹禺先生的足迹，弘扬曹禺先生毕生钟爱的戏剧事业。潜江

---

① 〔瑞〕荣格等：《人类及其象征》，张举文、荣文库译，陆梁校，辽宁教育出版社，1988，第 1 页。

② 《“中国（潜江）曹禺文化周”组委会办公室主任朱方平答记者问》，新华网湖北频道，2004 年 11 月 3 日。

③ 《“中国（潜江）曹禺文化周”组委会办公室主任朱方平答记者问》，新华网湖北频道，2004 年 11 月 3 日。

今年举行‘曹禺文化周’可以说是恰逢其会，很容易引起共鸣，并得到这些单位的支持”。[①] 三是在民间有广泛的认同感。曹禺的戏剧，特别是《雷雨》《日出》在民间是家喻户晓，加之潜江人有深厚的戏剧文化传统，还有一点原因，为筹办“曹禺文化周”而使潜江市的基础建设有了较大的改善，市民活动的公共空间得到空前的扩展，如潜江市民说：“我觉得曹禺文化周举办以来，我们潜江的城市风貌有了很大改进，让我印象比较深的就是以前到曹禺公园那边，觉得人烟稀少，也没有什么建筑物，现在有了曹禺纪念馆、世博湖北馆，还有曹禺故居、曹禺大剧院，我觉得那边现在特别繁华，特别热闹。”[②] 四是“曹禺文化周”引发的商机。如在第二届中国（潜江）曹禺文化周经贸招商会上，来自海内外的客商共签订经贸投资项目52个，投资总额191.77亿元；[③] 第三届中国曹禺文化周招商推介暨项目签约仪式在潜江举行，200多名客商应邀参会，签约项目40个，合同引资总额290.82亿元。[④]

二 曹禺符号的视觉化演绎

符号，或者说图式，是个宽泛的概念，是约定的代表某种事物或意义的标记，符号精神层面的象征性意义主要是通过视觉化的方式体现出来。20世纪以来，人类文化的传播方式发生了巨大的变化，以报纸、书刊为代表的纸媒让位于以电影、电视、动漫、互联网、广告等为代表的大众影像媒体，各种各样的视觉文化符号层出不穷地冲击着人们的视觉，计算机的普及、数字和网络技术的发展、多媒体产品的丰富都使视觉文化传播成为文化的主导性力量，普通民众不再热衷于静态的文字符号，而是越来越醉心于动态的影像符号，从中获取审美快感。所以，我们正处在一个“视觉转向”、“图像转向”或“视觉文化转向”的时代，海德格尔认为现时代

① 《“中国（潜江）曹禺文化周”组委会办公室主任朱方平答记者问》，新华网湖北频道，2004年11月3日。

② 《曹禺文化周推动潜江经济社会发展》，潜江新闻网，2014年9月19日。

③ 《第三届中国（潜江）曹禺文化周记者问答》，荆楚网，2014年9月18日。

④ 《曹禺文化周引资290亿元》，荆楚网，《楚天金报》2014年9月27日。

就是“世界图像时代”，[①]“无论我们喜欢与否，我们自身都已处于视觉成为社会现实主导形式的社会”。[②] 读图时代的到来，使文化发展进入一个前所未有的视觉形态：“文化脱离了以语言为中心的理性主义形态，日益转向以形象为中心，特别是以影像为中心的感性主义形态。”[③] 与潜江诸多文化资源相比较，曹禺作为文化符号，其视觉化的表现力更强，更具有鲜明的时代感。我们知道，戏剧是观看的艺术，是最容易吸引普通民众审美兴趣的艺术形式，也是现代都市生活中不可或缺的文化元素，三届“曹禺文化周”中的诸多活动，如戏剧演出，书画、摄影、花卉展览，大型文艺晚会，城市的节庆装扮等，都把曹禺文化符号的视觉化特点淋漓尽致地表现出来。曹禺戏剧本来就是都市社会、市民社会的产物，它是视觉文化，而不是印刷文化，这是曹禺符号被潜江人视觉化演绎的前提，如丹尼尔所说：“视觉为人们看见和希望看见的事物提供了许多方便，视觉是我们的生活方式，这一变化的根源与其说是电影电视这类大众传播媒介本身，莫如说是人类从19世纪中叶开始的地域性和社会性流动，科学技术的发展孕育了这种新文化的传播形式。”[④]

应该说，“曹禺文化周”的策划和举办高度契合了时代文化的转向，三届“曹禺文化周”的活动，就是三场视觉化的盛宴。请看历届“曹禺文化周”的主要内容。

2004年第一届“曹禺文化周”的活动有三大板块。(1) 文艺活动：开幕式及大型文艺演出；大型焰火晚会；曹禺戏剧精品展演；曹禺名著电影电视展播；地方文艺展演；盛中国——濑田裕子小提琴、钢琴“黄金搭档”音乐会；闭幕式及大型团体操表演。(2) 文化展示活动包括：曹禺纪念馆馆展；潜江历史文物综合展；花灯艺术展；花卉根艺盆景展；曹禺文化书法摄影展。(3) 经贸洽谈活动。

---

① 〔德〕马丁·海德格尔：《世界图像时代》，载孙周兴编《海德格尔选集》，上海三联书店，1996，第899页。

② 〔斯洛文尼亚〕阿莱斯·义尔雅维茨：《图像时代》，胡菊兰、张云鹏译，吉林人民出版社，2003，第26页。

③ 周宪：《读图、身体、意识形态》，《文化研究》2003年第3辑。

④ 〔美〕丹尼尔·贝尔：《资本主义文化的矛盾》，赵一凡等译，三联书店，1989，第66页。

2010 年第二届“曹禺文化周”的活动同样是三大板块。(1) 文艺活动：北京人艺、中央民族乐团、中国戏剧梅花奖艺术团等国家级专业文艺团体的文艺演出；第三届中国戏剧奖 · 曹禺剧本奖颁奖典礼；地方文艺表演。(2) 文化展示活动：曹禺祖居复建开馆；曹禺大剧院奠基；中国剧协曹禺剧本奖创作基地、梅花奖艺术交流中心授牌仪式。(3) 经贸洽谈活动。

2014 年第三届“曹禺文化周”的规模虽有所缩小，但三大板块的模式没变。(1) 文艺活动：陕西省京剧院演出的京剧《雷雨》；安徽省黄梅戏剧院改编演出的黄梅戏《雷雨》；北京龙马社演出的话剧《报警者》；英国利兹大学杨远帆钢琴独奏《原野》；新加坡大学生芭蕾舞《雷雨》片段；上海戏剧学院《原野》片段；武汉大学生表演话剧《原野》片段；等等。(2) 文化展示活动：湖北省剧本创作座谈会；农村文化设施捐赠仪式；潜江市首届曹禺文艺奖颁奖活动。(3) 经贸洽谈活动。

在三届“曹禺文化周”的活动中，都安排有曹禺学术研讨会，但研讨会毕竟是少数学者的专业性活动，研究的对象是文学史上的曹禺及戏剧，而不是现实生活中的曹禺符号，所以，在刻意视觉化表现的“曹禺文化周”里，曹禺学术研讨会只能是一道高雅的“配菜”。多种多样的文艺演出，即使许多上演的作品或是曹禺的原作，或是改编的，但在整个“曹禺文化周”的视觉盛宴中，观看者都沉浸在大众文化的狂欢之中，鱼贯而至的各路当红明星，他们的演唱、表演和展示，让原本含混、抽象的曹禺符号变得激情四射、流行时尚、可亲可爱。从积极方面看，作为一个视觉符号，曹禺是一种文化的象征，使潜江人在自己生活的地域与广阔的外部世界、在历史与现实、在物质欲精神之间、在代与代之间，领悟到某种连续性和同一性，对于生活秩序和意义的建构而言，总是有益的。

三　曹禺符号的附加值

有人说，20 世纪可以只懂经济，不懂文化，而 21 世纪不懂文化是万万不行的。现代社会生产力发展的新趋势直接催生了新的文化经济形态，文化已经成为资本。文化资本是资本的一种特殊形式，是文化力与经济力集合的产物，是人类社会继农业经济、工业经济之后出现的一种新文化经济形态的产物。在此意义上，曹禺符号就是一种具有价值增量效应的文化资源。

如何把文化资源转化为经济效益，即如何增加文化符号的附加值，是符号经济学研究的重要课题。人们去意大利水城威尼斯旅游，常会被吸引到威尼斯旁边一个叫彩色岛的小岛上。这个小岛没有任何别致的自然风光和独特的物产，但彩色岛的居民别出心裁地把岛上的古老民居涂上亮丽的五颜六色，以招徕游客。逛了威尼斯城的游客在此驻足，并无受骗的感觉，其中的奥秘在于，彩色岛的居民把威尼斯丰富多彩的历史和生活形态变成了既抽象又形象的色彩符号，游客在这些视觉化的符号里，高度认同了小岛和威尼斯同等的价值。彩色岛居民的生存之道值得深思，他们在传统的自然资源（渔业）濒临枯竭的情况下，没有发展消耗能源、制造污染的产业，而是通过文化资本创造产值。在符号经济学看来，这是人类社会未来经济发展的最优选择——节能环保，最大限度地保护自然资源，生产劳动是建设宜居的生活家园，而不是破坏。

潜江人对曹禺符号附加值的发掘，就是这样的绿色发展之路。“近年来，潜江在文化旅游发展上做足‘吃、喝、娱、玩、游、购’的文章，打造了‘看大戏、赏书画、咏诗词、观遗址、游大坝、逛梅苑、吃龙虾’等魅力潜江旅游品牌。目前，潜江有荆州花鼓戏、江汉平原皮影戏、潜江民歌、潜江草把龙 4 项国家级非物质文化遗产和潜江木雕等 9 项省级非物质文化遗产，在中部县市中居于第一位。通过打造‘天下第一台——楚章华台’和‘平原第一坝——南水北调兴隆大坝’，初步形成了以龙湾遗址——章华宫主题旅游区、兴隆枢纽水利工程景观旅游区、曹禺文化产业园景区为支撑的‘三区一线’的文化旅游发展格局。通过引进社会资本，总投资 15 亿元、占地 680 亩的中国文化旅游生态龙虾城落户潜江，第一期已经全部完工并投入使用，占地 3 万亩的浙江滕头园林花卉苗木基地选址潜江，每年春夏秋冬四季有花，让潜江成为一片花海。2014 年，以禄秀农庄、春雨农庄为代表的休闲农业产业发展迅速，中外游客 100 多万人来潜江，旅游收入突破 4 亿元。‘十二五’期间，潜江文化产业增加值年均增幅高于 GDP 增幅。‘魅力潜江’文化旅游品牌成为潜江富民强市的‘驱动器’和进位争先的‘催化剂’。”[1]

更重要的是，上述绿色发展之路的文化价值在于调动潜江人对故乡、对自己生活环境的重视，积极参与本土文化资源的保护和发掘，作者在收集潜江“曹禺文化周”资料的过程中，看到了许多潜江人十余年来为打造曹禺故里所做出的无私奉献，他们的事迹，他们的文化情怀，必定会进入潜江史册。因为“现在对本土文化资源最有感情的知识人，是一些坚守在地、县文化馆、地方博物馆等基层里的人。他们对活的文化传承还有感同身受的体验，其文化情怀是自发的，不是从教科书里学来的”。[2] 曹禺符号的诞生，让外面的世界知道、了解了潜江的文化，如何让曹禺符号的文化底蕴一代代传承下去，变成一种“精神的动能”，[3] 相信潜江人会做出最好的选择。

（原载《曹禺研究》第12辑，长江出版社，2015）

① 《潜江打造“双五”品牌 建设文化名市》，《潜江日报》2015年7月12日。

② 叶舒宪、黄湘：《符号经济·文化资本·文化情怀——叶舒宪访谈录》，《博览群书》2007年第4期。

③ 参见石福祁《西方哲学中的“符号”概念》：“卡西尔把自然科学和人文科学中的‘符号’概念在新的基础上统一起来。这个基础就是：作为普遍意义和具体感性的结合体，符号乃是‘精神的动能’。”（《光明日报》2010年7月13日）

文化创意产业的必由之路

——以“曹禺文化周”为例

从2004年到2014年，“曹禺文化周”在潜江举办了三届，其内涵的逐步丰富、影响的逐步扩大，已全面超出了一般“文化工程”的范围，更不是20世纪80年代流行的“文化搭台，经济唱戏”模式的简单翻版。笔者在考察、研究“曹禺文化周”的整体发展行程中发现，“曹禺文化周”举办的10年，正是中国文化创意产业在一线城市从起步到有较大发展的10年，潜江作为一个地处江汉平原腹地、农业经济仍占主导地位的小城市，为什么能把一个最初的文化活动扩展为初具规模的文化创意产业？如果单纯从文化创意产业的各项评价指标来衡量，“曹禺文化周”只能算作一个文化创意产业的雏形，其未来的发展还有很长的路要走，但是，在全球经济全面转型的视域里，一个深受区域经济、传统文化影响的小城市，如何走出一条既与外部世界广泛融合、接轨，又坚守区域文化独特价值的发展之路，在目前的中国，是一个实实在在的大问题。所以，从文化创意产业的维度探讨“曹禺文化周”的经验与问题，应该具有普泛的意义。

“创意产业，又叫创意工业、创造性产业、创意经济、文化创意产业等，其概念主要来自英语creative industries，creative economy或cultural creative industries。”[①] 20世纪末，澳大利亚、英国、美国、日本、新加坡、中国台湾地区、香港地区，相继快速发展文化创意产业，并不断推进文化创意产业的理论研究，21世纪初，中国大陆地区的一线城市，如上海、北京、天津、广州、深圳亦迎头赶上，在实践和理论上均做出了有益的探索。学者们认为，“文化创意产业是在全球化背景下，以精神文化的需求

---

① 厉无畏：《创意产业导论》，学林出版社，2006，第3页。

为基础，以高科技手段为支撑，以网络等新媒体为主导，以文化、艺术与经济全面结合形成跨国、跨行业、跨部门、跨领域重组或创建的新型产业集群”;[①] “文化创意产业是指运用个人的智慧、灵感、技能、天赋，采用科技与艺术手段，对文化资源进行重新构建、嫁接、创造和提升，与其他产业相融合，提供具有文化、艺术元素的高附加值产品与服务，以满足人类日益增长的物质需求和精神文化需求的产业”。[②] 关于文化创意产业的概念很多，但有两点是共同的，一是以文化为内核；二是以文化创意为主要增值手段，即“文化 + 创意 = 财富”。本文试从上述两个方面及存在的问题对潜江“曹禺文化周”进行若干分析。

一

潜江人对“曹禺文化周”活动内涵的认识有较高的起点。2004 年，第一届“曹禺文化周”举办时，“文化搭台，经济唱戏”的风气正浓，但潜江人一开始就对文化在社会发展中的地位有着超前的理解和定位。

第一届“曹禺文化周”举办前的新闻发布会上，发言人谈及举办“曹禺文化周”的动因时，说：“我们周边县市，像天门的陆羽茶文化节、荆州的龙舟节、荆门的啤酒节、宜昌的三峡旅游节都取得了很大的成功，极大地促进了当地的经济和社会的发展；仙桃市也将在今年举办体操节，而我们潜江近十年来一直没有举行过大的有影响的活动。近些年，许多热爱潜江、高度关注潜江发展的有识之士一直向市委市政府建言献策，要求举办类似的大型活动，促进潜江加快发展。去年，部分市人大代表、政协委员在认真调研广泛征求人民群众意见的基础上，以议案、提案的形式明确提出举办‘曹禺文化节’。市委市政府敏锐捕捉到全市人民的强烈呼声，经过充分调查研究和反复酝酿，适时提出了在今年举办‘曹禺文化周’活动的意见，经请示中国文联、省政府同意后，正式予以确定，并将这一决策写入了市委市政府 2004 年的工作报告。”以文化节庆的方式“鼓舞全市

① 厉无畏：《创意产业导论》，学林出版社，2006，第 25 页。

② 李世忠：《文化创意产业相关概念辨析》，《兰州学刊》2008 年第 8 期。

人民的士气”是当时为政者的思路，这一思路决定了第一届“曹禺文化周”活动的目标有着浓厚的文化指向：为早日把潜江建成“经济强市、文化名市、园林城市”奠定坚实的基础。[①] 第二届“曹禺文化周”新闻发布会上，发言人指出“曹禺文化周”“增强了潜江的文化软实力，促进了地方经济又好又快发展。一个地方的发展既靠资源优势、产业发展的硬实力，更靠城市环境、文化内涵和市民素质的软实力。潜江借曹禺文化这张名片，打造提升文化软实力，推动经济转型，促进了潜江又好又快的发展”。[②] 与第一届“曹禺文化周”新闻发言稿相比，发言人对文化与经济的关系做出了简明的表述，即“软实力”与“硬实力”的关系，或者说，“文化”不再是“经济”唱戏的舞台，而是与“经济”同场演戏的主角，故第二届“曹禺文化周”的特点是“本土文化与曹禺文化互动”“群众文化与专业艺术互动”“文化活动与经贸活动互动”。第三届“曹禺文化周”的新闻发言再次确证了“曹禺文化周”的文化内核：“第一届曹禺文化周确立了潜江作为‘曹禺故里’的文化定位和依托文化名人，打造节会品牌，建设文化名市的发展战略，探索出了经济、文化融合发展的新路径。”[③] 显然，“曹禺文化周”的活动持续10年的有序发展，动力源就在于潜江人对文化的深度理解，对曹禺文化资源的多重发掘，从而“树立‘文化经济一体化、经济文化一起抓’的理念，努力打造文化品牌。建设文化名市，既丰富了群众精神文化生活，又提升了城市知名度和美誉度。文化鼓舞了士气，集聚了人气，为地方经济的增长创造了巨大商机”。[④]

潜江人的这些认识和联合国贸易和发展会议（简称贸发会议，英文是United Nations Conference on Trade and Development，UNCTAD）对创意经济的解释非常吻合：“利用这些丰富的资源创意产业不仅能使各国展示自己进而向他们自己和世界呈现其独特的文化特征，同时也能为这些国家提供

---

① 《“中国（潜江）曹禺文化周”组委会办公室主任朱方平答记者问》，新华网湖北频道，2004年11月3日。

② 张宗光：《第二届中国（潜江）曹禺文化周北京新闻发布会答记者问》，2010年5月18日。

③ 《第三届中国（潜江）曹禺文化周记者问答》，荆楚网，2014年9月18日。

④ 《湖北省潜江市市长张桂华代表：用文化鼓舞士气集聚人气》，《光明日报》2013年3月12日。

促进经济发展，创造就业机会和扩大所占全球经济份额的源泉。与此同时，创意经济也推动了社会包容、文化多样性和人类发展。”① 基于这样的理念，十余年来，“曹禺文化周”演化出来的文化创意产业成为潜江改变传统经济发展模式、创新经济运行机制、优化产业结构、提升区域竞争力、引导现代生活方式、扩大就业、增加社会福祉、推动潜江文化多样性的政策和战略选择。

二

如何把曹禺文化资源外化为文化创意产业链，仅有对文化资源的情感认知是远远不够的，文化资源转化为财富的关键是创意产业化，或者说，文化创意产业的核心是要构筑其产业链和产业延伸。

“创意产业一般来说是在制造业充分发展，服务业不断壮大基础上形成的，是第二产业升级、与第三产业融合发展的结果。除了传统三产中的一般服务业，创意产业中既有设计、研发、投融资等生产性服务业领域的内容，更有新型艺术体验、信息互动、休闲娱乐等消费性服务业活动的内容，是城市经济和产业融合发展的新载体，是现代服务业发展的高端形态。”② 国际著名的文化经济学家约翰·霍金斯教授在《创意经济》一书中明确指出，创意经济每天创造 220 亿美元的产值，并以每年 5% 的速度递增。2004 年，七大工业国中半数以上的工作人员从事创意产业，而且其增长速度比传统服务业快 2 倍，比制造业快 4 倍，在美国、英国更是以 14%、12% 的速度迅速发展，并且创意产业已经成为继金融业后英国的第二大产业。以创意产业为核心推动力的新经济已占据美国 GDP 的 70 %，占加拿大 GDP 的 60 %。自 1998 年以来，英国已有 12 万家中小企业完成了从制造业进入创意产业的转型，产值超过任何制造业门类对 GDP 的贡献，英国音乐产业出口净收益比钢铁工业还要高。潜江 2009 年被国务院确

① 联合国贸发会议（UNCTAD）等：《创意经济报告 2010》，中国社会科学院文化研究中心翻译，三辰影库音像出版社，2011，第 18 页。

② 金元浦：《论创意经济》，《福建论坛》2014 年第 2 期。

定为资源枯竭城市，同样面临着全球普遍的城市转型和经济发展方式转变的问题，走文化创意产业发展之路已是历史的必然，所以，通过打造曹禺文化品牌，让文化真正成为提高潜江知名度、打造产业新亮点的基础条件和促进潜江经济社会发展的有力引擎，本身就是一大创意。

2010 年，曹禺文化产业园的概念及规划正式推出，并被确定为全省 23 个首批创建现代服务业示范园区之一。短短几年内，曹禺文化产业园的建设取得了显著的成果。整个产业园规划面积达到 4800 亩，目前已建成曹禺公园、曹禺纪念馆、梅苑、梅苑古街、世博会湖北馆等，占地面积 1400 余亩。曹禺大剧院、中国剧协曹禺剧本奖创作基地和梅花奖艺术交流中心等项目正在建设之中。2013 年开始的曹禺文化产业园第三期工程，位于曹禺文化产业园西部，核心项目建设区 780 亩，通过打造休闲旅游项目、民间艺术产业与时尚艺术创意项目等形成集文化旅游、文化产品生产、销售等为一体的文化产业集聚地和文化产业创新基地。总投资 5 亿元，预计建成后每年可吸引国内外游客 63 万人次，可实现综合收入 2.5 亿元。

随着教育水平和生活水平的提高，居民消费结构升级，市民文化消费需求和消费能力也呈现较大幅度的增长，消费者更加注重产品的品位和文化内涵，更加追求时尚和标新立异。从国际经验来看，人均 GDP 超过 3000 美元以后，人们对于文化创意型产品与服务的需求将开始加速增长。中国目前人均 GDP 达到 3000 美元以上的城市有近 40 个，每个城市都有可能整合城市发展创意产业的资源，通过发展创意产业来获取城市转型发展与振兴的新机会。这些，都应该是潜江文化创意产业从雏形逐步成为繁荣的文化创意产业的动力和方向。

三

当然，在看到潜江文化创意产业长足发展的同时，我们也看到若干值得关注的问题。

其一，创意产业的门类还不够丰富。国际上公认的创业产业的门类达 20 多个，如科技创造产业、设计产业、软件产业（又称为 IT 产业）、咨询策划产业、公关广告业、文艺创作业、文艺表演业、出版业、传媒业、摄影业、文物业、网络业、教育培训业、旅游业、体育产业、品牌业、动漫产业、营销产业等，每一门类下又可细分出更多的产业项目，从被称为“创意城市”的纽约、伦敦、香港的经验来看，一个城市创意产业门类越多、越丰富，就说明其产业转型过程中发展的方向——由传统的高能耗、高污染、低附加值、没有持续竞争力的产业向朝阳产业、绿色产业、高尚产业、高附加值且有可持续发展前景的产业转变，同时成为城市就业高增长的产业，如纽约市文化产业提供总计 13 万个工作机会，是纽约经济的“核心财富”。有人预测，未来 20 年城市创意产业的就业人口将占世界城市总就业人口的 25%，将成为一个最为重要的就业部门，按此推算，潜江的文化创意产业如何在“曹禺文化周”的基础上，拓宽发展思路、扩大发展外延，还有许多事情可做。据报道，在第三届“曹禺文化周”招商活动中，签约项目 40 个，合同引资总额 290. 82 亿元。所签约的 40 个项目中，有一产业项目 5 个、二产业项目 18 个、三产业项目 17 个。[①] 在这些签约的项目中，有多少属于文化创意产业呢？当然，文化创意产业的发展总是集中于经济发达、市场成熟、文化资源丰富的区域，并且形成了产业集群，产生了集群效应。以此观之，潜江要为中小城市闯出一条文化创意产业的成功之路，绝非一马平川，还得创新再创新。综观国内许多中小城市的文化产业园，其实根本就没有真正意义上的文化创意产业门类，往往质变为出售土特产的集贸市场，这一点，值得我们警觉和深思。

其二，创意人才的短缺。文化创意人才的短缺在全国是普遍的现状，与发达国家相比，中国创意产业从业人员比重不足 1‰，而在纽约、伦敦、东京等城市则分别为 12%、14% 和 15%，上海创意产业从业人员占总就业人口的比例还不到千分之一。2008 年北京奥运会期间和 2010 年上海世博会都需要大量多媒体人员，仅上海多媒体设计人才缺口就高达 8 万多名，并且在这方面的领军人物更为稀少，这严重阻碍了文化创意产业的发展。中国文化创意产业的发展模式多依赖于政府的推动。政府的推动当然是非常重要的，比如，英国建立了世界上最完整的产业支持政策，出台了系列产业运作系统扶持政策，对创意产品的研发、制作、经销、出口，实施系

① 《曹禺文化周 引资 290 亿元》，荆楚网，《楚天金报》2014 年 9 月 27 日。

统性扶持；出台了投融资及财务支持政策，指导相关企业或个人获得来自金融机构或政府部门的投资援助；大力发展文化艺术类产业，支持和帮助优秀的、具有创造性的文化艺术活动，但同时引导企业、人民“全员参与”，形成“自下而上的创意产业集群”。创意产业是一个依靠个人才华、技能与天分的产业，因此，培育大量具有各种创意思维与技能的创意人才是发展创意产业的关键条件。美国乔治梅森大学教授理查德·佛罗里达在《创意阶层的兴起》中认为，“一个城市的成功，取决于这个城市拥有的创意者阶层”。[①] 潜江要成为创意城市，要把文化创意产业变成潜江的支柱产业，培养和引进各类创意人才显然是当务之急。比如，每届“曹禺文化周”文艺晚会的舞美设计，都是聘请北京的专业人士，潜江什么时候能有高水准的舞美设计人才呢？换句话说，潜江的文化市场能否培育和养得起类似这样的创意人才，在某种意义上，就是文化创意产业是否成熟的标志之一。可以想象的是，潜江要打造“中国戏剧之都”，要创设“世界戏剧交流中心”，该需要多少专业化的创意人才。让创意人才进入潜江，潜江要留住各类创意人才，让他们有用武之地，这是未来潜江文化创意产业腾飞的基础。

总之，政府的倡导必须转化为具体的政策扶持、完善的市场机制和畅通的人才流通，才能形成一个有一定规模、产业竞争力强、结构合理、技术含量高，可以积极参与全国乃至全球市场竞争的文化创意产业。

（原载《曹禺研究》第12辑，长江出版社，2015）

① 转引自于海《城市社会学文选》，复旦大学出版社，2005，第271页。

9·11　世界杯　全球化

什么是全球化？有没有真正的全球化？全球化对人类空间是福还是祸？学者们的争论实在太多太多。中国人把“化”作为后缀加在名词或形容词之后，表示转变成某种性质或状态，由此，“全球”加上“化”字是为了说明全球——我们的地球、生活的世界——发生了性质、状态上的变化。状态上的变化有目共睹，最根本的变化就是曾由高山大海相隔的各个“村庄”如今因全球商品生产、流通机制的形成和发达的通信设施而连接成为一个“地球村”，既然住在一个村里，东家娶媳得子，西家遭殃惹祸，都少不了去听听看看，谁家的鞋袜家具有了新样，也不妨去摸摸学学。问题在于，我们生活状态的变化是否意味着生活性质的变化？人类此前的多样化历史就这么“终结”了？或者说，经济全球化真的能使全球文化一体化吗？

也许，黑烟还未散去的2001年“9·11”事件和2002年世界杯足球赛会给我们更多更生动的感触和联想。

毋庸置疑，2001年“9·11”事件和2002年世界杯本身是风马牛不相及的，可坐在电视机、联网电脑前的感觉，却总有相同之处。传媒的现代化提供了让世界各地的人们在第一时间同时关注一件事的物质技术条件，当几十亿人同时观看一个电视画面，或一场吞噬许多人生命的灾难，如“9·11”事件，或一场牵动万人心扉的游戏，如世界杯时，不管你对全球化持何态度，你都不得不承认，我们确实处在全球化之中，或说处在全球化的途中。但是，人们同时发现，这全球化也真是人类的一场噩梦。因为还是传媒的现代化，让人们同时在第一时间如此强烈地直观到人类相互隔膜、仇恨的悲哀。我们可以同时关注一件事，可我们永远不会有统一的意见。“由于技术因素而导致的时间、空间距离的消失并没有使人类状况向单一化发展，反而使之趋向两极分化。”① 犹如《红楼梦》里，荣、宁二府不过是显赫家庭的金字招牌，里面的人个个恨不得你吃了我，我吃了你。由此而论，全球化的语境是客观确定的，但其语义却是含混不清的，道理其实很简单，全球化的语境并不能给人们发放统一、平等的身份认同，所以，全球化的语义呈现矛盾、对立的现象也就不足为奇了。

就文化的象征意味而言，“9·11”事件与2002年世界杯给人的感受还真有相同之处：一场豪门盛宴在没有任何预兆的情况下，硬是让人搅了个杯盘狼藉、乌七八糟。或者说，这里的确有某种颇为值得认真玩味的普泛性的文化意蕴。“9·11”事件和2002年世界杯的“天下大乱”给世人感觉带来的最大冲击就是：由强势文化逻辑支撑的世界秩序以及人们对这种秩序的认知模式陷入了一种空前的危机状态。

柏林墙倒塌，“冷战”结束。科技信息、知识经济、自由贸易、和平与发展，一个没有敌人的全球化时代在资本主义的凯歌中仿佛开启了21世纪的帷幕。曼哈顿的一声巨响，无疑给了以美国为首的西方发达国家一记响亮的耳光，这世界原来还有另一种声音。有学者感叹，9·11后，“有一些地方的反应却很不相同，特别是中东，是加沙地区的难民营。那里有许多人像过节一样地高兴，分赠蛋糕，甚至称惨案的制造者是‘英雄’。说实话，昨天晚上电视里播放的这些庆贺者脸上的由衷的笑容，远比曼哈顿的瓦砾场更令我震惊。莫非这些人都是恐怖分子？或者他们都被某些残忍的‘伊斯兰教义’迷了心窍，丧失了起码的恻隐之心？而就在此刻，在上海，我刚刚知道，也有一些人在街头，甚至在文化机构的办公室里，幸灾乐祸地说：‘让美国人吃吃苦头也好……’面对如此巨大的惨祸，为什么竟是这样的反应？”② 我以为，这“另一种声音”其实有两种情况，一是目标明确、组织严密的极端政治行为，如“伊斯兰教极端主义”的所作所为；二是没有任何政治目的的自发的群体情绪宣泄，如世界各地因一场足球比赛而经常发生的球迷骚乱事件，这两种情况表面上没有任何共同之

---

① 〔英〕齐格蒙特·鲍曼：《全球化——人类的后果》，郭国良、徐建华译，商务印书馆，2001，第17页。

② 王晓明：《当代政治的失败》，《读书》2001年第11期。

处，可它们对人们视为常态的生活秩序的冲击却是相同的。“这什么会这样？”这种语式本身就是单一理解世界的具体反映，在这种语式的潜台词里，似乎只能容忍以一种既定的思路去表达对世界和生活的看法。所以，在全球化的满堂喝彩中，任何形式的“另一种声音”的出现，不仅仅是当代政治失败的产物，更不能简单地斥之为“幸灾乐祸”，对既定社会秩序的不满和对由强者制定游戏规则的社会程序的反叛，才是其产生的最深层的文化原因。我曾听说过，一群中国的中学生在得知“9·11”事件后，在教室里捶桌摔书并大呼：“出事了，出事了，出大事了”，数天情绪不得安宁，老师们知道，学生是在借机宣泄某种与9·11毫不相干的情绪，单调枯燥的学习生活使他们渴求任何具有向规范、程序挑战的刺激性的变动。

无独有偶，这“另一种声音”在2002年世界杯上又一次响起。世界杯小组赛中，夺标大热门法国队、阿根廷队、葡萄牙队先后被淘汰出局，进入复赛后，磕磕绊绊而勉强出线的意大利队、第一支打入复赛的西班牙队又被淘汰，足球皇帝贝肯鲍尔连呼：看不懂，我成了球盲。足球评论员们或激动或悲哀地在荧屏上一遍遍重复着一句话：天下大乱。目空一切的阿根廷队败给瑞典队后，巴蒂、贝隆这些足球巨星那悲伤而迷茫的眼神，全世界热爱阿根廷队的球迷们痛不欲生的眼泪，在《别为阿根廷哭泣》的背景音乐的衬托下，让人一下子不由自主地联想到9·11曼哈顿被袭击后的场景：一派末日来临的景象。“世道真的变了！在一帮长期在国际足坛版图边缘的新势力冲撞下，老牌传奇们正一日千里地沦丧着他们的疆土，一面面记载着辉煌战绩的战旗正被汹涌的革命大潮翻卷出人们的视线。旧的平衡正在被打破，无数暴民高呼着革命无罪，造反有理的口号揭竿而起，越来越多的大老爷们被泥腿子送上了断头台，在还未来得及明白怎么回事前就被锋利的屠刀切下高贵的头颅。无数法迷、阿迷乃至葡迷的泪水汇集在一起，化做一场倾盆的夏日暴雨。亿万彩民手中飞扬的已成废纸的彩票，像是为死去的豪门送葬的纸钱，静静的在风中飘。”①

由“9·11”事件和2002年世界杯就断言世界将从此“天下大乱”，肯定是荒谬、不科学的，但“9·11”事件和这次世界杯有两个颇为类似

① 李桐文：《看上去很颠覆》，《体坛周报》2002年6月16日。

的现象又确实值得关注。一是戏剧化，一是制度化。所谓戏剧化，是指事件的策划、参与者们寻求的是一种戏剧性的东西，而不是实质性的东西，在他们眼里，事件如同舞台上的戏剧情节一样，不过是某种象征意义的载体，本身并无实质性意义。塞内加尔队战胜法国队和韩国队打败葡萄牙队、意大利队、西班牙队，就一场足球赛而言，其意义是非常有限的，换个时空，塞内加尔队、韩国队数次大败于自己战胜过一次的对手，大概谁也不会感到奇怪。就像德国战车 8∶0 狂胜沙特队，有趣，但绝无戏剧性。出乎意料、看似熟悉又陌生化的东西才是戏剧性的核心，追求戏剧性效果的人不过是在表演，在做一种远古图腾表演性的姿态。塞内加尔人进球后的即兴舞姿，韩国人占据全场的红魔啦啦队，其实都是在以表演的方式与不愿认同的强势逻辑相对抗。“9·11”事件中本·拉登一伙的所作所为，同样是如此。“攻击的象征性获得了最具象征性的接受，以至事后有评论者称，这次袭击组织者的主要目的不仅是在杀伤，更重要的是在表演。”[①] 尽管杀人的恐怖主义与游戏般的世界杯不能相提并论，但其间又确实汹涌着某种类似的疯狂的、极端的民族主义情绪。“什么法国二队，我们是塞内加尔队”，塞内加尔人的话语再清楚不过地表明，在世界杯期间，按全球商业模式运作的意在体现人类团结的盛会受到了民族国家意识的强烈挑战，国家、民族意识高于一切几成各参赛队伍的共识。弱队如此，强队亦如此。只不过弱队具有更强的自我表演的欲望。中国队之所以缺乏表演性，表面上是技不如人，骨子里潜藏的仍是泱泱大国的自傲，不屑于拼命三郎式的忘情表演。

所谓制度化，是指表演又并不是全然随意的，漫不经心的，相反，它是精心策划、蓄谋已久的，它谙熟自己对立面的一切制度技巧，或者就是自己对立面的产物。塞内加尔队的队员不就是法国足球联赛的产物吗？韩国人的脱胎换骨不也是得益于深得足球精髓的荷兰教练希丁克的点化吗？再看“9·11”事件，“它有着明确的政治经济和社会目的：它经过精心组织与策划，充分利用了现代计算理性的缜密和科层制度的效率；它拥有巨大的财源，足以利用一切高科技手段造成最大的恐怖效果……现代恐怖主

① 舒迟：《国际恐怖与国际政治》，《读书》2001 年第 11 期。

义，有着明显的制度化（institutionalized）的特点”。[①] 这就叫：以汝之矛，攻汝之盾，既有效，又让人哭笑不得。

看来，全球化与区域化、全球化与民族化、全球化与反全球化的生死与共，将是一个漫长的历史阶段。阿兰·鲁格曼（Alan Rugman）在《全球化的终结》（*The End of Globalization*）一书里有句话说得颇有中国人的表述风格，就是“思维区域化，行动本地化，忘掉全球化”。鲁格曼是英国研究全球经济的专家，他对全球化的否定性结论是针对多维的全球化概念的，即反对把全球化理解为“经济、政治、文化、技术等领域内同时进行的、复杂的相关过程”，他认为标准的全球化的定义应该是“跨国公司进行世界范围的产品和服务的生产和营销”，而“跨国公司既不是铁板一块，也没有过多的政治方面的权力”，“跨国公司的全球化经营，实际上是区域性经营”。在鲁格曼看来，全球化仅仅是跨国公司的一种有限的区域性经济行为，由此推演出来的经济、政治、文化的全球化只能被看作一种话语神话。作为许多私人公司的高级顾问，他在本书中一再告诫经营者们，“虽然存在着推动全球化的经济力量，但是更存在着极强的文化和政治壁垒，它们阻碍单一世界市场的形成”，因此，“区域化比全球化的意义更大”。鲁格曼立论的根据是跨国公司的经营策略和利润指标，他的结论更是故意拧干了任何文化的水分，似乎只有纯而又纯的经济学意义。抛开鲁格曼有意隐匿跨国公司消解弱势文化现象的动机不说，其“思维区域化，行动本地化，忘掉全球化”的提法倒是一语道破了全球化语境中的无奈现状，这，或许就是“9·11”事件和2002年世界杯留给人们的共同的文化话题。

这话题是有些悲观，但也大可不必悲观主义。本·拉登摧毁了世贸大厦，可并没有也不可能毁掉西方文明的根基，反之，美国人可以消灭本·拉登及基地组织，可恐怖主义形成的根基能否有效地清除呢？就像2002年世界杯，“乱”得很热闹，可结局依旧“传统”得很。“如果非要我用一句话去准确地概括正如火如荼的世界杯，那就是：看上去很颠覆。颠覆是新锐们对旧势力的彻底破坏，而看上去很颠覆只是一场不彻

① 张汝伦：《恐怖主义的本源》，《读书》2001年第11期。

底的运动，被横扫的只是牛鬼蛇神，而非根基。”[1] 只是根基——人类文明及各民族文化共有的基因是什么？在没弄清之前，一切的悲观主义、乐观主义都不过是情绪化的自言自说，一切的全球化和反全球化的观点也就不免露出破绽。

（2002 年 7 月）

① 李桐文：《看上去很颠覆》，《体坛周报》2002 年 6 月 16 日。

阅读与宁静

“我心里一直都在暗暗设想，天堂应该是图书馆的模样”，博尔赫斯说此话的时候，是1955年。那一年，庇隆政权垮台，新任阿根廷总统爱德华多·洛纳迪任命博尔赫斯为国立图书馆馆长，9年前，博尔赫斯因参与签名反对独裁者庇隆的事件而失去了在图书馆的职务。独裁者不得善终，是历史的必然，以知识分子的良知反抗恶政，是博尔赫斯的不二选择。然而他明白，一个知识分子的日常生活是与图书为伴，阅读、思考、写作，是知识分子的本色，一个独裁者的垮台并不意味着独裁的终结，知识分子的使命是净化文化土壤，所以，博尔赫斯向不以政治斗士自居，像蚯蚓一样，在图书——文化堆积物——里辛勤地蠕动，是他一生的写照。遗憾的是，眼疾——家族的遗传——即将夺去他阅读的权利，坐拥书山文海，眼前却是一片幽暗，“上帝同时给了我书籍和黑夜，这可真是一个绝妙的讽刺”。此时的博尔赫斯，心境宛如当年书写《枯树赋》时的庾信：“昔年种柳，依依汉南。今看摇落，凄怆江潭。树犹如此，人何以堪。”但博尔赫斯不是庾信，深陷人生失意的凄凉而不能自拔。失明、黑暗、地狱；图书、光明、天堂，两组截然对立的物象、感知、想象，其意义的生成虽源自基督教沉沦与拯救的逻辑框架，可在图书馆这样一个独特的人文空间里，博尔赫斯的话自有值得玩味的新意：“抛下了广场的嘈杂声响，我走进图书馆。立刻，以一种几乎是肉体的方式，我感到了书籍的重力，有序事物包容一切的宁静气氛，被储藏，被保留下来的往昔……”

漫游欧洲的城市和乡村，沁入心脾的感受唯有宁静二字。这宁静，是自然人文景观：乡村田野、大大小小的博物馆、古老都市中的幽深街巷、教堂里悠远的钟声……是思想的沉思：但丁、卢梭、贝多芬、康德、黑格尔、海德格尔、爱因斯坦、卡夫卡……是日常生活的场景：门前屋后盛开的鲜花、咖啡屋里的喃喃私语、几无喧嚣的公共场所……喜欢这份宁静，自然就想追究宁静面相背后的韵致。

得天独厚的自然环境、基督教及人文传统、发达的经济、民主制度、高福利政策，似乎都与欧洲文化的宁静面相有关，若要给一个更直观的解读，我愿意相信博尔赫斯的话，图书、阅读给人宁静的心性，博尔赫斯把欧洲作为自己生命的归宿地，是因为欧洲是他阅读的起点，他一生的阅读、写作，不过是宁静心性的注脚。博尔赫斯是文化名人、大作家，是独特的个案，他的经历和认知并不能成为论证普遍性的逻辑根据，只有他对图书的认知为许多普通人践行的时候，他的伟大才是真正的伟大。我喜欢从平凡中读出真理的伟大。

一次在瑞士巴塞尔机场去柏林，临起飞前半小时，突然接到通知，航班因故取消，想到已预订好的柏林行程全被打乱，心中自然懊恼不已，可在国外，语言不通，想兴师问罪也无门，只得老老实实排队领取机场补偿的住宿、餐饮证。排队的几十号人中除我们一家三个中国人外，都是欧洲人，令我诧异的是，这些欧洲人很安静，仿佛什么事情都没有发生一样，好几位乘客从背包里取出一本书，翻到书中夹书签的地方，开始了阅读。这个细节让我无比震撼。阅读是终身之事，是一个永远没有终结的过程，除非生命终结，人生许多事情都不会按自己的意愿去掌控，当我们的旅程受阻时，焦虑只会让生命的时间出现病态的停滞，唯有阅读，连接过去与未来的阅读，才会让时间复归生动的流畅。看来，不是有了安静的场所才能阅读，相反，是有了阅读才能让人心宁静。在巴黎、罗马拥挤不堪的地铁里，我都看到这样的阅读者，无论坐与站，气定神闲地打开一本书，翻到夹书签的地方，开始了那永远的阅读。欧洲书店里长年经销着各种人文社科、文学艺术经典著作的便携本，恰好说明阅读市场的无比广阔。德国人喜爱阅读，世界有名。在德国的火车上，很难听到手机的声音，也很少看到刷屏一族。置身安静的德国火车里，好像走进一个图书阅览室，就我看到的阅读者们手中书的封面，经典文学作品居多。一次在弗莱堡散步时，看到一个社区的开放式图书亭，里面整整齐齐地摆放着各类图书，社科、文学艺术、宗教书籍占大多数，自由取阅。还有一次散步时，路经一户人家，门口放着一个纸箱，里边有十来本图书，我不明就里，儿子告诉我，这是图书主人从自家书柜调整出来的图书，放在屋外，愿者自取。我便选了几本哲学文学书籍，带回国送给学生。当阅读成为民众的习惯和风尚，进而成为社会成员交流的主渠道，人心的宁静和社会的安稳，可想而知。在德国黑森林寻找海德格尔木屋时，我在公交车站看到一份乡村小镇2016年夏天的文化活动安排，有音乐会、杂技演出、体育赛事，还有几场读书会，主题均为海德格尔的哲学。看着黑森林静谧的自然风光，不由想起海德格尔的话：

> 我出发，走向小屋——太想念强劲的山风了——城里到处塞满了柔和的光，长久地处于其中，人会被毁掉的。在山中伐了7天木——然后写作……现在，夜已经深了——风暴掠过山丘，屋里的大梁吱吱嘎嘎地响着，生命在灵魂目前变得纯洁、简单、伟大……

海德格尔认为自己的哲学“植根于农夫的生活”，倘不微言大义，今日黑森林地区的山民在社区图书馆休闲式地谈论其哲学，方真正是“人与天、地、万物、诸神的游戏”。要达到这一境界，可对博尔赫斯“抛下了广场的嘈杂声响，我走进图书馆”这句话稍做延伸：抛下了广场的嘈杂声响，我走进阅读。

之所以用阅读替代图书馆，缘于自己的经历。近十年来，常去图书馆，是为了躲避“广场的嘈杂声响”，以求内心的宁静，结果是，没有安静的图书馆环境便无法阅读，离开了图书馆，心中便是一片“嘈杂”。佛语道“菩提本无树，明镜亦非台。佛性常清净，何处有尘埃”，可见自己修行太差。对于阅读而言，图书馆只是一个人为的空间，它用规则禁止了“嘈杂”，就像天堂，用想象的至善遮蔽着人间善恶杂陈的真相，所以，我敬仰那些嘈杂地铁中的阅读者，他们以持续阅读对抗嘈杂的生活方式，或许这就是海德格尔服膺的“农夫的生活”，正因为纯洁、简单，才有伟大之体验，心由此而宁静。中国古人云“读万卷书，行万里路，胸中脱去尘浊”，所言无非此理。人生之路，尘浊滚滚，从生到死，行程何止万里，正所谓“路漫漫其修远兮”，随波逐流，与尘浊共舞，是一种选择，亦可轰轰烈烈，可“腾蛇乘雾，终为土灰”，故曹孟德尽管“烈士暮年，壮心不已”，也不免“心常叹怨，戚戚多悲”。此怨，此悲，何以了结？“何以解忧，唯有杜康”，是一解，“行到水穷处，坐看云起时”，也是一解。我自己更喜欢“读万卷书，行万里路”这样一种让“胸中脱去尘浊”的方式。不以杜康——借外物麻痹自我，放浪形骸，也不物我两忘，堕入空门，而是“吾将上下而求索”，以阅读、持续的阅读伴随漫漫长路，以求索的阅读探寻远方未知的长路，如此，身体行在尘浊之中，胸中却脱去了尘浊。有朋友告诉我，这是读大地之书的妙处。我以为然。

阅读是终身之事，阅读是没有目的的目的。今年夏天的一个下午，在奥地利小城萨尔茨堡，莫扎特的故乡，我看到一个最温馨、最诗意的阅读场景：莫扎特广场上，萨尔茨堡图书馆正在举办公民读书活动，广场中心置放着各式各样的书摊，陈列着各式各样的图书，五颜六色的布艺沙发上，男女老少或坐或卧：年轻父母陪着孩子，恋人们偎依着，拄着拐杖的老人，还有穿梭其间的游客，自由自在、随心所欲地翻阅着自己喜欢的图书，整个广场是那么地宁静和祥和，只有几只不停飞起落下的鸽子，逗得几个摇篮里的婴儿发出银铃般的笑声，仿佛莫扎特谱出的阅读心曲。很想对博尔赫斯说：这才是天堂的模样，没有任何的规定，就凭借几本图书，人心就自然而然地屏蔽了“广场的嘈杂声响”。

图书馆对文明演进的巨大作用是毋庸置疑的，走进图书馆，人们常有敬畏之心。在维也纳国家图书馆里，从地到天，密密麻麻地排列着各种珍藏的图书，红色、黑色、褐色的封皮全都熔铸着历史的沧桑，作为参观者，看到的只是尘封岁月的表象，这厚重的表象，如博尔赫斯说，“我感到了书籍的重力”。倘无轻松的阅读心态，书籍的重力势必转化成为权力、功名的符码，让人压抑。“书中自有黄金屋，书中自有颜如玉”，直白出世俗的读书目的，据说哈佛图书馆里也有类似的警语：The education level represents the income（受教育程度代表收入）。康德说审美是无目的而合目的，读书是否也该如此呢？每逢暑假，我在湖北省图书馆看到许多中学生，早早进馆抢占有限的座位，埋头各种备考资料，看着一张张勤奋与疲态同在的脸庞，我想，他们是否一旦高考成功，就会情不自禁地加入焚烧教科书、备考资料的行列？我见过那种歇斯底里的场面，其疯狂的躁动，把读书的功利性目的诠释得淋漓尽致。责备孩子们是不公正的，教唆他们功利性阅读的是社会、制度和老师。我曾在湖北省图书馆翻阅民国时代的《东方杂志》，影印本，字迹往往模糊，一篇篇地读，很费时间，一个下午也读不了几篇文章。有几天，我见到一个研究生，连续用手机拍照《东方杂志》中的一些内容，而且是按年月顺序进行，我很好奇，便在休息时和他聊了一会，他告诉我，他所要做的事情不是阅读，他很坦率地告诉我，绝大部分文章的繁体字、文言句式，他根本看不懂，他只是在为老师的一个课题做资料工作，即把每期《东方杂志》中某个专栏的文章的标题统统拍下来，接下来就是做语词统计，按出现频率的高低进行排序。每个学生一本刊物或一份报纸，不到一个月，就可完成老师布置的任务，老师当然是作文高手，学生不需阅读整出来的资料，加上老师同样不需阅读的关键词理论的调理与整合，数十篇文章就出笼了。显然，这些文章是老师和学生体制内生存的产物，它长着学术的模样，却又与学术的基本要素——阅读——分道扬镳了。那个学生还是很好学的，他来图书馆的时候，凡不懂的字句总来问我。他完成任务的那天，与我道别，说：您在图书馆找到了安静，可是我一进来就觉得烦躁，要不是为了毕业发表文章，我才不想翻这些故纸堆。可见，为了功利性目的被逼进图书馆的时候，我们并无法得到真正自由的阅读给予心灵的宁静。

在从美因茨到弗莱堡的火车上，我看见一个德国学生，背着两个很大的双肩包，里面全是书，书的重量让他满头大汗。落座以后，他擦了擦汗，便打开了一本书，海德格尔的《面向思的事情》（*Zur Sache des Denkens*），书里夹了许多五颜六色的书签，上面写满了字，我猜，那是他的读书笔记。在同行的一个多小时里，他先后拿出好几本书，有康德的，有柏拉图的，每本书里都有很多书签，上面写满了字。我想，我遇见了一位真正的阅读者，书签是他持续阅读的见证，书签上的字则是他的内心与书本中的智慧沟通的见证。他阅读的神态是那么安然，很遗憾，我不能不礼貌地拍下这幅画面，只能把它深深地留存在内心，名之为：阅读与宁静。

（原载《图书馆杂志》2017 年第 8 期）

乡情漫说*

中国人对于乡情应该是不陌生的，或者说是非常熟悉的。中国近代化的进程从1840年到今天一百多年的历史，也就是说我们在座诸位的父辈或爷爷辈多来自乡村，所以我们对源自乡村基础上的乡情应该非常熟悉。

所谓乡情，是对故乡的一份依恋之情。对中国人来说，乡情，它是一首诗，是一杯酽酽的茶，我们在品尝乡情的时候，浓香之中往往带有苦涩；乡情又是一杯醇醇的酒，令人陶醉，其中又有着挥之不去的忧伤。为什么会如此呢？中国人为什么对乡情情有独钟，而中国人表述乡情的文字、仪式中为什么充斥那么多的忧愁甚至怨？乃至成为我们中国人文化心理中的一个“情结”，欲说还休，欲罢不能。要探讨其中的奥秘，我们先从文字学的角度做一个简略的分析。从词语的角度来看，“乡情”这个词的词根是“乡”，我们今天看到的乡是简写字，它取的是古代繁体字中的一个偏旁，繁体的乡字是“鄉”。我们知道，汉字属于象形文字，类似于图画，这种图画文字在文字学上来说，是把一个民族文化的基本信息保存在其中，所以今天很多研究历史、研究古代文化的人们往往从文字的角度来进行研究，所以我们首先来看一看“鄉”这个字在古代的基本含义。“鄉”的本义包括字形和字义两个方面。

字形：两人相向对坐，共食一簋（簋：装食物的器皿）。

字义：乡人共食，从字形上来看，就是两人共食一簋称为“鄉”。“鄉”的字形和字义中包含丰富的文化信息，这种文化信息是什么呢？大概有如下几种含义。

第一，这个乡是我们的出生之地。第二，这个乡字不仅仅指一个人，

---

* 此文为笔者2009年6月一次演讲的录音整理稿。

而是指一个群体，这个群体有一个共同的祖先，在血缘上有一致的祖先。所以围绕乡字构词的诸多词语当中，我以为最重要的一个词就是“乡亲”，“乡亲”就是指同乡之人，同一个祖宗的成员、个体相互之间有着一种亲密的关系。古文中的含义一直延续到今天，我们俗语中所说的“亲不亲、故乡人”，就是这种古义在今天的延续。所以“故乡”这个词，以及在这个基础上所形成的乡情，便具有厚重的文化含义，我们要理解它，要索取其中的文化信息，要了解我们今天深厚的乡情的来由，就必须从文化学的角度去解读它。

众所周知，中国人这种故乡的情结是非常厚重的。每年春节的时候有上亿的中国人长途跋涉，为了什么呢？就为了一餐团圆的年饭。所以中国每年春节之前，交通线上成亿人的长途跋涉，无疑是世界文化史上的一道奇特的风景。为什么大至全社会、小至一个家庭，要花费如此巨大的资本来圆这个团圆之梦，很显然不是为了那一餐简单或丰盛的饭食。其中包含着深厚的故乡之情，就是我们所说的乡情。对于这种乡情，西方人往往觉得不可理喻。我曾陪几位国外的友人去三峡观光，他们看到三峡大坝叹为观止，然后就询问到移民的情况。我告诉他们，政府花了很大的财力人力，把原来居住在此的居民迁移到条件比较好的地方生活。后来他们不知从什么渠道得知有很多三峡地区的原居民偷偷地跑回故乡，他们不理解三峡那个地方山高、路险，其实并不是适应人类生存的环境。为什么？我说他们不懂中国文化。一个很简单的道理，就是这里埋着他们的祖宗，这是他们生于斯、长于斯的故土。中国人故土难离，这样一种心理促使很多人非常不适应这种移民生活。20 世纪 70 年代我在随州下乡的时候，所居住的那个村庄里就有许多当年因建丹江水库而移民来的原均县农民，他们非常不适应新的生活环境，后来我了解到这些人近些年来纷纷迁回他们的故土。所以，对于中国人来说，这样一种乡情是非常厚重的，刻骨铭心，以至世世代代难以忘怀。

中国人对乡情的重视，其中所包含的文化信息在于我们祖先独特的生存方式，这种生存方式和农业文明息息相关，中国文化和欧洲文化不同之处也在于此。

欧洲文化发端于古希腊文化，古希腊文化最初的社会组织形态很早就脱离了原始的氏族社会而进入城邦制度，这种城邦制度类似于今天我们的城市生活形态和城市的组织结构，而我们祖先的生活形态是一种传统的农业生产生活方式，保留了氏族社会的诸多特点：风俗、习惯、生产方式、伦理道德、价值取向等。一句话，是以血缘为基础组成的生产和生活单位，我们的祖先对这份乡情非常看重。与此相比，欧洲的文化起源之地古希腊的生活形态、风俗习惯，就大不相同。诸位应该很熟悉希腊的《荷马史诗》，《荷马史诗》当中描写的是什么呢？是战争，是掠夺，是海盗式的生涯。希腊半岛土地贫瘠，面临地中海，农业生产非常不发达，或者说仅仅依靠农业生产无法生存，所以便开始了海盗生涯，向海外进行殖民，我们今天谈的殖民地就是从希腊时代开始的。欧洲文化一开始就是一种海洋文明，从积极的方面来说它积极进取，勇于冒险，不断向外进行开拓，其社会组织结构往往是政治和经济的，建立在血缘基础上的乡情也就必然淡化。而中国原始的农业生产和生活方式，是内向的，是大陆形态的，它强调的是一种定居，太阳出来了就生产，太阳落山了就回家休息，日复一日，年复一年，是这样一种循环往复、相对安宁、相对保守的生活方式。这样一种在血缘基础上组成的生产生活单位，从古代一直延续了下来，长达 2000 多年，这种组织形态使重视乡情的特殊情感在中国文化的血脉当中一直延续下来，融化进我们每一个人的血液，伴随着我们生命的每一次呼吸，它已经成为我们的一种精神家园。如此，我们才可以理解为什么那么多人在春节之前不远万里，长途跋涉，就是为了回归故里，就是为了那一顿团圆饭，其中所包含的情感深度，如果对中国文化没有深刻的理解，是很难读懂它的。

这样一份情感基调为什么又充满了忧伤，这是我们需要进一步思考的问题。中国古代诗歌当中描写乡情的可以说非常多，当我们仔细去读的时候，就会发现其中很多充满着哀伤的基调。我知道我们诸位在编《情感读本》，我也翻过一些文章，里面有很多描述中国人情感的东西，我看里面的文字也往往有一种伤感的情调。为什么会如此呢？我想到了 20 世纪 70 年代的时候，当时美国很著名的一个记者，当年曾访问过延安，对毛泽东这一代共产党领袖进行过采访，他就是斯诺。1970 年，毛泽东邀请他来北京，他在天安门上和毛泽东有一段非常有趣的对话。他说：“主席啊，我听中国人唱《国际歌》有一种特殊的感受。”主席说：“是什么呢？”他说：“欧洲人唱《国际歌》非常地悲壮，慷慨激昂，而中国人唱《国际歌》往往显得悲哀和悲凄。”斯诺的这个说法引起我的深思，中国人的情感基调，特别是表现在文学作品中的情感基调，和西方的文学作品相比较，总体上看，确实有斯诺说的这样的特点。这种伤感的情感基调来自什么地方？我想可以从乡情这个角度去解读它。我们的祖先把故乡看成是精神家园，是我们的灵魂，我们的心灵所依附、所回归、所安放的地方。但是随着社会的发展，我们又不得不离开这个家园，不管是什么原因，战争、经济或者是为了个人的发展，我们不可能永远固守在祖先的居住地——家园。从古到今，一代又一代的中国人为了生存，为了发展，又不得不背井离乡、远走他乡。中国古代文学史当中描写这种身在异乡为异客，又无时无刻不在思念故乡、怀念故乡的诗篇就非常多了。因为这个故乡是我们的精神家园，而我们不得不离开她，所以每当夜深人静的时候，每当我们孤独的时候，每当我们遭逢人生的种种磨难的时候，我们都不得不回忆起那可爱的故乡，那份乡情就会在心底油然而生。这样的诗句我想诸位非常熟悉，像唐代诗人贺知章那首通俗易懂、流传一千多年的诗歌《回乡偶书》：“少小离家老大回，乡音未改鬓毛衰。儿童相见不相识，笑问客从何处来。”贺知章出外读书做官长达 50 年，30 来岁就外出做官，一直到 80 多岁才回家，出外这么多年，该经历了多少人间沧桑，但是对家，对这一种乡情的依恋，短短的几句诗歌已经使我们体会到他这种情感的深度。中国人对这样一种情感的表露，对这样一种情感执着地追求，对这样一种情感不断地吟诵和表现，不仅在一千多年以前或者两千多年以前，一直到今天仍然在不断地重复、不断地出现。昨天，我在网上看到一个年轻人所写的诗，名为《根》：

我的根
连着
故乡的心
故乡的根
扎在

我的魂
故乡是我的精神寄托
我是故乡的情感延伸

从诗歌的角度来说，这首诗不能说是什么高明之作，但其中所体现出来的那份对故乡眷恋的情感，那份乡情的表述，我想和贺知章是没有任何差异的。两人在时间距离上虽然相隔了1200多年，但在心理上，不得不说是一种零距离。我们读贺知章的诗，再来读这位年轻人的文字表述，这种情感信息，是每一个中国人一眼就可以看清、可以心领神会的。从时空距离上来说，社会在不断地发展，但这种情感的眷恋依然在延续，也正是这样一种奇特的文化心理，它所寄托的情感依恋和这一份情感的厚度，促使我们中国传统而古老的文化历经多重磨难而生生不息、延续至今，当然它仅仅是促成了我们民族文化生生不息的一个方面。我们知道，在恒河流域的古印度、两河流域的古巴比伦以及古埃及、古希腊等所谓第一代包括第二代的古老文明当中，只有起源于渭河流域、黄河流域的中国文明得以保存下来，为什么？就我个人理解而言，中国古老的生产和生活方式以及其中所蕴含的这种文化心理，这样一种依恋乡情的需求和表述，应该是中华文明得以延续至今的一个重要原因，所以我们不能小看这种情感。

在全球化的今天，由乡村到城市的发展已经成为全球、整个世界发展的一个共同趋势，中国也不例外。鸦片战争期间，我们的先人曾经想阻止世界发展的趋势，试图站在这个世界发展大潮之外，按照我们古老的生活方式延续下去，但是很不幸，我们不能幸免，也不能逃脱这个时代的大潮，所以我们是那么不情愿而被迫地开始了现代化的进程。这个现代化的进程从1840年算起到今天已经有一个多世纪，我们在座的很多年轻人已经在品尝现代化的生活方式。尽管如此，和欧洲的现代化进程相比较而言，其实我们和乡村的距离，和传统乡情之间感应的距离还是很近的。当然我们今天的生活方式已经受到都市化、全球化、商业化的巨大冲击，我们传统的情感诉求，我们传统的对乡情的理解、对乡情的追求也开始发生了变化，我们不能回避的是，这种传统的东西正在慢慢地、悄然地发生变化。去年我和一个调查组去乡村调研，调查目前中国农村养老的现状。中国传统的养老是一种家庭的行为，所以农村人希望多子，不像现在的城市人在年轻的时候多买几份保险，通过社会化的方式进行养老。传统乡村的养老是依靠家庭、依靠乡里乡亲相互扶持这样一种组织形态和生活方式来进行的。但这种传统的模式在今天发生了重大的变化，中国的民政部门、政府已经开始积极地筹措大量的资金以及进行政策方面的调查研究，准备开始实施农村社会化的养老。作为政府来说，这是一种为老百姓解决后顾之忧的民心工程，各个省都在实施这项工程，这样一种变化说明传统的建立在乡里乡亲、乡情基础上的很多生活方式发生了变化，这个变化我们可以理解为时代的发展。但是，我们的情感诉求、我们的情感表现也必然发生变化，人际、代际的人情冷漠的状态在我们的社会当中也开始大量出现。我们经常读到很多很多感慨现在世风日下、人心不古的文章，对于这样一种正在悄然发生变化或者说正在慢慢消失的传统情感表示一种惋惜，表示一种不可理喻，表示一种痛悼。从一个民族的文化继承、文化复兴来说，传统文化当然包括情感方面，有很多已经不适应我们今天的生活方式，我们需要也应该去改变它。但是我们传统文化当中那种凝聚了祖先全部生存智慧的传统的文化价值观，这个传统文化当中非常优秀的成为我们民族文化内在价值的这些东西，是应该继承的，是应该保存的，也同样是应该发扬光大的。我想在今天，在全球化的趋势下、背景下，在商品化的大潮之下，如何发扬传统的乡情，是我们应该认真研究，也应该认真对待的一个课题。前面说过，我们在座的各位即使再年轻，但和乡村的距离其实并不远，我们通过多种渠道，还和这种传统的乡亲、乡情保持着一种天然的内在的联系，我们通过种种的生活习俗比如春节，比如传统的乡村仪式、家庭的生活方式延续着我们的乡情。问题在于我们如何理解其中所包含的丰富的文化信息，使我们有意识地去总结它，去将它发扬光大，我想这是一个更为重要的话题。中国文化有一个很重要的要素就是源远流长，我们常常把自己的故乡称为故里，故是什么意思，它是一个时间的概念，同时也是一个空间的概念。故，过去的意思，久远的意思。有一位加拿大女士来武汉游览，我陪她去归元寺，她问我一个问题，她问这个庙有多长时间，我就告诉她有三四百年历史，她大吃一惊。因为在美洲那个地方，美国也好，加拿大也好，都是欧洲移民，距今最长也不过二百多年历史，所以对他们来说，超过百年的东西就非常悠久。但对于我们中国人来说，三四百年算什么呢？我们动不动就是非常长的时间概念。我们给小孩子讲故事的时候常常有一个习惯性的开头就是“在很久很久以前”。我们故事当中就包括这种非常长远的、非常悠久的时间概念，每一个活在当下的中国人，要想真正成为一个中国人，就必须对中国这种久远的历史，对这个久远历史当中所生成的乡情有一份认可，有一份体验，才可能对中国的文化有更深的了解。当然这需要一种生命的体验，需要一种生活的磨砺，需要生活的阅历，需要人生的坎坷，才可能更多地去理解它。

中国古代诗歌当中有些大家很熟悉的，如：“近乡情更怯，不敢问来人”（宋之问），“举头望明月，低头思故乡”（李白），“独在异乡为异客，每逢佳节倍思亲”（王维），等等。这样一些诗句包括散文，在我们的文学史当中比比皆是、无可计数。这样一种情感的传递，不管是古人还是现代人，都渗透着对家乡、故里，对乡情的思念之苦。中国古代有一句很有名的诗句“胡马依北风，越鸟巢南枝”（《古诗十九首》之《行行重行行》），意思是指北方的马往往朝着北风跑，越鸟往往在朝向南边的枝头筑巢，因为那是它的故乡。动物尚且如此，何况人乎！曹操同样有这样的诗句：“狐死归首丘，故乡安可忘。”狐狸临死的时候要眺望它所居住的巢穴，对于人来说，故乡怎么能够忘记呢？当然和动物相比较，人是高级的有着复杂社会情感的动物，人对故里的眷念，对乡情的歌颂，这样一种表述，这样一种宣泄，它所包含的文化深度和广度，是动物所无法比拟的。

我们说一个人喝着家乡的水，吃着家乡的五谷杂粮，在故乡认识了第一个字，读会了第一本书，故乡的一切山山水水、房屋、山峦、树木，一切的一切，在他童年时代都留下了深刻的记忆。所以我们对故乡的依恋，对乡情的怀念，对乡情的关注，对乡情的挚爱和童年的记忆复合在一起。我们看很多著名的文学家对故乡的怀念往往是从童年的视角来进行的，像鲁迅先生对故乡的怀念，他写的散文集《朝花夕拾》当中，有《闰土》、有《从百草园到三味书屋》、有《故乡》这样的名篇，都是从童年一个孩子的视角来写他对故乡、对乡情的怀念和依恋的。因为童年时代无拘无束，无疑是他人生中最美好的时光，而这一种美好的时光，他和故乡的风俗、风土人情、习俗紧密相连，一起在大脑中留下永远不可磨灭的印象。

当我们不得不离开家园，不得不离开我们的精神家园的时候，我们为了生计去奔波，去了异乡，进行艰苦的人生挣扎和奋斗，当我们为了一切身外之物、功名利禄而奔波在旅途之中的时候，当我们经历了一切风霜、一切辛酸之后，也可能在夜深人静的时候，也可能在我们失意的时候，也可能在我们功名成就的时候，都会从心底浮现出一种什么呢？对童年时光、故乡、乡情的眷念和回忆。中国古代文学史为什么充满哀伤的抒情成分，我想与这一点是分不开的。

说中国人对乡情很重视，难道西方人就不重视吗？根据我自己数十年的阅读体会，我不能说我的见解是正确的，但我有一个非常深的感受，在欧洲人、欧洲文化中，对故乡的理解和中国文化对故乡的理解是有较大差异的，在国外身份证或者是护照也有一栏叫出生地，出生地在纽约还是在伦敦，要登记，但是在他们那里面没有我们的籍贯这一说。而我们中国人是一定要弄清楚我的籍贯的，也就是我父亲的出生地，是黄陂人，是新洲人？所以在中国人的文化传递当中，族谱就非常重要，乃至形成一个专门的学问叫作谱牒学，专门研究宗族形成、发展、演变。相比较欧洲文化来说，中国人对家族源远流长的历史的关注，比西方人重得多，其原因就是刚才所讲的沉淀了一种非常厚重的情感要素，中国人往往是怀旧的、恋旧的。当然恋旧的方式不同，地域不同、个体也可能不同。文人骚客通过诗歌来抒发，不同的百姓也有不同的方式，很多普通人通过和日常生活密切相关的东西来表现那份乡情。我在网上，看见一个从上海去美国留学的小学生写给父母的信，信中有一段这样的话："我特想念上海那令人垂涎欲滴的月饼，还想尝尝小馄饨、蟹子烧卖、无锡小笼包、排骨年糕、酒酿糕、桂花糖藕、烧仔鱼，那么多好吃的东西，尤其是与你们共同分享时，简直如天上珍馐！"看到这些的时候，我觉得眼睛一酸，一个如此年幼的小孩在国外给父母写信的时候，把他所吃过的小吃一一排列出来，他仅仅是喜欢这些食物吗？显然不是。这当中已经流淌出中国人那种源远流长的对乡情的依恋，对故乡的依恋，对故乡亲人的依恋。很显然，这样一种对传统的家乡小吃的喜欢，体现了对家乡的依恋。

虽然随着社会现代化的发展，人情淡漠的现象也越来越普遍，我想中国传统文化还有足够的能量去抵御它，因为每个中国人的心里都流淌着这种钟情于乡情的血液。我们应该很熟悉台湾著名诗人余光中，他的一首诗叫《乡愁》。余光中也是湖北人，1949 年离开大陆，随着父母去了台湾地区，在台湾地区、海外游历多年，1971 年的时候在台湾地区写下了这首著名的《乡愁》诗：

小时候，
乡愁是一枚小小的邮票，
我在这头，
母亲在那头。
长大后，
乡愁是一张窄窄的船票，
我在这头，
新娘在那头。
后来啊，
乡愁是一方矮矮的坟墓，
我在外头，
母亲在里头。
而现在，
乡愁是一湾浅浅的海峡，
我在这头，
大陆在那头。

这首诗一出来就轰动了整个台湾地区，进而轰动了整个华人世界。海峡两岸分立这么多年，这首诗把游离、漂泊在外的华人的心声，这种思乡、苦恋家乡的情感淋漓尽致地表现了出来。后来两岸关系缓和之后，这首诗流传到大陆，同样引起了巨大的共鸣。这是中国文化的另一个特性，只要我们同一个祖宗，只要我们在文化上同宗同族，即使兄弟之间有矛盾，随着时光的流逝，终究会走到一起。这首诗对两岸的交往，从情感上铺垫了一个很好的基础。其实我们回首国共两党之间的纷争，尽管有很多剧烈的争斗，但西安事变之后我们看到两党重新合作，进行抗战的时候，有一个共同的举动，是什么呢？就是国共两党派代表到陕西的黄帝陵去共同祭祖，表示一种什么情感呢？“度尽余波兄弟在，相逢一笑泯恩仇。”就民族大义而言，我们对家乡的这种情感，它往往会上升成为一种对民族的情感。我不知道大家想过没有，这个“国”为什么和“祖”一起组成一个词——“祖国”？“祖国”，从字面上理解是祖先生活的地方，它把我们刚才所说的乡情包含在其中。我们国家的概念不仅仅是一个地缘上的概念，而且包含着中国文化当中那份沉甸甸的乡情情感，包括华人华侨，他们很自然就把这一份对故乡的思念之情，上升到一种对国家、对祖国、对民族的热爱之情。所以只要是中国人，不管是大陆人还是台湾人、香港人、澳门人或者是侨居其他国家的华人，他们一个共同的标识是什么呢？是中国老乡。今年春节我的一个朋友从美国回来，说他旁边居住了很多台湾人、香港人，在两岸关系上，在政治问题上经常辩论不休，但是有一条，只要有外国人在场，他们的立场往往是一致的，首先一条我们是中国人。所以中国人对民族、国家的认可，是在乡情的基础上演化出来的。

国民党的元老于右任先生曾经任民国政府考试院院长，1949 年去台湾之后一直在思念大陆、思念故乡的愁闷当中度过，他在临去世之前留下一首诗《国殇》：

葬我于高山之上兮，
望我大陆；
大陆不可见兮，
只有痛哭。
葬我于高山之上兮，
望我故乡；
故乡不可见兮，
永不能忘。
天苍苍，
野茫茫，
山之上，
国有殇。

读余光中的诗歌和于右任的诗歌，我们可以看出：中国人的这种民族文化的情感，实际上有厚重的传统基础，这种乡情的情感深度和厚度永远不能淡忘，不管我们走向哪里。从这个意义来说，我们的民族，我们每一个人，在前行的路上又永远向往着回家的路。

编辑札记

不曾料到，自己在临近退休的时候，却正儿八经地做起了编辑工作，先后编辑了几个学术刊物。虽只有短短几年的时间，但其间的乐趣与辛苦，也算是笔墨生涯里一段别有滋味的经历。《中文论坛》第1辑出版后，业师邹贤敏先生很认真地对我说，每辑都应该有个较详细的编后记或卷首语，撮其要点，把每卷的精华之处一一点出，可做读者的导读索引。现在生活的节奏太快，谁有耐心去一篇一篇地翻看你们的文章。我非常认同邹先生的意见，接下来的每卷刊物，都费尽心力，写出一篇编后记或卷首语。这些文字，既是自己组稿、编稿过程的记录，也是向不同学科的学者们请教学问、交流思想、沟通情感的结晶，更重要的是，自己对学术的认知和学术刊物编辑的理念也在这一过程中不知不觉地有了从感性到理性的变化。因此，把这些编后记和卷首语辑录在一起，便有了一点纪念的意义。

或许，我是适合做编辑的人。读小学的时候，自己就是班上办黑板报的绝对主力，特别喜欢在一块干净的黑板面前构思版面的安排，写写画画，乐此不疲。和文字编辑最早打交道是在“文化大革命”期间。我本应该于1967年小学毕业，但此前一年有余，因为“文化大革命”的爆发，所有学校的招生和课程运行均陷于停顿，全国大中小学的学生都在“停课闹革命”。1967年10月14日，中共中央、国务院、中央军委、“中央文化大革命小组”联合发出《关于大、中、小学校复课闹革命的通知》。这个通知发布后，自11月起，大部分中小学生陆续回到课堂，新生也开始入学，叫作“复课闹革命”。事实上，我1968年底才回到学校，1969年初进入中学，几乎什么都没学，1970年初，就中学毕业了。幸运的是，接着读了两年高中，尽管高中两年依然是政治压倒一切，但也还是学了一点可怜的文化知识。我所就读的武汉二中由校红卫兵大队办了一份《二中简报》。此时的中学红卫兵组织，已不是“文化大革命”初期在社会上“大闹天宫”的红卫兵，而是在“工宣队”的领导下，扮演集共青团和学生会于一体的角色。我因会一点美术字，还会刻钢板，就进入了编辑部。编辑部里有几位高我一届的同学，吕子禾、张子洪，他们二位负责组稿编稿；还有一位美编，叫孙军杰。在他们三位面前，我算是个小老弟，主要负责刻钢板。每周一期，一期好几张蜡纸，经常晚上加班。他们几位家境不错，吕子禾的父亲是长江日报社的，他读过很多书，还告诉我他家里有几房屋的书，我记得当时听得目瞪口呆，吕子禾看着我的神情古怪，说：“你不信，上我家去看看。”其实，他误解了我的惊恐。我当然羡慕他家里有丰富的藏书，我更惊讶的是他们家里有那么多的房子，要知道，当时我们一家六口人住的面积还没有20平方米，兄弟四人挤在一张床上，下乡那天，武昌火车站的站台上哭得昏天黑地的，我却在车厢里窃喜：终于可以一人睡在一张床上了。张子洪家里是部队的，也很爱读书，在我眼里，他特别有思想，看问题总比别人深一些，“文化大革命”中街头大字报上见到的国际共运史的知识碎片，在他的侃侃而谈里帮我理出了一条历史的经纬线。他们两人当时成天在书包里装着《反杜林论》《哲学笔记》一类的书籍，上面画满了红杠杠，两人经常争论不休。他们的争论可说是我后来喜爱上哲学的启蒙老师。记得有一次，张子洪在我书包里发现了《安娜·卡列尼娜》，先是很严肃地对我说，你怎么还看这些封资修的书，我没有作声。他又说，我也看过，别再带到学校里来了。还笑着说，难怪你的文字里总有小资情调。吕子禾后来对我悄悄地说，别听张子洪的，所有的经典作品我们都应该读。一年之后，三位兄长毕业，我就成了《二中简报》的“总编”，采稿、写稿、编辑、插图、排版、油印，忙得不亦乐乎，每当一张张散发油墨香味的小报油印出来时，还是很有成就感的，特别是学会把报头和插图套红印刷后，更是兴奋了好长时间。

我本应该于1972年冬天高中毕业，可因为“反回潮”政治旋风的影响，我们一直到1973年5月，才全部到随州下乡插队。在乡下的两年7个月的时间，有近两年的时间是在水利工地上度过的。那时候，农村正是“农业学大寨”的高潮时期，兴修水利是其中一个重要的内容。农民多不愿意去，知识青年便成为各个生产队充人数的首要人选。水利工地上的劳动强度远大于生产队的劳动，每人每天都有额定的工作量，特别是在山上打眼、放炮、取石料，几乎没有任何安全保护措施，经常发生事故。尽管如此，知识青年，尤其是男生，还是愿意上水利工地，原因很简单，不用自己做饭了。十天半月回一次生产队，领出口粮，挑到水利工地一交，生活就变得很简单，出工、吃饭、睡觉。而在生产队里，每日三餐，柴米油盐菜，事事都让人烦心。水利工地上还有一个吸引人的地方，就是来自各个公社的知识青年，在水利工地上聚集到了一起，漫长的夜晚里，各式串联、交流，应运而生。1974 年麦收结束后，随州上了一个大型水利工程——“鲁城河水库会战”，民工有数千人，我也去了。在工地上苦干了几个月后，在会战指挥部做播音员的一个女同学向“会战指挥部”的领导推荐我去宣传组做编辑。宣传组的组长姓唐，是随州唐县镇文化站的站长。报到的那天早上，他正要在五个一米见方的篾席上写“农业学大寨”的宣传标语。他问我：“你说，应该用什么字体?”“黑体。”我不假思索地回答道。“为什么?”他盯着我。“庄重，有气势。”他大概很满意我的回答，说：“你来写。”我虽没有写过这么大的美术字，倒也不怯场，拿起排刷一挥而就。“不错不错”，唐站长连声表扬了几句，又补充道：“就是劲道不足。”“没吃早饭，所以没劲。”我说。“哦，原来是肚子饿。”他的语气有些讽刺的意味。那时年轻，说话不会讲分寸，我立马回答：“下乡以来，就没有吃饱过。”“这话说过了头啊，年轻人。”唐站长的声音一下严肃起来。他把我领进宣传组的草棚里，拿出两块钢板、一支铁笔、一张蜡纸，说：“听说你会刻钢板，什么字体？喜欢用斜纹钢板还是直纹钢板?”这可是我的强项，我的声音肯定很骄傲的：“都会。”“先别吹牛。”站长有些不快了。他拿出几份稿件，对我说：“我要去区里开会，明天早上回来。你把这些材料整理一下，用两张蜡纸做出一份宣传简报，我认为可以，你就留下来。不行，你就回去继续炸石头去。”我不卑不亢地说：“油印机在哪里？印多少?”“你那么自信？要是废品，能印吗?”丢下几句硬邦邦的话，站长掉头就走了。他不喜欢我，我想，但至少今天可以不出苦力了。我翻看了一下几份材料，觉得太简单了，改稿，排版，还按规划的水库模型做了个报头，“会战简报”四个字用的是魏碑体，“鲁城河水库会战指挥部宣传组”用的是隶书，正文一色仿宋体，每篇消息都配上一幅小插图，刻蜡纸时很惬意，因为一年多的时间没有摸过铁笔了。下午 4 点钟左右，我就完工了，看着两张展现我的才能的蜡纸，高兴之余又有些惆怅，觉得这个姓唐的站长是不会让我留在他身边的。

第二天早上，我很晚才去指挥部的宣传组。站长看见我，黑着脸说：“为什么这么晚才来?”我说：“我在工地上打炮眼，现在休息，便过来看看。”“你们公社没告诉你吗？我一清早就给他们打了电话。”“告诉我什么?”我一脸迷惘。“我让你到宣传组来”，他的声音突然柔和起来，“去吧，马上去工棚把行李扛来。”再返回“指挥部宣传组”的时候，我看见自己昨天的“杰作”，两张油印出来的《会战简报》，唐站长说：“很高兴，是吗?尽管我欣赏你的一笔字和排版的水平，但我告诉你，作为编辑，你还不合格。”接下来，唐站长给我上了编辑学的第一课：“记住，我们宣传组的任务就是为领导服务，报道领导的行踪，传达领导的意图，落实领导的指示。编稿、排版，都得围绕这一点来做，领导永远要占据头条、头版，不懂这一点，是要犯错误的。你看你排版的头条是什么？一对新婚夫妻的工地情怀，乱弹琴。县领导视察工地这么重大的事情，竟被你编成一条 20 几个字的简讯，成了报屁股。”那时的我，哪懂这一套编辑“理论”，但有一条是确定的，按此行事，便可以吃上一碗轻松的饭。轻松得不需要思想，不需要思考，不需要任何创造性。我得到的奖赏常常就一句话：这字，刻得真不赖。

一次，唐站长和我一起喝劣质的糠酒，问我：“到宣传组来，过得怎样?”我说：“没意思。”那天，他喝多了，开始诉说他的经历，一肚子的委屈。他多才多艺，吹拉弹唱，舞文弄墨，样样都会，任乡镇文化站站长很多年头了，毫无出头之日。“你以为我是想做官吗？我不想。我想写一部我真正想写的作品，可我不能写、不敢写呀。你说得对，没意思。每天编这些垃圾文字，我自己都瞧不起自己了。”可第二天，唐站长又严肃批评我报道领导的消息写得太简短，排版上也不醒目。望着站长的一脸正经，想着昨天他喝酒时迷茫的眼神，心想：领导，领导，究竟靠什么来“领”和“导”呢？唐站长何以对“领导”二字如此地诚惶诚恐？尽管他的内心有那么多的委屈和愤懑。当时的我，自然无法用福柯的“权力话语”索解唐站长人格的双重性，只是留下了一个时时向我发问的问题：编辑何为，何为编辑？

所幸的是，我没有做像唐站长一样的编辑，但几十年来，要把自己的文字铅印出来，总不免和出版社、报刊打交道，自己曾被“枪毙”的文字和许多编辑的无奈，都反复证明：权力规训唐站长的“编辑理论”，并没有消失。

十多年前，很迷恋湖北省图书馆的阅读氛围。读书之余，翻阅了许多晚清至民国的报刊，特别是系统阅读了商务印书馆的《东方杂志》。《东方杂志》创刊于1904年（清光绪三十年）3月11日，至1948年12月终刊，是近现代期刊史上一份重要的大型综合性杂志，存有大量近现代史的资料，堪称近现代史的档案馆。从刊物编辑的角度看，自己常想：一本刊物，特别是学术性的刊物，该为后世留下什么呢？我们今天的学术刊物很多，但有几种刊物能做到如《东方杂志》一样？我们今天还能容许杜亚泉式的思想型编辑吗？我不乐观。

几年下来，自己做了几本学术刊物的编辑，才深知今日编辑精神之困窘。编辑何为？曾轰动一时的《新闻编辑室》大结局里有如下的话：也许现实容不下一个堂吉诃德，但源源不断、前赴后继的堂吉诃德大集体，能传承一股精神，一个使命召唤。我还是想做个堂吉诃德。用自己手中的剑，傻傻地陪着自己环游世界。

我觉得，这是一个我寻求已久且愿意践行的回答。

2018年4月

《中文论坛》发刊词

《中文论坛》（*Forum of Chinese Language and Literature*）是湖北大学文学院创办的涵盖中文学科各研究领域的学术辑刊，旨在搭建一个新的学术平台，展示海内外学者最新的研究成果，借以倡导视野开放、独立研究的学风，立一家之言，撰传世之作。

本刊第一辑出版之际，正临近《新青年》百年纪念之日。陈独秀当年在《敬告青年》中阐述的六大办刊宗旨："自主的而非奴隶的、进步的而非保守的、进取的而非退隐的、世界的而非锁国的、实利的而非虚文的、科学的而非想象的"，今天读来，依然振聋发聩。中国现代学术，虽走过了百余年的曲折历程，张扬了中国走向世界的决心和勇气，但如何在历史和现实的碰撞中，探幽寻秘，彰显人类文化的共通之处，构建中西会通的文化路径，依然任重而道远。我们相信：纯正、严谨、创新的学术活动是推动中国思想文化前行的重要力量，治学者思想的独立姿态，则是中国学术真正走向世界的前提。

《中文论坛》第1辑编后记

忙碌了几个月，《中文论坛》第1辑终于编定。感谢国内外学者为本刊撰稿，感谢湖北大学文学院许多老师付出的努力，感谢湖大书局肖德才总编的大力支持。

学术是《中文论坛》唯一的主题和宗旨，也是我们唯一的追求。学术乃天下之公器，此话好说，真正做到其实很难。让人欣慰的是，为我们撰稿的学者们没有询问《中文论坛》的出身，也不在意功利化的刊物级别认定，大家奉献出了自己最新的研究成果，更奉献出了对学术真谛的理解。今日中国之大学，遭人诟病之处多多，学术不端尤甚。但是，学术史上彪炳千秋的至理名言、高山仰止的人格境界不是更多吗？从亚里士多德"吾爱吾师，吾更爱真理"，到陈寅恪"学术之自由，人格之独立"，我们看到了学术的精神力量。近些年来，国内许多大学的人文学科都在创办自己的学术刊物，这些刊物不受市场的支配，少有功利的色彩，更多的是纯正的学术和严肃的思考，在这里，我们看到了一种正在生长的力量，它就是学术信念的坚持和守望。戈公振先生说："一国学术之盛衰，可于其杂志之多寡而知之。"我们想为中国学术的明天尽微薄之力，也会尽最大的努力把《中文论坛》办成学术积累、交流、传播的一个平台。

路很长，我们愿做默默的耕耘者。

2014年12月

《中文论坛》第2辑编后记

《中文论坛》第1辑印出后，得到学界诸多同仁的鼓励和建议，武汉大学文学院的张洁教授还非常仔细地指出文章编辑中一些标点符号的规范性使用问题，编者深受感动，在此谨表谢意。

《中文论坛》第2辑根据编辑计划和组稿内容，在栏目设计上更注重研究旨趣和研究话题的相对集中。"《尔雅》研究"里刊发的郭康松教授的文章全面介绍了湖北大学文学院古籍所编辑《尔雅诂林》的艰辛历程，以此纪念湖北大学文学院老一代学者朱祖延先生；"语言研究"里刊载的对中央民族大学李锦芳教授的访谈一文，撰写者李霞是湖北大学的青年教师，曾师从李锦芳教授。第1辑亦发表过对复旦大学黄霖先生的访谈文章，撰写者韩晓也是师从过黄霖先生的本院青年教师。《中文论坛》将坚持类似的组稿，在介绍不同领域优秀学者的研究成果的同时，让学术访谈成为一种学术理念和学术方法的传承；"德国美学""文学地理学"旨在表明，本刊关注一些有较大拓展空间的学术研究方向，以此展现学术创新的新路径；"海外汉学"两篇翻译的文章，由武汉大学文学院李松老师推荐，系武汉大学人文社会科学"70后"学者学术团队项目"海外汉学与中国文学研究的新视野"暨武汉大学自主科研项目（人文社会科学），并得到"中央高校基本科研业务费专项资金"资助的研究成果；从本辑开始，《中文论坛》将常设"中国诗学"和"五四研究"两个栏目，在这两个研究领域展开多维度的探讨、争鸣，乃至思想的碰撞。"中国诗学"和"五四"的研究史表明，百年来中国人文社会科学的学术研究，始终面临着中学与西学之间的辨析和会通的大问题，也正因为此，学术研究才担着厘清中国文化走向、促成人类文化"美美与共"的重责。为此，我们希望更多的学者赐稿，《中文论坛》期待大家的参与。

2015年6月

《中文论坛》 第3辑编后记

编毕《中文论坛》第3辑，最想说的话就是：谢谢各位撰稿人辛苦地劳作，好几位作者对文章反复修改，他们治学的严谨与执着，令人感佩不已，有几篇文章尤其值得一说。

羊烈荣先生撰写的《〈乐记〉与先秦儒家心性论》一文，是作者多年研究《乐记》的成果，文章在多重文献考辨、辞章分析的基础上，得出的结论是："《乐记》含有与荀学相对立的心性论、感物论和天道观的内容，不可能是荀子后学所作，而是一部汇集了荀子以前诸多儒学流别之礼乐思想的作品。"此论虽非创新之说，但作者辨章学术，考镜源流的论说过程，无疑是学问真谛的精彩呈现。读陈水云先生的《常州派词学在现代的传衍与反响》一文，不免想到吕思勉对梁启超的赞誉："最能以新学理解旧史实，引旧史实证明新学理"，文中所言"'五四'新文化运动以来的现代词学，在批判传统词学的基础上重建了新的理论，它是对传统的扬弃而不是抛弃，所谓'扬弃'就是实现从现代对传统的有效嫁接，从而奠定了现代词学建构的理论基础"，不仅是对常州派词学理论价值的首肯，而且展现出作者致力于沟通传统与现代的理论视域。扎实的学理述说和广阔的学术视野将是"中国诗学研究"栏目追求的目标，能刊发这样的文章，我们深感荣幸。

"五四"九十周年之际，陈平原说："我们每代人都在与'五四'对话，一次次的纪念与阐释中，其实蕴含着我们自己时代的困惑与追求。""五四"百年日益迫近，我们要继续与"五四"展开对话，对话也是思想的争鸣。本辑"五四研究"栏目里的几篇文章，角度和问题各有不同，阐释的立场也构成了潜在的张力和冲突，但是，"我们要做的工作，不是简单地批判和否定'五四'，而是从'五四'传统所拥有的现代性思想资源出发，结合新时代的特点，加以发扬光大，使它在中国现代化进程中相当长的时期内始终保有新鲜的思想活力"。陈国恩先生在《作为历史镜像的"五四"及其意义》一文中如是说，这，其实也是所有关注"五四"话题的学者们的共同心声。

近些年来，分析美学在中国开始由边缘步入中心，这是中国当代美学研究更多参与世界美学对话的标志之一，刘悦笛先生为此做出了卓有成效的工作。“分析美学研究”专栏里刊发的《分析美学在当代中国的研究者与传播者——刘悦笛访谈录》一文，系统梳理了中国分析美学的发展过程，并对刘悦笛先生的努力和成就表达了敬意。

本辑封三介绍的李先焜教授，在语言逻辑和符号学研究领域有很高造诣，是国内外有重要影响的学者，多次参加国际符号学大会并多次主持东亚符号学研讨会。《论尼采的逻辑哲学思想》是李先生的新作，发前人之所未见，年近九十仍有如此学术创新之作，我辈后学，敬仰之余，理当奋起直追。

一年岁月，倏忽又是辞旧迎新之际，《中文论坛》编辑部祝所有关心我们的朋友们新年安康，学术有成！

2015 年 12 月

《中文论坛》 第 4 辑编后记

编完《中文论坛》第 4 辑，有些感想条陈如下。

中国诗学是一个绝大的题目，也是一个希望与困惑纠结缠绕的研究领域，“弘大处立脚，精微处著力”（梁启超语），不失为一条有效的学术路径。本辑刊发的王齐洲先生的《“礼乐文化”视野下的“诗”与“乐”》、杨赛先生的《先秦乐舞与乐论》两篇文章，都是在先秦制度文化的背景下探讨中国诗学概念的内涵，两文均拒绝抽象概念的推演，特别是王齐洲先生在文献考辨的基础上，指出：“诗”代表着文献的学习，“礼”代表着礼仪的躬行，“乐”代表着精神的养成。“乐”便昭示着“礼乐文化”的快乐精神，也只有具备快乐精神的人才是孔子所认可的有完善人格的“成人”或者“君子”。杨赛先生则是通过儒、道音乐范畴的比较，指出“儒家的乐是人乐”，“道家的乐是天乐”。上述由精微辨析得出的论断，不仅对传统诗学过重社会伦理化阐释是一种有益的纠偏，而且使我们看到中西诗学在发生学意义上的通融之趣。高文强先生的《论东晋南朝文人对佛教观念之接受》一文，讨论的时段虽限于东晋南朝，但三教合流是魏晋至明清中国士大夫精神走向的大趋势，从“三教同源”到“三教合流”，生动体现出中国古代士大夫对异质文化认知、辩证、吸纳的开放心态，以此观照百年来中西文化对峙、冲突的历程，高先生的研究大有裨益。吸收新的研究方法是中国诗学走向世界的基本前提，亦是返古开新的不二法门。潘诺夫斯基的《图像学研究：文艺复兴时期美术的人文主题》出版后，本是立足于西方视觉艺术研究所形成的图像学研究方法，为文学研究提供了一种重要视角，从俄罗斯文艺思想中的圣像学维度到新批评的语象概念，再到具体的文学图像学研究，可谓新潮迭起。中国古代素有诗画同源的思想和实践，在中国诗学语境中引入文学图像学研究，建构中国图像文学史，有益亦有趣，本辑刊发的三篇文学图像学研究的文章应该是一个有意义的开始，我们期待更多的学者参与讨论。季羡林先生曾说：“倘若拿河流来作比，中华文化这一条长河，有水满的时候，也有水少的时候，但却从未枯竭。原因就是有新水注入。注入的次数大大小小是颇多的。最大的有两次，一次是从印度来的水，一次是从西方来的水。而这两次的大注入依靠的都是翻译。中华文化之所以能长葆青春，万应灵药就是翻译。翻译之为用大矣哉!”编者完全认同季羡林先生的见解，故坚持开设“海外汉学”的栏目，借用为我们组稿的李松先生的话，目的在于“通过译介活动来了解西方人眼中的中国形象，对照中外不同主体对于同一研究对象的理解异同，可以更深入地触及国际文化交流的核心问题，可以更方便地建立起跨文明对话的平台”。

“湖北当代文学研究”栏目里刊发的六篇文章，因探讨的对象多与地域概念的“湖北”有关系，故有此命名。这并不说明我们认可那种封闭的、以行政区划替代文学地域性的观念，正如刘川鄂先生在《从湖北文学角度看中国文学建设》中所说：“1949 年以后，我们有了区域文学的话题，比如谈湖北文学，谈湖南文学，谈陕西文学。在今天这个全球化的时代之下，在这个经济不断开放、碰撞，文化不断多元的环境之下，地域的差异已经没有以前那么重要了，地域性的因素没有以前那么重要了，代际的差异、经济的差异、性别的差异在今天都大于地域的差异，就是说当我们谈地方的文学怎么样发展的时候，有时候可能就是统计学上的意义，实际上在这样一个全球化的时代，中国的社会经济文化多元化的时代，比较封闭的湖北文学是不存在的。”正是基于这样的视野，研究者感受到：“新世纪的湖北文学要走出可能的困境，摆脱源于自身的限制，就不能画地为牢，更不可以自以为是，满足于现有的成绩。相反，应该扬弃固有的文学创作范式，敞开胸怀，大胆改革创新，注入先锋的理念和现代的精神。”（刘继林：《新世纪湖北文学的先锋性考察与展望》）魏天无、荣光启、刘波三位先生对三位湖北女诗人——鲁西、余秀华、虹兰——的评析，虽是个案研究，但都在追问一个永恒的话题：诗是什么？三位研究者把自身的生命体验、洞穿生活假象的哲思和透彻的诗歌分析融为一体，让人领略到超越“世俗诗意”的诗的本真，值得一读。

中国百余年来社会、文化的艰难转型决定了“五四”话题永远都是沉重的，“五四”研究的领域自然也是思想搏杀的战场。冯天瑜先生在贯通人类思想文化史的视野里，平静而深刻地剖析“五四”的前因与后果，展现出思想的定力和睿智；李俊国先生关于“五四”新文化原典建构、“五四”精神与“文化母本”之间的博弈的论述，亦见思想的立场和批判的锋芒，编者以为，我们的时代，急需这样洋溢思想激情的学术。我们应该记住一个老学者的忠告：“很难想象后世的真正学者如何评估我们现今的学术界。或许将来又会出现一个史华慈似的外国学者，又会出现一本研究我们这一代学者的专著，而书名可能就是《没有思想的思想世界》！但愿不会出现这样一本书。此所谓‘盛世危言’，或可以‘杞人忧天’视之。”（章开沅：《史华慈：真正的学术与真正的学者——兼议当今高校的“项目拜物教”》，《同舟共进》2007 年第 5 期）

“语言研究”栏目刊发了四篇文章。《关于语法演变的机制》一文从历史句法学的角度讨论语法演变的机制，认为人类语言的语法演变有四种基本的机制，即作为内部机制的重新分析和扩展，以及作为外部机制的语法借用和语法复制。《明清汉语的反复体及其来源》是国家社科基金重大项目的阶段性成果，主要从语言类型学的视角出发研究了明清汉语的反复体的表现形式和语法意义，并探讨了明清反复体的历史来源。《从〈古歙乡音集证〉音注看康熙年间歙西方音的一些特点》主要把《古歙乡音集证》中反映方音特点的音注加以分析归纳，得出了若干方音特征，并证明了绩歙片现代徽语至迟在清初康熙年间就基本上形成了。《比工仡佬语的句中语气词》对比工仡佬语的句中语气词做了较为细致的描写，分析句中语气词所起的暂顿、提示、列举和标记话题等语用功能，解析每个句中语气词表达的主要语气意义。

谢谢各位为《中文论坛》撰稿的先生。王士菁先生在为《鲁迅论创作》写“编后记”时说：“一颗种子，如果是有生命力的，把它埋在深厚的肥沃的土壤里，或迟或早总有一天是要发芽、生根、开花、结果的。它也许会成为一株参天的大树，也许化作一丛耀眼的繁花，或是果实累累的嘉木，使人感到生趣盎然。”编者希望《中文论坛》一天天进步，成为“深厚”“肥沃”的土壤，更希望在《中文论坛》上刊发的文章“总有一天是要发芽、生根、开花、结果的”。

2016 年 4 月

《中文论坛》第 5 辑卷首语

在长江出版社、湖大书局出版了 4 辑《中文论坛》后，从第 5 辑开始移至社会科学文献出版社出版，感谢两家出版单位，一家送我们扬帆启程，一家将我们导入更广阔的学术传播平台。

本卷之所以把“名物学研究”置于诸栏目之首，原因有二。其一，编者得以刊发《古诗文笺注的另一扇窗》这样的妙文，深感荣幸。撰写此文的扬之水先生，是中国社会科学院文学所研究员，专意从事名物学研究。多年来，扬之水先生辛勤走访国内外博物馆，用力搜寻僻书逸典，掌握大量名物研究材料，使实物、图像与文献相互印证、完美结合，著有《诗经名物新证》《先秦诗文史》《奢华之色：宋元明金银器研究》《棔柿楼集》《终朝采蓝》等著作数十种，取得了令人瞩目的成就。其二，扬先生的研究方法既得中国传统学术研究方法的家法，又彰显出当下学术研究亟待突破学科限制的有效探索。有人说扬先生的方法似乎是循了王世襄的路子，用实物说话，用考证与思索说话，这是名物研究的目的之一，是努力还原历史细节和生活细节，使读者在洞悉古人生活细节的时候，对诗中深刻的意蕴理解得更加完整和透彻。武汉大学文学院的尚永亮教授得知编者得到扬先生的大作，索之以先睹为快，读后评曰：“惠寄扬先生大作细细拜读，甚好。作者于古器物稔熟，用以纠正诸家笺注之误，解说透彻，见解深入一层，的确是行家。文末余絮更好，思路开阔，对诗图关系之理解颇为通达，佩服。”尚先生亦是古代文学研究大家，编者邀约的尚先生大作《方法与创新——以文学研究为中心》，集数十年研究之心得，所思所见，高屋建瓴，对读者参透扬先生微观研究方法的妙处无疑具有登堂入室的引领作用：“以证据为基础，以考据为手段，以接近、还原历史真相为目的，小而言之，可以施之于名物训诂、版本校勘、辨伪辑佚、编年笺证等与文献学相关的微观层面；大而言之，可以施之于历史事件、人物关系、政治举措、学术流变等与社会文化学相关的中观、宏观层面。这一方法，历千余年的学术实践和积累，至清代乾嘉之际皖、扬诸子而趋于完备，蔚为大观。”但是，“此一方法就整体而言，多以具体问题为考察对象，以文献考据为主要手段，而在涉及义理、思想层面及较大研究对象时，难免鞭长莫及，捉襟见肘；对于年轻学人来说，长期沉浸于此一界域，也不无钝化思想、艺术敏感之虞”，故“强调会通，强调日新，反对拘守和定论”才能成就大家风范。扬先生亦如是观，她给自己设定的理想是：用名物学建构一个新的叙事系统，此中包含着文学、历史、文物、考古等学科的打通，一面是在社会生活史的背景下对“物”的推源溯流；一面是抉发“物”中折射出来的文心文事。二位先生的异曲同声，分明道出了学术研究的奥秘和理趣。按编者的理解，学术研究是一份求真务实的工作，就工作的程序言之，如同田野里辛勤劳作的农夫，一分耕耘，一分收获；就工作的目的言之，学者又不同于农夫，以考据“接近、还原历史真相”，或抉发“物”中折射出来的文心文事，均属精神食粮，滋养着健全的人格。无思想之勇气，何以洞穿历史的假象？无卓然超群的情操，又何以悟解冰清玉洁的文心文事？所以，剑胆琴心乃文人治学的最高境界，亦是学人辨章学术、考镜源流的内驱力。为本卷撰写《公安竟陵诸家与园林艺术》一文的夏咸淳先生，还有撰写《从〈伐檀〉“素餐”看“〈诗〉无达诂”》的彭忠德先生，前者年近80，后者也年近70。今年夏天，夏先生在上海看到《中文论坛》第4辑上刊发的《明清之际诗学的江南语境》一文后，托朋友联系到编者，寄来多年研究的大作，编者感佩不已，既为《中文论坛》能得到学者们的关注和支持而高兴，更想向夏先生孜孜不倦于学术的精神致敬。彭忠德先生是编者的学兄，也是多年的老朋友，其为人为文，素有剑胆琴心的风范，终日以读书为乐，以考辨真伪为治学要义。二位先生的文章，话题有大有小，谨严的学术话语中所蕴含的思想张力，无不透视出作者叩问历史真相的文胆和与文化真谛相濡以沫的文心。

欧阳修鄙视“举子轻薄，为文不求义理”，今人以思想史的高度衡量文章的优劣，一反一正，均道出学术与思想史的密切关系。撰写《从著述体式看元代四书学》的周春健先生浸润古典学研究多年，著述颇丰，他认为，“集疏体”“笺释体”“辨疑体”“经问经疑体”“年谱传记体”五种体式，涵盖了几乎所有的元代四书学著述，但每种编纂体式却与思想史有着密切的关联，“体式包孕思想，思想催生体式”。此一结论看似无新意，但作者精深的文献学疏证考订和阐释学的解读过程，是把驳杂的历史信息梳理为一个清晰的思想流程，是把碎片般的文献还原为思想的有机体。真的学问，不是标举空洞无物的“思想”，而是把思想还原为厚重历史的过程。用尚永亮先生所推崇的杨义先生在《论语还原》中使用的方法言之，要对本有生命原件，细读深思而明其本义，做出复原性缀合；要对典籍所在的文化地层叠压，究其原委而辨其脉络，做出过程性辨析；要对大量散落或新近出土的材料碎片，旁征博引而把握命脉，做全息性的比对、深化和整合，排除疑似，聚集症结，在去伪存真过程中求证出一个有机的生命整体。

在今天壁垒森严的学科体制里，名物学几无安身之地，可扬之水先生却写出了一流的文章。画地为牢、固守学科藩篱已成中国学术创新的沉疴痼疾。冯黎明先生的文章《学科互涉——一种后学科的理论话语》对此做出了入木三分的剖析，认为20世纪中期以来，人文学术的一个最为显明的变化就是所谓“学科互涉”成为一种知识创新的路径。学科互涉超越“分科立学”的现代性知识学秩序，以“学科间性”的方式审视人们的社会实践，显示出一种强大的知识创新功能。学科互涉有三种境界，一是引入外学科的知识学依据来考察诸如文学一类具有场域自主性的文化现象，二是将特定的文化现象置于多学科交叉的“散点透视”的知识学视野之中，三是形成一种“无学科”或者“超学科”的知识学视界。文化研究中被广泛运用的“批判性话语分析”方法，比较典型地体现了“学科互涉”的学理特质。“龟缩在学科象牙塔里做‘逃亡者’的结果是人文学科知识失去了对社会文化进行批判性反思的能力，而冲出学科牢笼在整体上对社会文化进行阐释才能恢复人文学科知识的进步意义。”在《借之“提劲”——漫谈我的“五四研究”》一文里，年轻有为的学者陈占彪先生亦说道：在学院的象牙塔之中，知识分子的公共性逐渐被专业性代替，民生关怀被学术研究代替，激情被冷静代替。在后现代社会中，知识分子已经由过去的“立法者”身份转变为现在的“阐释者”身份。网络社会新舆论空间的形成和“新舆论阶级”的兴起终结了知识分子的“代言者”身份。当然，在广大知识分子偃旗息鼓的同时，自然也有不甘心这种状况的知识分子，他们寻求新的出路，在当代中国，“文化研究”很大程度上已经成为当代敏感的人文知识分子，以学术的方式立足当下，观察中国，批判现实，介入社会，以实践其批判意识的新面向。上述见解，编者深以为然。

本辑“西方古代美学研究”栏目是常旭旻博士辛勤劳作的结晶，从组稿到修订译文，耗费了大量时间，并撰写了一份颇具学术含量的“西方古代美学研究”编者小引，在此，我们深表感谢。

本辑在开设“沙湖论坛”栏目之前，曾致函诸多学友：

> 《中文论坛》已出版4辑，刊发文章100多篇，撰稿者遍及大江南北，若检点诸多撰稿者的学习和学术经历，不难发现，或早或晚，或长或短，大家都曾在湖北大学的所在地——武昌沙湖湖畔留下深浅不一的脚印。有人叹曰：沙湖水浅，容不下翻江倒海的蛟龙。我不以为然。学术乃天下之公器，中国自古有周游列国——行万里路、读万卷书的治学精神，西方亦有游学（Study Tour）的传统，有缘在沙湖映下剪影的学人，无论今天身处何方，你们的学术成就和不倦的进取精神，永远是沙湖的骄傲！有鉴于此，《中文论坛》拟开设“沙湖论坛”专栏，以学术的力量，呼唤离沙湖而去的朋友们来此相聚，以求道的精神建构一个学术共同体。学术共同体不是狭隘地缘、学缘的标签，不是某种利益的聚合体。认识、确立和创建文化的价值意义，是推动人类文化发展的动力，是人文社会科学研究的伦理使命，亦是学术共同体赖以形成的内在根据。现代学科分立制度的最大弊端，就是

导致大量研究课题的自我封闭、自说自话和研究者的孤独存在，走出这般困境，让知识生产挣脱功利的束缚，重现人文理念的光芒，让知识者有一个精神交流的空间，此乃“沙湖论坛”之企盼，也是抛砖引玉，敬请大家为办好“沙湖论坛”栏目出言献策，谢谢！

编者的倡议得到了热烈的回应和实际的支持，冯黎明先生提出讨论文学研究方法论的中心议题，并和尚永亮、曾大新二位先生一起为“沙湖论坛”打响了第一枪。作为编者，自然对“沙湖论坛”的未来，充满着无限的期待。

因为，2017 年的钟声即将敲响。

编者

2016 年岁末

《中文论坛》 第 6 辑卷首语

本辑要目有三。

其一，“沙湖论坛”的四篇文章，共同的主题是学术的传承。2017 年 6 月 10 日，为纪念首部“湖北大学社会科学知名教授文丛”——《郁源文集》的出版，湖北大学举办了“《郁源文集》暨‘感应美学’学术研讨会”。在会上，扬州大学姚文放教授、湘潭大学季水河教授、武汉大学陈望衡教授、湖北大学邹贤敏教授、华中师范大学张玉能教授，还有郁源先生的诸多弟子共同追忆了郁源先生挚爱学术、潜心研究的一生，并从中国当代美学的发展角度对郁源先生的“感应美学”进行了多层面的探讨。张玉能先生写的《融汇古今中外的感应美学》一文，对郁源先生的学术生涯及“感应美学”做出了全面的评述：“郁源教授正是在批判继承西方美学思想和文论思想的前提下，从中国传统美学思想的‘感应’观出发，以马克思主义实践论美学为指导建构了新时期的‘感应美学’独特的‘打通中西马’的中国特色当代美学体系。这种创新精神、务实精神、融汇古今中外的学术精神，值得我们永远学习和传承。”

读《郁源文集》，扑面而来的是徜徉典籍、皓首穷经的一介读书人的本色。编者曾有幸听到郁源先生和胡经之先生说过，他们共同的老师——杨晦先生给他们最大的影响就是一生痴迷学术。据说，“文化大革命”时期开批斗会批判杨晦是修正主义时，他用德文版、英文版、俄文版和中文版的马恩全集与红卫兵辩论，称自己所言符合德文版原意，并未“修正”，相反，是俄文版“修正”了马恩的原意，转译俄文版的中文版自然是“修正”的“修正”了。读书人以读书为乐，以学术为社会正心明道，实为学术传承之真谛，亦是当下学界之要务。章子仲先生曾就读于四川大学，先后师承诸多大师。其耄耋之年写下的《追怀与思念》（本辑刊用二则），对学术传承不无忧虑：“陈寅恪、吴宓、钱钟书是我心目中的‘继往圣之绝学’的传人，他们与流行的学派当然不是一回事。他们的博古道今的学识，我怕会面临断层的危险。他们绝不同流合污的品德，我不知道要到哪里去追寻。”《思想何以贫困?》一文则展现了“追寻”的勇气和反思的趣向。索解章子仲先生、邹贤敏先生所忧虑的学术精神的“断层”之由来，历史自会有公断。编者不悲观，纯正的学术精神，终会薪火相传。如钱穆在《学术与风气》中说：“康有为、章太炎、梁启超、刘师培、王国维诸人，岂不是我们这一时代之大师！但实由前一时代所培植。我们这一代人，若无此数人，将会更感黯淡，更无光彩。”

《读〈梵语入门〉》的作者倪胜先生是郁源先生的关门弟子，主要研究方向为德国古典哲学、西方当代戏剧、佛学等，已出版《判断力批判体系探微》《早期德语文献戏剧的阐释与研究》等著作。谈康德美学，还和老师在一个学科里耕耘，说德语文献戏剧，研究方式已然逸出老师的套路，至于佛学之探索，按现在的学科思维看，倪胜君似乎走入了“旁门左道”，可观《读〈梵语入门〉》一文，作者对季羡林先生的译文字斟句酌地把玩、赏析、献疑的执着，分明又是对郁源先生学而不厌、痴迷学术的精神的最好承继，亦是纯正学术精神后继有人的证明。

“沙湖论坛”愿为这样的学术传承鸣锣开道！

其二，“五四研究”栏目刊载的三篇文章，虽命意、写法各具特点，却共同呼唤着百年前新文化运动的浩然之气。许祖华先生的《五四新文化中的科学信念》，从现代知识学的层面论述五四高扬的科学观念，认为：“它不仅历史地成为新文化的重要内容，而且也成为新文化在构建过程中的重要原则与方法。正是基于科学所提供的原则与方法，新文化运动的先驱们有效地引进了外来的各种文化，较为全面和深入地批判了中国固有文化的弊端。”王丽先生的《文化学视域中的五四新文学观》，认为五四新文学观具有阐释文学的文化学特征，并由此形成了自己关于文学的文化学理论。“在这种理论中，文学的民族化理论，又是内容最为丰富、特色最为鲜明、意义也最为重要的理论，当然也是我们最应该关注的关于文学的理论。”李松、舒萌之先生撰写的《英语世界五四运动研究的追踪与反思——纪念五四运动100周年（一）》，是一篇耗费作者大量心血的文章。年初，李松先生向编者辞行，说要去美国杜克大学访学一年，聊及访学期间的研究计划时，编者建议：能否系统收集、整理一下关于五四研究的英语文献。之所以提此建议，一是在梳理五四研究史的过程中，发现国内学术界近几十年来实际上和海外的五四研究有诸多交流，且深受影响。鉴于学界对海外五四研究的相关文献缺少系统的整理和介绍，故希望李松先生予以关注；二是想在《中文论坛》的“五四研究”栏目里拓展新的言说空间。几个月的时间里，李松先生全身心地投入工作之中，他对学术的执着追求和刻苦精神，在朋友圈里是颇为有名的。编者常在微信里向身处异乡的李松先生致意问候，交流研究的进展，当然也想早日得到他的大作。期待已久的文章终于寄来了，李松先生并给编者写了好几封邮件，特转录一段如下：

> 这几个月的焦虑终于可以暂时缓释了。谢谢您给了我这么好的选题，我是深入去翻译、阅读才发现这个领域大有可为。如果是十年前，我会把这个作为博士论文选题。原来跟您说2.5万字，现在文章不知不觉写长了。我的想法是，希望尽可能做得深入细致一点，否则这个选题浪费了。大部分时间都花在查找资料和翻译上。后来我找了一位朋友帮忙翻译，如果不是外援，这么短时间还是无法完成。目前大多数这类文章对于研究成果都是点到为止，我基本上是从原始资料出发，做了摘要或者关键段落的翻译，而且都是用引号直接引用。对于他人已有的介绍和研究，本文不再重复。总之，我希望能够成为文献性的导引，同时有自己的理解和思考。

编者以为，李松先生的这段话已把文章的由来、经过和预期的学术意义，交代清楚了。“五四研究”栏目应该向李松先生鞠躬致敬。我们努力的目标：为五四研究“添砖加瓦”。

其三，去年秋天，上海社会科学院文学研究所的研究员陈占彪先生以主持人的身份，邀请上海文学界的几位名流，围绕当下文学生产的新变进行了笔谈。《市场逻辑和信息技术下的文学生产》便是这次笔谈的结晶。此文的要点如下。(1) 传统的文学生产场域已经发生了变化，新的文学生产场域已经形成。“文学工作室”和“网络文学”是当代中国两种重要的新文学生产方式。(2) 相信通过这些身居新文学生产“一线”的各方代表人物的“现身说法”，一方面能为当代文学研究提供一些新鲜材料；另一方面为习惯于“在研究室里进行文本研究”的研究者提供另一种研究思路。编者认为，这两点看法是值得关注的，因为作者们（或是长期进行文学、文化理论研究的知名教授，或是资深的文学期刊总编，或是新的文学生产样式的操盘手）以多重身份聚焦于一个已经无法回避的话题：文学之变。他们不再纠缠“变”的合理性、合法性，讨论的是怎么“变”，“变”的市场逻辑规定，“变”的信息技术的支撑结构等。面对新变迭出的文学生产与消费，传统理论的言说是否捉襟见肘，该走下历史舞台，新的言说能否洞悉新变的前世今生，引领时尚？也许，一切才是开始。方兴未艾的文学新变，远未揭开扑朔迷离的面纱，其美学的底蕴何在？不管是身居新文学生产“一线”的“现身说法”，还是“在研究室里进行文本研究”的理论探寻，终究是要回答这个问题的。

本辑余下栏目及文章，由于篇幅原因不再一一评说，但许多文章，均是编者一年前约下的，约稿、催稿、定稿的过程，记录下编者与作者间的友谊，也是编者向各位撰稿人学习的过程。还有几位作者，不仅为《中文论坛》撰稿，还为编者的工作给予了诸多帮助，如主持《市场逻辑和信息技术下的文学生产》笔谈的陈占彪先生、撰写《〈新编汪中集·大戴礼记正误〉点校商兑》的彭忠德先生、撰写《论姜兆锡〈尔雅注疏参义〉的学术贡献》的杜朝晖先生、撰写《从变从义：儒家文化关键词的意义建构方式》的张金梅先生等，在此，编者向各位致以诚挚的谢意。

又及，何洪峰先生在自己《英语借词语素化及其演变》一文排版定稿后，致函编者："稿件呈上后，再读，觉得一是有一处例证不合适；二是有一个现象可以写一下，故又作了点小修改。不知可否修改？"编者收到这封邮件的时候，已是夜半时分，内心的感动不言而喻。洪峰先生是编者的老朋友，年过花甲，仍在为文章的一词一句反复推敲……此情此景，作为《中文论坛》的编者，看到了学术的意义，感到了学术的力量。

编者

2017 年 6 月

《中文论坛》第 7 辑卷首语

"书比人长寿"，是费正清给友人、前良友图书公司的编辑赵家璧信中的一句话。赵先生编了一辈子的书，自然很喜欢这句话，便拿来用作他一本书的书名。有人说"书比人长寿"，不过是读书人的呓语，编者不以为然。昔日太史公因受辱而发愤著书，藏之名山，以待后人。显然，他知道，人的肉身终不免一死，但人之魂灵，却可以在文字和书籍中长存。

这便是写作的理由，当然，是真正的写作。

在功利主义甚嚣尘上的今天，还有真正的写作吗？还有不为稻粱谋的纯净学术吗？

否定的证据肯定无以计数。但是，在浊浪翻滚的江河里，自有一股清流。本辑组稿过程中，编者接触到几位学者，他们的写作态度，他们给本刊奉献的文字，宛如沁人肺脾的清流，让人心在雾霾的压抑之中，如饮甘霖，这，便是希望的种子。

2017 年底，编者专程去深圳拜见胡经之先生。胡先生 1933 年生人，在名为"望海之斋"的寓所里，先生白发鹤颜，精神矍铄，谈艺术、谈文化、谈自己"美的追寻"的一生……夕阳西下，编者向先生告辞，先生伫立窗前，邀我俯瞰后海湾和深圳河，说：美哉大自然，最美还是夕阳红。胡先生是中国美学界的领军人物之一，从北京大学到深圳大学，从美学、文艺学的学术研究到深圳特区文化的拓荒与腾飞，均留下彪炳史册的成就。编者请先生赐稿本刊，先生拿出两份未曾刊发的手稿，说：我不会在电脑上打字，你帮我打出来，再寄给我看看。看到先生寄回的修订稿，编者大吃一惊。稿纸上从天到地，修改的文字密密麻麻，许多段落完全重写，篇幅大大扩展，每一个字，依然那么娟秀。著作等身的胡先生，已是耄耋之年，对文字的敬畏未有丝毫的减损，对学术的执着未有丝毫的懈怠。编完先生《美学论说二题》，仿佛听见先生又在说："此时，我处在天与地之间，天、地、人联结为一体，真正进入了天地境界。"

本辑编发的武汉大学资深教授冯天瑜先生的《学术随笔三则》，均取材于作者研究生涯里的片段遭际，平实的叙述之中，又蕴含着知识的悟解和情感的释放，大有阅读文学作品的趣味。王国维曾言："文学中有二原质焉：曰景，曰情。前者以描写自然及人生之事实为主，后者则吾人对此种事实之精神的态度也。故前者客观的，后者主观的也；前者知识的，后者感情的也。"人文学科的写作，也当如此，情景交融非诗家之专利。冯先生毕生治史，特别推崇梁启超笔端常有炽热的情感。读冯先生辛亥革命研究、中国文化史研究的皇皇巨著，此般情景交融的精彩段落，常常穿插于严谨的历史考据之中。近几年来，冯先生身体有恙，多在医院。编者每次去探视，先生总是在一边打点滴，一边写作，病床上，窗台上，到处堆放着反复修改的手稿。他很少说自己的病情，说得最多的是：这个问题很有意思，我们应该抓紧时间，好好研究，把它做出来！医生说，已经76岁的冯先生在创造生命的奇迹，熟悉冯先生人品和学养的朋友有个精彩的点评：首先精神立住，才能身体抗住。妙哉此言，对于学者而言，有了精神的尊严，才有生命的尊严。编者在此为视学术为生命的冯先生祈福。

撰写《关于中国当代美学的几点反思》的张玉能先生，是蒋孔阳先生开门三大弟子之一，今年也75岁了。在张先生的字典里，大概是没有"退休"一词的。学术会议上，不管是大会发言，还是小组讨论，总是声如洪钟，激情澎湃。德国美学史研究、席勒著作的译介、实践美学研究的切实推进，还有当下理论热点问题的争辩、多种多样的艺术评论等，都是他写不尽的题目。编者与张先生交往几十年，曾好奇地问过，如此不倦地写作，动力何在？先生答曰：兴趣。梁启超在《学问之趣味》里说："你问我'为什么做学问'？我便答道：'不为什么'。再问，我便答道：'为学问而学问'；或者答道：'为我的趣味'。"还说："趣味主义最重要的条件是‘无所为而为’。凡有所为而为的事，都是以别一件事为目的而以这件事为手段；为达目的起见勉强用手段，目的达到时，手段便抛却。”康德以为美就是无目的而合目的性，张先生孜孜不倦的学术写作，不正是对德国古典美学最好的诠释吗？

最近，湖北大学文学院编辑出版了三卷本的论文集《学术精神的爝火》，文集收录了数十位已退休的教授撰写并发表的一百二十余篇论文，涉及文艺学、中国古代文学、中国现当代文学、外国文学、写作学、古代汉语、文献学、中学语文教学法等诸多学科门类，皇皇一百六十万言。廖全京为此撰写的书评《在痛感中燃烧的文字——〈学术精神的爝火〉管窥》，从学术史的角度指出，几代俊彦之所以能在磨难中薪火相传，承前启后，是因为：“这里洋溢着人文知识分子的理想主义、英雄主义，澎湃着与尘世烟火密切相关的怀疑精神。这里记录着较一般世俗人生之痛更为敏感、更为复杂深邃的精神之痛。一群秉持真心的读书人，以传承人文精神、尊重事实、还原真相的学术伦理、学术良知，在孤寂与困厄中默默守望、苦苦追求了六十年。如果说，老教授们在这六十年间形成了一个有血有肉有情有义的学术肌体，那么，这个肌体的每一条血脉里都有一种深沉的痛感在流淌。三卷《学术精神的爝火》，就是三卷在痛感中燃烧的文字。”学术是人文精神传承与坚守的神圣载体，是事关文化存废的重器，以学术的名义“究天人之际，通古今之变，成一家之言”，是学者自由思想的终极目标。陈道德的《永远怀念恩师李先焜先生》、汪正龙的《当代文艺思潮史上的周勃》、吴时红的《王元骧近期文艺美学基础理论研究述评》，三篇文章或追忆或评述的三位学者，专业各异，但对学术的虔诚却高度一致，可谓“焚膏油以继晷，恒兀兀以穷年”。

编者坚信学术精神的力量，正如杜牧所说：“萤光爝火，何裨日月之明；弱质孤根，但荷乾坤之德。”因此信念，编者向为本辑撰写文章的诸位学者致以最崇高的敬意！

编者

2018 年 4 月

《文化发展论丛》2017年第1卷卷首语

本卷在“高端访谈”栏目，约请冯天瑜先生就“文化转型与价值重建”等问题发表了真知灼见。冯天瑜先生是国内知名且在国际上有重要影响的文化史研究专家，是国内最早关注、投入中国文化史研究领域，并取得卓异成就的学者之一。如何从世界历史的宏观层面思考社会转型引发的文化危机，并从中国百余年曲折的现代化进程中考辨有关价值重建的种种文化思潮，从而寻求中国文化现代化的有效途径，是冯天瑜先生40余年来孜孜以求的学术之道。在此，《文化发展论丛》编辑部向因病住院已久的冯天瑜先生表示最诚挚的谢意和衷心的祝福！

本卷开设的“人文思潮”栏目，意在直面全球文化危机、反思文化发展历程、重建人文价值。所刊载的四篇文章均来自学有专攻、成果颇丰的学者，他们开阔的全球视野、清晰的学术思路、明确的价值判断，虽有着各自的学术理念和述说路径，但直面文化危机的理性精神和重振人文关怀的价值向度却是同一的。葛金芳的《中华礼制：挑战与应对》、周启荣的《当代世界文化危机、回归传统与中国的儒家复兴运动》和何卓恩的《自由主义的中国语境、性格和命运》三篇文章对中国传统文化如何进行有效的现代转化、以何种气质参与全球性的价值重建，均有深刻的反思和精彩的论述。刘方喜的《文化的生产性与财富的流转：马克思主义文化战略学初探》一文，从文化战略的角度分析了在全球化的态势下，如何在文化价值观上重视人的生产性和财富可分享性的统一，颇具实践意义。

“经典阐释”栏目中周春健的文章《孟子“父子之间不责善”的古典学阐释》，融传统考据与思想史的面向为一体，对传统伦理的一个具体命题进行了细致的考辨。若言世界视域中的社会重建，伦理重建当是重中之重，而伦理重建的前提肯定要从传统文化中寻求重建的基因，但这个基因是否健康，是需要治古典学的学者们为之把脉的，因为“经典文本之字面义与原义之间，存在相当的张力。我们需要认真通过研读经典文本本身以及历代注疏，并通过严密的逻辑论证，同时考之史实，在经典文义理解上，才可能更接近于逻辑与历史的统一”。为凸显此命题的学术史意义，我们特地配发了罗彩撰写的《近百年来五伦思想研究述评》一文。

“症候分析”栏目希望作者以独到的眼光，通过文本细读的方式，努力发现和阐发文化现象隐含的多种悖逆、含混、反常和疑难现象，对文化的“症候”进行价值诊断。陈占彪的《“炒作经济”与当代低俗文化生产》、臧策的《对于“文化研究”的文化研究》显然是通过理论的反思，穿透文化现象，对某些文化乱象背后的“文化逻辑”发出了批判的拷问。陈健毛的《文化创意产业核心在于审美文化——以景德镇浅绛彩文人瓷画的兴衰为例》，则从历史案例出发，为文化创意产业的发展提出了建设性的构想。

“热点聚焦”里的三篇文章：《当前影视剧流行价值趋向批判》、《当下影视剧创作与文化症候》和《“黄金时代”的影视生产》，有着共同的话题，三位作者对当下流行影视剧里价值趋向的追问，亦有症候分析的特色。

“七纵八横”栏目里的四篇文章，话题各异：围棋、乐学、剪纸还有动漫，在几位作者的笔下，古老或新潮的话题分明透射出文化发展中与时俱进的新趣味、新体验和新认知。

在新年的节庆氛围里编完本卷文稿，编者对各位撰稿者心存万分的感念。好些作者，如身居美国的周启荣先生、上海的陈占彪先生和杨赛先生、天津的臧策先生、北京的张慧瑜先生、宁夏的牛学智先生、海南的汪荣先生、广州的罗彩先生，编者素未谋面，感谢如今的资讯发达，得以通过各种学术平台了解各位先生学术研究的经历和成果，再就是约稿、赐稿、交流、切磋，频繁的往来邮件和微信，记下了这一段美好的文字之缘。还有几位作者，如葛金芳先生、周春健先生、刘方喜先生、何卓恩先生、高乐田先生、何红一先生、陈健毛先生、牛旻先生，虽和编者或是老友，或是新知，但大都天各一方，见面甚少。谢谢大家，为《文化发展论丛》写下精彩纷呈的文字。还要感谢远在美国的老朋友罗务恒先生和程靖博士为本辑的英文翻译和审定、石若凡博士为技术统稿所做出的辛苦工作。

从 2017 年起，《文化发展论丛》每年仍旧出版 3 卷，并以 2017 年第 1 卷、第 2 卷、第 3 卷分别取代《世界卷》《中国卷》《湖北卷》的称谓，特此说明。

编者

2017 年 2 月

《文化发展论丛》2017年第2卷卷首语

把文化传播与交流作为本卷的主题词，曾引来一些朋友的担心，以为主题没有限定性的聚焦点，文章的议题恐怕难以集中，会使全卷缺失整体性。编者曰：不必担心。编者走的是定向约稿的路径，熟悉各位撰稿人的学术路数，给撰稿人的唯一要求，就是在多年研究的领域里寻找一些文化传播与交流的案例，做出本专业的分析。这么做的好处是：不以主观设定的编辑理念去限定撰稿人的写作自由。任何学者，都有自己苦心经营的一亩三分地，品种引自何方，产品如何进入流通，他们当然最有发言权。所以，听听他们的研究体会，比一味宣讲抽象的文化传播理论，感受会更生动、更具体，认知亦会更清晰。更重要的是，学者的使命不是为某些抽象的理论寻找“学术”的例证，相反，是让既有的理论在历史的逻辑面前暴露自身的破绽。

文章陆续发来，或讨论再三，或反复修改，编者与撰稿者，在键盘的敲击声中互致问候，切磋学问，精神愉悦之外，自有诸多感受，值得一说。

如何从文化史的层面解说文化的传播与交流，编者多次前往医院，向武汉大学人文社会科学资深教授、武汉大学中国传统文化研究中心主任冯天瑜先生求教，写出《兼容并包　新生转进——冯天瑜先生访谈录》一文。冯先生所议所论，贯通古今中外，层层揭示文化传播与交流的要义；尤其是对全球化背景下文化传播交流症候的理论反思，对近代以来中西文化交流史的深层叩问，无不发人深省：“一个民族、一个国度文化的进步离不开同外部文化的交流。没有交流的文化系统是没有生命力的静态系统；断绝与外来文化信息交流的民族不可能是朝气蓬勃的民族。犹如江河之于细流，拒之则成死水，纳之则诸流并进，相激相荡，永葆活力。”

北京大学《马藏》编纂与研究中心特聘研究员田子渝先生，是马克思主义传播史研究的专家，其撰写的《马克思主义在五四前后传播的阶段向度研究》一文，多方稽考文献，研究马克思主义在中国五四前后的早期传播，这一研究的新视角，不仅揭示了马克思主义在中国早期传播的基本特征、渠道与内容，并由此透视出中西文化重构的漫长、动态、曲折而又辉煌的历史过程。张黔先生亦在《现代主义建筑在现代德国的命运》一文里，从历史—民族的维度，分析了德国的建筑设计即使是广义的现代主义，也与无国界、无民族、无历史的极端现代主义保持着距离，这也导致我们在看到德国（包括格罗皮乌斯）的现代主义建筑时不会简单地将其与法国或美国的现代主义建筑等同起来。究其原因，作者认为：在文化传播演化的深层结构里，“民族文化的根性”总在扮演一个调适的角色。

文明对话是文化传播的基本内容，是异文化之间沟通的桥梁。日本福冈国际大学国际关系学院院长、教授海村惟一先生在《汉字文化圈中的日本汉诗诞生》一文里，从“汉字文化圈”的视角，采用或更新最前沿的研究成果，实证和精解《怀风藻》如何扬弃中国古典文学，同时考察七八世纪通过“遣隋使、遣唐使”的“使者、书籍、物流”等的体感、交流、对话所产生的大陆（中华）文化的人文精神对列岛（日本）文化的人文精神的影响。周璇先生撰写的《天目、禅茶与侘寂》一文，通过考察天目与禅茶在宋元时期作为一种极具影响力的文化标志进入日本的传播历程，“成为地域文化、茶文化、中日文化交流和影响的承载与象征”。何红一先生长期致力于中国传统民间民俗文化的研究，曾在美国国会图书馆做过中国少数民族文化的演说，其《在传统中发展创新的美国剪纸艺术》一文通过对美国剪纸艺术的介绍，以小见大、饶有趣味的叙述让我们对中美两国民间文化的交流与融合身临其境，妙趣横生。郭硕博先生在《存在主义与道家思想互通的艺术样式》一文里以高兹沃斯为例，发掘西方存在主义哲思与东方道家自然观之间的契合与互通，认为两者的同一性在于：“超越自身在自然之中感到的无家可归与无根性，寻找一条重返存在之家园的道路。”在人类文化传播与交流的漫长行程里，有鲜花，也有荆棘，融合中有矛盾和冲突，前行的凯歌里又弥漫着无尽的回顾和深切的反思。舒红跃先生在《海德格尔“座架”式技术观探究》一文里，就全面介绍了海德格尔对现代技术文化的反思：由于市场化和商业化的驱使，现代技术对生活世界中的各种存在进行限制、降格和缩减，试图把它们变成只是对人有用的材料和能源。技术（人造物）本质上是天地神人的“会集地”，是生活世界各因素相互关系的“联结点”，是一种相对于特定时空中的人造物的“多于”，可现代技术的倾向是对事物进行限制、降格和缩减，最后只剩一个未知的“X”。龚举善先生的《视觉崇拜·图像修辞·身体偶像》，在认同当代视觉审美文化转型的正当性与合理性的同时，指出：必须“自觉抵御视觉中心主义以及由此而来的图像通胀和视觉暴力倾向，警惕非理性视觉快感对于人类审美惰性的默许和纵容，谨防庸俗身体唯物主义和低俗消费欲望的侵蚀”。

文化传播是信息的越界，也是精神的越界。廖全京先生《精神的越界》一文，在全球化的大背景下，以具体的作家作品为例，翔实分析了新时期以来川剧艺术内容和形式上的嬗变——艺术样式越界、戏剧观念越界、人文思想越界，他认为：新时期川剧艺术革故鼎新的过程，就是“越过民族文化艺术的既定边界，走向东西方文化艺术的碰撞、融合的过程”。廖全京先生是湖北大学20世纪80年代毕业的首届研究生，毕业后一直致力于中国戏剧史的研究，成果斐然，年逾70仍然笔耕不辍，生动有趣的川剧研究里浸透着一股开放执着的文化情怀：“在无可逆转的全球化现实面前，新时期的中国川剧用开放的思维与改革的实践写下了一份精神越界的时代报告。这份报告不只是与戏曲有关，还与文明有关——川剧的精神的越界，实际上是在给世界提供一种特殊的文明态度。因此，不妨将时代之风催生的新时期川剧视为彼时彼地的中国的缩影。”信息的越界和精神的越界，往往会带来文化载体的多重变异，或者说，文化载体的变异又折射出对文化本源的叛逆性，从而彰显出文化传播过程中文化意义的新生。李家莲先生的《情感启蒙：英国资本主义获胜前的文化运动》另辟蹊径，认为：英国资本主义之所以第一次在历史舞台上取得了全面胜利，并在后来的历史中迅速扩张，其深层原因不仅仅在于利益对情感的掌控，而在于18世纪的英国发动了一场以情感为核心的启蒙运动。从文化矛盾、碰撞——文化传播与对话的激烈形式看，“这场启蒙运动在彻底改变旧有文化的同时，给人类历史提供了一种全新的文化范式”。倪胜先生的《后现代文化思潮下的文献戏剧》，娄宇、谢立君的《从神圣到世俗：观音形象的变性历程探究》，赵站、刘宁先生的《文化空间的争夺——涂鸦是怎样变成一门艺术的》，这三篇文章，研究视域、对象各不相同，但具体问题的探讨、论述中，又分明蕴含着一个共同的思考：文化传播中载体的变异及意义。因此，在倪胜先生看来，20世纪20年代产生的文献戏剧之所以在20世纪

60 年代后成为后现代戏剧的重要部分，是因为文献戏剧就是将文化赖以传播的诸多文献材料，如电影、投影、录音、扩音器、机器、多元播放器等直接搬用到舞台上，而形成一种新的文化传播媒介：“它试图揭示真相，尤其站在反抗权威和主流观点的立场上，为民众说话并进行启蒙。这一点符合后现代对一切元叙事都进行怀疑和颠覆的精神。”娄宇、谢立君则依据佛教经典、观音文化和历代观音造像，从历史学、宗教学、哲学、美学、艺术学、美术学等多学科出发，对观音形象变性历程进行了系统研究，认为：“从古印度到中国，观音神圣性逐渐减弱，世俗性不断加强，其变性历程是观音信仰逐渐深入民心的过程，是中外文化不断融合的历史见证，也是佛教中国化的一个缩影，更是佛教造像艺术在中国的必然归宿。”赵站、刘宁先生通过对波及全球的涂鸦艺术的有趣的审视，发现涂鸦“与其说是一门艺术，倒不如说是一场文化运动。一场发端于底层青少年，反叛公序良俗的文化运动。涂鸦艺术的发展历史，甚至就可以看成是涂鸦艺术这个反叛者与公序良俗之间的一场文化空间争夺史”。俞晓康先生的《论西方合唱文化之本源精神》，谈的是西方合唱的本源问题：“西方合唱自身是一个复杂的对立矛盾体，是规定与颠覆的复合体，因为合唱形式的初身就是矛盾抗力的产物。它不是表现在颠覆者将规定者踩在脚下，也不是规定者镇压了颠覆者，而是两者同时存在于一个时空中，不是你死我活，也不是合二为一，而是保持抗力和引力的平衡。异质的，常常是相互敌对的因素与力量不得不相互和解，最终是为了服务于普遍一致的教化或宗教崇拜之目的。所以，不妥协的差异化抗力平衡与融合就是合唱的起源精神。”读之，不无文化哲学的启示。

怀特海有一句被广泛引用的名言：西方两千年来的哲学史都是柏拉图的一系列注脚。在文化传播的意义上，任何民族的文化史宛如一部阐释经典的历史。返古开新之所以是文化史前行的常见路径，足以说明，文化经典永远具有与当下对话的智慧。法国学者安若澜先生在《亚里士多德论政治学意义上自然》一文里，对亚里士多德《政治学》中“人类是，就自然而言，政治的动物”的名言的反复辩证，旨在论证：律法到底是自然的、约定的还是两者皆非？显然，面对人类社会所有规约的合法性依据的无休止的争论，都迫使我们不得不重返经典，检视经典阐释史中的种种误读。

于江霞先生的《“灵魂的医生”与身体》，同样是借助对柏拉图和苏格拉底的重新解读，以之匡正身体与灵魂间由来已久的分裂：“基于人性的弱点，大多数人都需要不时地运用德性来面对和解决身体与灵魂之间，以及其代表的生活方式之间的冲突。哲学家，通过持续的哲学实践，将会更少地与身体以及身体之事所接触，而在俗世生活中进行一种神性的生存。”陈斯一先生的《从“权杖”到“树床”：荷马史诗中的自然与习俗问题》，从阿基里斯和阿基门农的权杖之争到奥德修斯的树床，诗人荷马通过希腊英雄征战特洛伊和战胜归乡的故事，展现了自然与习俗、人性和政治的冲突和融合。

叶圣陶先生在《略读指导举偶》中说：“序文的性质常常是全书的提要或批评，先看一遍，至少对于全书有个概括的印象或衡量的标准；然后阅读全书，就不会茫无头绪。”编者的卷首语是否做到了这一点，实在不敢自诩。好在宋人吕祖谦有言：“凡序文籍，当序作者之意。”编者借此聊以自慰。

编者

2017 年 5 月

《文化发展论丛》2017 年第 3 卷卷首语

本卷以“湖北文化”为主题，撰稿者多来自湖北高校和文化单位。各位作者在横跨古今的话题论辩、五彩缤纷的研究视野、生动活泼的现象扫描里，对湖北区域文化的格外关注和长时段的追踪探寻，或亲力亲为参与当下文化建设，是一大特点。

以“发掘思想文化的区域个性”为题，本刊编辑部再次访谈了武汉大学资深教授冯天瑜先生。作为湖北本土成长起来的学问大家，冯先生将桑梓的养育之恩铭记于心，数十年来，他积极参与湖北及武汉地方文献和方志的修撰工作，关于湖北区域文化研究的学术著作主要有《辛亥武昌首义史》《张之洞评传》等，以此服务于家乡的文化事业、社会发展，付出了艰辛的劳作。冯先生指出：在文化史的研究中彰显思想文化的地域特征，发掘区域个性，对于推进整个中国思想史的研究是非常必要的。从古到今，人类文化总是地方性、区域性的存在，但个性中有共性，这是无法否认的文化史的规律。两者间的关系即历史和文化发展的统一性与多样性，文化的地域分布所体现出来的独特性和多样性，又具统一性的发展态势，不断给文化增添活力，推动其前进。

冯先生关于中国文化、湖北区域文化的诸多研究心得和创见，实为本刊编辑理念的学术支撑点。我们连续三次刊载对冯先生的访谈，一是求教解惑，二是以此向冯先生致以最诚挚的敬意。

荆楚文化博大精深，源远流长，荆楚文化研究也是一个永恒的无可穷尽的话题。孟修祥先生是致力于荆楚文化研究的著名学者，编辑部请卢川博士对其进行了访谈，写出《荆楚文化的求解与构建——孟修祥先生访谈录》一文。孟修祥先生认为：荆楚文化研究者所做的全部工作的价值与意义在于为其求解与构建，而求解与构建是荆楚文化研究者全部工作不可分割的两个方面。研究荆楚文化是历史的必然，是现实与未来生活的需要，在对古今中外文化的批判、继承、兼收并蓄的创新过程中，荆楚文化的求解与构建任重道远。江柳先生的《屈原三论》提出：《离骚》中最有价值的文化基因就是“吾将上下而求索”。屈原求索什么，对我们并不重要。重要的是不畏艰险、不屈不挠的探求究竟索取真理的精神。屈原的求索不是关在室内的冥思苦索，不是俯首向权贵低头乞怜乞讨，也不是求神拜鬼求得护佑与恩赐，而是理直气壮地去寻觅文化和生命的真谛。任继昉先生《〈离骚〉“香草”典故的流变》一文在浩瀚典籍里辨析了“香草美人”典故的各种变体，认为其作为一个独立并且典型的意象，常常被用来比喻品德和人格的高洁，已经深深地印在了文人墨客的心里，并得到广泛灵活的运用。余静贵先生在《巫文化视域下的先秦楚绘画审美探析》中提出，在战国末期神巫意识逐渐理性化以后，楚人的巫性思维虽逐渐演变为艺术思维，但充满浪漫主义精神的楚绘画风格仍一直得以延续与发展，对中国传统绘画产生了重要影响。后三篇文章，对孟修祥先生呼吁的“荆楚文化的求解与构建”，做出了具体的学术呼应。

区域文化的个性有其恒常性，也有变异性。郭彧、单怡先生在《鄂南民间殉情诗的历史语境与生成逻辑》一文里，从鄂南民间殉情诗生成的历史语境中发掘出鄂南人性格醇厚而又激烈、反抗性强、性子容易急躁而走极端的文化成因：苗、越、楚的多元文化混合结构所导致的文化性格，这使得他们在面对情感的压迫时有可能采取极为激烈的方式进行反抗。近代以来，中国区域文化共同面临着现代性的压力，既有的文化形态、文化心理都面临着巨大的挑战。魏天无、魏天真先生的《诗歌与城市漫谈》，从武汉历届诗歌节的变迁入手，为我们细致入微地分析了文化心理的嬗变：城市生活碾压着诗意，并且把它沉重的履带延伸到了乡村。国家的城镇化、都市化、国际化进程似乎在一点点驱逐抒情诗，现代生活与抒情诗构成悖论。所以，无论是在乡村还是城市，诗人都要去发现无法逆转的现代化进程为他所提供的新的诗歌灵感，改造诗歌语言和抒情方式，创造一种与现代人生存境况相应和的诗歌类型。戴义德先生在《文化形态学视域中的戏曲兴衰》一文里，以传统戏曲的兴衰为例，指出：任何一种文化形态都会经历从成熟到兴盛、从兴盛到衰落、从衰落到消亡的过程。在未来的审美格局中，传统戏曲的生命机制或许会丧失再生的活力，古典形式的新剧目创造停止了，但它将同古希腊的史诗、神话和我国的古典格律诗词等文艺品种一样，以文化遗产的姿态存在着，继续散发着审美的光芒，滋润着现代人的心灵。

正因为此，非物质文化遗产保护运动在全球范围内蔚然大观，本卷特地编发了一组文章，展现湖北有关“非遗”工作的面貌。柳倩月先生在《文化空间的类型及其活态保护——以武陵山鄂西南片区为例》中提出：原生态文化空间是当前非物质文化遗产保护工作的重心。因为随着国际非物质文化遗产保护运动开展的深入，作为非物质文化遗产中的特殊类别的“文化空间”，其内涵实质上发生了一定程度的扩大。结合中国非物质文化遗产保护工作的实际以及武陵山区土苗文化生态保护实验区鄂西南片区相关工作推进的典型案例，可将“文化空间”划分为原生态文化空间、衍生态文化空间和创生态文化空间三种基本类型，它们都有存在的合法性和合理性。文化空间的保护与建设，宗旨在于通过对文化与自然遗产实施整体性保护，彰显生态观念，促进人与自然、人与社会的和谐共生。张昕、王潇曼的《论鄂东蕲春竹编工艺审美特征》，把“过渡、折中、对冲”视为鄂东蕲春地区竹编工艺审美特征的关键词。鄂东地区作为我国中部重要的

“文化走廊”，其文化多元性在全国而言都属罕见。基于多元文化，鄂东蕲春地区的竹编工艺拥有了融合东西、综合南北的包容特征；因为折中，鄂东蕲春地区的竹编工艺拥有了似而不同的艺术基调；因为对冲，鄂东蕲春地区的竹编工艺拥有了多变的艺术风格和审美形态。这些饱含蕲春地区居民智慧的传统技艺，用它们独特的美，展现着长江中游鄂东地区的独特文化和人们的精神气质，它们同我国众多造型文化遗产一道，组成了我国韵味悠长的文化脉络，表现出中国独有的东方美学意蕴。庄桂成、张贝先生的《交互媒体下的湖北大鼓发展》认为：尽管面对文化多元化和文艺发展的现代化的转变，曲艺的生态格局面临着危机和挑战，但湖北大鼓从传统的剧院、广播电视，到如今进军网络平台与新媒体和自媒体有机结合，这些交互媒体将青少年重新拉回湖北大鼓的受众之中。凭借媒介交互生态下的技术优势，湖北大鼓从业者借助微信、微博、直播平台等形式，使得新的受众被激活，新的观演被激活。抢救史料是“非遗”工作中的当务之急，黄斌、柯琦先生的《汉剧艺术表演家贾振南访谈录》，便是这样值得尊敬的工作。鄢维新先生长期从事湖北民间文化的抢救与保护的工作，对民间传统文化艺术可谓情深意笃，他在《先天不足　后天失调——“非遗”工程乱象“乱说”》一文里说：“非遗”工程十余年，极大地扩大了民族民间文化遗产及其传承人的社会影响力，提升了民族民间文化遗产及其传承人的社会地位，激发了传承人传承民族民间文化遗产的积极性，增强了他们保护、传承民族民间文化遗产的自觉性，吸引了更多的社会力量和资金投入“非遗”项目的生产性保护与开发性保护。“非遗”工程对传承优秀传统文化起到了一定的积极作用，但因为缺乏事前的调查研究、试点和中期的经验总结，加之政府职能部门的工作习惯，缺乏自我纠偏动力，个别地方“护短”心态颇重，致使一些不应该出现的现象逐年积累，渐成痈疽，严重背离了“非遗”工程的“初心”。文章梳理了历年来“非遗”工作中的一些不足，指出其成因，并提出了自己的建议，以求“非遗”工程健康前行。此乃金玉良言，值得深思。

为反映湖北区域文化的当下建设，本卷约请数位资深文化人，诉说他们不凡的工作经历和业绩，同时展现出湖北中心城市武汉的多样化的生动面向。彭建新先生的《汉口码头与码头汉口——汉口老码头回眸》一文，从武汉三镇得以形成的地理沿革说起，认为在汉口城市化进程中，以汉水码头为基础的经济活动，是重要的动力，而由码头经济为圆心形成的汉口文化，常被称为“码头文化”。何谓码头文化、码头文化形成的缘由及要素等，一向是学界的话题之一。因此，在汉口老码头大都消失、原沿江码头旧址化茧成蝶以美丽江滩展示于世的今天，翻检汉口老码头生态，检索其间的文化原味，可望直面汉口文化的昨天，有助于解析武汉文化的多元。叶大春先生的《笑洒江城——〈都市茶座〉18年漫谈》一文，全面、生动地介绍了武汉市民热爱的《都市茶座》节目的发展过程：武汉电视台方言喜剧栏目《都市茶座》于2000年由著名艺术家夏雨田、著名湖北评书表演家何祚欢、著名独角戏演员田克兢与著名导演马昌桥创办，经过18年来全体演员、栏目组坚持不懈的努力，拍摄综艺节目与栏目剧总计3000多集（期），创造了武汉的艺术传奇与屏幕佳话。《都市茶座》始终坚持雅俗共赏的艺术趣味，注重喜剧性、故事性与新闻性，贴近生活与市民，叙说江城故事，展现百姓情怀，获得了口碑与奖杯，获得了全国电视文艺“星光奖”（优秀栏目奖），还连续多年被评为“武汉市广播电视十佳栏目”，被誉为武汉的文化名片与市民的乐园。李炳钦先生在《用镜头为武汉立传》里说，武汉是一座有故事的城市。它不仅拥有3500年的悠久历史，也有着一大批著名的人文景观、独特的风土人情和厚实的文化底蕴，而在其山水街市之间还产生了无尽的故事和传说。大型电视系列片《话说武汉》、《武汉百年》和《武汉三千五百年》致力于讲述武汉故事，用镜头为武汉立传。《话说武汉》精心遴选100个选题，说历史，讲景观，道风情，被誉为“乡土教材”；《武汉百年》全景式讲述武汉自汉口开埠以来140年间的城市变迁史，获得多项奖誉；《武汉三千五百年》则纵向梳理了武汉自盘龙城以来3500年的发展脉络。刘春阳、江艾婧先生的《基于地域文化视角的地方美术馆定位问题——以武汉美术馆为例》一文，强调武汉美术馆作为地域性美术馆，其使命就在于梳理城市的地域文化，寻找城市的文化记忆，脱离地域文化而存在的美术馆相对于所在城市而言是没有价值的。张琦先生的《机遇与挑战——基于比较视阈中的湖北出版产业的发展战略研究》一文认为，出版业在危机与机遇并存的时代，如何在新的发展机遇期转型升级、抢占先机至关重要。本文以湖北长江出版传媒集团为例，对标分析全国领先出版集团发展状况，对湖北出版产业在发展过程中存在的危机，以及产生的成因进行剖析，并提出针对性的发展建议。

《文化发展论丛》编辑部所在的湖北大学坐落在充满诗情画意的沙湖之滨，本卷特刊发两篇稽古思幽、话说沙湖古今的文章，一是彭忠德先生的《沙湖古今谭》，一是任汉中先生的《追溯武昌沙湖园林建设的文化渊源——从任桐对武昌沙湖的历史贡献谈起》。于自然风光、传说佳话里寻觅人文内涵，此乃文心文事，读来不亦快哉？

编 者

2017 年 8 月

《文化发展论丛》2018 年第 1 卷卷首语

本卷从组稿到编出样稿，约有大半年的时间。在此期间得到各位撰稿人的鼎力相助，编者在此谨表谢意！

《文化发展论丛》2017 年开设了“高端访谈”栏目，意在邀请海内外著名学者从各自的研究领域就文化发展问题发表高论。纵观人类文明史，文化发展如同五大洲无数长河大川，无不从荒凉的高原奔泻而下，历经艰难曲折，却“奔流到海不复回”。人类文明一往无前的态势从根本上确立了文化发展的总主题：曲折与发展。曲折既是矛盾冲突的过程，又是多样化的丰富展开与发展。联合国教育、科学及文化组织 2001 年 11 月 2 日第 31 届会议决议通过：每年的 5 月 21 日为“世界文化多样性促进对话和发展日”（World Day for Cultural Diversity for Dialogue and Development），简称世界文化发展日，同时通过《世界文化多样性宣言》。这个宣言传递出世界各国的一个共识：每种文化都会在世界文化中留下自己的印记。它们汇聚共存，构成了多层面的人类文明。面对当今世界在经济和人类发展方面的重大挑战，各种文化的机遇和命运却是不平等的。世界文化发展日使人们有机会关注所有文化固有的生命力和活力，关注保护文化多样性并将其作为发展战略核心的紧迫性。每一个人都应该思考，如何从人类和现实的角度，以宽容之心对待全世界所有的文化。本卷邀请到中山大学哲学系陈少明教授、清华大学万俊人教授做客本刊编辑部，他们以自己数十年的研究心得，集中阐述了中国经典文化的解释路径和现代转化的种种问题和迷思，他们开阔的论说视野、严谨的逻辑思路，还有渗透学术话语之中的人文情怀，给人诸多启迪。编者期盼有更多的著名学者，来到本刊编辑部，为读者奉上睿智的文化之思。

本卷的“本刊特稿”“人文思潮”“热点聚焦”三个栏目分别由武汉大学资深教授冯天瑜先生、武汉大学李建忠教授、湖北大学江畅教授领衔，围绕各自关注和正在研究的课题，或组稿，或亲自撰文，形成三组各具特色且议题集中的学术论文。因每个专栏加有“编者按”，对栏目的内容做了提纲挈领的介绍，故在此毋庸赘述。

2017 年底，编者应邀参加中山大学哲学系“四书”系统下的儒家经学与政教秩序学术研讨会，颇有收益，并与会议组织者周春健教授商议“经典阐释”栏目的基本内容：一篇会议的学术综述，两篇与会文章。仝广秀博士的会议综述具体介绍了学术研讨会的丰富内容：从先秦诸子到近现代思想家，从晚周、宋末到晚明、晚清，几乎每一个重大的历史转折时期和重要人物，会议均有讨论，展现出整全的学术视野和融贯的历史纵深感。特别感谢陈静、毛国民两位先生把与会文章赐予本刊。陈静教授以《论语·先进》“参也鲁”句为着眼点，通过对比汉儒和宋儒对此句的不同解释，以小见大地展示了学术转型的发生与“四书”学的基本特征，指出：儒学史上的这场转型与宋儒建构道统的努力，对于今天仍旧处在转型期的中国文化来说，无疑具有积极的借鉴意义。毛国民教授指出，作为宋代礼学代表作的《朱子家礼》当中，也蕴含着诸多“四书”学理念，由此实现了礼学与理学的交融，使得《家礼》伴随着“四书”学系统一并对后世产生了久远影响。

“七纵八横”栏目里的五篇文章话题各异：或历史，或现实；或理论反思，或现象考据辨析，各位作者都是所论话域里的专家，为本卷贡献了丰富的具体文化门类研究，也从理论上不同维度地展现出文化的多重面向。

编者

2018 年 4 月

图书在版编目(CIP)数据

思想的面相：聂运伟自选集 / 聂运伟著. -- 北京：社会科学文献出版社，2018.11

ISBN 978-7-5201-3578-8

Ⅰ.①思… Ⅱ.①聂… Ⅲ.①文艺理论-文集 Ⅳ.①I0-53

中国版本图书馆CIP数据核字（2018）第227384号

思想的面相

——聂运伟自选集

著　　者 / 聂运伟

出 版 人 / 谢寿光

项目统筹 / 周　琼

责任编辑 / 周　琼　李秉羲

出　　版 / 社会科学文献出版社·社会政法分社（010）59367156

地址：北京市北三环中路甲29号院华龙大厦　邮编：100029

网址：www.ssap.com.cn

发　　行 / 市场营销中心（010）59367081　59367083

印　　装 / 三河市龙林印务有限公司

规　　格 / 开　本：787mm×1092mm　1/16

印　张：27　字　数：422千字

版　　次 / 2018年11月第1版　2018年11月第1次印刷

书　　号 / ISBN 978-7-5201-3578-8

定　　价 / 108.00元